STATE OF THE UNION – DU UND ICH GEMEINSAM

FIRST FAMILY, BAND 3

MARIE FORCE

ÜBER DAS BUCH

Eigentlich waren die Weihnachtstage als dringend benötigte Auszeit für die Familie von Lieutenant Sam Holland und ihrem Mann US-Präsident Nick Cappuano gedacht. Stattdessen sieht sich Sam mit einem Serienvergewaltiger konfrontiert, der die Frauen in ihrer Stadt bedroht. Zusätzlich schlägt sich die Mordkommission weiter mit den Konsequenzen der aufgedeckten Skandale innerhalb der Washingtoner Polizei herum, deren Auswirkungen sie alle betreffen könnten.

Währenddessen bereitet sich Nick auf den bisher wichtigsten Moment in seiner Amtszeit als Präsident der Vereinigten Staaten vor: seine erste Rede zur Lage der Nation, die den Ton für seine gesamte Amtszeit setzen wird.

Glücklicherweise wissen Sam und Nick, dass sie sich auch in Krisenzeiten auf eines felsenfest verlassen können: die bedingungslose Unterstützung durch ihre Familie und ihre Liebe zueinander …

Impressum

Originaltitel: State of the Union © 2022 HTJB, Inc.

Copyright für die deutsche Übersetzung: State of the Union – Du und ich gemeinsam © 2022 Oliver Hoffmann

Lektorat: Ute-Christine Geiler, Birte Lilienthal, Agentur Libelli GmbH

Deutsche Erstausgabe

ISBN: 978-1958035238

Die Ereignisse in diesem Buch sind frei erfunden. Die Namen, Charaktere, Orte und Ereignisse entspringen der Fantasie der Autorin oder wurden in einen fiktiven Kontext gesetzt und bilden nicht die Wirklichkeit ab. Jede Ähnlichkeit mit lebenden oder toten Personen, tatsächlichen Ereignissen, Orten oder Organisationen ist rein zufällig.

Cover: Ashley Lopez

Buchdesign und Satz: E-book Formatting Fairies

Wie ich schon in Ronis Geschichte „Someone like you – Neues Glück mit dir", dem ersten Band über die „Wilden Witwen", schrieb, passt die Timeline jener Reihe nicht genau auf die der Bücher der First-Family-Serie. Auch wenn einige derselben Charaktere auftauchen, lesen Sie die Bücher bitte unabhängig voneinander. Außerdem möchte ich betonen, dass meine Version der Polizei von Washington, D. C., frei erfunden ist. Keines der in diesem oder anderen Büchern geschilderten Ereignisse ist real oder hat sich bei der tatsächlich existierenden Behörde zugetragen, und wenn doch, ist diese Übereinstimmung rein zufällig. Viel Spaß beim Lesen!

Marie

KAPITEL 1

Der Bombenschutzraum des Weißen Hauses erinnerte Sam an den Bunker, in dem sie im vergangenen Sommer gewesen waren – und das auf die schlimmstmögliche Art und Weise. Er hatte alle Annehmlichkeiten eines „Zuhauses", nur dass man keine Sekunde lang vergessen konnte, dass man sich in einem Kasten befand, der einer Atomexplosion standhalten konnte und sich tief unter dem bestbefestigten Haus der Welt befand.

Frö-hö-liche Weihnacht überall? Na ja …

In Absprache mit dem Secret Service hatte Nick beschlossen, die Gäste, die sich bereits in ihren Betten in den Schlafzimmern der Residenz befanden, nicht mit der Nachricht aufzuschrecken, dass man vor dem Haupttor eine Bombe entdeckt hatte. Der Sprengkörper war schnell entschärft, aber der Secret Service wollte die Präsidentenfamilie in Sicherheit wissen, bis der Rest des Geländes gründlich durchsucht worden war. Also hatten sich Nick und Sam ihre Kinder und den Hund Skippy geschnappt und hier Unterschlupf gesucht. Nachdem man sie aus dem Tiefschlaf gerissen hatte, wollten Aubrey und Alden unter Tränen wissen, wie der Weihnachtsmann sie denn an diesem seltsamen Ort finden sollte.

„Das wird er tun", versicherte ihnen Nick. „Ich hab sogar gehört, dass er im Haus des Präsidenten als Allererstes vorbeikommt."

„Stimmt das, Lijah?", fragte Alden seinen älteren Bruder.

„Wenn Nick es sagt, muss es stimmen. Er ist schließlich der Präsident."

Sam lächelte und überlegte, was die Presse von dieser Aussage halten würde. Einige Reporter schienen eher geneigt, jedes Wort aus Nicks – oder ihrem – Mund anzuzweifeln. „Das Beste, was ihr tun könnt, ist, wieder schlafen zu gehen", erklärte sie. „Kleine Jungs und kleine Mädchen müssen schlafen, bevor der Weihnachtsmann kommen kann."

„Ich lege mich zu euch." Elijah führte seine jüngeren Geschwister in einen der drei Räume, die vom Hauptbereich abgetrennt waren, in dem ein kleines Lagezentrum mit einer Reihe offiziell aussehender Telefone untergebracht war. Von der Tür aus bat er: „Weckt uns, wenn wir wieder nach oben dürfen."

„Wird gemacht", versprach Nick.

„War der Weihnachtsmann schon da?", erkundigte sich Scotty, ihr vierzehnjähriger Sohn.

„Das werde ich dir nicht verraten", entgegnete Sam.

„Ach, komm schon. Ich bin schließlich kein Baby mehr. *Ihr* besorgt die Geschenke, das ist mir längst klar."

Sam keuchte entsetzt auf. „Sag nicht so etwas Abscheuliches. Das stimmt doch gar nicht!"

„Mom ... Mal im Ernst."

„Ich diskutiere mit dir nicht über den Weihnachtsmann. Es gibt ihn, und damit basta."

„Dad, würdest du bitte mal mit ihr reden?"

„Du weißt genauso gut wie ich, dass es sinnlos ist, mit ihr zu reden, wenn sie so drauf ist."

„Stimmt."

„Ich kann euch hören", erinnerte Sam die beiden.

„Was glaubt ihr, wer versucht, uns in die Luft zu sprengen?", fragte Scotty und runzelte ernst die dunklen Brauen.

„Es könnte jeder sein", antwortete Nick mit einem lässigen Achselzucken, um Scottys Bedenken zu zerstreuen. „Zum Beispiel jemand, dem meine Rede über vernünftige Waffenkontrolle nach der Schießerei in Des Moines nicht gefallen hat, oder es könnte jemand sein, dem es nicht gefällt, dass ich nie zum Vizepräsidenten gewählt wurde, und der daher findet, dass ich auch nicht Präsident sein sollte."

„Oder es könnte ein Verwandter von jemandem sein, den ich eingesperrt habe", warf Sam ein, um Nick aus der Schusslinie zu nehmen. „Es könnte Sergeant Ramsey sein, dem es endlich gelungen ist, gefeuert zu werden, nachdem er in mein Büro eingebrochen ist und es verwüstet hat. Oder ein Bruder oder Onkel des früheren Lieutenants Stahl, der sauer ist, dass er lebenslänglich sitzt, weil er zweimal versucht hat, mich umzubringen, als ob das meine Schuld wäre." Sam imitierte Nicks Achselzucken. „Wie Dad gesagt hat: Es könnte jeder sein."

„Ihr habt euch echt eine Menge Feinde gemacht", stellte Scotty fest.

„Ich schätze, das stimmt wohl. Auch wenn es uns anders lieber wäre", bestätigte Nick.

„Das liegt in der Natur eurer Jobs", erklärte Scotty. „Irgendwer wird euch immer hassen. Aber ich glaube, die meisten Menschen da draußen wären gerne an eurer Stelle."

„Alle denken, es sei so cool, Präsident zu sein, bis sie es plötzlich sind und herausfinden, dass es superstressig ist", seufzte Nick.

„Dennoch ist es auch ziemlich cool", erwiderte Scotty. „Ich meine, du bist die einzige Person auf der Welt, für die das Marine-Musikkorps ‚Hail to the Chief' spielt, und du hast deinen eigenen gepanzerten Wagen, Hubschrauber und Flugzeug sowie dieses krasse Haus mit eigener Bäckerei, Pizza rund um die Uhr, Cola auf Abruf und einem Pool, einer Bowlingbahn und einem Kino. Es ist nicht alles doof."

Nick lachte über Scottys Aufzählung der Vorzüge. „Nein, ganz sicher nicht. Und ich beschwere mich auch nicht. Denk das bloß nicht."

„Nein, ich versteh das. Wenn ein Land am anderen Ende der Welt etwas Verrücktes tut, ist das dein Problem. Ich sehe schon, dass das nerven kann."

„Ganz zu schweigen davon, dass es mein Problem ist, wenn jemand hier in den USA etwas Verrücktes tut oder wenn ein Hurrikan oder ein Tornado ganze Städte dem Erdboden gleichmacht oder ein Schneesturm das Stromnetz einer Großstadt lahmlegt. Das ist alles mein Problem."

„Das sind eine Menge Probleme für eine Person."

„Aber hey, es gibt rund um die Uhr Pizza und Cola auf Abruf."

Scotty lachte. „Touché." Er wandte sich an Sam: „Gewinnt er jetzt, wo er Präsident ist, jede Diskussion, oder kommt mir das nur so vor?"

„Er hat in letzter Zeit eine Glückssträhne. Daran müssen wir über die Feiertage arbeiten."

„Ihr müsst so froh sein, endlich ein paar Tage freizuhaben", antwortete Scotty. „Vielleicht sogar froher als ich, dass ich zwölf Tage lang keine Algebra habe."

„Ich war noch nie glücklicher", verkündete Sam. „Allerdings war der letzte Monat ein bisschen chaotisch."

„Du meinst, als Nelson unerwartet gestorben ist, Dad plötzlich Präsident war, wir ins Weiße Haus umziehen mussten, einen Hund bekommen haben, plus einige Morde, eine Schulschießerei und diplomatische Verwicklungen im Iran?"

„Abgesehen davon, Mrs Lincoln, wie hat Ihnen das Stück gefallen?", fragte Nick mit einem Grinsen.

„Was zum Teufel soll das heißen?", erkundigte sich Scotty verwirrt.

„Das war eine geschmacklose Anspielung auf das tödliche Attentat auf Präsident Lincoln im Ford's Theatre", sagte Nick.

„O Gott. Das ist wirklich überaus geschmacklos, und ich erkläre ‚Attentat' zum Unwort, solange Dad Präsident ist."

„Okay, alle, die dafür sind, heben die Hand", rief Sam.

Drei Hände hoben sich.

„Einstimmig angenommen", gab Sam bekannt.

„Wir mögen dieses Wort nicht", stellte Scotty fest. „Es ist ganz ehrlich das Wort unserer Sprache, das ich am wenigsten von allen mag."

„Wir hassen dieses Wort regelrecht", pflichtete ihm Sam bei.

„Ich mag es nicht, wenn ihr euch über so etwas Sorgen macht", meinte Nick.

„Was?", fragte Sam nicht ganz ernst. „Wir beide und uns Sorgen machen?"

„Ich bin von den besten Sicherheitskräften der Welt umgeben. Mir passiert schon nichts."

„Dad, du bist Präsident und so, deshalb sage ich es nur ungern, aber … sei nicht so naiv. Natürlich kann dir was passieren. Die Leute hassen dich einfach wegen deines Amtes und weil du einer Partei angehörst, der sie nicht zustimmen, oder weil du Dinge wie eine vernünftige Waffenkontrolle befürwortest – wobei jeder weiß, dass wir eine vernünftige Waffenkontrolle *brauchen*."

Sam wurde übel, wenn sie an die vielen Dinge dachte, die Nick zustoßen könnten – oder an die vielen Menschen, die ihn aus den von Scotty genannten und aus vielen weiteren Gründen hassten.

„Ich glaube, wir müssen seine Online-Zeit einschränken", sagte Nick in unbeschwertem Tonfall, obwohl das ganz sicher kein Thema war, das man auf die leichte Schulter nehmen durfte.

„Ab wann ist er offiziell schlauer als wir?", fragte Sam.

„Äh, na ja. Also dich habe ich vor einem Jahr überholt."

Obwohl Sam immer noch das rote Abendkleid trug, in dem sie sich so sexy fühlte, packte sie ihren Sohn und rang ihn zu Boden, so wie sie es mit einem Verbrecher bei der Arbeit tun würde. Sie hielt seine Arme auf dem Rücken fest und knurrte: „Offensichtlich nicht so schlau, dass du das hättest kommen sehen."

Scotty musste so sehr lachen, dass er kaum Luft kriegte.

Das war Sam sehr viel lieber, als wenn er sich den Kopf darüber zerbrach, dass jemand Nick etwas antun könnte.

„Los, streck die Waffen."

„Was denn für Waffen?"

„Weiß auch nicht. Das sagt man so, wenn sich jemand in so einer Zwangslage befindet wie du."

„Ich finde, das ist ein ziemlich altmodischer Machospruch."

Nick prustete vor Lachen. „Da hat er dich, Babe."

„Vielleicht, aber wer liegt im Moment flach auf dem Bauch, weil seine Mami ihn auf den Teppich drückt?"

„Nur weil ich dir nicht wehtun will."

„O bitte. Zeig mir ruhig, was du draufhast, du harter Kerl."

„Dad hat mir erklärt, ich dürfe nie grob zu einer Frau oder einem Mädchen sein. Das gehört sich nicht."

„Wie lauten Dads Regeln dafür, dass eine Frau dich verprügelt?"

„Selbst dann nicht", antwortete Scotty.

Sam ließ ihren Adoptivsohn los. „Also ihr seid richtige Spaßbremsen."

„Da sind wir anderer Meinung", widersprach Nick mit einem vielsagenden Blick.

„Igitt, jetzt werdet nicht gleich eklig." Scotty stand auf und klopfte sich seine Pyjamahose ab. „Nur damit du es weißt: Ich hätte dich von mir runterbekommen, wenn ich gewollt hätte."

„Niemals."

„Gibt es in Camp David ein Fitnessstudio, Dad?"

„Ich glaube schon."

„Dann fordere ich dich zu einem Ringkampf heraus, wenn wir dort sind, Mom. Ich glaube, Dad wird mir zustimmen, dass eine offizielle Herausforderung etwas anderes ist, als grob zu einer Frau zu sein, so wie er es meint."

„Dem stimme ich absolut zu", bestätigte Nick, „und werde als Schiedsrichter fungieren."

„Aber nur, wenn du ihr keine Extrapunkte gibst, weil sie deine Hauptknutscherin ist."

„Hmm, ich verstehe, warum dir das ein Anliegen ist. Deine Mutter ist eine verdammt gute Knutscherin."

„Und damit bin ich raus." Scotty hob die Hände zur Kapitulation. „Außerdem verlange ich eine unparteiische Leitung des Ringkampfes. Ich frag mal Elijah."

„Das ist wahrscheinlich eine gute Idee", stimmte ihm Nick zu.

„Es ist besorgniserregend, dass du nicht wie jeder andere Vater dein Kind über deine Frau stellst. Du musst mal deine Prioritäten klarkriegen, Mr President.“

„Ich liebe dich genauso sehr wie sie“, beteuerte Nick.

„Das ist eine verdammte Lüge. Alle wissen, dass du sie mehr liebst als jeden anderen Menschen auf der Welt.“

„Ach komm, Scotty. Dich liebe ich genauso.“

„Stimmt nicht, aber das passt schon. Du liebst mich mehr als genug, Dad. Frohe Weihnachten und eine gute Nacht. Weckt mich, wenn sie uns hier wieder rauslassen.“

„Warum sagt er so was?“ Nick wirkte ehrlich betroffen. „Er weiß doch, dass ich ihn mehr als alles andere liebe.“

„Die ganze Welt weiß, dass wir einander mehr als alles andere lieben. Das bedeutet allerdings nicht, dass wir nicht für eins dieser Kinder eine Kugel abfangen, bei einem Feuer zuerst an sie denken oder alles tun würden, um sie zu beschützen.“ Sie kuschelte sich ihm auf den Schoß und legte die Arme um ihn. „Konzentrier dich auf das andere, was er gesagt hat. Du liebst ihn mehr als genug.“

„Ich finde es irgendwie beunruhigend, dass er denkt, ich würde ihn und die anderen nicht genauso lieben wie dich.“

„Er weiß, dass du das tust. Aber er weiß auch, welche Knöpfe er bei dir drücken muss. Dem Jungen ist klar, wer ihn liebt.“

„Ja, vermutlich hast du recht. Ich liebe Scotty so sehr, dass ich mir ein Leben ohne ihn gar nicht mehr vorstellen kann. Es ist, als wäre er schon immer hier gewesen, ein Teil von uns.“

„Absolut, und ich hasse es, dass er schon vierzehn ist und wir den größten Teil seiner ersten zwölf Lebensjahre verpasst haben.“

„Mir geht es genauso, doch das bedeutet nicht, dass wir ihn nicht mit allem lieben, was wir zu geben haben.“

„Er würde nicht wollen, dass du dich über etwas aufregst, das er nicht ernst gemeint hat, Nick.“

„Du hast vermutlich recht.“

„Das war nichts weiter als eine weitere Stichelei darüber, wie ekelhaft wir sind“, erwiderte Sam.

„Wir sind ziemlich ekelhaft.“

„*Super*ekelhaft, und genau so mag ich es.“

Er zog sie zu einem Kuss an sich, der schnell leidenschaftlicher wurde und das unbändige Verlangen ausdrückte, das zwischen ihnen brannte – so heiß, dass jeder, der sie kannte, es sehen konnte. Leider kannte sie beide jetzt die ganze Welt, und ihre Liebesaffäre war der Gegenstand von Witzen in Late-Night-Shows.

„Falls ich später vergesse, es dir zu sagen: Es war supersexy, wie du ihn in deinem Abendkleid zu Boden gebracht hast."

„War es das?"

„O ja." Er drückte ihren Hintern durch die rote Seide hindurch, als suche er etwas. „Keine Unterwäsche?"

„Sie zeichnet sich nur nicht ab. Ich trag schon welche."

Nick hob die Brauen. „Oh, ein String? Ich mag Strings."

„Hände weg, Mr President. Fangen Sie nichts an, was der Secret Service jeden Moment unterbrechen könnte."

„Ach menno, warum müssen Leute ausgerechnet dann Bomben vor unsere Tür legen, wenn meine Frau besonders sexy aussieht und einen String trägt? Wissen die nicht, dass Weihnachten ist?"

„Vielleicht haben sie es getan, *weil* Weihnachten ist."

„Ich hoffe, dass sie eher früher als später herausfinden, wer es war, damit wir uns nicht die ganze Woche deswegen Sorgen machen müssen."

„Ja, ich auch."

Eine Stunde später döste Sam, den Kopf an Nicks Schulter, als ein Klopfen an der Tür sie weckte.

„Herein", sagte Nick.

John Brantley junior, Nicks leitender Personenschützer, trat ein. „Es ist alles in Ordnung, Mr President, Mrs Cappuano."

„Danke, Brant."

Sam erhob sich von Nicks Schoß und streckte sich, ehe sie Scotty und Elijah wecken ging. Eli trug Alden und Nick Aubrey die Treppe zum Wohntrakt hinauf. Sie lebten erst seit einem Monat dort, also erwartete Sam nicht, dass es sich schon wie ein Zuhause anfühlte, aber sie hatte ein seltsames Gefühl der Heimkehr, nachdem sie im Bunker festgesessen hatten. Danach hätte allerdings praktisch alles gut für sie ausgesehen.

Sie brachten die Kleinen ins Bett und wünschten Scotty und Eli gute Nacht.

„Weckt mich, wenn Alden und Aubrey wach sind", bat Scotty. „Ich will keine einzige Sekunde unseres ersten Weihnachtsfestes mit ihnen verpassen."

„Mach ich", versprach Sam und küsste ihn auf die Wange. „Frohe Weihnachten, Großer."

„Dir auch, Mom."

Nachdem Scotty seine Zimmertür geschlossen hatte, wandten sich Sam und Nick an Brant.

„Was wissen wir?", fragte Sam.

„Bisher nicht viel. Der Sprengkörper ist entschärft, und das FBI hat ihn zur weiteren Analyse ins Labor gebracht. Morgen früh sollten wir hoffentlich mehr Informationen haben."

„Es war also tatsächlich eine scharfe Bombe?", erkundigte sich Sam.

„Ja, Ma'am."

„Danke, Brant", entgegnete Nick. „Wir sehen uns dann morgen früh oder besser gesagt nachher."

„Jawohl, Sir. Frohe Weihnachten Ihnen beiden."

„Ihnen auch, Brant. Fahren Sie nach Hause, solange Sie noch können."

„Jawohl, Sir."

Nick begleitete Sam in ihre Suite und schloss die Tür.

Sie ging direkt zum Nachttisch, auf dem ihr Handy zum Aufladen lag, und rief bei der Polizei an. „Sprengstoffabteilung", bat sie, als die Zentrale antwortete.

„Bitte bleiben Sie in der Leitung."

„Higgins."

„Hey, hier Holland. Was wissen Sie über die Bombe vor unserem Haus?"

„Sie meinen die vor dem Weißen Haus, derentwegen man mich von meiner Weihnachtsfeier weggeholt hat?"

„Ja", erwiderte sie mit einem inneren Stöhnen, weil er das Offensichtliche unbedingt aussprechen musste.

„Ich habe gehört, dass sie sehr komplex war und bei einer Explosion großen Schaden hätte anrichten können."

Das hatte Sam nicht hören wollen. „Wer bearbeitet den Fall aktuell?"

„Das FBI, doch mein Team und ich waren bei der Entschärfung vor Ort. Viel mehr weiß ich nicht, aber ich gebe Ihnen Bescheid, sobald ich etwas von den Kollegen erfahre."

„Bitte tun Sie das."

„Ich hoffe, Sie haben trotzdem schöne Weihnachten."

„Werden wir. Sie auch. Danke für die Auskunft."

„Gern."

Sam klappte das Handy zu und dachte über das nach, was Higgins ihr erzählt hatte. Jemand hatte eine komplexe Bombe, die großen Schaden hätte anrichten können, vor den Toren ihres Hauses, des bestgeschützten Ortes der Welt, deponiert.

„Wie konnte jemand nahe genug ans Weiße Haus herankommen, um eine Bombe vor unserem Tor zu platzieren?", fragte Sam.

„Erwartest du von mir eine Antwort auf diese Frage?", wollte Nick wissen und steckte seinen Kopf aus dem begehbaren Kleiderschrank, wo er gerade dabei war, sich auszuziehen.

„Ich hätte gerne von *irgendwem* eine Antwort auf diese Frage", sagte Sam. „Es ist schon schlimm genug, dass wir uns jedes Mal Sorgen machen müssen, dass uns jemand etwas antut, wenn wir einen Fuß vor die Tore setzen. Angesichts all der Sicherheitsvorkehrungen, die wir haben, sollten wir uns zumindest hinter diesen Toren relativ sicher fühlen können."

Nick setzte sich neben sie aufs Bett und legte den Arm um sie. „Auch die besten Sicherheitsmaßnahmen sind nicht narrensicher."

„Das ist gar keine gute Antwort."

„Wie wäre es, wenn wir diese Sorgen erst einmal beiseiteschieben, damit wir etwas schlafen können? Eli hat mich vorgewarnt, dass die Kinder morgen schrecklich früh wach sein werden."

„Klar", erwiderte sie, denn sie wusste, er hatte recht. Sie mussten sich ausruhen, solange sie konnten, sonst wären sie morgen, wenn das Haus voller Gäste war, komplett am Ende. Aber sie würde nicht aufhören, sich Sorgen zu machen, bis sie wusste, wer das unwillkommene Paket am Tor abgelegt hatte.

KAPITEL 2

Weihnachten im Weißen Haus war angesichts der vielen Kinder ein einziges Tohuwabohu. Alden und Aubrey hatten die Kids in den Wintergarten im dritten Stock geführt, wo der Weihnachtsmann für jedes Kind einen Stapel Geschenke hinterlassen hatte. Einer der Fotografen des Weißen Hauses hielt den Spaß fest, sodass die Eltern sich auf ihre Kinder konzentrieren konnten und sich nicht darum kümmern mussten, alles mit dem Handy aufzunehmen. Nach der täglichen Sicherheitsbesprechung, an der Nick um fünf Uhr morgens teilgenommen hatte, und sofern keine plötzlichen Krisen eintraten, hatte er den Rest des Tages frei und konnte ihn mit seiner Familie verbringen.

Seine fünfjährigen Halbbrüder Brayden und Brock konnten nicht glauben, dass der Weihnachtsmann sie nicht nur im Weißen Haus gefunden, sondern ihnen auch noch alle gewünschten Spielsachen gebracht hatte. Nicks Vater Leo und seine Stiefmutter Stacy lachten über die aufgeregten Kommentare der beiden Jungen.

Sams Neffe Jack, der sich als Spider-Man verkleidet hatte, kam zu ihr und umarmte sie. „Danke für das schönste Weihnachtsfest aller Zeiten!"

Sie zog ihn an sich. „Danke, dass du mich an Weihnachten besuchst."

So groß die Aufregung war, so groß war auch das Chaos.

„Vielen Dank, dass du mich eingeladen hast, Sam", sagte ihre Mutter Brenda. „Gestern Abend und heute Morgen waren unglaublich."

„Schön, dass du dabei sein konntest."

„Mein erstes Weihnachten mit all meinen Mädchen und meinen Enkelkindern." Brenda seufzte und sah aus, als sei sie den Tränen nah.

„Es ist schön, dass du hier bist", beteuerte Sam aufrichtig. Es war ihr erstes gemeinsames Weihnachtsfest, seit ein Zerwürfnis sie vor rund zwanzig Jahren entzweit hatte.

„Das ist großartig." Sams „Onkel" Joe Farnsworth nippte mit seiner Frau Marti am Kaffee, während sie das muntere Treiben um sich herum beobachteten. Dass er als Polizeichef außerdem Sams Vorgesetzter war, war in solchen Momenten zweitrangig.

„Wir haben im Notfall auch Aspirin", bemerkte sie.

„Nicht nötig." Marti lächelte. „Wir haben so etwas noch nie erlebt. Es ist herrlich." Die Farnsworths waren ungewollt kinderlos und hatten die Holland-Mädchen ihr ganzes Leben lang wie geliebte Nichten behandelt.

„Ich bin froh, dass du so denkst. Es ist wundervoll, alle, die wir lieben, an einem Ort zu haben. Wie war es im Lincoln-Schlafzimmer?" Joe und Marti waren die unangefochtenen Gewinner des Tanzwettbewerbs gewesen, den Sam veranstaltet hatte, um zu bestimmen, wer in diesem geschichtsträchtigen Zimmer schlafen durfte.

„Es war fantastisch", antwortete Joe.

„Er wird für den Rest seines Lebens von seiner Nacht im Lincoln-Zimmer schwärmen." Marti drückte Sams Arm. „Wir bewundern so sehr, wie du und Nick es geschafft habt, die massiven Veränderungen in eurem Leben zu bewältigen, und sind sehr stolz auf euch beide."

„Oh, danke. Wir versuchen, uns durchzumogeln, so gut es geht. Dies alles mit unseren Lieben zu teilen hilft uns, nicht die Bodenhaftung zu verlieren." Sam lehnte sich zu Joe und flüsterte ihm zu: „Was weißt du über die Bombe?"

„Nicht viel, was ärgerlich ist. Das FBI hat die Ermittlungen übernommen, und für den Moment halten sie dicht."

„Halt mich auf dem Laufenden, falls du später etwas hörst", bat Sam.

„Natürlich."

„Das ist das beste Verhütungsmittel in der Geschichte der Verhütungsmittel", meinte Sams geliebter Partner Freddie Cruz, als er mit seiner Frau Elin zu ihnen stieß.

„Still, Freddie", tadelte Elin. „Genau darum geht es doch bei Weihnachten – um den Zauber."

„Das ist richtig." Sam sah zu, wie Aubrey die Puppe auspackte, die

Sam im Internet für sie besorgt hatte, in der Hoffnung, dass es die war, die die Kleine wollte. Dem Glücksschrei des Kindes nach zu urteilen, hatte sie die richtige erwischt.

„Ich kann nicht glauben, dass du so einen epischen Weihnachtsmorgen organisiert hast, Sam", lobte Elin. „Wobei mich das eigentlich nicht überraschen sollte. Du bist eben Wonder Woman."

„Wonder Woman hatte eine Menge Hilfe von Celia, Shelby und dem Personal des Weißen Hauses", sagte Sam. „Sie haben das möglich gemacht."

Apropos Personal: Das brachte Müllsäcke und servierte ein warmes Frühstücksbuffet, während die Eltern ihre Kinder überredeten, ihre neuen Spielsachen für eine Minute wegzulegen, um etwas zu essen.

Sam wachte am Buffet über Alden, während Eli sich um Aubrey kümmerte.

Sie brachten Teller zum Frühstückstisch und setzten sich, um Speck und Pfannkuchen in Weihnachtsmann-Form zu essen, dazu gab es Obst.

„Fehlt irgendetwas, Ma'am?", erkundigte sich Gideon Lawson, der Chief Usher im Weißen Haus.

„Alles ist perfekt, Gideon. Bitte leiten Sie unseren Dank an das Personal weiter, und schicken Sie alle so schnell wie möglich heim. Wir werden uns für den Rest des Tages selbst um alles kümmern."

Sam hatte ihm gesagt, dass sie und Nick nicht wollten, dass das Personal an einem Tag, den es mit seinen eigenen Familien verbringen sollte, um sie herumscharwenzelte. Deshalb hatten sie sich für das Frühstück entschieden und nicht für ein aufwendiges Abendessen. Da die Präsidentenfamilie an Weihnachten im Weißen Haus blieb, konnten die meisten Mitarbeiter des Secret Service an diesem Tag etwas Zeit mit ihren Familien verbringen. Deshalb hatten sie ihre Abreise nach Camp David auf den nächsten Morgen verschoben.

„Wie Sie wünschen, Ma'am, aber ein paar Leute werden vor Ort sein, falls Sie doch etwas benötigen."

„Vielen Dank für alles. Es war wunderbar, hier mit allen zu feiern."

„Es war uns ein Vergnügen, Ma'am. Fröhliche Weihnachten."

„Ihnen und Ihrer Familie auch."

Nach dem Frühstück posierten Sam, Nick, die Kinder und Skippy für den Fotografen des Weißen Hauses, für ein offizielles Familienfoto, das über ihre Social-Media-Accounts POTUS und FLOTUS verbreitet werden würde. Die zuständigen Mitarbeiter hatten bereits die Texte verfasst, in denen der Präsident und seine Gattin Weihnachtswünsche an das Land und die Welt richteten. Sam war immer noch fassungslos, wenn sie daran dachte, dass ein einfaches Foto von ihrer Familie international Schlagzeilen machen konnte.

Um die Mittagszeit waren die meisten ihrer Gäste bereits zu anderen Terminen aufgebrochen, nur Sams Schwestern mit ihren Familien waren eingeladen, den Tag im Weißen Haus zu verbringen. Sams Stiefmutter Celia, die mit ihnen hier lebte, war mit ihren Schwestern zu einer älteren Tante gefahren und würde später heimkehren.

„Das war ein unglaubliches Weihnachten", sagte Sams älteste Schwester Tracy. „Ich hätte nicht gedacht, dass das ohne Dad möglich wäre."

„Geht mir genauso", pflichtete ihr Sam bei. „Ich hatte auch meine Zweifel. Doch es hat alles in allem gut geklappt."

„Das Weiße Haus hat uns in einem Jahr, in dem wir es wirklich gebraucht haben, etwas Neues und Aufregendes gegeben", bestätigte Angela. „Deshalb danke, Nick."

„Man tut, was man kann", sagte Nick von seinem Platz auf dem Fußboden aus, wo er und Alden mit dessen neuer Eisenbahn spielten.

„Auf diesen Spruch habe ich das Urheberrecht", beschwerte sich Sam, als die anderen lachten.

„Skip würde wollen, dass es seinen Mädels gut geht", meinte Nick.

„Ja", seufzte Sam. „Auch wenn es uns noch viel besser ginge, wenn er hier wäre und uns alle herumkommandieren würde."

Angela deutete auf Sam. „Da hast du recht."

„Manchmal kann ich immer noch nicht glauben, dass er wirklich tot ist", gestand Tracy. „Wie kann er jetzt einfach weg sein, nach allem, was er überstanden hat?"

Sam nickte. „Aber ehrlich. Der Prozess ist im Januar. Möchtet ihr eigentlich dabei sein?"

„Auf jeden Fall", antwortete Tracy wie aus der Pistole geschossen. „Bei allem."

Angela zögerte. „Normalerweise würde ich dabei sein wollen, aber im Moment ... bin ich mir nicht sicher, ob ich das schaffe." Sie erwartete im Juni ihr drittes Kind.

Spencer, Angelas Mann, kam auf allen vieren an ihnen vorbei, ihren Sohn Jack auf den Fersen, der immer noch sein Spider-Man-Kostüm trug. Ihr Töchterchen Ella schlief nach dem aufregenden Morgen in den Armen ihrer Mutter. Angela lächelte über den Blick, den Spencer ihr im Vorbeikrabbeln zuwarf. „Er kann so gut mit Jack umgehen. Die beiden denken sich jeden Tag ein neues Spiel aus."

Als Sam Spencer kennengelernt hatte, hatte sie ihn für eingebildet gehalten. Auch jetzt konnte er manchmal noch so wirken, doch seine Liebe zu Angela und ihren Kindern war nicht zu leugnen.

Nick setzte sich neben seine Frau auf das Sofa.

Sam lehnte sich an ihn, plötzlich erschöpft von den anstrengenden Wochen vor diesem Urlaub. Sie hätte alles für ein Nickerchen gegeben.

„Wir müssen jetzt zu Mikes Eltern." Tracy stand auf und gab ihren Kindern ein Zeichen, dass es Zeit zum Aufbruch war. Kurz darauf verabschiedeten sie sich mit Umarmungen und dankten Sam und Nick für ein wunderschönes, unvergessliches Weihnachtsfest. „Wir sehen euch dann in Camp David. Ich kann nicht glauben, dass wir Silvester dort feiern werden."

„Glaub es ruhig", sagte Sam, während sie ihre Schwestern, die Tüten mit Geschenken und Reisetaschen trugen, noch einmal in die Arme schloss, bevor sie sie die Treppe hinunterbegleitete.

„Das hat einen Riesenspaß gemacht", erklärte Angela.

„Fortsetzung folgt in Camp David", versprach Nick.

Spencer schüttelte ihm die Hand. „Vielen Dank für die Einladung."

„Es ist lustiger, wenn ihr dabei seid", antwortete Nick.

Nachdem ihre Gäste losgefahren waren, kehrten sie zurück in den dritten Stock, wo die Kinder mit ihren neuen Spielsachen spielten und sich einen Film ansahen.

„Ich kann mich um die Kleinen kümmern, wenn ihr eine Pause machen wollt", erbot sich Eli.

„Bist du dir sicher?", fragte Nick.

„Klar. Ihr müsst nach der ganzen Feierei doch restlos erschöpft sein."

„Gegen eine kleine Pause hätte ich nichts einzuwenden", gab Nick zu und warf Sam einen vielsagenden Blick zu, als sich unerwartet Gelegenheit für etwas Paarzeit auftat.

„Ich auch nicht", pflichtete ihm Sam bei.

„Wenn wir hier fertig sind, wollen wir in den Pool", verkündete Scotty. „Bis später."

„Klingt gut", erwiderte Sam und nahm Nick bei der Hand, um zu verschwinden, bevor einer der Kleinen etwas dagegen sagen konnte.

„Ist das gerade passiert?", fragte Nick, als sie die Treppe hinuntereilten.

„Beschrei bitte nichts. Ist es nicht schön, ein älteres Kind zu haben, das freiwillig ein Auge auf die jüngeren hat? Unsere Familienplanung war echt auf den Punkt."

Nick lachte.

Nichts an ihrer Familie war geplant gewesen, und trotzdem passte es jetzt perfekt.

Kaum hatten sie die Tür zu ihrer Suite geschlossen, klingelte Sams Mobiltelefon. „Es ist Jeannie. Da muss ich rangehen."

„Beeil dich. Das ist ein Befehl des Präsidenten."

Sam lächelte, als sie den Anruf ihrer Ermittlerin entgegennahm. „Frohe Weihnachten."

„Dir auch. Ich hoffe, ihr hattet einen schönen Tag."

„Hatten wir. Was ist mit dir?"

„Viel Spaß mit der Familie. Sie sind alle neidisch, weil wir Weihnachten im Weißen Haus feiern durften. Was für eine tolle Party. Danke noch mal für die Einladung."

„Es hat wirklich Spaß gemacht. Es war so schön, dass ihr da wart."

„Ich wollte dich informieren, dass ich morgen nach Richmond fahre, um weiter im Fall Carisma Deasly zu recherchieren. Wie ich bereits gestern Abend erwähnt habe, habe ich mich mit einem ehemaligen Freund von Daniella Brown getroffen, und er glaubt, dass sie etwas mit Carismas Verschwinden zu tun hatte. Er meinte, sie sei von dem Jungen besessen gewesen. Das war seine Formulierung – besessen. Sie lebt jetzt in Richmond, und er hat mir gesagt, wo ich sie finden kann."

Sam setzte sich aufs Bett. „Hast du schon einen Plan?"

„Bisher noch nicht. Ich werde vermutlich einfach abwarten und sehen, was passiert."

„Fährt Matt mit dir?"

„Ja."

„Was hast du ihm erzählt?"

„Dass wir einen letzten Hinweis im Fall Tappen überprüfen", antwortete Jeannie.

„Ich mache mir trotzdem Sorgen, dass uns die Sache um die Ohren fliegt, nachdem man uns angewiesen hat, die Ermittlungen einzustellen." Carismas Verschwinden war einer von vielen noch offenen Fällen, die Jahre zuvor der inzwischen in Ungnade gefallene Lieutenant Leonard Stahl bearbeitet hatte, den ein Richter vor Kurzem wegen zweifachen versuchten Mordes an Sam verurteilt hatte.

„Versteh ich, und ich schwöre, alles im Vorfeld mit dir abzusprechen."

„Wenn ihr glaubt, Daniella gefunden zu haben, werden wir Jesse

Best und die U.S. Marshals einschalten. Wir können in diesem Fall nicht die Helden sein."

„Dann melde ich mich, wenn wir die Marshals brauchen."

„Das klingt gut."

„In der Zwischenzeit wünsche ich dir eine schöne Zeit mit deiner Familie. Versuch, dir keine Sorgen zu machen."

„Was? Ich und mir Sorgen machen?"

Jeannie lachte. „Ich hab alles im Griff."

„Danke, Jeannie, und sei vorsichtig."

„Na klar."

Sam klappte das Handy zu und saß eine ganze Minute lang da, während sie darüber nachdachte, ob sie und Jeannie sich einen Haufen Ärger einhandeln würden, wenn sie diesen Fall weiterverfolgten, obwohl sie es nicht sollten.

„Was ist?", fragte Nick, der gerade aus dem Bad kam.

„Jeannie und Matt fahren morgen nach Richmond, um einer Spur in einem Vermisstenfall nachzugehen, der elf Jahre zurückliegt."

„Wow. Warum hast du gesagt, du hast Angst, dass euch das um die Ohren fliegt?"

„Weil wir Anweisung haben, den Fall nicht weiterzuverfolgen."

„Äh, warum?"

„Weißt du noch, wie ich einen von Stahls alten Mordfällen an einem einzigen Nachmittag zum Abschluss gebracht habe?"

„Ich erinnere mich. Das war unglaublich."

„Ja, aber die Presse hat ein Riesending daraus gemacht, wie leicht ich die Sache gelöst habe, und das lässt uns eher schlecht dastehen. Man will nicht, dass ein weiterer schnell geklärter Altfall auftaucht, wenn das FBI nächsten Monat den Bericht über seine Ermittlungen in der Abteilung veröffentlichen wird."

„Ah, verstehe."

„Andererseits haben wir ein Mädchen, das seit elf Jahren vermisst wird, und Jeannie glaubt, vielleicht die Person gefunden zu haben, die sie entführt hat."

„Ihr ermittelt also entgegen der ausdrücklichen Anordnung weiter?"

„Irgendwie schon", sagte Sam mit verlegenem Blick. „Wenn sie glaubt, dass sie etwas Handfestes hat, werden wir die U.S. Marshals einschalten und sie den Rest erledigen lassen. So ernten sie die Lorbeeren, und die Presse wird sich nicht fragen, wie viele andere Fälle in der Schublade liegen und darauf warten, gelöst zu werden, sobald das MPD beschließt, sich darum zu kümmern."

„Wie werden Malone und Farnsworth es finden, wenn sie dahinterkommen, dass ihr einer Spur nachgeht, obwohl sie es euch verboten haben?"

„Sie werden nicht erfreut sein, doch wie Jeannie schon sagte: Wie sollen wir weiterleben, wenn wir wissen, dass wir dieses Mädchen gefunden haben könnten? Sie ist heute kein Mädchen mehr, sondern eine erwachsene Frau, wenn sie überhaupt noch lebt."

„Ich spiele mal des Teufels Advokat … Ihr könntet jetzt die Marshals einschalten und ihnen alles geben, was ihr habt, und sie dann übernehmen lassen."

„Das könnten wir wohl."

„Aber werdet ihr nicht?"

„Jeannie ist in diesem Fall sehr engagiert. Ich möchte ihr die Chance geben, ihn bis fast zur Ziellinie durchzuziehen."

„Ihr wisst vermutlich, was ihr tut, also werde ich euer Tun nicht infrage stellen. Ich hoffe nur, dass alles glattläuft und ihr das vermisste Mädchen findet, ohne euch in Schwierigkeiten zu bringen."

„Ich werde versuchen, keine schlechte Presse für dich zu verursachen."

„Das ist mir egal, wie du genau weißt. Ich sorge mich um dich."

„Ich komme schon zurecht. Jeannie und mir ist es wichtig, der Sache nachzugehen. Allerdings bin ich jetzt gerade nicht im Dienst und frage mich, wie wir diese unerwartete freie Zeit am Weihnachtstag miteinander verbringen sollen."

„Wir könnten hiermit anfangen." Er reichte ihr ein langes, schmales, in Goldpapier eingewickeltes Päckchen mit einer goldenen Schleife.

„Was ist das?"

„Mach es auf und schau nach."

„Ich dachte, wir hätten uns dieses Jahr auf *ein* Geschenk geeinigt?"

„Sam, ich habe mich sehr über dein Geschenk gefreut, und ich kann es kaum erwarten, bald ein Wochenende mit dir zu verbringen."

„Super, und ich liebe die Wildlederstiefel. Sie sind umwerfend."

„Ich habe etwas mehr als die Stiefel gebraucht, um mich bei dir für alles zu bedanken, was du im letzten Monat getan hast, und um dich für die nächsten drei Jahre gnädig zu stimmen."

Gespannt entfernte Sam das Geschenkpapier und enthüllte eine blaue Tiffany-Schachtel aus Samt. „Was hast du getan?"

„Ich hatte etwas Spaß. Mach schon auf."

Sam hob den Deckel der Schachtel an, und zum Vorschein kam ein funkelndes Diamantarmband. „O mein Gott. Das ist wunderschön."

Nick nahm es aus der Schachtel und legte es ihr ums Handgelenk. „Ich möchte, dass du dich jedes Mal, wenn du es ansiehst, daran erinnerst, wie dankbar ich bin, dich in meinem Leben zu haben – immer, aber in letzter Zeit besonders. Ich möchte, dass es dich daran erinnert, wie sehr ich dich liebe."

„Es ist wunderschön. Vielen Dank. Wie hast du das denn geschafft?"

„Mit etwas Unterstützung von Tracy und Angela. Sie haben mir geholfen, die Auswahl einzugrenzen, die endgültige Entscheidung habe ich allerdings selbst getroffen."

„Das hast du gut gemacht." Sam hob den Arm, damit die Juwelen das Licht des Feuers einfangen konnten, das im Kamin brannte. Nachdem sich herumgesprochen hatte, wie sehr sie den Holzkamin liebte, zündete ein guter Geist vom Personal ihn jeden Abend vor dem Schlafengehen für sie an, und am heutigen Feiertag war das bereits früher geschehen. Zuerst hatte sie sich Sorgen gemacht, dass Bedienstete unangemeldet hereinkommen könnten, doch bisher hatte niemand die Suite ungebeten betreten. Die Dienstboten verfügten offenbar über einen siebten Sinn dafür, wann sie sich fernhalten mussten.

„Die letzte Nacht und der heutige Tag waren fantastisch", sagte Nick und küsste Sam. „Danke für alles, was du getan hast, um das zu ermöglichen."

„Das waren hauptsächlich Gideon und seine Leute."

„Aber es war deine Idee."

„Das war der einfache Teil. Dem Personal gebührt die Anerkennung dafür, dass es meine Idee umgesetzt hat."

„Ich hoffe, wir können das jedes Jahr machen, solange wir hier sind."

„Das wäre schön", pflichtete ihm Sam bei. „Es scheint allen wirklich gefallen zu haben."

„Sie waren begeistert."

„Dieses Haus ist ja auch ziemlich beeindruckend."

„Nichts war gestern Abend beeindruckender als meine Gattin."

„Sie sah wirklich umwerfend aus, nicht wahr?", fragte Sam mit einem Lachen.

„Sie war die Königin des Balls, mein Augenstern, die Liebe meines Lebens."

„Seufz. Du weißt, dass du mich nicht mehr umwerben musst, oder?"

Nick lächelte. „Das wird für mich niemals selbstverständlich sein."

„Du wirst mich ohnehin nicht mehr los."

„Wieso sollte ich das auch wollen?" Er stand auf und reichte ihr die Hand, um ihr hochzuhelfen, damit er ihr den Pullover und die Leggings ausziehen konnte, die sie am Weihnachtsmorgen getragen hatte. Ihr BH und ihr Höschen landeten mit dem Rest ihrer Kleidung auf dem Boden, und Sam drückte ihren nackten Körper an seinen. „Lass uns an den Kamin gehen."

„Was immer du willst, Liebste."

Sam schnappte sich ein Kissen und eine Decke, unter die sie sich am Kaminfeuer kuschelten. „Du hast keine Ahnung, wie sehr ich nach diesen letzten verrückten Tagen etwas Zeit allein mit dir gebraucht habe."

„Ich glaube, ich habe eine ungefähre Vorstellung."

Sam legte eine Hand um seine Erektion. „Eine ziemlich beeindruckende Vorstellung."

Nicks Lachen verwandelte sich in ein Stöhnen, als sie ihn sanft streichelte und das Diamantarmband über seine empfindliche Haut rieb. „Sam ..."

„Hmm?"

„Nicht zu schnell bitte."

„Sag mir nicht, was ich tun soll, Mr President. Du bist nicht mein Boss."

„Du lässt dir ohnehin von niemandem Vorschriften machen", bemerkte er.

Sam lachte. „Richtig, vergiss das nie." Damit beugte sie sich über ihn und nahm ihn in den Mund, wobei sie ihre Lippen, ihre Zunge und ihre Hand benutzte, um sein Vergnügen zu steigern. Bei anderen Männern hatte sie das immer vermieden. Aber wie bei allem, was sie mit ihm tat, gefiel ihr die Art, wie er darauf reagierte – und sie genoss es, zu wissen, dass er in diesem Augenblick an nichts anderes dachte als an sie und sie beide.

Da er die Last der freien Welt auf den Schultern trug, brauchte er dringend eine Auszeit, und sie liebte es, die Einzige zu sein, die ihm eine vollständige Flucht vor dem unerbittlichen Druck ermöglichte.

Das Telefon auf dem Nachttisch, das, bei dem er auf jeden Fall abnehmen sollte, klingelte.

Nick stöhnte. „Bitte hör nicht auf."

Mit Hand, Lippen und Zunge brachte sie es in kürzester Zeit zu Ende – und auf ziemlich spektakuläre Weise, wie sie durchaus selbstzufrieden dachte.

Das Telefon läutete mit unerbittlicher Dringlichkeit weiter.

Nicks tiefes Seufzen sagte alles, als er sich von ihrem Lager vor dem Kamin erhob, um den Anruf entgegenzunehmen. „Ja?" Das Wort war voller Verärgerung über die Störung. Er hörte eine ganze Minute lang zu, bevor er erklärte: „Ich bin sofort da."

Sam setzte sich auf und zog die Decke hoch. „Was ist passiert?"

„Die Nordkoreaner dachten, der Weihnachtstag wäre ein hervorragender Zeitpunkt, um eine Interkontinentalrakete zu testen, was gegen die Resolutionen des UN-Sicherheitsrats verstößt, und offenbar ist das mein Problem." Er ging neben ihr in die Hocke, um sie zu küssen, und strich ihr das Haar aus dem Gesicht. „Tut mir leid, Babe. Man braucht mich im Lagezentrum."

„Schon okay."

„Nein, ist es nicht. Können wir später genau da weitermachen?"

Sie lächelte und sagte: „Ich gehe nirgendwohin."

„Ich kann es kaum erwarten, mir mit dir und den Kindern ein paar Tage Urlaub zu gönnen."

„Geh und kümmere dich um die Nordkoreaner und ihre interkoitale Rakete."

Nick brach in lautes Gelächter aus. „Es ist eine inter*kontinentale* ballistische Rakete, die Atomwaffen tragen kann, daher der Alarm."

„Okay, ich hab's kapiert."

„Nur damit das klar ist: Ich hätte lieber mit dir zu tun als mit den Nordkoreanern."

„Das ist kein besonders tolles Kompliment."

Lächelnd küsste er sie noch einmal und ging dann ins Bad, um sich zu waschen und anzuziehen, damit er sich um die Nordkoreaner kümmern konnte.

Und da dachten die Leute, US-Präsident zu sein sei so aufregend. Aus Sams Sicht war es nichts weiter als unfassbar nervig, selbst wenn der Service im Weißen Haus unübertroffen war.

Ihrer Meinung nach – und wahrscheinlich auch Nicks nach, obwohl er das nie zugeben würde – überwogen die Nachteile die Vorteile bei Weitem.

KAPITEL 3

Nachdem sie den ersten Weihnachtsfeiertag mit Mann und Familie verbracht hatte, war Detective Jeannie McBride am Abend wieder an die Arbeit gegangen und hatte zum hundertsten Mal ihre Notizen zu diesem Fall durchgesehen. Jedes Mal fügte sie ihrer Liste von Fragen weitere hinzu und kam zu demselben unausweichlichen Schluss. Bevor sie nach Richmond fuhr, musste sie sich dringend mit Carismas Mutter treffen.

LaToya Deasly hatte eine Ausbildung zur Rechtsanwaltsgehilfin absolviert, ein Haus für sich und ihre drei Kinder gekauft und war allem Anschein nach eine gute Mutter. In den elf Jahren, die ihre Tochter inzwischen vermisst war, hatte LaToya wiederholt angegeben, ihre frühere Freundin Daniella Brown habe ihr Kind entführt.

Niemand hatte ihr zugehört.

Das war Jeannie vor einer Woche klar geworden. Nicht nur, dass ihr niemand zugehört hatte, es schien, als hätte sich niemand für einen vermissten schwarzen Teenager unter vielen interessiert. Was würde LaToya sagen, wenn jetzt eine Ermittlerin des MPD bei ihr auftauchte und behauptete, sie nehme sich nach all der Zeit des Falls an? Jeannie würde es der Frau nicht verübeln, wenn sie ihr die Tür vor der Nase zuschlug.

Aber sie musste es zumindest versuchen. LaToya konnte ihr helfen, die Dynamik ihrer Beziehung zu Daniella und die von Daniella und Carisma zu verstehen.

Jeannie hatte Daniellas Ex-Freund befragt, der bestätigt hatte, dass

Daniella auf Carisma fixiert gewesen war und sie als ihre Tochter bezeichnet hatte, nicht als die ihrer Freundin. Es sei befremdlich gewesen, hatte der Freund erzählt, wie sie sich eingeredet hatte, das Kind sei ihres. Sie hatten sich über diese Besessenheit von einem fremden Kind gestritten und sich schließlich deshalb getrennt. Er war davon überzeugt, dass sie etwas mit Carismas Verschwinden zu tun hatte, und hatte das damals auch ausgesagt.

Niemand hatte diese Spur weiterverfolgt. Der damalige Detective Stahl hatte es in den ohnehin sehr spärlichen Berichten, die er zu dem Fall verfasst hatte, nicht einmal vermerkt.

Während sie ihre Notizen ein weiteres Mal durchging, wurde Jeannie schlecht wegen der Schlampigkeit, mit der Stahl diesen Fall bearbeitet hatte – oder das eben gerade nicht getan hatte. Wenn sie noch lebte, wartete Carisma irgendwo da draußen auf jemanden, dem sie wichtig genug war, dass er sich auf die Suche nach ihr machte.

Jeannie war sie wichtig genug, und sie würde die Spuren, die sie bisher hatte, auf jeden Fall und auch ohne offizielle Erlaubnis weiterverfolgen.

Am Morgen war sie früh aufgestanden, um zu duschen, in der Hoffnung, dass die Morgenübelkeit abklingen würde, ehe sie zur Arbeit fuhr.

„Wie fühlst du dich, Schatz?", fragte Michael.

„Genau wie an jedem anderen Tag."

„Hast du etwas gegessen?"

„Ein Stück Toast, das ich bis jetzt sogar bei mir behalten habe."

Er kam zu ihr, um sie zu küssen und zu umarmen. „Ich hoffe, das Kind ist das wert, was er oder sie dir zumutet."

Jeannie war dankbar, dass der Duft seines Eau de Cologne, das sie immer sehr gemocht hatte, sie nicht so anekelte wie viele andere Gerüche in letzter Zeit. „Ich habe gehört, das sei generell so."

„Was steht heute für dich an?"

„Ich habe ein paar Dinge in der Stadt zu erledigen, und dann fahre ich nach Richmond, um mich ein wenig umzusehen."

„Begleitet Matt dich?", fragte Michael. Matt war ihr Partner.

„Nach Richmond, ja."

„Wirst du auch vorsichtig sein?"

„Immer."

„Pass gut auf die Mutter meines Kindes auf."

„Werde ich. Ich liebe dich."

„Ich dich auch. Danke für ein wunderschönes Weihnachtsfest."

„Ja, das war es wirklich. Und nächstes Jahr wird es sogar noch besser, wenn Junior dabei ist."

„Ich kann es kaum erwarten."

Nachdem er weg war, ließ sich Jeannie noch eine halbe Stunde Zeit, damit sie sich sicher sein konnte, dass sie sich nicht doch noch übergeben musste. Manchmal geschah das, manchmal auch nicht. Sie wusste nie, was sie von einem Tag auf den anderen zu erwarten hatte. Dann schickte sie ihrem Partner eine SMS.

Ich muss noch etwas erledigen, bevor ich dich abhole.

Matt antwortete sofort. *Soll ich mitkommen?*

Ich habe alles im Griff. Wir sehen uns im Hauptquartier.

Jeannie hasste es, Dinge von Hautfarbe und Geschlecht abhängig zu machen, aber da sie selbst eine schwarze Frau war, hoffte sie, ohne ihren männlichen weißen Partner bei LaToya mehr zu erreichen. Eine halbe Stunde später parkte sie vor LaToyas Haus in der Good Hope Road im Stadtteil Fairlawn. Nervös lief sie auf die dunkle Tür mit dem Weihnachtskranz zu und hoffte, dass die Frau mit ihr sprechen würde.

Sie klingelte und wartete an der Seite, da sie immer Angst hatte, Leute könnten durch die geschlossene Tür auf sie schießen, vor allem seit das Sam und Freddie passiert war.

Die Tür öffnete sich.

Jeannie kannte LaToya aus den Medienberichten über die Entführung. Sie hatte seitdem erheblich zugenommen und hatte einen weltmüden Blick, der von ihrem langen Leidensweg zeugte.

Jeannie hielt ihre Dienstmarke hoch. „Detective McBride, Metro PD. Ich möchte zu LaToya Deasly."

„Das bin ich." Sie musterte Jeannie argwöhnisch. „Haben Sie Carisma gefunden?"

„Bisher nicht, Ma'am, aber ich arbeite an dem Fall und hatte gehofft, mit Ihnen sprechen zu können."

„Sind Sie nicht dieses Entführungs- und Vergewaltigungsopfer?"

Die Frage traf Jeannie wie ein Faustschlag in ihren ohnehin schon aufgewühlten Magen. „Ja."

„Ich habe die Berichterstattung darüber verfolgt. Es hieß, Sie seien ziemlich mutig gewesen."

„Nun, ich habe überlebt." *Mit knapper Not*, fügte Jeannie in Gedanken hinzu.

„Kommen Sie rein."

Jeannie folgte LaToya in ein einladendes Wohnzimmer, das an eine Wohnküche grenzte.

„Kann ich Ihnen etwas anbieten? Einen Kaffee? Wasser?"

„Ein Glas Wasser wäre toll. Danke sehr." Das Angebot einer Erfrischung war mehr, als sie von LaToya erwartet hatte, die allen Grund hatte, das MPD und alle, die damit zu tun hatten, zu verachten.

„Setzen Sie sich bitte."

Jeannie nahm bei ihr am Küchentisch Platz.

„Ich gebe zu, es ist ein Schock, dass plötzlich eine Ermittlerin des MPD vor meiner Tür steht. Von der Polizei habe ich seit Jahren nichts mehr gehört."

„Ich weiß, und ich entschuldige mich für die Versäumnisse meiner Kollegen. Die einzige Erklärung, die ich Ihnen geben kann, ist, dass die Leute überarbeitet sind. Doch nichts, was ich sagen könnte, würde das jemals wiedergutmachen."

„Das stimmt. Aber wenn Sie meine Tochter finden, finde ich wiederum vielleicht einen Weg, die Sünden der Vergangenheit zu vergeben."

„Ich möchte Ihre Tochter unbedingt aufspüren, und ich habe alles, was ich über ihr Verschwinden in Erfahrung bringen konnte, überprüft. Unter anderem habe ich mit dem Ex-Freund der Hauptverdächtigen gesprochen."

„Daniella", sagte sie leise. „Meine ehemalige beste Freundin. Ich war immer davon überzeugt, dass sie meine Tochter entführt hat. Es kann kein Zufall sein, dass sie zur gleichen Zeit verschwunden ist."

„Das glaube ich auch."

„Ich habe alles für sie getan. Sogar einen Kredit aufgenommen, um ihr zwei Entziehungskuren zu bezahlen. Sie ist bei mir eingezogen, als sie aus der Klinik entlassen wurde, ich habe ihr geholfen, einen Job in meiner Firma zu finden. Eines Tages komme ich nach Hause, und sie ist weg, und Carisma auch. Zuerst dachte ich, sie seien etwas essen gegangen oder so. Als aus einer Stunde allerdings zwei wurden und dann drei und ich keine von beiden erreichen konnte, wusste ich, dass es etwas anderes war."

„Sie haben die Polizei um 21.20 Uhr angerufen", erklärte Jeannie, nachdem sie in ihren Notizen nachgeschaut hatte.

LaToya nickte. „Sie haben Streifenbeamte vorbeigeschickt, damit sie meine Aussage aufnahmen, versicherten mir, sie würden die Sache prüfen, und dann ... nichts. Ich habe zwei Tage gewartet, bis ich erneut angerufen und nachgefragt habe, ob es irgendwelche Informationen über meine Tochter gäbe. Niemand wusste, wovon ich redete. Ich musste die ganze Angelegenheit noch einmal vortragen. Sie haben einen Detective namens Stahl hergeschickt. Er hat mir eine Reihe von Fragen gestellt, sich Notizen gemacht und behauptet, er würde Daniellas Auto zur Fahndung ausschreiben und ihr Telefon und Carismas orten lassen. Wieder habe ich tagelang ohne Rückmeldung gewartet. Ich habe Nachrichten für Stahl hinterlassen, die unbeantwortet blieben. Dann habe ich das Büro des Bürgermeisters, den Polizeipräsidenten und das FBI kontaktiert. Niemand hat mich je zurückgerufen."

Jeannie rang darum, nicht die Fassung zu verlieren. Die Übelkeit, die sie verspürte, hatte nichts mit ihrer Schwangerschaft zu tun. Die Behandlung, die LaToya von allen Ebenen der Strafverfolgungsbehörden erfahren hatte, war eine Schande. „Ich wünschte, ich könnte etwas Angemessenes sagen, doch es gibt keine Entschuldigung dafür, dass das passieren konnte."

„Den Leuten war es egal. So konnte das passieren."

„Mir ist es nicht egal. Ich nehme diesen Fall persönlich und bin entschlossen, keine Ruhe zu geben, bis ich Ihnen Antworten verschafft habe."

„Warum jetzt?", fragte LaToya, die verständlicherweise misstrauisch war.

„Wir haben nach der Verurteilung von Lieutenant Stahl mit einer Überprüfung seiner Fälle begonnen."

„Davon habe ich gelesen. Er hat versucht, die Frau des Präsidenten zu töten – zweimal."

„Damals war sie noch nicht die Frau des Präsidenten, aber ja, er hat es versucht."

„Der stellvertretende Polizeichef war an der Erschießung ihres Vaters beteiligt. Es überrascht mich nicht, dass beim MPD Chaos herrscht, wenn solche Leute es leiten."

„Nicht jeder beim MPD ist wie sie. Die meisten von uns sind engagierte Profis, die sich hundertprozentig für die Lösung ihrer Fälle einsetzen, und Carismas Fall ist jetzt meiner."

LaToya wandte den Blick ab und blinzelte ein paar Tränen weg. „Ich habe lange auf jemanden gewartet, der sich für Carisma interessiert. Sie wäre jetzt vierundzwanzig, doch wenn ich an sie denke, ist sie weiter dreizehn, dickköpfig, frech und liebenswert zugleich. Ich liebe alle meine Kinder, aber sie war mein erstes, und dadurch war sie etwas ganz Besonderes."

„Tja, ich erwarte gerade selbst mein erstes, also verstehe ich das."

„Ich freue mich für Sie, dass Sie Ihr Leben wieder in den Griff bekommen haben."

„Es war nicht einfach, und an manchen Tagen kostet es mich viel Kraft, doch ich bin entschlossen, mich nicht unterkriegen zu lassen."

„Für mich war es schwer, weiterzumachen, ohne zu wissen, was mit meinem Baby passiert ist oder ob sie noch lebt. Selbst wenn nicht … Es würde mir helfen, wenn ich Bescheid wüsste."

„Ich werde alles nur Menschenmögliche tun, um Ihnen Antworten zu liefern. Beginnen wir damit, dass wir alles durchgehen, woran Sie sich aus den letzten Tagen vor dem Verschwinden von Carisma und Daniella erinnern, und von da aus arbeiten wir uns dann weiter vor."

Sam wachte am Tag nach Weihnachten auf, verwirrt und übellaunig, weil ihr Wecker nicht geklingelt hatte, bis ihr wieder einfiel, dass sie ja Urlaub hatte. Ihre Stimmung besserte sich schlagartig.

Nick hatte sich an sie geschmiegt und ihr einen Arm um die Taille gelegt.

Da sie ihn nicht mehr gesehen hatte, nachdem man ihn am Abend zuvor ins Lagezentrum gerufen hatte, fragte sie sich, wann er sich zu ihr gesellt haben mochte.

Als sie versuchte, sich aus seiner Umarmung zu lösen, ohne ihn zu wecken, schlang er den Arm nur fester um sie. „Bitte geh nicht."

„Ich muss mal."

„Aber danach kommst du wieder."

„Versprochen."

Sam verschwand ins Bad, kämmte sich die Haare und putzte sich die Zähne, bevor sie ins Bett zurückkehrte.

Nick streckte den Arm aus und lud sie ein, näher zu ihm zu rutschen.

„Wann bist du ins Bett gekommen?"

„Um vier."

„Oje. Was war denn los?"

„Nicht der Rede wert. Wir haben alles im Griff. Zumindest für den Moment."

„Wir sind also nicht im Krieg?"

„Im Augenblick jedenfalls nicht."

„Gute Arbeit."

Sein kurzes Auflachen ließ sie ebenfalls lächeln. „Falls ich vergessen habe, es zu erwähnen: Der Job ist scheiße."

„Dafür ist der Zimmerservice der Hammer."

„Richtig, und heute dürfen wir mit Marine One fliegen und zum ersten Mal den supercoolen Rückzugsort des Präsidenten besichtigen."

„Ich finde, an deinem Amt ist nicht alles schlecht. Wie Scotty schon festgestellt hat, bist du der einzige Mensch auf der Welt, für den das Marine-Musikkorps ‚Hail to the Chief' spielt, ganz zu schweigen von den ganzen anderen netten Kleinigkeiten."

„Das stimmt. Das gleicht wieder aus, dass ich manchmal ins Lagezentrum gerufen werde, während meine Frau mir ..."

Sam küsste ihn auf den Mund. „Sag es nicht."

„Warum denn nicht? Ist dir das peinlich?"

Sie schnaubte verächtlich. „Kaum." Sie sah sich um. „Man weiß hier nur nie, wer gerade mithört."

„Niemand."

„Das behauptest du."

„Diese Räumlichkeiten sind tabu." Seine Hand wanderte unter ihr T-Shirt und umschloss eine Brust.

Sie glaubte zwar nicht, dass irgendein Teil des Weißen Hauses in Bezug auf Überwachung tabu war, doch sie würde sich auf sein Wort verlassen. „Gibt's was Neues zu der Bombe?"

„Bisher noch nicht. Wie spät ist es denn?"

„Viertel nach acht."

Seine Hand erstarrte. „Ernsthaft?"

„Ja, warum?"

„In fünfzehn Minuten will man mir im Oval Office beibringen, wie man korrekt salutiert."

„Das muss man dir beibringen?"

„Nachdem wir in Des Moines waren, erwähnte Commander Rodriguez, ich bräuchte etwas Training." Rodriguez war Marineoffizier und einer seiner Militärattachés. „Ich schätze, dass frühere Präsidenten wegen inkorrekten Salutierens schon gnadenlos verspottet worden sind."

„Warum musst du das ausgerechnet heute lernen?"

„Weil ich den Marineoffizier grüßen werde, der uns in Empfang nimmt, wenn wir an Bord von Marine One gehen, und offenbar muss ich daran noch ein wenig arbeiten."

„Oh. Verstehe. Müssen wir wirklich mit dem Hubschrauber nach Camp David fliegen?"

„Der Secret Service bevorzugt es. Es ist schneller und effizienter als eine Autokolonne."

„Aber die Gattin des Präsidenten hasst es, zu fliegen."

„Wie du auf dem Flug nach Des Moines erfahren hast, ist Marine One ein luxuriöses Abenteuer, und ich glaube, du wirst es lieben."

„Ich bin sicher, das werde ich nicht."

„Dann halte ich deine Hand."

„Okay, dadurch wird es etwas besser."

Er küsste sie und erhob sich. „Tut mir leid, dass ich schon wieder losmuss. Ich werde es in Camp David wiedergutmachen. Versprochen."

„Dein Job ist ein echter Liebestöter."

„Du meinst, eine Sexverhinderungsmaschinerie."

Sam lachte, während er sich auf den Weg zur Dusche machte, doch manchmal fragte sie sich tatsächlich, ob sie je wieder ungestört Sex haben würden.

⁂

„Die Handkante muss in diesem Winkel gehalten werden", erklärte Lieutenant Commander Juan Rodriguez und demonstrierte es.

Nick tat es ihm nach.

„Das ist gut, aber Ihr Ellbogen muss ein wenig weiter nach vorne, und die Oberseite Ihres Arms sollte eher in der Waagrechten sein. Darf ich, Sir?"

„Natürlich."

Juan bewegte Nicks Arm seinen Anweisungen gemäß. „Vergessen Sie nicht, dass Sie immer mit der rechten Hand salutieren, es sei denn, der Arm ist eingegipst oder in einer Schlinge."

„Verstanden."

„Wie macht er sich?", fragte Dr. Harry Flynn, der gerade das Oval Office betrat.

„Ich glaube, er hat es", antwortete Juan und salutierte vor Nick, der den Gruß erwiderte.

„Normalerweise salutiert die Navy ausschließlich bei besonderen Anlässen in Gebäuden, aber dies ist zur Übung. Das Heer und die Luftwaffe hingegen salutieren drinnen, draußen, auf und außerhalb der Basis."

„Gut zu wissen", meinte Nick.

„Da Sie Oberbefehlshaber sind, salutieren andere immer vor Ihnen, nicht umgekehrt", fügte Juan hinzu.

„In meinem Kopf salutiere ich vor Ihnen für die Arbeit, die Sie für unsere Sicherheit leisten."

„Vielen Dank, Sir. Wir sehen uns an Bord von Marine One."

31

Juan und die anderen Militärattachés, die sich im Rahmen des Einsatzes abwechselten, begleiteten Nick als Hüter des Koffers mit den Atomcodes überallhin. „Hier hat der Spaß auch nie ein Ende, was?", bemerkte Harry, als sie allein waren.

„Du hast ja keine Ahnung."

„Ich habe gehört, die Nordkoreaner haben dich an Weihnachten gestört. Ist alles okay?"

„Im Augenblick ja. Wie du weißt, ist die Situation dort immer angespannt. Seid ihr bereit für einen kleinen Urlaub in Camp David?"

„Wir können es kaum erwarten." Harry würde in Begleitung seiner neuen Verlobten Lilia mitreisen, die außerdem Sams Stabschefin in deren Funktion als First Lady war.

„Wie ist das Leben als Verlobter?"

„Mir ging es nie besser. Ich bin so froh, dass ich auf sie gewartet habe."

„Sie ist toll, und ich bin auch froh, dass du gewartet hast. Lilia passt perfekt zu dir."

„In jeder Hinsicht. Ich gebe zu, ich dachte immer, du und Sam, ihr wärt so … Wie heißt noch mal das Wort, das ich suche?"

„Peinlich?"

Harry lächelte. „Das habe ich nicht gemeint, aber fast. Doch jetzt … jetzt verstehe ich es. Wenn es passt, ist es einem egal, wenn alle wissen, dass man bis über beide Ohren verliebt ist."

„Apropos, wir haben gehört, dass *Saturday Night Live* dieses Wochenende die Schauspieler vorstellen wird, die uns verkörpern, und im Zentrum wird unsere megaheiße Romanze stehen."

„Ernsthaft?", fragte Harry belustigt.

„Ich glaube, der Ausdruck, mit dem der Sketch beschrieben wurde, war ‚Trockensex'."

Harry brach in schallendes Gelächter aus. „Das wird der Höhepunkt meines Urlaubs sein."

„Ich dachte, das wäre die Verlobung."

„Nope. Der Sketch hat gerade die Poleposition übernommen."

„Worüber amüsiert ihr euch so?", erkundigte sich Terry O'Connor, der sich zu ihnen gesellte.

„*Saturday Night Live* und Trockensex", sagte Harry und musste wieder lachen.

„Hast du es Sam schon erzählt?", wollte Terry von Nick wissen, der sich sichtlich bemühte, sich nicht von Harrys Erheiterung anstecken zu lassen.

„Sie weiß, dass es gesendet wird, aber das Wort ‚Trockensex‘ hat sie bisher nicht gehört. Das wäre mir nicht verborgen geblieben."

„Als dein Stabschef empfehle ich dir, es ihr gegenüber eher früher als später zu erwähnen", riet Terry.

„Es steht auf meiner Liste für Camp David, zusammen mit etwas ungestörter Zeit mit ihr und den Kindern."

„Wir werden tun, was wir können, um das zu ermöglichen", versprach Terry. „Doch wir haben diese Woche viel zu tun, angefangen mit dem ersten Entwurf deiner Rede zur Lage der Nation. George kommt übermorgen und verbringt den Tag mit uns."

„Ich will sie selbst schreiben", sagte Nick.

Terrys hochgezogene Brauen verrieten seine Meinung zu diesem Plan. „Komplett?"

„Jawohl."

„Meinst du nicht, dass du dich mit George zusammensetzen und deine Ideen mit ihm besprechen solltest?"

„Na schön, ich werde ihm ein paar Stunden einräumen, allerdings nicht den ganzen Tag. Ich habe Sam eine echte Pause versprochen, und die werden wir auch einlegen, und ich hoffe, du denkst schon darüber nach, wie du uns zu unserem Hochzeitstag im März nach Bora Bora bringst."

„Als Leiter der medizinischen Abteilung des Weißen Hauses hat man einige Vorteile", grinste Harry. „Zum Beispiel kann man den Präsidenten überallhin begleiten, sogar nach Bora Bora."

„Wir arbeiten an der Logistik", berichtete Terry. „Der Secret Service hat ein Vorauskommando geschickt ..."

„Moment, wie bitte? Ein Vorauskommando nach Bora Bora?"

„Ja. Wie du weißt, ist das Standard bei der Planung internationaler Reisen."

„Aber das ist eine ganz inoffizielle Reise."

„Egal", antwortete Terry. „Der Secret Service hält sich trotzdem ans Protokoll und wird vor deiner Ankunft mit einer C-17 oder C-5 das Beast hinschicken."

Der Secret Service ließ Nick nur in dem von ihm zur Verfügung gestellten Auto fahren.

„Das scheint eine Menge Mühe und Kosten für eine Reise zum Hochzeitstag zu sein", entgegnete Nick und ahnte schon, was die Presse daraus machen würde.

„Wir haben diesen Aufwand auch schon betrieben, als du noch Vizepräsident warst", erinnerte ihn Terry.

„Damals hat es mir nicht besser gefallen, und außerdem hat mich die Öffentlichkeit viel weniger unter die Lupe genommen als jetzt."

„Dann willst du deine Pläne ändern?", fragte Terry.

Nick schüttelte den Kopf, als er an die vielen Opfer dachte, die Sam gebracht hatte, seit er an Thanksgiving unerwartet das Präsidentenamt übernommen hatte. „Sam freut sich darauf, und ich auch." Sie hatten den Trip in Elis Frühjahrsferien gelegt, damit er zu Hause sein konnte, um sich um Alden und Aubrey zu kümmern. Alles war geplant, bis hin dazu, dass der Secret Service offensichtlich bereits mitten in den Vorbereitungen steckte.

Er würde den Ärger mit der Presse in Kauf nehmen, um seiner Frau einen unvergesslichen Hochzeitstag zu bescheren. In den zwei Jahren, die sie verheiratet waren, hatte sich ihr Leben durch seine beispiellose Karriere in der Politik bis hin zum Präsidentenamt dramatisch verändert. Dieser schwindelerregende Aufstieg hatte dazu geführt, dass politische Konkurrenten behaupteten, er dürfe das Amt von Rechts wegen gar nicht innehaben, da er nie zum Vizepräsidenten gewählt worden war.

Vielmehr war es ihm zugefallen, die Amtszeit des erkrankten Vizepräsidenten Gooding zu beenden. Zum Glück gab es für seine Situation einen Präzedenzfall: Gerald Ford hatte den angeklagten Vizepräsidenten Spiro Agnew ersetzt und dann nach dem Rücktritt von Präsident Nixon die Präsidentschaft übernommen.

Nicks Kommunikationsteam verwies immer auf Ford, wenn im Presseraum, wie fast täglich, Fragen zur Legitimität der Situation auftauchten.

„Zurück zur Rede zur Lage der Nation", sagte Nick. „Wir müssen diese Gelegenheit nutzen, um mich dem amerikanischen Volk erneut vorzustellen und meine Absicht zu bekunden, dass ich mich für alle einsetzen werde, nicht nur für diejenigen, die meine politischen Ansichten teilen. Ich habe einige Ideen, wie ich das machen möchte, die euch vielleicht nicht gefallen werden."

„Wir freuen uns auf deine Vorschläge", antwortete Terry. „Ich werde George Bescheid geben, dass du das meiste selbst schreiben wirst."

„Bitte tu das." Nick hatte viel darüber nachgedacht, was er dem Land in seiner ersten Rede zur Lage der Nation mitteilen wollte, und es abgelehnt, sie zu verschieben, als der Sprecher des Repräsentantenhauses sich erkundigt hatte, ob er vor der landesweit im Fernsehen übertragenen Rede mehr Zeit brauche. Er war bereit, vor dem Kongress und dem amerikanischen Volk zu sprechen und seinen Anspruch auf das Amt zu verteidigen, von dem er noch kurz zuvor gesagt hatte, er wolle es gar nicht.

Nick hatte einiges zu tun, um sich auf dieses Ereignis vorzubereiten, das in gut einem Monat, am ersten Februar, stattfinden würde, und war bereit, sich an die Arbeit zu machen.

Aber erst nach dem dringend benötigten Urlaub mit seiner Familie – und er musste außerdem eine ruhige Minute finden, um Sam von *SNL* und dem Trockensex zu erzählen. Er konnte es kaum erwarten, dieses Gespräch zu führen.

KAPITEL 4

Als Sam an diesem kalten, aber sonnigen Dezembermorgen in der Tür des südlichen Säulenvorbaus stand und sich darauf vorbereitete, über den Rasen zu Marine One zu gehen, versuchte sie, nicht zu genau darüber nachzudenken, dass sie gleich in einem Hubschrauber fliegen würde. Sie hatte es schon einmal getan und überlebt, doch trotz allem, was Nick sagte, würde es für sie nie zu Routine werden.

Ihre Privatsekretärin und enge Freundin Shelby Faircloth Hill würde sie auf dieser ersten Reise begleiten, da sie ihre Ankunft mit dem Team in Camp David koordiniert hatte.

„Es wird dir gefallen", versicherte Shelby Sam. „Ich war letzte Woche dort, um mich davon zu überzeugen, dass alles für euch bereit ist, und es ist einfach wunderbar. Ich habe auch alle Lebensmittel besorgt, die ihr euch gewünscht habt."

„Danke", antwortete Sam. „Es wird schön sein, für ein paar Tage aus dem goldenen Käfig herauszukommen. Ich bin fest entschlossen, endlich mal für die Familie zu kochen."

„Das wird Nick und die Kinder freuen. Ihr scheint euch alle gut einzuleben."

„Wir kriegen das hin, aber es ist … viel. Nick war nicht mehr draußen, seit wir in Des Moines waren. Das ist das Schwierigste für ihn. Doch wir beschweren uns bestimmt nicht, während wir auf dem Weg zu unserem eigenen persönlichen Hubschrauber sind."

„Keine Sorge", erwiderte Shelby lachend. „Ich verstehe das schon richtig. Auch ich freue mich auf einen freien Abend vom Muttersein, du weißt schon, der Job, den ich nicht erwarten konnte."

Sam lächelte. „Ich weiß genau, was du meinst."

„Avery und Noah kommen morgen für eine Woche nach, und bis dahin werde ich vermutlich schon völlig auf Entzug von meinem kleinen Liebling sein."

„Genieß die Pause. Du hast sie dir mehr als verdient."

„Vielen Dank für die Einladung. Avery freut sich wahnsinnig darauf, Camp David zu sehen, aber lass dir nicht anmerken, dass ich dir das verraten habe. Du weißt, wie sehr er sich bemüht, bei allem cool zu bleiben."

„Das weiß ich, und dein Geheimnis ist bei mir sicher. PS: Natürlich seid ihr eingeladen. Ihr gehört doch quasi zur Familie."

„Mr President", verkündete Brant. „Es ist alles bereit."

Nick nahm Sams Hand. „Shelby, begleite uns."

Ohne seine Aufforderung wäre Shelby ein Stück zurückgeblieben. Sam war froh, dass er sie gebeten hatte, an ihrer Seite zu sein. Sie war für Sam und Nick wie eine Schwester, und sie liebten sie.

In dem langen roten Wollmantel, den ihr ihr Designer Marcus geschickt hatte, folgte Sam Nicks Beispiel und winkte der Presse, die jeden ihrer Schritte verfolgte, denn sie wusste, dass ihr Gang über den Rasen in den Nachrichten vorkommen würde. Die Reporter riefen Nick Fragen zu und baten ihn um Kommentare zu der Bombe, zu Nordkorea, zum jüngsten Schlag des ehemaligen Außenministers Ruskin gegen ihn und zu der Frage, ob er etwas zu einem Leitartikel in der *New York Times* zu sagen habe, in dem es hieß, ein nicht gewählter Präsident habe den Finger auf dem Atomknopf.

Er ignorierte sie, lächelte und winkte, als wäre ihm alles egal, und lachte über Skippy, die mit Scotty über den Rasen rannte und sich auf ein Abenteuer freute.

Sam, Celia und die Kinder gingen vor Nick die Stufen hinauf, aber Sam wartete, um zu beobachten, wie er dem jungen Marinesoldaten salutierte, der ihn am Fuß der Treppe begrüßte. Sam fand, Nicks Salut verdiente eine Eins plus.

„Mrs Cappuano, mein Name ist Colonel Stone Walker, ich bin Ihr neuer Chefpilot, und es ist mir ein Vergnügen, Sie an Bord von Marine One willkommen zu heißen." Der Pilot war groß, hatte dunkles Haar und ebensolche Augen und trug eine beeindruckende Uniform mit vielen Rang- und Ehrenabzeichen.

Sam schüttelte ihm die ausgestreckte Hand. „Es freut mich sehr, Ihre Bekanntschaft zu machen, Colonel. Dies ist meine Stiefmutter, Celia Holland."

„Schön, Sie kennenzulernen, Ma'am", antwortete der Colonel, als er Celia die Hand gab.

„Die Freude ist ganz meinerseits", erwiderte diese. „Das ist alles so aufregend."

„Wir freuen uns, Sie an Bord zu haben."

Sam liebte es, zu sehen, wie Celia die Vorzüge des Lebens im Weißen Haus genoss. Sie war froh, dass ihre Stiefmutter eingewilligt hatte, Teil dieses großen Abenteuers zu sein.

Nick stieg in den Hubschrauber, und der Colonel stellte sich dem Präsidenten vor, der ihm ebenfalls die Hand schüttelte. „Wie lautet Ihr militärischer Rufname, Colonel?"

Der Mann wirkte leicht peinlich berührt. „Er lautet, äh, Taco, Sir, weil ich die so gern esse."

Nick lachte. „Ich liebe Tacos auch. Wir werden uns bestimmt hervorragend verstehen."

„Das wäre mir eine Ehre. Die Flugbedingungen für die Reise nach Camp David sind perfekt."

„Genau das wollte meine Frau hören. Sie fliegt nicht gern."

„Ich versichere Ihnen, es besteht keinerlei Gefahr, Ma'am."

„Gut zu wissen. Danke."

„Bitte machen Sie es sich bequem, wir werden im Handumdrehen da sein. Bei unserer Ankunft werden Captain Martin, die Kommandantin von Camp David, und die Mitglieder des Personals Sie begrüßen, die alle am Landeplatz Aufstellung nehmen werden, um Sie willkommen zu heißen, da es Ihr erster Besuch ist."

„Verstanden", sagte Nick. „Wir freuen uns schon darauf, sie kennenzulernen."

Die Kinder begutachteten aufgeregt die Geschenke, die die Besatzung für sie dabeihatte, darunter Modelle von Marine One und T-Shirts zur Erinnerung an ihren ersten Flug.

Nick vergewisserte sich, dass alle angeschnallt waren, bevor er sich neben Sam setzte und seinen Sicherheitsgurt anlegte. Von weiter hinten, aus dem Abteil, wo die Angestellten des Weißen Hauses und eine Handvoll mitreisender Reporter saßen, hörte er das Murmeln gedämpfter Unterhaltungen. Lilia und Harry hatten dort ihre Plätze, zusammen mit Terry und einigen anderen Mitarbeitern aus dem West Wing und Beamten des Secret Service.

Es war schön, Freunde dabeizuhaben.

„Scotty, halt Skippy fest", meinte Nick. „Sie könnte Angst vor den Motoren haben."

„Ich hab sie."

Scotty und die Zwillinge waren von allem an Marine One fasziniert, von den weichen Ledersitzen über den Getränke- und Snack-Service bis hin zu der Art und Weise, wie der Hubschrauber geschmeidig vom südlichen Rasen abhob.

„Das ist so cool", rief Scotty begeistert. Sie mussten ein wenig lauter sprechen als sonst, um die Motoren zu übertönen. „Wir sind die Einzigen auf der Welt, die einen solchen Service bekommen."

„Lass es dir nicht zu Kopf steigen, Champ", mahnte Nick. „Es ist nur vorübergehend."

„Das heißt nicht, dass wir es nicht genießen können, solange es dauert."

„Hast du den Bericht mitgebracht, den du für Sozialkunde über Camp David geschrieben hast, wie ich dich gebeten habe?", fragte Nick.

„Hab ich, aber ich habe keine Ahnung, warum ich Schularbeiten mit in den Urlaub nehmen musste."

„Weil ich möchte, dass du uns von Camp David erzählst, bevor wir dort sind."

„Ihr wisst das doch schon alles."

Sam bedeutete Scotty fortzufahren. „Nein, wir haben keine Ahnung."

„Die Bühne gehört dir, mein Sohn", sagte Nick.

„Wenn Sie darauf bestehen, Mr President." Scotty seufzte, grinste aber, da er genau wusste, wie sehr Nick es hasste, wenn enge Freunde und seine Familie ihn so nannten.

„Das tue ich, und mir untersteht das gesamte Land."

„Apropos ‚zu Kopf steigen lassen'." Scotty verdrehte die Augen und räusperte sich theatralisch, während er die getippten Seiten seines Berichts hochhielt. „Ich trage euch die Höhepunkte vor. Camp David liegt im Catoctin Mountain Park, sechshundert Meter über Thurmont, Maryland, und ist eigentlich ein Marinestützpunkt namens Naval Support Facility Thurmont."

„Moment, es gibt einen Berg in Maryland, der Catoctin heißt?", unterbrach Sam. „Wie kann es sein, dass ich mein ganzes Leben lang hier lebe und noch nie davon gehört habe?"

„Du wusstest auch nicht, dass die Atomuhr sich im Naval Observatory befindet."

„Ich möchte immer noch wissen, wessen Idee es war, ihn zur Schule zu schicken", fragte Sam seufzend, während Shelby sich das Lachen verbiss.

„Wie ich immer sage, meine Idee war es sicher nicht", entgegnete

Scotty. „Der erste Präsident, der einen Rückzugsort außerhalb Washingtons hatte, war Hoover, der 1929 das Rapidan Camp in einem Gebiet errichten ließ, das heute Shenandoah National Park heißt, nachdem die Hoovers es dem National Park Service überlassen hatten. FDR mochte diesen Ort nicht, und außerdem verbrachte er den Großteil seiner Freizeit in seinem Haus in Hyde Park, New York, oder auf seiner Präsidentenjacht, der USS Potomac. Während des Zweiten Weltkriegs entschied man, es sei zu gefährlich, die Jacht zu benutzen, weil Bomber oder U-Boote sie angreifen könnten, und so suchte man nach einer Alternative und landete bei dem Ort, der heute Camp David heißt. Roosevelt nannte es Shangri-La. Präsident Eisenhower hielt diesen Namen für zu ausgefallen und taufte es in Camp David um, nach seinem Enkel, der später eine der Nixon-Töchter heiratete. Roosevelt hat dort Churchill empfangen, die Präsidenten Carter und Clinton haben die Nahost-Friedensgipfel 1978 und 2000 an dem Ort veranstaltet, und es waren auch schon viele andere Staatsoberhäupter zu Besuch da. Es gibt dort allerlei coole Sachen, wie ein Fitnessstudio, eine Bowlingbahn, einen beheizten Pool, ein Spielzimmer und ein Kino, aber wenn ihr jetzt denkt, es wäre so schick wie das Weiße Haus – das ist es nicht. Man liest häufig die Bezeichnung ‚rustikal‘ für die Unterkünfte. Die Hütte des Präsidenten heißt Aspen, und dort werden wir wohnen, und dein Büro ist in Laurel, Dad, doch ich bin mir sicher, dass sie dir zeigen werden, wo das ist, wenn sie dich mit Golf Cart One herumfahren.“

Sam erinnerte sich an die Vereinbarung mit Scotty, im Urlaub gemeinsam ins Fitnessstudio zu gehen. Sie hoffte, dass er das vergessen hatte.

„Warte“, bat Nick. „Gibt es das wirklich? Golf Cart One?“

„Jap“, antwortete Scotty.

„Darf ich den fahren?“, fragte Nick.

„Jap“, wiederholte Scotty.

„Sehr schön.“ Nick gab Scotty einen Faustcheck. „Ich vermisse das Selbstfahren.“

„Ich will auch fahren“, sagte Scotty. „Es ist nie zu früh für dich, es mir beizubringen, und da wir kein richtiges Auto benutzen können, muss das hier genügen.“

„Wir werden sehen, was wir tun können“, versprach Nick lächelnd.

Sam schaute aus dem Fenster und erkannte die Schnellstraße von Baltimore nach Washington, auf der dank der Feiertage ungewöhnlich wenig Verkehr herrschte.

„Wann können wir ins Spielzimmer?“, fragte Alden.

„Sobald wir da sind", versprach ihm Nick. „Wir müssen uns nur erst einmal einrichten und die Lage peilen."

„Was soll das heißen?", wollte Alden wissen. „,Die Lage peilen'."

„Herausfinden, wo alles ist. Ich bin sicher, man wird uns herumführen."

Eine Dreiviertelstunde nach dem Start spürte Sam, wie der Hubschrauber in den Landeanflug auf ein Gebiet überging, das auf den ersten Blick ausschließlich aus Bäumen zu bestehen schien. Die Berge waren weiß, was sie nicht erwartet hatte. „Da liegt Schnee", sagte sie und bedeutete den Zwillingen, aus dem Fenster zu schauen.

„Ich habe Stiefel und Schneesachen für die Kinder hergeschickt", informierte Shelby sie.

Sam sah ihre Freundin an. „Gott segne dich für alles, was du für uns tust."

„Das ist meine Aufgabe – und es macht mir Spaß."

„Hattet ihr schöne Weihnachten?"

„Ja. Averys Familie war zu Besuch, und mit Noah war es dieses Jahr besonders lustig. Ich kann nicht glauben, dass nächstes Weihnachten zwei kleine Kinder herumwuseln werden." Sie tätschelte sich den Babybauch. „Ich bin bereit, diesen Menschen in die Welt zu entlassen."

„Wie kannst du es ertragen, nicht zu wissen, ob es ein Junge oder ein Mädchen wird? Ich würde diese Information so schnell wie möglich haben wollen." Nicht dass es da für Sam, die in Sachen Fruchtbarkeit eine harte Zeit hinter sich hatte, jemals eine große Chance geben würde. Umso dankbarer war sie für die vier Kinder, die durch die Adoption von Scotty und die Vormundschaft für die Zwillinge, die auch Eli in ihre Familie gebracht hatte, in ihr Leben getreten waren.

„Heutzutage gibt es so wenig Überraschungen", antwortete Shelby.

„Das mag sein."

„Du bist einfach zu ungeduldig, um auf solche Dinge zu warten."

„Ich würde verrückt werden!"

„Schaut", forderte Nick seine Mitreisenden auf. „Da unten ist es."

Aus der Luft sah Sam ein ausgedehntes Gelände mit Holzhütten, Pfaden und anderen Gebäuden – ein viel größeres „Camp", als sie erwartet hatte. Obwohl sie hätte wissen müssen, dass es so sein würde, denn der Schutz des Präsidenten und seiner Familie erforderte viele Leute und Ressourcen.

Der Helikopter setzte sanft auf einem riesigen Hubschrauberlandeplatz auf, und als die Piloten die Triebwerke abschalteten, erschien die jähe Stille fast ohrenbetäubend.

Sam gab den anderen ein Zeichen, vor ihr auszusteigen, bis nur noch sie und Nick an Bord waren. „Colonel Walker, ich habe eine Frage."

„Gerne, Ma'am. Aber bitte nennen Sie mich Taco. Das tut jeder."

„Taco, was ist, wenn ich aus irgendeinem Grund hier wegmuss, zum Beispiel wegen einer Krise auf der Arbeit oder so?"

„Wenn Sie hier sind, sind wir es auch", entgegnete er. „Marine One können wir nur benutzen, wenn der Präsident an Bord ist. Falls er also bereit ist, Sie zu begleiten, können wir Sie mit Marine One zurückfliegen. Wenn nicht, werden wir einen anderen Helikopter für Sie anfordern, oder der Secret Service kann Sie per Autokolonne dorthin bringen, wo Sie hinmüssen."

Sam wurde mulmig bei dem Gedanken, wie viel Zeit das alles in Anspruch nehmen würde. „Danke."

„Gerne. Wir sind für Sie da, also lassen Sie es uns wissen, wenn wir etwas für Sie tun können."

Nick drückte ihm die Hand. „Danke für den ruhigen Flug."

„War mir ein Vergnügen. Viel Spaß im Camp."

„Werden wir haben."

Mit Nicks Hand im Kreuz machte sich Sam auf den Weg zur Gangway, um sich das geschichtsträchtige Camp anzusehen, von dem sie ihr ganzes Leben lang gehört hatte, ohne jemals einen Gedanken daran zu verschwenden, wie es funktionierte oder was dort vor sich ging.

Eine Marineoffizierin mit goldenen Streifen am Uniformärmel kam auf sie zu. Die zierliche Frau mit brauner Haut und einem warmen Lächeln, das ihre dunklen Augen strahlen ließ, sagte: „Mr President, Mrs Cappuano, ich bin Captain Tisha Martin, die kommandierende Offizierin der Naval Support Facility Thurmont, und es ist mir eine große Ehre, Sie in Camp David willkommen zu heißen." Sie reichte ihnen und den Kindern die Hand. „Mein Team und ich sind hier, um dafür zu sorgen, dass Sie Ihren Aufenthalt in vollen Zügen genießen können."

„Danke", erwiderte Nick. „Wir freuen uns schon darauf."

Nachdem sie ihnen ihre militärischen und zivilen Mitarbeiter vorgestellt hatte, führte Captain Martin sie zu einer Reihe von Golf Carts. „Elijah, hätten Sie Lust, uns mit den Kindern und Skippy nachzufahren?"

„Klar", entgegnete Eli. „Das kriegen wir hin."

Die Journalisten, die mit ihnen an Bord von Marine One gereist waren, und ein Kameramann zeichneten jede ihrer Bewegungen auf.

Selbst außerhalb des Weißen Hauses beobachtet uns die Welt, dachte Sam und war fest entschlossen, dieses beunruhigende Gefühl abzuschütteln und den Kurzurlaub mit ihrer Familie zu genießen.

Die Mitarbeiter und die Beamten des Secret Service bestiegen die anderen Golf Carts. „Möchten Sie selbst fahren, Mr President?", fragte Captain Martin.

„Liebend gern."

„Ich nehme den Rücksitz, damit Sie ihn lotsen können", sagte Sam zu Captain Martin.

„Das ist der Hangar, in dem Marine One während Ihres Aufenthalts in Camp David untergebracht ist. Wenn Sie hier sind, stehen immer Piloten zur Verfügung, die Sie im Bedarfsfall sofort wegbringen können." Auf dem Weg ins Camp zeigte Captain Martin ihnen die Kapelle, die Krankenstation, den Fitnessraum, die Feuerwehrwache und die Kasernen, in denen die ständig hier stationierten Navy-Angehörigen und Marines wohnten, sowie die Offiziersunterkünfte. Die hölzernen Gästehütten, die moosgrün gestrichen waren, hatten Namen wie Birch, Dogwood, Rosebud, Walnut, Hawthorn, Hickory, Sycamore und Linden, was sehr passend war, da die Anlage inmitten eines dichten Waldgebiets lag. „Sie werden nie ein Flugzeug hören, denn der Himmel über Camp David ist gesperrter Luftraum. Dort drüben ist der Spielplatz, den die Kinder lieben werden, und der Leatherwood-Basketballplatz."

„Sieh dir das Siegel des Präsidenten auf dem Platz an, Sam." Nick zeigte mit einem Lächeln darauf.

Sie konnte nicht umhin zu bemerken, wie glücklich und entspannt er wirkte, was auch ihre Stimmung hob. Er liebte es, Basketball zu spielen, und es wäre toll für ihn, einen Platz direkt vor der Haustür zu haben. Wenn sie nur die Angst abschütteln könnte, weil sie so weit von ihrem eigenen Zuhause in D. C. entfernt war. Es war dasselbe Gefühl, das sie in den letzten Jahren auf ihren Reisen nach Bora Bora gehabt hatte, aber hier war es noch ausgeprägter. Bei diesen Reisen in die Südsee war sie weit genug weg gewesen, um sich von ihren beruflichen Verpflichtungen zu lösen. Hier war sie nah genug dran, um bei Bedarf nach D. C. zu kommen, doch es würde einiges an Mühe und Zeit erfordern, und das war der Teil, den sie als stressig empfand.

Hör auf, sagte sie sich, während sie die Landschaft und die Annehmlichkeiten des Camps in sich aufnahm. *Du hast dir einen Urlaub verdient, wie jeder andere auch.*

Captain Martin führte Nick zu einer Hütte mit einem grob behauenen Schild an der Vorderseite, auf dem der Name des

Gebäudes, Aspen Lodge, stand. „Willkommen in der Präsidentenhütte, dem Zuhause aller Präsidenten seit FDR." Sie zeigte auf einen kleinen Teich vor dem Haus. „Präsident Roosevelt hat ihn anlegen lassen, weil er eine Wasserquelle in der Nähe haben wollte, denn er hatte große Angst vor Feuer."

Sie folgten ihr die Stufen hinauf zu einer Veranda und hinein in eine überraschend altmodische Hütte, die genau das richtige Maß an Gemütlichkeit und Komfort bot. Das sonnige Wohnzimmer hatte einen gemauerten Kamin, in dem ein junger Marinesoldat gerade ein Feuer anzündete. Es gab bequeme Möbel und Bücherregale, die sie sich später genauer anschauen würde. Captain Martin zeigte ihnen die Küche und die Speisekammer, die beide nicht besonders aufsehenerregend waren, sowie die vier Schlafzimmer. Scotty und Eli beschlossen, sich ein Zimmer zu teilen, desgleichen die Zwillinge.

„Schön hier", stellte Sam fest.

„Freut mich, dass Sie das so empfinden", antwortete Captain Martin. „Camp David ist nicht jedermanns Sache, aber diejenigen, die sich hier entspannen und die Atmosphäre in vollen Zügen genießen können, lieben es, der Hektik des Weißen Hauses zu entfliehen."

„Ich kann schon jetzt sagen, dass es uns gefallen wird", meinte Nick.

Der Marinesoldat, der Feuer gemacht hatte, erhob sich, um sie zu begrüßen. „Willkommen, Mr President, Mrs Cappuano."

„Wie heißen Sie?", fragte ihn Nick, während er ihm die Hand schüttelte.

„Petty Officer Third Class Mick Torres, Sir."

„Woher kommen Sie, Petty Officer?"

„Aus Tulsa, Oklahoma, Sir."

„Vielen Dank für Ihren Dienst." Nick deutete auf den Fotografen des Weißen Hauses, der sie begleitet hatte, und posierte mit dem jungen Mann für ein Foto. „Ich sorge dafür, dass Sie einen Abzug davon erhalten."

„Danke, Sir."

Nachdem der Marinesoldat gegangen war, erklärte Captain Martin: „Mit diesem Foto haben Sie seine gesamte Karriere geprägt, Sir. Es bedeutet dem Team, das Camp David betreut, sehr viel, Sie und Ihre Familie hierzuhaben, Mr President."

„Bitte lassen Sie Ihre Mannschaft wissen, dass sie mit uns gerne wie mit normalen Menschen sprechen können, und geben Sie eine Einladung an alle weiter, die morgen früh um zehn mit mir Basketball spielen möchten."

„Das werde ich tun, Sir. Ich bin mir sicher, dass sich da eine Menge Leute einfinden werden."

„Toll, dann können wir ein Turnier veranstalten."

„Ich lasse Sie jetzt allein, damit Sie sich einrichten können." Sie deutete auf ein Telefon auf einem Beistelltisch. „Nehmen Sie einfach den Hörer ab, und sagen Sie uns Bescheid, wenn Sie irgendetwas brauchen. Das Weiße Haus hat ein komplettes Küchenteam geschickt, das sich um Sie kümmern wird, und Mittagessen wird in einer Stunde serviert."

„Nochmals vielen Dank für den herzlichen Empfang", wiederholte Nick.

Sie riefen die Kinder für ein Foto mit Captain Martin zu sich, bevor diese und der Fotograf sie verließen, damit sie in Ruhe ankommen konnten.

„Was denkst du?", fragte Nick, während die Kinder ihre Zimmer inspizierten.

„Genau so etwas brauchen wir."

Nick legte den Arm um sie und zog sie an sich. „Ganz meine Meinung."

KAPITEL 5

Während sie auf der I-95 in Richtung Richmond fuhr, überlegte Jeannie, wie viel sie ihrem relativ neuen Partner erzählen sollte. Detective Matt O'Brien schien ein guter Kerl zu sein, doch sie hatten noch nicht den entspannten Groove gefunden, den sie mit ihrem früheren Partner Detective Will Tyrone gehabt hatte. Der hatte sich nach dem Mord an ihrem Kollegen Detective Arnold entschieden, den Dienst zu quittieren. Nun, da sie Matt zu etwas mitschleppte, was sie eigentlich nicht tun sollten, fühlte sie sich schuldig, weil sie ihm nicht die Wahrheit über ihre Mission gesagt hatte.

Aber, so dachte sie, wenn sie es ihm vorenthielt, konnte er später immerhin mit Fug und Recht behaupten, er habe von nichts gewusst.

Was sollte sie tun? Das erinnerte sie daran, wie sie und Will darauf gestoßen waren, dass Sams Vater Skip Holland in einem anderen ungelösten Fall einige wichtige Beweise ignoriert hatte. Aus Rücksicht auf Sam hatten sie diese Entdeckung zunächst für sich behalten, doch das war ihnen dann auf die Füße gefallen – schmerzhaft.

Dieser Einsatz konnte sie noch viel mehr kosten, denn der Befehl, den Fall Deasly nicht weiterzuverfolgen, stammte vom Chief persönlich.

„Wirst du mir verraten, warum wir nach Richmond fahren?", fragte Matt nach zwanzig Minuten des Schweigens.

„Das versuche ich gerade zu entscheiden. Es wäre besser für dich, wenn du es nicht weißt."

„Was soll das denn heißen?"

Jeannie seufzte. „Die Sache ist die … Ich möchte es dir sagen, aber ich bin mir nicht sicher, ob ich dir Informationen anvertrauen kann, die ich dir nicht geben sollte. Ergibt das Sinn?"

„Äh, nein, und ja, du kannst mir vertrauen. Wir sind Partner. Das bedeutet, ich stehe voll hinter dir. Ich weiß, es war ein hartes Jahr für euch, weil ihr Arnold verloren habt und Tyrone beschlossen hat, euch zu verlassen. Doch du kannst auf mich zählen, Jeannie. Ich schwöre es."

„Wir könnten dafür Riesenärger bekommen, denn indem wir der Spur nach Richmond folgen, widersetzen wir uns einem direkten Befehl von ganz oben."

Matt dachte eine ganze Minute lang darüber nach. „Weiß unser Lieutenant, wohin wir fahren und warum?"

„Ja."

Nach einer weiteren langen Pause meinte er: „Dann ist sie wohl auf unserer Linie. Richtig?"

„Sie hat mir geraten, mit äußerster Vorsicht vorzugehen. Dies ist eine Erkundungsmission. Sobald ich weiß, dass ich die gesuchte Person gefunden habe, werden wir über die nächsten Schritte beraten."

„Ist sie nicht in Camp David?"

„Sie weiß, was ich vorhabe, und erwartet meinen Anruf im Laufe des Tages. Wenn uns die Sache um die Ohren fliegt, wäre es für dich besser, wenn du glaubhaft versichern könntest, ich hätte dich gebeten mitzukommen, dir aber nicht mitgeteilt, wohin und warum."

„Meinst du, die Leute werden glauben, dass ich einfach getan habe, was du mir gesagt hast, ins Auto gestiegen bin und keine Fragen gestellt habe?"

„Hast du nicht genau das getan?"

„Ich habe erwartet, dass du mich über die Details aufklärst."

Jeannie wollte ihm gerne glauben, wenn er beteuerte, sie könne ihm trauen. Was blieb ihr auch anderes übrig? Er war auf Gedeih und Verderb ihr Partner, und in den Monaten der bisherigen Zusammenarbeit hatte er ihr keinen Grund geliefert, seine Loyalität infrage zu stellen. „Deine Entscheidung, Matt. Ich kann dich über alles informieren, oder du kannst entscheiden, es nicht wissen zu wollen. Letzteres wäre besser für dich, wenn die Sache schiefläuft, was wahrscheinlich ist."

„Das Risiko geh ich ein. Verlass dich auf mich."

Also erzählte ihm Jeannie alles, was sie über das Verschwinden von Carisma Deasly – und von Daniella Brown – wusste, und dass der frühere Detective Stahl trotz gegenteiliger Berichte nicht einmal die rudimentärsten Ermittlungen angestellt hatte. „Ich habe mich heute Morgen mit Carismas Mutter getroffen.“

„Ich wäre mitgekommen.“

„Ist mir klar, aber ich hielt es für besser, wenn ich das allein mache. Ich hab gedacht, unter vier Augen wäre sie vielleicht offener.“

„Und?“

„Sie hatte viel zu sagen, und nichts davon war gut für uns oder die anderen Strafverfolgungsbehörden, die sie schmählich im Stich gelassen haben. Niemand hat etwas getan. Überhaupt niemand. Ein dreizehnjähriges Mädchen verschwindet, ihre Mutter hat eine ziemlich genaue Vorstellung davon, wer sie entführt hat, und niemanden hat es interessiert.“

„Das ist ein Skandal.“

„Ich bin so unglaublich wütend darüber. Deshalb konnte ich auch nicht aufhören zu ermitteln, obwohl man es mir befohlen hat.“

„Warum sollst du überhaupt aufhören? Ich verstehe das nicht.“

„Weißt du noch, wie Sam den Fall Calvin Worthington nach fünfzehn Jahren an einem einzigen Nachmittag gelöst hat?“

„Ja, natürlich. Das war unglaublich.“

„Das war es, doch es wirft ein schlechtes Licht auf die Abteilung, weil der Fall so simpel aufzuklären war, sobald sich jemand dafür interessiert hat. Dass die Opfer in beiden Fällen schwarze Kinder sind, macht die Sache nur noch schlimmer.“

„Es ist den Mächtigen also lieber, dass wir die Fälle nicht lösen, als dass die Abteilung ungünstig dasteht?“

„Wie du weißt, liegen mit der Verurteilung von Stahl, der Anklage gegen Conklin und Hernandez im Zusammenhang mit Skip Hollands Fall und den Ermittlungen des FBI gegen uns ein paar harte Monate hinter uns. Die Leute warten auf den FBI-Bericht, der im Januar erscheinen soll und uns voraussichtlich nicht gefallen wird. Der Chief will, dass wir die ungelösten Fälle erst mal ruhen lassen. Doch wie soll ich das machen, wenn ich glaube, dass ich weiß, wo Daniella ist?“

„Das kannst du nicht“, erwiderte Matt unverblümt.

„Aber selbst wenn wir den Fall dem FBI oder den Marshals übergeben und sie die Lorbeeren ernten, könnten wir am Ende schlecht dastehen, weil wir nur ein paar Tage gebraucht haben, um einen elf Jahre alten Fall abzuschließen. Die Leute werden sich fragen, wo das MPD die ganze Zeit war.“

„Das ist eine berechtigte Frage.“

„Ja. Auch wenn ich nicht der Meinung bin, dass es richtig ist, den Fall ruhen zu lassen, kann ich den Standpunkt des Polizeichefs durchaus nachvollziehen. Er muss die politischen und medialen Auswirkungen im Blick behalten, die nach dem Fall Worthington sehr unerfreulich waren."

„Man sollte meinen, die Leute wären einfach dankbar, dass ein weiterer Fall gelöst ist."

„Ja, das sollte man wohl. Doch was sie sehen, ist eine Abteilung, die so ineffizient ist, dass ein Fall, der vor fünfzehn Jahren hätte aufgeklärt werden können – und sollen –, so lange liegen geblieben ist, bis sich jemand die Mühe gemacht hat, sich darum zu kümmern. Das wirft ein schlechtes Licht auf uns, egal wie man es dreht und wendet, und die Lösung von Carismas Fall, wenn sie uns denn gelingt, wird den PR-Schlamassel, mit dem der Chief bereits zu kämpfen hat, in keiner Weise verbessern."

„Aber das ist kein Grund, zu ignorieren, was wir wissen."

„Das finde ich auch." Sie sah zu ihm. „Wir widersetzen uns trotzdem einem direkten Befehl des Chiefs. Sag mir, dass du das verstehst."

„Das tu ich."

„Ich weiß es zu schätzen, dass du mich begleitest, denn Sams einzige Bitte war, dass ich nicht alleine gehe."

„Wo du hingehst, gehe ich auch hin. So ist das unter Partnern."

Zum ersten Mal, seit Will ihr mitgeteilt hatte, dass er es nach der Ermordung seines besten Freunds Arnold nicht ertragen konnte, weiter bei der Polizei zu arbeiten, hatte Jeannie das Gefühl, wieder einen echten Partner zu haben. „Ich sollte dir wahrscheinlich sagen, dass ich schwanger bin, damit du weißt, warum ich jeden Morgen grün im Gesicht bin."

„Ich habe mich schon gefragt, was los ist, denn mir ist aufgefallen, dass du morgens oft nicht gerade auf der Höhe bist. Gratuliere. Das ist eine tolle Nachricht."

„Danke. Wir sind aufgeregt und ängstlich und alles andere."

„Ihr werdet tolle Eltern sein."

„Danke schön. Das hoffe ich. Das Gespräch mit Carismas Mutter heute Morgen war so erschütternd. Ich habe versucht, mich in ihre Lage zu versetzen: Wie wäre es wohl, elf Jahre lang nicht zu wissen, wo mein Kind ist? Sie ist jetzt vierundzwanzig, wenn sie noch lebt, und LaToya musste die ganze Zeit über mit der Unsicherheit leben. Ich würde durchdrehen."

„Keine Ahnung, wie die Leute mit all dem umgehen, was das Leben ihnen zumutet. Die Dinge, die wir in diesem Job sehen … Das ist manchmal ganz schön heftig."

„Es ist *immer* ganz schön heftig.“

Er lachte. „Stimmt.“

„Die Leute kommen zur Polizei, weil sie denken, der Job sei so cool, und manchmal ist er das auch“, sagte Jeannie. „Die Arbeit mit Sam ist fantastisch, vor allem seit sie die Ehefrau des Präsidenten ist und der ganze Glamour auf uns abfärbt. Doch die meiste Zeit über ist es herzzerreißend und mühsam.“

„Aber es ist auch befriedigend, den Opfern und ihren Familien Gerechtigkeit zu verschaffen.“

„Das ist es, selbst wenn es nichts an der Tatsache ändert, dass die Opfer tot sind und ihre Familien sich für immer verändert haben. Das ist einer der Gründe, warum mich der Fall Deasly so beschäftigt. Vielleicht ist sie noch am Leben, und wir können sie wieder mit ihrer Familie zusammenbringen. Das ist etwas, wozu wir als Detectives der Mordkommission nicht sehr oft Gelegenheit haben.“

„Wie sieht unser Plan für Richmond aus?“

„Vor Weihnachten habe ich mit dem Ex-Freund von Daniella Brown, einer ehemaligen Freundin von LaToya, gesprochen. LaToya hat viel für Daniella getan. Sie hat sie bei sich aufgenommen und ihr zwei Entziehungskuren bezahlt, mit Geld, das sie nicht ohne Weiteres übrig hatte, schließlich hatte sie drei Kinder zu versorgen. LaToya und Daniellas Ex bestätigen, dass Daniella von Carisma besessen war und sie als ihre Tochter bezeichnet hat.“

„Hat die Mutter gar nichts dazu gesagt?“

„Damals hat sie nicht dagegen protestiert, weil sie dachte, dass Daniella Carisma so gernhatte und sie deshalb als ihre Tochter bezeichnete. Das hat ja nichts daran geändert, wer wirklich ihre Mutter war.“

„Stimmt.“

„Carisma hat zu Daniella aufgeschaut, hat es geliebt, mit ihr über Mode, Filme und Promis zu reden. Als berufstätige alleinerziehende Mutter war LaToya dankbar für die Aufmerksamkeit, die Daniella Carisma geschenkt hat.“

„Was ist mit LaToyas anderen Kindern? Hatte sie zu denen auch ein gutes Verhältnis?“

„Ja, doch das zu Carisma war besonders eng. Sie waren ‚besondere Freundinnen‘, so hat LaToya es ausgedrückt.“

„Hat sie sich je Sorgen gemacht, dass Daniella mit ihr verschwinden könnte?“

„Nicht eine Sekunde lang. Es ist ihr nie in den Sinn gekommen, dass so etwas passieren könnte, vor allem, weil LaToya Daniella dermaßen unterstützt hat. Wo sollte sie denn sonst hin?“

„Hält LaToya es für möglich, dass jemand anders beide entführt hat?“

„Sie räumt ein, dass das möglich wäre, hält es aber für unwahrscheinlich. Zum einen waren sie nicht zusammen, als sie verschwunden sind. Carisma ist auf dem Heimweg von der Schule gewesen, und ein Zeuge hat beobachtet, wie sie mit jemandem in einem Auto sprach. Der Zeuge hat sie nicht in das Auto einsteigen sehen, doch wir gehen davon aus, dass sie das getan hat.“

„Haben wir eine Fahrzeugbeschreibung?“

„Der Zeuge war sich nicht sicher, was für ein Auto es war, aber es war auf jeden Fall eine ältere Limousine, vielleicht ein Corolla oder Civic in Marineblau oder Schwarz.“

„Das schränkt die Möglichkeiten auf Tausende von Fahrzeugen ein.“

„Ja. Daniella ist am Nachmittag von Carismas Verschwinden bei LaToya gewesen, doch dann wollte sie am Abend Kaffee holen und ist nicht mehr zurückgekommen. LaToya sagte, sie habe in all der Verwirrung wegen Carismas Verschwinden einen ganzen Tag gebraucht, um zu merken, dass Daniella ebenfalls nicht mehr da war. Daraus hat sie den Schluss gezogen, dass die beiden Ereignisse zusammenhängen.“

„Wenn es einen Zusammenhang gibt, würde ich wissen wollen, wer in dem Auto gesessen hat und in welcher Verbindung die Person zu Daniella steht.“

„Mithilfe des Ex-Freundes habe ich ein paar Leute ausfindig gemacht, denen sie damals nahegestanden hat, und einer von ihnen war ein Onkel, der nur ein paar Jahre älter war als sie. Zu der Zeit hatte er einen marineblauen Corolla.“

„Was wissen wir über ihn?“

„Reggie Parks, jetzt zweiundvierzig Jahre alt, sein ganzes Leben lang in Schwierigkeiten, angefangen mit Jugendstrafen und eskaliert zu Drogen, Raub und Einbruch.“

„Es wäre also vermutlich kein großer Sprung zu Entführung.“

„Richtig.“

„Wo ist er jetzt?“

„Sitzt wegen seines letzten Einbruchs. Wenn sich die Dinge in Richmond nicht schnell klären, ist mein nächster Halt Jessup, um ihn zu besuchen. Der Ex-Freund hat mir gesagt, dass Daniella Bekannte in Richmond hat und wo die anzutreffen sind. Er ist sich nicht sicher, ob sie noch dort leben, aber ich dachte mir, es könnte einen Versuch wert sein, mal hinzufahren."

„Definitiv."

„Danke", sagte Jeannie. „Du weißt schon … Dass du dich für Carisma interessierst."

„Es ist höchste Zeit, dass jemand das tut."

„Das meine ich auch, und ich habe seltsamerweise keine Angst, deswegen Schwierigkeiten zu bekommen, wenn es eine Möglichkeit gibt, sie zu finden und sie zu ihrer Mutter und ihren Geschwistern zurückzubringen."

„Da bin ich ganz deiner Meinung, Partner."

Nick liebte alles an Camp David, von den eher schlichten Unterkünften über die Spazierwege bis hin zum Basketballplatz und zum Grillplatz, der während der Eisenhower-Regierung gebaut und nie modernisiert worden war. Während Nick auf der Veranda stand, auf der einst Roosevelt mit Winston Churchill gesessen hatte, schien ein Gefühl von historischer Bedeutung über dem Ort zu liegen. Er atmete die frische, kalte Luft ein und spürte, wie er sich zum ersten Mal entspannte, seit der plötzliche Tod von Präsident Nelson sein Leben – und das seiner Familie – auf den Kopf gestellt hatte.

Die Chance, sich draußen frei zu bewegen, war ein großes Geschenk, nachdem man ihn im Weißen Haus derart unter Verschluss hielt. Meist bestand seine Zeit im Freien aus dem einminütigen Spaziergang zur und von der Arbeit im Oval Office über die Westkolonnade und vorbei am Rosengarten. Das war oft die einzige frische Luft, die er den ganzen Tag bekam. Im Vergleich dazu war Camp David das Paradies.

Er hatte natürlich gewusst, dass sein Amt mit Einschränkungen verbunden sein würde. Das war schon in seiner Zeit als Vizepräsident der Fall gewesen, und im höchsten Staatsamt galt es nur noch mehr. Die erstickende Enge des Präsidentenamtes musste man erlebt haben, um sie wirklich zu verstehen. Es gab Tage, an denen er sich fragte, was passieren würde, wenn er einfach aufstünde, das Oval Office verließe und sich auf den Weg in die Freiheit machte.

Der Secret Service würde ihn nicht weit kommen lassen, sondern ihn wieder in den goldenen Käfig zurückschicken, wo er hingehörte, wie einen Kakadu, der einen gewagten Ausbruch inszeniert hatte. Er amüsierte sich über die vielen Möglichkeiten, wie er entwischen und verschwinden könnte, um nie mehr zurückzuschauen. Nur würde er natürlich nie seine geliebte Frau und seine Kinder zurücklassen, und mit einer Gruppe von sechs Personen und einem verrückten Hund zu fliehen wäre deutlich schwieriger als allein.

Sam trat hinter ihn, schlang die Arme um ihn und legte den Kopf an seinen Rücken. „Worüber denkst du hier draußen in der Kälte nach, so ganz allein?"

Die Umarmung und die Frage erinnerten ihn an die erste Woche, in der sie wieder zusammen gewesen waren, nachdem ihr Ex-Mann versucht hatte, sie in die Luft zu jagen. „Mir gefällt es hier. Hier kann ich atmen."

„Es ist schön."

Jemand, der sie nicht so gut kannte wie er, hätte es nicht bemerkt, doch für ihn war ihre Sorge kaum zu überhören. Er wandte sich zu ihr um. „Was ist los?"

„Was? Nichts. Wir sind im Urlaub. Was soll schon schiefgehen?"

„Samantha, bei jedem anderen würdest du damit durchkommen, aber nicht bei mir. Ich spüre, dass du nicht glücklich bist."

Sie warf ihm einen finsteren Blick zu. „Lass das. Ich mag es nicht, wenn du mich zu gut kennst."

„Dein Problem", erwiderte er mit einem Grinsen. „Ich kenne dich besser als jeder andere, also verrat mir, was los ist."

„Ich habe nur dieses seltsame Gefühl genau hier." Sie rieb sich die Brust. „Und zwar seit mir klar wurde, wie schwer es sein würde, zurück nach D. C. zu kommen, wenn ich müsste."

„Warum solltest du das müssen? Du bist doch im Urlaub."

„Stimmt, aber du weißt schon … Immer im Dienst, genau wie du. Doch im Gegensatz zu dir kann ich nicht einfach in Marine One steigen und in fünfundvierzig Minuten in die Stadt zurückkehren. Dafür bräuchte es eine Autokolonne, jede Menge Koordination und *Zeit*."

Er legte ihr die Hände auf die Schultern. „Nur damit du beruhigt bist: Wenn du aus irgendeinem Grund zurückkehren musst, begleite ich dich, damit wir den Hubschrauber benutzen können, okay?"

„Das willst du nicht. Ganz zu schweigen davon, dass sich die Presse den Mund zerreißen würde, wenn du mich mit dem Hubschrauber zurück in die Stadt fliegst."

„Ich werde alles tun, damit du dich nach ein paar sehr, sehr harten Monaten entspannen und diese Woche genießen kannst. Dazu gehört auch, dass ich dir meinen Hubschrauber leihe und dich persönlich in die Stadt zurückbringe, falls es dazu kommen sollte." Er küsste sie auf die Nasenspitze und auf die Lippen. „Alles gut?"

„Besser als vorher jedenfalls. Vielen Dank für dein Verständnis."

„Schon klar, Babe. Auch wenn du nicht im Dienst bist, trägst du die Verantwortung für deine Truppe, und das nimmst du ernst."

„Das tue ich. Und obwohl ich sie Gonzos absolut fähigen Händen überlassen habe, bin ich irgendwie fast durchgedreht, als mir klar wurde, wie weit wir hier oben von der Zivilisation entfernt sind."

„Mach dir keine Sorgen. Atme einfach die frische Luft und den Holzrauch ein."

„Ich liebe den Geruch von Holzrauch."

„Ich weiß. Hast du Lust, mit mir spazieren zu gehen und einfach ein bisschen zu atmen?"

„Da wir die Kinder an das Spielzimmer verloren haben, wahrscheinlich für die ganze Woche, klingt das gut."

Er gab ihr die Hand und begleitete sie die Treppe hinunter. „In welche Richtung willst du?"

„Überrasch mich."

Er war sich sicher, dass seine Bewacher vom Secret Service in der Nähe waren, aber im Moment waren die Beamten außer Sichtweite. „Brant und den anderen gefällt es hier wahrscheinlich genauso gut wie mir. Es ist so abgeschottet und geschützt, dass es ihre Arbeit deutlich erleichtert."

„Wahrscheinlich. Ich hatte keine Ahnung, was ich von diesem Ort zu erwarten hatte, doch er ist viel größer, als ich dachte, und offensichtlich eine sehr komplexe Operation. Was machen die Leute, die hier stationiert sind, wenn wir nicht hier sind?"

„Ich nehme an, sie bereiten sich auf das nächste Mal vor, wenn wir kommen."

„Das klingt irgendwie langweilig."

„Soweit ich weiß, gilt es als große Ehre, auf dem Anwesen des Präsidenten stationiert zu sein, auch wenn zwischen den Besuchen eine gewisse Zeit vergeht."

„Ich meine ja nur – ein gelegentlicher Besuch würde nicht ausreichen, um zu verhindern, dass ich mich den Rest der Zeit über langweile."

„Zur Kenntnis genommen, Liebes."

Sie schlenderten ziellos über die kilometerlangen Waldwege.

„Es ist schön, draußen zu sein", sagte er.

„Ich weiß nicht, wie du es aushältst, im Weißen Haus so eingesperrt zu sein."

„Gar nicht, aber was ist die Alternative?"

„Wir müssen dich da regelmäßig rausholen."

„Ich glaube fest daran, dass wir irgendwann einen Weg finden werden, das zu tun."

„Besser früher als später. Ich kann es nicht gebrauchen, dass du bei mir ausrastest."

„Bei wem sollte ich denn sonst ausrasten?"

„Haha, sehr witzig."

„Apropos witzig. Wir haben gehört, dass *SNL* dieses Wochenende den ersten Sketch über die Regierung Cappuano bringen wird. Und gleich mit einem besonders interessanten Thema."

Sam blieb stehen, wandte sich zu ihm um und musterte ihn argwöhnisch. „Von welchem Thema sprechen wir genau?"

„Erschieß nicht den Boten, versprochen?"

„Welches Thema, Nick?"

„Äh, ich glaube, das Wort, das fiel, war ‚Trockensex'."

„Wie bitte? Trockensex? Was soll das denn?"

„Terry vermutet, es ist, äh, eine Anspielung auf unsere ziemlich offensichtliche Zuneigung füreinander."

„Hör auf."

„Ich bin sicher, es wird urkomisch."

„Es wird unfassbar peinlich!"

„Das auch, aber was kümmert's uns? Wir sind wahnsinnig verliebt, und es ist uns egal, wer das weiß."

„Dafür wird Scotty uns umbringen."

„Wahrscheinlich ist es halb so schlimm. Wir schauen es uns später an."

„Warte. Heute ist Samstag, das kommt also *heute Abend*? Ist diese Woche nicht die ganze Welt in Urlaub?"

„Offenbar wollten sie nicht bis zum neuen Jahr warten."

„Ich finde es toll, dass du es dir bis zur letzten Minute aufgespart hast, mir davon zu erzählen."

„Technisch gesehen wäre die letztmögliche Minute heute Abend um 23.29 Uhr gewesen."

KAPITEL 6

Bevor Sam eine scharfe Antwort darauf einfiel, klingelte ihr Telefon wegen eines Anrufs von Jeannie McBride. Wie Sam erleichtert feststellte, funktionierte wenigstens ihr Handy hier auf dem Gipfel. „Moment bitte", sagte sie zu Nick und nahm ab. „Was gibt's?"

„Wir haben Daniella Brown ausfindig gemacht", meldete Jeannie aufgeregt. „Sie ist es definitiv."

„Was denkst du?"

„Wir brauchen Verstärkung. Was hältst du davon, wenn ich Jesse Best anrufe?"

„Gute Idee. Aber bevor wir das tun, muss ich mich mit dem Captain und dem Chief beraten."

„Besteht die Möglichkeit, dass der Chief die ganze Sache noch abbläst?"

„Ich weiß es ehrlich gesagt nicht, doch ich kann es mir nicht vorstellen. Er wird allerdings stinksauer sein."

„Bitte erklär ihm, dass ich seine Anordnungen immer sehr ernst nehme, nur war ich mit diesem Fall schon so weit, dass ich nicht mit gutem Gewissen aufhören konnte, als ich die Chance hatte, Carisma zu finden."

„Ich werde es weitergeben."

„Sam, ich bin bereit, dafür den Kopf hinzuhalten. Es ist mir egal, ob ich jemals mehr als Detective sein werde. Es gibt so viele andere Dinge in meinem Leben, die wichtiger sind als dieser Job. Doch ich könnte nicht damit leben, wenn ich das nicht durchziehen würde."

„Du machst das nicht allein, und ich werde es ihm sagen. Überlass das ganz mir."

„Okay."

„Was gibt's?", fragte Nick, nachdem Sam das Handy zugeklappt hatte.

„Jeannie glaubt, die Frau aufgespürt zu haben, die Carisma Deasly entführt hat, und jetzt muss ich den Chief anrufen und ihm mitteilen, was los ist, und hoffentlich grünes Licht dafür kriegen, den Fall an die U.S. Marshals zu übergeben. Vielleicht feuert er uns nicht, wenn die die Lorbeeren ernten."

„Oh, super", meinte Nick.

„Du sagst es." Sie klappte ihr Handy auf und rief den Captain an, der aber nicht abnahm. Also probierte sie es bei ihrem Onkel Joe.

„Schönen zweiten Weihnachtstag", meldete der sich. „Ich bin immer noch ganz hin und weg von der Übernachtung im Lincoln-Schlafzimmer."

„Schön, dass es dir gefallen hat."

„Es war der Höhepunkt unseres Lebens. Ich danke dir für die Ehre."

„Tja, ich hoffe, du erinnerst dich daran und daran, wie sehr du mich liebst, wenn ich dir den Grund meines Anrufs verrate."

„Ach, komm schon, Sam! Ich hatte einen so großartigen Tag. Ich habe meine Nichte mit ihrer Familie in den Nachrichten gesehen, wie sie über den Rasen des Weißen Hauses zu Marine One gelaufen sind, und das hat mich in eine verdammt gute Stimmung versetzt."

„Freut mich, dass du gute Laune hast, denn ich muss mit dir über den Befehl sprechen, den du bezüglich Stahls ungeklärten Fällen erteilt hast."

„Was ist damit?", fragte er, wobei jeder Anflug von Leichtigkeit aus seinem Tonfall verschwunden war.

„Es ist so … Und ich hab versucht, zuerst den Captain anzurufen. Als wir diesen Befehl erhalten haben, war Detective McBride bereits mit dem elf Jahre alten Vermisstenfall eines jungen Mädchens beschäftigt. Jeannie musste entscheiden, ob sie damit leben konnte, den Fall zu den Akten zu legen."

Sam schnitt eine Grimasse für Nick, der darüber grinste.

„Aus diesem Grund", fuhr Sam fort, „ist Detective McBride mit meinem Segen in Richmond und glaubt, Daniella Brown ausfindig gemacht zu haben, die Freundin von Carisma Deaslys Mutter, die etwa zur gleichen Zeit wie diese verschwunden ist und von der Carismas Mutter und andere, die beide gekannt haben, annehmen, dass sie in das Verschwinden des Mädchens verwickelt ist."

„Was willst du von mir?"

„Ich würde gerne Jesse Best hinzuziehen und den Fall an die U.S. Marshals übergeben. Mit deiner Erlaubnis, natürlich."

„Du fragst mich *jetzt* um Erlaubnis?"

„Ja, und ich bitte um Entschuldigung. Ich hoffe, du verstehst, wie Detective McBride und ich uns gefühlt haben, weil wir wussten, dass sie kurz davor stand, einer Familie Antworten zu verschaffen, die schon zu lange darauf warten muss."

„Das verstehe ich, doch ich hatte einen sehr guten Grund für die Anweisung, euch zurückzuhalten."

„Das respektiere ich, ebenso wie Detective McBride. Wir möchten ebenfalls nicht, dass die Abteilung noch mehr negative PR bekommt. Deshalb wollen wir ja die Marshals einschalten. Wir haben kein Problem damit, dass sie für alles, was als Nächstes passiert, die Lorbeeren ernten."

„Ich autorisiere den Anruf bei den Marshals, wenn Detective McBride – und Detective O'Brien, vermute ich – nicht an der Razzia teilnehmen."

„Okay."

„Ich hoffe, dir ist klar, dass diese Behörde unter meiner Leitung nur eine bestimmte Anzahl von Schlägen einstecken kann, bevor die Bürgermeisterin, der Stadtrat und die Bürger nach einer neuen Führung rufen. Ich nehme an, das ist das Letzte, was du möchtest."

„Das Allerletzte."

„Ich erwarte von dir und deinem Team, dass ihr meine Befehle befolgt, unabhängig davon, wie wir zueinander stehen."

„Jawohl, Sir."

„Sagst du das nur, damit ich Ruhe gebe?"

„Nein. Ich nehme deine Befehle ernst, genau wie Detective McBride. Ich hoffe, du kannst nachempfinden, in welcher Klemme sie war, denn sie hatte bereits einen entscheidenden Teil der Arbeit geleistet, um diese vermisste Person zu finden, als wir den Befehl erhalten haben."

„Ich kann das nachvollziehen, und ich bin kein Unmensch. Mir ging es darum, die Untersuchung von Stahls ungeklärten Fällen für den Moment zu unterbrechen, bis wir den FBI-Bericht überstanden haben."

„Vielleicht wird er ja halb so schlimm."

„Ich mache mir da keine Illusionen. Wo ich dich schon am Apparat habe, sollte ich dir auch noch mitteilen, dass sich die Gewerkschaft gegen die Entlassung von Sergeant Ramsey wehrt und beabsichtigt, vor Gericht Berufung einzulegen, es sei denn, er erhält ein ordnungsgemäßes Verfahren."

Sam traute ihren Ohren nicht. „Glauben die wirklich, sie haben eine Chance? Schließlich wurde er auf frischer Tat ertappt, als er mein Büro verwüstet hat!"

„Ramsey beharrt darauf, dass er es nicht war."

„Die haben doch seine Fingerabdrücke!"

„Er sagt, die könnten auch aus dem normalen Arbeitsalltag stammen, da ihr beide schließlich zusammengearbeitet habt."

„Jeder, der uns kennt, weiß, dass wir nicht zusammenarbeiten."

„Ich wollte dich nur vorwarnen, dass er vielleicht wieder zum Dienst kommt, während wir uns um die Details kümmern."

„Danke für die tollen Neuigkeiten."

„Mach dir keine Gedanken darüber. Wir haben andere Möglichkeiten, Unruhestifter loszuwerden, und ich werde alles tun, was nötig ist, um ihn so schnell wie möglich abzuschießen."

„Aber mich und McBride willst du behalten?", fragte Sam in der Hoffnung, so das Gespräch mit einer etwas heiteren Note zu beenden.

„Im Moment schon, doch wie üblich bewegt ihr euch beide auf dünnstem Eis."

„Wir leben gerne wild und gefährlich."

„Halt mich auf dem Laufenden, was Best und die Marshals betrifft. Ich werde Jake informieren, dass ich mit dir gesprochen und grünes Licht gegeben habe."

„Danke für alles. Es ist mir egal, was die anderen über dich sagen, du bist der Beste."

„Man tut, was man kann."

Sam blieb fast der Mund offen stehen. „Auf diese Formulierung habe ich das *volle* Urheberrecht."

„Hast du einem deiner Detectives erlaubt, sich einem direkten Befehl von mir zu widersetzen, oder nicht?"

„Okay, du kannst den Satz ruhig nach Herzenslust verwenden."

„Irgendwie hab ich mir gedacht, dass du das sagen würdest. Wie gefällt dir Camp David? Ist es so cool, wie alle behaupten?"

„Ja. Da du auch Urlaub hast, solltest du mit Marti herkommen und es dir selbst anschauen."

„Meinst du das ernst?"

Nick nickte bestätigend.

„Klar. Unser Camp ist euer Camp. Lasst mich wissen, wann ihr glaubt, hier sein zu können."

„Moment … Sam, sind das und das Lincoln-Schlafzimmer deine

Form der Bestechung, um mich auf künftige Insubordinationen vorzubereiten?"

„Bestechung ist so ein unschönes Wort."

Als er prustend lachte, musste sie lächeln. Sie war erleichtert, dass sie – wie immer – einer Meinung waren.

„Bitte kommt her. Wir würden uns freuen."

„In Ordnung. Ich schicke dir eine SMS. Gib mir Bescheid wegen Best."

„Mach ich."

„Sag McBride, dass ich sie nicht feuern werde und dass das gute Arbeit war."

„Geht klar. Bis später." Sie warf Nick einen Blick zu. „Ich brauche noch zwei Minuten."

„Ich genieße derweil die frische Luft. Lass dir ruhig Zeit."

„Ist frische Luft deine neue Lieblingsdroge?"

„Absolut."

Sam wählte Jeannies Nummer. „Ich habe mit dem Chief gesprochen, und er hat uns grünes Licht dafür gegeben, Jesse und die Marshals hinzuzuziehen, damit sie den Fall übernehmen. Er will, dass du und Matt nicht einmal in der Nähe der Razzia seid. Du sollst die Information weiterleiten und dann verschwinden."

„Verstanden, wird gemacht."

„Tut mir leid, dass ich dir das antun muss, Jeannie. Wir beide wissen, dass dies deine Verhaftung ist."

„Das spielt keine Rolle. Mir geht es ausschließlich darum, Carisma, falls sie noch lebt und da drin ist, zu ihrer Mutter zurückzubringen. Ich werde Best anrufen und ihm sagen, dass die Bitte von ganz oben kommt."

„Hältst du mich auf dem Laufenden?"

„Na klar. Ist er sauer?"

„Er hat verstanden, dass du schon mittendrin gesteckt hast und nicht lockerlassen kannst, wenn du an so einer Sache dran bist. Der Chief lässt dir ausrichten, dass du gute Arbeit geleistet hast und er keine von uns feuern wird, aber wie immer bewegen wir uns auf sehr dünnem Eis."

„Wo wir am besten sind."

Sam lächelte. „In der Tat. Ich erwarte deinen Rückruf."

„Danke für deine Unterstützung."

„Gern geschehen." Sam klappte ihr Handy zu. „So, ab jetzt habe ich wieder Urlaub."

„Du bist übrigens echt schlecht im Urlaubhaben."

„Ich weiß, Nick! Tut mir leid. Es fällt mir einfach sehr schwer."

„Ach wirklich?"

„Dein Spott ist wohlwollend zur Kenntnis genommen."

Nick legte den Arm um sie, während sie einem unendlich scheinenden Weg folgten. „Schau nach oben, sieh den Himmel, rieche den Tannenduft, lass alles los. Die Arbeit ist bei Gonzo, Jeannie und den anderen in guten Händen, und du bist bei mir in guten Händen."

„Ich liebe es, mit dir und den Kindern hier zu sein, Nick. Das weißt du doch, oder?"

„Klar."

„Mit euch wird jeder Ort zum besten Ort der Welt. Es ist nur so, dass es ein seltsames Gefühl ist, gerade nicht mitten in einem Fall zu stecken, den zu einem erfolgreichen Abschluss zu bringen meine ganze Konzentration und Aufmerksamkeit erfordert. Beinahe so, als wäre ich ohne diesen Rausch nicht ich selbst."

„Du brauchst vielleicht ein Zwölf-Schritte-Programm, um dieses Problem zu lösen."

Sie verpasste ihm einen Rippenstoß. „Hör auf zu scherzen. Das ist mein voller Ernst."

„Meiner auch, Samantha. Du fährst total auf Nervenkitzel ab. Wenn es um die Arbeit geht, hast du keinen Ausschaltknopf."

„Da hast du recht. Ich brauche sie, wie man frische Luft und den Blick auf den Himmel braucht, und wüsste wirklich nicht, was ich ohne sie tun würde. Dann würde ich halt- und ziellos umhersausen wie ein Ballon, aus dem die Luft entweicht."

„Ich hoffe, du weißt, wie stolz ich auf die Arbeit bin, die du leistest, darauf, wie hart du für Gerechtigkeit für die Opfer und ihre Familien kämpfst. Wie stolz wir alle darauf sind. Jetzt gibt es außerdem die Trauergruppe. Du bewegst etwas, Samantha."

„Danke für die netten Worte, doch es ist eine Teamleistung, und ich habe das beste Team überhaupt. Ich wünschte bloß, wir könnten mehr tun. Es gibt so viel zu tun, und der Tag hat nur so wenige Stunden."

„Du tust schon mehr als genug."

„Die Fälle von Calvin Worthington und Carisma Deasly bringen mich zum Grübeln. Was ist da sonst noch alles, weißt du? Was übersehen wurde, sodass Familien jahrelang unnötig leiden mussten."

„Du kannst nicht jeden retten."

„Das ist mir klar. Ehrlich. Aber wir können es doch verdammt noch mal versuchen, oder?"

„Unter deiner Verantwortung ist in den letzten beiden Jahren nichts durchs Raster gefallen."

„Nein, aber es gibt Dinge aus Stahls Zeit, die mehr Eifer verdient gehabt hätten. Das nagt an mir, jetzt, wo ich weiß, dass er Fälle ignoriert hat. Wie kann man damit leben?"

„Vergiss nicht, das ist auch der Typ, der zweimal versucht hat, dich zu töten."

„Das ist wahr. Apropos Leute, die mich hassen: Die Gewerkschaft stellt sich gegen Ramseys Entlassung."

„Warum?"

„Weil er auch während des normalen Arbeitsalltags seine Fingerabdrücke in meinem Büro hinterlassen haben könnte."

„Selbst wenn die gesamte Abteilung bezeugen kann, dass er nicht regelmäßig mit dir zu tun hatte, außer dass er dich auf dem Gang angepöbelt hat?"

„Ja."

„Hoffentlich verläuft das im Sande."

„Wir müssen es abwarten, schätze ich."

Daran, dass dieser Mistkerl wieder zum Dienst erscheinen könnte, wollte sie gar nicht erst denken.

⌒⌒

Später, als die Zwillinge schliefen, saßen Sam und Nick mit Scotty, Eli, Harry, Lilia, Terry, Lindsey und Shelby zusammen und schauten *Saturday Night Live*. Lindsey war für eine Nacht angereist, musste allerdings am nächsten Tag wieder zur Arbeit, weil ihr Stellvertreter Byron Tomlinson am Morgen zur Hochzeit seines Bruders am Neujahrswochenende fahren wollte, bei der er Trauzeuge sein würde.

Die Sendung begann damit, dass ein gut aussehender, dunkelhaariger Schauspieler, der verblüffende Ähnlichkeit mit Nick hatte, am Resolute Desk saß und mit großer Konzentration einen riesigen Stapel Papierkram durchging.

„Mr President?"

„Ja, Terry?"

„O mein Gott, ich bin bei *SNL*", sagte Terry. „Und die haben mir eine Wampe verpasst. Was zur Hölle …?"

„Wir haben zuverlässige Informationen erhalten, dass Nordkorea plant, Alaska den Krieg zu erklären."

„Was hat Alaska denn getan, um Nordkorea zu beleidigen?"

„Wir sind uns nicht sicher, Sir, aber die Stabschefs sind im Lagezentrum und warten darauf, Sie informieren zu dürfen."

Der Schauspieler, der Nick darstellte, blickte nach rechts und blendete Terry offensichtlich aus, als die Kamera schwenkte und eine blonde Sexbombe, die Sam verkörperte, in der Tür zum Oval Office zeigte.

„Störe ich, Mr President?", hauchte sie mit einer sexy Stimme. Sie hatte eine Pistole um die Hüfte geschnallt und trug eine goldene Polizeimarke an der Brust.

Die echte Sam schnappte nach Luft, während die anderen lachten. „O mein Gott."

„Bitte stör mich."

„Äh, Mr President, die Nordkoreaner …"

Nick entließ Terry mit einer beiläufigen Geste. „Geben Sie uns eine Minute."

„Jawohl, Sir."

Terry verließ den Raum und schloss die Tür.

Nick winkte Sam mit dem Finger zu sich heran.

Sie setzte sich hinter dem Resolute Desk auf seinen Schoß und begann ihn leidenschaftlich zu küssen.

Die echte Sam stöhnte laut auf. „Jemand soll mich bitte sofort erschießen."

Die anderen wieherten vor Lachen.

„Es ist erstaunlich, wie realistisch das ist", meinte Scotty und bekam von seinem Vater prompt eine Kopfnuss verpasst.

Während die beiden Schauspieler knutschten, bewegten sie sich zur Melodie von „My Humps" von den Black Eyed Peas.

„Aufhören!", schrie Sam. „Ich kann mir das nicht ansehen!"

Die nächste Szene zeigte Terry, der mit einer Gruppe stoischer Offiziere im Lagezentrum saß.

„Kommt er?", erkundigte sich einer von ihnen, während auf dem Bildschirm hinter ihm Raketen auf Alaska zurasten.

„Ja", antwortete Terry. „Ich glaube, er wird auf jeden Fall kommen."

Das Bild schwenkte zurück ins Oval Office, wo die Schauspieler von Nick und Sam zerzaust und erschöpft keuchten. Nach Luft ringend beendeten sie den Sketch mit den bekannten Worten: „Live aus New York, es ist Samstagabend!"

„Wir können uns nie wieder in der Öffentlichkeit zeigen", verkündete Sam.

Nick kriegte sich vor Lachen überhaupt nicht mehr ein.

Sam verpasste ihm einen Rippenstoß. „Das ist nicht lustig!"

„Tut mir leid, Sam." Shelby wischte sich die Lachtränen ab. „Aber das war das Lustigste, was ich in dieser Sendung je gesehen habe."

„Das kannst du nicht sagen, wenn du meine Freundin bleiben

möchtest.“

„Tja, dann fürchte ich … es war schön, dich gekannt zu haben.“

Lilia und Harry hatten so heftig gelacht, dass sie kaum aufrecht sitzen konnten.

„Lilia, sag ihnen, dass das nicht witzig war.“

„Würde ich ja gerne, Sam“, japste Lilia. „Aber das *war* witzig.“

„Ich hasse euch alle und die gesamte Welt“, erklärte Sam.

„Wenn du in Gegenwart deines Mannes etwas mehr Anstand an den Tag legen würdest, dann würde so etwas vielleicht nicht passieren“, merkte Scotty an.

Das löste bei allen eine neue Welle hysterischen Gelächters aus.

Nick legte den Arm um Sam.

Sie stieß ihn weg. „Das ist alles deine Schuld! Wenn du nicht Präsident wärst, hätten wir nicht im Fernsehen Trockensex!“

„Igitt“, ließ sich Scotty vernehmen. „Ich bin dann mal weg.“

„Da bin ich ganz deiner Meinung, Bro“, stimmte ihm Eli zu.

„Was ist eigentlich Trockensex?“, fragte ihn Scotty.

Eli legte ihm die Hände auf die Schultern und führte ihn nach draußen. „Darüber reden wir später.“

Stöhnend ließ Sam den Kopf in die Hände sinken.

„Im ganzen Leben habe ich noch nie so gelacht“, keuchte Lindsey. „Ich bin komplett erledigt.“

„Die haben mir eine Wampe verpasst!“, beklagte sich Terry. „Dabei habe ich überhaupt gar keine Wampe!“

„Schon gut, Schatz.“ Lindsey streichelte den flachen Bauch ihres Verlobten. „Ich würde dich auch mit Wampe lieben.“

Sams Handy klingelte. Es war Freddie. „Was gibt’s?“

Ihr Partner und Elin lachten so heftig, dass sie nicht sprechen konnten.

Sam klappte geräuschvoll das Handy zu. „Ich hasse Menschen.“

„Auch mich?“, fragte Nick.

„Dich ganz besonders!“

Ihre Handys quollen über von SMS von Familie und Freunden, die mit lachenden Emojis versehen waren. „Ich kann nicht mehr“, sagte Sam. „Ich geh ins Bett.“

„Dann komme ich mit“, antwortete Nick.

„Du bist nicht eingeladen.“

„Aber Babe, ich kann doch nichts dafür.“

„Wohl! Du bist hier schließlich der gottverdammte Präsident.“

Sie ließen ihre lachenden Freunde zurück, verschwanden in ihr Zimmer und schlossen die Tür.

„Ich hasse dich abgrundtief", teilte ihm Sam mit.

Lachend legte er von hinten die Arme um sie und stützte sein Kinn auf ihre Schulter. „Nein, tust du nicht."

„Im Augenblick schon, und ich erwarte, dass das noch ein oder zwei Wochen so weitergeht, während sich alle, die ich kenne, über mich lustig machen."

„Während sie sich nichts mehr wünschen, als an unserer Stelle zu sein." Er drehte sie zu sich um und hob ihr Kinn an, um ihr einen zärtlichen Kuss zu geben, von dem ihr die Knie weich wurden, auch wenn sie wütend auf ihn war. „Wir sind die glücklichsten Menschen auf der ganzen Welt, weil wir einander haben." Er küsste sich von ihren Lippen bis zu ihrem Hals vor. „Lust auf Sex?"

Sam konnte sich ein Lachen nicht verkneifen.

„Na also. Wir müssen über diese Dinge lachen, Babe. Denk daran, was ich dir immer sage: Sie können uns nichts, es sei denn, wir lassen es zu."

„Es ist trotzdem ultrapeinlich."

„Aber auch saukomisch. Im Übrigen würde ich nie zulassen, dass die Nordkoreaner Alaska bombardieren, während ich dich vögle."

„Gut zu wissen."

„Bist du bereit, mir zu verzeihen?", fragte er und küsste weiter ihren Hals, während er mit den Händen an ihrem Rücken hinunterstrich und ihren Hintern umfasste.

„Ich brauche mehr überzeugende Argumente."

Seine Hände wanderten unter ihr Oberteil und nach oben, um ihre Brüste zu umschließen. „Ich bin ausgesprochen gut darin, dich zu überzeugen."

„Du musst dir auch nie besonders große Mühe geben."

„Gott sei Dank." Mit aus der Übung geborener Leichtigkeit hatte er sie blitzschnell ausgezogen. Während er sie rückwärts zum Bett schob, streifte er sich das Hemd ab und warf es zur Seite. „Darauf habe ich mich seit Tagen gefreut. Wenn das Telefon jetzt klingelt, lasse ich zu, dass Nordkorea Alaska bombardiert."

Sam schlang ihm die Arme um den Hals und drückte sich gegen seine Erektion. „Nein, wirst du nicht."

„Ich würde es wirklich tun."

Das Einzige, was Sam am Urlaub zu schätzen wusste, war die ungestörte Zeit mit ihm, die in ihrem Alltag so oft zu kurz kam. Sicher, das gottverdammte Telefon konnte jeden Moment klingeln, aber in der Zwischenzeit schob sie alles andere beiseite, um sich ganz dem Vergnügen hinzugeben, wie nur er es ihr bereiten konnte.

Er wusste ganz genau, wo und wie er sie berühren musste, und er war der einzige Mensch auf der Welt, der sie diesen peinlichen Sketch so schnell vergessen lassen konnte. Was kümmerten sie Schauspieler, wenn sie das Original hatte, den Mann, der sie liebte?

Wenn es etwas Besseres als das gab, hatte sie es bisher noch nicht gefunden. Bei all den Veränderungen, die sie in letzter Zeit erlebt hatten, war dies das Einzige, was sich nie geändert hatte. Sie waren immer in vollkommener Harmonie.

„Sam", sagte er, und seine Lippen zogen eine brennende Spur über ihren Hals. „Ich liebe dich. Du wirst niemals verstehen, wie sehr …"

Sie zog ihn fester an sich. „Doch, ich verstehe es."

„Tust du nicht. Dafür gibt es keine Worte."

„Für diesen Satz verzeihe ich dir auch den dummen *SNL*-Sketch."

„Bring mich nicht zum Lachen, wenn ich mit etwas Ernsthaftem beschäftigt bin." Er küsste sie erneut und brachte sie an den Rand des Wahnsinns, während der Rest von ihr ihrem Orgasmus entgegenfieberte. „Es ist mir egal, ob die ganze Welt uns für notgeil hält."

„Wenn hier einer notgeil ist, dann du. *Ich* bin lediglich die ewig leidende Gattin."

Nick stieß so heftig in sie, dass sie aufkeuchte. „Ach, und leidest du sehr?"

„Fürchterlich. All die Opfer, die ich für dich bringe …"

Als er einen Finger auf ihre empfindsamste Stelle presste, löste er einen Orgasmus aus, der sie Mond, Sterne und Planeten in mehreren Sonnensystemen sehen ließ. Sie schwebte lange in einem Meer von Glückseligkeit, bevor sie die Augen öffnete und bemerkte, dass er sie beobachtete.

„Willkommen zurück."

„Mmm."

„Leidest du immer noch so?"

„Ganz entsetzlich sogar."

Lachend küsste er sie und zog sie in seine innige Umarmung. „Ich bekomme ja auch keine Anerkennung für die Opfer, die ich bringe, um meine unersättliche Frau zu befriedigen."

„Mmm, genau." Sie war dermaßen entspannt, dass sie kaum sprechen konnte. Das war eine weitere seiner Superkräfte.

Irgendwie landete sie unter der Bettdecke, und er zog sie an sich. Sie fühlte sich so wohl, war so glücklich und freute sich so, mit ihrem Liebsten im Urlaub zu sein, dass sie wie eine Tote schlief.

KAPITEL 7

Jeannie und Matt saßen stundenlang vor dem Haus in Richmond, bis die U.S. Marshals einen Durchsuchungsbeschluss beantragt und erhalten hatten und dann in Zusammenarbeit mit der Polizei von Richmond die Razzia durchführten. Zwischendrin kam Daniella Brown einmal aus dem Haus, doch nur um die Post aus dem Briefkasten zu holen.

„Können Sie bestätigen, dass sich die Zielperson noch im Haus befindet?", fragte Chief Marshal Jesse Best. Mit seiner Größe von eins fünfundneunzig, dem blonden Haar und den intensiven braunen Augen strahlte er eine Kompetenz aus, die Jeannie beruhigte. Bei früheren Begegnungen mit dem großen Marshal war ihr außerdem aufgefallen, dass er nie Zeit mit Small Talk verschwendete.

„Ich kann bestätigen, dass sie vor dreieinhalb Stunden durch die Vordertür hineingegangen und nicht wieder herausgekommen ist. Ich kann allerdings nicht garantieren, dass sie sich in dieser Zeit nicht durch die Hintertür hinausgeschlichen hat. Aber wir haben zumindest nichts in der Art bemerkt."

Jeannie rief die aktuellen Fotos von Daniella und Carisma auf und zeigte sie Jesse. Bei einer normalen Ermittlung hätte es Fotos mit Altersverläufen gegeben, die in diesem Fall jedoch fehlten. „Das sind die beiden, nach denen wir suchen. Die mutmaßliche Entführerin und das Opfer. Beide sind jetzt elf Jahre älter. Carisma ist vierundzwanzig, wenn sie noch lebt."

„Verstanden. Kommen Sie mit?"

„Wir haben Befehl, uns zurückzuhalten und die Sache ganz in Ihre Hände zu legen."

„Hm", meinte er bloß und drückte damit seine Verwunderung darüber aus, dass eine Strafverfolgungsbehörde einer anderen freiwillig eine Verhaftung überlassen wollte.

Jeder andere hätte gefragt, warum. Nicht so Jesse Best.

Er drehte sich um, ausgestattet mit den Informationen, die er brauchte, und ging den Job erledigen.

„Es ist großer Mist, wenn man die Füße still halten muss", beschwerte sich Matt.

„Stimmt, aber das Wichtigste ist, Carisma zu finden und Daniella zu verhaften. Wer die Lorbeeren erntet, ist mir egal."

Jeannies Körper war starr vor Anspannung, während sie darauf wartete, dass die Razzia mit der für die Marshals üblichen Effizienz ablief. Die Unterstützung staatlicher und lokaler Behörden bei der Festnahme von Flüchtigen war eine Aufgabe der Marshals, auch wenn ihr Hauptaugenmerk auf Verstößen gegen Bundesgesetze und der Festnahme landesweit gesuchter Delinquenten lag.

Gegen elf hatte Jeannie Sam eine SMS gesandt, in der sie ihr mitteilte, dass die Marshals irgendwann in der Nacht losschlagen würden.

Ich kann es kaum erwarten, mehr zu hören, hatte Sam zurückgeschrieben.

Ich schick dir morgen früh ein Update.

Ruf mich an, wenn du mich brauchst.

Mach ich.

Jeannie beobachtete durch ihr Fernglas, wie Best sein Team zum Haus führte und einigen seiner Männer bedeutete, die Rückseite zu sichern. Sie hatte sich gefragt, ob sie die Tür aufbrechen oder klopfen würden.

Best beantwortete ihre Frage, indem er die Hand zum Klopfer hob.

Die Frau, die Jeannie als Daniella identifiziert hatte, öffnete, entdeckte die Polizei und verlor die Nerven. Als sie versuchte, ihm die Tür vor der Nase zuzuschlagen, hatte Best sie in Sekundenschnelle in Handschellen. Er trat zur Seite, damit sein Team ins Haus gelangen konnte, während Daniella laut schreiend um sich schlug.

„Nichts lässt einen schuldiger aussehen, als sich so aufzuführen, wenn die Cops vor der Tür stehen", bemerkte Matt.

„Stimmt", pflichtete ihm Jeannie bei. „Ich bin irgendwie richtig erleichtert, dass sie sich so verhalten hat. Das sagt mir, dass wir es geschafft haben."

„*Du* hast es geschafft. Ich bin nur dabei."

Jeannie zuckte zusammen, als einer der Marshalls mit einem Baby aus dem Haus trat. Ein anderer war direkt dahinter, mit einem Kleinkind auf jedem Arm. Sie übergaben die Kinder Mitarbeitern des örtlichen Jugendamtes.

„O Gott", stöhnte Matt. „Was ist das denn bitte? Wer sind diese Kinder?"

„Keine Ahnung", erwiderte Jeannie bestürzt. Sie hatte nie gehört, dass Daniella eigene Kinder hatte.

Daniellas Geschrei gellte durch die ruhige Nachbarschaft.

Ein weiterer Marshall kam aus dem Haus, auf den Armen eine junge Frau.

Jeannie war ausgestiegen und lief auf sie zu, ehe sie sich bewusst dazu entschlossen hatte. Sie *musste* es wissen. Nachdem sie dem Marshal ihren Ausweis gezeigt hatte, fragte sie die Frau: „Sind Sie Carisma Deasly?"

Der Geruch, der von der erschöpften Frau ausging, war mit Worten nicht zu beschreiben.

„Ja", flüsterte diese, während ihr die Tränen übers Gesicht liefen. „Bin ich."

„Sie war in einem Hinterzimmer an ein Bett gekettet", berichtete der Beamte, der sie trug. Er hatte Tränen in den Augen.

Jeannie blinzelte ihre eigenen Tränen weg. „Ihre Mutter hat nie aufgehört, nach Ihnen zu suchen. Möchten Sie mit ihr telefonieren?"

Die junge Frau nickte. „Ja, bitte."

Jeannie wählte die Nummer und gab ihr das Handy, wobei sie bemerkte, wie kraftlos die junge Frau wirkte.

„Mom, ich bin's. Carisma."

Man hörte LaToyas Schrei durch das Handy.

❧

Jeannie veranlasste, dass LaToya unverzüglich von einem Streifenwagen nach Richmond gebracht wurde. Während sie im Krankenhaus wartete, rief sie Michael an.

„Ich hatte gehofft, du würdest dich melden", sagte er. „Wie läuft's?"

„Du wirst es nicht glauben. Wir haben nicht nur Carisma gefunden, es waren neun weitere Kinder im Haus."

„Die Daniella entführt hat?"

„Das wissen wir noch nicht, aber wir halten es für wahrscheinlich."

„Mein Gott, Jeannie. Das ist ja eine Riesensache."

„Ich weiß. Es ist unfassbar. Sie waren alle schmutzig, halb verhungert und misshandelt. Es ist bloß …“

„Babe …“

„Es geht mir gut.“

„Es ist auch in Ordnung, wenn das nicht so ist.“

„Es ist einfach viel schlimmer, als ich erwartet habe. Ich hatte gehofft, Carisma zu finden, aber …“

„Du bist in einen Albtraum gestolpert und hast dabei zehn Menschen das Leben gerettet. Ich bin so stolz auf dich, Schatz.“

„Vielen Dank.“

„Wann kommst du heim?“

„Ich warte noch auf LaToya, dann können wir fahren.“

„Ist Matt bei dir?“

„Ja. Er war heute großartig. Ich habe das Gefühl, während wir darauf gewartet haben, dass es losgeht, sind wir endlich echte Partner geworden.“

„Es freut mich, das zu hören. Ich weiß, wie schwer es für dich war, seit Will weg ist.“

„Ja. Die Streife versucht mich zu kontaktieren. Ich muss auflegen.“

„Pass auf dich auf, und weck mich, wenn du kommst.“

„Mach ich. Ich liebe dich.“

„Ich dich auch.“

Jeannie nahm den Anruf des Streifenpolizisten entgegen, der LaToya nach Richmond fuhr.

„Wir sind in etwa fünf Minuten da.“

„Bitte bringen Sie sie zum Haupteingang des Krankenhauses.“

„Alles klar.“

„Danke.“

Jeannie zog sich ihre Jacke über und trat in die eisige Luft hinaus, um zu warten. Sie sah das Blaulicht, bevor sie das Auto erkennen konnte. Der Beamte schaltete es aus, als er in die Einfahrt der Klinik einbog.

Jeannie öffnete die hintere Tür und hielt LaToya eine Hand hin, um ihr beim Aussteigen zu helfen.

Die Frau fiel ihr schluchzend in die Arme. „Ich kann einfach nicht glauben, dass Sie sie gefunden haben. Danke, Detective. Ich danke Ihnen so sehr.“

„Ich muss Sie vorwarnen“, sagte Jeannie. „Carisma ist in schlechter Verfassung.“

„Sie lebt. Nur das zählt. Bringen Sie mich zu meiner Tochter.“

Jeannie führte sie zu den Aufzügen. Als sie an Matt vorbeikam, der in der Lobby saß, hob dieser den Daumen.

„Bin gleich wieder da", rief Jeannie ihm zu.

„Lass dir Zeit."

Im Fahrstuhl drückte sie den Knopf für den vierten Stock.

„Wie schlimm ist es?", fragte LaToya.

„So schlimm, wie es nur sein kann."

LaToya stieß ein Wimmern aus und begann wieder zu weinen. „Warum entführt sie sie und behandelt sie dann so?"

„Ich wünschte, ich wüsste es."

„Da waren noch andere Kinder?"

„Neun weitere."

„O mein Gott. Woher stammen sie?"

„Das versuchen wir gerade zu ermitteln."

„Sie haben ihnen das Leben gerettet", flüsterte LaToya.

„Ich wünschte, das wäre schon vor langer Zeit geschehen."

„Freuen wir uns, dass es jetzt geschehen ist", antwortete LaToya. „Es war nicht Ihre Schuld, dass es nicht schon früher passiert ist. Ich werde Ihnen für das, was Sie für mich und meine Familie getan haben, immer dankbar sein, Detective."

Jeannie hatte sich innerlich noch nie so erschöpft gefühlt, nachdem sie einen Fall erfolgreich gelöst hatte. Sie führte LaToya zu Carismas Zimmer, vor dem ein Polizist aus Richmond Wache stand. „Das ist ihre Mutter", informierte Jeannie den Beamten, den sie zuvor schon getroffen hatte.

Er öffnete ihr die Tür.

Jeannie folgte LaToya ins Zimmer. Carisma, die man gewaschen und leicht sediert hatte, während man ihre vielen Wunden gereinigt hatte, schlief in dem großen Krankenhausbett.

LaToya hielt sich die Hand vor den Mund, als sie ihre Tochter zum ersten Mal seit elf Jahren wiedersah. Während sie sich dem Bett näherte, strömten ihr Tränen übers Gesicht.

Carisma rührte sich und öffnete die Lider. Sie blinzelte ihre Mutter verwirrt an. „Mom."

„Ja, ich bin's, Baby." LaToya beugte sich vor, um ihre Tochter zu küssen und zu streicheln. „Ich bin's."

„Du hast mir so gefehlt", flüsterte Carisma.

„Oh, du hast mir auch unglaublich gefehlt, und ich war noch nie so glücklich, jemanden zu sehen."

Sie umarmten einander, als wollten sie nie wieder loslassen.

Zufrieden, dass die beiden endlich wieder vereint waren, schlich

Jeannie auf Zehenspitzen aus dem Zimmer und wischte sich die Tränen ab, als sie auf den Flur trat.

„Es ist unfassbar", sagte der Polizist aus Richmond. „Wie sie diese Kinder gehalten hat."

„Schrecklich."

„Ich habe gehört, Sie haben die Marshals auf das Haus angesetzt. Großartige Leistung, Detective."

„Vielen Dank." Jeannie war klar, dass dies die Art von Verhaftung war, die ihre Karriere in eine völlig neue Sphäre katapultieren könnte, aber während sie ihren Partner abholte und sich auf den Heimweg nach D. C. machte, erfüllte die Situation sie nur mit Herzschmerz.

❧

Während die Kinder ausschliefen, verfolgten Sam und Nick erschüttert, wie sich die Geschichte live auf CNN entfaltete. Sie waren von einer SMS von Jeannie geweckt worden, in der sie schrieb, sie sollten den Fernseher einschalten. Insgesamt hatte man zehn Kinder im Alter von drei Monaten bis hin zu Carisma mit ihren vierundzwanzig Jahren in dem Haus in Richmond gefunden, die in völligem Elend lebten. Bisher war lediglich Carisma als eins der Opfer bekannt, und Daniella Brown war wegen zahlreicher Straftaten angeklagt.

Best trat vor eine Reihe von Mikros vor dem Haus, während hinter ihm der Einsatz weiterlief. Als er die Medien über die Razzia informierte, die zur Rettung der gefangenen Kinder geführt hatte, und die Zustände im Haus schilderte, drehte sich Sam fast der Magen um, vor allem als er berichtete, dass die drei Hunde, die im Haus lebten, offensichtlich gut versorgt waren, im Gegensatz zu den Kindern, die halb verhungert waren und Spuren brutaler Misshandlungen trugen.

Sam bemerkte, dass der sonst so stoische und emotionslose Marshal von dem, was er in diesem Höllenhaus entdeckt hatte, deutlich angegriffen wirkte.

„Ich werde jetzt ein paar Fragen beantworten", sagte er.

„Was hat Sie zu diesem Haus geführt?"

„Wir sind einem Hinweis des Metropolitan Police Department in Washington gefolgt."

„Verdammt", ächzte Sam. „Drecksmistscheißkack."

Ihr Mobiltelefon klingelte. Es war Captain Malone.

„Hey", meldete sich Sam.

„Das ist ein Shitstorm epischen Ausmaßes", begann er ohne

Vorrede. „Ich kann es noch gar nicht absehen. Ich weiß, Sie sind im Urlaub, aber ich brauche Sie hier, um die Folgen zu bewältigen."

Sam warf Nick einen Blick zu, der nickte. „Ich werde im Laufe des Vormittags eintreffen."

„Vielen Dank."

Das Telefongespräch endete mit einem Klicken, das in ihrem Gehirn wie ein Gewehrschuss nachhallte. Malone und der Chief hatten es mit einem weiteren potenziellen PR-Desaster zu tun, und das zu einem Zeitpunkt, zu dem sie es sich am wenigsten leisten konnten.

Ihr Handy klingelte erneut, dieses Mal war es Jeannie. „Hey."

„Hallo", meldete sich Jeannie. Sie klang bedrückt.

„Bist du weiter vor Ort?"

„Nein, ich bin daheim. Ich bin gegangen, nachdem LaToya eingetroffen war. Mir ist klar, dass das Wiedersehen der beiden es wert war, dass wir uns um den Fall gekümmert haben, trotzdem kann ich mich gar nicht richtig freuen."

„Malone hat gerade angerufen und mich sofort nach D. C. zurückbeordert."

„Mist. Kommst du?"

„Ja, ich werde so schnell wie möglich aufbrechen."

„Ich würde sagen, dass mir das alles leidtut, doch dabei zu sein, als LaToya Carisma in ihre Arme schließen konnte, war einer der besten Momente meines Berufslebens, auch wenn alles andere in dem Haus so furchtbar ist."

„Das hast du gut gemacht. Du hast neun Kinder und Carisma aus einem Albtraum gerettet."

„Aber ich habe dem MPD einen weiteren bereitet."

„Wir werden es irgendwie überstehen. Zerbrich dir deswegen nicht den Kopf, und feiere stattdessen diesen großartigen Erfolg. Du hast auf dein Bauchgefühl gehört und bist deinem Herzen gefolgt. Vermisste Kinder sind mit ihren Eltern wiedervereint. Mir egal, was die anderen sagen – das war es wert."

„Wenn du meinst."

„Tu ich, und ich bin deine Chefin. Für dieses Ergebnis nehme ich gerne alles in Kauf, was auf uns zukommt."

„Danke, dass du uns immer den Rücken freihältst", erwiderte Jeannie.

„Das ist meine Aufgabe. Bis bald."

„Ja, bis dann."

Sam klappte das Handy zu.

„Wie geht es ihr?", fragte Nick.

„Am Boden zerstört und in Sorge wegen der Folgen."

„Ich glaube, wenn sich der Staub gelegt hat, wird das MPD im besten Licht dastehen, weil es diesen Fall geknackt hat."

„Das mag sein. Zuerst werden sie uns allerdings durch den Dreck ziehen und fragen, warum es so verflucht lange gedauert hat, bis wir uns um ein vermisstes schwarzes Mädchen gekümmert haben. In letzter Zeit war es viel … Ich frage mich, wann die Bürgermeisterin und der Stadtrat genug haben und den Rücktritt des Chiefs fordern."

„Du musst dich eben bei jeder Gelegenheit für ihn einsetzen. Nutze deine Reichweite als First Lady, um darüber zu sprechen, was für ein großartiger Chief er ist und was er alles geleistet hat."

„Ich werde für ihn tun, was ich kann, doch ich bin ernsthaft besorgt. Wenn das der Tropfen ist, der das Fass zum Überlaufen bringt, fällt das direkt auf Jeannie und mich zurück. Das ist genau das, was er vermeiden wollte."

„Aber Jeannie hat neun kleine Kinder und Carisma aus der Hölle auf Erden gerettet. Ich denke doch, das hat Vorrang vor allem anderen."

„Leider nicht. Sie wird seit elf Jahren vermisst, und das ist das erste Mal, dass sich die Polizei ernsthaft bemüht hat, sie zu finden. Das wird ein Nachspiel haben."

In diesem Moment klingelte das Telefon auf dem Nachttisch.

Nick seufzte tief, stand auf und nahm ab. „Ja bitte?" Nach langem Schweigen antwortete er: „Ich komme." Nachdem er aufgelegt hatte, sagte er: „Ich muss zu einem Briefing in Laurel. Nordkorea legt wieder los. Die haben einen weiteren Raketentest durchgeführt."

Sam sah zu ihm und schenkte ihm ein schwaches Lächeln. „Wir sind beide keine besonders guten Urlauber."

„Das kannst du laut sagen."

„Vielleicht ist die zweite Hälfte noch zu retten."

„Ich hoffe es sehr."

KAPITEL 8

Sie verließen Camp David um elf Uhr in Marine One. Der Plan sah vor, dass der Hubschrauber gerade lange genug auf dem südlichen Rasen landen sollte, dass Sam aussteigen konnte, bevor er direkt wieder abhob, um Nick nach Camp David zurückzubringen.

Zuvor hatte sie den Kindern erklärt, dass sie für ein oder zwei Tage zur Arbeit musste, aber zurückkehren würde, um den Urlaub fortzusetzen. Da Tracy, Angela und ihre Familien an diesem Tag in Camp David ankommen sollten, freuten sich die Kinder auf die Zeit mit ihren Cousins und Cousinen und würden beschäftigt sein.

Wenn Sam unglücklich darüber war, nicht dabei sein zu können, behielt sie das für sich. Das Hin und Her zwischen der Arbeit – einschließlich ihres „Berufs" als First Lady – und dem Wunsch, mehr Zeit mit ihren Kindern und ihrer Familie zu verbringen, prägte ihr Leben. Das war das Dilemma aller berufstätigen Mütter, und warum sollte es ihr da anders gehen? Nur dass sie diesen Spagat auf einer viel größeren Bühne bewältigte als die meisten anderen – allerdings auch mit viel mehr Hilfe.

Nick hielt während des Flugs ihre Hand und drückte sie, als das Weiße Haus in Sicht kam.

„Hier muss ich raus."

Er küsste sie auf die Stirn. „Pass auf meine Frau auf. Sie ist für mich das Wichtigste auf der Welt."

„Keine Sorge. Ich bin vor allem hier, um eine Medienschlacht zu schlagen."

„Wenn es eine Möglichkeit gibt, dich dabei zu verletzen, wirst du sie finden."

Sam lachte auf. „Vermutlich, doch ich werde mein Möglichstes tun, um mich nicht an einem Blatt Papier zu schneiden."

„Rufst du mich später an?"

„Darauf kannst du wetten."

Er küsste sie auf den Handrücken und ließ sie dann los, während Taco Marine One sanft und problemlos aufsetzen ließ. „Ich liebe dich."

„Ich dich auch. Entspann dich, und hab zwischen den nordkoreanischen Raketenstarts Spaß mit den Kindern."

„Ich versuch's. Aber bis du wieder zurück bist, wird es dort nicht viel Spaß geben."

„Ich komme so schnell zurück, wie ich kann."

Die Tür zur Gangway öffnete sich, und Sam beugte sich vor, um Nick einen Kuss zu geben, bevor sie aufstand. „Danke für die Mitfahrgelegenheit, Mr President."

„Für dich jederzeit, Babe. Pass da draußen auf dich auf."

„Immer doch." Sie winkte ihm zu und eilte die ausgeklappten Stufen hinunter, während ihre beiden Hauptpersonenschützer Vernon und Jimmy hinten ausstiegen.

Sobald sie den Landebereich verlassen hatten, hob Marine One wieder ab.

Sam drehte sich um und winkte Nick zu, ehe sie ins Haus ging, um alles zu holen, was sie für die Arbeit brauchte. Da man sie nicht zurückerwartet hatte, lauerten draußen keine Reporter, die sie mit Fragen löcherten. Aber im Hauptquartier würde es welche geben. Sie nickte dem Hausangestellten zu, der sie an der Tür begrüßte. „Guten Morgen, Harold."

„Guten Morgen, Ma'am. Willkommen zurück."

Zu ihren Bodyguards sagte sie: „Ich bin in zwei Minuten wieder da."

„Wir werden bereit sein, Ma'am", antwortete Vernon.

Sam lief die mit rotem Teppich ausgelegte Treppe zu ihrer Wohnung hinauf, holte ihre Waffe, Handschellen, das Etui mit ihrem Dienstausweis, ihr Notizbuch und ihre Schlüssel aus der verschlossenen Schublade ihres Nachttischs und war in unter einer Minute wieder auf dem Weg nach unten. Obwohl sie sich schrecklich fühlte, weil sie den Familienurlaub unterbrochen hatte, verspürte sie so etwas wie Euphorie, als sie daran dachte, sich gleich wieder dem Job widmen zu können, den sie so sehr liebte – selbst wenn die Kacke am Dampfen war.

Sie hatte keine Ahnung, was sie erwartete, als sie im Hauptquartier eintraf, was ein seltsames Gefühl war. Normalerweise wusste sie genau, woran sie war, wenn es um ihren Beruf ging. Sie wusste, wer ihre Freunde waren, und behielt sie dicht bei sich, während sie ihre Feinde, von denen es mit Ramseys Entlassung – zumindest vorläufig – einen weniger gab, genau im Auge behielt. Wenn sie ihn wieder an die Arbeit ließen, nachdem er ihr Büro durchwühlt und sie mehr als einmal bedroht hatte – vor Zeugen –, bestand die Gefahr, dass sie jegliches Vertrauen in das System verlor, mit dessen Hilfe diejenigen aussortiert werden sollten, die nicht in ihre Reihen gehörten.

Es lag in der Natur des Menschen, dass es in jeder Organisation faule Äpfel gab, doch die Enttäuschung, wenn so etwas passierte, war trotzdem jedes Mal groß. Wie konnte Stahl mit dem Wissen leben, dass er Morde und Entführungen in ihrer Stadt jahrelang nicht ordentlich untersucht hatte? Ja, das war eine rhetorische Frage, wenn man berücksichtigte, dass sich Stahl in vielerlei Hinsicht als moralisch unzulänglich erwiesen hatte. Aber wie konnte man sich für einen Job bezahlen lassen und ihn dann einfach nicht machen? In ihrem Beruf ermöglichte es die Nichterledigung der gestellten Aufgaben Entführern und Mördern, unschuldige Menschen zu terrorisieren.

Während sie über Stahls zahlreiche Fehler nachsann, musste sie auch akzeptieren, dass ihr Vater und andere Vorgesetzte entweder ein Auge zugedrückt hatten oder sich seiner mangelnden Bemühungen nicht bewusst gewesen waren. Oder sie waren in Zeiten knapper Kassen so überlastet gewesen, dass sie es einfach nicht bemerkt hatten. Was auch immer der Grund sein mochte, dieser Rückschlag könnte Skips Andenken beschädigen, und allein von der Vorstellung wurde ihr schlecht.

Als sie sich dem Hauptquartier näherte, sah sie zu ihrem Entsetzen, dass die Straße vor dem Gebäude bestimmt achthundert Meter lang von Medienfahrzeugen gesäumt war. „Heilige Scheiße", flüsterte sie. Der Andrang war sogar noch größer als vor ein paar Wochen, als kurz nach Nicks Amtsantritt alle gekommen waren, um über die erste Polizistin zu berichten, die zugleich die First Lady war.

Wenn sie nach einem Beweis dafür gesucht hatte, dass dies ein ganz besonderer Tag werden würde, dann war der Medienrummel ihr erster Anhaltspunkt. Sie konnte sich vorstellen, wie wütend der Chief sein musste. Wie immer, wenn die Presse auftauchte, fuhr sie zum hinteren Eingang bei der Gerichtsmedizin, doch der war heute ebenfalls umlagert. „Verdammt."

Sie war dankbar für die Anwesenheit von Vernon und Jimmy, die sie hineinbringen würden, ohne dass jemand sie belästigte. Vernon gab ihr ein Zeichen, auf sie zu warten. *Kein Problem*, dachte sie. Nicht dass sie sich nicht verteidigen konnte, aber das hier war eine ganz andere Nummer als sonst.

Als die Secret-Service-Beamten vor ihrem Fahrzeug standen, öffnete Sam die Tür und sah sich mit einer Flut von Fragen konfrontiert, die genauso brutal waren, wie sie erwartet hatte.

„Warum hat es so lange gedauert, Carisma zu finden?"

„Hat man Sie aus dem Urlaub in Camp David zurückbeordert?"

„Wusste Ihr Vater, dass sich niemand die Mühe gemacht hat, nach Carisma zu suchen?"

„Was hat das MPD noch ignoriert?"

„Hat das MPD ein Rassismusproblem?"

Genau das war der Grund, warum der Chief angeordnet hatte, die Ermittlungen zu Stahls ungeklärten Fällen einzustellen. *Verdammt.*

„Hat Sie der Präsident mit seinem Hubschrauber zurück nach D. C. fliegen lassen?"

Sam ignorierte die Reporter und ließ sich von Vernon und Jimmy durch das Gedränge zur Tür der Gerichtsmedizin bringen, wo Lindsey sie schon erwartete.

„Ich habe an dem Gebrüll von draußen erkannt, dass du es sein musst."

„Du musst früh aufgestanden sein."

„Um vier", sagte Lindsey mit einem Gähnen und einem verschlafenen Grinsen. „Ich habe gehört, dass du kommst, und es tut mir sehr leid, dich hier zu sehen, wo du doch eigentlich im Urlaub sein solltest."

„Ich bin auch nur ungern hier", gestand Sam. „Ich wollte dich schon im Camp fragen, warum du an einem Sonntag arbeitest."

„Da Byron zur Hochzeit seines Bruders gereist ist, musste ich zurück in der Stadt sein, also nutze ich die Gelegenheit, um Papierkram zu erledigen, der irgendwie ständig liegen bleibt. Übrigens, die Brown-Festnahme ist fantastisch."

„Auch wenn sie elf Jahre zu spät gekommen ist."

„Ja, trotzdem."

„Was sagt das Internet dazu?"

„Das willst du gar nicht wissen."

„Was ist mit der öffentlichen Meinung?"

„Auch nicht so toll."

„Drecksmist." Sam deutete mit dem Kinn zur Gerichtsmedizin. „Hast du eine Minute Zeit, Doc?"

„Für dich, Sam? Immer."

Sie betraten durch die Glasschiebetüren die antiseptisch riechende Leichenhalle, den Ort, den Sam von allen in diesem Gebäude am wenigsten mochte. „Es besteht eine sehr gute Chance, dass ich dafür rausfliege."

„Auf keinen Fall. Zum einen würde der Chief dich nie feuern, weil er dich liebt. Zum Zweiten ist es die beste PR, die wir kriegen können, dass die First Lady für uns arbeitet. Drittens habt ihr das Richtige getan, als ihr diesen Hinweisen nachgegangen seid. Niemand konnte ahnen, dass sich daraus so etwas entwickeln würde."

„Es ist genau das, was der Chief befürchtet hatte."

„Weißt du, was? Wen kümmert es, wenn das ein Medienspektakel wird? Jeannie hat das Leben von zehn Menschen gerettet, neun davon Kinder oder sogar Babys. Das ist es, was zählt, und wenn du das immer und immer wieder sagst, werden die Leute dir irgendwann zuhören."

„Ja, vermutlich hast du recht. Ich mache mir Sorgen, dass das auf meinen Vater zurückfällt und seinem Andenken schadet."

„Ich weiß", sagte Lindsey mit einem Seufzer. „Daran habe ich auch schon gedacht. Wo waren die hohen Tiere, als Stahl diese Fälle ignoriert hat?"

„Mein Vater hätte bei so etwas auf keinen Fall tatenlos zugesehen. Also kann ich mir nur vorstellen, dass Stahl große Töne gespuckt, falsche Berichte eingereicht und seine Vorgesetzten in dem Glauben gelassen hat, er würde alles tun, was er konnte."

„Finde diese falschen Berichte. Das wird helfen, den Beweis zu erbringen, dass Stahls Nichthandeln absichtlich und planmäßig war."

„Das ist eine gute Idee. Da werden wir nachschauen."

„Wehr dich, Sam. Erinnere die Leute, einschließlich des Chiefs, immer wieder daran, dass du nicht für die Sünden der Vergangenheit verantwortlich bist, sondern Leben rettest, indem du versuchst, sie wiedergutzumachen. Diese schreckliche Frau hat Carisma und die anderen hungern lassen. Ihre Opfer haben in einem Dreck gehaust, den sich niemand von uns vorstellen kann. Ihr habt das gut gemacht, egal, was die anderen sagen."

„Jeannie gebührt die ganze Anerkennung, aber ich habe diese aufmunternden Worte gebraucht. Danke."

„Es ist immer hilfreich, ein Problem mit Taten anzugehen."

„Warte, ich glaube, das ist einer meiner urheberrechtlich geschützten Sprüche."

„Nein, der ist von mir."

„Danke, Lindsey. Ich bin dir was schuldig."

„Vergiss es. Tu, was du tust. Das reicht für diese und jede andere Situation aus."

Sam umarmte ihre Freundin kurz. „Nochmals danke."

„Jederzeit. Geh und reiß ein paar Leuten den Hintern auf."

„Wird erledigt."

Als Sam ihren Weg fortsetzte, fühlte sie sich durch Lindseys Worte gestärkt. Ihre Freundin hatte recht: Sie hatten etwas Gutes getan, und jeder, der etwas anderes behauptete, selbst ihre eigenen Vorgesetzten, konnte sie mal. Obschon der Gedanke in ihrem eigenen Kopf gut klang, war sie sich nicht sicher, wie diese Einstellung aufgenommen werden würde, wenn sie entsprechend handelte.

Als sie das Großraumbüro erreichte, war ihr Team schon fleißig bei der Arbeit. „Hey."

Beim Klang ihrer Stimme drehten sich alle überrascht zu ihr um.

„Was machst du denn hier?", fragte Freddie.

„Wie ich höre, haben wir ein größeres Chaos zu beseitigen", sagte Sam.

Mit den Worten „Verdammt richtig" trat Captain Malone hinter ihr ein. „In Ihr Büro. Auf der Stelle. McBride, Sie auch."

Während Malone an ihnen vorbeistürmte, schnitt Jeannie eine Grimasse.

„Ich mach das schon", beruhigte Sam sie, als sie ihm in ihr Büro folgten, wo Gonzo hinter dem Schreibtisch saß.

„Kann ich irgendwie helfen?", erkundigte er sich, während Jeannie die Tür schloss.

Malone ignorierte die Frage und wandte sich an Sam. „*Sie* können mir helfen, indem Sie mir erklären, wie es kommt, dass McBride meinen direkten Befehl, sich im Fall Deasly zurückzuhalten, ignoriert hat."

„Ich habe mit dem Chief darüber gesprochen, was Jeannie vor diesem Befehl bereits aufgedeckt hatte", antwortete Sam. „Er hat uns autorisiert, den Fall an die Marshals zu übergeben, was wir auch getan haben. Jesse Best hat die Aktion in seiner Pressekonferenz mit uns in Verbindung gebracht. Wir haben die Anweisung des Chiefs befolgt, und er hat gesagt, er würde Sie informieren."

„Das hat er, doch dieser ... Shitstorm ... ist genau das, was wir vermeiden wollten, als wir Ihnen den Befehl gegeben haben", sagte Malone.

„Klar, aber Jeannie hat zehn Menschen das Leben gerettet, Captain. Das ist hier die Schlagzeile."

„Nein, Lieutenant", widersprach er ungewöhnlich aggressiv, „das ist hier nicht die Schlagzeile. Die Schlagzeile wird vielmehr lauten: ,Zehn Menschen gerettet, nachdem die Polizei sich nach Jahren endlich dazu durchringt, sich um das vermisste schwarze Mädchen zu kümmern.' Das wird die verdammte Schlagzeile sein."

Sam hatte ihn noch nie so wütend erlebt. „Ich möchte Sie daran erinnern, dass nicht wir diejenigen sind, die sich nicht um das vermisste schwarze Mädchen gekümmert haben. Wir sind diejenigen, die beschlossen haben, genau das zu tun."

„Erzählen Sie das mal der Bürgermeisterin, dem Stadtrat und allen, die meinen Kopf und den des Chiefs auf einem Silbertablett fordern. Wie, so wollen sie wissen, konnten wir einen Fall wie diesen elf Jahre lang ungeklärt lassen und ihn dann innerhalb weniger Tage abschließen, genau wie den Fall Worthington? Das ist unter unserer Leitung passiert, und wir sind dafür verantwortlich."

„Was ist wichtiger?", fragte Sam, deren Magen sich vor Angst verkrampfte, während sie ihrem geliebten Captain Kontra gab. „Leben zu retten oder unsere Karriere?"

Jeannie keuchte.

„Ich denke, wir werden herausfinden, was für die Leute, auf die es ankommt, wichtiger ist", meinte Malone.

„Es ist ja wohl davon auszugehen, dass es für sie wichtiger ist, dass wir diese Fälle gelöst haben, als wie lange es gedauert hat. Wir haben neben Carisma neun Kinder gerettet. Das zählt doch sicher auch etwas."

„Das will ich hoffen", erwiderte Malone und stürmte hinaus, wobei er die Tür hinter sich zuschlug.

„Wow", stellte Jeannie fest. „So habe ich ihn noch nie erlebt."

„Ich auch nicht", pflichtete ihr Sam bei.

„Wie also lautet unser Plan?", fragte Gonzo.

„Ich möchte die Berichte, die Stahl damals zu diesen Fällen eingereicht hat."

„Da bin ich dir weit voraus", antwortete Gonzo. „Die habe ich als Erstes aus dem Archiv geholt, und sie gehören zu den besten Lügen, die du je lesen wirst." Er reichte ihr und Jeannie Ausdrucke, auf denen die vielen Maßnahmen beschrieben waren, die Stahl angeblich ergriffen hatte, um die Fälle Worthington und Deasly zu untersuchen. „Das hat deinem Vater und anderen vorgelegen. Deshalb haben sie ihn nicht gefragt, was er getan hat, denn wenn man seine Berichte liest, hat er alles Menschenmögliche versucht."

„LaToya Deasly hat mir gesagt, dass er sie nur einmal aufgesucht und sie dann nie wieder von ihm gehört hat“, bemerkte Jeannie, die den Bericht überflog. „Aber er beschreibt hier mehrere längere Gespräche mit ihr. Wo hast du das her? In den Akten war nichts davon.“

„In den Worthington-Akten stand ebenfalls nichts“, pflichtete ihr Sam bei.

„Die Berichte waren im Archiv“, erklärte Gonzo.

Sam lief ein Schauer über den Rücken. „Akten archivieren kann man erst ab dem Rang eines Captains.“

„Was bedeutet, dass jemand diese Berichte absichtlich archiviert hat – jemand, der mindestens den Rang eines Captains hatte“, schlussfolgerte Gonzo.

„Kann man erkennen, wer das war?“, fragte Sam, die sich daran erinnerte, dass dieses Thema schon einmal aufgekommen war, sich allerdings ziemlich sicher war, dass es nicht möglich war, das nachzuvollziehen.

„Nicht auf unserer Hierarchieebene.“

„Wie konntest du sie dann im Archiv finden?“, erkundigte sich Sam.

„Ich habe Archie gebeten, tiefer zu graben und nachzuprüfen, ob es etwas über Worthington und Deasly gibt“, entgegnete Gonzo. Archie war Lieutenant Archelotta, der die IT-Abteilung leitete. „Dabei ist er auf das hier gestoßen.“

„Da muss noch mehr sein“, meinte Sam. „Das war Absicht. Stahl hat diese Berichte erstellt, und dann hat sie jemand im Archiv vergraben. Ich will wissen, wer das war.“

„Wahrscheinlich Conklin“, mutmaßte Jeannie über ihren in Ungnade gefallenen ehemaligen stellvertretenden Chief. „Er war damals Captain.“

„Conklin hat Stahl genauso gehasst wie jeder andere“, wandte Sam ein. „Ich kann mir nicht vorstellen, dass er irgendetwas getan hätte, um ihm zu helfen.“

„Was, wenn Stahl etwas gegen ihn in der Hand hatte?“, fragte Gonzo.

„Das wäre natürlich möglich“, räumte Sam ein. „Kann man etwas archivieren, *ohne* einen Captain zu fragen?“

„Nein.“

„Wir werden vielleicht nie die ganze Geschichte erfahren“, seufzte Sam. „Aber das hier reicht aus, um Malone und dem Chief zu zeigen, dass Stahl Bemühungen dokumentiert hat, die nie stattgefunden haben. Das könnte uns etwas Luft zum Atmen verschaffen.“

„Wäre das nicht eher ein Stich in ein noch größeres Wespennest?", gab Gonzo zu bedenken.

„Diese Frage übersteigt meine Gehaltsklasse", entgegnete Sam. „Gute Arbeit, Gonzo. Es hilft, wenn man etwas in der Hand hat."

„Was nun?", wollte er wissen.

„Ich werde mich mit diesen Informationen in die Höhle der Löwen wagen und sie ihnen aushändigen."

„Gott mit Ihnen, Lieutenant", scherzte Jeannie.

Alle drei lachten.

„Hör zu, Jeannie", wurde Sam wieder ernst. „Das war eine entscheidende Festnahme, und du solltest verdammt stolz auf das sein, was du für Carisma und ihre Familie getan hast, genauso wie für die neun anderen Kinder und ihre Familien. Lass dir das nicht kaputtmachen. Klar?"

„Jawohl. Danke für die Rückendeckung."

„Immer gern. Ich bin verdammt stolz auf das, was du getan hast, und das solltest du auch sein."

„Das mit dem Stolz gilt für mich genauso", bemerkte Gonzo. „Gute Arbeit, Jeannie."

„Danke. Obwohl ich nie vergessen werde, in welchem Zustand Carisma und die anderen waren", erwiderte Jeannie, und ihre Augen füllten sich mit Tränen. „Es war schrecklich. Wie Menschen andere so behandeln können … Morde sind hart, aber so etwas habe ich noch nie gesehen."

„Ich möchte, dass ihr einige Zeit mit Dr. Trulo verbringt, du und Matt", sagte Sam. Trulo war der Psychiater der Abteilung.

„Ich glaube nicht, dass das nötig ist."

Sam versuchte stets, aus den Fehlern der Vergangenheit zu lernen. Sie würde es immer bedauern, dass sie Gonzo nach Arnolds Ermordung nicht stärker unterstützt hatte. „Nicht verhandelbar", antwortete sie Jeannie. „Macht einen Termin aus. Zusammen oder einzeln. Eure Entscheidung."

„Jawohl, Ma'am."

„Ich muss jetzt zu Malone. Wenn ich in einer halben Stunde nicht wieder da bin, schickt Verstärkung."

„Machen wir", entgegnete Gonzo grinsend.

Sam verließ das Großraumbüro und ging zum Büro des Captains. Sie war überrascht, die Tür geschlossen zu sehen, was selten vorkam. Also klopfte sie an.

„Herein."

Sam öffnete die Tür. „Brauche ich eine kugelsichere Weste?"

„Mir ist nicht nach Scherzen zumute."

„Ist mir klar. Die Frage war ernst gemeint."

„Kommen Sie endlich rein, und schließen Sie die Tür."

Das tat sie.

Er saß hinter seinem Schreibtisch und hatte einen Fuß auf einer offenen Schublade abgestützt. „Was wollen Sie, Sam?"

Sie legte die Berichte vor ihm auf die Tischplatte.

„Was ist das?"

„Berichte, die Stahl in den ersten Tagen der Ermittlungen in den Fällen Worthington und Deasly eingereicht hat. Sie waren an anderer Stelle abgelegt."

Malone erwiderte ihren Blick einen Moment lang, bevor er danach griff.

Sam blieb so ruhig wie möglich, während er sie durchsah.

„Wo haben Sie die her?"

„Gonzo hat Archie gebeten, ein bisschen zu wühlen. Sie waren nicht bei den Fallakten archiviert."

„Was *ist* das?", fragte Malone und blätterte in den Papieren.

„Wir sind uns nicht sicher, Sir, aber das haben offenbar seine Vorgesetzten damals zu sehen bekommen. Jeannie bestätigt, dass Stahl sich laut LaToya Deaslys Aussage nur ein einziges Mal mit ihr getroffen und sie danach nie wieder etwas von ihm gehört hat. Trotzdem enthalten seine Berichte ausführliche Notizen über mehrere Treffen und Folgetermine, die jedoch nie stattgefunden haben."

Malone stand so abrupt auf, dass sie erschrak. „Mitkommen."

Sam trat zur Seite und ließ ihn zum Büro des Chiefs vorgehen. Sie nickte Helen zu, der Sekretärin des Chiefs. Dass die noch eingeschüchterter wirkte als sonst, trug nicht dazu bei, Sams Nerven zu beruhigen.

Malone marschierte direkt in Farnsworths Büro.

Sam schloss die Tür hinter ihnen.

„Erzählen Sie ihm, was Sie mir erzählt haben", verlangte Malone.

„Gonzo hat Archie gebeten, nach allem zu suchen, was er über die Fälle Worthington und Deasly finden konnte, und er hat diese Berichte im Archiv ausgegraben. Sie waren getrennt von den Akten abgelegt, die wir bei der Wiederaufnahme der beiden Ermittlungen durchgeschaut haben."

„Archiviert", sagte Farnsworth langsam. „Das kann nur ein Captain veranlassen."

„Richtig, Sir."

Farnsworth blickte Malone an. „Was ist das, Jake?"

„Ich weiß es nicht, doch wir werden es uns ansehen, angefangen mit allen, die vor elf Jahren Captain waren."

„Einer davon ist tot", erinnerte ihn Sam.

„Ihr Vater hat auf keinen Fall geholfen, Stahls falsche Berichte zu verstecken", knurrte Farnsworth mit finster zusammengezogenen Brauen.

„Vielleicht wäre es am einfachsten, an die Quelle zu gehen", entgegnete Sam. „Fragen Sie Stahl, warum er falsche Berichte geschrieben und wer ihm geholfen hat, sie zu verstecken. Ihm droht eine lebenslange Haftstrafe, er hat nichts mehr zu verlieren, und wie ich ihn kenne, würde er gerne noch jemanden mit in den Abgrund reißen."

„Was meinst du?", fragte Farnsworth Malone.

„Einen Versuch ist es wert. Aber wer soll das machen?"

„Ich nicht", meinte Farnsworth. „Schließlich habe ich ihn gefeuert und angezeigt."

„Er und ich haben eine lange gemeinsame Geschichte", ergänzte Malone, „und Sam kommt aus naheliegenden Gründen ebenfalls nicht infrage."

„Gonzo?", schlug Sam vor. „Er hat nicht lange für ihn gearbeitet und hat keine große Vorgeschichte mit ihm."

„Ja, das könnte klappen", stimmte Malone zu. „Wenn wir uns einig sind, dass es ihm gut genug geht, nach dem Prozess gegen Androzzi und allem."

„Ich werde ihn fragen, was er davon hält", erbot sich Sam.

„Lassen Sie ihm einen Ausweg, falls es ihm im Moment zu viel ist", mahnte Farnsworth.

„Natürlich."

„Die Medien sind an uns dran und wollen eine Stellungnahme zum Fall Deasly", fügte Farnsworth hinzu.

„Ich möchte, dass Detective McBride diese Erklärung abgibt", erwiderte Sam. „Das war ihre Verhaftung, und sie sollte die Lorbeeren ernten."

„Von mir aus", gestand ihr Farnsworth zu. „Aber ich werde mit ihr hinausgehen und die unvermeidlichen Fragen dazu beantworten, warum wir so lange gebraucht haben, um Carisma zu finden." Er reichte Sam ein Blatt Papier. „Die Pressestelle hat diesen Text verfasst, um die Dinge in Gang zu bringen, und ich bin mit den Formulierungen einverstanden. Detective McBride soll hiermit anfangen."

„Ich hole sie", sagte Sam, „und rede mit Gonzo über Stahl." Auf dem

Weg zur Tür vermied sie jeden Blickkontakt mit dem Captain, während sie sich fragte, wie groß diese Sache für sie und ihr Team werden würde. Was auch immer die Folgen sein würden, sie hätte nichts anders gemacht, nicht wo es bedeutete, dass ihre und Jeannies Handlungen neun Kinder und eine junge Frau aus der Hölle auf Erden befreit hatten.

KAPITEL 9

„Bitte beruhig dich, Jake", sagte Joe, als sie allein waren. „Früher hätten du und ich dasselbe getan wie Holland und McBride."

Jake nahm hinter seinem Schreibtisch Platz und atmete tief durch. „Die beiden haben einfach einen direkten Befehl missachtet."

„Ja, aber dafür sind sie auch außergewöhnlich gut in ihrem Job. Es ist ein schmaler Grat, auf dem wir mit dieser Kombination wandeln."

„Trotzdem … Wir hatten ihnen den Befehl erteilt, sich zurückzuhalten."

„Ich hab doch gesagt, Sam hat mich angerufen. Wir haben uns darauf geeinigt, das, was McBride hatte, den Marshals zu übergeben. Jesse Best hat uns auffliegen lassen, aber daraus kann man ihm keinen Vorwurf machen. Er wollte sich nicht mit fremden Federn schmücken."

„Ja, das verstehe ich. Was ich für den Rest meines Lebens nicht verstehen werde, ist, wie Stahl ganze Ermittlungen vortäuschen und sogar den Papierkram ausfüllen konnte, um das zu untermauern – und dann frage ich mich natürlich, was da noch so alles lauert."

„Das ist der springende Punkt, weshalb du deine Wut dorthin richten solltest, wo sie hingehört – und nicht auf Holland oder McBride."

„Ich ärgere mich über die Insubordination, und das werde ich auch noch eine ganze Weile tun."

„Während du dich darüber aufregst, möchte ich, dass du mit den Captains von damals sprichst, einschließlich Conklin, und unauffällig herausfindest, wer Stahl geholfen hat, die Papierspur zu verbergen. Ich möchte, dass du dich persönlich darum kümmerst, ohne dass jemand anders daran beteiligt ist."

„Ist das eine strafrechtlich relevante Ermittlung?", fragte Malone.

„Vielleicht. Ich meine, warum sind seine gefälschten Berichte von den Fallakten getrennt archiviert worden? Das ergibt überhaupt keinen Sinn."

„Wie lange wird uns dieser Typ noch das Leben schwer machen?"

„Jake, ich fürchte, wie haben da bisher leider erst die Spitze des Eisbergs gesehen."

Auf dem Weg zurück ins Großraumbüro kam Sam Freddie entgegen. „Leichenfund im Rock Creek Park. Wir waren nicht sicher, ob du das mitnehmen willst oder ob du nach der Pressekonferenz schon wieder weg bist."

Sam blickte zur Uhr und stellte fest, dass es kurz vor halb zwei war. Sie wollte zum Abendessen wieder in Camp David sein. „Ich habe noch etwas Zeit." Im Großraumbüro rief sie nach Jeannie.

„Ja?"

„Du übernimmst das Pressebriefing zum Fall Deasly."

Jeannie starrte sie an. „Ich?"

„Ja, du. Es war dein Verdienst, und du solltest die Lorbeeren ernten."

„Aber der Captain und der Chief ..."

„Sie möchten, dass du es tust. Der Chief wird dich begleiten und alle Fragen zur bisherigen Bearbeitung des Falles beantworten."

„Oh. Okay."

„Geh einfach raus und erzähl ihnen, was du getan und wie du Carisma gefunden hast. Das wollen sie hören."

„Wann?"

„Jetzt wäre gut." Sam hatte Jeannie noch nie so fassungslos gesehen. Sie überreichte ihr die Erklärung, die die Pressestelle ausgearbeitet hatte. „Ich komme auch mit raus, wenn das hilft."

„Ja, bitte."

„Du sollst mit dieser Erklärung anfangen und von da aus weitermachen."

„Okay."

Jeannie sammelte ihre Notizen und Berichte ein, die sie nicht brauchen würde. Sie kannte den Fall in- und auswendig, dessen war sich Sam sicher. Solche Fälle setzten sich tief in den Knochen fest, wo sie dann für immer blieben. Genau aus diesem Grund konnte sich Sam auf dem Weg in ihr Büro, um ihren Mantel zu holen, noch an komplizierte Details von Fällen erinnern, an denen sie vor Jahren gearbeitet hatte.

Als Jeannie so bereit war, wie sie eben sein konnte, sagte Sam zu Freddie: „Mach dich fertig, gleich danach zum Rock Creek Park aufzubrechen."

„Jawohl. Viel Glück, Jeannie."

Der Rest der Truppe rief ihnen Worte der Unterstützung zu, während Sam und Jeannie zur Lobby gingen, um den Chief zu treffen.

„Sehr gute Arbeit, Detective", lobte Farnsworth und schüttelte Jeannie die Hand.

„Danke, Sir. Tut mir leid, dass es solche Folgen hat."

„Darum kümmere ich mich. Packen wir es an."

Der Chief führte sie durch den Haupteingang und vor den Pulk der Medienvertreter, die sich dort jeden Tag versammelten. Sobald sie die Schwelle überschritten hatten, löcherten die Reporter sie auch schon mit Fragen.

Einer überschrie die anderen: „Lieutenant, hat der Präsident Sie mit seinem Hubschrauber von Camp David nach Hause bringen lassen?" Verdammt, sie würde Nick vorwarnen müssen, dass diese Frage mehrfach gestellt worden war.

Farnsworth hob beruhigend die Hände. „Detective McBride hat etwas zu sagen, und dann werden wir Ihre Fragen beantworten."

Jeannie trat an das steinerne Podium, das ihnen zu jeder Jahreszeit als Ort für Pressekonferenzen diente.

Sam warf einen Blick auf die dunklen Wolken, die am Himmel hingen, und fragte sich, wie wohl die Wettervorhersage war.

„Nach der Verurteilung des ehemaligen Lieutenants Stahl haben wir uns einige seiner ungeklärten Fälle noch einmal angesehen", begann Jeannie.

Sam hörte die Nervosität in der Stimme ihrer Freundin.

„Einer davon war der Vermisstenfall der damals dreizehnjährigen Carisma Deasly. Ich habe praktisch noch mal von vorn angefangen und mit der Mutter und anderen Personen gesprochen, die der Familie damals nahestanden. Insbesondere Daniella Brown hat meine Aufmerksamkeit erregt, eine Freundin der Mutter, die damals bei der Familie gelebt hat und etwa zur selben Zeit wie Carisma verschwunden ist. Die Mutter hat immer geglaubt, dass diese Frau ihr Kind entführt hat, daher habe ich diese Spur verfolgt."

„War sie wütend, weil die Polizei zum Zeitpunkt des

Verschwindens ihrer Tochter nicht mehr unternommen hat?", fragte ein Reporter.

Jeannie sah den Chief an.

„Wir werden uns den frühen Teil der Untersuchung genauer anschauen und hoffen, diese Fragen bald beantworten zu können", antwortete der.

„Ich habe mit einem ehemaligen Freund von Ms Brown gesprochen", fuhr Jeannie fort, „der mir sagte, er glaube, sie lebe in Richmond. Mit dieser Information hat er entscheidend dazu beigetragen, dass wir sie, Carisma und die anderen Kinder gefunden haben. Nachdem mein Partner und ich Ms Brown visuell identifiziert hatten, berieten wir uns mit den Marshals, die die Razzia durchgeführt haben, bei der Ms Brown verhaftet und Carisma Deasly und neun weitere Kinder gerettet wurden."

„Haben Sie geahnt, dass es außer Carisma noch weitere Opfer gibt?", wollte eine Reporterin wissen.

„Nein. Das war für uns selbst auch ein Schock."

„Wie konnten Sie diesen Fall nach so langer Zeit so schnell lösen?", erkundigte sich Darren Tabor vom *Washington Star*.

Normalerweise mochte ihn Sam, und sosehr ihr die Frage auch missfiel, hätte sie sie an seiner Stelle ebenfalls gestellt.

Farnsworth trat neben Jeannie aufs Podium. „Wir untersuchen eine Reihe ungeklärter Fälle des ehemaligen Lieutenants Stahl und haben einige Unregelmäßigkeiten festgestellt, darunter Berichte über Ermittlungsarbeit, von der wir jetzt wissen, dass er sie nie durchgeführt hat."

„Bedeutet das weitere Anklagepunkte gegen Stahl?", hakte ein Reporter nach.

„Das steht noch nicht fest", antwortete Farnsworth. „Wir befinden uns erst in der Anfangsphase unserer Nachforschungen."

„Werden Sie weitere ungeklärte Fälle untersuchen?"

„Ja."

„Wie konnte es sein, dass Stahls damalige Vorgesetzte, darunter Sie selbst, der verstorbene stellvertretende Chief Holland und andere, nichts davon bemerkt haben, dass er so oft den einfachsten Weg genommen hat?", fragte Darren.

„In der fraglichen Zeit befand sich die Stadt Washington in einer intensiven Haushaltskrise, in der die Detectives allein und weitgehend ohne Kontrolle der Vorgesetzten gearbeitet haben. Ehrlich gesagt ist es weder mir noch Deputy Chief Holland oder einem der anderen leitenden Beamten in den Sinn gekommen, dass ein Detective in unserer Abteilung so tun würde, als würde er in einem Fall ermitteln, während er in Wirklichkeit nichts unternahm. Wir sind bestürzt über diese Entdeckungen und werden alles tun, um den Opfern Gerechtigkeit widerfahren zu lassen. Damit wir uns nicht falsch verstehen: Leonard Stahl ist ein Krimineller, und das schon viel länger, als wir zunächst geahnt haben."

„Was bedeutet es für Sie, Chief, dass Sie die ganze Zeit einen Verbrecher in Ihren Reihen hatten?"

„Ich bin mir sehr wohl bewusst, dass die Verantwortung bei mir liegt, und ich bin genauso entsetzt wie alle anderen – über das, was wir bereits wussten, und über das, was jetzt neu ans Licht gekommen ist. In dieser Behörde gibt es sehr viele hart arbeitende, engagierte Polizeibeamte, die jeden Tag ihr Leben für die Menschen in dieser Stadt aufs Spiel setzen. Haben wir in unseren Reihen einzelne faule Äpfel? Leider schon, doch die allermeisten unserer Mitarbeiter sind über jeden Zweifel erhaben. Wir können die Vergangenheit nicht ändern, aber wir werden alles in unserer Macht Stehende tun, um dieses furchtbare Unrecht zu korrigieren. Das ist im Moment alles."

Er bedeutete Sam und Jeannie, ihm nach drinnen zu folgen. „Das ist so gut gelaufen, wie es unter den gegebenen Umständen möglich war", meinte er, als sich die Türen geschlossen hatten.

„Tut mir leid, dass meine Ermittlungen so viel Ärger verursachen", sagte Jeannie.

Farnsworth bedachte sie mit einem wohlwollenden Blick. „Es war falsch von mir, Ihnen zu sagen, Sie sollen die Ermittlungen einstellen."

Sam starrte ihn verwundert an.

„Ich habe mir Sorgen um die öffentliche Meinung gemacht, doch das war falsch. Carisma und den anderen das Leben zu retten und einer gefährlichen Kriminellen das Handwerk zu legen war sehr viel wichtiger. Ich kann es zwar nicht gutheißen, wenn meine Untergebenen einen direkten Befehl ignorieren, aber ich verstehe, warum das geschehen ist, und ich lobe Sie dafür, dass Sie das Richtige für diese Opfer getan haben."

„Danke, Sir", erwiderte Jeannie. „Ich hoffe, Sie wissen, dass ich Sie sehr schätze und nie etwas tun wollte, was Ihnen oder der Polizei insgesamt Schwierigkeiten bereiten würde."

„Sie sind nicht diejenige, die den Ärger verursacht. Für diesen Shitstorm ist unser Freund Stahl verantwortlich. Wir werden das durchstehen."

„Heißt das, wir sollen uns die restlichen Fälle vornehmen?", fragte Sam.

„Ja, ich möchte aber auf dem Laufenden bleiben, damit wir die möglichen Konsequenzen abschätzen können."

„Wird gemacht. Jetzt haben wir allerdings eine Leiche im Rock Creek Park, um die ich mich zuerst kümmern muss", antwortete Sam.

„Ich dachte, Sie hätten diese Woche frei?"

„Das dachte ich auch. Ich werde später nach Camp David zurückkehren."

„Da kommen Sie heute vielleicht nicht mehr hin. Haben Sie die Wettervorhersage gesehen?"

„Nein, wieso?"

„Die haben ihre Sturmwarnung soeben zu einer Blizzardwarnung hochgestuft."

⁘

„Mr President, es tut mir leid, dass ich Sie stören muss, aber wir haben vom Nationalen Wetterdienst die Nachricht erhalten, dass für die Hauptstadtregion eine Blizzardwarnung gilt, ab heute Abend", meldete Brant. „Wir würden Sie gerne zurück zum Weißen Haus fliegen, damit Sie in einem Notfall nicht hier festsitzen."

Nick wäre am liebsten in Tränen ausgebrochen. Obwohl Sam in D. C. war, hatte er es nicht besonders eilig gehabt, die Ruhe und die frische Luft in Camp David aufzugeben. Er hatte den Nachmittag mit den Kindern beim Schlittenfahren verbracht, und einfach nur draußen zu sein war ein unglaubliches Geschenk gewesen. „Wann wollen Sie los?"

„Innerhalb der nächsten Stunde."

Nick musste sich zusammenreißen, um nicht einen Tobsuchtsanfall wie ein Zweijähriger zu bekommen. „Ich werde die Kinder zusammenrufen."

„Danke sehr, Mr President."

Nick stand auf und ging in das Zimmer, das sich Eli und Scotty teilten. Jeder von ihnen hatte einen der Zwillinge bei sich im Bett, während sie zum zehnten Mal in dieser Weihnachtszeit „Buddy – Der Weihnachtself" sahen. „Leute, ich sage es nur ungern, aber sie wollen uns wegen einer Blizzardwarnung zurück ins Weiße Haus bringen."

Als die vier bei dieser Nachricht stöhnten, hob Skippy den Kopf vom Boden, um festzustellen, was los war.

„Lasst uns packen."

„Können wir bald mal wieder hierher?", fragte Scotty.

„Gott, ich hoffe es", entgegnete Nick.

Er erhielt eine SMS von Sam, in der sie ihm mitteilte, dass die Presse ihm am Zeug flicken wollte, weil er sie per Marine One von Camp David in die Stadt gebracht hatte. Er gab das an sein Kommunikationsteam weiter, das sich darum kümmern sollte.

Eine Stunde später stiegen Nick, die Kinder, Scotty und Eli zusammen mit Harry, Lilia, Terry und anderen Mitarbeitern und Beamten des Secret Service in den Helikopter, um zurück nach D. C. zu fliegen.

„Es könnte ein wenig holprig werden, Mr President", erklärte Taco, nachdem er sie begrüßt hatte. „Wir haben mit tief hängenden Wolken zu kämpfen."

„Gut, dass die First Lady nicht dabei ist", erwiderte Nick mit einem Grinsen.

„Das kannst du laut sagen", pflichtete ihm Scotty bei. „Sie hasst es, zu fliegen."

Skippy sprang ihm auf den Schoß.

„Mach dir keine Sorgen", beruhigte ihn Taco. „Wir werden euch wohlbehalten nach Hause bringen."

Fünf Minuten nach Beginn des Flugs war Nick wegen der heftigen Turbulenzen tatsächlich sehr froh, dass Sam nicht bei ihnen war. Er zückte den sicheren BlackBerry, mit dem er mit ihr kommunizierte, um ihr eine SMS zu schicken. *Wegen Blizzardwarnung aus dem Paradies evakuiert. Mit den Kindern in Marine One. Sehen uns daheim.*

Terry kam in die Hauptkabine und nahm neben Nick Platz. „Das FBI hat eine Spur zu der Bombe. Man hat sie zu einem deiner schärfsten Kritiker zurückverfolgt, der fest daran glaubt, dass niemand im Haus des Volkes leben sollte, es sei denn, er ist auch vom Volk gewählt. Er hat, was gewalttätige Proteste betrifft, schon ein langes Vorstrafenregister."

„Das wird also das Thema unserer Regierungszeit sein – der nicht gewählte Präsident."

„Es wird *ein* Thema sein, aber nicht das bestimmende. Wie du schon sagtest, ist es auch eine Gelegenheit, über den Tellerrand zu schauen und deinen eigenen Weg zu gehen, besonders wenn du entschlossen bist, nicht zur Wiederwahl anzutreten."

„Ich bin entschlossen, nicht zu kandidieren, doch im Falle einer Wiederwahl würde ich meinem Volk dienen."

„Was bedeutet das genau?"

„Mit mir wird es keinen parteiinternen Wahlkampf geben. Wenn die Partei mich nominiert und meine Kandidatur unterstützen will, ist das großartig. Aber ich werde ihr nicht anderthalb Jahre lang hinterherlaufen. Ich werde diese Zeit nutzen, um den Job zu machen, für den ich nicht gewählt worden bin."

„Du bist eine echte Type", erwiderte Terry lachend.

„Ich weiß. Das sagt mir dein Vater auch ständig. Ich treibe ihn in den Wahnsinn." Nick drehte sich in seinem Sitz um und sah seinen Stabschef und engen Freund an. „Die Sache ist die: Wenn die Zeit gekommen ist, werden mich die Leute entweder wollen oder nicht. Ich kann Hunderte von Millionen Dollar und Zeit, die ich lieber zu Hause verbringe, in den Wahlkampf stecken, doch am Ende wird zählen, wie ich die nächsten drei Jahre meistere. Soll meine Erfolgsbilanz für mich sprechen."

„Du weißt schon, dass es so nicht läuft, oder?"

„Natürlich, aber Terry, ich bin aktuell Präsident. Wenn sie mich abservieren, was soll's? Die Leute werden mich für den Rest meines Lebens Mr President nennen. Ich werde mit Anfang vierzig aus dem Amt scheiden und kann mit Büchern und Vorträgen Millionen verdienen. Was kümmert es mich, wenn ich nicht wiedergewählt werde?"

„Mir gefällt, wie du denkst."

„Ich mache lieber meinen Job und bin mit meiner Familie zusammen, als mich um eine zweite Amtszeit zu bemühen, die nur davon abhängt, wie sich die nächsten drei Jahre entwickeln. Wenn sie mich behalten wollen, werden sie mich wiederwählen. Wenn nicht, weisen sie mir eben die Tür."

„Es ist dir wirklich egal?"

„Mir geht es darum, die bestmögliche Arbeit zu leisten, solange ich im Amt bin. Wir wissen beide, dass das nicht vielen Leuten wichtig sein wird, aber wenn genug Menschen mit meiner Amtsführung zufrieden sind, bekommen wir vielleicht eine zweite Amtszeit. Wenn nicht, reiten Sam und ich mit den Kindern in den Sonnenuntergang und genießen den Rest unseres Lebens. So oder so haben wir die Möglichkeit, einiges zu bewegen … In der Rede zur Lage der Nation möchte ich zum Beispiel darüber sprechen, wie mein Leben wirklich war, als ich aufgewachsen bin."

„Das ist riskant. Man könnte diese Information gegen dich verwenden."

„Hast du gehört, was ich gerade gesagt habe? Dass ich mich nicht um Risiken oder Wiederwahl oder irgendetwas anderes kümmern, sondern nur versuchen will, die bestmögliche Arbeit für alle Amerikaner zu leisten?"

„Was ich wissen will, ist, ob ich Magengeschwüre haben werde, wenn wir aus dem Amt scheiden.“

Bei Nicks leisem Lachen musste Terry grinsen. „Nein, keine Sorge. Wenn wir die Sache von einem ‚Ist uns egal, ob wir wiedergewählt werden‘-Standpunkt aus betrachten, was kann da schon schiefgehen?“

„Gib mir die Magentabletten.“

❦

Während sie zu dem gelben Absperrband im Rock Creek Park eilte, schlug Sam ihren Mantelkragen hoch. Freddie hatte sich von seiner Mutter das Auto geliehen und würde bald da sein. Es war zu kalt, um hier einfach nur herumzustehen und auf ihn zu warten.

Streifenpolizist Keeney hob das Absperrband für sie an. „Schön, Sie wiederzusehen, Lieutenant.“

„Dito.“ Sam versuchte sich zu erinnern, wann sie den jungen Polizisten zuletzt getroffen hatte. Wohl während des Heckenschützen-Falls, dachte sie.

„Hier entlang bitte, Ma'am.“

Sam folgte ihm auf einen Waldweg und achtete dabei auf Eisflächen.

„Ich habe gesehen, wie Sie und Ihre Familie mit Marine One nach Camp David geflogen sind. Das muss so cool gewesen sein.“

„War es.“ Sie wollte nicht über Marine One oder Camp David sprechen, wenn hier ein Mord geschehen war, der aufgeklärt werden musste. „Wo ist die Frau, die sie gefunden hat?“

„Bei den Sanitätern. Sie war ziemlich außer sich. Ihr Hund ist weggelaufen und hat sie zum Opfer geführt.“

Na toll. Ein Hund hat unseren Tatort kompromittiert. Sam streifte sich Latexhandschuhe über. „Haben Sie die Gerichtsmedizin und die Spurensicherung gerufen?“

„Ja, Ma'am. Beide sind unterwegs.“

„Danke.“

Ein weiterer Streifenbeamter wachte über das Opfer, eine weiße Frau, die mit dem Gesicht nach unten dalag und von der Taille abwärts nackt war, was wahrscheinlich bedeutete, dass der Täter sie vergewaltigt hatte. Da es ihre Aufgabe war, machte Sam die erforderlichen Fotos und reichte dem Streifenbeamten dann ebenfalls ein Paar Latexhandschuhe, ehe sie ihn bat, ihr zu helfen, die Frau umzudrehen.

Ihre Kleidung war zerrissen, ihre Brüste waren mit Schürfwunden übersät, und ihr Hals war voller Quetschungen, was auf manuelle Strangulierung hindeutete. Die arme Frau war brutal angegriffen worden.

Eine Hand steckte in einem Handschuh, die andere nicht.

Sam holte eine Papiertüte aus der Manteltasche und zog sie vorsichtig über die bloße Hand, um alle Beweise zu sichern. Sie durchsuchte die Jackentaschen der Frau und fand eine kleine Geldbörse mit einem Führerschein, den sie ins Licht der Taschenlampe des Streifenpolizisten hielt, was auch nötig war, denn wegen der Sturmwolken und der Bäume war es hier im Unterholz fast so dunkel, als wäre es Nacht.

Audrey Olsen, vierundzwanzig. Wohnhaft in Adams Morgan. Sam fotografierte den Führerschein und tütete dann Geldbörse und Handy der Frau ein, um sie als Beweismittel aufzunehmen.

„Was haben wir?", fragte Lindsey, die zu Sam trat.

„Die vierundzwanzigjährige Audrey Olsen. Eine Frau, die mit ihrem Hund Gassi gegangen ist, hat sie gefunden, nachdem der Hund sich losgerissen hatte und sie zu Audrey geführt hat. Ich habe alles fotografiert und die Hand, die ohne Handschuh war, verpackt."

Lindseys Blick fiel auf die Leggings der Frau und das um ihre Füße gewickelte Höschen. „Die Arme. Wer hat ihr das bloß angetan?"

„Das werden wir herausfinden", verkündete Sam, erfüllt von dem Zorn, der jede ihrer Untersuchungen antrieb. Diese junge Frau war in einem öffentlichen Park gejoggt und hatte niemanden gestört, als ihr jemand sinnlos das Leben genommen hatte. Der Täter würde Sams volle Aufmerksamkeit haben, bis er zur Rechenschaft gezogen worden war, Urlaub hin oder her. Audrey gehörte jetzt ihr.

Freddie kam mit langen Schritten angelaufen. „Sorry. Ich war auf dem Weg hierher Zeuge eines Unfalls und musste warten, bis die Streife da war." Er fuhr den roten Prius seiner Mutter, bis er das perfekte Auto gefunden hatte, um den alten Mustang zu ersetzen, der kürzlich den Geist aufgegeben hatte.

Sam informierte ihn über alles, was sie bisher wusste. „Lass uns mit der Frau reden, die sie gefunden hat."

Auf dem Hauptweg wandten sie sich in Richtung des blinkenden Blaulichts des Krankenwagens. Eine Frau mittleren Alters saß auf einer der Tragen, eine Decke um die Schultern, der Hund vor ihr.

„Sie ist komplett durch den Wind, Lieutenant", teilte ihr der ältere der beiden Sanitäter mit. „Völlig außer sich."

„Verständlich. Wir müssen nur kurz mit ihr reden."

Sie traten zur Seite, um Sam Zugang zum Krankenwagen zu

gewähren. Sie warf einen Blick zu Freddie. „Ich übernehme das allein, damit wir sie nicht überfordern.“

„Ist gut.“

Sie kletterte in den hinteren Teil des Krankenwagens und setzte sich auf die Trage gegenüber der Frau, die zusammenzuckte, als sie Sam erkannte.

„Ich würde mich Ihnen ja vorstellen …“

„Ist nicht nötig. Ich wünschte, wir hätten uns unter anderen Umständen kennengelernt.“

„Geht mir genauso.“ Sam zog ihr Notizbuch aus der Gesäßtasche und einen Stift aus der Manteltasche. „Können Sie mir bitte Ihren Namen sagen?“

„Ich heiße Lillian Pearson. Meine Hündin Josie und ich sind wie an den meisten Tagen durch den Park gegangen, als Josie mich plötzlich in Richtung Gebüsch gezerrt hat. Sie hat so stark gezogen, dass ich sie nicht mehr halten konnte, was mir noch nie passiert ist. Ich bin hinter ihr hergerannt, hab geschrien, sie solle zurückkommen, und stolperte beinahe über … die Frau.“ Sie verschluckte sich an einem Schluchzen. „Ich konnte nicht glauben, was ich da sah.“

„Haben Sie noch jemanden auf dem Weg bemerkt?“

„Da waren zwei Joggerinnen. Denen begegne ich fast jeden Tag, und wir grüßen einander immer. Sonst war da niemand. Mein Mann … Er mag es nicht, wenn ich nach Einbruch der Dunkelheit im Park spazieren gehe, doch das tue ich schon seit dreißig Jahren. Ich liebe das hier so sehr, aber jetzt …“ Sie zuckte die Achseln und tupfte sich die Augen mit einem Taschentuch ab. „Ich weiß nicht, ob ich jemals wieder herkommen werde.“

„Wir möchten, dass Sie das tun und uns helfen, die Joggerinnen zu finden, damit wir sie fragen können, ob sie etwas gesehen oder gehört haben.“

„Ich werde tun, was ich kann.“

„Freddie?“, rief Sam nach ihrem Partner. „Würdest du dich bitte morgen um diese Zeit mit Mrs Pearson hier treffen, um weitere mögliche Zeugen zu identifizieren?“

„Natürlich, Ma’am.“

„Das ist mein Partner, Detective Freddie Cruz.“

„Ich weiß.“

„Könnten wir Ihre Adresse und Telefonnummer haben?“

Lillian gab ihr beides.

„Ich werde die Streifenbeamten bitten, Sie nach Hause zu begleiten, es sei denn, Sie haben das Gefühl, dass Sie weitere medizinische Hilfe benötigen." Sam wies Freddie an, das in die Wege zu leiten.

„Nein, brauch ich nicht. Ich war nur … erschüttert."

„Das ist vollkommen verständlich. Officer Keeney wird Sie und Josie nach Hause bringen." Sam reichte der Frau ihre Visitenkarte. „Wenn Ihnen noch etwas einfällt, das helfen könnte, rufen Sie mich bitte an. Meine Handynummer steht auf der Rückseite."

„Das werde ich. Danke für alles, was Sie tun. Wir freuen uns sehr, dass Ihr Mann Präsident ist."

„Es ist schön, das zu hören. Danke." Sam half ihr aus dem Krankenwagen.

„Hier entlang, Ma'am", sagte Keeney, nahm ihr die Hundeleine aus der Hand und reichte ihr seinen Arm.

Sam wusste seine Fürsorge für die traumatisierte Frau zu schätzen und machte sich eine Notiz, dies seinem Vorgesetzten gegenüber lobend zu erwähnen.

KAPITEL 10

Lieutenant Haggerty, der Leiter der Spurensicherung, kam auf sie zu.

Sam führte ihn zu der Leiche, die Lindsey noch nicht bewegt hatte.

„Verdammt", fluchte Haggerty, als er die junge Frau sah. Er blickte sich um, suchte bereits nach Beweisen. „Wir übernehmen jetzt."

„Ich werde die Angehörigen informieren." Sams Magen zog sich zusammen. Menschen eine Nachricht zu überbringen, die ihr Leben für immer veränderte, wurde nicht einfacher, egal wie häufig sie es tun musste. Sie ging mit Freddie zurück zu den Autos. „Wenn du nach Hause willst, kann ich das übernehmen. Meine Familie ist nicht in der Stadt."

Freddie hielt sein Handy hoch. „Tatsächlich ist sie auf dem Weg zurück ins Weiße Haus."

„Was? Warum?"

„Blizzardwarnung. Sie wollten nicht, dass Nick in einem Notfall auf einem Berggipfel festsitzt."

„O Mann, er wird so enttäuscht sein." Plötzlich kam ihr ein anderer Gedanke. „Moment mal, meine ganze Familie ist gerade in einem Hubschrauber?"

„Na ja, deine Schwestern nicht."

„Du weißt genau, was ich meine!"

„Ihnen wird nichts passieren, Sam, und ich werde mit dir zu Audrey Olsen fahren. Elin arbeitet heute lange, und außerdem sollte so was niemand allein machen müssen."

„Das ändert nichts daran, dass meine Familie ohne mich in einem Hubschrauber sitzt." Sie zückte den sicheren BlackBerry, mit dem sie mit Nick kommunizierte, und entdeckte seine SMS. „Ich schätze, der Urlaub ist vorbei, ehe er richtig begonnen hat."

Sie stiegen in Sams Wagen, um nach Adams Morgan zu fahren.

„Das ist echt Mist."

„Willst du die Wahrheit hören?"

„Immer."

„Ich bin da oben fast durchgedreht."

„Weil?"

„Weil ich nicht wusste, wie ich hierher zurückkommen sollte, wenn es nötig würde. Mir ist klar, wenn wir nach Bora Bora fliegen, kann ich das genauso wenig, aber das ist etwas anderes. In Bora Bora bin ich nicht nur eine Stunde entfernt. Ich hatte einfach das bizarre Gefühl, dort wie eingesperrt zu sein, während Nick es geliebt hat. Er war froh, nicht mehr im Weißen Haus zu sein. Für ihn tut es mir leid, dass er früher zurückmuss."

„Du bist sehr seltsam, doch das weißt du ja."

„Ja. Ich kann mir die Panik nicht erklären, die ich da oben geschoben habe, aber Nick hat es natürlich gleich verstanden und gesagt, er würde mich nach Hause fliegen lassen, wenn es nötig wäre."

„Was es dann ja auch tatsächlich geworden ist. Du wolltest, dass ich dir Bescheid sage, wenn die Medien über euch herfallen, stimmt's?"

„Äh, ja …"

„Sie regen sich darüber auf, dass er dich mit Marine One nach Hause gebracht hat. Verschwendung von Steuergeldern und so."

Sam seufzte. „Ich wollte zurück, um für die Steuerzahler zu arbeiten. Berücksichtigt das auch jemand?"

„Sie wollen wissen, warum du nicht mit dem Auto gefahren bist."

„Weil der Helikopter schneller war!"

„Wir beide wissen das …"

„Die suchen bloß nach Munition gegen uns."

„Ja. Das tun sie mit jedem, der im Weißen Haus residiert. Ununterbrochenes Hickhack."

„Deshalb wollte ich ja auch nicht, dass Nick das Amt übernimmt. Diese Dauerbeobachtung ist einfach zum Verrücktwerden."

„Ich hab keine Ahnung, wie sich das anfühlen muss, doch an eurer Stelle würde ich Folgendes tun: Lebt euer Leben. Der Helikopter gehört für den Moment ihm, er kann ihn benutzen, wie er es für richtig hält. Sie können ihn nicht zwingen, ihn zu benutzen, wenn es *ihnen* passt, und ihn dann attackieren, wenn er es mal tut, weil es *ihm* passt. Ihr könnt nur das ganze Geschrei ignorieren und euer Ding machen."

„Leichter gesagt als getan, wenn man für die Leute arbeitet, die einen kritisieren."

„Du arbeitest nicht für die Medien."

„Nein, aber die heizen die Menschen an, für die wir arbeiten."

„Die allermeisten Leute wissen, wie sehr du dich für sie einsetzt. Sie wissen, warum du schnell zurück in die Stadt musstest und dass du nur deine Pflicht getan hast. Dafür ist der Hubschrauber da – um euch dorthin zu bringen, wo ihr hinmüsst. Vergesst das nie."

„Stimmt. Es ist ja nicht so, dass Nick einfach ins Auto springen und mich herfahren kann, wenn er möchte."

„Die Leute verstehen nicht, unter welch strengen Beschränkungen ihr lebt."

„Ich habe es auch nicht verstanden, bis ich es selbst erlebt habe."

„Deshalb sage ich ja, mach dein Ding und ignoriere das Geschrei. Du hältst dich an die Sicherheitsvorschriften des Secret Service."

„Stimmt", seufzte Sam. „Ich wünschte nur, die Leute würden versuchen zu begreifen, dass der Präsident und die First Lady nicht einfach tun können, was sie wollen, wann sie wollen, sondern bei allem einen ganzen Wust von Regeln einhalten müssen." Sie steuerte einen Parkplatz drei Blocks von Audreys Wohnung in Adams Morgan entfernt an. „Was glaubst du, wen wir in ihrer Wohnung antreffen werden? Eltern, Lebensgefährte, Mitbewohner?"

„Das weiß ich nicht, aber ich hasse es, jemandem so etwas anzutun."

„Geht mir genauso."

Sie hüllten sich in ihre Jacken, bevor sie ausstiegen, weil es empfindlich kalt geworden war, und liefen zum fraglichen Gebäude. Am Eingang drückten sie die Klingel von Wohnung sechs.

Über die Gegensprechanlage meldete sich eine Männerstimme. „Ja bitte?"

„Metro PD. Können wir Sie einen Moment sprechen?"

Nach einer langen Pause sagte der Mann: „Äh, ja. Kommen Sie hoch."

Er ließ sie ein.

„Freund", vermutete Sam. „Oder Ehegatte." Mist.

Sie stiegen hinauf in den ersten Stock, wo ein junger, dunkelhaariger Mann in einer offenen Tür auf sie wartete. Seine Augen weiteten sich, als er Sam erkannte.

Sie zeigten ihm ihre Dienstmarken. „Lieutenant Holland, Detective Cruz. Dürfen wir kurz rein?"

„Worum geht es denn?", fragte er, wobei er einen Schritt zur Seite machte, um sie einzulassen.

„In welcher Beziehung stehen Sie zu Audrey Olsen?"

„Audrey ist meine Freundin."

„Wie heißen Sie?"

„Wes Hambly."

„Wohnen Sie hier?"

„Ja, zusammen mit Audrey. Sie ist gerade joggen."

„Dürfen wir kurz Platz nehmen?"

„Äh, ja, klar." Er führte sie in ein gemütliches Wohnzimmer mit bunten Kissen auf dem Sofa, auf denen Sprüche wie „Das Leben ist schön", „Denk positiv" und „Immer aufwärts" standen.

Diese optimistischen Kissen brachen Sam fast das Herz.

„Was führt Sie her?", erkundigte sich Wes.

„Es tut mir leid, Ihnen mitteilen zu müssen, dass Audrey im Rock Creek Park ermordet worden ist."

Er legte den Kopf schief, als hätte er Mühe, ihre Worte zu verarbeiten. „Nein, Audrey ist nicht tot. Das muss ein Irrtum sein. Sie ist erst vor einer Stunde joggen gegangen. Audrey trainiert für einen Marathon, also ist sie manchmal eine Weile weg."

Sam hielt den Beweismittelbeutel mit Audreys Geldbörse hoch. „Gehört die ihr?"

„Ich … Ja, aber … Audrey ist nicht tot. Das kann nicht sein."

„Es tut mir wirklich leid, aber ich fürchte, dass ein Irrtum ausgeschlossen ist. Wir brauchen allerdings jemanden, der sie offiziell identifiziert. Wären Sie in der Lage, uns zu begleiten?"

„Audrey ist wirklich tot?", vergewisserte er sich mit brechender Stimme.

„Ja." Sam hasste das mehr als alles andere, doch sie hatte gelernt, direkt zu sein, wenn sie eine schreckliche Nachricht überbringen musste.

Er ließ den Kopf in die Hände sinken. „Sie war gerade noch hier."

Sam und Freddie gaben ihm eine Minute dafür, sich zu sammeln. „Gibt es weitere Personen, die wir benachrichtigen sollten?"

„O Gott, ihre Mutter … Sie ist das einzige Kind einer alleinerziehenden Mutter."

Verfluchte Scheiße. „Wenn Sie wollen, kann ich sie anrufen", erbot sich Sam in der Hoffnung, er werde ablehnen.

„Das … das sollte besser ich machen."

„Wo lebt ihre Mutter?"

„In Pittsburgh. Audrey … stammt aus Pittsburgh. Wir haben uns am College an der American kennengelernt und sind seit fünf Jahren zusammen. Was soll ich nur ohne sie tun?"

Sam konnte sich nicht vorstellen, was er ohne sie tun würde. Die Reise, die er vor sich hatte, wünschte sie niemandem.

„Soll ich … soll ich jetzt ihre Mutter kontaktieren?"

„Ich denke schon." Sam hatte Mitleid mit der Mutter in Pittsburgh, deren Leben nach diesem Telefongespräch nicht mehr dasselbe sein würde. „Gibt es jemanden, den Sie bitten können, bei ihr zu sein, ehe Sie sie anrufen?"

„Ich habe die Telefonnummer ihrer Nachbarin. Sie und Audrey stehen der Frau nahe. Ich werde ihr gleich eine SMS schicken."

Wes begab sich in die Küche und holte sein Handy. Er starrte es lange an, ehe er die gewünschte Nummer suchte und eine SMS an die Nachbarin schrieb.

Sam beschloss, ihm zu helfen. „Schreiben Sie: ‚Ich bin Audreys Freund Wes aus D. C. Es ist etwas Schreckliches passiert, und ich muss ihre Mutter anrufen. Können Sie bitte zu ihr rübergehen?'"

Er nickte, tippte die Nachricht und schickte sie ab.

Sie saßen schweigend da und warteten auf eine Antwort, die fünf Minuten später kam. *O Gott! Ja, klar. Ich laufe sofort rüber.*

Sie warteten weitere endlose zehn Minuten, bevor Wes Audreys Mutter anrief und das Gespräch auf Lautsprecher stellte.

„Wes, was ist?"

„Denise …"

„Was, Wes?"

„Es geht um Audrey."

„Was ist mit ihr?" An diesen vier kleinen Worten erkannte Sam, dass die Frau es irgendwie schon wusste.

„Die Polizei ist hier, und sie sagen …" Er brach in herzzerreißende Schluchzer aus, als hätte er die Nachricht endlich verarbeitet.

Sam nahm ihm das Handy ab. „Ma'am, hier ist Lieutenant Samantha Holland von der Metro Police in D. C. Es tut mir sehr leid, Ihnen mitteilen zu müssen, dass Audrey ermordet worden ist."

Der Schrei, der aus dem Handy drang, bohrte sich in Sams Seele.

„Nein, nein, nein! Ich habe doch vorhin noch mit ihr telefoniert. Sie kann nicht tot sein."

„Es tut mir leid."

„Nein."

„Wes wird mit uns kommen, um sie zu identifizieren. Kann ich in der Zwischenzeit irgendetwas für Sie tun?"

„Sagen Sie mir, dass das nicht wahr ist."

„Ich wünschte, das könnte ich."

„O Gott, nein, nicht Audrey. Nicht mein Baby."

Sam hörte die Stimme der anderen Frau im Hintergrund, die Denise Trost spendete, wo es keinen gab. „Wir werden uns später wieder melden", erklärte Sam. „Herzliches Beileid."

„Was soll ich denn jetzt tun? Was soll ich *tun*?"

„Warten Sie, bis Sie wieder von uns hören. Wir melden uns bald wieder."

„Könnte ich bitte mit Wes sprechen?", fragte sie unter Schluchzen.

„Natürlich." Sam reichte Wes das Handy zurück und schaute dann zu Freddie, der betroffen wirkte. An dem Tag, an dem so etwas sie nicht mehr mitnahm, mussten sie sich einen anderen Beruf suchen.

„Ich weiß", entgegnete Wes unter Tränen. „Das werde ich. Ich ruf dich an, wenn ich sie gesehen habe. Ja. Ich dich auch." Er beendete das Gespräch und wischte sich mit dem Ärmel seines T-Shirts die Tränen ab. „Wie kann das sein?"

„Ich wünschte, ich hätte eine Antwort auf diese Frage", erwiderte Sam. „Wenn Sie uns begleiten können, werden wir das gleich hinter uns bringen." Freddie wies sie an: „Kontaktiere Lindsey, und richte ihr aus, dass wir ihn mitbringen."

Freddie nickte und trat durch die Wohnungstür, wahrscheinlich froh, etwas anderes zu tun zu haben, als Zeuge von Wes' Albtraum zu werden.

„Gibt es jemanden, den wir dorthin bestellen können, damit er Ihnen Beistand leistet?", fragte Sam Wes.

„Mein Bruder wohnt hier in der Stadt. Ich könnte ihn anrufen."

„Er soll am besten direkt zum MPD-Gebäude fahren."

Wes nickte und telefonierte erneut.

Sam versuchte auszublenden, was er sagte, und die neue Welle der Trauer zu verdrängen, die es in ihr auslöste, mit anzuhören, wie er seinem Bruder das Furchtbare mitteilte. Sie verließ die Wohnung, um ihm etwas Zeit zu geben, und lehnte sich mit dem Kopf gegen die Wand, ausgelaugt von dem Gefühlsaufruhr, den jeder Mord mit sich brachte.

Dann nahm sie sich einen Moment Zeit, um ihre beiden Handys zu überprüfen, und fand eine neue Nachricht von Nick. *Gelandet im WH. Wir sehen uns, wenn du heimkommst.*

Damit musste sie sich schon mal über eine Sache weniger Sorgen machen. *Bin bald zu Hause*, antwortete sie.

Wes trat in seinem Wintermantel aus der Wohnung, hatte Schlüssel und Handy in der Hand.

Sam stieß sich von der Wand ab, ging mit ihm die Treppe hinunter zu ihrem Wagen und ließ ihn auf dem Rücksitz Platz nehmen.

Freddie kam zu ihr, das Telefon am Ohr. „Ja, wir sind gleich da. In Ordnung." Er verstaute das Handy in seiner Tasche. „Sie wartet schon auf uns."

„Dann bringen wir es hinter uns."

Auf dem Weg zum Hauptquartier herrschte weniger Verkehr als sonst, ein Zeichen dafür, dass ein Unwetter im Anmarsch war und die Menschen wahrscheinlich in Panik gerieten. Wenn in der Region auch nur ein Zentimeter Schnee fiel, kauften sie die Regale in den Lebensmittelläden leer, und die Schulen wurden geschlossen. Einen Schneesturm würden sie mit dem Weltuntergang gleichsetzen.

Normalerweise hätten sie und Freddie über die Panik wegen des Schneesturms gelacht, doch sie schwiegen, während sie Wes zum Hauptquartier fuhren.

Sam hielt vor dem Eingang der Gerichtsmedizin und sah Freddie an.

„Bin gleich wieder da", erklärte er.

Er würde dafür sorgen, dass Lindsey für sie bereit war, damit sich die Sache für Wes nicht unnötig in die Länge zog.

„Wer könnte das getan haben?", brach Wes das lange Schweigen.

Sam blickte ihn im Rückspiegel an. „Das wissen wir noch nicht, aber wir werden es herausfinden."

„Wie wollen Sie das machen?"

Diese Frage wurde ihr von trauernden Angehörigen, die meist mit ganz anderen Dingen beschäftigt waren, als über die Ermittlungen nachzudenken, nur selten gestellt. „Wir beginnen mit den Spuren, die wir bei der Autopsie sammeln, sowie mit Beweisen vom Tatort, Zeugenaussagen und Aufzeichnungen von Überwachungskameras in der Nähe. Die gibt es überall in Washington. Wir werden Schritt für Schritt vorgehen, ein Puzzleteil nach dem anderen, bis wir ein vollständiges Bild von dem haben, was passiert ist."

„Was, wenn Sie den Täter nicht finden?"

„Wir werden ihn finden."

„Hat er Audrey vergewaltigt?"

„Das nehmen wir an. Ihre Hose und ihr Slip hingen ihr um die Knöchel."

Sein scharfes Einatmen war seine einzige Reaktion auf ihre Antwort.

Freddie kam zur Tür und winkte sie herein.

„Sind Sie bereit?", fragte Sam Wes.

„Nein", erwiderte er, stieg jedoch aus und betrat mit ihr zusammen das Gebäude.

An der Tür zur Gerichtsmedizin drehte sich Sam zu ihm um. „Wenn wir hineingehen, wird Dr. McNamara, die leitende Gerichtsmedizinerin, Sie bitten, Audrey zu identifizieren. Sie werden nur ihr Gesicht sehen. Haben Sie irgendwelche Fragen?"

„Nein."

Sam trat vor, um die automatischen Türen zu öffnen. Wie immer verstärkte der antiseptische Geruch des Ortes nur ihren Widerwillen gegen diese abscheuliche Aufgabe. „Wes, das ist Dr. McNamara. Lindsey, das ist Audreys Freund Wes."

Lindsey schüttelte ihm die Hand. „Mein herzliches Beileid."

„Danke", sagte Wes steif, als befremde ihn ihr Kondolieren.

Er würde sich in den nächsten Tagen daran gewöhnen, diese Worte zu hören, aber so weit war er noch nicht, dachte Sam.

„Hier entlang bitte." Lindsey führte sie in den eisigen Untersuchungsraum, in dem eine Leiche auf einem Tisch lag, der mit einem Laken abgedeckt war. „Bereit?"

Er nickte knapp.

Lindsey zog das Laken gerade so weit zurück, dass Audreys Gesicht zum Vorschein kam.

Wes stieß einen gequälten Laut aus, unmittelbar bevor ihm die Knie einknickten.

Sam und Freddie fingen ihn auf. Er löste sich aus ihrem Griff und ging zu Audrey, beugte sich vor, um den Kopf auf ihre Brust zu legen, und wimmerte.

Sam sah die Tränen in Freddies Augen.

Sie ließen Wes so viel Zeit, wie er brauchte, bevor sie ihn aus der Leichenhalle und in den Konferenzraum beim Großraumbüro geleiteten.

„Kann ich Ihnen etwas Wasser bringen?", erkundigte sich Freddie.

„Ja. Danke." Die Worte waren genauso ausdruckslos wie sein Gesicht.

Sam folgte Freddie aus dem Konferenzraum. „Ich möchte, dass er uns die Erlaubnis gibt, ihr Handy auszuwerten."

„Ich hole das Formular und das Wasser."

„Danke dir."

Als sie wieder eintrat, nahm Sam gegenüber von Wes Platz, der die Wand anstarrte und dem Tränen über das Gesicht liefen. „Mein allerherzlichstes Beileid."

„Danke."

„Ich weiß, dass es im Augenblick absolut unmöglich erscheint, sich das vorzustellen, aber Sie werden es überstehen."

„Das glaube ich nicht."

„Doch", erwiderte Sam. „Weil Sie gar keine andere Wahl haben."

Die Tränen liefen ihm weiter über die Wangen, während er diesen Gedanken sacken ließ.

„Ist Ihr Bruder auf dem Weg?"

„Ja, sein Unterricht war gerade vorbei, als ich ihn angerufen habe. Er ist gleich da." Wes ließ den Kopf in die Hände sinken, und die Schultern bebten unter seinem Schluchzen. „Wie konnte das nur passieren? Sie war der beste Mensch, den ich je gekannt habe. Sie hätte eine Spinne eher nach draußen getragen, um sie freizulassen, als sie zu töten. Audrey unterrichtet ehrenamtlich Englisch als Fremdsprache für Immigrantenkinder. Wer bringt so jemanden um?"

„Jemand, der keinen Respekt vor dem Leben hat." Sam glaubte, dass ein Fremder Audrey auf dem Gewissen hatte, aber sie musste trotzdem das Standardprogramm abspulen. „Hatte Audrey in letzter Zeit Probleme? Mit Freunden, Kollegen, in der Familie?"

„Nein, nichts dergleichen. Ihr ging es vor allem um Ruhe und Frieden und darum, anderen Menschen zu helfen. Sie wollte Sozialarbeiterin werden, weil ihr die Kinder, denen sie Englisch beigebracht hat, so viel gegeben haben. Audrey hat ständig über die Dinge geredet, die sie tun wollte, um deren Leben zu verbessern. Ich kann einfach nicht glauben, dass jemand sie ermordet hat."

Sam vermutete, dass es Monate, wenn nicht Jahre dauern würde, bis Wes verarbeitet hatte, was mit Audrey geschehen war.

„Es tut mir leid, Ihnen das anzutun, wo Sie bereits unter Schock stehen, aber die ersten Stunden sind bei einer Ermittlung besonders kritisch, deshalb muss ich Ihnen einige Fragen stellen."

„Klar. Was immer ich tun kann, um Ihnen zu helfen."

„Waren Sie die ganze Zeit zu Hause, während Audrey joggen war?"

Sein Kopf schoss hoch, und sein Schock vervielfachte sich. „Sie glauben, ich hätte sie ermordet?"

„Ich frage nur, wo Sie waren."

„Noch auf der Arbeit, als sie mir geschrieben hat, dass sie aufbricht. Wir haben Anfang nächster Woche ein großes Projekt und haben fast das ganze Wochenende durchgearbeitet."

„Wann war das?"

Er schaute auf sein Handy und schien zu bemerken, dass es die letzte SMS war, die er je von Audrey erhalten würde. „Um vier."

„Wo arbeiten Sie?"

„In der M Street, für ein politisches Aktionskomitee. Wir machen im Kongress Lobbyarbeit für die Erdgasindustrie."

„Wann haben Sie das Büro verlassen?"

„Nicht vor halb sechs."

„Gibt es Kollegen, die das bezeugen können?"

„Ja", knurrte er.

Sam schob ihm über den Tisch ihr Notizbuch zu. „Wenn Sie ihre Namen und Nummern aufschreiben, können wir sie kontaktieren."

„Ich habe Audrey nicht getötet. Ich habe sie mehr geliebt als jeden anderen Menschen auf der Welt."

„Das glaube ich Ihnen, Wes. Aber wenn wir Ihr Alibi bestätigen, können wir Sie als Verdächtigen ausschließen, und das ist unser Ziel."

Wes schien sich etwas zu beruhigen. Er nahm den Stift, den sie ihm hinhielt, und rief auf seinem Handy die Nummern auf, um die sie gebeten hatte.

„Danke. Kennen Sie die PIN von Audreys Handy?"

„Ja. Zwei-null-null-zwei. Mein Geburtstag."

Sam schrieb die Zahlen auf, als Freddie das Zimmer betrat, mit einem Zettel, den er ihr reichte, und einer Flasche Wasser, die er Wes hinstellte, der sie nicht zu bemerken schien.

Ein Streifenpolizist kam mit einem weinenden jungen Mann an die Tür. „Er ist wegen Wes Hambly hier."

Sam nickte und gab Wes' Bruder ein Zeichen, den Raum zu betreten. Wie Wes hatte auch sein Bruder dunkles Haar und ebensolche Augen.

Wes sprang auf und umarmte seinen Bruder schluchzend.

„Das darf nicht wahr sein", sagte der.

„Ich habe sie gesehen. Es ist wahr. Ich kann nicht …"

Sam ließ ihnen ein paar Minuten Zeit, ehe sie sich räusperte. „Es tut mir wirklich leid, dass ich das jetzt tun muss, doch wie ich Wes schon erklärt habe, sind die ersten Stunden einer Morduntersuchung entscheidend."

KAPITEL 11

Die beiden Männer ließen einander los und wischten sich die Tränen ab.

„Wie heißen Sie?", fragte Sam Wes' Bruder.

Beide Männer setzten sich. „Brecken Hambly."

„Sie gehen aufs College?"

„Ja, ich bin meinem Bruder an die American gefolgt."

„In welchem Studienjahr sind Sie?"

„Im zweiten."

„Sie hatten heute Nachmittag Unterricht?"

„Ja, seit zwei."

„Sind nicht gerade Winterferien?"

„Wir können in den Ferien Intensivkurse belegen, und das hab ich gemacht. Einer davon hat heute begonnen." Er warf seinem Bruder einen Blick zu. „Warum fragt sie das?"

„Um dich als Täter auszuschließen", antwortete Wes mit einer Schwere, die er wahrscheinlich nicht gehabt hatte, bevor Sam und Freddie mit ihrer niederschmetternden Nachricht aufgetaucht waren.

„Oh, verstehe. Ja, ich war von zwei bis vor etwa zwanzig Minuten im Kurs."

„Gibt es jemanden, der das bezeugen kann?"

„Ich habe einen Freund, der denselben Kurs besucht."

Sam schob ihr Notizbuch über den Tisch. „Bitte schreiben Sie uns den Namen und seine Telefonnummer auf."

Brecken tat es und reichte ihr dann das Büchlein zurück.

„Wes hat gesagt, ihm falle niemand ein, mit dem Audrey in den letzten Tagen oder Wochen ein Problem gehabt haben könnte. Wie schaut es bei Ihnen aus?"

Brecken rieb die Handflächen an seiner Jeans. „Wes weiß das sicher besser als ich, aber nein, ich habe in letzter Zeit nichts Ungewöhnliches gehört oder bemerkt."

„Wann haben Sie Audrey das letzte Mal gesehen?"

„Letzten Sonntag", entgegnete Brecken. „Wir haben bei den beiden zu Hause Football geguckt, wie wir das sonntags meistens tun. Audrey macht uns dann immer Snacks." Seine Stimme stockte, als ihm offenbar klar wurde, dass das nie wieder passieren würde. „Als ich aufs College gekommen bin, hat sie mir geholfen, mein Zimmer einzurichten, und ist losgezogen, um mir Sachen zu kaufen, die ich ihrer Meinung nach brauchte." Brecken wischte sich eine Träne weg. „Sie ist so nett gewesen und hat dafür gesorgt, dass ich mich hier wie zu Hause gefühlt habe."

Sam bedauerte den brutalen Verlust einer so wunderbaren jungen Frau. „Erzählen Sie mir von ihrer Familie", bat sie Wes. „Sie haben gesagt, sie sei das einzige Kind einer alleinerziehenden Mutter gewesen, richtig?"

„Genau", bestätigte Wes.

„Hat es Familienmitglieder – Cousinen, Tanten, Onkel, Großeltern – gegeben, mit denen sie besonders engen Kontakt hatte?"

Wes schüttelte den Kopf. „Sie hat immer gesagt, es gäbe nur sie und ihre Mutter. Sie standen einander unglaublich nahe. Die beiden haben jeden Tag miteinander gesprochen, manchmal mehr als einmal. Audrey hat ihre Mutter oft als ihre beste Freundin bezeichnet."

Es wurde von Minute zu Minute schlimmer. „Was ist mit anderen Freunden und Bekannten?"

„Davon hatte sie jede Menge", erklärte Wes. „Sie hat leichter Freunde gefunden als jeder andere Mensch, den ich kenne. Audrey hat allen das Gefühl gegeben, wichtig für sie zu sein."

„Sie war eine gute Zuhörerin", ergänzte Brecken. „Wann immer ich Probleme mit einem Mädchen hatte, habe ich sie um Rat gefragt. Audrey wusste stets, was zu tun war."

Sam notierte, was die Brüder ihr erzählten. „Wes, würden Sie uns durch Ihre Unterschrift die Erlaubnis erteilen, Audreys SMS und andere Nachrichten auf ihrem Handy zu überprüfen?"

„Natürlich." Er unterzeichnete das Formular und schob es zu ihr zurück.

Sam notierte daneben noch die PIN, die Wes ihr gegeben hatte, und reichte das Formular dann an Freddie weiter. Der machte sich auf den Weg, um es zu Malone zu bringen, damit der einen Durchsuchungsbeschluss besorgen konnte, nur für alle Fälle, ehe das Handy an Archies Team in der IT-Abteilung ging. „Hat Audrey gearbeitet?"

Wes nickte. „In einer Schule namens Whitmore für reiche Kids im Nordosten. Dieser Job war der Grund, warum sie sich ehrenamtlich um die Einwandererkinder gekümmert hat. Sie wollte Kindern, die nicht so privilegiert aufwachsen, etwas zurückgeben."

„Sie mochte den Job also nicht?"

„Audrey hat ihn gehasst. Verwöhnte Schüler, verwöhnte Eltern, Drama ohne Ende. Sie hat nach einem neuen Job gesucht, doch es ist schwierig, während des Schuljahres zu wechseln. Ich habe versucht, sie zu überreden, zu kündigen und Vollzeit zu studieren, aber sie wollte nicht, dass ich sie unterstütze." Er seufzte tief. „Sie hätte mich für sie sorgen lassen sollen."

„Haben Sie einen Ort, wo Sie übernachten könnten? Wir möchten noch heute Abend die Spurensicherung in Ihre Wohnung schicken."

„Warum?"

„Oft wissen wir nicht, warum, bis wir den Grund finden. Ergibt das Sinn?"

„Denke schon."

„Haben wir Ihre Erlaubnis?"

„Natürlich."

„Er kann bei mir bleiben", bot Brecken an. „Ich habe jetzt eine eigene Wohnung."

„Schreiben Sie mir Ihre Adresse und Telefonnummer auf. Ich brauche auch Wes' Nummer."

Brecken trug die Informationen in das Notizbuch ein.

„Könnten Sie mir bitte die Schlüssel zu Ihrer Wohnung geben?", fragte Sam Wes.

„Ja, sicher. Der hier ist für unten und der hier für unsere Wohnung."

Sam überlegte, wie lange es wohl dauern würde, bis er begriff, dass er jetzt allein lebte.

„Danke für Ihre Hilfe in einer so schwierigen Zeit. Audrey wäre stolz auf Sie, weil Sie daran mitarbeiten, denjenigen zu finden, der ihr das angetan hat."

„Das hoffe ich", sagte er und wischte sich weitere Tränen ab.

Sam verließ den Konferenzraum und winkte Cameron Green herbei. „Würdest du bitte eine Streife beauftragen, Wes Hambly und seinen Bruder nach Hause zu fahren?"

„Klar. Außerdem wollte ich dich daran erinnern, dass Gigi heute Abend zum ersten Mal wieder zur Arbeit kommt."

„Das ist eine gute Nachricht. Ich bleibe auf jeden Fall hier, bis sie eintrifft, damit wir die Übergabe an sie und Dani machen können."

„Ich werde die Streife benachrichtigen."

„Danke dir." Sam kehrte in den Konferenzraum zurück. „Wir werden Sie nach Hause fahren, und ich melde mich dann morgen früh bei Ihnen."

„Audreys Mutter … Sie hat geschrieben, dass sie herfährt."

Sam reichte ihm ihre Karte, obwohl sie bezweifelte, dass bei dem Schneesturm, der auf sie zurollte, irgendjemand nach D. C. gelangen konnte. „Sie soll mich anrufen, wenn sie eintrifft."

Wes nickte.

„Ich wünschte, ich könnte mehr tun, als Ihnen zu sagen, dass wir unser Bestes geben werden, um für Audrey – und Sie – Gerechtigkeit zu erreichen."

„Danke."

Wenn die Zeit reif war, würde sie mit ihm über die Selbsthilfegruppe sprechen, die sie zusammen mit Dr. Trulo für Opfer von Gewaltverbrechen gegründet hatte.

„Alles klar?", fragte Freddie, nachdem Sam Wes und seinen Bruder an einen Streifenbeamten übergeben hatte.

„Ein weiterer Tag, ein weiterer Mord an einem wunderbaren Menschen in unserer Stadt", antwortete Sam. „Und mehrere Leben, die nie wieder dieselben sein werden."

„Sie sollten doch eigentlich im Urlaub sein", bemerkte Captain Malone von hinten.

Sam wandte sich zu ihm um. „Ich weiß, aber wir haben einen neuen Fall reingekriegt …"

„Den Ihr Team sicherlich auch allein bewältigen kann."

„Nick und die Kinder sind wegen des Blizzards in die Stadt zurückgekommen, also kann ich mir etwas Zeit dafür nehmen."

„Solange Sie sich trotzdem auch eine Pause gönnen."

„Das werde ich." Sam blickte den Mann an, der für sie so viel mehr als nur ein Vorgesetzter war. „Sie sind also nicht mehr sauer auf mich?"

„Wann habe ich das gesagt?"

„Alles klar."

„Sie und McBride haben einem direkten Befehl zuwidergehandelt. Das werde ich nicht so schnell vergessen."

„Sie hat zehn verschwundene Kinder gefunden." Sam zuckte die Achseln. „Ich würde es wieder tun."

„Gut zu wissen." Er fuhr sich mit den Fingern durchs graue Haar, seine Frustration war mit Händen zu greifen. „Ich versuche zu verhindern, dass unser Chief seinen Hut nehmen muss, Sam. Verstehen Sie das?"

„Ja, aber ich muss auch mein Team unterstützen, und Jeannie war mit diesem Fall schon zu weit fortgeschritten, um ihn einfach aufzugeben. Am Ende des Tages müssen wir in den Spiegel schauen und mögen können, was wir sehen."

„Das ist mir klar, doch dieser Feuersturm ist nicht das, was wir im Moment brauchen."

„Tut mir leid. Wirklich. Das Letzte, was ich will, ist, dass der Chief fliegt oder noch mehr unter Beobachtung steht, als er es ohnehin schon tut. Trotzdem mussten wir das durchziehen. Ich kann nur hoffen, dass die geretteten Menschenleben den Rest der Geschichte aufwiegen werden."

„Sie meinen den, wo wir elf Jahre lang inkompetent waren und diese Frau weiter Kinder entführen und foltern ließen? Glauben Sie, irgendetwas kann das aufwiegen?"

„Nicht *wir* waren inkompetent. Ein einzelner Polizist war es."

„Einer reicht, Sam. Das wissen Sie so gut wie ich. Der Bezirksstaatsanwalt fordert eine Überprüfung aller Fälle von Stahl, einschließlich der erfolgreich abgeschlossenen."

Sam rang nach Luft. „*Aller* Fälle?"

„Jedes einzelnen verdammten Vorgangs. Wenn er bei den Fällen, die er *nicht* untersucht hat, geschludert hat, was hat er dann bei denen gemacht, in *denen* er ermittelt hat?"

Sie bekam wieder Magenschmerzen. „Ich … Wow. Ich weiß nicht, was ich dazu sagen soll."

„Das könnte sehr, sehr unschön werden, doch das muss ich Ihnen nicht erklären."

„Nein, sicher nicht. Was für ein Desaster."

„Ein *weiteres* Desaster, meinen Sie."

„Ja." Sam sah ihn an. „Wir können die Vergangenheit nicht ändern, aber wir können alles tun, um die Dinge in Ordnung zu bringen."

Er nickte, wirkte allerdings so bedrückt, wie sie ihn noch nie erlebt hatte. „Das ist unter meiner Aufsicht passiert, unter Joes, unter der Ihres Vaters. Wir werden alle etwas abbekommen. Also bereiten Sie sich besser darauf vor, dass Leute Ihren Vater in Misskredit zu bringen versuchen."

Darauf würde sie niemals vorbereitet sein. „Niemand hat Stahl mehr verachtet als er."

„Mag sein, aber es war trotzdem seine Aufgabe, ihn zu beaufsichtigen, genauso wie es meine und Joes war. Wir alle sind verantwortlich."

„Lassen Sie uns ein Interview mit Darren darüber führen, wie betroffen wir sind und wie entsetzt mein Vater gewesen wäre, wenn er gewusst hätte, was Stahl wirklich getrieben hat, während er falsche Berichte über seine Bemühungen einreichte." Da Sam eigentlich nie freiwillig mit den Medien kooperierte, merkte Malone auf. „Wir können erklären, dass es keinen Tag gab, an dem wir nicht hergekommen sind und unser Bestes für die Menschen in diesem Bezirk gegeben haben. So was in der Art. Wenn wir proaktiv handeln, können wir vielleicht ein wenig Schadensbegrenzung betreiben. Wir können außerdem Jeannie für die Rettung von Carisma und den anderen Kindern loben."

„Keine schlechte Idee. Ich werde es Joe gleich vorschlagen." Er wirkte schon deutlich munterer als noch kurz zuvor.

„Es ist immer förderlich, einen Plan zu haben."

„Ja, und es ist ein guter Plan. Ich bin sicher, dass er sich darauf einlassen wird."

„Geben Sie mir Bescheid, und ich werde das mit Darren arrangieren."

„Fahren Sie jetzt heim?"

„Sobald ich Dani und Gigi ihren Marschbefehl gegeben habe. Gigi kommt heute Abend zurück."

„Das freut mich."

◡ ა ᕕ◡

Detective Cameron Green erwartete Gigi Dominguez auf dem Parkplatz, öffnete ihr die Autotür und half ihr beim Aussteigen.

Sie zuckte wegen der Schmerzen im Bauch zusammen, die sie nach der kürzlichen Entfernung ihrer Milz immer noch plagten.

„Du kommst zu früh wieder zum Dienst, Schatz." Ihr Gesicht war blass, ihre dunklen Augen wirkten riesig. Cameron war verrückt nach ihr und hatte sie gedrängt, sich mehr Zeit zu nehmen.

„Es geht mir gut. Es ist nur noch ein vereinzeltes Stechen. Ist das das Auto vom Lieutenant? Ich dachte, sie hätte Urlaub."

„Sie ist wieder da, um bei den Nachwehen des Deasly-Falls zu helfen."

„Was für ein unglaublicher Erfolg für Jeannie. Ich bin stolz auf sie."

„Das sind wir alle, aber es verursacht Chaos in der gesamten Behörde."

„Ja, das habe ich schon gehört. Die Leute sagen unschöne Dinge über den Chief und andere, einschließlich Skip."

„Ich weiß. Es ist schrecklich. Wenn sie gewusst hätten, was Stahl treibt, hätten sie sofort eingegriffen. Inzwischen ist entdeckt worden, dass er gefälschte Berichte über Ermittlungen eingereicht hat, obwohl er gar nichts getan hat."

„O Gott. Das ist doch irre! Ich frage mich, wie er damit leben konnte. Das könnte ich nie."

„Ich auch nicht. Ich fühle mich schon schlecht, wenn ich am Ende einer Schicht nach Hause fahre, obwohl ein Fall noch offen ist."

„Genau." Sie lächelte zu ihm hoch, und obwohl es eiskalt war und schneite, wollte Cameron nirgendwo anders sein. „Was hast du heute Abend vor?"

„Jeffrey und ich werden traurig allein auf dem Sofa sitzen, weil unsere beste Freundin arbeitet."

„Ihr seid so süß. Schaut Eishockey, wenn ihr schon mal die Gelegenheit habt."

„Aber du hast mich mit HGTV angefixt. Hockey interessiert mich nicht mehr. Nichts interessiert mich so wie du." Er küsste sie. Mehr hatten sie bisher nicht getan, da sie sich immer noch von den schweren Verletzungen erholte, die ihr Ex-Freund ihr zugefügt hatte. Gott, er begehrte sie so sehr, doch er würde warten, bis es ihr wieder gut ging und sie bereit war für all die Dinge, die er mit ihr vorhatte.

„Ich muss rein."

„Ja, ich weiß." Er legte die Arme um sie. „Bitte sei vorsichtig. Wir wollen keinen Rückfall."

„Ich habe noch einen Monat Schreibtischdienst, also keine Sorge."

„Sorgen mache ich mir trotzdem." Zögernd ließ er sie los, um sie erneut zu küssen. „Ich seh dich morgen früh."

Sie schenkte ihm dieses kleine sexy Lächeln, das sein Herz höherschlagen ließ. „Ich kann es kaum erwarten."

„Hört auf, ihr Turteltäubchen", rief Gigis Partnerin Dani Carlucci, die auf sie zukam. „Wir haben zu tun, Kollegin."

„Dann mal frisch ans Werk", erwiderte Gigi, während sie mit Dani wegging und ihm über die Schulter zuwinkte.

Cameron fegte den Schnee von seinem Auto, stieg ein und drehte die Heizung bis zum Anschlag hoch. Ein langer, langweiliger Abend stand ihm bevor, bis er sie am Morgen beim Schichtwechsel wiedersehen würde. Gegensätzliche Arbeitszeiten zu haben war echt ätzend, aber sie hatten die Wochenenden, auf die sie sich freuen konnten, und sie würden das schon hinkriegen.

Irgendwie.

◦ ◦ ◦

„Bei euch beiden geht es heiß her, was?", fragte Dani, während sie Gigi die Tür zur Gerichtsmedizin aufhielt.

„Nicht so heiß, wie ich es mir wünschen würde. Er behandelt mich, als wäre ich aus Glas und könnte jeden Moment zerbrechen."

„Das sollte er auch, nach allem, was du durchgemacht hast."

„Ich bin schon wieder fast die Alte."

„Aber noch nicht ganz, und das merkt er."

„Ja, vermutlich schon."

„Du bist also verliebt, was?"

„Wie noch nie zuvor in meinem Leben. Ich hatte keine Ahnung, Dani. Gar keine."

„Toll. So sollte es sein."

„Ist es seltsam, dass ich Ezra fast ein wenig dankbar dafür bin, dass er den Verstand verloren und mich gezwungen hat, unsere Beziehung ein für alle Mal zu beenden, sodass ich diese aufregende neue Sache mit Cam haben kann?"

„Ja, es ist sehr seltsam, für die Prügel dankbar zu sein, die du bezogen hast."

„Dafür bin ich auch nicht dankbar. Aber dafür, dass ich ihn los bin und die Chance habe, mit Cameron zusammen zu sein."

„Er ist ein netter Kerl. Das habe ich schon immer gedacht, doch zu sehen, wie er sich in den letzten Wochen um dich gekümmert hat, hat dazu geführt, dass ich ihn noch toller finde, als ich ihn ohnehin schon fand."

„Freut mich. Das bedeutet mir sehr viel."

„Es gibt seit heute einen neuen Mordfall", berichtete Dani, während sie Richtung Großraumbüro gingen. „Jemand hat im Rock Creek Park eine vierundzwanzigjährige Frau vergewaltigt und ermordet."

„O Gott", sagte Gigi, und ihre gute Laune war sofort verflogen. Das war es, was ein Mordfall mit sich brachte. Er erinnerte einen daran, dass selbst dann, wenn die Dinge im eigenen Leben besser liefen als je zuvor, das Leben anderer Menschen zerbrach, und es wurde nie zur Routine, egal wie viele Jahre sie zur Arbeit erschien und die Nachricht von einem weiteren sinnlosen Mord erhielt. Ihre kürzliche

116

Auseinandersetzung mit ihrer eigenen Sterblichkeit sorgte dafür, dass Gigi sehr emotional wurde, als sie zum ersten Mal seit Wochen das Großraumbüro betrat.

Ihre Kollegen brachten sie mit ihrem Beifall in Verlegenheit.

„Danke euch, Leute."

„Schön, dass du wieder da bist, Gigi", begrüßte Sam sie. „Du siehst gut aus."

„Es geht mir viel besser."

„Schieb erst mal eine ruhige Kugel, bis du wieder hundertprozentig fit bist."

„Alles klar." Es wurde nie langweilig, im Team der erstaunlichen Lieutenant Sam Holland zu arbeiten. Es gefiel Gigi, dass der Rest der Welt, jetzt, wo sie die Frau des Präsidenten war, die Chance haben würde, festzustellen, was für ein wunderbarer Mensch Sam war.

„Bringen wir die beiden Damen auf den neuesten Stand."

Sam und Freddie erzählten ihnen alles, was sie bisher im Fall Olsen unternommen hatten.

„Archie sollte bald ihr Handy ausgewertet haben, also fangt damit an. Geht alles durch, und findet heraus, ob sie mit jemandem Streit hatte." Sie gab den beiden die Telefonnummern, die Wes und sein Bruder hinterlassen hatten, um ihre Aufenthaltsorte zur Tatzeit zu bestätigen. „Checkt ihre Alibis. Setzt euch dann mit Archies Team zusammen, um zu sehen, wie weit wir mit der Sichtung des Materials von den Überwachungskameras in der Gegend sind. Wenn ihr danach noch Zeit habt, überprüft die jüngsten Berichte über Vorkommnisse im Park."

„Darüber wollte ich gerade mit dir sprechen", warf Erica Lucas ein, Detective bei der Sondereinheit für Sexualdelikte, die das Großraumbüro betrat und Sam Papiere in die Hand drückte. „Ein Bericht über eine ungelöste Vergewaltigung vor zwei Wochen im Park."

Sam überflog die Seiten, ehe sie sie an Dani Carlucci weiterreichte. „Wir sollten die DNA vergleichen, falls es von Audrey welche gibt."

„Wird gemacht", sagte Dani. „Ab jetzt übernehmen wir."

„Ich bin morgen früh für ein paar Stunden da, wenn ich es bei dem Blizzard herschaffe", fuhr Sam fort. „Aber ich nehme meinen Laptop mit, für den Fall, dass es mir nicht gelingt, überhaupt hierher durchzudringen."

„Verstanden", antwortete Gigi. „Wir sind um sieben bereit, euch auf den neuesten Stand zu bringen."

„Alle anderen, fahrt nach Hause, und seid vorsichtig, wenn ihr morgen früh wieder herkommt. Es heißt, dass dies ein Jahrhundertunwetter wird."

„Hast du eine Minute?", fragte Erica.

„Klar doch. Begleite mich in mein Büro."

Gigi sah Dani fragend an. „Was glaubst du, was sie will?"

„Keine Ahnung, aber wir werden es bald erfahren."

KAPITEL 12

„Was gibt's?“, fragte Sam Erica, eine Ermittlerin, die sie mochte und respektierte.

„Es gibt Gerüchte, Ramsey käme wieder zur Arbeit, während das Berufungsverfahren gegen seine Entlassung läuft.“

Sam stöhnte auf. „Gerade als wir dachten, wir wären den Mistkerl ein für alle Mal los.“

„Er hat durchaus Rechte, wie dir klar sein sollte.“

„Von mir aus. Aber wir haben auch Rechte, und eins davon ist das, zur Arbeit zu kommen und uns nicht mit Arschlöchern herumärgern zu müssen.“

Erica lachte und setzte sich auf Sams Besucherstuhl. „Genau. Bei all dem Mist, der über Stahl und seine früheren Fälle rausgekommen ist, brauchen wir nicht noch Leute wie Ramsey, die ein schlechtes Licht auf uns werfen.“

„Ganz meine Meinung. Hoffentlich scheitert die Berufung.“

„Dein Wort in Gottes Ohr. Also, sag schon: Wie war es in Camp David?“

„Hübsch und rustikal. Zumindest, was ich davon gesehen habe. Nick hat es super gefallen.“

„Und dir?“

„Ich wollte es mögen.“

„Aber?“

„Es war ein komisches Gefühl, auf einem Berggipfel zu sitzen, weit weg von allem hier.“

„Komisch. Ist das eine andere Art, zu sagen, dass du fast durchgedreht bist?"

„Vielleicht", räumte Sam lachend ein. „Ich wollte wirklich dringend Zeit mit meiner Familie verbringen, doch da fühlt man sich wie am Ende der Welt. Was natürlich genau das war, was Nick gebraucht hat. Ich werde es ab und zu aushalten, damit er aus La Casa Blanca rauskommt."

„Guter Plan. Ist alles immer noch so surreal?"

„Es wird ein bisschen besser, je mehr wir uns daran gewöhnen – sofern man sich daran überhaupt gewöhnen kann. Zum Glück lassen sie mich größtenteils in Ruhe und erwarten nicht, dass ich eine traditionelle First Lady bin – nicht, dass daran etwas falsch wäre."

„Schon klar. Es ist nur einfach nicht dein Ding."

„Nein, ganz sicher nicht. Ich habe ein großartiges Team, das mir hilft, auf dem Laufenden zu bleiben, ohne dass ich mich zu sehr reinhängen muss."

„Richtig, und so hast du das Beste aus beiden Welten. Ich werde jetzt gehen und dich zu deiner Familie fahren lassen."

„Danke für die Info."

„Lass es mich wissen, wenn sich was ergibt. Wir suchen immer noch nach dem Kerl. Er hat unserem Opfer übel mitgespielt. Sie hat über eine Woche im Krankenhaus gelegen."

„Aber sie hat überlebt."

„Weil sie einen Selbstverteidigungskurs absolviert hatte. Er hat sie überrumpelt, sodass sie sich erst wehren konnte, nachdem er sie vergewaltigt hatte. Sie glaubt, dass er sie ermorden wollte, doch viel mehr konnte sie uns nicht sagen. Sie ist schwer traumatisiert."

„Steht das alles in dem Bericht?"

„Ja."

„Nochmals danke."

„Keine Ursache."

Nachdem Erica sich verabschiedet hatte, zog Sam ihren Mantel an und schnappte sich Tasche, Handy und Schlüssel. „Ich bin weg", sagte sie zu Dani, Gigi und Freddie. „Und du", sie deutete auf Freddie, „musst für heute auch Schluss machen."

„Ich verschwinde ja schon. Kannst du mich vielleicht bis zur Metro mitnehmen? Ich denke, so komme ich morgen besser wieder her."

„Klar. Schwing die Hufe."

Sie traten ins Freie. Der Schneefall war viel stärker als zuvor.

„Das wird die ganze Region lahmlegen", prophezeite Freddie.

„Ich weiß. Es wäre lustig, wenn es nicht so nervtötend wäre.

Wenigstens ist es nicht so schlimm wie in einer normalen Arbeitswoche." Kaum hatte sie das gesagt, trat sie auf eine vereiste Stelle, die mit frischem Schnee bedeckt war. Es riss ihr die Füße weg, sie rutschte aus und fiel hin. „Scheiße", fluchte sie, als sie hart auf Hüfte und Ellbogen landete. „Verdammter, beschissener Schnee."

Freddie kam um das Auto herum, um ihr aufzuhelfen.

Vernon und Jimmy eilten ebenfalls herbei.

Sam wehrte sie ab. „Alles gut." Ihre Hüfte und ihr Ellbogen taten allerdings furchtbar weh. „Warum muss ich ausgerechnet die eine zugeschneite Eisfläche finden?"

„Fahren wir nach Hause, Ma'am?", fragte Vernon.

„Mit einem kurzen Zwischenstopp am Judiciary Square, um Detective Cruz abzusetzen."

„Gut."

Sie schloss den Wagen auf und setzte sich auf den Fahrersitz, wobei sie sich vor Schmerzen krümmte. „Drecksmistkackscheiß. Gottverdammt noch mal."

„Sam, bitte."

„Jetzt ist nicht die Zeit für einen Vortrag über die missbräuchliche Verwendung des Namens des Herrn! Ich bin gerade auf den Steiß geknallt!" Sie griff nach dem Schlüssel und wurde von den Schmerzen im Ellbogen fast ohnmächtig. „Au, mein Arm!"

„Willst du in die Notaufnahme?"

„Nein, ich will nicht in die verdammte Notaufnahme."

„Entschuldige, dass ich gefragt habe."

„Nein, ich entschuldige nicht!"

„Wie froh bin ich, dass du diese Woche Urlaub hast und nicht mein Problem bist."

„Ich werde morgen für ein paar Stunden da sein, um die Olsen-Sache voranzutreiben." Er verstand besser als jeder andere, dass es keine fünf Minuten gedauert hatte, bis ihr Herz für Audrey – und Wes – geschlagen hatte. Ja, sie vertraute darauf, dass ihr Team sich gut um dieses neue Opfer kümmern würde, aber Sam musste helfen, und dann würde sie nach Hause gehen und mit ihrem Mann und ihren Kindern abhängen.

„O Freude", sagte Freddie als Antwort auf die Nachricht, dass sie am nächsten Tag da sein würde.

Sam fuhr an der Judiciary Square Station rechts ran. „Raus."

„Dir auch eine gute Nacht."

„Zisch ab."

Die Melodie von „My Humps" pfeifend schloss er die Tür und

joggte zum Bahnhof, ohne sich irgendwelche Sorgen zu machen, dass er hinfallen und sich den Steiß prellen könnte. Mistkerl. Die Fahrt nach Hause, die eigentlich nur zehn Minuten hätte dauern sollen, erforderte dreißig, weil die Leute bei Schnee fuhren wie die letzten Idioten. Sie wurde Zeugin von vier Unfällen und war froh, dass sie nicht ihr Problem waren. Die uniformierte Polizei würden heute Abend alle Hände voll zu tun haben.

Als das Weiße Haus in der Ferne zu erkennen war, tat ihr der ganze Körper weh, aber wie war das möglich, wo sie doch nur auf Hüfte und Ellbogen geknallt war? War sie gerade das erste Mal froh, den Ort zu sehen, den sie jetzt ihr Zuhause nannten? „Scheint fast so“, meinte sie mit einem verhaltenen Lachen zu sich selbst. Zu wissen, dass Nick und die Kinder da waren, außerdem eine warme Mahlzeit und ein gemütlicher Kamin, verbesserte ihre Stimmung entscheidend.

Bis sie auszusteigen versuchte.

Hölle, tat das weh!

Sie humpelte zur Tür, wo Harold sie mit besorgter Miene begrüßte. „Geht es Ihnen gut, Mrs Cappuano?“

Eine ausgezeichnete Frage. War es möglich, dass sie sich etwas gebrochen hatte? Nein, denn dafür hatte sie keine Zeit. „Ich glaube schon“, antwortete sie und betrachtete die Treppe zum Wohntrakt. „Aber es gibt doch einen Aufzug, oder?“

„Ja, Ma'am. Hier entlang.“ Er führte sie nicht nur zum Aufzug, sondern begleitete sie, als könnte sie den zweiten Stock nicht allein finden. Gott verhüte, dass sie selbst einen Knopf drückte. Kaum hatte sie diesen Gedanken, schalt sie sich selbst. Die Mitarbeiter des Weißen Hauses waren sehr stolz auf ihre Arbeit, und Sam wusste alles zu schätzen, was sie für sie und ihre Familie taten. „Sind Sie sicher, dass alles in Ordnung ist, Ma'am?“

„Ich bin auf dem Parkplatz vor dem Hauptquartier gestürzt und hart aufgeschlagen, aber es geht mir gut.“

„Ah, das Eis hat Sie erwischt?“

„Genau.“

„Das tut mir leid.“ Die Fahrstuhltüren glitten auf. „Da wären wir, Ma'am.“

„Danke für den Begleitschutz, Harold.“

„War mir ein Vergnügen, Ma'am. Ich hoffe, es geht Ihnen bald besser.“

„Danke. Das hoffe ich auch.“

Sam hinkte den Flur entlang und fragte sich, wo die anderen waren.

Normalerweise hörte sie sie, ehe sie sie sah. Sie wollte Nick gerade eine SMS schreiben, als er aus ihrer Suite trat und ihr entgegenlächelte. Sein Lächeln erlosch, als er bemerkte, dass sie humpelte.

„Was ist passiert?"

„Das gottverdammte Eis auf dem gottverdammten Parkplatz vor dem Hauptquartier."

„O nein. Was tut dir weh?"

„Ich glaube, es geht schneller, wenn ich aufzähle, was mir *nicht* wehtut."

„Wie wäre es mit einem heißen Bad?"

„Klingt himmlisch, aber wo sind die Kinder? Ich habe heute den gesamten Tag mit ihnen verpasst."

„Alles gut. Sie sind oben und spielen Malefiz mit Eli und Celia. Es ist alles in Ordnung."

„Dann nehme ich gern das heiße Bad." Ihre Hüfte schmerzte unerträglich, sodass sie sich erneut fragte, ob sie sie sich gebrochen hatte. Hoffentlich nicht … Dafür hatte sie wirklich keine Zeit. Während Nick ihr das Bad einließ, setzte sich Sam vorsichtig aufs Bett und stöhnte auf, als ihre angeschlagene Hüfte die Matratze berührte. „Autsch." Das erinnerte sie daran, wie sie einmal bei der Verfolgung eines Täters von einem Auto angefahren worden war. Sie hatte es überlebt, und sie würde auch das hier überleben.

Aber es tat verdammt weh.

Nick kam aus dem Bad und kniete vor ihr nieder, um ihr die Stiefel auszuziehen.

„Ich brauche ein Foto, auf dem der Führer der freien Welt vor mir auf den Knien liegt."

Er grinste sie an, der bestaussehende Mann, den sie je zu Gesicht bekommen hatte. „Dieser Anblick ist allein dir vorbehalten, Babe."

„Das ist auch besser so."

„Keine Sorge, darauf kannst du dich verlassen."

„Das wird unseren Urlaubsaktivitäten einen Dämpfer versetzen."

„Kein Problem."

„O doch. Unser gesamter Urlaub ist im Eimer."

„Nein. Wir sind alle zusammen, das ist das Wichtigste. Wen kümmert es schon, wo wir sind?"

„Äh, dich. Du hast es geliebt, in Camp David zu sein."

„Wir können ja bald mal wieder hinfahren."

„Du nimmst das leichter, als ich erwartet hatte."

„Ich war enttäuscht, dass ich wegmusste, weil ich den

Tapetenwechsel genossen habe. Aber die Menschen, die ich liebe, sind hier bei mir, also geht es mir gut."

Sam fuhr ihm mit den Fingern durch das dichte dunkle Haar. „Du bist leicht zufriedenzustellen."

„Wie du weißt, braucht es nicht viel, um mich glücklich zu machen."

Sam lächelte und beugte sich vor, um ihn zu küssen. Eine ihrer größten Freuden in ihrem gemeinsamen Leben war es, ihn von einer eigenen Familie zutiefst geliebt zu sehen, etwas, das er nie zuvor erlebt hatte.

„Ich schau kurz nach dem Bad, dann helfe ich dir beim Ausziehen, das ist ja meine Lieblingsbeschäftigung."

Egal, welche Katastrophe sie mit heimbrachte, er sorgte immer dafür, dass sie sich besser fühlte. Das war eine seiner zahlreichen Superkräfte, was sie betraf.

Als er zurückkam, half er ihr auf und entkleidete sie vorsichtig, wobei er die großen roten Flecken an ihrer Hüfte und ihrem Ellbogen bemerkte, die sich bald zu massiven Blutergüssen entwickeln würden. „Du hast ganz schön was abgekriegt."

„Es hat mich aus dem Nichts heraus attackiert. Im einen Moment bin ich zum Auto gelaufen, und im nächsten Moment lag ich flach auf dem Hintern. Beziehungsweise auf der Hüfte. Ich kann ja nicht auf dem Polster gelandet sein, das ich dahinten habe."

Er tätschelte ihr sanft den Hintern. „Wir wollen doch nicht, dass dieses nationale Kulturerbe Schaden nimmt."

Sam lachte. „Hast du ihn schon offiziell als solches ausgewiesen?"

„Noch nicht, aber ich werde mit Terry über eine Durchführungsverordnung sprechen."

„Er wird begeistert sein." Die Scherze mit ihm halfen ihr, einen weiteren schwierigen Arbeitstag langsam hinter sich zu lassen. Sie ergriff den Arm, den er ihr anbot, und ließ sich von ihm ins Badezimmer helfen. „Ich bewege mich wie eine Neunzigjährige."

„Nein, du bewegst dich wie eine Paarunddreißigjährige, die aufs Eis geknallt ist. Lass mich mal einen Blick drauf werfen."

Als er den roten Fleck auf ihrer Hüfte im helleren Licht besser erkennen konnte, keuchte er auf. „Meine Güte, das sieht echt übel aus. Bist du dir sicher, dass wir das nicht untersuchen lassen sollten?"

Sam drehte sich, um den riesigen roten Fleck auf ihrer Hüfte zu betrachten, der sich bis zum Morgen zweifellos hübsch bunt färben würde. „Ich bin mir sehr sicher, dass ich keine Lust auf einen Ausflug in die Notaufnahme habe."

„Dann hole ich rasch Harry. Wir haben eine medizinische Abteilung zur Verfügung, weißt du?"

„Nicht heute. Ich kümmere mich morgen früh darum, wenn es nicht besser ist."

„Wenn es morgen immer noch so schlimm ist, werden wir etwas unternehmen."

„Du darfst nicht über mich bestimmen."

„In diesem Fall schon", sagte er, drückte ihr Schmerztabletten in die Hand und reichte ihr ein Glas Wasser.

„Danke."

Mit seiner Hilfe schaffte sie es, in die Wanne zu steigen und sich ins warme Wasser zu legen. Aber sie hatte Tränen in den Augen, als sie sich niederließ.

„Ich hasse es, wenn du Schmerzen hast", brummte er und fuhr mit einem Finger über die Narbe an ihrem Arm, die von einem Streifschuss herrührte, den sie kürzlich abbekommen hatte.

„Glaub mir, ich auch. Vor allem, wenn es meine eigene Schuld ist."

Er setzte sich auf die Matte neben der Badewanne. „Die Schuld dafür liegt ganz klar beim Eis."

„Bastard."

Während er lachte, kündigte ein Piepsen seines BlackBerry eine SMS an. „Scotty sucht mich." Nick tippte eine Antwort. „Ich schreibe ihm, dass du zu Hause bist und wir in einer halben Stunde fürs Abendessen bereit sind."

Sam schloss die Augen und gab sich dem Genuss des heißen Bades hin. „Das klingt gut, und es fühlt sich wunderbar an. Danke."

„Es ist mir stets ein Vergnügen, mich um meine reizende Frau zu kümmern."

„Diese Woche wird etwas komplizierter, als wir gehofft hatten."

„Wegen deines Sturzes?"

„Ja, und wegen eines Falls, in dem wir seit heute ermitteln." Sie öffnete die Augen und wandte sich zu ihm um. „Jemand hat im Rock Creek Park eine vierundzwanzigjährige Frau vergewaltigt und getötet."

„O nein."

„Ich musste ihrem Freund, mit dem sie seit fünf Jahren zusammen war, die schreckliche Nachricht überbringen."

„Das muss schwierig gewesen sein."

„Es wird nie leichter, und das will ich auch gar nicht. Es sollte nicht leicht sein. Ich werde ein paar halbe Tage arbeiten, damit wir in dem Fall vorankommen."

„Dafür habe ich vollstes Verständnis.“

„Die Kinder auch?“

„Sie wissen, wie wichtig deine Arbeit ist.“

„Ich bin die ganze Zeit hin- und hergerissen. Wenn ich hier bin, habe ich das Gefühl, dass ich im Hauptquartier sein sollte. Wenn ich dort bin, mache ich mir ständig Gedanken darüber, was ich hier wohl verpasse.“

„Ich glaube, das nennt man ‚berufstätige Mutter‘.“

„Bevor wir Kinder hatten, habe ich geglaubt, ich verstehe, wie schwer berufstätige Mütter es haben. Doch in Wahrheit hatte ich keine Ahnung – und ich habe sie immer noch nicht. Ich habe jede Menge Hilfe, die es mir gestattet, meine drei Jobs einigermaßen gut zu bewältigen. Wie schaffen das Leute, die keine Hilfe haben? Alleinerziehende Mütter sind Superheldinnen.“

„Das sind sie in der Tat. Weißt du, was? Du kannst Gäste zur Rede zur Lage der Nation einladen. Das könnte eine gute Gelegenheit sein, mal die Probleme alleinerziehender und berufstätiger Mütter ins Rampenlicht zu stellen.“

„Sehr gern.“

„Gibt es denn jemand, den du gerne einladen würdest?“

„Mir fällt auf Anhieb niemand ein, meine Schwestern und Shelby werden aber sicher Ideen haben. Ich frage sie.“

„Überleg dir, wen du sonst noch gerne einladen möchtest.“

„Wie viele kann ich benennen?“

„Vielleicht fünf?“

„Oh, cool. Gut. Vielleicht Cath, die Mutter, die ich in Des Moines getroffen habe, die ihre beiden Kinder bei der Schießerei verloren hat.“

„Ein guter Vorschlag. Ich werde Terry und Lilia bitten, eine Einladung an sie rauszuschicken.“

„Ich werde drüber nachdenken, wer sonst noch infrage käme.“

„Okay, aber stress dich nicht. Terry hat mit Lilia gesprochen, und sonst kann sie sich darum kümmern.“

Sam spritzte ihm Wasser ins Gesicht. „Tu nicht so, als ob du mich so gut kennen würdest.“

Lachend wischte er sich mit dem Handtuch, das er für sie geholt hatte, das Gesicht ab. „Ich kenne dich so gut, und ich verstehe deine speziellen … Einschränkungen.“

„Das heißt, meinen eingleisigen Verstand, der sich neunzig Prozent der Zeit über auf meinen Job konzentriert?“

„Das hast du gesagt.“

Sam seufzte tief. „Ich wollte unbedingt Kinder, und ich bin enorm froh, dass wir eine Familie haben. Aber werde ich immer das Gefühl haben, dass ich ihnen nicht genug Zeit schenke?"

„Wahrscheinlich. Nur darfst du nicht vergessen: Du hast eine besondere Gabe, und indem du sie nutzt, machst du diese Stadt für alle, egal ob sie hier leben oder sie nur besuchen, sicherer. Es wäre eine Schande, wenn du diese Gabe nicht dafür einsetzen würdest."

„Das ist sehr nett von dir, doch ich möchte auch eine gute Mutter sein."

„Das bist du, die Kinder lieben dich. Alle sind glücklich, gesund, haben sich in unserem vorläufigen neuen Zuhause eingelebt und sind zufrieden, diese Woche zusammen zu sein. Die Zwillinge freuen sich, Eli bei sich zu haben, und Scotty auch. Sie brauchen lediglich die Gewissheit, dass wir da sind und sie lieben."

„Bei dir klingt das so einfach, Nick."

„Das ist es auch. Wir sind da, wenn sie uns brauchen, und sie sind von Menschen umgeben, die für sie töten würden, wenn wir nicht da sein können. Sie wissen, dass unsere Arbeit sehr anstrengend ist, und Scotty hat neulich gesagt, dass er uns für die coolsten Eltern aller Zeiten hält."

„Ehrlich?"

„Ja. Ich wollte es dir schon früher erzählen."

„Wie ist es denn dazu gekommen?"

„Ich habe mit ihm darüber geredet, dass du versuchst, deine Fälle vor den Feiertagen abzuschließen, während du dich darauf vorbereitest, unsere gesamte Crew an Heiligabend zu Gast zu haben, und ich mich um das Problem am Suezkanal kümmern muss und darum, wie verrückt alles gerade ist. Ich habe ihm erklärt, wie leid es uns tut, dass wir immer so viel zu tun haben. Daraufhin meinte er, das sei schon in Ordnung. Seine genauen Worte waren: ‚Ich habe die coolsten Eltern von allen meinen Freunden. Sie sind alle neidisch.'"

„Wow."

„Ja, wir sind eben eine unkonventionelle Familie …"

Sam lachte. „Milde ausgedrückt."

„Aber es funktioniert so, wie es ist, für uns alle. Ich möchte nicht, dass du dich schuldig fühlst, weil du den Job erledigst, der dir so viel bedeutet. Immerhin ermöglichen wir den Kindern ein Leben, das sie nie vergessen werden."

„Ob sie das nun wollen oder nicht."

„Oh, sie wollen das. Das steht außer Frage. Wir schaffen das schon."

„Wie kannst du so locker mit alldem umgehen?"

Nick zuckte die Achseln. „Ich habe mich der Realität gebeugt. Wir tun beide wichtige Dinge, die auf viele Menschen entscheidende Auswirkungen haben. Für unsere Kinder ist gut gesorgt, und wir lieben sie, und das ist das Wichtigste. Ich sehe sie sogar häufiger als vor meiner Zeit als Präsident. Das ist der Vorteil, wenn man sozusagen über dem Geschäft wohnt."

„Stimmt. Danke für den Zuspruch. Das habe ich gebraucht, nachdem ich unseren Urlaub abbrechen musste."

„Du warst doch eigentlich ganz froh, unseren Urlaubsort verlassen zu können."

„Stimmt ja gar nicht!"

Nick kniff sie in die Nase. „Wohl. Da oben hast du mich die ganze Zeit an einen Tiger im Käfig erinnert."

„Das ist nicht wahr!"

„Sam … Vergiss nicht, mit wem du sprichst."

„Sei nicht so herablassend. Das passt nicht zu dir."

Aber sein Lächeln … Das passte zu ihm und raubte ihr wie immer den Atem. „Meine süße, sexy Tigerin."

„Ich hasse es, dass du mich so gut kennst."

„Das ist geschwindelt."

„Doch, wirklich. Und übrigens, ich habe durchaus bemerkt, wie sehr es dir dort gefallen hat, und ich werde jederzeit wieder mit dir hinfahren, wenn du willst."

„Das freut mich."

„Jetzt hol mich hier raus, bevor ich verschrumple."

Er stand auf und reichte ihr die Hand. „Das können wir nicht zulassen."

Der Schmerz war heftig. „Au! Ach, leck mich doch!"

„Gern. Jederzeit."

Sie lachte und sagte: „Nicht heute Nacht, Cowboy."

Er wickelte sie in ein Handtuch und küsste sie auf die Wange. „Aufgeschoben ist nicht aufgehoben."

KAPITEL 13

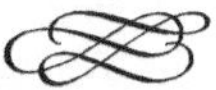

Sam war mit Ibuprofen vollgepumpt und hatte Eispacks auf Hüfte und Ellbogen. Sie verbrachten einen entspannten Abend mit den Kindern, schauten zum x-ten Mal „Schöne Bescherung" und lachten, als sähen sie den Film zum ersten Mal. Vom Wintergarten im dritten Stock aus beobachteten sie, wie der Schnee das Viertel bedeckte.

Sam erhielt mehrere SMS von Dani Carlucci mit aktuellen Informationen über den Stand der Ermittlungen, mit denen sie sich am Morgen befassen wollte.

Nachdem der Film zu Ende war, trugen Nick und Eli die müden Zwillinge ins Bett, während Sam und Scotty ihnen per Aufzug folgten.

Als Scotty ihr den Arm hinstreckte, schmolz Sam dahin. „Halt dich an mir fest. Wir wollen es nicht noch schlimmer machen, als es ohnehin schon ist."

Sie hakte sich bei ihm ein. „Danke, Kumpel."

Skippy drängte sich an ihnen vorbei und riss Sam und Scotty dabei fast um.

„Gut, dass du dich an mir festgehalten hast", sagte Scotty. „Sie ist komplett irre. Mit ihr ist nichts Sinnvolles anzufangen."

„Wir müssen sie trainieren."

„Wahrscheinlich hast du recht, doch ich möchte ihren Geist nicht brechen."

„Das wollen wir auch nicht, aber sie soll sich benehmen."

„Mir gefällt es, dass sie der wildeste Welpe der Stadt ist."

„Das könnte dir so passen."

„Sie sorgt dafür, dass die Dinge hier interessant bleiben."

„Kann ich dich was fragen?"

„Klar, immer."

„Würde es dich stören, wenn ich nächste Woche ein wenig arbeite, obwohl ich eigentlich Urlaub habe?"

„Warum sollte es?", fragte er.

„Weil ich meine Zeit mit euch verbringen sollte."

„Ich bin vierzehn, Mom. Du musst nicht ständig um mich herum sein. Ich habe jetzt mein eigenes Leben."

Auf Sam wirkte das unfassbar komisch, aber er meinte es todernst, also biss sie sich auf die Lippe.

„Da es schneit, werden wir draußen viel zu tun haben. Wir können Schneemänner bauen, Schneeballschlachten veranstalten, und Eli hat gesagt, dass er uns eine Schneeburg bauen wird. Du hasst Kälte, also ist es für uns alle besser, wenn du zur Arbeit gehst. Zumindest wenn du morgen noch laufen kannst."

„Die letzte Bemerkung war komplett unnötig."

„Ach ja?"

Sam lächelte. „Du bist genau wie dein Vater."

„Findest du?", fragte er und sah sie mit großen Augen an.

„O ja, absolut."

„Das ist echt cool. Ich kann mir niemanden vorstellen, dem ich lieber ähnlich wäre als ihm. Oder dir natürlich."

„Bitte, Gott, lass nicht zu, dass er so wird wie ich."

„Das wäre doch gar nicht so schlecht. Letzte Woche hatten wir in der Schule einen Berufsinformationstag. Ein Typ vom FBI war da, und seine Präsentation war krass. Ich schließe eine Laufbahn in der Strafverfolgung nicht aus."

„Mir wäre es wirklich lieber, du würdest Politiker werden. Das ist nicht so gefährlich."

„Äh, das stimmt eigentlich nicht."

„Doch, und außerdem muss ich daran glauben, also widersprich mir nicht."

„Wie Sie meinen, Chefin." Sie verließen den Fahrstuhl, und er lief mit ihr den Flur entlang und blieb vor der Tür zu ihrem und Nicks Schlafzimmer stehen. „Wie wäre es, wenn ich heute Abend zur Abwechslung mal dich ins Bett bringe?"

„Das ist das beste Angebot, das ich heute gehört habe."

„Irgendwie bezweifle ich das, aber darüber reden wir nicht."

Er war unendlich amüsant, entzückend, empathisch, süß und liebevoll. Sie konnte sich nicht vorstellen, dass irgendeine Mutter ihren Sohn mehr lieben könnte als sie diesen Jungen. Nachdem sie mühsam auf der Toilette gewesen war und sich die Zähne geputzt hatte, half Scotty ihr ins Bett und deckte sie zu.

„Du bist ganz schön kaputt."

„Danke. Ja, ich weiß. Ich verrat dir was: Es ist egal, wie alt du bist, Stürze sind scheiße."

„Das glaube ich dir aufs Wort, obwohl ich nicht viel Erfahrung mit Stürzen hab."

„Bisher nicht, doch das kommt noch, wenn du erst mal so alt und ungeschickt bist wie ich."

Scott beugte sich vor und küsste sie auf die Wange. „Schlaf gut, und lass dich nicht von den Bettwanzen beißen."

„Besser bin ich noch nie ins Bett gesteckt worden."

„In zehn Minuten wird das Licht ausgeschaltet", mahnte er streng und brachte sie damit wieder zum Lachen.

„He, Scotty?"

„Ja?"

„Ich möchte nur, dass du weißt … Der Tag, an dem du aufgetaucht bist, war einer der besten in meinem ganzen Leben, und seitdem ist es jeden Tag nur noch besser geworden."

„Danke. Gleichfalls."

Nick kam ins Zimmer und stutzte, als er sah, dass Sam bereits im Bett lag.

„Ich habe sie zugedeckt", sagte Scotty. „Und heute Abend gibt es kein Gefummel, Mr President. Sie ist verletzt."

„Jawohl, Sir", antwortete Nick, und seine Lippen bebten von der Anstrengung, nicht zu lachen.

„Dann bin ich mal weg."

„Ich hab dich lieb, Kumpel", rief Nick ihm nach.

„Ich dich auch."

„Dieser Junge …" Sam grinste. „Unglaublich. Er hat darauf bestanden, zur Abwechslung mal mich ins Bett zu bringen, und beteuert, dass es ihm nichts ausmacht, wenn ich nächste Woche ein bisschen arbeite, weil, ich zitiere: ‚Ich bin vierzehn und habe jetzt mein eigenes Leben.'"

„Hör auf. Das hat er nicht gesagt."

„Doch!"

„Brillant."

„Außerdem hat er gemeint, er schließt zwar eine Karriere in der Politik nicht aus, aber beim Berufsinformationstag gab es eine krasse Präsentation des FBI, und er könnte sich vorstellen, Bundesagent zu werden. Ich habe darauf verwiesen, dass es in der Politik weniger gefährlich ist, doch er ist der Ansicht, dass das nicht unbedingt stimmt. Natürlich habe ich das sofort abgeblockt, weil ich glauben muss, dass dein Job viel weniger gefährlich ist."

„Er wird schnell erwachsen und wird diese Entscheidungen in Kürze fällen."

„Ich bin noch nicht bereit dafür, dass er erwachsen wird."

„Ob du bereit bist oder nicht, interessiert da nicht, fürchte ich." Nick verschwand im Bad und kam fünf Minuten später nur mit einer Flanellpyjamahose bekleidet zurück. Er legte sich ins Bett und rollte sich vorsichtig an sie heran, um ihr keine Schmerzen zu bereiten.

„Hast du einen Wecker gestellt?", fragte Sam.

„Ja, auf sieben. Ich habe um acht eine Lagebesprechung."

„Keine Ruhe für die Müden, hm?"

„Eher kein Urlaub von den Schrecken dieser Welt."

„Aber echt, oder? Wir sehen und hören beide das Schlimmste vom Schlimmsten."

„Irgendjemand muss es ja tun."

„Vermutlich schon", pflichtete sie ihm bei.

„Eines Tages werden das nicht mehr wir sein."

„Was meinst du damit?"

„Hör auf", verlangte er lachend. „Du wirst mit neunzig nicht mehr ermitteln."

„Wer behauptet das?"

„*Ich* behaupte das. Eines Tages werden wir unsere Jobs anderen überlassen, und dann können wir tun, was wir wollen."

„Was denn zum Beispiel?"

„Keine Ahnung."

„Willst du wirklich rund um die Uhr mit mir zusammen sein, ohne den Beruf, der dafür sorgt, dass ich nicht komplett durchdrehe?"

„Äh, na ja … Nicht wirklich."

„Toll. Ich bin so froh, dass wir dieses Gespräch geführt haben. Du kannst dein Rentner-Ding machen, und ich werde dafür sorgen, dass du so leben kannst, wie du es jetzt gewohnt bist."

„Mit Butlern, Bediensteten, eigenen Köchen und Floristen?"

„Von einem Polizistengehalt?"

„Na ja, vielleicht nicht ganz auf dem Level, aber ich kann auch gut mit viel weniger auskommen, solange ich dich habe."

„Du weißt, dass unser Leben nie wieder normal sein wird, oder?", fragte sie.

„Ach, sei still."

„Nick … Sag mir, dass dir klar ist, dass es danach

Präsidentenbibliotheken, Vortragsreisen, Memoiren und endlose Verpflichtungen geben wird."

„Wir schaffen das."

„Wann habe ich das nur schon mal gehört? Ach ja, als du versprochen hast, du würdest ein Jahr im Senat arbeiten und dann würden wir wieder zur Normalität zurückkehren?"

„Wirst du je aufhören, mir das unter die Nase zu reiben?"

„Nie."

„Schön, dass wir das geklärt haben."

„Du hast mich hinters Licht geführt, und jetzt lebe ich im gottverdammten Weißen Haus und versuche, so zu tun, als sei das normal. Bei der Arbeit pfeifen sie mittlerweile die Melodie von ‚My Humps', und wenn du jetzt lachst, hole ich das rostige Steakmesser raus."

Es war nicht leicht, doch zu seinem Glück konnte er sich das Lachen gerade noch verkneifen. „Das ist normal."

„Du solltest wirklich dankbar sein, dass ich dich so sehr liebe."

Nick stützte sich auf einen Ellbogen. „Ich bin in jeder Minute eines jeden Tages dankbar, dass du mich so sehr liebst." Er unterstrich das mit einem zärtlichen Kuss. „Du bist das Beste, was mir je passiert ist."

„Das gilt umgekehrt genauso, auch wenn du ein verlogener Gauner bist."

Lächelnd küsste er sie ein weiteres Mal. „Hauptsache, du liebst mich."

„Gott steh mir bei, das tue ich."

❦

Sam träumte von Audrey und anderen Opfern, in deren Fällen sie ermittelt hatte. Sie träumte auch von Stahl, Ramsey und Conklin. Gute und böse Menschen lebten nebeneinander in derselben Gemeinschaft, und sie war mittendrin und hatte den Auftrag, Ordnung ins Chaos zu bringen. Nicks Wecker beendete den Traum abrupt, sie schreckte auf, wobei sich die Verletzung von gestern schmerzhaft in Erinnerung brachte.

Ihr scharfes Keuchen ließ Nick aufhorchen. „Ist es schlimmer geworden?"

Es war viel schlimmer geworden. Aber wie war das möglich? „Ich, äh, ich bin nicht sicher."

„Warte kurz." Er stand auf und kam ums Bett herum, um ihr beim Aufsetzen zu helfen.

Sie hätte vor Schmerz am liebsten laut geschrien.

„Du brauchst einen Arzt."

„Ausgeschlossen. Dafür habe ich keine Zeit. In der Gerichtsmedizin liegt das Opfer eines Mordes, den ich aufklären muss."

„Wenn du dir die Hüfte gebrochen hast, wirst du ihr nicht viel nützen."

„Meine Hüfte ist nicht gebrochen. Es ist bloß eine Prellung." Als sie versuchte, den verletzten Arm zu strecken, bereute sie auch das sofort. Sam hätte am liebsten vor Frustration genauso geschrien wie vor Schmerz. Sie hatte viel zu viel zu tun, um sich mit diesem Mist zu beschäftigen.

„Sam, du brauchst einen Arzt. Ich werde dafür sorgen, dass man dich ins George Washington Hospital bringt. Wir können gern deinen alten Kumpel Dr. Anderson anrufen."

„Ich will nicht."

„Das hab ich verstanden."

„Hilf mir aus dem Bett."

Er ergriff ihren gesunden Arm und half ihr aufzustehen.

Sobald sie das rechte Bein belastete, wurde sie von den Schmerzen, die von ihrer Hüfte ausstrahlten, fast ohnmächtig. Doch als sie sich wieder setzte, war es auch nicht besser. „Verfluchter Drecksmist."

„Lass mich kurz mit Brant sprechen. Wir werden dich ins Krankenhaus schaffen."

„Kein Krankenwagen, keine Riesen-Autokolonne."

„Alles klar."

Während er sich darum kümmerte, wählte Sam Dani Carluccis Nummer.

„Guten Morgen", meldete die sich. „Ich wollte dich gerade anrufen, um zu sehen, ob du es heute noch schaffst."

Polizisten bekamen in der Regel nicht schneefrei. „Das hatte ich vor, aber ich bin gestern auf einer glatten Stelle ausgerutscht und kann weder sitzen noch stehen, und mein Mann will, dass ich das untersuchen lasse."

„Verdammt. Das ist ja ätzend."

„Und wie. Wie weit sind wir im Fall Olsen?"

„Lindsey hat die DNA überprüft, und sie passt zu dem Fall, den Lucas uns gestern gebracht hat. Allerdings gibt es in der Datenbank kein passendes Profil."

„Weil wir so viel Glück nie haben."

„Ganz genau. Seine DNA ist jedoch schon in einem anderen Fall aufgetaucht, der fast zwei Monate zurückliegt. Es scheint ähnlich wie bei dem von Lucas gelaufen zu sein, bei dem sich die Frau heftig gewehrt hat und entkommen konnte, aber nicht, bevor er sie vergewaltigt hat."

„Wir haben es also mit einem Serienvergewaltiger zu tun, der sich gerade zum Mörder entwickelt hat." Sam musste mit den früheren Opfern sprechen, um so viele Informationen wie möglich zu sammeln, und das würde sie heute auch tun, wenn sie nicht gestern gestürzt wäre.

„Wobei wir nicht wissen, ob das sein erster Mord ist."

„Stimmt. Wo war der Fall vor zwei Monaten?"

„Dupont Circle."

„Das ist nicht weit vom Park entfernt. Sprich mit Malone darüber, eine Warnung rauszugeben."

„Wird gemacht. Wir sind auch Audreys Handy durchgegangen, und es gab nichts Auffälliges, außer einem Austausch über Slack mit jemandem von der Arbeit, der mit ihrem Umgang mit einem Elternteil nicht einverstanden war und das in aller Deutlichkeit gesagt hat."

„Was bitte ist Slack?"

„Eine Messaging-App, die Unternehmen für die interne Kommunikation ihrer Mitarbeiter nutzen können."

„Verstehe. War es ein Mann oder eine Frau?"

„Ein Mann."

„Ich will mit ihm reden."

„Dachte ich mir, deshalb habe ich seine Kontaktinformationen rausgesucht. Es sind Schulferien. Er ist vermutlich daheim."

„Wie viel hat es geschneit?"

„Fünfunddreißig Zentimeter."

„Ehrlich? Da muss doch alles zu sein."

„Ist es, und die Bürgermeisterin hat nicht systemrelevante Mitarbeiterinnen und Mitarbeiter der Stadt aufgefordert, zu Hause zu bleiben."

Nick kehrte zurück. „Alles geregelt. Der Secret Service bringt uns ins GW."

„Bleib bitte kurz dran, Dani." Sie wandte sich an Nick: „Eigentlich hättest du gleich eine Lagebesprechung, oder?"

„Die hab ich auf elf verschoben."

„Du musst mich nicht begleiten."

„Natürlich muss ich das, sonst lässt du dich von Vernon am Ende noch zum Hauptquartier statt zum Krankenhaus fahren."

Sie sah ihn finster an und hörte Carlucci lachen. „Du lachst hoffentlich nicht über das, was er gerade gesagt hat."

„Ich hab gar nichts mitbekommen."

„Warum lügt mir eigentlich jeder die Hucke voll?"

„Nur so kriegen wir dich in den Griff", antwortete Nick. „Auf jetzt."

„Ich muss los", ließ Sam Dani wissen und warf ihrem Mann erneut einen finsteren Blick zu. „Übergib alles an Gonzo und die anderen. Richte ihnen aus, ich stoße zu ihnen, so schnell ich kann."

„Wird gemacht. Ich hoffe, es ist nichts Ernstes."

„Das hoffe ich auch." Sam klappte ihr Handy zu und ließ sich von Nick in eine bequeme Hose, Pulli und Stiefel helfen. Bis sie angezogen war, stand ihr der kalte Schweiß auf der Stirn.

Nick griff nach ihrem Handy. „Ruf deinen Freund Dr. Anderson an, und bitte ihn, uns so unauffällig wie möglich reinzuschleusen."

Sam wählte die Nummer des Arztes, auch wenn es das Letzte war, was sie wollte.

„Wie geht es meiner Lieblingspräsidentengattin heute?", meldete sich Anderson.

„Ich habe mir möglicherweise den Steiß geprellt."

„Bitte?"

„Ich bin gestern am MPD-Gebäude auf einer vereisten Stelle ausgerutscht und kann heute mein rechtes Bein nicht mehr belasten."

„Oh, verdammt. Können Sie herkommen?"

„Das habe ich vor. Der Secret Service bringt mich zu Ihnen, weil meine Fußfessel darauf besteht, mich zu begleiten."

Jetzt warf Nick ihr einen finsteren Blick zu, als Anderson lachte.

Er nannte ihr den Eingang, den sie benutzen sollten, und bat sie, anzurufen, kurz bevor sie eintrafen.

„Danke vielmals."

„Für meine Lieblingspatientin tu ich doch alles."

„Das ist eine gottverdammte Lüge."

Lachend legte er auf.

„Heute haben alle einen Clown gefrühstückt", sagte sie zu Nick. „Ich muss aufs Klo und Zähne putzen."

Er half ihr auf und legte einen Arm um sie, um ihr als Stütze zu dienen. „Fußfessel, ja?"

„Wem die Fessel passt ..." Vorsichtig machten sie sich auf den Weg ins Bad, wo sie feststellte, dass das Sitzen auf der Toilette nicht angenehmer war als das auf dem Bett. Tatsächlich war es sogar noch deutlich schlimmer. Als sie fertig war, standen ihr Tränen in den

Augen. Sie griff nach hinten, um die Spülung zu betätigen. „Du musst mir aufstehen helfen."

„Bin sofort da."

Er half ihr hoch, als sei das keine große Sache, aber es war ihr unfassbar peinlich.

Tränen rannen ihr über die Wangen. „Ich bin so verdammt sauer auf mich selbst. Es ist schon doof genug, wenn ich mich bei der Arbeit verletze, doch das war einfach dumm."

Nick küsste ihr sanft die Tränen weg. „Auch die besten unter uns haben Unfälle, Babe."

„Wann hattest du denn den letzten?", fragte sie, während er sie zum Waschbecken führte, damit sie sich die Hände waschen und die Zähne putzen konnte.

„Ich hatte die Sache mit den Rippen letzten Winter beim Eishockey, weißt du noch?"

„Ein *einziges* Mal. Mir passiert so was einmal im Monat. Ich habe zu viel zu tun, um mich damit aufzuhalten. Da draußen läuft ein Serienvergewaltiger frei herum, der gerade jemanden umgebracht hat." Die ganze Sache machte sie so wütend. „Wie soll ich es bitte die Treppe runter schaffen?"

„Die Usher bringen einen Rollstuhl hoch."

„Du darfst nicht zulassen, dass man mich in diesem Ding fotografiert."

„Ich habe sie angewiesen, den Bereich vor der Tür zu räumen."

„Mein Held", erklärte Sam unter Tränen und küsste ihn.

„Reg dich nicht auf, bevor du weißt, was los ist. Lass uns einfach eine Fraktur ausschließen, dann kannst du dich wieder deiner Arbeit widmen und allen den Tag versüßen."

„Das ist meine Spezialität, besonders wenn es sich um mordende Drecksäcke handelt."

KAPITEL 14

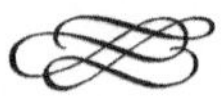

Gary, einer der Usher, wartete im Wohnzimmer, als Nick sie hinausbrachte.

„Was ist mit den Kindern?"

„Ich habe Eli Bescheid gegeben, dass wir für eine Weile weg sind und er Dienst hat, wenn die Zwillinge aufwachen. Scotty wird noch stundenlang pennen."

„Es tut mir leid, dass es Ihnen nicht gut geht, Ma'am."

„Danke sehr, Gary", sagte Sam, während Nick ein Kissen auf den Sitz des Rollstuhls legte und ihr hineinhalf.

Sam keuchte auf, als ihr Po das Kissen berührte. Am liebsten hätte sie losgeheult, sowohl wegen der Schmerzen als auch wegen der Unannehmlichkeiten, die diese Verletzung verursachte.

Nick bestand darauf, sie persönlich zum Aufzug und dann zum südlichen Säulenvorbau zu schieben, wo der Secret Service SUVs positioniert hatte, um die Sicht auf die Tür zu versperren. Man verfrachtete sie behutsam auf den Rücksitz, und die Beamten schlossen die Tür, bevor jemand sie bemerkte.

„Ich hätte nie gedacht, dass ich einmal für einen Schneesturm dankbar sein würde", seufzte Sam, als sie in der aus fünf Wagen bestehenden Autokolonne unterwegs waren, was im Vergleich zum sonst üblichen Aufwand wenig war. „Sonst hättest du mich nie unbeobachtet im Rollstuhl vor die Tür schieben können."

„Das stimmt. Der Medienrummel hat kältefrei." Er schaute aus dem Fenster, als sie langsam auf die Tore zurollten.

Es schien, als würde das das Thema ihres Tages sein –

Langsamkeit. Sam hätte vor Ärger schreien mögen, aber als das Auto über eine Bodenwelle fuhr, war es der Schmerz, der sie beinahe aufschreien ließ. Auf der 17th Street, die beidseitig zugeschneit war, war kein anderes Fahrzeug zu sehen. Sie klappte ihr Handy auf und rief Malone an.

„Morgen", meldete er sich rau.

„Hey, ich bin gestern Abend auf dem Parkplatz gestürzt, und jetzt bin ich auf dem Weg zum GW, um meine Hüfte röntgen zu lassen."

„Oh, verdammt. Es muss schlimm sein, wenn Sie sich darauf freiwillig einlassen."

„Ich gehe nur unter erheblichem Zwang."

Sein tiefes Lachen brachte sie zum ersten Mal an diesem Tag zum Lächeln. „Sagen Sie Nick, dass er uns allen sehr leidtut."

„Das werde ich. Hören Sie, Carlucci und Dominguez haben Audrey Olsens Mörder mit zwei ungeklärten sexuellen Übergriffen in Verbindung gebracht. Wir haben es hier mit einem Serientäter zu tun und müssen das bekannt machen."

„Ja, das hat sie schon erwähnt. Ich werde die Berichte durchsehen und mich mit der Pressestelle in Verbindung setzen. Sie sind heute vermutlich nicht einsatzfähig?"

„Ich komme gleich nach dem Besuch in der Klinik rein."

„Schauen wir mal."

„Nein, ich komme auf jeden Fall."

„Sie haben Urlaub, Sam."

„Ich will am Fall Olsen arbeiten. Außerdem hatte ich noch keine Gelegenheit, mit Gonzo darüber zu reden, dass er Stahl befragen soll. Wollen Sie das übernehmen?"

„Ich kümmere mich darum."

„Bis nachher."

„Ich kann's kaum erwarten."

Sam klappte das Handy zu. „Komiker allüberall."

„Du inspirierst uns eben mit deinem trockenen Humor, Babe."

„Wenn du meinst. Ich hoffe, es will mich niemand piksen, das würde ich dir nämlich wochenlang vorhalten."

„Das nehme ich in Kauf, solange es dir besser geht."

„Sei nicht nett zu mir, wenn ich stinksauer bin."

„Ja, Schatz."

Ein leises Schnauben ertönte vom Beifahrersitz, gefolgt von einem Räuspern.

„Finden Sie uns amüsant, Brant?"

„Immer, Ma'am."

„Er wird tolle Memoiren über seine Zeit mit uns schreiben", meinte Sam nicht zum ersten Mal zu Nick.

„Ihre Geheimnisse sind bei mir sicher, Ma'am."

Nick lächelte, weshalb sie sich sofort besser fühlte. So war er. Er machte alles besser, sogar einen potenziell kaputten Steiß.

Sie klappte ihr Handy noch mal auf und rief Freddie an.

„Guten Morgen. Was sagst du zu diesem Schnee?"

„Ich ärgere mich gerade sehr darüber, weil ich auf dem Weg zum GW bin, um meine Hüfte untersuchen zu lassen."

„Verdammt. Von dem Sturz?"

„Genau."

„Mist. Das muss wirklich schlimm sein, wenn du dich freiwillig ins Krankenhaus bringen lässt."

„Ich finde es ziemlich unerträglich, dass hier jeder glaubt, mich so gut zu kennen."

„Du bist ganz schön konsequent in deiner Abneigung gegen alles, was mit Medizin zu tun hat."

„Ich will einen vollständigen Bericht über den Stand der Dinge im Fall Olsen. Dank des Schneesturms, der die ganze Stadt lahmlegt, und meiner malträtierten Hüfte können wir heute nicht viel tun, aber ich will einen Plan, mit dem wir morgen durchstarten können."

„Jawohl, Ma'am."

„Ich ruf dich später wieder an."

„Viel Glück im GW. Lass es mich wissen, wenn du etwas brauchst."

„Ich brauche eine gesunde Hüfte, damit ich wieder arbeiten kann."

„Dabei kann ich dir nicht helfen."

„Bis später." Sie klappte das Handy zu und schimpfte auf dem Rest des Weges zum Krankenhaus leise vor sich hin. Die Fahrt dauerte zwanzig Minuten länger, als sie hätte dauern sollen, weil gewöhnlich schon ein Zentimeter Schnee D. C. komplett lahmlegte, von fünfunddreißig ganz zu schweigen.

„Erinnern Sie sich noch an den Hintereingang, Brant?", fragte Sam.

„Ja, Ma'am."

Als Sam sah, dass sie sich der Klinik näherten, rief sie Anderson an. „Wir sind fast an der Tür, zu der Sie mich das letzte Mal geschickt haben."

„Ich bin unterwegs."

Sie klappte ihr Handy wieder zu. „Zitiere mich nicht, doch mit dem Präsidenten verheiratet zu sein hat seine Vorteile."

„Ach ja?", erkundigte sich Nick. „Welche denn?"

„Erstklassige   Transportmöglichkeiten   und

Sicherheitsvorkehrungen sowie die Tatsache, dass man mich durch Hintertüren in die Notaufnahme schleust, sodass ich nicht im Rampenlicht stehe.“

„Sonst noch etwas?“, hakte Nick mit hochgezogener Braue nach.

„Nichts, was ich in Gegenwart der Kinder aussprechen könnte.“

„Die Kinder danken Ihnen“, warf Brant ein.

„Der wird ganz schön frech“, sagte Sam. „Dagegen müssen wir etwas unternehmen.“

„Ich kümmere mich darum“, versprach Nick.

Mit ihm und Brant zu scherzen war besser, als darüber nachzudenken, welche neue Hölle sie in der Klinik erwartete. Anderson war wie versprochen mit einem Rollstuhl da. Er brachte sie in Begleitung von Nick und dem Secret Service zu einem Dienstaufzug, den die Beamten überprüften, ehe sie hineindurfte.

„Es geht direkt zum Röntgen“, verkündete Anderson.

„Sie sollten auch ihren Ellbogen untersuchen“, riet ihm Nick, was ihm einen bösen Blick von seiner Frau eintrug.

„Mein Ellbogen ist vollkommen in Ordnung.“

„Er ist absolut nicht in Ordnung“, widersprach Nick und starrte sie seinerseits grimmig an.

„Kinder, jetzt zankt euch nicht“, mahnte Anderson. „Wir werden uns alles ganz genau anschauen.“

„Das werden Sie nicht“, knurrte Sam.

„Ich bin stets sehr gründlich“, versetzte Anderson mit einem charmanten Lächeln, das ihr auch nicht weiterhalf.

Die Radiologieassistentinnen waren mehr als erstaunt, als sie sahen, wer ihre Patientin war und wer sie begleitete.

„Mund zu“, sagte Anderson und gab Anweisungen zu den Bereichen, die er geröntgt haben wollte. „Rechte Seite?“

„Ja“, entgegnete Sam mit zusammengebissenen Zähnen.

„Wir müssen Ihnen einen Kittel anziehen, Mrs Cappuano“, erklärte eine der jungen Frauen.

„Ich werde ihr helfen“, antwortete Nick, was dafür sorgte, dass die drei Assistentinnen beinahe in Ohnmacht fielen.

Sam betete innerlich um Geduld, denn sie stand kurz davor, zu explodieren.

Man brachte sie in eine Umkleidekabine, wo sie einen dieser Krankenhauskittel bekam, die den Hintern frei ließen, was in diesem Fall wahrscheinlich sehr nützlich sein würde. Nick half ihr aus dem Rollstuhl und aus den Kleidern.

„Du bist ein toller Krankenpfleger.“

Er küsste ihren Schmollmund. „Diese Dienste sind nur ganz bestimmten Patientinnen vorbehalten."

„Es tut wirklich weh", gestand sie, erschöpft vom anstrengenden Stehen während des Umziehens.

„Ich weiß, Schatz. Tut mir leid."

Nick blieb an ihrer Seite, als man sie für die Röntgenaufnahmen in den eiskalten Nebenraum schob.

„Sie müssen leider draußen warten, Mr President", stoppte ihn eine der Frauen.

„In Ordnung." Er küsste Sam auf die Wange und flüsterte ihr ins Ohr: „Benimm dich, damit wir hier schnell wieder wegkönnen."

Das trug ihm einen weiteren bösen Blick von ihr ein.

Als sie ihren Ellbogen und ihre Hüfte geröntgt hatten, liefen Sam die Tränen über das Gesicht, weil man sie qualvoll in die richtige Position gedreht und geschoben hatte.

„Ich bedaure zutiefst, dass das so schmerzhaft war, Mrs Cappuano", meinte eine der Radiologieassistentinnen. „Ich hoffe, es geht Ihnen bald wieder besser."

„Vielen Dank." Sam war kalt und speiübel, als sie Nick und Dr. Anderson auf dem Flur wiedersah. „Ich kann das nächste Mal kaum erwarten."

Anderson brachte sie in einen privaten Untersuchungsraum außerhalb der Notaufnahme, wofür Sam ihm ewig dankbar sein würde.

„Dann schauen wir uns das mal an", erklärte er und schob ihren Kittel hoch, damit er ihre blutunterlaufene Hüfte untersuchen konnte.

„Das ist der Moment, in dem all Ihre Träume wahr werden", scherzte sie, beschämt darüber, dass sie dem Arzt ihren Hintern zeigen musste.

„Meine Güte, Sie machen keine halben Sachen, was?" Dann betrachtete er ihren ebenso bunt schillernden Ellbogen. „Autsch. Ich unterziehe Sie keiner Untersuchung, bei der Sie ihn bewegen müssen, ehe ich die Bilder gesehen habe. Ich überprüfe rasch, ob sie schon da sind. Ich bin gleich wieder da."

Nick stand neben ihr und hielt ihre Hand, während sie warteten.

„Danke, dass du mitgekommen bist."

„Ist doch selbstverständlich."

„Du sagst das, als wäre es keine große Sache."

„Ist es ja auch nicht."

Sam verdrehte die Augen, wenn auch nur, um sich von den

pochenden Schmerzen in ihrer rechten Seite und ihrer Angst vor dem abzulenken, was die Röntgenaufnahmen offenbaren würden.

Anderson kehrte zehn Minuten später zurück. „Es gibt eine gute und eine schlechte Nachricht. Welche wollen Sie zuerst?"

„Die gute."

„Ihr Ellbogen ist okay. Nur ein böser Bluterguss, der ein paar Tage lang wehtun wird. Ihre Hüfte hingegen ist gebrochen und muss operiert werden."

„Moment. Was?"

„Sie haben mich schon verstanden. Tut mir leid, dass ich Ihnen das mitteilen muss."

„Wie lange werde ich dadurch ausfallen?"

„Vier bis sechs Wochen, schätze ich."

„Ausgeschlossen. So viel Zeit habe ich nicht."

„Sam, Sie haben sich die Hüfte gebrochen. Das müssen Sie operieren lassen, wenn Sie je wieder richtig laufen wollen."

„Das ist doch lächerlich! Ich kann nicht für vier bis sechs Wochen ausfallen! Dafür habe ich zu viel zu tun."

„Sechs Wochen gehen schnell vorbei", beruhigte Nick sie. „Du wirst dich im Nu erholen und wieder einsatzfähig sein. Da bin ich mir sicher."

„Wie kann sich eine sechsunddreißigjährige Frau die Hüfte brechen?" Sams Stimme klang sogar in ihren eigenen Ohren hysterisch. Sie konnte sich vorstellen, was die anderen über ihre Reaktion dachten. „Passiert das nicht bloß alten Menschen?"

„Das kann jedem passieren, der bei einem Sturz so unglücklich landet. Ich setze mich mit der Orthopädie in Verbindung und organisiere einen Chirurgen. Bin gleich wieder da."

Sobald sie allein waren, wandte sich Sam an Nick. „Mich hat ein verdammtes Auto angefahren, und ich habe mir nicht die Hüfte gebrochen. Wie kann das dann jetzt passiert sein?"

„Du hattest einfach nur Pech, aber ich bin davon überzeugt, dass du alles gut überstehen wirst. Du kannst deine Fälle von zu Hause aus verfolgen und trotzdem deine Leute in den Wahnsinn treiben. Alles wird gut." Er strich ihr die Haare aus dem Gesicht und küsste sie auf die Wange. „Keine Sorge."

„Ja, genau. Worüber sollte ich mir auch Sorgen machen?"

Dann ging alles ganz schnell. Sam war schockiert, als sie erfuhr, dass man sie noch am selben Tag operieren würde und nicht erst, wenn sie Zeit gehabt hatte, sich mit dem Gedanken anzufreunden. „Wäre ich doch nur in Camp David geblieben", murmelte sie.

„Ich werde dich daran erinnern, wenn du das nächste Mal von dort wegwillst", entgegnete Nick.

Sam rief Malone an.

„Was sagen die Ärzte?"

„Wussten Sie, dass man sich auch mit sechsunddreißig Jahren die Hüfte brechen kann, sodass eine OP notwendig wird, um sie zu reparieren?"

„Hören Sie auf."

„Würde ich ja gerne, aber …"

„Sam, das kann nicht sein. Es tut mir so leid. Das ist ganz großer Mist."

„Total ätzend. Übertragen Sie Gonzo die Leitung der Olsen-Ermittlungen und des Teams. Ich werde in ein oder zwei Tagen von zu Hause aus wieder einsteigen. Für den Augenblick bin ich raus."

„Halten Sie mich auf dem Laufenden."

„Versprochen."

Sie klappte das Handy zu und war nicht überrascht, als sie zwei Minuten später einen Anruf von ihrem Partner erhielt.

„Das glaub ich nicht", verkündete Freddie. „Soll das ein Witz sein?"

„Du hast keine Ahnung, wie sehr ich mir wünschte, es wäre nur ein Witz."

„Was kann ich für dich tun?"

„Kümmere dich um Audrey Olsen und ihre Familie. Das brauche ich jetzt – eure volle Aufmerksamkeit für ihren Fall."

„Wir hängen uns rein. Mach dir keine Sorgen. Sagst du Nick, er soll mir nach der OP eine SMS schicken?"

„Ja."

„Ich werde dich später besuchen, mit einem vollständigen Bericht."

„Super. Ich werde nicht lange weg sein."

„Du kannst uns bestimmt bald wieder in den Arsch treten."

„Das war ein böses Wort, kleiner Freddie."

„Ich fand, der Anlass erfordert es."

„Tut er auch. Ich habe ein ‚Drecksmistscheißkack' für jeden, der es hören will. Ist Gonzo in der Nähe?"

„Ja, Moment."

„Mein Gott, Sam", meldete sich Gonzo. „So ein Reinfall."

„Im wahrsten Sinne des Wortes."

„Mach keine Witze, das ist nicht lustig."

„Hör zu, du musst am Olsen-Fall dranbleiben und an dem Mist mit Stahl und all dem anderen Dreck."

„Ich kümmere mich um alles", versprach er. „Keine Sorge."

„Hat Malone dir ausgerichtet, dass du mit Stahl sprechen sollst?"

„Jap."

„Wie fühlst du dich dabei?"

„Ich bin mir nicht sicher, ob es etwas bringt, aber ich werde es für das Team tun."

„Denkst du, dass du das schaffst?"

„Sam, es geht mir gut. Ich weiß, dass ihr euch alle immer noch Sorgen um mich macht, doch es geht mir wirklich viel besser."

„Was hörst du von dem Prozess gegen Androzzi?"

„Die Verteidigung präsentiert ein Sammelsurium schwachsinniger Leumundszeugen, um zu belegen, was für ein guter Kerl er ist, aber Faith meint, dass die Geschworenen sich von dem Theater nicht beeinflussen lassen. Sie wissen, wer der Typ ist und was er getan hat."

„Ich kann nicht glauben, dass sie seine früheren Verbrechen nicht in Betracht ziehen wollen", erklärte Sam.

„Sie haben mehr als genug, um ihn wegen des Mordes an Arnold zu verurteilen. Das kostet mich keinen Schlaf. Sobald das erledigt und der erste Jahrestag von Arnolds Tod vorbei ist, kann ich wieder richtig durchatmen. Doch schon jetzt fühle ich mich gut und bin wieder im Spiel."

„Du ahnst ja nicht, wie froh wir alle darüber sind. Wenn der Besuch bei Stahl dich in irgendeiner Weise triggert, möchte ich, dass du ihn abbrichst. Nichts ist es wert, deinen mühsam erkämpften Fortschritt zu riskieren."

„Zur Kenntnis genommen, aber ich werde damit fertig. Mach dir keine Sorgen."

„Halt mich auf dem Laufenden."

„Na klar. Wir kommen dich besuchen."

„Ich werde wahrscheinlich heute Abend schon wieder zu Hause sein."

Anderson stand an der fahrbaren Computerstation und schüttelte den Kopf.

„Oder spätestens morgen."

Wieder schüttelte Anderson den Kopf.

Sam hätte am liebsten geschrien. „Ich schätze, ich werde ein oder zwei Tage hierbleiben müssen."

„Wow."

„Was meinst du, wie mich das nervt?"

„Reg dich nicht auf, sondern pass auf dich auf."

„Hab ich eine Wahl? Bis später." Sam klappte das Handy zu. „Wie lange muss ich hierbleiben?", fragte sie Anderson.

„Drei bis vier Tage, je nachdem, wie es läuft und ob es Komplikationen gibt."

„Komplikationen?"

„Zum Beispiel eine Infektion, doch wir werden natürlich versuchen, das zu verhindern."

„Strengen Sie sich an."

„Jawohl, Ma'am."

„Babe, ich habe Terry geschrieben, was los ist, und er schlägt vor, dass wir eine kurze Erklärung abgeben, bevor die Medien Wind davon bekommen."

„Ich habe noch nicht einmal meine Schwestern, Celia oder meine Mutter informiert."

„Soll ich ihnen mal eine SMS schreiben?"

„Wäre wohl besser", sagte sie und fand sich mit der Tatsache ab, dass dies wirklich geschah.

„Folgendes habe ich geschrieben: *Hallo und Entschuldigung für die Gruppennachricht, aber Sam ist gestern auf dem vereisten Parkplatz am Hauptquartier ausgerutscht und gestürzt und hat sich dabei die Hüfte gebrochen. Sie wird heute Nachmittag im GW operiert und wird drei bis vier Tage im Krankenhaus das Bett hüten müssen. Wie ihr euch vorstellen könnt, ist sie darüber nicht glücklich. Bitte betet für uns beide.*"

„Schau an, du gesellst dich zu den Komikern", brummte sie, während Anderson grinste. „Ich werde mich an alle Leute erinnern, die das lustig fanden. Mein rostiges Steakmesser ist voll einsatzbereit."

„Zur Kenntnis genommen", antwortete Nick. „Ich habe sie abgeschickt."

„Du solltest auch Eli und Scotty Bescheid sagen."

Er drückte ein paar Tasten am Handy. „Ist erledigt."

Sams Handy klingelte. Es war Tracy.

Sie meldete sich mit einem der typischen Sprüche ihres Vaters. „Kelly's Pool Hall, Eight Ball hier."

„Echt jetzt, Sam?"

„Ja."

„Mein Gott …"

„Ich weiß. Wochenlang kein Sex." Es bereitete ihr großes Vergnügen, Nicks Lächeln erlöschen zu sehen. „Das kapiert auch Nick gerade."

„Typisch, dass du ausgerechnet darüber nachdenkst."

„Ich denke über viele Dinge nach, keins davon gut."

„Das ist nicht schön", sagte Tracy.

„Nein, ist es nicht. Trace! Vier bis sechs Wochen!"

„Ätzend. Nervig."

„Exakt."

Anderson, der den Raum verlassen hatte, kam mit einer Ärztin zurück.

„Ich muss auflegen. Nick wird euch regelmäßig über den aktuellen Stand informieren."

„Ich hab dich lieb."

„Ich dich auch."

KAPITEL 15

„Sam, das ist Dr. Jane Thurston. Dr. Thurston, Sam Holland Cappuano und ihr Mann Nick, den Sie vermutlich schon mal irgendwo gesehen haben.“

„Es ist mir eine große Ehre, Sie beide kennenzulernen.“ Dr. Thurston schüttelte ihnen die Hand. „Auch wenn mir die Umstände natürlich leidtun.“

„Sind Sie diejenige, die das für mich in Ordnung bringen wird?“, fragte Sam.

„Ganz genau.“

„Wie schnell werde ich mich wieder normal bewegen können?“

„In vier bis sechs Wochen.“

Anderson warf ihr einen „Ich hab's Ihnen ja gesagt“-Blick zu, den Sam mit finsterer Miene zur Kenntnis nahm.

„Das ist viel zu lang. Ich muss schneller wieder zur Arbeit.“

„Sie können im Rollstuhl arbeiten, bis Ihre Hüfte vollständig geheilt ist.“

Sam wollte auf keinen Fall in einem Rollstuhl ins Hauptquartier. „Es muss doch einen anderen Weg geben, etwas Schnelleres …“

„Nein. Es handelt sich um eine ziemlich schwere Verletzung, wie Sie sicher an Ihren Schmerzen erkennen können.“

„Ich habe aber keine Zeit für einen langwierigen Heilungsprozess. Wir arbeiten gerade an einem neuen Mordfall. Ich habe vier Kinder und muss die First Lady spielen. Deshalb kann ich nicht sechs Wochen lang flachliegen.“

„Ich habe Dr. Thurston schon gewarnt, dass Sie die

nervenaufreibendste Patientin aller Zeiten sein würden", meldete sich Dr. Anderson zu Wort. „Und dass Sie Nadeln hassen."

„Danke, dass Sie sie auf mich vorbereitet haben."

„Ich werde Sie so schnell wie möglich wieder auf die Beine bringen, doch Sie müssen tun, was man Ihnen sagt, sonst verlängert sich die Genesung nur", mahnte Dr. Thurston Sam.

„Sie wird alle Anweisungen brav befolgen", versprach Nick. „Dafür sorge ich."

Sams Blick verhieß ihm, dass sie ihn dafür später bezahlen lassen würde.

„Wann wollen Sie operieren?"

„In einer Stunde. Bei Hüftfrakturen wartet man nicht gern, da es sonst zu Komplikationen kommen kann, und es ist ja schon einige Zeit verstrichen. Man wird Sie für die OP vorbereiten, und ein Anästhesist wird mit Ihnen reden. Außerdem müssen Sie noch einige Formulare ausfüllen, in denen Sie dem Eingriff zustimmen."

„Das wird ja von Minute zu Minute besser."

Dr. Thurston tätschelte Sam den Arm. „Halten Sie durch. Wir sehen uns im OP."

„Ich kann es kaum erwarten." Als sie allein waren, sagte Sam zu Nick: „Das ist total beschissen."

„Ja. Tut mir wirklich leid, dass du das ertragen musst."

„Wir müssen es beide ertragen, weil es uns zu wochenlanger Enthaltsamkeit zwingt."

„O bitte", widersprach er mit dem umwerfend sexy Grinsen, das ihn, seit er im Oval Office saß, zum Traummann von Frauen auf der ganzen Welt gemacht hatte. „Wir müssen einfach nur kreativ werden."

„Nick … Ich will keine OP. Ich hasse den Gedanken."

Er setzte sich vorsichtig auf die Bettkante und streckte die Arme nach ihr aus.

Sie beugte sich vor, um sich an ihn zu schmiegen. „Hol mich hier raus."

„Kommt gar nicht infrage. Es ist in meinem Interesse, dass sie dich wieder zusammenflicken, damit alles so funktioniert, wie es soll."

„Bring mich nicht zum Lachen, wenn ich stinksauer bin."

„Ich werde mich bemühen. Halt dich einfach an mir fest. Ich werde an deiner Seite sein und alles mit dir durchstehen."

„Du hast doch dein Sicherheitsbriefing."

„Ja, und weil dieses Briefing nicht überall stattfinden kann, werde ich während deiner OP zum Weißen Haus fahren und wieder zurück sein, wenn du rauskommst. Du wirst nicht einmal merken, dass ich weg war."

„Natürlich werde ich das."

Anderson kehrte mit einer Krankenschwester zurück, die er als Mindy vorstellte. „Sie wird Ihnen den Zugang legen und Sie auf die Operation vorbereiten. Und ja, ich habe auch sie vor Ihnen gewarnt."

„Ich hab keine Angst", erklärte Mindy mit einem strahlenden Lächeln, das Sam die Zähne zusammenbeißen ließ, auch wenn sie es zu schätzen wusste, dass die junge Frau nicht so durchdrehte, wie es die Leute normalerweise taten, wenn sie das Präsidentenpaar sahen. „Woher haben Sie das?" Sie deutete auf Sams Oberarm.

„Ich bin kurz vor Weihnachten angeschossen worden. Die Fäden werden in sechs Tagen gezogen."

„Krasse Woche!"

„Für die kaputte Hüfte gebe ich Ihnen zehn Stempel auf Ihrer Bonuskarte", witzelte Anderson.

„Verschwinden Sie endlich", knurrte Sam. „Sie genießen das viel zu sehr."

„Nein, nicht wirklich", widersprach er lachend. „Wir sind alle besser dran, wenn Sie Mörder jagen."

„Genau! Deshalb habe ich auch keine Zeit für so einen Mist."

„Trevor hat ein Statement für die Medien vorbereitet", meldete sich Nick zu Wort. „Wie findest du das?" Er reichte ihr sein Handy.

Samantha Cappuano, die Gattin des Präsidenten, ist gestern Nachmittag auf einer vereisten Fläche ausgerutscht, gestürzt und hat sich die rechte Hüfte gebrochen. Sie wird heute Nachmittag im George Washington University Hospital operiert werden und voraussichtlich in vier bis sechs Wochen vollständig genesen sein. Das Präsidentenpaar bittet darum, dass seine Privatsphäre respektiert wird, während sich die First Lady erholt.

„Ist das okay?"

„Nein, aber ich denke, ihr könnt es veröffentlichen. Die Leute werden noch früh genug herausfinden, dass ich ein Tollpatsch mit kaputter Hüfte bin."

Mindy grinste.

„Wiederholen Sie das niemandem gegenüber", befahl Sam.

„Ich werde schweigen wie ein Grab, Ma'am."

„Nennen Sie mich nicht Ma'am. Ich heiße Sam."

„Sam, ich muss Ihnen jetzt den Zugang legen. Hatten Sie schon mal einen?"

„Leider ja, und ich hasse sie."

„Wir legen ihn in Ihre Hand, die ich vorher betäube. Sie dürften nichts spüren."

Das tat Sam tatsächlich nicht, und das war auch gut so, denn Nadeln versetzten sie schon an guten Tagen in Panik, und dies war ganz sicher kein guter Tag.

„Sind Sie schon mal operiert worden, Sam?", fragte Mindy.

„Nicht wegen so was wie dem hier. Nur ein paar unangenehme, erfolglose Fruchtbarkeitsbehandlungen."

„Man wird Sie hundert Mal fragen, an welcher Hüfte Sie operiert werden, also seien Sie darauf gefasst. So verhindern wir Fehler."

„Was für Fehler denn?"

„Zum Beispiel Operationen an der falschen Hüfte."

„Das kommt wirklich vor?"

Mindy tätschelte ihr beruhigend die Schulter. „Heute nicht."

Sams Handy klingelte.

Nick schaute aufs Display. „Es ist Scotty."

Sam streckte die Hand nach dem Telefon aus. „Hey, Kumpel."

„Schöner Schlamassel, was?"

Sie lachte kurz auf. „Du sagst es."

„Verdammt. OP und alles?"

„Ich mache nun mal keine halben Sachen."

„Offenbar nicht. Aber keine Sorge. Wir werden uns um dich kümmern, wenn du wieder zu Hause bist."

„Danke. So wollte ich meinen Urlaub eigentlich nicht verbringen."

„Du bist einfach nicht gut im Urlaubhaben. Das wissen wir doch. Wie gesagt, keine Sorge. Eli und ich passen auf die Zwillinge auf, und nach dem Mittagessen gehen wir raus, um die Schneeburg zu bauen."

„Danke, dass du dich mit um sie kümmerst."

„Ich liebe es, kleine Geschwister zu haben. Das ist ein Riesenspaß. Bis dann."

„Du weißt ja, wo du mich findest. Danke für deinen Anruf. Ich hab dich lieb."

„Ich dich auch, und sei nicht so unfreundlich zu den Ärzten."

„Was? Ich und unfreundlich?"

Lachend beendeten sie das Gespräch.

Sie nahm Anrufe von Celia, ihren Schwestern, ihrer Mutter und Shelby entgegen, bevor Mindy ihr sagte, es sei Zeit für die OP. Sam streckte die Hand nach Nick aus, weil sie plötzlich Angst hatte.

„Es ist alles gut, Babe. Entspann dich, und lass die einfach ihr Ding machen. Ich werde da sein, wenn du aus der Narkose aufwachst." Er beugte sich über das Bett und küsste sie. „Pass gut auf meine tollpatschige Polizistin auf. Sie bedeutet mir alles."

„Diesmal liegt es nicht in meiner Hand."

„Ich liebe dich, Sam."

„Ich dich auch."

Mindy fragte nach einer Nummer, die der Arzt anrufen konnte, um ihn nach der Operation zu informieren.

Nick gab ihr Sams Handynummer und nahm das Mobiltelefon an sich.

Mindy und ein Pfleger rollten Sam aus dem Raum in Richtung Operationssaal, Nick bildete das Schlusslicht der kleinen Prozession. Auf dem Weg durch die Gänge blieben die Leute stehen, um sie zu beobachten.

„Man muss dieses Goldfischglas einfach lieben", murmelte Nick und drückte Sams Hand.

Die wenig überraschende Bemerkung brachte sie zum Lächeln und beruhigte ihre Nerven. Mit ihm an ihrer Seite konnte sie alles aushalten. Sogar eine Operation wegen – ausgerechnet – einer gottverdammten gebrochenen Hüfte.

✦ ✦ ✦

Nachdem er Sam bis direkt vor den Operationssaal begleitet hatte, brauchte Nick einen Drink. Seine sonst so unerschütterliche Frau derart schwer angeschlagen zu sehen hatte ihn mitgenommen. Ausgerechnet eine gebrochene Hüfte. Die Ärzte hatten gesagt, die Operation werde drei Stunden dauern, gefolgt von einer weiteren Stunde im Aufwachraum, bevor er wieder zu ihr durfte.

„Lassen Sie uns nach Hause fahren", meinte er zu Brant, obwohl er lieber im Krankenhaus gewartet hätte. Er musste das Sicherheitsbriefing hinter sich bringen, und die Einrichtung eines geeigneten Raums im GW wäre zu aufwendig.

„Jawohl, Sir. Der Haupteingang und die Tür, durch die wir reingekommen sind, sind seit der Veröffentlichung der Erklärung von den Medien umlagert, also suchen wir nach einem besseren Weg nach draußen."

Während Vernon und Jimmy vor dem OP Stellung bezogen, begleiteten Brant und die anderen Personenschützer ihn durch einen Nebenausgang hinaus, den die Medien noch nicht entdeckt hatten.

Auf der Heimfahrt zum Weißen Haus warf Nick einen Blick auf Twitter und entdeckte eine Welle der Sorge um Sam und ihre Familie.

Auch wenn Sam es hassen würde, im Mittelpunkt der Aufmerksamkeit zu stehen, würde sie die guten Wünsche zu schätzen wissen. Er nahm einen Anruf von Terry entgegen.

„Wie geht es ihr?“

„Alles in allem ziemlich gut.“

„Es tut mir echt leid, dass das passiert ist.“

„Nicht so sehr wie ihr, wie sie vermutlich sagen würde.“

Terry lachte. „Ansonsten wollte ich dich informieren: Das FBI hat mir mitgeteilt, dass sie LeRoy Nevins wegen der Bombe in Gewahrsam haben.“

„Der Name kommt mir bekannt vor.“

„Sollte er auch. Er ist der Typ, der jedem, der es hören will, vorbetet, dass Amerikaner nicht unter einem nicht demokratisch gewählten Präsidenten leben sollten.“

„Ah, richtig. Jetzt fällt es mir wieder ein. Er ist also tatsächlich so weit gegangen, uns eine Bombe vor die Tür zu legen?“

„Das FBI hält sich bedeckt, wir wissen nur, dass sie einen Verdächtigen in Gewahrsam haben und glauben, dass er etwas mit der Bombe zu tun hat. Ob er der Bombenleger war, muss sich erst noch zeigen.“

„Immerhin etwas. Ich bin auf dem Rückweg.“

„Das habe ich schon gehört. Du musst eine Erklärung über den Blizzard und die Mittel, die die Bundesregierung zur Verfügung stellt, und so weiter abgeben. Will ist gerade dabei, etwas für dich aufzusetzen. Es heißt, es könnte eine Woche dauern, bis die Region wieder im Normalzustand ist.“

„O Mann. In Massachusetts hätte das einen Tag gedauert. Wir hatten nie zwei Tage in Folge schneefrei.“

„Willkommen in den Mittelatlantikstaaten, wo Schneefall eine echte Katastrophe ist.“

„Das finde ich immer witzig. Ich bin in zehn Minuten da.“

Kaum hatte er das Gespräch mit Terry beendet, klingelte sein persönlicher BlackBerry. Es war Freddie.

„Wie geht es Sam?“

„Wie du dir denken kannst, ist sie nicht glücklich.“

„Mit anderen Worten, du hattest es heute nicht gerade leicht mit ihr.“

„Ja, das könnte man so ausdrücken. Aber sie wird wieder gesund werden, und ich habe keinen Zweifel daran, dass sie sich schnell erholen wird.“

„Doch bis dahin wird sie die Hölle auf Erden sein.“

Nick lächelte. „Durchaus möglich."

„Schickst du mir die Besuchszeiten?"

„Klar. Danke, dass du dich um sie sorgst."

„Ich vermisse sie jetzt schon, aber wenn du ihr verrätst, dass ich das gesagt habe, werde ich es mit jeder Faser meines Seins leugnen."

Nick lächelte erneut und meinte: „Ich vermisse sie auch. Bis später."

„Wir warten gespannt auf jede Nachricht."

Er beendete das Gespräch, als der SUV durch das Tor des Weißen Hauses fuhr. Drinnen ging er direkt ins Lagezentrum, um sich um die anstehenden Dinge zu kümmern, damit er nach den Kindern schauen und zurück im Krankenhaus sein konnte, bevor Sam aufwachte.

Teresa Howard, die Nationale Sicherheitsberaterin, die er von Präsident Nelson übernommen hatte, wartete auf ihn, ebenso wie General Michael Wilson, der Vorsitzende der Vereinigten Stabschefs, und die anderen Berater, mit denen er sich jeden Morgen traf, um die globale Sicherheitslage zu besprechen.

Sie alle erkundigten sich nach seiner Frau und äußerten ihre Sorge um sie.

„Ich danke Ihnen." Nick setzte sich an das Kopfende des Tisches, Terry nahm rechts neben ihm Platz. „Sie wird in diesen Minuten operiert, und wie Sie sich vorstellen können, kann ich es kaum erwarten, wieder ins Krankenhaus zu kommen. Also fangen wir an."

⁂

Gonzo aktualisierte das Whiteboard mit den Informationen, die sie bisher im Fall Olsen gesammelt hatten. Eine Spalte hatte er für ähnlich gelagerte Fälle eingerichtet, den eingeschlossen, den Detective Lucas ihnen gebracht hatte, sowie den früheren, bei dem die gefundene DNA mit der aus ihrem Fall übereinstimmte.

„Was gibt's Neues?", fragte Cruz, als er den Raum betrat, in dem Jeannie an einem Laptop arbeitete.

„Dani und Gigi haben alle Anrufe, SMS und E-Mails des letzten Jahres auf Audreys Handy überprüft und außer dem Streit mit dem Lehrer, mit dem sie zusammengearbeitet und den ihr Freund erwähnt hat, nichts gefunden", erklärte Gonzo. „Der Kerl sagte ihr gerne, sie sei jung und naiv und würde ‚es nicht verstehen'. Er war natürlich viel älter und klüger und wusste in jeder Situation alles besser. Es gab einige SMS von Audrey an Wes, in denen sie sich darüber beschwert hat, dass der Kerl sich bei jeder Personalversammlung über sie ausgelassen und dass sie ihn für einen Tyrannen gehalten hat."

„Wir müssen mit dem Mann reden", verkündete Freddie.

„Hab ich schon", entgegnete Gonzo. „Er war gestern den ganzen Tag bei seiner Familie und hat das Haus nicht verlassen. Mehrere Familienmitglieder bürgen für ihn."

„Mist", fluchte Freddie und nahm Platz. „Dann kennen wir also niemanden in ihrem Leben, der ein Motiv für den Mord gehabt hätte."

„Es war wahrscheinlich ein zufälliger Angriff von jemandem, der so etwas schon mal gemacht hat", meinte Gonzo. „Lindsey hat die bei Audrey gefundene DNA durch das nationale, bundesstaatliche und lokale CODIS laufen lassen und sie mit den medizinischen Spuren von Lucas' Fall verglichen, um festzustellen, ob sie übereinstimmen. Aber das hat leider nichts Neues ergeben."

„Sie sollten sich FDS ansehen", schlug eine andere Stimme vor.

Gonzo und Cruz drehten sich um und entdeckten Chief Marshal Jesse Best, der den größten Teil der Türöffnung einnahm.

„FDS?", fragte Gonzo. „Was ist das?"

„Family DNA Searching", erwiderte Best. „Einfach ausgedrückt kann man dabei die DNA durch eine Datenbank jagen, um nach nahen Verwandten zu suchen. Das kann zu jemandem führen, der im Gefängnis sitzt oder bei früheren Ermittlungen DNA abgegeben hat. Von dort aus arbeitet man sich rückwärts durch die männlichen Verwandten der betreffenden Person, bis man den findet, den man sucht."

„Ah, ja, richtig", bestätigte Gonzo. „Davon habe ich schon mal gehört."

„Ich habe darüber gelesen", ergänzte Freddie. „Es kam in mehreren Fällen zum Einsatz, die sonst nie aufgeklärt worden wären, aber D. C. und Maryland haben die Nutzung untersagt."

„Wieso das denn?", erkundigte sich Jeannie.

„Man hat wohl Vorwürfe wegen Racial Profiling gefürchtet, und das FBI hat sich auch nur zögernd darauf eingelassen. NDIS kann man nicht für die Suche nach Familienangehörigen verwenden", antwortete Freddie und bezog sich dabei auf das Nationale DNA-Index-System.

„Wie funktioniert FDS denn konkret?", wollte Jeannie wissen. „Damit habe ich noch nie gearbeitet."

„Nehmen wir zum Beispiel an, der Bruder eines Täters ist im System", erklärte Freddie. „Dann kann uns eine familiäre Übereinstimmung zu dem Mann führen, den wir suchen, doch das ist nicht unumstritten. Gesetzt den Fall, die Familie weiß nicht, dass die Person, deren DNA im System ist, ein Verbrechen begangen hat.

Dieses Verfahren würde die erste Person ‚outen‘, weil wir offenlegen müssten, was uns zur zweiten geführt hat.“

„Ich verstehe, dass das unangenehm werden könnte“, erwiderte Jeannie.

„Sehr, oder wenn wir zum Beispiel eine ganze Gruppe von Geschwistern ins Visier nehmen und sie alle einer Untersuchung unterziehen, um den Schuldigen zu finden“, meinte Freddie. „Oder wir decken eine bisher unbekannte Vaterschaft auf.“

„Die Leute haben Bedenken hinsichtlich des Schutzes der Privatsphäre geäußert, des vierten Verfassungszusatzes in Bezug auf illegale Durchsuchung und Beschlagnahme sowie hinsichtlich der Garantie des gleichen Schutzes durch das Gesetz nach dem vierzehnten Verfassungszusatz“, erläuterte Best.

„Warum?“, fragte Jeannie.

„Wenn man zum Beispiel Proben von Familienmitgliedern anfordert, die sich gar nichts haben zuschulden kommen lassen, landet deren DNA im System, und dann sind da noch die überproportionale Repräsentation von Minderheiten im CODIS und die vielen damit verbundenen Probleme.“

„Verstehe“, sagte sie. „Nun, wenn wir einen Serienvergewaltiger auf freiem Fuß haben, der sich zum Mörder entwickelt hat, können wir vielleicht eine Ausnahme von dem lokalen Gesetz erwirken, das den Einsatz von FDS verbietet.“

„Das ist auf jeden Fall eine Überlegung wert“, pflichtete ihr Best bei. „Fälle wie dieser bilden üblicherweise eine Ausnahme von der Regel, wenn es um neue Technologien geht. Meiner Erfahrung nach sind die Gerichte bereit, den Einsatz von FDS in Erwägung zu ziehen, wenn es sich um einen gewaltbereiten Täter handelt, der wahrscheinlich wieder zuschlägt, und alle anderen Ermittlungsmöglichkeiten ausgeschöpft wurden.“

„Das ist wahr“, gab ihr Freddie recht. „Wenn wir eine überzeugende Begründung für den Einsatz der Technologie vorlegen können, können wir vielleicht eine Ausnahmegenehmigung erwirken.“

„Oder wenn Sie zufällig einen Treffer bei einem ähnlichen Fall in Virginia landen“, warf Best ein. „Dort ist FDS legal.“

„Das ist ein interessanter Ansatz“, antwortete Gonzo. „Lasst uns unsere Suche ausweiten und sehen, ob es im Umkreis von fünfhundert Kilometern weitere ungelöste sexuelle Übergriffe gibt, und von dort aus weitermachen. Danke, Jesse.“

„Gern geschehen. Der einzige Nachteil ist, dass es Monate dauern kann, alle Datenbanken zu durchforsten. Die Schlange ist lang.“

„Monate, hm?", brummte Gonzo. „In der Zwischenzeit kann unser Täter weiter vergewaltigen und morden."

„Bearbeiten Sie einfach den Fall weiter, während Sie warten", entgegnete Best.

„Klar", erwiderte Gonzo.

„Ist der Lieutenant zu sprechen?", fragte Best.

„Sie haben wohl noch nicht gehört, dass sie wegen eines Hüftbruchs operiert wird", bemerkte Freddie.

„Verdammt, wirklich?"

„Ja, sie ist gestern auf dem vereisten Parkplatz ausgerutscht und hat gedacht, es sei nur eine Prellung. Heute musste sie herausfinden, dass dem nicht so ist."

„Das ist nicht gut. Ich wollte eigentlich mit ihr über den Fall Deasly sprechen. Wann kommt sie denn wieder?"

„Wissen wir noch nicht genau", entgegnete Cruz. „Bis dahin hat Sergeant Gonzales das Kommando."

„Auf ein Wort, Sergeant?"

„Natürlich", sagte Gonzo. „Bin gleich wieder da."

„Detective McBride, können Sie sich uns bitte anschließen?"

Jeannie erhob sich, um sie zu begleiten.

KAPITEL 16

Als sie in Sams Büro waren und die Tür hinter sich geschlossen hatten, sah Jesse Jeannie an. „Das entwickelt sich zu einer Riesensache.“

„Wie das?“, fragte sie.

„Wir haben Daniella Brown und ihren Freund Xavier Iker mit einem Menschenhändlerring in Verbindung gebracht, den wir bereits seit einem Jahr im Visier haben. Die Babys und Kinder, die zusammen mit Carisma gefunden wurden, waren wohl dafür bestimmt, und vor ihnen wurden bereits andere verkauft.“

Jeannie ließ sich schockiert auf einen Stuhl sinken. „Von wie vielen reden wir?“

„Möglicherweise von Hunderten“, antwortete Best.

„O Gott“, flüsterte Jeannie.

„Da haben Sie in ein verfluchtes Wespennest gestochen, Detective“, brummte Best. „Ich gratuliere zu einer bedeutenden Leistung.“

„Was geschieht jetzt?“, fragte Jeannie.

„Wir folgen den Spuren und hoffen, so viele Kinder wie möglich zu finden, aber das wird eine Weile dauern.“

„Wie passt Carisma ins Bild?“, wollte Gonzo wissen.

„Brown hat Carisma als ihr eigenes Kind betrachtet. Die anderen waren Handelsware.“

„Mir wird gleich schlecht“, meinte Jeannie. „All die Zeit, die seit ihrer Entführung vergangen ist …“

„Das ist ganz allein Stahls Schuld“, knurrte Gonzo.

„Nein, es ist unser aller Schuld“, entgegnete Jeannie scharf. „Wir alle haben diese armen Kinder im Stich gelassen.“

„Wir stellen gerade eine Taskforce aus Bundes-, Landes- und Kommunalbeamten zusammen“, erklärte Jesse, „um so viele von ihnen wie möglich zu finden und sie wieder mit ihren Familien zusammenzubringen. Ikers Rechner war eine Fundgrube für Informationen.“

„Lassen Sie es uns wissen, wenn wir behilflich sein können“, bat Gonzo.

„Sie haben uns bereits geholfen“, erwiderte Best. „Ich habe Chief Farnsworth eine Belobigung für Detective McBride vorgeschlagen.“

„Danke“, sagte Jeannie, sah dabei allerdings nicht sehr glücklich aus.

„Ich halte Sie auf dem Laufenden“, versprach Best. „Grüßen Sie den Lieutenant von mir.“

„Machen wir“, antwortete Gonzo.

Nachdem Best das Büro verlassen hatte, wandte sich Gonzo an Jeannie: „Du kannst wirklich stolz auf das sein, was du da getan hast.“

„Warum habe ich dann das Gefühl, gleich kotzen zu müssen?“

„Weil das Ganze entsetzlich und ekelhaft ist.“

„Ja, und weil es hätte verhindert werden können, dass all diese armen Babys durch die Hölle gehen, wenn sich Stahl vor elf Jahren einen Dreck um Carisma geschert hätte.“

„Das auch“, seufzte Gonzo.

„Ich weiß gar nicht, wohin mit meiner Empörung über diese Sache. Als schwarze Frau, die bald Mutter wird … Wie konnte er sie einfach ignorieren?“

„Keine Ahnung. Ich werde nie verstehen, wie jemand eine Untersuchung zu einem vermissten Kind vortäuschen kann. Wirst du darüber nachdenken, mit Dr. Trulo darüber zu sprechen, wie du dich fühlst?“

Jeannie zuckte die Achseln. „Sam verlangt das sogar, also werde ich es tun.“

„Trotz alledem haben wir immer noch einen Job zu erledigen, und wenn du damit Probleme hast, dann ist er genau dafür da.“

„Ja, vermutlich hast du recht. Ich mache einen Termin.“

„Halt mich auf dem Laufenden, ja?“

„Okay.“

Nachdem sie sich verabschiedet hatte, starrte Gonzo lange ins Großraumbüro hinaus und dachte über all das Furchtbare nach, mit dem sie es bei ihrer Arbeit zu tun bekamen. Manches war schlimmer als anderes, und er sorgte sich um seine Kollegin und Freundin, die ja bereits ein schweres Trauma erlitten hatte. Solange er die

Verantwortung trug, würde er sie im Auge behalten und sicherstellen, dass sie mit Trulo sprach.

⌒ ⊙ ⌒

Als Sam die Augen öffnete und helles Licht über sich sah, wusste sie nicht, wo sie sich befand und was los war. Von ihrer rechten Seite ging ein leiser, dumpfer Schmerz aus, und als sie versuchte, sich zu bewegen, wies eine Frau sie an, still liegen zu bleiben. Wer war das? Wo war sie? Was lief hier?

„Mrs Cappuano, wie geht es Ihnen?"

„Wer sind Sie?"

„Ihre Krankenschwester, Mindy. Erinnern Sie sich?"

Sam hatte keinen blassen Schimmer, wer die Frau war. „Nein."

„Sie hatten eine Operation an Ihrer gebrochenen Hüfte, die sehr gut verlaufen ist. Dr. Thurston wird in ein paar Minuten nach Ihnen schauen."

Jetzt fiel ihr alles wieder ein. Vier bis sechs Wochen. Drecksmist. „Wo ist mein Mann?"

„Er wartet draußen."

„Könnten Sie ihn bitte reinholen?"

Mindy tätschelte Sams Schulter. „Klar."

Sam schloss die Augen, die einfach nicht offen bleiben wollten. Als sie sie das nächste Mal aufschlug, befand sie sich in einem anderen Zimmer, und Nick stand neben ihrem Bett und fuhr ihr mit den Fingern durchs Haar.

„Da bist du ja", sagte er mit einem erleichterten Lächeln. „Lass mich nie wieder so allein. Du hast mir gefehlt."

„Wo war ich denn?"

„Drei Stunden im OP und eine weitere im Aufwachraum sind eine lange Zeit ohne meine Samantha."

„Das ist kürzer als ein Arbeitstag."

„An dem ich dir aber jederzeit eine SMS schicken oder dich anrufen kann, wenn ich das brauche."

Sam verdrehte die Augen.

„Da ist sie ja, meine süße, freche, sexy Polizistin."

„Ich werde in den nächsten vier bis sechs Wochen supersexy sein."

„Du bist immer sexy. Ich habe übrigens Neuigkeiten, die dir gefallen werden."

„Nämlich?"

160

„Ein Spinner namens LeRoy Nevins ist wegen des versuchten Bombenanschlags in Haft."

„Was wissen wir über den Mann?"

„Dass es ihm nicht passt, dass ich Präsident bin, und dass er beschlossen hat, uns eine Bombe vor die Tür zu legen, damit ich auch garantiert von seiner Ablehnung weiß."

„Steht fest, dass er es war?"

„Das FBI ist sich so sicher, dass sie heute Morgen die Medien informiert haben und es überall in den Nachrichten ist, dass sie den Kerl erwischt haben. Er beteuert seine Unschuld, behauptet, er würde mit so etwas seine Zeit nicht verschwenden und so weiter."

„Sie hätten die Nachricht von der Verhaftung nicht veröffentlicht, wenn sie sich nicht sicher wären."

„Das habe ich mir aufgrund meiner umfangreichen Erfahrungen mit der Polizeiarbeit auch gedacht."

Sam lachte. „Du lernst durch Osmose."

„Sagen wir, durch den engen Kontakt mit dir."

„Auf den sehr engen Kontakt werden wir eine ganze Weile verzichten müssen."

„So lange nun auch wieder nicht."

„Aber lange genug. Nick?"

„Ja, Süße?"

„Solche Spinner jagen mir Angst ein. Sie hassen dich, nur weil du wie vorgesehen nach Nelsons Tod für ihn eingesprungen bist."

„Ich weiß, ich habe leicht reden, wenn ich dir sage, dass du dir keine Sorgen machen sollst."

„So wie ich leicht reden habe, wenn *ich dir* sage, dass du dir keine Sorgen um mich machen sollst?"

„Genau, aber versuch es bitte trotzdem. Der Secret Service ist gründlich und auf Zack, daher können die Verrückten gar nicht in meine Nähe gelangen."

„Versprochen?"

„Versprochen."

„Ich brauche mein Handy, damit ich Gonzo anrufen kann."

„Noch nicht. Du musst dich ausruhen. Du bist gerade frisch operiert."

„Ich habe mich den halben Tag lang ausgeruht – das hast du gerade selbst gesagt. Jetzt gib mir schon mein Handy."

„Wird der gesamte nächste Monat mit dir so werden?", fragte er, während er ihr Handy aus seiner Hosentasche fischte.

„Ich vermute, es wird noch viel schlimmer werden."

„Freude, schöner Götterfunken. Ich kann's kaum erwarten."

„Und vergiss nicht, dass du zu Hause arbeitest, damit du dich zwischen Sitzungen um mich kümmern kannst."

Als er ihr das Handy reichte, beugte er sich über das Bett, um sie zu küssen. „Ich liebe nichts mehr, als mich um meine wunderschöne Frau zu kümmern, egal wie mies ihre Laune ist."

Nur er konnte sie zum Lachen bringen, nachdem sie eine verdammte Operation an ihrer verdammten gebrochenen Hüfte hinter sich hatte. „Kannst du das Bett hochfahren?"

„Man hat mir gesagt, ich soll es noch nicht anfassen."

„Ich hasse diesen Laden und jeden hier."

„Mich auch?"

„Bisher nicht, doch ich bin mir sicher, das ist nur eine Frage der Zeit."

Er grinste. „Gut zu wissen."

Flach auf dem Rücken in ihrem Krankenhausbett liegend rief Sam Gonzo an.

„Hey", meldete er sich. „Wie ist es gelaufen?"

„Gut. Wo stehen wir im Fall Olsen?"

„Ehrlich, Sam. Nimm dir einen Tag frei."

„Beantworten Sie meine Frage, Sergeant!"

„Lindsey hat die bei Olsen gesammelte DNA mit dem Fall, auf den Lucas uns aufmerksam gemacht hat, und einem weiteren in Verbindung gebracht, und wir vergleichen sie mit mehreren anderen ungelösten sexuellen Übergriffen in der Region. Olsens Mutter hofft, morgen herkommen und ihre Tochter sehen zu können."

„Ach herrje", erwiderte Sam.

„Ich kümmere mich darum. Keine Sorge. Wir hatten auch Besuch von Jesse Best, der gehört hat, wie wir über DNA eines Verdächtigen gesprochen haben, der nicht im System ist, und er hat vorgeschlagen, dass wir uns mal FDS vornehmen könnten."

„Das ist in D. C. und in Maryland illegal."

„Richtig, aber wie Jesse sagte, wenn wir einen vergleichbaren Fall in Virginia finden … Dort ist es legal."

„Guter Gedanke. Trotzdem müssen wir erst alle anderen Möglichkeiten ausschöpfen, bevor wir auch nur in Erwägung ziehen können, der Bürgermeisterin ein FDS schmackhaft zu machen."

„Richtig, und der Nachteil ist, dass ein FDS unter Umständen Monate dauern kann."

„Haben die Kameras im und um den Park etwas erbracht?"

„Sie waren zum Zeitpunkt des Mordes an Olsen mit Schnee

bedeckt, also nein. Wir werden morgen zur Tatzeit wieder dorthin gehen, um uns umzuhören, in der Hoffnung, dass jemand etwas gesehen hat. Heute war wegen des Schnees niemand unterwegs."

„Der heutige Tag war in jeglicher Hinsicht zum Kotzen."

„Korrekt. Zu guter Letzt, und jetzt kommt der Hammer, hat Best uns informiert, dass Jeannies Verhaftung zu einem Kinderhandelsring geführt hat, dem in den letzten Jahren möglicherweise Hunderte von Kindern zum Opfer gefallen sind."

„O mein Gott."

„Jeannie regt sich darüber auf, dass Carismas Verschwinden so lange ignoriert wurde und was wir alles hätten verhindern können, wenn sich Stahl nur einen Dreck um sie geschert hätte."

„Da hat sie nicht unrecht."

„Richtig. Sie hat erwähnt, du hättest sie angewiesen, sich mit Trulo zu treffen. Ich werde das im Auge behalten."

„Bitte tu das. Ich werde mit ihr sprechen, sobald ich kann."

„Das würde mir helfen. Best hat Jeannie für eine Belobigung vorgeschlagen."

„Verdient, vor allem für diese Verhaftung. Zurück zum Fall … Was ist mit dem Kerl an Olsens Schule, der sie belästigt hat?"

„Er hat ein Alibi für den gesamten Tag."

„Ich hatte den sowieso nicht ernsthaft auf dem Zettel. Sonst noch was?"

„Nein. Der Schnee hat uns heute ausgebremst, aber morgen früh sind wir wieder am Ball."

„Halt mich auf dem Laufenden. Ich werde von daheim aus arbeiten, sobald ich kann."

„Alles klar. Lass uns wissen, wann wir dich besuchen können."

„Wahrscheinlich schon morgen."

„Verstanden. Hoffentlich geht es dir bald besser, Sam."

„Ich fühle mich gut", sagte sie.

„Weil die Schmerzmittel von der OP noch nachwirken", warf Nick ein.

„Sie haben mir das gute Zeug gegeben."

„Sei vorsichtig, was du nimmst", warnte Gonzo, der aus Erfahrung sprach.

„Auf jeden Fall. Setz das Team ins Bild, ja?"

„Wird gemacht. Bis morgen."

„Genau."

Sam klappte ihr Handy zu. „Hast du die Kinder und meine Familie unterrichtet?"

„Alles erledigt. Das Krankenhaus erstickt in Blumen für dich."

„Echt? Menschen schicken mir Blumen?"

„Hunderte von Sträußen sind eingetroffen, seit wir die Nachricht veröffentlicht haben. Ich hab verfügt, dass man uns die Karten bringen soll, damit wir uns für die Geschenke bedanken können, und ein paar Sträuße, um dein Zimmer zu verschönern, und dass sie den Rest an andere Patienten verteilen sollen."

„Wow. Das ist echt nett."

„Meine Gattin ist beliebt."

„Nein, unser Präsident ist beliebt, und seine Frau profitiert davon."

„Verkauf dich nicht unter Wert, Schatz. Die Leute bewundern dich um deiner selbst willen. Das hat überhaupt nichts mit mir zu tun."

„Was immer Sie sagen, Mr President. Muss ich die Dankschreiben selbst verfassen?"

Lächelnd nahm er ihre Hand. „Dafür haben wir Personal."

„Gott sei Dank."

Eine Ärztin trat ein. Sam erkannte sie wieder, konnte sich allerdings nicht an ihren Namen erinnern.

„Thurston", flüsterte Nick.

„Wie machst du das?"

„Samantha-Superkraft."

Sam drückte seine Hand fester. „Wie ist es gelaufen, Doc?"

„Sehr gut. Ein Routineeingriff."

„Für Sie vielleicht."

Die Ärztin lächelte. „Sie sind jung und stark, und ich gehe davon aus, dass Sie sich schnell erholen werden. Das Wichtigste ist, dass Sie die Anweisungen befolgen, die ich Ihnen gebe, und die der Physiotherapeutin, die Sie morgen aufsuchen wird. Dann fängt der Spaß erst richtig an."

„Ich kann's kaum erwarten. Darf ich mich ein wenig aufsetzen?"

„Natürlich." Sie schrägte das Bett leicht an, sodass Sam nicht mehr so flach lag.

„Was quetscht denn da meine Beine so?"

„Kompressionsstrümpfe als Thrombose-Prophylaxe."

Thrombose! Hörte der Spaß hier denn nie auf? „Ich schätze, das ist gut. Darf ich etwas essen? Ich bin halb verhungert."

„Wir haben Abendessen für Sie bestellt, das Ihnen serviert wird, sobald Sie in Ihr Zimmer verlegt worden sind."

„Gut. Vielen Dank. Wann darf ich nach Hause? Wir haben daheim einen Fahrstuhl, das sollte helfen, oder?"

„Ja, das ist gut." Sie schmunzelte darüber, wie Sam über das Weiße

Haus sprach. „Warten wir mal, wie es Ihnen in ein oder zwei Tagen geht. Es hängt davon ab, wie schnell die Physiotherapeutin Sie auf Krücken oder mit einem Rollator mobil bekommen kann."

„Rollator … Das wird ja immer besser."

„Die meisten meiner Patienten verabscheuen die Krücken und lieben den Rollator."

„Wie alt sind die? Eher sechsunddreißig oder eher sechsundsiebzig?"

„Meist Letzteres", antwortete die Ärztin und lächelte.

„Keine weiteren Fragen, Euer Ehren."

„Wir werden Sie auch mit einer Sitzerhöhung für die Toilette nach Hause schicken", informierte Dr. Thurston sie grinsend.

„Mein Mann wird mich verlassen, wenn Sie mich in eine alte Frau verwandeln."

„Ich gehe nirgendwohin, und das weißt du", widersprach Nick.

„Sie beide sind wirklich so nett, wie Sie in den Medien wirken."

„Ich bin nett." Nick lächelte Sam an. „Sie ist ein Grummelbär."

„Das stimmt", pflichtete ihm Sam bei. „Und das selbst an guten Tagen, was der heutige ganz bestimmt nicht ist."

„Es hätte auch noch schlimmer kommen können, das wissen Sie sicher genauso gut wie ich", erinnerte Dr. Thurston sie.

„Machen Sie mir kein schlechtes Gewissen, weil ich ein bisschen in Selbstmitleid wate."

Die Ärztin lachte. „Ich werde morgen früh wieder nach Ihnen sehen. In der Zwischenzeit überlasse ich Sie den Händen meiner sehr fähigen Assistenzärzte, die Sie gleich kennenlernen werden. Ich habe sie angewiesen, sich nicht von Ihnen beiden einschüchtern zu lassen."

„Danke."

Sie reichte Nick ihre Visitenkarte. „Rufen Sie mich an, wenn Sie etwas brauchen. Auf der Rückseite steht meine Handynummer drauf."

„Danke für alles, Doktor."

„Es war mir ein Vergnügen."

„Es war ihr ein Vergnügen …" Nachdem die Ärztin das Zimmer verlassen hatte, verschränkte Sam die Arme. „Was ist eigentlich mit meinem Vergnügen beziehungsweise meinem Vergnügensentzug für die nächsten *vier bis sechs Wochen?*"

„Ich würde nie zulassen, dass mein Schatz so lange auf Entzug ist."

„Das ist totaler Drecksmist, Nick. So richtig derbe zum Kotzen."

„Ich weiß, aber wir machen wie immer das Beste daraus. Keine Sorge. Vier bis sechs Wochen sind im großen Ganzen betrachtet nichts."

Sam wusste, dass er recht hatte, doch die Wochen dehnten sich vor ihr aus wie eine Ewigkeit und hielten sie von ihren Lieblingsbeschäftigungen ab, wie mörderische Drecksäcke zu jagen, mit ihren Kindern zu spielen und so viel Sex wie möglich mit ihrem großartigen Mann zu haben.

Es *war* totaler Drecksmist. So sah sie das, und basta.

KAPITEL 17

Nach einer erholsamen Nacht, die sie dank des „guten Zeugs"
schmerzfrei hinter sich gebracht hatte, stellte Sam am nächsten
Morgen, als die Physiotherapeuten eintrafen, fest, dass der Spaß
gerade erst begonnen hatte. Sie wollten, dass sie aus dem Bett aufstand
und sich bewegte, obwohl das fast unmöglich schien, vor allem da die
Wirkung der Schmerzmittel inzwischen nachgelassen hatte.

Sie hatte Nick am Vorabend zu den Kindern nach Hause geschickt,
und er hatte versprochen, so bald wie möglich wieder herzukommen,
um den Tag mit ihr zu verbringen. Zum Glück hatte er diese Woche
wenig Termine und Zeit, bei ihr zu sein. Scotty hatte gesimst, dass sie
sie nach dem Mittagessen besuchen würden.

Sam hoffte, dass sie dann noch am Leben war, während die
Therapeuten sie durch den Wolf drehten. Sie musste sich an einem
Stuhl festhalten und ihr Bein in verschiedene Richtungen bewegen,
was bestialisch wehtat.

Als sie sie endlich wieder ins Bett verfrachteten, kündigten sie – o
Freude – an, sie später für eine weitere Runde erneut aufzusuchen.
Sam war restlos erschöpft, verschwitzt und so schlecht gelaunt wie
schon lange nicht mehr. Und das Schlimmste daran war, dass sie das
nicht einmal einem dreckigen Mörder in die Schuhe schieben konnte.

Ihre Laune hob sich beträchtlich, als ihr gesamtes Team eintraf und
ein Whiteboard mitbrachte.

„Ihr wisst, was ich brauche", erklärte sie.

„Na klar", antwortete Gonzo. „Wir dachten, wir retten die
Krankenschwestern, indem wir dich arbeiten lassen."

„Kluger Schachzug. Ich glaube, die haben schon jetzt genug von mir."

„Das kann ich mir gar nicht vorstellen, bei deinem sonnigen Gemüt und deiner Vorliebe für jegliche medizinische Behandlung", spottete Freddie, während er einen Kaffee und eine Tüte Donuts auf ihren Nachttisch stellte.

Von dem Duft der zuckerhaltigen Köstlichkeit lief Sam das Wasser im Mund zusammen. „Hervorragend zum Einschmeicheln geeignet." Sie nahm einen Bissen von einem Marmeladen-Donut und nippte an ihrem Kaffee. „Jetzt erzählt mir alles. Lasst nichts aus."

Sie berichteten, was sie bisher hatten: im Grunde nichts.

„Wir werden heute zu Audreys üblicher Zeit den Park abklappern, doch wir wissen nicht, ob dabei etwas herauskommt, denn die meisten Wege sind wegen des Schnees nicht passierbar, und die Leute, die sonst da unterwegs sind, werden höchstwahrscheinlich nicht dort sein."

„Nehmt euch auch die direkte Umgebung vor", sagte Sam. „Wenn sie nicht im Park joggen können, laufen sie vielleicht in der Nähe."

„Gute Idee." Gonzo machte sich eine Notiz. „Ich werde die uniformierte Polizei um Hilfe bitten. Was noch?"

„Wie intensiv haben wir uns Wes angeschaut?", fragte sie.

„Nicht besonders intensiv", antwortete Freddie. „Er ist allem Anschein nach unverdächtig."

„Ich habe gelernt, dem äußeren Anschein nie zu trauen. Wir sollten ihn überprüfen, nur um sicherzugehen, dass seine Geschichte stimmt. Nichts Konfrontatives. Nur abhaken. Diskret. Bittet ihn um Erlaubnis, sein Handy zu checken."

Gonzo fügte dies seiner Liste hinzu.

„Seht euch auch seinen Bruder an." Sams Bauchgefühl sagte ihr zwar, dass die beiden Männer unschuldig waren, trotzdem wurden Frauen oft von ihren Lebensgefährten ermordet, also war es eine Überlegung wert. „Was ist sonst noch los? Wie war Gigis erste Nachtschicht nach ihrer Rückkehr?"

„Heute Morgen schien alles in Ordnung zu sein", berichtete Cam. „Sie war zwar müde, aber gut drauf."

„Pass auf, dass sie es nicht übertreibt", verlangte Sam. „Wir wollen keine Rückschläge."

„Gilt das auch für dich?", warf Freddie ein.

„Klappe. Wir reden über Gigi, nicht über mich."

„Alles klar."

„Also husch, husch, wieder an die Arbeit, und lasst uns das morgen wiederholen. Zur gleichen Zeit."

„Wird gemacht."

„Jeannie, könntest du noch einen Moment bleiben, bitte?"

„Klar."

Nachdem die anderen sich verabschiedet hatten, zog sich Jeannie einen Stuhl an Sams Bett heran.

„Ich habe gehört, was Best euch gestern mitgeteilt hat, hat dich ziemlich hart getroffen."

Jeannie zuckte die Achseln. „Ein Tag wie jeder andere im Büro."

„Nein, tu das nicht. Spiel es nicht herunter. Das ist eine große Sache."

„Ich ernte ausschließlich Lob für die Verhaftung, doch ich bin nicht stolz darauf, wie lange wir gebraucht haben, um Carisma zu finden, oder wie viele andere leiden mussten, weil Stahl sich nicht darum gekümmert hat."

„Mir gefällt das alles auch nicht. Wir können jetzt bloß unser Bestes tun, um die Dinge wieder in Ordnung zu bringen."

„Unser Bestes wird nie gut genug für die Carismas dieser Welt oder ihre Familien sein. Ich habe eine ernsthafte existenzielle Krise deswegen. Um diesen Job zu erledigen, um zu sehen, was ich sehe, und zu erleben, was ich erlebe, muss ich glauben, dass wir die Guten sind. Und zu erfahren, dass wir es manchmal eben nicht sind … Das macht mich krank."

„Ich weiß", sagte Sam und seufzte. „Geht mir genauso. Ich hatte solche Angst, dass mein Vater eine Rolle dabei gespielt hat."

„Hat er nicht. Sein Name ist nirgends in den Akten aufgetaucht. Es gab einen Captain Rosa, der damals Abteilungsleiter war."

„Rosa", wiederholte Sam. „Den Namen habe ich schon mal gehört, doch mir fällt nichts dazu ein."

„Ich möchte mehr über ihn herausfinden."

„Tu das. Melde mir alles, was herauskommt, und wir arbeiten gemeinsam einen Plan aus."

„Wenn sich herausstellt, dass Sergeants, Lieutenants, Captains, Deputy Chiefs und Chiefs im Ruhestand Fälle wie den von Carisma absichtlich ignoriert haben, werde ich das an die große Glocke hängen."

Sam hatte Jeannie noch nie zuvor so wild entschlossen gesehen. „Ich bin dabei."

Sam durfte an Silvester nach Hause, frustriert darüber, dass ihr Team im Fall Audrey Olsen weiterhin keinen Verdächtigen hatte.

Scotty, Eli und die Zwillinge überschütteten sie mit Zuneigung, Blumen und Büchern und leisteten ihr an einem Nachmittag bei Filmen und Popcorn im Kino Gesellschaft. Sie weigerte sich, ins Bett zu gehen, obwohl sie am Ende war und Schmerzen hatte.

Die Zwillinge waren besonders anhänglich und schienen erleichtert zu sein, dass sie wieder zu Hause war. Sie schenkte den beiden ihre volle Aufmerksamkeit, wozu sie selten genug Zeit hatte.

Nach dem Abendessen spielten sie eine wilde Partie Candy Land, die Scotty gewann, nachdem er Sam des Schummelns beschuldigt hatte – mal wieder. „Passt bloß auf", warnte er die Zwillinge. „Sie schickt euch los, damit ihr ihr etwas zu trinken holt, und stapelt dann die Karten so, dass ihr den ganzen Weg zurück zum Start gehen müsst."

Sam schüttelte den Kopf, während die Zwillinge grinsten. „Wem glaubt ihr? Mir oder ihm?"

„Ihm", sagten Nick und Eli, während die Zwillinge nur noch lauter lachten.

Sam liebte es, dass sie so fröhlich waren und zu sehen, wie sie sich in der Familie eingelebt hatten, die sie nach dem tragischen Tod ihrer Eltern für sie zusammengeschustert hatten. Jetzt, da sie die Sorgerechtsklage ihrer geldgierigen Verwandten abgeschmettert hatten, hatte Sam das Gefühl, dass sie sich entspannen und auf die gemeinsame Zukunft freuen konnten.

Kurz vor Mitternacht kam Nick mit einem Rollstuhl und einer Decke in ihre Suite.

„Was wird das, Mr President?"

„Ich löse ein Versprechen ein, das ich meiner Ehefrau vor zwei Jahren auf einem Dach am anderen Ende der Stadt gegeben habe."

„Fahren wir in die K Street?"

„Es hat sich herausgestellt, dass wir unseren eigenen Aussichtspunkt auf dem Dach haben, von dem aus man noch besser sieht als von der K Street aus. Bist du dabei?"

Sam war müde und hatte Schmerzen, doch sie wollte sich ein Abenteuer mit ihm nicht entgehen lassen. „Immer."

„Dein Streitwagen wartet auf dich, meine Liebe."

Nachdem er sie in den Rollstuhl verfrachtet hatte, wickelte er sie in einen Wintermantel und breitete ihr die Decke über den Schoß. „Bequem?"

„Ja." Sie hatte starke Schmerzen, aber es war noch zu früh für eine weitere Tablette. Doch das verheimlichte sie ihm, denn er hatte sich Mühe gegeben, an ihrer Tradition festzuhalten.

Nick schob sie zum Aufzug und fuhr mit ihr in den dritten Stock hoch, wo der Secret Service darauf wartete, sie auf eine Dachterrasse zu begleiten, von deren Vorhandensein sie bisher gar nichts gewusst hatte. Oben angekommen traten die Personenschützer wieder in den Schatten, stets wachsam, aber diskret.

„Als wir diese Tradition vor zwei Jahren ins Leben gerufen haben, hätte ich nicht erwartet, dass wir sie eines Tages auf dem Dach des Weißen Hauses oder in einem Rollstuhl fortsetzen würden", sagte Sam.

Nick holte einen Klappstuhl und setzte sich neben sie. „Der Rollstuhl ist nur vorübergehend. Du wirst in kürzester Zeit wieder Leuten mächtig auf die Füße treten."

„Es ist seltsam, so viele Dinge nicht tun zu können, die ich normalerweise tue. Jetzt kann ich tatsächlich ansatzweise nachvollziehen, womit mein Vater nach seiner Verletzung zu kämpfen hatte."

„Das kann ich mir vorstellen." Er küsste ihren Handrücken. „Da du immer noch Schmerzmittel nimmst, habe ich auf den Champagner verzichtet."

„Danke, dass du das alles hier arrangiert hast."

„Bevor in einer Minute das neue Jahr beginnt, möchte ich dir sagen, wie sehr ich dich liebe und wie dankbar ich für die Art und Weise bin, auf die du mich bei alldem hier unterstützt hast. Viele Frauen hätten die Flucht ergriffen, wenn ihr Mann plötzlich Präsident geworden wäre. Doch nicht meine. Sie ist eine Kämpferin."

„Na ja, hinter deinem Rücken hat sie sich oft beschwert."

Als er lachte, musste auch sie grinsen. Sie liebte es, ihn zum Lachen zu bringen. „Dafür würde ich ihr eigentlich den Hintern versohlen, aber sie hat eine kaputte Hüfte."

„Ein andermal?"

„Gern, Babe." Er beugte sich vor, um sie zu küssen, als am Himmel eine Silvesterrakete explodierte. Scotty und Eli verfolgten das Feuerwerk vom Südrasen aus. „Das wird unser Jahr, Sam. Ich spüre es."

„Was soll das denn heißen? Wie könnte es das letzte Jahr übertreffen? Du bist der gottverdammte Präsident."

„Wir werden uns selbst übertreffen. Das spüre ich in meinen Knochen."

„Nun, meine gebrochenen Knochen sagen, sie haben langsam genug."

„Genug ist nicht genug. Wenn ich dich hier neben mir habe, kann ich alles tun, sogar der gottverdammte Präsident sein, und du, meine unaufhaltsame Geliebte, wirst ein weiteres bemerkenswertes Jahr erleben. Das weiß ich einfach."

„Ein ganz normales Jahr würde mir reichen."

„Nein, dieses Jahr greifen wir nach den Sternen, Babe."

„Das ist jetzt unser drittes Silvester, und sieh nur, wie weit wir gekommen sind, seit du mir versprochen hast, nur für ein Jahr den Sitz im Senat zu übernehmen, ehe wir wieder zur Normalität zurückkehren könnten. Ah", seufzte sie, „waren das nicht schöne Zeiten?"

Seine Augen funkelten amüsiert. „Mir fällt bloß ein Weg ein, dich zum Schweigen zu bringen." Er legte ihr einen Finger unters Kinn und hob ihr Gesicht an, um sie zu küssen. Dann lehnte er die Stirn an ihre und sagte: „Frohes neues Jahr, Liebste, auf uns und unsere wunderbare Familie."

„Ja, auf uns."

☙ ❧

Der Januar überrollte sie wie ein Tsunami, und neben allem anderen musste sie sich zermürbender Physiotherapie mit einer Sadistin namens Nancy unterziehen, die täglich ins Weiße Haus kam. Sam und Nick gaben ihr erstes Staatsdinner als Präsident und First Lady für den deutschen Bundeskanzler, das schon lange vor dem Tod von Präsident Nelson auf dem Programm gestanden hatte. Der Prunk und die zeremonielle Förmlichkeit des Abends erinnerten Sam an die Nacht, in der sie und Nick sich während eines Staatsdinners für den kanadischen Premierminister im Rosengarten verlobt hatten. Zum Glück brauchte sie inzwischen statt des Rollstuhls oder des Rollators nur noch einen Stock, was sie für die Fotos entschieden angenehmer fand.

Stahl verweigerte jegliches Gespräch mit Gonzo, sodass es in der Richtung nicht weiterging. Farnsworth und Malone gaben Darren Tabor das geplante Interview, das die öffentliche Empörung nach den jüngsten Enthüllungen im Zuge der Verhaftung von Daniella Brown etwas zu besänftigen schien.

Sams Freundin Roni Connolly trat ihre Stelle als neue Kommunikationschefin im Büro der First Lady an, und Sam und Nick nahmen an der ersten Sitzung von Nicks neuer Arbeitsgruppe zum Thema Waffengewalt teil, bei der er seine volle Unterstützung für die

Zusammenarbeit mit führenden Politikern auf allen Ebenen zusagte, um vernünftige Strategien zur Lösung des Problems zu entwickeln. Der Senat, der aus den Ferien zurückkehrte, befasste sich mit der Nominierung von Gretchen Henderson als Nicks Vizepräsidentin, und das Weiße Haus musste sich der Kritik stellen, dass eine weitere nicht gewählte Politikerin – und dazu eine, die noch unerfahrenerer war als der Präsident – das Land als Vizepräsidentin führen könnte.

Am Martin-Luther-King-Jr.-Tag stand Sam an Nicks Seite im Roosevelt Room, als dieser eine Rede über das Vermächtnis des Bürgerrechtlers hielt.

„Martin Luther King Jr. wollte uns zeigen, dass wir es besser machen können, dass wir besser sein können, und in mancher Hinsicht haben wir das auch umgesetzt. In anderen Bereichen haben wir noch einen weiten Weg vor uns, um die Ziele zu erreichen, die er uns mit seinen aufrüttelnden Worten und seinem unerschütterlichen Einsatz für die Gleichheit aller Menschen gesetzt hat. Dr. King und sein Opfer haben uns als Nation geholfen, besser zu werden, und dafür stehen wir in seiner Schuld. Diese Schuld werden wir niemals vollständig begleichen können. Doch ich glaube daran, dass wir sie jedes Mal, wenn wir jemandem, dessen Lebenserfahrung sich von unserer unterscheidet, die Hand in Freundschaft und Mitgefühl reichen, ein wenig abtragen."

Sam hörte ihm voller Stolz auf seine Worte und die Leidenschaft zu, mit der er sie vortrug. Wenn sie beobachtete, wie er die Rolle des Präsidenten annahm, liebte sie ihn nur noch mehr – und das hätte sie nicht für möglich gehalten.

Nach seiner Rede wohnten sie dem Empfang für Bürgerrechtler und Mitglieder der Familie King im East Room bei.

Später am Nachmittag fuhr Sam mit dem Aufzug wieder nach oben, erleichtert, dass sie endlich ihre schmerzende Hüfte entlasten konnte. Wie lange würde diese dumme Verletzung sie noch behindern? „Langsam wird's langweilig", schimpfte sie, als sie sich an die Wand des Aufzugs lehnte.

„Es geht dir schon so viel besser", erwiderte Nick. „Morgen hast du wieder Innendienst. Freust du dich?"

„Ich kann es kaum erwarten, wieder zur Normalität zurückzukehren, obwohl ich in den letzten Wochen ziemlich gut auf dem Laufenden geblieben bin. Der Olsen-Fall ist allerdings komplett ins Stocken geraten, und ich bin bereit, da noch mal ganz von vorne anzufangen." Ihre Leute hatten weiterhin jeden Tag um sechzehn Uhr die Gegend um den Rock Creek Park nach Personen abgesucht, die

Audrey am Tag ihrer Ermordung gesehen haben könnten. Nur eine Frau hatte sie auf den Fotos erkannt, die die Beamten herumgezeigt hatten, hatte aber nichts bemerkt, was ihnen weiterhalf. „Es ist so frustrierend, wenn man nicht weiterkommt."

„Ich bin sicher, ihr werdet den Täter finden."

„Je mehr Zeit vergeht, desto unwahrscheinlicher wird das. Ich will Audreys Mutter erzählen können, was mit ihrem Kind passiert ist."

Eli tauchte mit einem Rucksack auf dem Rücken und einem Rollkoffer neben sich aus seinem Zimmer auf. Er war auf dem Weg zurück nach Princeton für das Frühjahrssemester. „Ihr werdet nicht glauben, was gerade passiert ist."

„Was?", erkundigte sich Sam, die beinahe Angst hatte, zu fragen.

„Erinnert ihr euch an meine Ex-Freundin Candace, von der ich euch erzählt habe?"

„Klar", antwortete Nick. „Was ist mit ihr?"

„Sie ist heute achtzehn geworden und hat mich sofort angerufen." Eli hatte Tränen in den Augen. „Sie hat sich dafür entschuldigt, was ihre Eltern mir angetan haben, und gesagt, dass sie nie aufgehört hat, an mich zu denken." Ihre Eltern hatten ihn wegen Unzucht mit einer Minderjährigen angezeigt, nachdem sie herausgefunden hatten, dass die beiden miteinander Sex gehabt hatten, als er siebzehn und Candace fünfzehn gewesen war. Seitdem hatte er die junge Frau, die er liebte, drei Jahre lang weder gesehen noch mit ihr geredet.

Sam umarmte ihn. „Eli, ich freue mich so für dich."

„Ich kann es immer noch nicht glauben – ich hatte so sehr gehofft, von ihr zu hören."

„Das sind tolle Neuigkeiten", erklärte Nick und umarmte ihn ebenfalls.

„Ich werde sie vom Auto aus zurückrufen, aber ich wollte mich erst noch von euch, Scotty und den Zwillingen verabschieden." Er umarmte sie beide ein weiteres Mal. „Danke für ein tolles Weihnachtsfest und die Ferien, für das Abenteuer, im Weißen Haus zu leben, für die Familie, die ihr mir und den Zwillingen gegeben habt, für alles. Ich, ähm, also … ich hab euch lieb."

Sam war geradezu lächerlich gerührt von diesen aufrichtigen Worten. „Wir dich auch. Sehr. Wir können es kaum erwarten, dich wieder hierzuhaben."

„Besonders in den Frühjahrsferien, damit ihr nach Bora Bora fliegen könnt, richtig?", fragte er mit einem breiten Grinsen.

„Das hast du gesagt, nicht wir", antwortete Sam.

Sie lachten gemeinsam, ehe er zu Scotty und den Zwillingen ging, um sich von ihnen ebenfalls zu verabschieden.

Die ganze Familie begab sich ins Erdgeschoss, Sam und Nick mit dem Fahrstuhl, da das Treppensteigen für Sam noch eine Herausforderung war. Bevor Eli für die Rückfahrt nach Princeton in den SUV des Secret Service stieg, umarmte er sie alle ein letztes Mal, wobei er den Zwillingen, die sich an ihn klammerten, besonders viel Zeit schenkte.

„In ein paar Wochen bin ich wieder da", versicherte er ihnen. „Großes Ehrenwort. Wenn heute Abend Schlafenszeit ist, melde ich mich über FaceTime."

Er hielt sie noch fünf Minuten lang im Arm, ehe sie bereit waren, ihn loszulassen.

Sam wischte sich eine Träne weg, als sie die beiden Kleinen beobachtete. Sie hatten so viel durchgemacht, und Eli war ihre Brücke zwischen der Vergangenheit und der Gegenwart. Es fiel ihnen immer schwer, ihn abreisen zu lassen, wenn er wieder ans College musste, und sie sah, dass es auch ihm das Herz brach.

„Ich liebe euch bis zum Mond und wieder zurück", sagte er, während er sie beide küsste und ihnen die Tränen wegwischte. „Ehe ihr mich überhaupt vermisst, bin ich wieder da."

Aubrey schüttelte vehement den Kopf. „Nein. Ich vermisse dich nämlich jetzt schon."

„Wir könnten gleich Schneebälle werfen", schlug Scotty den Zwillingen vor, „damit Skippy sie fangen kann." Mit einem Blick zu Sam und Nick fügte er hinzu: „Sie versteht nicht, warum sie sie nicht zu fassen kriegt. Es ist urkomisch." Am Tag zuvor waren zur großen Freude der Kinder weitere fünfzehn Zentimeter Schnee gefallen.

„Das klingt nach Spaß." Nick nahm Aubrey auf den Arm, während Scotty Alden hochhob, damit sie ihrem Bruder winken konnten, als seine aus drei Fahrzeugen bestehende Wagenkolonne abfuhr. „Lasst uns nach oben gehen und euch Schneehosen anziehen. Ich helfe euch mit den Stiefeln."

Die drei machten sich voller Energie und Aufregung auf den Weg, worüber Sam lachen musste. Sie ergriff den Arm, den Nick ihr für den Weg zum Fahrstuhl anbot. „Zum Glück haben wir Scotty. Elis Aufbruch ist bereits vergessen."

„Das dachte ich auch gerade. Unser Sohn ist ein toller großer Bruder geworden."

„Das stimmt."

Nick drückte den Rufknopf.

„Ich freue mich schon darauf, bald wieder Treppen steigen zu können."

„Das schaffst du schon."

„So eine blöde Verletzung", brummte sie zum neunhundertsten Mal.

„Ach, so was kommt vor. Würdest du gern ein Nickerchen machen, wenn die Kinder zum Spielen rausgehen?"

„Du meinst einen Mittagsschlaf?"

„Was denn sonst?"

Sam lachte über den glutheißen Blick, den er ihr zuwarf. „Ja, ich könnte tatsächlich ein Nickerchen gebrauchen. Ich bin noch in der Rekonvaleszenz, weißt du?"

Oben folgten sie dem Lärm quietschender Kinder, die Skippy durch die Gegend jagten, während Scotty versuchte, sie zum Anziehen der Schneehosen zu bewegen.

„Sie sind unmöglich", beschwerte er sich.

Sam war froh zu sehen, dass sie die Traurigkeit über Elis Abreise so schnell abgeschüttelt hatten, und war sicher, dass Scottys Anwesenheit einen großen Unterschied machte. Er konnte gut mit ihnen umgehen. „Leute, lasst uns euch die Schneehosen anziehen, damit wir rauskönnen, bevor der Schnee schmilzt."

Sie setzte sich auf Aldens Bett und half ihm in die Hose, während Scotty Aubrey behilflich war. Nick kümmerte sich um beider Stiefel, und nach ein paar Minuten waren sie startklar.

„Dann mal nichts wie raus", verkündete Scotty. „Und danach bowlen wir. Wir haben einen tollen Nachmittag geplant, stimmt's, Leute?"

„Ja!", rief Aubrey. „Wir haben sehr viel zu tun, und Miss Florence hat gesagt, morgen dürfen wir Kekse backen. Ich kann es kaum erwarten!"

„Ich liebe Kekse", erklärte Alden grinsend.

Sam stupste ihn spielerisch in den Bauch, sodass er lachen musste. Es erstaunte sie jeden Tag aufs Neue, dass sie sich kaum mehr daran erinnern konnte, wie das Leben gewesen war, bevor die Zwillinge und Eli vor ein paar Monaten zu ihnen gekommen waren.

Sie schickten die Kinder unter den wachsamen Augen ihres hingebungsvollen großen Bruders und des Secret Service zum Spielen in den Schnee.

Dann nahm sie Nicks Hand und folgte ihm in ihre Suite.

KAPITEL 18

Nick schloss die Tür und warf ein weiteres Holzscheit auf das Feuer, das einer der vielen guten Geister zuvor entfacht hatte. „Endlich allein."

„Wir sind doch jede Nacht allein", erinnerte sie ihn, als sie sich neben ihn aufs Sofa sinken ließ.

Er zog sie an sich und gab ihr einen Kuss auf den Hals, der einen Schauer durch sie sandte. „Es ist nie genug."

„Vielleicht solltest du deswegen mal einen Arzt aufsuchen."

„Ich möchte aber gar nicht von meiner verrückten Liebe zu meiner wunderschönen Frau geheilt werden."

„Ich würde dich auch nie davon heilen wollen. Was würde ich denn tun, wenn du mich nicht mehr auf diese verrückte Art und Weise lieben würdest?"

„Darüber musst du dir keine Sorgen machen. Je länger wir zusammen sind, desto schlimmer scheint dieses Leiden zu werden."

„In diesem Fall ist ‚schlimmer' allerdings besser."

„Sogar viel besser."

Mit einer Geschicklichkeit, die sie immer wieder verblüffte, sorgte er dafür, dass sie beide in wenigen Minuten nackt im Bett lagen.

„Sag es mir, wenn etwas wehtut."

„Ich habe da dieses Kribbeln …"

„Von der guten oder von der schlechten Sorte?"

„Von der allerbesten."

„Ich habe das so sehr vermisst", erwiderte er, während er sie an seinen muskulösen Körper drückte. Trotz bester Absichten war Sam seit ihrer Verletzung nicht mehr in der Stimmung für irgendwas gewesen. Die Schmerzen hatten alles beeinträchtigt, sogar ihre Lieblingsbeschäftigungen.

„Geht mir genauso. Tut mir leid, dass ich in den letzten Wochen so langweilig war.“

„Du warst nicht langweilig, sondern verletzt. Übrigens warst du zu meinem großen Erstaunen außerdem eine ausgezeichnete Patientin.“

Lachend verpasste sie ihm einen Ellbogenstoß in die Magengrube. „Ich habe jede Minute als Patientin gehasst, und ich werde jede Minute des Innendienstes im nächsten Monat hassen. Ich habe Eis auf Parkplätzen zu der Liste der Dinge hinzugefügt, die ich am meisten verabscheue – Fliegen, Nadeln und Eis.“

„Wir verabscheuen jetzt also offiziell Eis.“

„Sogar mehr als Fliegen.“

„Wow. Das ist mal echt krass.“

Sam schloss ihre Hand um seine Erektion. „Apropos krass …“

Er stöhnte. „Es wird nicht lange dauern …“

Sam streichelte ihn und genoss, wie er dabei den Faden verlor.

„Bereit für etwas Kreativität?“, fragte er.

„Immer.“

„Kannst du dich auf die linke Seite legen?“

„Wenn du mir hilfst.“

Als er sie so positioniert hatte, wie er sie haben wollte, presste er sich von hinten an sie und fuhr mit den Händen über jeden Zentimeter ihrer erhitzten Haut, bis sie anfing zu betteln. „Oh, Nick …“

„Was, Süße?“

„Spar dir dein ‚Was, Süße?‘. Du weißt, was ich will!“

„Etwa das?“ Er drang von hinten in sie ein.

„*Ja*“, stöhnte sie und klammerte sich an dem Arm fest, mit dem er sie umfasst hielt. „Genau das.“

„Das habe ich so vermisst“, flüsterte er. „Brich dir keine Knochen mehr, okay?“

„Okay, keine Knochenbrüche mehr.“

Er umfasste ihre Brust und liebkoste die Spitze, dann glitt seine Hand zwischen ihre Beine.

Wie immer spielte er mit ihr, wie nur er es konnte, und erregte sie, bis sie sich auf die Lippe biss, um nicht laut zu schreien, als die Lust sie in tiefen, intensiven Wellen überrollte.

Er stieß in sie und stöhnte, als er kam.

Danach hielt er sie noch lange im Arm, während sich ihre Körper abkühlten und ihre Atmung sich wieder normalisierte.

„Fühlst du dich gut?", fragte er.

„Ich fühle mich göttlich."

„Das war das Ziel."

„Deine Nickerchen sind die besten."

„Bei Nickerchen „R" Us versuchen wir, alle Kundinnen zufriedenzustellen."

Sam lachte und schmiegte sich wieder an ihn, wollte ihm nach so vielen Wochen ohne das, was sie beide dermaßen genossen, so nahe sein, wie sie nur konnte. „Danke, dass du es mit mir und meiner Übellaunigkeit, während ich mich erhole, aushältst."

„Ich liebe dich und deine Übellaunigkeit."

„Du bist ein seltenes Exemplar der Spezies Mann", sagte sie, einen häufigen Spruch von ihm über sie umkehrend.

„Das muss ich auch sein, um dich zu zähmen."

„Du bist in jeder Hinsicht perfekt für mich."

„Dito. Schön, wie das zusammenpasst, hm?"

„Es ist das Schönste in meinem gesamten Leben."

⁓ ◦ ⁓

Im Auto wartete Eli eine halbe Stunde ab, um sich zu beruhigen, seine Gefühle unter Kontrolle zu kriegen und darüber nachzudenken, was er sagen wollte, bevor er Candace zurückrief.

Sie nahm nach dem ersten Klingeln ab. „Hi", meldete sie sich schüchtern und unsicher.

„Hi, Candace. Ich kann nicht glauben, dass ich mit dir telefoniere."

„Ich habe drei Jahre lang auf diesen Tag hingefiebert, ohne zu wissen, ob du nach allem, was meine Eltern dir angetan haben, überhaupt von mir hören willst."

„Von dir zu hören war mein größter Wunsch. Ich habe mir solche Sorgen um dich gemacht."

„Ich habe mir auch Sorgen um dich gemacht, deshalb habe ich mich nie heimlich gemeldet. Ich war nämlich davon überzeugt, dass sie mein Telefon überwachen, und hatte Angst, dich wieder in Schwierigkeiten zu bringen."

„Es bedeutet mir viel, dass du an mich gedacht hast."

„Ich habe die ganze Zeit über an dich gedacht. Es war echt schwer. Hier sprechen wir kaum noch miteinander."

„Wow. Das muss hart gewesen sein."

„Es war schrecklich. Drei sehr, sehr lange Jahre."

„Wohnst du noch bei deiner Mutter?"

„Im Augenblick ja. Ich habe geschuftet wie ein Tier, um mir eine Wohnung leisten zu können."

„Komm doch her", sagte Eli, ohne auch nur eine Sekunde darüber nachzudenken. „Ich habe ein Apartment in Princeton. Du kannst bei mir bleiben."

„Eli ..." Sie lachte nervös. „Wir können nicht einfach da weitermachen, wo wir aufgehört haben. Oder?"

„Warum nicht? Wir wissen beide, dass wir nichts Falsches getan haben – wir haben uns ineinander verliebt, und wenn ich das Herzklopfen, das ich habe, wenn ich deine Stimme höre, richtig deute, hat sich daran nichts geändert. Zumindest nicht von meiner Seite aus."

„Ich war mir sicher, dass du inzwischen eine andere hast."

„Es gab nie eine andere."

„Sag nicht einfach das, wovon du glaubst, dass ich es hören will."

„Ich sage einfach die Wahrheit. Es hat nach dir niemanden mehr für mich gegeben."

„Elijah ..." Candace schluchzte auf. „Es tut mir so furchtbar leid, was sie dir angetan haben. Das werde ich ihnen niemals verzeihen."

„Doch. Irgendwann schon."

„Nein. Ich werde ihnen niemals verzeihen, dass sie dich wie einen Verbrecher behandelt haben."

„Hast du gehört, was mit meinem Vater und Cleo passiert ist?"

„Ja, und ich hätte dich so gern angerufen, aber ich hatte solche Angst, dir damit noch mehr Probleme zu bereiten. Ich war völlig fertig deswegen."

„Es war furchtbar."

„Die Zwillinge leben jetzt bei der Präsidentenfamilie."

„Die beiden sind einfach wunderbar. Sam hat die Zwillinge während ihrer Arbeit an dem Fall kennengelernt und mit nach Hause genommen, weil sie einen Platz gebraucht haben, und seitdem sind sie und ihr Mann wie eine Familie für uns. Ich habe gerade das Weiße Haus verlassen, um zum College zurückzufahren."

„Es ist so verrückt, dass du zeitweise im Weißen Haus wohnst!"

„Ja, oder?", sagte er und lachte. „Ich kann es selbst noch nicht so richtig glauben. Ich habe eine Eskorte vom Secret Service, was ein bisschen lästig ist, aber sie sind cool und versuchen, mir genug Freiraum zu lassen. Ich würde es, äh, verstehen, wenn das alles zu viel für dich wäre. Mein Leben hat sich sehr verändert, seit wir uns das letzte Mal gesehen haben."

„Es ist nicht zu viel, doch fühl dich bitte nicht verpflichtet …“

„Verpflichtung ist das Letzte, was ich fühle, wenn ich an dich denke. Ich möchte mit dir zusammen sein. Das wollte ich von Anfang an. Ich habe dich so sehr vermisst. Du bist die beste Freundin, die ich je hatte.“

„Geht mir genauso. In allen Punkten. Geht mir ganz genauso.“

„Dann komm zu mir nach New Jersey. Zieh bei mir ein.“

„Was ist mit dem College? Ich will dich nicht ablenken, Eli.“

„Nein, bitte komm und lenk mich ab. Du kannst auch ein paar Kurse belegen, dann müssen wir beide lernen.“

„Bist du dir sicher?“

„Ich war mir noch nie bei etwas so sicher. Candace, ich kann es kaum erwarten, dich zu sehen. Wie schnell kannst du hier sein?“

„Wäre morgen zu früh?“

„Ich denke, so lange kann ich es gerade noch aushalten. Soll ich dir ein Ticket besorgen?“

„Das schaff ich schon.“

„Schick mir deine Flugdaten, dann hole ich dich ab. Flieg nach Newark oder zum JFK.“

„Wollen wir das wirklich machen?“

„Ich bin dabei, wenn du es bist.“

„Bin ich. Du hast dich wirklich mit niemand anderem getroffen?“

„Nein. Was ist mit dir?“

„Ich auch nicht.“

„Ist bald morgen?“

⸎

Sam kehrte am nächsten Morgen zur Arbeit zurück, brachte ihren treuen Stock mit und bat Vernon und Jimmy, sie zu fahren, da sie selbst noch nicht ans Steuer durfte.

„Schön, dass Sie wieder zur Normalität zurückkehren“, meinte Vernon, während er den SUV durch den Berufsverkehr lenkte.

„Danke. Es war höchste Zeit.“ Sie bestand darauf, dass sie weder Blaulicht noch Sirene benutzten, um sie schneller durch den Verkehr zu bringen. Das Letzte, was sie wollte, war, dass ihre Kollegen sahen, dass sie eine Sonderbehandlung erhielt. Bei den meisten hatte sie keine Ahnung, wie sie darüber dachten, dass die First Lady weiterhin für die Polizei arbeitete. Falls es größere Einwände gab, hatte sie jedenfalls nichts davon mitgekriegt und war froh, dass dem so war.

Ihre erste Station war die Gerichtsmedizin, wo sie sich bei Lindsey meldete.

Die sprang auf und begrüßte sie mit einer Umarmung. „Lang lebe die Königin! Sie ist wieder da!"

„Hör auf mit dem Quatsch. Was läuft hier so?"

„Der übliche Blödsinn. Ich habe gehört, Ramsey ist heute auch den ersten Tag wieder da."

„Ach? Das habe ich gar nicht mitbekommen."

„Ja. Allem Anschein nach ist das quasi über Nacht passiert. Die Gewerkschaft hat gegen die Kündigung geklagt, und der Richter hat einen Aufschub gewährt, sodass er wieder arbeiten darf, bis der Fall verhandelt ist."

„Na toll. Das ist der Grund, warum wir Leute bei der Polizei haben, die ein entführtes Kind elf Jahre lang ignorieren: dass wir keine Möglichkeit haben, die Idioten loszuwerden."

„Ich glaube schon, dass wir ihn loswerden", erklärte Lindsey. „Es wird bloß länger dauern, als uns lieb ist."

„Wenn er auch nur einen weiteren Tag Polizist ist, ist das zu viel."

„Ich gebe dir recht, und viele andere Leute tun das auch. Soweit ich gehört habe, hat die Entscheidung, ihn wieder arbeiten zu lassen, einen Aufruhr ausgelöst. Wir sind also nicht die Einzigen, die so denken."

„Das ist doch schon mal was."

„Was gibt es Neues von den Marshals über den Kinderschmuggelring?"

„Sie arbeiten weiter daran, seit Jahren vermisste Kinder aufzuspüren."

„Von allen Dingen, mit denen wir uns befassen, ist das wohl das Einzige, was noch ekelhafter ist als Mord."

„Auch da stimme ich dir zu. Nun, ich mache mich besser mal an die Arbeit. Ich habe eine lange Liste für heute."

„Mute dir nicht zu früh zu viel zu."

„Ja, Mom. Danke für den netten Empfang."

„Ich freue mich, dass du wieder da bist. Ohne dich ist das hier nicht dasselbe."

„Das höre ich gern. Trotzdem bin ich mir sicher, viele Leute waren froh, eine Pause von mir zu haben. "

„Nicht dass ich wüsste."

Als eine von ihren engsten Freundinnen bei der Arbeit würde Lindsey es auch gar nicht mitbekommen, wenn die Leute Sam satthätten. „Ich melde mich später noch mal."

„Einen schönen Tag!“

„Dir auch.“

Sam machte sich – langsam – auf den Weg zum Großraumbüro und blieb beim Anblick der Luftballons, die über den einzelnen Arbeitsplätzen schwebten, kurz stehen. „Was ist das denn?“

Ihr gesamtes Team war da, um sie mit Applaus, einem riesigen WILLKOMMEN-ZURÜCK-Banner und den Ballons zu begrüßen. Zur Feier des Tages hatten sie Kaffee und Donuts besorgt. „Wow, danke. Ihr habt mich offenbar vermisst.“ Sie tat, als würde sie sich die Tränen abtupfen. „Ihr habt mich offenbar *wirklich* vermisst.“

„Aus irgendeinem seltsamen Grund, ja.“ Freddie reichte ihr einen Becher mit Kaffee. „Es ist hier nicht dasselbe, wenn du nicht auf uns rumtrampelst.“

„Ich sitze ab heute wieder im Sattel, wenn auch mit Stock und eingeschränktem Dienst.“

„Wir nehmen, was wir kriegen, Lieutenant“, sagte Gonzo. „Ich bin sehr froh, die Leitung dieser widerspenstigen Mannschaft wieder an dich abzugeben.“

„Danke für alles, was du getan hast, damit der Betrieb reibungslos läuft.“

„Es ist extrem frustrierend, dass wir im Fall Olsen keine Fortschritte gemacht haben“, räumte Gonzo ein.

„Lasst uns in den Besprechungsraum gehen und ganz von vorne anfangen, bevor wir Dani und Gigi nach Hause schicken.“

Als sich alle mit Kaffee und Donuts gestärkt hatten, nahm Sam ihren Platz am Kopfende des Tisches ein. „Danke, dass ihr alle die Stellung gehalten habt, und auch für die Besuche, die Blumen, die guten Wünsche. Das bedeutet mir viel. Und jetzt hätte ich gern einen Überblick darüber, wo wir stehen.“

Gonzo und Freddie berichteten, was sie getan hatten, von der Befragung der Anwohner bis hin zu den erneuten Gesprächen mit allen Personen in Audreys Leben.

„Der Freund und sein Bruder sind unschuldig“, erklärte Gonzo. „Sie sind beide untröstlich über den Mord. Außerdem haben sie freiwillig ihre DNA zur Verfügung gestellt, damit wir sie als Verdächtige ausschließen können.“

„Schuldige tun das nicht“, pflichtete ihm Sam bei.

„Korrekt.“

„Wir haben also einen Kerl, der drei sexuelle Übergriffe und einen Mord begangen hat“, fasste Sam zusammen. „Und keine Spur.“

„Genau", stimmte ihr Gonzo grimmig zu. „Ich möchte noch mal erwähnen, was Best zum Thema FDS vorgeschlagen hat."

Sam schüttelte den Kopf. „Kommt leider nicht infrage."

„Was wäre, wenn wir eine Ausnahmegenehmigung beantragen würden, um einen gewalttätigen Serientäter von der Straße zu holen?", fragte Cameron.

„Wir können es versuchen, doch der Erfolg ist keinesfalls garantiert."

„Ich finde, es ist einen Versuch wert", meinte Gonzo. „Wenn wir dadurch Informationen erhalten, die wir vorher nicht hatten."

„Gut, ich werde es dem Captain und dem Chief vortragen", lenkte Sam ein. „Bis dahin sollten wir alles noch einmal durchgehen – Handys, Finanzen, Zeugenaussagen, alles. Wir dürfen nichts übersehen."

„Jawohl, Ma'am", erwiderte Jeannie für alle.

Sam verließ den Besprechungsraum und begab sich in ihr Büro, das Gonzo zuvor aufgeschlossen hatte. Als sie sich hinter den Schreibtisch setzte, atmete sie tief durch, erleichtert, wieder daheim zu sein.

Ein Klopfen an der Tür ließ sie aufblicken. Dr. Trulo stand auf der Schwelle. „Die Gerüchteküche liegt richtig. Die Löwin ist zurück in ihrer Höhle."

Lächelnd winkte Sam ihn herein. „Ja. Zwar am Stock und mit eingeschränktem Dienst, aber wieder hier."

„Wir nehmen Sie, wie wir Sie kriegen." Er setzte sich auf den Besucherstuhl. „Geht es Ihnen besser?"

„Viel. Eine gebrochene Hüfte kann ich allerdings nicht empfehlen."

„Ja, ich habe schon gehört, dass so was keinen Spaß macht."

„Stimmt, und ich konnte niemandem die Schuld geben als mir selbst."

„Das ist furchtbar."

„Danke, dass Sie in meiner Abwesenheit ein Auge auf Gonzo und Jeannie hatten. Sie berichten beide, dass Sie sehr hilfreich waren."

„Das höre ich gern. Das Warten auf den Abschluss des Prozesses war für uns alle schwierig, vor allem für Gonzo, und die Nachrichten über diesen Menschenhändlerring werden immer schlimmer, wie Sie wissen."

„Es ist unfassbar."

„Jap", sagte Trulo.

„Jeannie scheint langsam besser damit klarzukommen."

„Es ist ein Prozess. Die Schwierigkeit besteht darin, die Fehler der anderen zu akzeptieren, die zu dieser Katastrophe geführt haben.“

„Das ist nicht leicht.“

„Apropos Prozess, ich wollte Sie daran erinnern, dass morgen das nächste Treffen der Trauer-Selbsthilfegruppe stattfindet, falls Sie dabei sein können. Aber kein Druck. Jeder weiß, dass Sie noch in der Genesungsphase sind.“

„Ich werde es versuchen. Außerdem werde ich den Freund unseres letzten Opfers einladen, daran teilzunehmen. Leider machen wir in dem Fall bisher keine Fortschritte, also könnte es Wes und seinem Bruder helfen, ein Ventil zu haben.“

„Alle sind willkommen, wie Sie wissen.“ Er erhob sich. „Schön, dass Sie wieder da sind. Ohne Sie ist es hier sehr langweilig.“

„Danke, Doc.“

Kaum war Trulo gegangen, erschien Freddie in der Tür. „Wir haben eine Leiche am Südende des Rock Creek Park, in der Nähe von Adams Morgan.“

KAPITEL 19

„Du darfst nicht mit", erinnerte Freddie Sam, als sie ihm und Gonzo zum Haupteingang folgte.

„Ich will nur zuschauen." Sie hatte Vernon eine SMS geschickt, um ihn wissen zu lassen, dass sie mit Gonzo fahren würde. „Du wirst die ganze Arbeit machen, so sollte es eigentlich ohnehin sein."

„Ich lehne jegliche Verantwortung für Rückfälle ab", erklärte Gonzo, während er seinen fabrikneuen schwarzen Dodge Charger aufschloss.

„Zur Kenntnis genommen."

„Dieses Auto ist so genial", bemerkte Freddie.

„Christina nennt es meinen Midlife-Crisis-Wagen", meinte Gonzo.

„So einen hätte ich auch gern." Freddie zog den Kopf ein, um auf den Rücksitz zu steigen, und überließ Sam den tiefen Vordersitz. „Aber ich finde nichts Cooles, was ich mir leisten kann."

Sam musterte das Auto leicht nervös. „Ich, äh, könnte hier Unterstützung gebrauchen."

„Augenblick." Gonzo kam auf die Beifahrerseite und half Sam in den Wagen.

Auf halbem Weg meldete sich ihre Vernunft. „Stopp."

Gonzo erstarrte.

„Hilf mir bitte wieder raus. Langsam."

Als sie wieder aufrecht stand, winkte sie Vernon. „Ich fahre mit ihnen."

„Wir sehen uns dort. Cruz, auf den Vordersitz. Ich bin nicht dein Chauffeur."

Frustriert und verlegen ging Sam zu dem Secret-Service-SUV hinüber.

Vernon hielt ihr die Hintertür auf und half ihr beim Einsteigen.

„Falls ich es noch nicht erwähnt habe, das nervt total."

„Ich glaube, das haben Sie schon ein- oder zweimal gesagt."

„Ein- oder zwei*hundert* Mal."

„Ich fahre Sie gerne, bis Sie wieder selbst hinters Steuer können. Es hat keinen Sinn, über etwas zu meckern, das man nicht ändern kann."

„Verderben Sie mir nicht den Spaß. Meckern gehört zu meinen Lieblingsbeschäftigungen."

„Na dann, nur zu", erwiderte Vernon und schloss grinsend die Tür.

Sie folgten Gonzo in die K Street, vorbei an der Lounge, in der sie und Nick an Silvester vor zwei Jahren ihre Beförderung zum Lieutenant und seine zum Senator gefeiert hatten. Was seither alles geschehen war! Wenn sie damals schon gewusst hätte, wohin das alles führen würde, hätte sie sich dann trotzdem auf ihn eingelassen?

Ja. Zweifellos. Er war jede verrückte Wendung auf dem Weg ins Weiße Haus wert. Bei ihrem Wiedertreffen nach sechs langen Jahren war ihr schon nach zehn Minuten mit ihm klar gewesen, dass sie niemals mit einem anderen glücklich werden würde. Er war der Richtige für sie. Das Einzige, was sie an den letzten Jahren hätte ändern wollen, war, dass ihr Vater noch am Leben wäre, wenn es nach ihr ginge.

Sie hätte alles dafür gegeben, wenn er in seinem Rollstuhl durch die Flure des Weißen Hauses hätte fahren können, als gehöre ihm der Laden.

Als ihr Tränen in die Augen stiegen, schüttelte sie die Gedanken an ihren verstorbenen Vater ab, um sich ganz auf das Mordopfer einzustellen, zu dem sie unterwegs waren. Die wochenlange Arbeitsunfähigkeit hatte sie weich werden lassen, auch wenn sie von der Ersatzbank aus alle im Auge behalten hatte. Selbst wenn sie nur eingeschränkt einsatzfähig war, war es besser, wieder an der Front zu sein, als weiter krankgeschrieben zu sein.

Vernon brachte den SUV hinter Gonzos Auto zum Stehen und sprang heraus, um ihr beim Aussteigen zu helfen.

„Vielen Dank", sagte Sam.

„Gern. Übertreiben Sie es nicht, junge Frau."

„Käme mir nie in den Sinn."

„Natürlich nicht."

Sam wusste seine Ironie zu schätzen. Sie ging langsam und

vorsichtig auf das Absperrband zu, das eine ihr unbekannte Polizistin bewachte.

Die junge Frau hob das gelbe Flatterband für sie an. „Lieutenant.“

Sam warf unauffällig einen Blick auf ihr Namensschild. „Danke sehr, Officer Wisdom. Guter Name.“

„Danke, Ma'am. Ist mir eine Ehre, Sie kennenzulernen.“

„Gleichfalls.“

Sam suchte sich ihren Weg über das unebene Gelände, dem sie eigentlich besser hätte fernbleiben sollen, zu der Stelle, an der Freddie und Gonzo über dem Leichnam standen. Als sie beiseitetraten, sah sie eine halb nackte junge Frau und stieß einen Fluch aus. „Nicht schon wieder.“

„Ich fürchte doch“, sagte Gonzo und klang genauso frustriert wie sie.

„Das FDS ist gerade noch interessanter geworden“, meinte Freddie.

„Stimmt.“ Sam beugte sich vor, um die Tote genauer zu betrachten. „Was wissen wir über sie?“

„Sie heißt Ling Woo, siebenundzwanzig Jahre alt, mit einem Studierendenausweis der Georgetown und einem Führerschein aus D. C. Sie wohnt etwa sechs Blocks von hier entfernt am Ward Place in einem Apartment im dritten Stock.“ Sie machten Fotos, während sie auf Lindsey warteten.

„Schon wieder?“, fragte die kurz darauf, während sie die Leiche untersuchte.

„Sieht ganz so aus“, antwortete Sam. Sie hatten mehrfach vor einem Sexualstraftäter gewarnt, der im Rock Creek Park sein Unwesen trieb, aber das hatte Ling und andere Frauen nicht davon abgehalten, ihr Leben trotz der Bedrohung normal weiterzuführen. Sam nahm es ihnen nicht übel. Warum sollten sie in Furcht leben? Sie war sauer, dass irgendjemand in ihrer Stadt Grund dazu hatte, und sie war mehr denn je entschlossen, diesen Kerl zu stoppen. Kurze Zeit später begaben sie sich wieder auf den Weg zurück zu den Autos und hielten unterwegs an, um jeden, der ihnen begegnete, zu befragen, ob er etwas Ungewöhnliches bemerkt hatte.

„Irgendjemand muss an einem der Tatorte etwas gesehen haben“, brummte Gonzo.

„Da ich keine Treppen steigen kann, gehe ich zurück, um die Medien zu informieren und einen Aufruf an die Bevölkerung zu starten, sich mit Informationen zu melden“, erbot sich Sam. „Ihr macht ihre Verwandten ausfindig.“

„Ich würde lieber die Medien informieren“, erklärte Freddie.

„Das übernehme ich", erwiderte Sam.

Vernon half ihr zurück in den SUV. „Wohin?"

„Zum Hauptquartier, bitte."

„Alles klar." Als er im Auto saß, sah er sie im Spiegel an. „Hängt dieser Fall mit dem anderen zusammen?"

„Das wissen wir erst, wenn wir die DNA haben, aber ich halte es für sehr wahrscheinlich."

„Verdammt."

„Sie sagen es." Sam rief Malone an. „Wir haben einen weiteren Sexualmord."

„Mist. Wo diesmal?"

„Am Südrand des Parks, in der Nähe von Adams Morgan. Wir müssen eine weitere Warnung rausgeben, und ich möchte mit Ihnen und dem Chief über eine FDS-Nutzung sprechen, um diesen Kerl aufzuspüren."

„Das wird schwer zu verkaufen sein. Die Bürgermeisterin ist strikt dagegen."

„Aus gutem Grund. Ich stimme zu, dass es unverhältnismäßig viele Minderheiten im System gibt, doch wenn wir etwas tun können, um dieses Kerls habhaft zu werden, bevor er eine weitere Frau vergewaltigt und tötet, sollten wir es nicht wenigstens versuchen?"

„Sie rennen bei mir offene Türen ein. Aber Sie müssen die Bürgermeisterin und den Bezirksstaatsanwalt überzeugen."

„Ich arbeite daran."

„Es heißt, der FBI-Bericht kommt morgen. Avery hat gefragt, ob er uns heute am Ende des Tages für ein paar Minuten sprechen kann. Geht das bei Ihnen?"

„Ja, ich bin gleich wieder da", sagte sie, während ihr die Sorge um den Inhalt des Berichts eine Heidenangst einjagte.

Nick hatte ein Treffen seiner engsten Berater einberufen – Terry, Derek, Christina, Trevor und George, sein Redenschreiber –, um den ersten Entwurf für die Ansprache zur Lage der Nation zu präsentieren, die er halten wollte. Er hatte sich nicht in die Karten schauen lassen und beabsichtigte, den größten Teil der Rede selbst zu verfassen, um ihr den gewünschten Tenor und Tonfall zu geben. Nick verteilte die Kopien, die er von einer seiner Sekretärinnen hatte anfertigen lassen.

„Das möchte ich sagen", verkündete er und lehnte sich zurück, während die anderen den Entwurf lasen.

Irgendwann sah Terry mit hochgezogenen Brauen zu ihm herüber.

„Ich liebe die Passage mit dem Flugzeug", erklärte Christina.

„Geht mir genauso", pflichtete ihr Derek bei. „Die ist genial."

„Danke", erwiderte Nick, erfreut über das Lob. Während seine Familie schlief, hatte er in den letzten Wochen jede Nacht stundenlang an der Rede gefeilt, die sein erstes Amtsjahr prägen sollte.

„Ich finde diesen Entwurf", Trevor blätterte die Seiten durch, „bemerkenswert, Mr President. Ich würde kein einziges Wort ändern."

„Das sehe ich genauso", gab ihm George recht. „So ist sie perfekt."

„Was meinst du, Terry?"

„Ich liebe den Text", antwortete der. „Ich habe bloß Angst, dass es ein bisschen zu ehrlich sein könnte, wenn du verstehst, was ich meine."

„Das ist ja das Schöne daran", widersprach Derek. „Die Dinge, die er hier sagt, können nur von ihm kommen, und es ist wichtig, dass das amerikanische Volk sie hört, damit die Leute wissen, wie er wirklich ist. So können wir uns gegen die Behauptung wehren, er sei zu jung, zu unerfahren, von niemandem gewählt und somit unrechtmäßig im Amt. Wenn er einen Einblick in sein wahres Wesen gewährt, wird das helfen, einiges davon zu überwinden."

„Es ist riskant", gab Terry zu bedenken.

„Dessen bin ich mir bewusst", entgegnete Nick. „Aber vergesst nicht, dass ich mir keine Sorgen um meine politische Zukunft mache. Ich sitze längst auf dem Chefsessel. Wenn ich nur diese drei Jahre im Amt habe, dann soll es so sein. Das ist mehr, als ich je zu träumen gewagt hätte."

„Ich würde das gerne mit Dad besprechen", bat Terry. Sein Vater war der frühere Senator Graham O'Connor.

„Ich habe ihm den Entwurf bereits geschickt", sagte Nick. „Er ist begeistert und befürwortet ihn."

„Dann sind wir uns ja einig", meinte Christina. „Der Text ist wunderbar."

„Danke sehr. Ich weiß eure Rückmeldungen zu schätzen."

Derek, Trevor, Christina und George gingen ein paar Minuten später und ließen Nick und Terry allein zurück.

„Was hört man aus dem Kapitol über Gretchens Treffen mit den Senatoren?"

„Bisher läuft es gut. Es wird die erwartete Kritik an ihrer Unerfahrenheit geäußert, insbesondere daran, dass sie noch nie in ein Amt gewählt worden ist und nur einen Herzschlag von der

Präsidentschaft entfernt ist, doch niemand kann ihre Ausbildung, ihren politischen Stallgeruch oder ihre Sattelfestigkeit bei allen möglichen Themen anzweifeln."

„Unerfahrenheit scheint das Grundthema unserer Regierung zu sein."

„Du hast jetzt die Möglichkeit, der Welt zu beweisen, dass das nicht gleichbedeutend mit Inkompetenz ist."

„Hoffen wir mal, dass wir das hinkriegen." Nick hätte niemandem, nicht einmal seinem engsten Mitarbeiter gegenüber zugegeben, dass die Last der Angelegenheiten, die jeden Tag auf seinem Schreibtisch landeten, ihm das Adrenalin durch die Adern jagte, während er sich mit einer Vielzahl von Themen befasste, deren Auswirkungen nicht leicht zu messen oder zu formulieren waren. Die Verantwortung für all das lastete wie ein Felsbrocken auf seinen Schultern, und das tagtäglich.

◦◦◦

Sam traf zur gleichen Zeit wie der leitende FBI Special Agent Avery Hill am Hauptquartier ein.

„Du kommst immer besser zurecht", begrüßte er sie.

„Jeden Tag. Trotzdem bin ich froh, wenn ich den Stock los bin."

„Kann ich mir vorstellen."

„Bist du hier, um unser Leben zu ruinieren?"

„Auf keinen Fall."

„Na, da bin ich aber froh."

Avery passte sich ihrem Tempo an und ging mit ihr in Richtung des Büros des Chiefs, wo sich eine große Gruppe von Lieutenants und Captains im Besprechungsraum versammelt hatte.

Lieutenant Archelotta begrüßte sie mit einem Nicken. „Schön, dass du wieder da bist."

„Dito. Notiz an mich selbst – nicht die Hüfte brechen."

„Ich habe gehört, das soll richtig übel sein."

„Das ist korrekt." Sie setzte sich auf den Stuhl, den Captain Malone ihr unter dem Tisch hervorgezogen hatte. „Danke, Captain. Schön, Sie alle zu sehen."

„Willkommen zurück", empfing sie Higgins aus der Abteilung für Sprengstoffe.

„Vielen Dank."

„Freut mich zu hören, dass das FBI den Bombenleger gefasst hat", erklärte Higgins.

„Mich auch."

„Agent Hill", eröffnete Chief Farnsworth die Besprechung. „Sie haben das Wort."

„Vielen Dank. Zunächst einmal möchte ich Ihnen allen für Ihre Kooperation in den letzten Monaten danken, während mein Team seine Ermittlungen durchgeführt hat. Es ist nie leicht, untersucht zu werden, vor allem nicht von einer konkurrierenden Behörde. Unser Bericht wird den Geist der Zusammenarbeit und das aufrichtige Bemühen der Führungsebene widerspiegeln, Probleme zu erkennen und anzugehen und gleichzeitig die zahlreichen Mitarbeiter zu unterstützen, aus denen diese Abteilung besteht. Wir haben mit vielen Personen auf allen Ebenen und in allen Funktionen gesprochen, von der Bibliothekarin und dem Psychiater über die Streifenpolizisten, die Sondereinheit für Sexualdelikte, die IT-Abteilung und Homeland Security bis hin zur Abteilung Innere Ermittlungen. Was wir vorgefunden haben, sind viele hart arbeitende, engagierte Fachleute, die sich bemühen, die bestmögliche Sicherheit für Washington, seine Einwohner und die vielen Besucher zu gewährleisten, die jedes Jahr in die Hauptstadt des Landes kommen.

Allerdings haben wir auch Mängel festgestellt. Einige davon sind Ihnen bekannt, wie etwa die vielen unausgewerteten Vergewaltigungskits, ungelöste Entführungen, Überfälle, Einbrüche und Morde, die in einigen Fällen ein Jahrzehnt oder länger zurückliegen. Wir sind uns schmerzlich bewusst, dass Sie nicht jedes Verbrechen zur Zufriedenheit der Opfer und ihrer Angehörigen aufklären können. Wir haben die ehemaligen Beamten mit den meisten ungelösten Fällen ausfindig gemacht, und in Anbetracht der jüngsten erfolgreichen Abschlüsse der Fälle Worthington und Deasly empfehlen wir der Abteilung, alle verfügbaren Ressourcen für die Lösung möglichst vieler dieser ungeklärten Fälle einzusetzen.

Bei den offenen Fällen haben wir festgestellt, dass unverhältnismäßig viele Opfer einer Minderheit angehören, und ich gehe davon aus, dass dies bei der Veröffentlichung des Berichts die Schlagzeile sein wird, auf die sich die Medien konzentrieren. Ich wollte die Gelegenheit nutzen, um Ihnen persönlich zu sagen, dass ethnische Unterschiede ein Problem für die gesamte Polizei von Washington sind. Wie Sie vermutlich wissen, ist dies ein Thema, das in den Polizei- und anderen Strafverfolgungsbehörden im Argen liegt. Wir empfehlen zusätzliche Schulungen in den Bereichen Diversität, implizite Vorurteile, kulturelle Stereotype und faire und unparteiische Polizeiarbeit. Wir haben keine bedeutenden Mängel in den Bereichen

Führung oder Leitung entdeckt und empfehlen, dass der neue stellvertretende Leiter aus den Reihen des derzeitigen Personals stammt. Wenn Sie Fragen haben, beantworte ich sie jetzt gerne."

„Danke, Agent Hill, dass Sie dieses Projekt übernommen haben – und für Ihre Loyalität und Offenheit", erwiderte Farnsworth. „Wie jede Behörde, die aus Tausenden von Menschen mit den unterschiedlichsten Hintergründen besteht, haben auch wir unsere Stärken und Schwächen. Wir sind mehr als bereit, die Schwächen anzugehen, um unsere Erfolgsbilanz in den von Ihrem Team erkannten Problembereichen zu verbessern. Ich spreche für alle in diesem Raum, wenn ich Ihnen versichere, dass wir Ihre Empfehlungen annehmen werden und dass alle Führungskräfte sie beachten werden."

Die Sitzung endete kurze Zeit später mit dem Versprechen des Chiefs, die Ausbildung des gesamten Personals zu verbessern und sich mit den ungelösten Fällen zu befassen.

„Das hätte schlimmer kommen können", bemerkte Archie, als er und Sam in Richtung Großraumbüro gingen.

„Das finde ich auch. Es ist eine Erleichterung, dass sie sich hinter die Chefetage gestellt haben, was den Chief aus der Schusslinie zu nehmen scheint."

„Ja. Wir hatten hier schon genug Unruhe, ohne dass die ihn rausschmeißen."

„Ich würde den Job nicht ohne seinen Beistand machen wollen."

„Absolut. Ich habe gehört, ihr habt ein weiteres totes Vergewaltigungsopfer."

„Ja, und wenn die DNA mit den früheren Fällen übereinstimmt, werden wir eine Ausnahme von der geltenden FDS-Regelung beantragen."

„Lass es mich wissen, wenn ich behilflich sein kann. Diese Technologie ist spannend."

„Mach ich."

„Übrigens habe ich noch nie so gelacht wie bei diesem *SNL*-Sketch."

„Das Thema ist in diesem Gebäude absolut tabu."

„Haha", sagte Archie. „Das könnte dir so passen." Im Gehen summte er „My Humps".

Freddie und Gonzo betraten das Großraumbüro gerade von der anderen Seite her, als Sam mit Archie hereinkam. Beide trugen noch ihre Winterjacken, ihre Mienen waren grimmig.

„Wie immer ruiniert die Nachricht von der Ermordung eines geliebten Menschen einen schönen Tag." Freddie öffnete den

Reißverschluss seiner Jacke. „Wir haben mit Lings Mitbewohnern gesprochen, die am Boden zerstört sind. Sie ist die Erste aus ihrer Familie, die es ans College geschafft hat, und ihre Eltern leben in China. Wir müssen erst einen Übersetzer organisieren, ehe wir sie anrufen können. Laut den Mitbewohnern sprechen die Eltern kein Englisch.“

Eine halbe Welt entfernt waren Menschen mit ihrem Alltag beschäftigt, ohne zu ahnen, dass in Washington jemand ihre Tochter vergewaltigt und ermordet hatte. Sam brach das Herz beim Gedanken an sie und die Hoffnungen und Träume, die zusammen mit Ling gestorben waren.

„Nach allem, was man hört, war Ling ruhig und zurückhaltend. Sie hatte keine Dates, nur einen kleinen Freundeskreis in der neurowissenschaftlichen Abteilung und ging bloß selten aus. Ihre Mitbewohner sagen, sie habe die meiste Zeit mit Lernen oder in ihrem Labor verbracht. Erst vor Kurzem hat sie wieder mit dem Laufen angefangen, aufgrund eines Neujahrsvorsatzes, sich mehr zu bewegen.“

„Ihre Mitbewohner haben uns auch erzählt, sie sei brillant gewesen“, fügte Gonzo hinzu. „Sie werden bald hier sein, um sie zu identifizieren.“

„Ich will diesen Kerl finden“, knurrte Sam, „und ihn aufhalten, bevor er so etwas wieder tun kann. Bislang stehen wir mit leeren Händen da, und das lässt ihn kühner werden. Wir haben die Frauen gewarnt, sich vom Park fernzuhalten, und er ist sich darüber im Klaren, dass wir auf der Hut sind, aber er hat es trotzdem wieder getan. Er weiß, dass wir die DNA nicht mit ihm in Verbindung bringen können, also ist er unvorsichtig. Der Kerl will uns darauf stoßen, dass er es jedes Mal ist – und dass er damit immer wieder durchkommt.“

„Er wird es so lange tun, bis wir ihn aufhalten“, prophezeite Gonzo.

„Kleinen Moment.“ Sam drehte sich um, ging wieder zum Büro des Captains zurück und blieb an der Tür stehen. „Kommen Sie mit.“

„Ja, Ma'am“, entgegnete Malone. „Was immer Sie sagen, Ma'am.“

Sie begaben sich zum Büro des Chiefs.

„Agent Hill ist immer noch da“, unterrichtete Helen sie. „Soll ich die beiden stören?“

„Ja, bitte“, erwiderte Sam.

„Sie hat hier das Sagen“, bemerkte Malone.

Helen blickte mit großen Augen zwischen den beiden hin und her, als verstünde sie nicht, was das alles bedeutete. „Chief, Captain

Malone und Lieutenant Holland sind hier und wollen Sie sofort sehen." Sie legte auf. „Er lässt bitten."

„Danke, Helen", meinte Sam, als sie dem Captain ins Büro des Chiefs folgte.

„Was gibt's?", fragte Farnsworth.

„Fragen Sie sie", antwortete Malone. „Sie hat mir befohlen, an diesem Treffen teilzunehmen."

Avery lachte. „Typisch Sam."

„Wir haben zwei tote Frauen und vier sexuelle Übergriffe. Wir haben das Ergebnis der Untersuchungen vom letzten Opfer noch nicht zurück, aber wir glauben, dass die DNA mit der bei den anderen dreien übereinstimmen wird. Unser Mann ist nicht im System, was er natürlich weiß. Er wird immer frecher und kommt damit durch, also wird er so lange weitermachen, bis wir ihn aufhalten. Wir haben keine Zeugen, kein brauchbares Material aus Überwachungskameras und keinen einzigen Hinweis darauf, wer dieser Kerl ist. Ich würde gerne FDS ausprobieren, um zu schauen, ob sich da etwas findet, das uns zu einem Verdächtigen führt."

KAPITEL 20

Farnsworth schüttelte den Kopf. „Wie Sie wissen, ist das hier nicht erlaubt.“

„Ich will eine Ausnahmegenehmigung beantragen. Dieser Fall gehört zu denen, die wir mit dieser Technologie lösen können.“

„Das verstehe ich, doch der Stadtrat, die Bürgermeisterin und der Bezirksstaatsanwalt haben sich geschlossen dagegen ausgesprochen.“

„Ich möchte sie formell um eine Ausnahme bitten. Wie kann ich das anstellen?“

Farnsworth dachte nach. „Machen Sie es schriftlich, und nennen Sie so viele Details wie möglich zu den einzelnen Verbrechen. Wenn Sie der Bürgermeisterin und dem Staatsanwalt zeigen, was dieser Kerl den Frauen antut, trägt das vielleicht dazu bei, sie davon zu überzeugen, dass wir etwas Ungewöhnliches ausprobieren müssen, um ihn zu finden.“

„Ich setz mich sofort dran.“

„Versprechen Sie sich nicht zu viel davon“, fügte er hinzu. „Es wird schwer zu verkaufen sein. Die Bürgermeisterin hat sich scharf gegen den Einsatz von FDS bei strafrechtlichen Ermittlungen ausgesprochen. Als sie noch im Stadtrat gesessen hat, war sie die Initiatorin des Gesetzentwurfs, mit dem das Verfahren verboten wurde.“

„Ich verstehe die Bedenken und stimme ihnen in den meisten Fällen zu. Dies ist aber nicht der Normalfall. Wir haben es mit einem Sexualstraftäter zu tun, der tötet. Wenn wir keinen Weg finden, ihn zu stoppen, wird er eine weitere Frau ermorden.“

„Sie rennen bei mir offene Türen ein. Kontaktieren Sie das Rathaus."

Sam nickte, dankbar dafür, dass sie ausnahmsweise mal Innendienst hatte und sich persönlich darum kümmern konnte. „Verstanden. Wir werden dafür sorgen, dass sie auf keinen Fall Nein sagen kann. Kommen Sie mit mir zu einem Treffen mit ihr?"

„Muss ich?", fragte der Chief.

Sam lachte über seinen gequälten Gesichtsausdruck. „Ja."

„Na gut."

„Wenigstens werden Sie im FBI-Bericht nicht aufgespießt und auf kleiner Flamme geröstet."

„Immerhin. Wo Sie schon mal hier sind, möchte ich gern mit Ihnen über die anderen ungeklärten Mordfälle sprechen."

„Ich hatte vor, Green zu bitten, eine Überprüfung und eine Einschätzung der Dringlichkeit für uns durchzuführen. Wir werden sie uns immer wieder zwischendurch vornehmen."

„Staatsanwalt Tom Forrester möchte außerdem eine Prüfung aller Verurteilungen im Zusammenhang mit Stahls Fällen."

Sam seufzte tief. „Das könnte sehr unschön werden."

„Es ist bereits unschön", sagte Malone. „Aber es könnte noch deutlich schlimmer werden."

„Bitten Sie Detective Green, uns über seine Ergebnisse auf dem Laufenden zu halten."

Sam humpelte zur Tür. „In Ordnung."

„Lieutenant."

Sam wandte sich noch einmal zu Chief Farnsworth um. „Ja, Sir?"

„Es ist schön, dass Sie wieder da sind. Wir haben Sie vermisst."

„Oh, vielen Dank. Ich genieße es, wieder hier zu sein."

Als sie sich langsam auf den Weg zurück zum Großraumbüro machte, begegnete sie dem letzten Menschen, den sie treffen wollte – Sergeant Ramsey.

„Na, wenn das nicht Miss Superwichtig ist. Sie müssen begeistert sein, mich wiederzusehen, nach allem, was Sie getan haben, damit ich rausfliege."

Sam ging weiter, als hätte er nichts gesagt, beschleunigte allerdings das Tempo, um ihn so schnell wie möglich hinter sich zu lassen.

„Ich liebe den Krückstock", rief er ihr nach. „Auch wenn ein Besenstiel angemessener wäre."

Sam wollte ihn fragen, wie es um seine Scheidung stand, doch da sie ihm nicht in den Hintern treten konnte, falls es hässlich werden würde, hielt sie den Mund und ließ ihn reden.

„Gewöhnen Sie sich lieber daran, dass ich wieder da bin", höhnte Ramsey. „Denn ich bin gekommen, um zu bleiben."

„Was hat Ramsey gesagt?", erkundigte sich Freddie, als sie das Großraumbüro erreichte.

„Ich hab ihm nicht wirklich zugehört."

Freddie lachte. „Ich kann es nicht fassen, dass wir ihn wieder ertragen müssen."

Sam zuckte die Achseln. „Ist mir egal. Ich werde ihn ignorieren, bis er für immer verschwindet, nachdem der Richter ihn schuldig gesprochen hat, mein Büro verwüstet zu haben." Damit wandte sie sich an Detective Green. „Kann ich kurz mit dir reden?"

Cameron sprang auf. „Klar."

Sam betrat ihr Büro. „Schließ die Tür."

Er gehorchte und nahm Platz. „Was gibt's?"

„Ich würde dich gerne mit der Überprüfung von Stahls Mordfällen beauftragen."

„Den ungeklärten?"

„Allen."

„Wow."

„Forrester will, dass jede Verurteilung überprüft wird, die auf Stahls Ermittlungen zurückgeht. Außerdem erhalten wir jetzt schon Anfragen von Anwälten wegen Neuverhandlungen der alten Fälle."

„Das könnte eine große Sache werden."

„Es ist bereits eine."

„Ja, vermutlich hast du recht. Ich kümmere mich gleich darum. Kriege ich Hilfe?"

„Jeannie und Matt können dir zuarbeiten. Ich werde mich an Cruz und Gonzo hängen, bis ich wieder voll einsatzfähig bin."

„Und erledigen wir das zusätzlich zu den aktiven Fällen?"

„Richtig."

„Verstanden."

„Dann sage ich den anderen Bescheid. Ich weiß es zu schätzen, dass du das federführend übernimmst."

„Danke, dass du mich gefragt hast."

„Halt mich über alles auf dem Laufenden, was du herausfindest."

„Natürlich."

„Mal was anderes – wie läuft es mit Gigi?"

Greens ganzes Gebaren wurde weicher, und er lächelte. „Großartig. War nie besser, um genau zu sein."

„Das höre ich sehr gern. Geht es ihr denn gut?"

„Ich glaube schon, aber das solltest du sie selbst fragen. Sie kann es kaum erwarten, wieder voll dienstfähig zu sein."

„Okay, ich rede mal mit ihr. Manchmal behaupten wir, dass es uns gut geht, obwohl das gar nicht stimmt, weil wir unbedingt wieder mitspielen wollen. Das habe ich auch schon getan – und werde es bei dieser verdammten Hüftsache wahrscheinlich wieder tun."

„Sie hat sich wirklich großartig erholt, doch sie wirkt immer noch so zerbrechlich. Das war früher nicht der Fall. Sie würde mich dafür hassen, dass ich das sage."

„Ich werde nichts verraten, aber ich verstehe, was du meinst. Jeannie war ein paar Monate nach der Vergewaltigung ebenfalls so. Als Polizistinnen sind wir davon überzeugt, dass wir in allen Situationen auf uns selbst aufpassen können. Es ist ein Schock, wenn wir feststellen, dass das nicht immer gilt."

„So hatte ich das noch nicht gesehen, doch vermutlich hast du recht."

„Habe ich meistens."

„Gott, das war eine Steilvorlage, was?"

Sam schenkte ihm ein breites Grinsen. „Das war ein Elfmeter aufs leere Tor. Ich werde mit ihr reden, allerdings nicht erwähnen, dass ich schon mit dir gesprochen habe."

„Danke. Ich bewege mich in dieser neuen Beziehung auf einem schmalen Grat zwischen dem Wunsch, sie zu unterstützen, und dem Bedürfnis, sie zu schützen."

„Gigi hat Glück, dass sie dich hat."

„Ich bin derjenige, der Glück hat. Danke, dass du mir einen Schubs in die richtige Richtung gegeben hast."

„Du weißt doch: Ich tue für meine Leute, was ich kann."

Er stand lächelnd auf. „Ich bin froh, zu deinen Leuten zu gehören. Ich halte dich über die Situation mit Stahl auf dem Laufenden."

Er war kaum zur Tür raus, als Gonzo hereinkam. „Worum ging es?"

„Ich habe ihm die Verantwortung für Stahls ungeklärte Fälle und Verurteilungen übertragen."

„Das hätte ich auch erledigen können."

„Ich weiß, aber ich brauche dich noch für ein paar Wochen als meine Augen und Ohren im Außendienst. Das hat sich seltsamer angehört, als ich es beabsichtigt hatte."

Gonzo lächelte. „Ich hab schon verstanden, was du meinst. Was tun wir, um diesen Vergewaltiger und Mörder dingfest zu machen?"

„Wir erstellen eine detaillierte Begründung für eine FDS-Anfrage, die wir der Bürgermeisterin vorlegen werden. Kannst du das für die beiden früheren Übergriffe übernehmen? Ich schreibe dann was zu Olsen und Woo."

„Wird erledigt."

„Danke dir."

Sam verbrachte die nächsten Stunden damit, den Bericht über die Vergewaltigung und Ermordung von Audrey Olsen zusammenzufassen, wobei sie sich auf die brutalsten Elemente des Angriffs konzentrierte. *Während der Täter ihr mit der Hand den Mund zuhielt, vergewaltigte er sie vaginal und anal, bevor er sie erwürgte.*

Wenn dieser eine Satz nicht ausreichte, um die Bürgermeisterin zu überzeugen, sie FDS verwenden zu lassen, war sich Sam nicht sicher, was das tun würde.

Sie stand auf und begab sich zur Tür. „Bevor wir uns damit an die Bürgermeisterin wenden, will ich mit den beiden Frauen sprechen, die überlebt haben", sagte sie zu Gonzo.

„Sie wurden bereits eingehend befragt", wandte Gonzo ein.

„Aber nicht von mir."

⁂

Am nächsten Tag bat Sam Kaitlyn Oliver zu sich, da Kaitlyn im dritten Stock eines Hauses in Foggy Bottom wohnte und Sam noch keine Treppen steigen konnte.

„Schön, dass Sie gekommen sind", begrüßte sie Kaitlyn, die mit einer Flasche Wasser vor sich am Tisch im Besprechungsraum saß. Sie hatten das Whiteboard umgedreht, damit die Frau die Details der Fälle Olsen und Woo nicht sehen musste.

Sam hatte Jeannie gebeten, sich dazuzusetzen, in der Hoffnung, dass es für Kaitlyn angenehmer sein würde, mit zwei Frauen zu sprechen. Außerdem hatte Jeannie ja eine ähnliche Erfahrung machen müssen. „Das ist meine Kollegin, Detective Jeannie McBride."

„Ich wünschte, wir würden uns unter anderen Umständen kennenlernen", erklärte Jeannie.

Kaitlyn nickte. „Ich auch."

Sam bemerkte, dass Kaitlyns Hände zitterten, als sie die Wasserflasche umklammerte. „Es tut uns leid, dass wir Ihnen das noch einmal zumuten müssen, doch wir wollen sicher sein, dass wir alle Informationen haben."

„Ist schon gut. Wenn es hilft, ihn zu fassen, tue ich, was immer ich kann."

„Können Sie uns alles von Anfang an schildern?", fragte Sam vorsichtig.

„Ja. Ich war draußen im Schnee spazieren, denn ich bin einer der wenigen Menschen, die hier aufgewachsen sind und Schnee lieben. Tatsächlich kann ich gar nicht genug davon kriegen. Obwohl … Nach dieser Sache wird er für mich nie wieder so aussehen wie vorher." Sie wischte sich eine Träne weg, als ärgere sie sich darüber. „Ich war abgelenkt, hatte das Gesicht den fallenden Schneeflocken zugewandt, atmete die kalte Luft ein und genoss einfach den Tag. Er hat mich von hinten gepackt und mich in Sekundenschnelle tief ins Unterholz gezerrt. Ich schlug hart auf dem Boden auf, mit dem Gesicht nach unten." Sie rieb sich eine Stelle auf der Wange, wo von dem Angriff zwei Wochen zuvor noch ein schwacher blauer Fleck zu erkennen war. „Alles, was ich über Selbstverteidigung weiß, war wertlos. Er hat mich in Sekundenschnelle völlig bewegungsunfähig gemacht."

Sam streckte die Hand aus, um die Wasserflasche zu öffnen. „Nehmen Sie einen Schluck."

Kaitlyn trank aus der Flasche und wischte sich mit dem Taschentuch, das Jeannie ihr reichte, die Augen ab. „Tut mir leid."

„Das muss es nicht", beruhigte Jeannie sie. „Ich weine immer noch jedes Mal, wenn ich an meine Vergewaltigung zurückdenke."

Kaitlyn schien überrascht, das zu hören.

„Vertrauen Sie mir, ich kenne mich auch mit Selbstverteidigung aus."

Die junge Frau holte tief Luft und atmete langsam wieder aus. „Das belastet mich so sehr. Ich wusste, was zu tun war, aber als es geschah, war ich in einer Art Schockstarre."

„Das wäre jedem so gegangen", sagte Sam.

„Es ist nur … Es ist schwer, darüber zu reden."

„Wir verstehen das, und es tut uns sehr leid, dass Sie das ein weiteres Mal durchmachen müssen", versicherte ihr Jeannie. „Da er inzwischen allerdings zwei Frauen ermordet hat, ist das jetzt unser Fall. Wir wollen uns vergewissern, dass wir jedes Detail haben, das wir brauchen."

„Ich muss dauernd an die Mädchen denken, die er umgebracht hat", flüsterte Kaitlyn, während sie sich weitere Tränen wegwischte. „Das hätte genauso gut ich sein können."

„Nehmen Sie sich so viel Zeit, wie Sie brauchen", antwortete Sam und zwang sich, mit der traumatisierten jungen Frau geduldig zu sein.

„Er hat mir mit einer Hand den Mund zugehalten und mir mit der anderen die Hose runtergezogen. Dann hat er meine Unterhose zerrissen und mir den Stoff in den Mund gestopft. Ich habe hyperventiliert, weil ich Atemnot bekam." Sie holte erneut tief Luft. „Er hat mich vergewaltigt und dabei die ganze Zeit seine Hand auf meinem Gesicht behalten. Ich erinnere mich, dass mir kalt war und ich nicht atmen konnte und dass es wehtat – sehr weh. Ich dachte, es hört niemals auf."

„Haben Sie eine Ahnung, wie lange es tatsächlich gedauert hat?", fragte Sam. Dazu hatte sie in den Berichten nichts gefunden.

„Ich habe es mir tausend Mal durch den Kopf gehen lassen, aber ich weiß es einfach nicht. Es hat sich wie eine ganze Stunde angefühlt, doch es waren wohl eher zehn oder fünfzehn Minuten. Lange genug, dass er mich zweimal vergewaltigen konnte."

Das ließ Sam vermuten, dass der Mann, den sie suchten, jung war und sich schnell erholte – oder dass er etwas eingenommen hatte.

„Haben Sie ihn gesehen?"

„Nein. Er war immer hinter mir. Ich lag mit dem Gesicht nach unten im Schnee."

„Hat er etwas zu Ihnen gesagt?"

„Kein Wort."

„Erzählen Sie uns, wie Sie ihm entkommen sind."

„Ich habe mich die ganze Zeit gewehrt, habe nach ihm getreten und gegen ihn gekämpft. Irgendwann habe ich ihn getroffen, und er hat aufgestöhnt und seinen Griff gelockert. Nur für eine Sekunde, aber mehr habe ich nicht gebraucht. Ich bin aufgesprungen, habe mir den Stoff aus dem Mund gezerrt und bin davongestolpert, wobei ich um Hilfe geschrien habe. Ich war in Panik, weil ich sicher war, dass er mich verfolgen würde, doch das hat er nicht getan. Zwei Jogger haben sich um mich gekümmert und die Polizei gerufen. Der eine war eine Frau, und ich weiß noch, dass sie mir geholfen hat, meine Hose wieder anzuziehen, während der Typ, der bei ihr war, weggeschaut hat."

Sam fragte sich, wohin der Täter währenddessen verschwunden war. Wie hatte er es geschafft, sich zu entfernen, obwohl Leute in der Nähe gewesen waren? Irgendjemand musste etwas gesehen haben. Sie notierte sich, dass sie das Pärchen, das Kaitlyn geholfen hatte, zu einem erneuten Gespräch einbestellen würde.

„Erinnern Sie sich sonst noch an etwas? Selbst an etwas so Zufälliges wie einen Geruch oder die Farbe seines Mantels oder irgendetwas anderes, das Ihnen aufgefallen ist?"

„Nein."

„Hatte der Täter Handschuhe an?"

„Ja."

„Hat der Handschuh in Ihrem Gesicht nach etwas gerochen?"

Kaitlyn schüttelte den Kopf. „Nicht dass ich wüsste."

Sam schob ihr ihre Visitenkarte hin. „Wenn Ihnen noch irgendetwas einfällt, rufen Sie mich bitte an."

Kaitlyn steckte die Karte ein. „Es tut mir leid, dass ich Ihnen nicht mehr Anhaltspunkte liefern kann."

„Wir haben mehr als vor unserem Gespräch. Danke, dass Sie den Weg zu uns auf sich genommen und sich das alles noch einmal vergegenwärtigt haben."

„Es war wirklich cool, Sie kennenzulernen", sagte Kaitlyn mit einem traurigen Lächeln. „Meine Freunde und ich sind große Fans von Ihnen."

„Danke schön."

Jeannie begleitete sie hinaus, und als sie ins Großraumbüro zurückkehrte, rief Sam sie in ihr Büro.

„Schließ bitte die Tür."

„Was ist?"

„Ich weiß, dass es für dich schwer gewesen sein muss, das mit anzuhören."

Jeannie zuckte die Achseln. „Ist schon in Ordnung."

„Sicher?"

„Es kommt alles wieder hoch, doch das ist nichts, womit ich nicht umgehen könnte. Wie machen wir jetzt weiter?"

„Ich würde gerne mit dem Paar sprechen, das Kaitlyn geholfen hat."

„Dann rufe ich die beiden an und bitte sie zu uns."

„Kontaktiere auch das andere Opfer. Diese Moira. Wenn ich ein überzeugendes Plädoyer für die Nutzung von FDS halten will, sollte ich mit allen Beteiligten sprechen."

Jeannie ging Richtung Tür. „Ich hänge mich ans Telefon."

„Warte."

Jeannie wandte sich um. „Was ist?"

„Wenn dir das alles zu viel wird, sag es mir bitte. Erica kann mir genauso gut helfen."

„Danke, aber ich kriege das schon hin."

Sam sah ihr nach und schwor sich, ihre Freundin und Kollegin genau im Auge zu behalten. Dieser Fall war zu persönlich für sie.

KAPITEL 21

Sam wollte gerade für den Tag Schluss machen, als Gonzo in ihrer Bürotür erschien. „Die Geschworenen sind zurück. Ich bin mir nicht sicher, was ich tun soll."

„Was möchtest du denn gerne tun?"

„Ich glaube, ich will dabei sein, wenn das Urteil verkündet wird."

„Dann los."

„Du musst nicht mitkommen, Sam."

„Doch, aber können Vernon und Jimmy uns hinbringen? Dein Auto und ich passen gerade nicht gut zusammen."

„Gerne. Meine Hände zittern ohnehin. Es ist wohl besser, wenn ich nicht selbst fahre."

„Gonzo."

Er wandte sich wieder zu ihr um.

„Selbst wenn das Schlimmste eintritt, was nicht passieren wird, wissen wir, wer Arnold ermordet hat."

Er nickte. „Ja."

„Verlier nicht den Glauben."

„Ich bemühe mich."

Eine Viertelstunde später hielt Vernon mit dem SUV vor dem Gericht.

Gonzo stieg aus und half Sam heraus.

„Danke dir."

Sie gingen die Rampe hinauf und gerieten in den Medienrummel in der Lobby. Die Reporter riefen Sams Namen, sobald sie das Gebäude betraten.

Vernon und Jimmy brachten sie ohne viel Aufhebens in den Gerichtssaal.

„Manchmal ist Personenschutz vom Secret Service gar nicht so schlecht", stellte Sam fest.

„Stimmt."

Arnolds Eltern, Schwestern und seine Freundin begrüßten Sam und Gonzo mit tränenreichen Umarmungen.

„Danke, dass Sie hier sind", sagte Mrs Arnold. „Ihre Unterstützung bedeutet uns viel."

„Ich möchte nirgendwo anders sein", versicherte ihr Sam und umarmte sie.

Der Gerichtsdiener rief den Saal zur Ordnung, die Geschworenen traten ein und überreichten dem Mann ihr Urteil, der es an die Richterin weitergab. Der Angeklagte wurde aufgefordert, sich zu erheben, und die Richterin verlas die Anklage und fragte die Sprecherin der Geschworenen, zu welchem Urteil sie gekommen waren.

„Schuldig, Euer Ehren."

Dasselbe verkündete die Sprecherin der Geschworenen für drei weitere Anklagepunkte, während die Arnolds leise weinten.

Gott sei Dank, dachte Sam und drückte Gonzos Hand.

Die Richterin dankte den Geschworenen für ihren Dienst, entließ sie und setzte die Verkündigung des Strafmaßes für den dreiundzwanzigsten März an. Danach führten Vollzugsbeamte den Verurteilten in Fußketten ab. Als die Richterin mit einem Hammerschlag das Ende des Verfahrens signalisierte, drehte sich Sam um und umarmte ihren Freund.

„Du hast es geschafft. Er ist schuldig."

Gonzo nickte, während ihm Tränen übers Gesicht liefen. „Ja, wir haben ihn."

Die Arnolds umarmten sie beide und bedankten sich bei ihnen für ihren beharrlichen Einsatz für ihren Sohn und Bruder.

„Sehen wir uns zum Jahrestag?", fragte Sam.

„Wir werden da sein", versprach Mr Arnold, „und freuen uns schon auf den Besuch im Weißen Haus."

„Wir freuen uns auch." Sie hatten beschlossen, die Feier dort abzuhalten, damit Nick ohne großen Aufwand daran teilnehmen konnte, und als sie den Arnolds den Vorschlag unterbreitet hatten, waren sie begeistert gewesen. Einer der besten Aspekte von Nicks Präsidentschaft war es, das Weiße Haus mit den Menschen in ihrem Leben zu teilen.

Sam und Gonzo folgten der Familie nach draußen und standen neben ihnen, als sie eine Erklärung abgaben, in der sie den Staatsanwälten, die den Fall verfolgt hatten, und den früheren Kollegen ihres Sohnes bei der Polizei dankten, insbesondere seinem Partner Sergeant Tommy Gonzales, Lieutenant Sam Holland, dem ehemaligen Detective Will Tyrone und den anderen Ermittlerinnen und Ermittlern der Mordkommission, die ihnen in ihren dunkelsten Stunden Trost gespendet hatten.

„Wir müssen glauben, dass unser Sohn auf uns alle herabschaut", sagte John Arnold, „und stolz auf den Kampf ist, den wir geführt haben. Diese Verurteilung bringt unseren Sohn nicht zurück ..." Er stockte und brauchte einen Moment, um sich zu sammeln. „Aber es ist tröstlich, zu wissen, dass dieser abscheuliche Verbrecher seine gerechte Strafe erhält."

Sie sahen zu, wie Staatsanwalt Tom Forrester sein Team lobte, das unermüdlich an der Verurteilung von Sid Androzzi gearbeitet hatte. „Der Mord an Detective Arnold war einer der dreistesten und sinnlosesten, die ich in meiner Laufbahn erlebt habe, und es war für mich und mein Team eine große Genugtuung, gegen denjenigen, der für den Tod dieses vielversprechenden jungen Mannes verantwortlich ist, Anklage zu erheben, damit er nie wieder das Tageslicht außerhalb von Gefängnismauern erblickt."

Sam konnte die Woge der Gefühle, die sie überkam, während sie den Arnolds und Tom zuhörte, nicht unterdrücken. Ihre Worte versetzten sie direkt in die schrecklichen ersten Stunden zurück, nachdem sie von Arnolds Ermordung erfahren hatte, und in den Albtraum, zu dem sich das Ganze für Gonzo in den darauffolgenden Monaten entwickelt hatte. Gerechtigkeit für das Opfer konnte sich für die Angehörigen wie ein leerer Erfolg anfühlen, weil sie den Menschen, den sie verloren hatten, nicht zurückbrachte. Nachdem Arnolds Mörder verurteilt worden war, verspürte auch Sam diese Leere.

Während die versammelten Medienvertreter sie mit Fragen bombardierten, von denen viele nichts mit Arnold oder der Verurteilung zu tun hatten, umringten Vernon, Jimmy und Gonzo Sam und geleiteten sie zurück zum wartenden SUV.

„Sie fragen immer noch, warum Nick mit mir in Marine One hergeflogen ist", meinte Sam zu Gonzo, nachdem sie auf der Rückbank Platz genommen hatten. „Da er ihnen in der Zwischenzeit nichts anderes zu kritteln gegeben hat, werden sie da so schnell keine Ruhe geben."

„Ab morgen werden sie sich mit dem FBI-Bericht befassen."

„Das sollte ihnen für ein paar Tage anderen Stoff liefern." Sam lächelte, auch wenn ihr schon wieder Tränen unter den Lidern brannten. „Seit der Urteilsverkündung bin ich ein emotionales Wrack."

Vom Beifahrersitz aus reichte Jimmy ihr ein Taschentuch.

„Danke."

„Wir sind so froh, diesen Drecksack verurteilt zu sehen", sagte Vernon.

„Wir auch." Sam warf einen Blick zu Gonzo hinüber, der aus dem Fenster schaute. „Wie fühlst du dich?"

„Befreit, leer, traurig, glücklich. Das volle Programm."

„Wir hatten ein Jahr Zeit, das alles zu verarbeiten, und manchmal kann ich es immer noch nicht fassen. Ich kann mir nicht vorstellen, wie es dir damit gehen muss."

„Es ist surreal. Ich denke immer, dass er gleich mit einem dummen Witz, den er auf dem Weg hierher im Radio gehört hat und den er mir unbedingt erzählen muss, ins Großraumbüro gestürmt kommt."

Sam lächelte. „Das klingt total nach ihm."

„Arnold hatte immer einen Witz auf Lager, für den ich nie Zeit hatte. Ich wünschte, ich hätte mir Zeit dafür genommen."

„Ich kann mir denken, dass er dich damit schier in den Wahnsinn getrieben hat", meinte Sam. „Aber ich sehe auch, dass ihn die Zeit mit dir zu einem besseren Polizisten und Menschen gemacht hat."

Gonzo blickte zu ihr herüber. „Glaubst du das wirklich, Sam?"

„O ja. Er hat sich unter deiner Führung großartig entwickelt."

„Die Hälfte der Zeit über wollte ich ihn selbst erschießen", gestand Gonzo und verzog das Gesicht. „Ich hasse es, das laut auszusprechen."

„Ach, ich verstehe schon. Er war wie ein zu groß geratener Welpe, der dir auf Schritt und Tritt gefolgt ist, an jedem deiner Worte gehangen und um deine Anerkennung förmlich gebettelt hat."

Gonzo wischte sich eine Träne von der Wange. „Und ich habe zugelassen, dass Androzzi ihn vor meinen Augen abgeknallt hat."

„Du hast es nicht zugelassen. Sag das nicht. Du hättest die Kugel für ihn abgefangen, wenn du gekonnt hättest."

„Ja. Ich wünschte nur, ich hätte ihn besser behandelt, solange ich die Chance dazu hatte."

„Du hast ihn behandelt, wie du es als sein Ausbilder tun musstest. Was glaubst du, wie ich täglich mit Cruz umgehe? Doch wie Arnold bei dir weiß Cruz, dass ich ihn wie einen Bruder liebe und dass alles, was ich in meinem Job sage und tue – nun ja, fast alles –, darauf abzielt, ihn zu einem besseren Detective zu machen."

„Ich habe Arnold wirklich wie einen Bruder geliebt, aber das habe ich ihm nie gesagt."

„Das war auch gar nicht nötig. Arnold hat es gewusst. Natürlich hat er das."

„Das hoffe ich."

„Lass uns nachher zusammen zur Trauergruppe gehen. Ich denke, heute können wir beide etwas Unterstützung gebrauchen."

„Ich muss nur kurz Christina Bescheid geben." Er holte zum ersten Mal, seit sie das Gerichtsgebäude verlassen hatten, sein Handy heraus. „Verflucht, mehr als zweihundert Nachrichten über das Urteil." Er rief seine Frau an. „Hey, Liebes. Ja, alles gut. Ich bin echt erleichtert und so. Sam hat vorgeschlagen, dass wir heute Abend zusammen zur Trauergruppe gehen. Hast du was dagegen?" Nach einer Pause fügte er hinzu: „Danke, Baby. Ich bin bald da. Ja, ich auch. Es ist eine Riesenerleichterung. Ich liebe dich auch." Sam erklärte er: „Sie schluchzt."

„Viele Menschen haben dem Ausgang dieses Prozesses entgegengefiebert."

Er nickte. „Und ich weiß die Unterstützung zu schätzen. Ich wüsste nicht, wo ich ohne meine Freunde und meine Familie wäre – einschließlich meiner Polizei-Familie."

Sam wusste, dass der Verlust von Arnold sie beide für den Rest ihres Lebens begleiten würde. Daran war nichts zu ändern. Sie hatten lernen müssen, mit der Trauer, dem Schmerz und dem Bedauern zu leben, die sie ebenfalls für immer begleiten würden. Arnold hatte unter ihrem Kommando gestanden. Egal, wie der Prozess ausgegangen war, sie fühlten sich beide für seinen Tod verantwortlich.

Das gesamte Team war noch lange nach Schichtende geblieben, um da zu sein, wenn sie ins Hauptquartier zurückkehrten. Dani Carlucci und Gigi Dominguez waren früher gekommen, und die versammelte Mannschaft begrüßte Sam und Gonzo mit Umarmungen und tröstenden Worten für Gonzo, dessen Augenzeugenaussage so entscheidend dafür gewesen war, die Verurteilung zu erreichen.

Chief Farnsworth und Captain Malone erschienen ebenfalls und schüttelten Gonzo die Hand.

„Ich fühle mich nicht wohl dabei, Glückwünsche dafür anzunehmen", meinte Gonzo. „Wir haben getan, was nötig war, doch das ändert nichts. Nicht wirklich."

„Es sorgt dafür, dass dieser Verbrecher so was niemand anderem mehr antun kann", erinnerte ihn Freddie. „Das ist sehr wichtig."

„Ja, das stimmt natürlich", gab ihm Gonzo recht.

„Wir gehen nach oben zum Treffen", verkündete Sam. „Wer sich uns anschließen möchte, ist herzlich eingeladen."

Dieser Aufforderung folgten alle, um Gonzo zu unterstützen. Sam freute es, dass Audrey Olsens Freund Wes zusammen mit seinem Bruder gekommen war. Als Wes davon sprach, wie belastend es war, nicht zu wissen, wer seine Freundin ermordet hatte, war Sam entschlossener denn je, den Mann zu finden, der die Frauen der Stadt terrorisierte.

Es war weit nach acht, als Sam endlich zu Hause war und den Aufzug betrat. Sie schaute nach Aubrey und Alden, die beide fest schliefen, und war traurig, dass sie ihnen keinen Gutenachtkuss hatte geben können. Aber sie war an diesem Abend dort gewesen, wo sie hatte sein müssen, bei ihrem Team, das Gonzo geholfen hatte, einen weiteren schwierigen Tag auf seiner Reise zu überstehen, die begonnen hatte, als er seinen Partner so sinnlos verloren hatte.

Sie erreichte Scottys Zimmer und klopfte an.

„Herein!"

„Hey", begrüßte sie ihn. „Tut mir leid, dass es so spät geworden ist."

„Wir haben von dem Urteil gehört. Wie geht es Gonzo?"

„Erwartungsgemäß. An Tagen wie diesem steigt alles wieder an die Oberfläche, trotz guter Nachrichten, weißt du?"

„Das kann ich mir lebhaft vorstellen. Ich habe Detective Arnold nicht gut gekannt, und ich bin heute noch traurig."

Sam setzte sich behutsam auf die Bettkante und lehnte sich an ihn. „Das habe ich gebraucht. Danke. Hattest du einen guten Tag?"

„So gut, wie ein Tag in der achten Klasse eben sein kann."

Sam lachte, zauste ihm das dunkle Haar und kraulte dann Skippy hinter den Ohren. „Schlaft ein bisschen, ihr zwei."

„Du auch. Hab dich lieb, Mom."

„Ich dich auch."

Hab dich lieb, Mom. Hatten ihr vier Worte je mehr bedeutet als diese?

In ihrer Suite fand sie Nick in seinem Arbeitszimmer, über einen Stapel von Briefen gebeugt. Sie räusperte sich, um ihn wissen zu lassen, dass sie zu Hause war.

Er drehte sich lächelnd zu ihr um, und ihr Herz setzte einen Schlag aus, als sie ihn mit der sexy dunkel gerahmten Lesebrille sah, die er sich unlängst zugelegt hatte.

Sam fächelte sich Luft zu. „Diese Brille macht mich wirklich schwach."

„Ach, tatsächlich?"

„Ja, Clark Kent."

Er stand auf und kam zu ihr, um sie zu umarmen, wobei er die Brille aufbehielt. „Harter Tag?"

„Seltsamer Tag. Die komplette Bandbreite der Gefühle."

„Gott sei Dank hat man ihn schuldig gesprochen."

„Ja. Doch wie Gonzo richtig sagte: Das bringt Arnold nicht zurück."

„Nein, aber du hast ihm und seiner Familie Gerechtigkeit verschafft, und das zählt."

„Wir versuchen zumindest, uns das einzureden. Was war hier heute los?"

„Nicht besonders viel."

Sam lächelte. „Ja, schon klar. Hast du das Überleben der freien Welt für einen weiteren Tag gesichert?"

„Ja, obwohl mich die Nordkoreaner weiterhin ärgern. Bloß muss ich jetzt, wo meine liebe Gemahlin endlich daheim ist, nicht mehr an sie denken." Er löschte das Licht auf seinem Schreibtisch und führte sie in ihr Wohnzimmer. „Hast du Hunger?"

„Und wie."

„Augenblick."

Während sie sich aufs Sofa setzte und ihren rechten Fuß auf ein Kissen bettete, bestellte er ihr Abendessen. Das Leben im Weißen Haus hatte auch seine Vorzüge.

„Was macht die Hüfte?"

„Tut weh."

Er ging ins Badezimmer, um ihr zwei Schmerztabletten und ein Glas Wasser zu holen.

Sam nahm die Tabletten. „Danke dir."

„Hast du zu viel gearbeitet?"

„Definiere ‚zu viel'."

Nick sah sie streng an. „Ich wusste, du würdest es gleich wieder übertreiben."

„Ich war sehr froh, endlich wieder einsatzfähig zu sein. Dieser Fall, bei dem es jetzt vier Opfer gibt – von denen wir wissen –, macht uns alle verrückt. Heute Abend in der Trauergruppe hat Audrey Olsens Freund Wes uns zu Tränen gerührt, als er darüber gesprochen hat, wie schwierig es ist, über vieles so im Unklaren zu sein. Wir müssen diesen Kerl schnell hinter Schloss und Riegel bringen."

„Das werdet ihr. Daran habe ich keinerlei Zweifel."

„Wir hoffen, etwas Neues ausprobieren zu können."

„Nämlich?"

„Eine Familien-DNA-Suche."

„Wie funktioniert das?"

„Wir lassen die DNA des Vergewaltigers durchs System laufen und prüfen sie auf familiäre Übereinstimmungen. Der Mann selbst ist nirgendwo erfasst, ein Familienmitglied könnte es allerdings sein. Wenn wir die Familie ermitteln können, können wir von dort aus weiterarbeiten."

„Spannend."

„Ja, nur leider illegal in D. C. und Maryland."

„Warum?"

„Da in diesem System überproportional viele Nicht-Weiße sind, hat das Diskriminierung zur Folge, und unschuldige Menschen stehen plötzlich im Fokus einer Mordermittlung."

„Aber wenn man damit einen gefährlichen Verbrecher von der Straße holen kann, sollte man es dann nicht wenigstens versuchen?"

„Das ist das Argument, das wir der Bürgermeisterin und dem Staatsanwalt vortragen werden. Doch es wird schwer werden, sie zu überzeugen. Die Bürgermeisterin ist strikt dagegen. Sie war die Vorreiterin des Verbots."

„Ich glaube, sie wird alles tun, um diesen Kerl zu finden, bevor er ein weiteres Mal zuschlägt."

„Das hoffe ich, denn sonst haben wir nichts in der Hand. Keine der üblichen Maßnahmen hat auch nur die kleinste Spur gebracht. Er schnappt sie sich von hinten, und selbst die Frauen, die die Angriffe überlebt haben, haben nichts gesehen."

„Das muss frustrierend sein."

„Es ist mehr als das, und Audreys Ermordung ist jetzt über einen Monat her. Eins der überlebenden Opfer ist zu traumatisiert für eine Befragung, also haben wir nichts von ihr. Jeannie hat das Paar befragt, das einem anderen Opfer geholfen hat, und ebenfalls nichts Neues erfahren."

„Du und dein Team, ihr tut alles, was ihr könnt, um Antworten für Wes und die anderen Opfer zu bekommen."

„Das scheint in diesem Fall aber einfach nicht genug zu sein."

KAPITEL 22

Cameron hatte sich wochenlang auf diese Nacht vorbereitet, hatte abgewartet, bis Gigi sich erholt hatte und wieder mehr sie selbst war, bevor er den nächsten Schritt wagte. Sie hatten in einem seiner Lieblingsrestaurants gegessen, das nur zwei Blocks von seiner Wohnung entfernt war, also waren sie zu Fuß gegangen.

Auf dem Heimweg hatte er den Arm um sie gelegt und vorsichtig nach Glatteis auf dem Gehweg Ausschau gehalten. Sie hatte für eine Weile genug Verletzungen erlitten, und jetzt war die Zeit für einen Neuanfang gekommen.

„Das war wirklich lecker", sagte sie. „Danke."

„Gern geschehen."

„Ich muss anfangen zu kochen, damit du siehst, dass ich es kann."

„Daran habe ich keine Zweifel."

„Du fütterst mich jetzt schon seit Wochen durch. Das Mindeste, was ich tun kann, ist, den Gefallen zu erwidern."

„Dich durchzufüttern war mir ein Vergnügen. Du schuldest mir gar nichts."

„O doch."

„Nein."

„Doch."

Cam liebte alles an der Beziehung mit ihr, sogar das „Zanken", wenn man das denn so nennen konnte. Er verglich die Beziehung unwillkürlich mit seiner vorigen und kam zu dem Ergebnis, dass sie in jeder Hinsicht mangelhaft gewesen war. Wenn er an Jaycee dachte, erschauderte er und war dankbar, dass er nicht die Dummheit begangen hatte, die falsche Frau zu heiraten.

Da er gerade an sie gedacht hatte – was er zu vermeiden versuchte, seit sie seine Reifen aufgeschlitzt und Gigi beleidigt hatte –, konnte er es kaum glauben, als er sie auf der Treppe des Reihenhauses sitzen sah, in dem er wohnte.

Cam erstarrte.

Gigi schaute ihn fragend an.

Cameron reichte ihr seinen Schlüssel. „Geh ins Haus und bleib dort."

„Cam …"

„Bitte geh, Gigi."

„Ich werde lauschen, und wenn es Probleme gibt, rufe ich die Zentrale an", erklärte Gigi so laut, dass Jaycee es hören konnte.

Als sie die Treppe hinaufgestiegen und in seiner Wohnung verschwunden war, richtete Cam seinen Blick auf seine Ex. „Was willst du hier?"

„Ich muss mit dir reden."

„Wir haben nichts zu besprechen."

„Doch. Ich bin schwanger."

„Nicht von mir."

„Doch."

„Nein, Jaycee."

„Woher willst du das wissen?"

„Weil das nur ein weiterer Trick ist, um mich zurückzubekommen, aber das kannst du vergessen. Selbst wenn du schwanger wärst und das Kind von mir wäre, was ich bezweifle, würde ich nicht zu dir zurückkehren."

„Wenn du dein Kind sehen willst, wirst du tun, was ich sage", verkündete sie in dem hässlichen Ton, der ihn so überrascht hatte, als er zum ersten Mal gehört hatte, wie sie Gigis ethnische Zugehörigkeit verunglimpft hatte.

„Vergiss es. Ehrlich, Jaycee, du könntest mit Drillingen schwanger sein, und es wäre mir egal. Jetzt, wo ich erkannt habe, wie du wirklich bist, habe ich dir nichts mehr zu sagen."

Er ging um sie herum die Treppe hinauf.

„Du kannst sie nicht allen Ernstes mehr wollen als mich."

„Ich will sie nicht nur mehr, ich liebe sie wie nie jemanden zuvor, und jetzt verschwinde, bevor ich melde, dass du gegen das Kontaktverbot verstößt. Beim letzten Mal haben wir dir eine Chance gegeben. Das werden wir nicht noch einmal tun."

„Welche Chance? Ich wurde angeklagt und musste vor Gericht!"

„Und wessen Schuld war das?" Cam drehte sich wieder zu ihr um. „Ich sage es dir mit den einfachsten Worten: Geh weg. Lass mich in Ruhe. Oder ich mache dir das Leben zur Hölle."

„Das hast du schon, Cam."

„Nein, das hast du ganz allein geschafft. Du hast eine Minute dafür, zu verschwinden, dann rufe ich die Zentrale an."

„Cameron! Tu das nicht!"

Er betrat das Haus, schloss die Tür und verriegelte sie.

Gigi wartete mit seinem Mops Jeffrey zu ihren Füßen auf ihn.

Cameron schaute aus dem Fenster neben der Tür, um zu beobachten, was Jaycee tat. Er war erleichtert, als sie die Treppe hinunter- und zu ihrem Auto ging. „Ich war so auf dich konzentriert, dass ich ihr Auto auf dem Parkplatz nicht bemerkt habe", sagte er, erschrocken über diese Erkenntnis. „Tut mir leid."

„Mir nicht."

Überrascht drehte er sich zu Gigi um. „Nicht?"

Sie schüttelte den Kopf. „Dank Jaycee habe ich herausgefunden, dass du mich liebst wie noch nie jemanden zuvor."

Er wollte etwas erwidern, aber die Worte wollten ihm nicht über die Lippen kommen.

Gigi lächelte. „Habe ich das richtig gehört?"

„Ja", gestand er rau. „Hast du. Es tut mir allerdings leid, dass du es so erfahren musstest."

„Wie gesagt, mir tut es nicht leid."

Sie trat zu ihm, schlang ihm die Arme um den Hals und stellte sich auf die Zehenspitzen, um ihm einen sanften, süßen, sexy Kuss zu geben. „Das war das Beste, was ich je gehört habe."

„Echt?"

Sie nickte und küsste ihn erneut.

„Das war das Beste, was ich je gefühlt habe."

„Bei mir auch."

Er schob sie zurück und schaute sie an. „Du meinst, du empfindest genauso?"

„Ja."

Cameron umarmte sie fest und atmete ihren Duft ein. „Ich wusste nicht, dass Liebe so sein kann. Wirklich, ich hatte keine Ahnung."

„Ich war jahrelang mit dem falschen Mann zusammen, ich also auch nicht." Sie löste sich von ihm und blickte ihn an. „Ist es bizarr, ein bisschen froh zu sein, dass die Sache mit ihm in die Hose gegangen ist, sodass ich das hier finden konnte?"

„Wir verurteilen es aufs Schärfste, dass er dich so schwer verletzt hat, doch mit dem Rest bin ich einverstanden." Er hob ihr Kinn an, um sie zu küssen, was langsam und zärtlich begann, aber schnell dem Verlangen Ausdruck verlieh, das schon seit Wochen zwischen ihnen schwelte. „Gigi …"

Sie drückte ihren kurvenreichen, sexy Körper an ihn. „Ja, Cameron?"

„Ich, äh, habe den Faden verloren."

Cam liebte den Klang ihres Lachens, die Art, wie ihre dunklen Augen strahlten, wie ihr Lächeln ihr ein tiefes Grübchen in die rechte Wange zauberte. Er liebte alles an ihr. „Ich hätte in deine wunderschönen Augen schauen sollen, als ich dir das erste Mal gesagt habe, dass ich dich liebe. So hätte es nicht sein sollen."

„Ich werde nie vergessen, wie du es das erste Mal gesagt hast – oder das zweite Mal. Müssen wir über das reden, was sie behauptet hat?"

„Nein, müssen wir nicht. Jaycee ist nicht schwanger."

„Woher willst du das wissen?"

„Sie hat einen ‚Lebensplan', an den sie sich stur hält, und der beinhaltet, dass sie in den nächsten fünf Jahren keine Kinder bekommt und langfristig verhütet."

„Ist es möglich, dass sie dich ausgetrickst hat?"

„Ich hatte seit Monaten keinen Sex mehr mit ihr. Wenn sie von mir schwanger wäre, würde man es schon sehen. Und jetzt genug von ihr." Cameron ließ die Hände über ihren Rücken gleiten, um ihren Hintern zu streicheln, hob sie in seine Arme und wollte sie direkt ins Bett tragen, als Jeffrey jaulte und Cam so daran erinnerte, dass er noch nicht draußen gewesen war. „Verdammt. Das wäre auch zu schön gewesen." Er setzte Gigi ab, die lachte.

„Ich löse mich nicht in Luft auf."

Er nahm Jeffrey an die Leine, und nachdem er sich vergewissert hatte, dass Jaycee fort war, ging er mit ihm nach draußen, in der Hoffnung, dass der Hund nicht an jedem Busch in der Anlage schnüffeln musste, ehe er pinkeln konnte. Zum Glück war das Tier kooperativ, erledigte sein Geschäft in Sekundenschnelle und machte sich auf den Weg zur Treppe, begierig darauf, zu seinem neuen Lieblingsmenschen zurückzukehren.

Sie fanden Gigi auf der Couch, wo sie auf sie wartete.

Jeffrey lief aufgeregt zu ihr, als hätte er sie ein Jahr lang nicht gesehen.

Cameron verstand, wie er sich fühlte. Er setzte sich neben sie und lachte, als Jeffrey ihr quer übers Gesicht leckte. „Der Mops liebt dich genauso sehr wie ich." Es war befreiend, endlich die Gefühle aussprechen zu können, die zu unterdrücken fast schmerzhaft gewesen war.

„Ich ihn auch."

„Jeffrey, das reicht jetzt", mahnte Cameron. „Platz. Ab mit dir. Ich bin an der Reihe."

Der Hund warf ihm einen gekränkten Blick zu, gehorchte aber.

„Ich dachte schon, ich müsste mit ihm um dich kämpfen."

„Es gibt genug von mir für euch beide."

Lachend küsste er sie und verlor sich in ihrer leidenschaftlichen Erwiderung. Schließlich lag er auf ihr, was ihn innehalten ließ.

Sie hielt ihn zurück, als er versuchte, sich zur Seite zu rollen. „Mir geht's gut, Cam. Behandle mich nicht wie ein rohes Ei. Ich zerbreche schon nicht."

„Versprochen?"

„Versprochen." Sie zog ihn in einen weiteren Kuss, ihre Hände glitten unter sein Oberhemd, und ihre Berührung ließ ihn erzittern. „Zieh das Ding aus."

Er lehnte sich zurück, streifte es sich ab und griff dann nach ihrem Pulli.

Gigi half ihm, sie von ihren Kleidern zu befreien.

Das hatten sie schon oft gemacht, doch alles andere war neu. Als er ihren üppigen Busen in dem Spitzen-BH betrachtete, erinnerte ihn die flammend rote Narbe auf ihrem Bauch daran, dass er nicht zu stürmisch sein durfte. Er öffnete den Vorderverschluss ihres BHs und schob die Körbchen beiseite, um die vollen Brüste zu enthüllen, die seine Fantasie schon seit Wochen beflügelten. Die dunklen Spitzen hatten sich aufgerichtet, und als er den Kopf neigte, um mit der Zunge erst die eine und dann die andere zu berühren, beschloss er, dass dies die beste Nacht seines Lebens werden würde.

Gigi hatte noch nie jemanden so begehrt wie Cam. In den letzten Wochen war es fast schmerzhaft gewesen, an ihn zu denken, so sehr wollte sie ihn. Zu hören, dass er sie liebte wie nie jemanden zuvor – selbst wenn er es zu seiner Ex gesagt hatte –, war wunderbar gewesen. Nicht dass sie überrascht war, dass er sie liebte. Das hatte er ihr jeden Tag bewiesen, seit ihr Ex-Freund sie so schwer verletzt hatte.

Während sie sich erholt hatte, war Cam immer geduldig, freundlich und hingebungsvoll gewesen. Sie hatten einander stundenlang geküsst und gestreichelt, bis sie das Gefühl gehabt hatte, sterben zu müssen, wenn sie noch länger auf das warten müsste, was sie beide wollten.

„Cam."

„Hm?"

„Ich will … Ich brauche …"

„Was, Süße? Sag's mir."

„Dich, und zwar jetzt." Um ihren Standpunkt zu verdeutlichen, umfasste sie seine Erektion und drückte sie, damit kein Raum für Zweifel daran blieb, was sie wollte.

„Bist du dir sicher?"

„Wenn ich mir noch sicherer wäre, würde ich spontan in Flammen aufgehen."

„Das wollen wir ja nun nicht."

„Bitte, Cameron. Ich fühle mich großartig, und ich will es. Ich will *dich*."

Er zerrte am Knopf ihrer Jeans.

Gigi streifte sie ab, sodass sie nur noch ein winziges Höschen trug, das zu ihrem BH passte, und ja, sie hatte dies geplant, entschlossen, die Dinge voranzutreiben, bevor Jaycee das für sie erledigt hatte.

„Du bist so gottverdammt sexy, Gigi. Du hast überhaupt keine Ahnung, wie verrückt du mich machst."

„Ich glaube schon, denn du machst mich genauso verrückt."

Er half ihr aus dem Höschen und warf es beiseite, ehe er sich vorbeugte, um mit der Zunge ihre empfindsamste Stelle zu berühren.

Sie war so erregt, dass ein einziger Zungenschlag genügte, um einen Orgasmus auszulösen, der sie aufschreien ließ.

Jeffrey kläffte laut, was sie zum Lachen brachte.

„Sollte er das sehen?", fragte sie, während sie versuchte, wieder zu Atem zu kommen.

„Kleinen Moment." Er breitete eine Decke über sie. „Ich bringe ihn nach oben."

Cam stand auf, um Jeffrey umzusiedeln, und kehrte dann zurück, nur mit Boxerbriefs bekleidet, die keinen Zweifel daran ließen, wie erregt er war. Er warf einen Streifen Kondome auf den Couchtisch.

Gigi befeuchtete sich die Lippen und streckte die Arme nach ihm aus.

Er zog die Decke zurück und legte sich auf sie, überschüttete sie mit tiefen, leidenschaftlichen Küssen, sodass Gigi sich unter ihm wand und verzweifelt nach mehr verlangte.

„Cam …"

„Ja, Liebes?"

„Ich will dich jetzt."

Er zog sich kurz zurück, um seine Boxerbriefs auszuziehen und sich ein Kondom überzustreifen.

Gigi beobachtete ihn, prägte sich jedes Detail seines muskulösen Körpers ein, damit sie sich für den Rest ihres Lebens daran erinnern würde. Dann kam er in sie, und das beanspruchte ihre volle Aufmerksamkeit. Heilige Scheiße. Er war riesengroß, heiß, hart und perfekt. Nichts hatte sich je so gut angefühlt.

Sie stöhnte auf, und er hielt inne.

„Tue ich dir weh?"

„Du tust mir nur weh, wenn du aufhörst."

„Alles klar." Er grinste, während er erneut in sie eindrang. „Wie fühlst du dich?"

„Erstaunlich."

„Ja?"

Sie sah zu ihm hoch und nickte. „Dass ich das beinahe verpasst hätte …" Ihre Augen füllten sich mit Tränen. „Das hätte ich nur ungern getan."

Cameron lehnte seine Stirn an ihre. „Ich auch." Als er sein Gewicht verlagerte, um sich wieder an sie zu pressen, zerbarst das Wohnzimmerfenster, und Glassplitter regneten auf sie herab. Keinen Meter von ihnen entfernt landete ein Ziegelstein auf dem Boden.

„Was zum Teufel …?" Cam zog sich aus Gigi zurück und stand auf. Glas rieselte von seinem Rücken, als er sich auf den Weg zu dem zerbrochenen Fenster machte.

„Cam! Pass auf deine Füße auf!"

Gigi griff nach ihrem Handy auf dem Couchtisch und wählte den Notruf, während Jeffrey oben verzweifelt bellte. „Hier spricht Detective Dominguez. Ich bin bei Detective Cameron Green, und jemand hat gerade einen Ziegelstein durch sein Fenster geworfen. Können Sie bitte eine Streife schicken?", fragte sie und nannte die Adresse.

„Ist unterwegs. Brauchen Sie auch einen Notarzt?"

„Nein."

Cameron kam mit einem erbosten Gesichtsausdruck, wie sie ihn noch nie bei ihm gesehen hatte, vorsichtig zu ihr zurück und reichte ihr ihren Pullover. „Tut mir leid."

„Unsinn, das ist ja nicht deine Schuld." Gigi zog den Pulli über, denn es wurde schnell kalt im Zimmer, und griff nach ihrer Jeans.

„Warte. Nicht bewegen." Er pflückte ihr eine Glasscherbe aus dem

Haar und legte sie auf den Couchtisch. „Dafür nagle ich Jaycee an die Wand, verdammt noch mal."

„Ich helfe dir."

Als Sam aufwachte, fand sie eine SMS von Detective Green vor, in der er ihr mitteilte, was in der Nacht bei ihm zu Hause passiert war. *Ich hege nicht den geringsten Zweifel daran, dass es Jaycee war. Bei unserer Heimkehr gestern hat sie vor dem Haus auf uns gewartet und behauptet, von mir schwanger zu sein. Ich habe ihr gesagt, dass ich ihr nicht glaube und sie verschwinden solle. Der Ziegelstein ist keinen Meter von Gigi und mir entfernt gelandet, und wir waren voller Glasscherben. Keine „Gefallen" mehr für sie. Die uniformierte Polizei sucht nach ihr. Keine Spur von ihr in ihrer Wohnung oder im Haus ihrer Eltern.*

Okay, keine Gefallen mehr, schrieb Sam zurück. *Bin gleich da und werde alles tun, um zu helfen.*

„Was ist los?", wollte Nick wissen.

„Cameron Greens Ex hat letzte Nacht ganz offensichtlich einen Ziegelstein durch sein Fenster geworfen und ihn und Gigi nur knapp verfehlt."

„Ist er sicher, dass es seine Ex-Freundin war?"

„Sie hatten eine Begegnung mit ihr, obwohl sie Kontaktverbote für beide hat. Jaycee ist eine Psychopathin. Sie hat ihm bereits die Reifen aufgeschlitzt und deswegen eine Nacht in einer Arrestzelle verbracht. Ich hatte eine Unterhaltung mit ihr und dachte, wir hätten uns verstanden. Offenbar war das nicht der Fall." Sie beugte sich vor, um ihren Mann zu küssen. „Morgen."

„Morgen, und willkommen zu einem weiteren Tag im Paradies."

„Ja. In unserer Version des Paradieses hört der Spaß nie auf."

„Denkst du wirklich nie an den Tag, an dem das alles nicht mehr unser Problem sein wird?"

„Das kann ich mir nicht vorstellen, sosehr ich mich auch bemühe. Was sollen wir denn dann mit uns anfangen?"

„Nicks Hand landete auf ihrem Unterleib unter ihrem Shirt. „Mir würden da schon so ein, zwei Dinge einfallen."

„Das können wir doch nicht ständig machen. Was tun wir in den anderen zwölf Stunden, die wir wach sind?"

„Ich bin sicher, wir finden etwas Interessantes."

„Interessanter als das, was wir zurzeit tun? Das bezweifle ich sehr."

„Willst du damit andeuten, dies seien die besten Jahre unseres

Lebens und alles andere werde im Vergleich dazu verblassen?", fragte Nick.

„Ich hoffe nicht, aber so ist es vermutlich. Adrenalinjunkies wie wir kommen nicht einfach so ohne Entzugserscheinungen davon los."

„Ich bin kein Adrenalinjunkie. Du allerdings schon."

„Ja, das bin ich, und ich kann mir nicht vorstellen, das aufzugeben, so frustrierend es in Zeiten wie diesen auch sein mag. Sorry, ich muss jetzt los. Heute ist der Tag, an dem wir der Bürgermeisterin unseren FDS-Fall vortragen, und ich muss vorher noch einmal alles durchgehen."

„Viel Glück. Ich hoffe, du kannst sie überzeugen."

„Das hoffe ich auch, Nick. Wenn wir es nicht schaffen, bin ich mir nicht sicher, ob wir diesen Kerl je fassen werden."

„Bestimmt, doch wer weiß, wie viele Frauen er noch überfallen und ermorden wird, bevor euch das gelingt?"

„Genau das will ich der Bürgermeisterin unmissverständlich vor Augen führen."

„Niemand kann das so unmissverständlich wie meine Lieblingspolizistin." Er küsste sie lächelnd. „Möchtest du Gesellschaft unter der Dusche?"

„Immer."

„Wie lange dauert es wohl noch, bis wir es wieder unter der Dusche treiben können?", fragte er ein paar Minuten später, als sie zusammen unter dem warmen Wasser standen.

Sam verzog das Gesicht beim Gedanken an diese Position. „Noch eine ganze Weile."

Er schlang die Arme um sie und hielt sie fest. „In der Zwischenzeit muss das hier genügen, und es ist ja wirklich kein Trostpreis."

„Notiz an mich selbst: Eine gebrochene Hüfte ist der ultimative Sexkiller."

Sein leises Lachen zauberte ihr ein Lächeln auf die Lippen. „Danke für diesen perfekten Start in einen weiteren verrückten Tag."

„Es ist immer ein Vergnügen, den Tag nackt mit dir zu beginnen, selbst wenn meine Hüfte unseren Sex killt."

„Das holen wir in Bora Bora alles nach."

„Ich kann's kaum erwarten. Außerdem schulde ich dir – wie auch einigen Familienmitgliedern und Freunden – als Ausgleich für den verkürzten Urlaub ein Wochenende in Camp David."

„Lass uns das nach der Rede zur Lage der Nation tun."

Sam küsste ihn. „Abgemacht."

KAPITEL 23

Vernon und Jimmy brachten sie gut eine Stunde später zum Eingang der Gerichtsmedizin. Sie hatte Scotty und den Zwillingen geholfen, sich für die Schule fertig zu machen, und mit ihnen gefrühstückt, ehe sie sie Celias fähigen Händen überantwortet hatte, bis die drei mit ihren jeweiligen Personenschützern aufbrechen würden. Gott sei Dank war Celia immer da, wenn Sam sie brauchte, und schien ihr neues Leben im Weißen Haus zu lieben. Sie hatte Sam erzählt, all ihre Bekannten seien neidisch, dass sie dort leben und Teil dieses großen Abenteuers sein durfte.

Sam war froh, dass sie das so sah. Nach Skips Tod hatte sie sich um Celia gesorgt, die nicht nur seine Frau, sondern in den letzten vier Jahren auch seine treue Pflegerin gewesen war. Es bereitete Sam große Freude, ihrer geliebten Stiefmutter etwas so Aufregendes ermöglichen zu können, um die klaffende Lücke, die der Verlust von Skip in ihrer beider Leben hinterlassen hatte, zumindest ein wenig zu füllen.

Der Umzug ins Weiße Haus hatte auch Sam geholfen, wenn sie ehrlich war. Es war eine dringend benötigte Veränderung gewesen und hatte sie aus dem Haus in der Ninth Street herausgeholt, wo die Rampen, die sie nie wieder brauchen würden, sie ständig an ihren verstorbenen Vater erinnerten.

Sam trat durch den Eingang der Gerichtsmedizin und wäre beinahe mit Ramsey zusammengestoßen. Sie zuckte zurück, und bei der unerwarteten Bewegung schoss Schmerz durch ihre Hüfte.

„Aus dem Weg", knurrte er, als er an ihr vorbeiging.

„Ich bin Ihnen nicht im Weg."

Zum Glück trat er ohne weiteres Wort ins Freie und schlug die Tür hinter sich zu.

„Was ist denn hier passiert?", fragte Sam Lindsey, die aus der Gerichtsmedizin gekommen war.

„Ich habe gehört, er hatte einen heftigen Streit mit Erica Lucas, aber ich kenne keine Einzelheiten."

„Mal sehen, was ich herausfinden kann. Was ist sonst noch so los?"

„Ich habe die Untersuchung von Ling Woo beendet und dir den Bericht rübergeschickt."

„Irgendwas Neues?"

„Nur die Bestätigung, dass die gefundene DNA mit den früheren Fällen übereinstimmt und er offenbar nicht die geringste Angst davor hat, seine Visitenkarte zu hinterlassen."

„Das liegt daran, dass er nicht im System ist, was er weiß. Also ist er sicher, dass er weiter ungestraft davonkommt."

„Verdammter Mistkerl", fluchte Lindsey. „Wie weit bist du in Sachen FDS?"

„Ich treffe mich heute Nachmittag mit der Bürgermeisterin, um ihr den Fall vorzulegen."

„Viel Glück dafür. Ich hoffe, du kannst sie umstimmen. Dieser Kerl berauscht sich an seinem eigenen Erfolg. Es ist bloß eine Frage der Zeit, bis er wieder zuschlägt."

„Fürchte ich auch. Hast du gehört, was gestern Abend bei Green los war?"

„Das ist *das* Thema hier. Ich habe ihn und Gigi auf der Weihnachtsfeier zusammen gesehen, aber ich wusste nicht, dass die beiden offiziell ein Paar sind."

„Das ist eine ganz neue Entwicklung, die bei Greens Ex-Freundin Jaycee auf wenig Gegenliebe trifft. Sie wollte ihn heiraten und hatte sogar bereits einen Veranstaltungsort gebucht, allerdings ohne Cams Wissen."

„Wow, das ist ziemlich kaputt."

„Jaycee ist ein totales Miststück. Als ich mich das letzte Mal mit ihr unterhalten habe, nachdem wir sie verhaftet hatten, hat sie Gigi rassistisch beleidigt."

„Igitt."

„Genau. Sie hat gezeigt, was für eine Vollidiotin sie ist, und Cam hat alles mit angehört. Es tut mir einfach nur leid, dass er und Gigi sich damit herumschlagen müssen, nach allem, was sie schon mit ihrem Ex durchgemacht haben."

Lindsey schüttelte den Kopf. „Den beiden wird echt nichts geschenkt."

„Das kannst du laut sagen. Ich werde mal schauen, wie weit wir mit der Suche nach Cams Ex sind."

„Schönen Tag noch."

„Dir auch, Doc."

Als Sam im Großraumbüro ankam, standen alle um Greens Schreibtisch herum, während er sie über die Geschehnisse der vergangenen Nacht informierte.

„Der Ziegelstein hat uns nur knapp verfehlt", berichtete er und fuhr sich mit den Fingern durchs Haar, das in alle Richtungen abstand. Während er sonst stets großen Wert auf eine gepflegte Erscheinung legte, wirkte er nun entschieden zerzaust und sah aus, als wäre er die ganze Nacht wach gewesen.

„Irgendeine Spur von Jaycee?", fragte Sam.

„Bisher nicht. Ich habe an allen naheliegenden Orten gesucht."

„Du solltest nicht derjenige sein, der das übernimmt, wie du sehr genau weißt", erklärte Sam.

„Ich habe bloß die Augen offen gehalten. Wenn ich sie tatsächlich entdeckt hätte, hätte ich Verstärkung angefordert."

„Flughäfen, Bahnhöfe, Busdepots und so weiter hast du benachrichtigt?"

„Ja."

Sam hätte es wissen müssen. Er war einfach gründlich.

Cams Mobiltelefon klingelte, und er checkte es sofort. „Jaycees Mutter." Er nahm den Anruf entgegen und stellte auf Lautsprecher. „Mrs Patrick, danke, dass Sie zurückrufen."

„Ich kann nicht glauben, dass Jaycee so etwas getan hat, Cameron."

„Sie hat auch schon meine Reifen aufgeschlitzt."

„Wie bitte?"

„Sie hat Ihnen nicht erzählt, dass sie danach eine Nacht in der Arrestzelle verbracht hat?"

„Nein. Sie ist sehr wütend, seit du mit ihr Schluss gemacht hast, aber das …"

„Sie ist mehr als nur wütend. Jaycee ist gefährlich. Sie hat mich und meine neue Freundin fast mit einem Ziegelstein erschlagen."

„Woher weißt du, dass sie es war?"

„Sie hat vor meiner Wohnung auf mich gewartet, als wir gestern Abend heimgekommen sind. Ich habe ihr noch einmal gesagt, dass es zwischen uns aus ist, und sie gebeten zu gehen, weil ich sonst die Polizei rufen würde. Eine halbe Stunde später ist der Ziegelstein durch mein Fenster geflogen. Wir untersuchen ihn gerade auf Fingerabdrücke, um zu sehen, ob sie mit denen übereinstimmen, die wir von ihr in den Akten haben. Ich vermute stark, dass das der Fall sein wird."

„Es tut mir so leid." Jaycees Mutter klang, als ringe sie mit den Tränen. „Sie ist zurzeit nicht sie selbst."

Sam war anderer Auffassung. Sie vermutete, dass dies die echte Jaycee war, dass die süße, bescheidene Seite, die sie Cameron gezeigt hatte, bevor er die Sache mit ihr beendet hatte, lediglich Fassade gewesen war.

„Sie hat behauptet, sie sei schwanger, und versucht, das Kind als meins auszugeben. Wenn sie schwanger ist, dann auf keinen Fall von mir. Wir waren schon seit Monaten nicht mehr so zusammen."

„Ich ... weiß nicht, was ich sagen soll."

„Können Sie uns helfen, sie zu finden, bevor sie die Sache noch schlimmer macht?"

„Natürlich. Was immer ich tun kann ..."

„Mrs Patrick, hier spricht Lieutenant Holland. Die Detectives Cruz und McBride sind auf dem Weg zu Ihnen. Wenn sie eintreffen, rufen Sie bitte Jaycee an, und bitten Sie sie, zu Ihnen zu kommen. Sagen Sie ihr, es sei ein Notfall. Würden Sie das tun?"

„Ja. Nur ... das ist nicht das Kind, das ich großgezogen habe."

Nachdem sie die bösartigen Dinge gehört hatte, die Jaycee über Gigi gesagt hatte, hätte Sam dazu einiges anmerken können, doch sie biss sich auf die Zunge. Das Ziel war, Jaycee zu finden und zu verhaften, nicht, ihre Mutter zu verärgern.

„Die Detectives sind gleich da. Bitte unternehmen Sie nichts, bis sie eintreffen."

„Gut."

„Danke, Mrs Patrick", beendete Cameron das Gespräch. „Wir bleiben in Kontakt." Er legte auf und sah Sam an. „Ich hoffe, das funktioniert."

„So oder so", antwortete Sam, „werden wir sie finden."

⸎

Die Bürgermeisterin verlegte das Treffen vor. Sam fuhr mit Farnsworth und Malone in einem Polizei-SUV zum Rathaus.

„Es gibt nichts Besseres als eine Secret-Service-Eskorte", stellte der Chief fest, während er in den Seitenspiegel blickte.

„Es ist nicht verkehrt, sie in der Nähe zu haben", sagte Sam.

„Jetzt hör sich das einer an", spottete Malone vom Fahrersitz aus. „Plötzlich gehen Sie völlig entspannt damit um, Geleitschutz zu haben."

„Ich habe mich an die beiden gewöhnt, und sie sind sehr gut darin, mir nicht vor den Füßen rumzustehen. Ganz zu schweigen davon, wie praktisch es ist, dass sie mich seit der Sache mit der Hüfte herumkutschieren."

„Wir sind alle froh, dass sie Sie begleiten", mischte sich Farnsworth ein. „Dass Sie so massiv in der Öffentlichkeit stehen, bereitet mir Albträume."

„Es ist nicht ideal, aber ich sorge dafür, dass es meiner Berufsausübung nicht im Weg ist."

„Nicht ideal!" Farnsworth lachte schnaubend. „Das ist noch vorsichtig ausgedrückt." Er warf einen Blick über die Schulter nach hinten. „Die Bürgermeisterin wird wieder versuchen, Ihnen die Sache mit der stellvertretenden Polizeichefin schmackhaft zu machen. Das ist Ihnen klar, oder?"

„Wie bitte? Nein, ist es nicht. Damit sind wir durch."

„*Sie* sind damit vielleicht durch. Brewster ganz sicher nicht. Seit sie den Vorschlag damals vorgebracht hat, ist er immer wieder zur Sprache gekommen. Sie will Sie."

„Ich habe ihr gesagt, dass ich den Job nicht möchte, und ich habe meine Meinung dazu nicht geändert."

„Sie sollten es in Betracht ziehen, Sam", riet der Chief. „Sie wären dann weg von der Straße, die für Sie gefährlicher denn je ist, jetzt, wo Nick Präsident ist."

Ein Anflug von Panik durchzuckte Sam. „Bei allem Respekt, ich will nicht stellvertretende Polizeichefin werden."

„Wenn Sie mich fragen", mischte sich Malone ein und sah sie im Rückspiegel an, „ich bin ganz seiner Meinung."

Sam atmete tief durch und versuchte, sich zu beruhigen, ehe sie etwas zu ihren Vorgesetzten sagte, was sie nicht mehr zurücknehmen konnte. „Ich verstehe, dass Sie sich Sorgen machen und mich besonders schützen wollen, weil mein Vater tot ist und Sie seine besten Freunde waren. Aber bitte … ermutigen Sie sie nicht in dieser Sache. Ich würde mich lieber ganz zur Ruhe setzen, als stellvertretende Polizeichefin zu werden, und ich bin auch daran nicht interessiert."

„Wir sorgen uns um Sie", erklärte Malone. „Mehr als um jede andere Beamtin in unserem Team. Jeder weiß, wer Sie sind, und Sie wären eine verlockende Beute."

„Deshalb habe ich ja die Personenschützer – und einen Partner. Ich weiß Ihre Besorgnis zu schätzen. Wirklich. Aber mir geht es gut. Es kann alles bleiben, wie es ist."

Sams BlackBerry vermeldete eine SMS von Nick. *Sie haben Nevins wegen Terrorismus und versuchten Mordes angeklagt. Das ATF hat in seinem Haus Material zum Bombenbau gefunden und ihn mit dem Sprengkörper vor unserem Tor in Verbindung gebracht. Eine Sache weniger, wegen der wir uns den Kopf zerbrechen müssen.*

Das sind gute Neuigkeiten, schrieb sie zurück und wünschte, sie könnte ihm ihre neue Sorge mitteilen – dass der Captain und der Chief darauf bestehen könnten, sie in eine Verwaltungsposition zu versetzen, die sie in keiner Weise interessierte. Aber er würde wissen, dass es seinetwegen war, und das würde er hassen. Also behielt sie es für sich, auch wenn die Angst sie nicht losließ. Die konnten sie doch nicht zwingen, den Job anzunehmen, oder?

Diese Frage machte sie noch nervöser. „Was ist eigentlich zwischen Ramsey und Lucas vorgefallen?", fragte sie, um das Thema zu wechseln.

„Sie hat nach seiner Suspendierung seine Fälle übernommen, und jetzt will er sie zurück", antwortete Malone. „Lucas hat bereits einiges herausgefunden und wollte sie ihm nicht zurückgeben. Er hat sie verbal attackiert, und ich habe ihn heimgeschickt."

„Geht es Erica gut?"

„Ja. Laut Zeugenaussagen hat sie sich zurückgelehnt und ihn einfach reden lassen."

„Sehr gut." Sam nahm sich vor, sich später bei ihrer Freundin zu melden. „Wenn die Bürgermeisterin eine großartige stellvertretende Polizeichefin will, dann sollte sie es sein. Erica ist eine der besten Beamtinnen, mit denen ich je zusammengearbeitet habe."

„Ich würde sie nur äußerst ungern bei der Sondereinheit für Sexualdelikte verlieren", warf Farnsworth ein. „Sie kann überaus einfühlsam mit Opfern umgehen."

„Stimmt", sagte Sam und bedauerte, dass sie den Posten der stellvertretenden Polizeichefin überhaupt noch einmal erwähnt hatte.

Zum Glück erreichten sie das Wilson-Gebäude in der Pennsylvania Avenue 1350 ein paar Minuten später und parkten in einem VIP-Bereich.

Vernon und Jimmy fuhren hinter ihnen auf den Parkplatz, und Ersterer stieg aus, um sie hineinzubegleiten.

Am Sicherheitskontrollpunkt gaben sie ihre Waffen ab, passierten ein Magnetometer und ließen ihre Sachen röntgen.

Die Leute drehten sich um und zeigten sich überrascht, als sie die

Frau des Präsidenten auf dem Weg zu den Räumlichkeiten der Bürgermeisterin sahen. *Diese Aufmerksamkeit bestärkt den Chief und den Captain nur noch in ihrer Argumentation*, dachte Sam. *Genau das, was ich nicht brauche.*

Man führte sie in einen Konferenzraum und bot ihnen Erfrischungen an.

„Nein, danke", lehnte der Chief für sie alle ab. Nachdem die Verwaltungsangestellte sie verlassen hatte, fuhr er fort: „Das ist das erste Mal, dass man mir hier Erfrischungen anbietet. Sie sind von Ihnen geblendet, Sam. Ich muss Sie häufiger mitnehmen, wenn ich mich mit der Bürgermeisterin treffe."

„Für so was bin ich zu beschäftigt." Sie las eine SMS von Freddie. Jaycee Patricks Mutter hatte ihre Tochter angerufen und behauptet, es sei ein Notfall. Sie warteten jetzt auf sie.

Seid auf alles gefasst, antwortete Sam. *Jaycee ist unberechenbar.*

Das hat Cameron auch gesagt. Viel Glück beim Gespräch mit der Bürgermeisterin.

Danke dir. Wir warten gerade auf sie.

Monique Brewster betrat den Raum und bedankte sich, dass sie früher als ursprünglich geplant hatten kommen können. An Sam gewandt fügte sie hinzu: „Schön, Sie wiederzusehen, Lieutenant."

„Die Freude ist ganz meinerseits, Ma'am."

„Es ist ein seltsames Gefühl, wenn die First Lady mich Ma'am nennt", stellte Brewster lächelnd fest.

„Sie sind immer noch mein Boss."

„Das stimmt wohl."

Chief Farnsworth schmunzelte. „Ich sage immer, Sam lässt sich von niemandem etwas vorschreiben."

Die Bürgermeisterin lächelte.

„Gar nicht wahr", widersprach Sam. „Wir sind hier, weil wir Ihre Hilfe bei einem Fall brauchen."

„Sie brauchen meine Hilfe? Was kann ich für Sie tun?"

„Ich nehme an, Sie haben von den sexuellen Übergriffen und Morden im Rock Creek Park gehört."

„Ja", seufzte Brewster. „Entsetzliche Sache."

Sam war bestens vorbereitet. Sie legte der Bürgermeisterin Bilder der vergewaltigten und ermordeten Frauen hin und stellte ihr jede einzelne von ihnen vor. „Audrey Olsen war Lehrerin und hat in ihrer Freizeit Einwandererkinder in Englisch als Fremdsprache unterrichtet. Sie hat mit ihrem Freund Wes zusammengelebt, mit dem sie seit fünf Jahren liiert war, seit sie neunzehn waren. Er hat mir erzählt, dass er vorhatte, ihr am Valentinstag einen Heiratsantrag zu machen, was der Tag war, an dem sie sich kennengelernt hatten. Das ist Ling Woo, Doktorandin der Biomedizintechnik in Georgetown, die Erste in ihrer Familie, die ein College besucht hat, und nach allem, was man hört, eine brillante Wissenschaftlerin. Entsprechend ihrem Vorsatz für das neue Jahr hatte sie vor Kurzem wieder mit dem Joggen begonnen. Beide Frauen wurden im Rock Creek Park überfallen und ermordet. Die anderen beiden Opfer hatten insofern Glück, als sie mit dem Leben davongekommen sind, aber sie haben mit einem Trauma zu kämpfen, das sie für immer begleiten wird. Kaitlyn Oliver sagt, dass sie sich nirgendwo sicher fühlt, nicht einmal in ihrem eigenen Haus, und Moira Kaull ist so traumatisiert, dass wir sie noch nicht befragen konnten. Diese vier Opfer haben eins gemeinsam – sie wurden alle von demselben Mann in der Nähe des Rock Creek Park von hinten angegriffen."

„Was kann ich tun, um Sie bei der Jagd auf den Täter zu unterstützen?", fragte Brewster.

„Wir haben unsere üblichen Ermittlungsmethoden ausgeschöpft und unzählige Stunden damit verbracht, den Park und die umliegenden Stadtviertel zu durchkämmen, Tausende von Stunden Videomaterial auszuwerten, vierzig potenzielle Zeugen zu befragen und unsere Opfer gründlich zu untersuchen."

„Und Sie haben gar nichts?"

„Nichts außer seiner DNA, die uns nicht weiterhilft, es sei denn, der Mann wurde in der Vergangenheit verhaftet, was nicht der Fall war. Wir möchten Sie bitten, eine Ausnahmegenehmigung zu erteilen, damit eine FDS-Abfrage durchgeführt werden kann, die es uns erlaubt, seine DNA auf eine familiäre Übereinstimmung hin zu überprüfen."

Noch ehe Sam den Satz beendet hatte, schüttelte Brewster schon den Kopf. „Kommt nicht infrage."

„Wir verstehen und respektieren die Einwände gegen den Einsatz von FDS", sagte Sam. „Doch wir stecken mit unseren Ermittlungen in einer Sackgasse und glauben, dass der Mörder nur dreister werden wird. Er weiß, dass er nicht im System ist. Ihm ist klar, dass wir heute nicht näher an ihm dran sind als nach dem ersten Überfall. Das ermutigt ihn, und er wird wieder töten, sei es denn, wir halten ihn auf. Sie können uns dabei helfen, Ma'am."

Brewster lehnte sich zurück. „Ich habe sehr viele Bedenken gegen diese Technologie, deshalb habe ich auch den Beschluss vorangetrieben, der sie verbietet. Die Mehrheit der Menschen, deren

DNA in den Akten gespeichert ist, gehört Minderheiten an, was eine ungerechte Verteilung der Karten bedeutet."

„Ich bin mir dessen bewusst und stimme mit Ihren Einwänden überein", versicherte ihr Sam. „Deshalb verlange ich keine Rücknahme des Beschlusses. Ich bitte lediglich um eine Ausnahme."

„Wenn es in diesem Fall funktioniert hat, werden Sie wiederkommen."

„Sie haben mein Wort, dass wir das nur tun werden, wenn wir alle anderen Möglichkeiten ausgeschöpft haben", versprach Farnsworth.

Die Bürgermeisterin berührte jedes der Fotos der vier Frauen. „Ich weiß nicht …"

„Lassen Sie uns nach einer familiären Übereinstimmung suchen." Sam schob ihr ein Stück Papier über den Tisch. „Unterschreiben Sie die Erklärung, die in diesem einen Fall eine Ausnahme macht. Lassen Sie uns dieses Monster aufhalten, ehe es eine weitere unschuldige Frau töten kann."

Brewster starrte das Papier eine Minute lang an, bevor sie es zu sich zog und unterschrieb. „Sorgen Sie dafür, dass ich das nicht bereue."

„Das werden wir", sagte Sam. „Aber wenn wir eine Übereinstimmung erzielen, müssen wir offenlegen, dass wir eine Ausnahmegenehmigung erhalten haben. Das könnte für Sie schwierig werden."

„Damit komme ich klar, wenn Sie den Kerl fangen."

„Wir werden unser Bestes tun. Danke, Ma'am."

„Ehe Sie gehen: Haben Sie noch einmal über mein Angebot einer Beförderung nachgedacht?"

Sam, die auf eine saubere Flucht gehofft hatte, setzte sich wieder. „Nein, Ma'am. Ehrlich gesagt habe ich seit dem Tag, an dem wir das letzte Mal darüber gesprochen haben, nicht mehr darüber nachgedacht. Mein Standpunkt hat sich seither nicht geändert. Ich will den Job nicht."

Farnsworth warf ihr einen warnenden Blick zu.

„Auch wenn ich mich geehrt fühle, dass Sie an mich gedacht haben, Ma'am."

„Ich wünschte, Sie würden es in Betracht ziehen, Lieutenant. Es ist eine großartige Gelegenheit, eine Frau, die es verdient hat, in eine Führungsposition innerhalb der Polizei zu bringen."

„Ich stimme Ihnen zu", räumte Sam ein. „Solange diese Frau nicht ich bin."

„Sie sind aber diejenige, die ich will."

„Das weiß ich sehr zu schätzen, doch wenn das die einzige Aufgabe wäre, die ich übernehmen darf, würde ich den Dienst quittieren."

Brewster legte den Kopf schief, als hätte sie Sam nicht richtig verstanden. „Ernsthaft?"

„Absolut", antwortete Sam. „Ich glaube, dass Menschen dazu geboren sind, bestimmte Dinge zu tun. Manche von uns brauchen eine Weile, um herauszufinden, was ihr Ding ist. Ich habe es immer gewusst. Seit ich ein kleines Kind war und mit meinem Vater unterwegs war, wollte ich dasselbe tun wie er: Ich wollte Mörder finden und sie einsperren. Es geht hierbei nicht nur darum, was ich tue, Ma'am. Es geht darum, wer ich bin. Wenn ich diesen Job in Washington nicht machen kann, werde ich einen anderen Ort finden, wo das möglich ist."

Sam erwiderte den Blick der Bürgermeisterin, fest entschlossen, nicht als Erste zu blinzeln.

Schließlich seufzte Brewster und betrachtete die Tischplatte. „Es war noch einen Versuch wert, bevor ich aufgebe."

„Es gibt viele großartige Beamtinnen in der Abteilung, die diese Rolle hervorragend ausfüllen könnten", erklärte Sam. „Ich helfe Ihnen gerne mit einer Auswahlliste von Kandidatinnen, darunter auch meine Kollegin in der Mordkommission, Detective McBride."

Brewsters Augen leuchteten auf bei der Erwähnung von Jeannie, dem momentanen Star innerhalb der Polizei. „Meinen Sie, McBride wäre interessiert?"

„Ich kann sie gerne fragen."

„Bitte tun Sie das, und melden Sie sich bei mir. Schon vor den jüngsten Ermittlungen, die zu so bemerkenswerten Ergebnissen geführt haben, war ich mit Detective McBrides Arbeit vertraut, ebenso wie mit ihrer Belastbarkeit. Ganz zu schweigen davon, dass ich gerne eine schwarze Frau in einer Führungsposition sähe."

„Ich werde Sie wissen lassen, was sie dazu sagt." Sam warf einen Blick zu Farnsworth und Malone und hoffte, dass sie ihr helfen würden, diese Besprechung zu beenden, damit sie wieder an die Arbeit gehen konnte.

„Vielen Dank, dass Sie sich die Zeit genommen haben, Monique", sprang ihr Farnsworth bei. „Wir wissen Ihre Hilfe sehr zu schätzen."

„Bitte schnappen Sie diesen Mann."

Sam sammelte die Bilder ein und legte sie zurück in ihre Mappe. „Wir werden tun, was wir können."

Sobald sie aus dem Besprechungsraum trat, rief sie Gonzo an. „Wir haben grünes Licht für die FDS-Anfrage. Setz sie mit Lindsey und dem Labor in Gang."

„Was ist mit Forrester?", erkundigte er sich über den Bezirksstaatsanwalt.

„Der Chief hat mit ihm gesprochen. Er meinte, wenn Brewster ihr Einverständnis gibt, wird sein Team alle Beweise akzeptieren, die die Anfrage ergibt." Bevor sie zur Bürgermeisterin gegangen waren, hatten sie sichergestellt, dass das Team, das den Fall juristisch verfolgte, mit der Ermittlungstaktik einverstanden war. „Gib dem Labor grünes Licht für eine Abfrage. Sag ihnen, wir haben die von der Bürgermeisterin unterschriebene Ausnahmegenehmigung und werden sie rüberschicken, sobald ich wieder im Büro bin."

„Wird erledigt. Hoffen wir, dass es uns etwas bringt – und zwar schnell."

„Alle Daumen und großen Zehen sind gedrückt. Hast du irgendwas von Cruz und McBride gehört?"

„Bisher leider nicht."

„Wenn diese Frau so gestört ist, dass sie einen Ziegelstein durch ein Fenster wirft, obwohl sie weiß, dass sich Menschen im Zimmer dahinter aufhalten, was wird sie dann tun, wenn wir sie in die Enge treiben?"

„Genau davor habe ich Angst."

Freddie und Jeannie saßen mit Mrs Patrick, die, nahezu ohne zu blinzeln, auf ihr Telefon starrte, am Küchentisch.

„Sie ruft sonst immer gleich zurück. Immer."

„Können Sie sie per Handy orten?", fragte Jeannie.

„Hab ich versucht. Sie hat das Signal ausgeschaltet. Das macht sie nie, weil sie weiß, wie sehr ich mich um sie sorge. Glauben Sie, ihr ist etwas zugestoßen?"

„Ich glaube, sie versucht, nicht schon wieder verhaftet zu werden."

„Cameron versucht nur, ihren Ruf zu schädigen, damit er sich besser fühlt, weil er sie kurz vor der Hochzeit hat sitzen lassen."

„Mrs Patrick, es gab keine Hochzeitspläne. Cameron hat sie nie gefragt, ob sie ihn heiraten will, und er hatte es auch nicht vor."

„Verlassen Sie mein Haus. Sie sind eindeutig auf der Seite Ihres Kollegen und versuchen, meine Tochter als etwas hinzustellen, das sie nicht ist. Und dabei fand ich ihn früher so nett."

„Er ist ein netter junger Mann", erklärte Jeannie, „und Ihre Tochter hat gestern Abend einen Ziegelstein durch sein Fenster geworfen und ihn und eine andere Beamtin, die bei ihm war, nur um Haaresbreite verfehlt."

„Das können Sie nicht beweisen!"

„Doch", widersprach Freddie. „Wir untersuchen gerade den Ziegelstein, um zu sehen, ob Jaycees Fingerabdrücke darauf sind. Die haben wir von ihrer Verhaftung in den Akten."

Auf Jeannies Handy ging eine SMS ein. „Ich habe gerade die Nachricht erhalten, dass die Fingerabdrücke übereinstimmen."

„Das ist eine Verschwörung!"

„Nein." Freddie bemühte sich, Geduld zu bewahren, obwohl er die Frau am liebsten wegen Begriffsstutzigkeit verhaftet hätte. Wäre das doch nur ein strafbares Vergehen. „Wir müssen sie finden, ehe es noch schlimmer wird. Wo könnte sie sein?"

Die Frau verschränkte die Arme über dem üppigen Busen. „Ich habe keine Ahnung."

„Sie helfen ihr nicht, indem Sie mauern", sagte Jeannie. „Wenn Sie wissen, wo sie ist, und es uns nicht verraten, können wir Sie sogar wegen Behinderung von Ermittlungen drankriegen."

Das schien endlich zu ihr durchzudringen. „Sie kann das nicht getan haben", beharrte sie, jetzt allerdings mit viel weniger Überzeugung als bisher.

„Sie hat es getan", versicherte ihr Jeannie. „Wo ist Ihre Tochter?" Als Mrs Patrick nicht antwortete, schlug Jeannie mit der Hand auf den Tisch, sodass die Ältere vor Schreck zusammenzuckte. „Wo ist sie, verdammt?"

„Sie … Sie sollten im Haus ihrer Großmutter nachsehen."

„Schreiben Sie uns die Adresse auf." Freddie schob ihr Notizbuch und Stift über den Tisch hin. „Vergewissern Sie sich bitte, dass sie stimmt, damit wir nicht noch mehr Zeit verlieren."

Nachdem sie die Adresse in Stafford, Virginia, aufgeschrieben hatte, stand Freddie auf, schnappte sich Notizbuch und Stift und ging zur Tür.

„Sie dürfen sie auf keinen Fall vorwarnen", ermahnte Jeannie sie, ehe sie ihm folgte. „Wenn doch, ziehen wir Sie zur Rechenschaft." Als sie draußen waren, fügte sie hinzu: „Verdammt noch mal."

„Genau das hätte Sam jetzt auch gesagt."

„Ich habe von der Besten gelernt – und Jaycee offenbar auch. Kein Wunder, dass sie ist, wie sie ist, wenn sie so eine Mutter hat. Als Mädchen ist sie bei ihr wahrscheinlich mit allem außer Mord durchgekommen und glaubt jetzt, sie hätte ein Recht darauf, alles zu kriegen, was sie sich wünscht – sogar einen Mann, der sie gar nicht will."

„Das bringt es ganz gut auf den Punkt."

Während Freddie fuhr, informierte Jeannie Malone telefonisch über den Stand der Dinge. „Können Sie einen Durchsuchungsbeschluss beantragen, falls sie Schwierigkeiten macht?"

„Klar. Melden Sie sich wegen Unterstützung in Stafford County, und halten Sie mich auf dem Laufenden."

„Verstanden." Jeannie beendete das Telefonat, rief in Stafford an, um Verstärkung anzufordern, und fügte hinzu: „Es ist wichtig, dass die Autos unauffällig bleiben, bis wir eintreffen, damit wir sie nicht vorwarnen.“

„Alles klar. Wir schicken sofort zwei Streifenwagen mit der Anweisung hin, auf Sie zu warten.“

„Vielen Dank.“

„Was für eine verdammte Zeitverschwendung“, fluchte Jeannie. „Wir haben Besseres zu tun, als eine Verrückte zu jagen, die kein Nein akzeptieren kann.“

„Beim Fall des Serienvergewaltigers kommen wir ohnehin nicht weiter, bis wir die Ergebnisse des FDS haben“, sagte Freddie. „Übrigens, gute Arbeit bei der Mutter.“

„Sie hat mich genervt. Wenn ich je die Polizei wegen meines Kindes belüge, gib mir einen Klaps auf den Hinterkopf, ja?“

„Das wird bei dir und deinem zukünftigen Kind vermutlich eher kein Problem werden.“

„Ich würde meinem Kind ganz schön heimleuchten, wenn es sich so verhalten würde wie Jaycee.“

„O ja. Ich auch.“

Als sie sich der Adresse der Großmutter näherten, rief Jeannie in Stafford County an, um mitzuteilen, dass sie gleich am Haus vorbeifahren würden.

„Unsere Beamten stehen bereit.“

„Danke nochmals.“

Freddie und Jeannie parkten am Straßenrand und gingen die lange Einfahrt hinauf.

„Da ist ihr Auto.“ Freddie deutete auf einen weißen Nissan Altima. „An den erinnere ich mich von einer Begegnung, als wir Cam einmal beim Football zugesehen haben und er noch mit ihr zusammen war.“

Sie warteten, bis die Beamten aus Stafford zu ihnen stießen.

„Könnt ihr die Rückseite des Hauses sichern?“, fragte er Jeannie und zwei der Beamten.

„Ja.“

„Macht euch darauf gefasst, dass sie abhauen wird.“

„Ich hoffe darauf“, meinte Jeannie, bevor sie sich mit den beiden Beamten aus Stafford hinter das Haus begab. Die anderen postierten sich an den Seiten des Gebäudes, während Freddie an die Tür klopfte.

Als eine ältere Frau öffnete, zeigte er ihr seinen Ausweis. „Ich suche Jaycee Patrick.“

„Sie ist nicht hier.“

„Doch. Da steht ihr Auto. Könnten Sie ihr ausrichten, dass wir sie sprechen wollen? Sonst kommen wir rein und holen sie.“

„Ohne Durchsuchungsbeschluss können Sie hier nicht rein.“

Freddie hielt sein Handy hoch, als wolle er sagen, dass er den Durchsuchungsbefehl bereits hatte, obwohl das nicht ganz stimmte. Das brauchte sie aber nicht zu wissen. „Wie soll es jetzt weitergehen? Auf die leichte oder auf die harte Tour?“

Die Frau trat zurück und drehte sich um. „Jaycee!“

Eine plötzliche Bewegung im Inneren erregte Freddies Aufmerksamkeit. „Sie läuft zur Hintertür“, rief er den anderen Polizisten zu.

Er rannte von der Veranda und ums Haus herum, um Jeannie zu helfen, Jaycee zu überwältigen, als die aus der Hintertür stürmte. Sie hatten sie mit dem Gesicht nach unten auf dem Boden und in Handschellen, ehe sie wusste, wie ihr geschah.

„Das hat Spaß gemacht“, sagte Jeannie, während Jaycee etwas von Polizeibrutalität schrie.

„Mehr Spaß als alles andere heute.“

„Das kostet euch eure Dienstmarken“, kreischte Jaycee, deren Gesicht vor Empörung dunkelrot angelaufen war.

„Tun Sie sich keinen Zwang an“, antwortete Jeannie, als sie sie zum Auto zurückbrachten, um sie ins Stadtgefängnis zu schaffen.

Sie bedankten sich bei den Beamten aus Stafford für die Hilfe und waren nach wenigen Minuten auf dem Rückweg nach Washington.

„Kannst du Cam eine SMS schicken, damit er weiß, dass wir sie haben?“, bat Freddie. „Sag auch den anderen Bescheid.“

„Klar.“

Jaycee schimpfte ununterbrochen, doch sie ignorierten sie.

Cameron rief Gigi zu Hause an. „Sie haben Jaycee.“

„Das ist eine echte Erleichterung. Wo war sie denn?“

„Sie hatte sich bei ihrer Großmutter in Stafford versteckt. Cruz und McBride haben sie verhaftet und berichtet, sie hätte sich ziemlich aufgeführt.“

„Warum überrascht mich das nicht?“

„Das alles tut mir so leid, auch weil sie uns … unterbrochen hat.“

„Cam, das muss dir nicht leidtun, und wir können da weitermachen, wo wir aufgehört haben, wenn wir das nächste Mal zusammen einen freien Abend haben.“

„In entgegengesetzten Schichten zu arbeiten nervt."

„Ich könnte in die Tagschicht einer anderen Einheit wechseln", meinte sie.

„Aber du magst diese Einheit."

„Schon, trotzdem habe ich die Nachtschichten satt."

„Lass uns nichts überstürzen. Wir kriegen das hin."

„Wie schnell kann Jaycee auf Kaution freikommen?"

„Wahrscheinlich noch heute."

„Was dann?"

„Ich sage es nur ungern, doch wir müssen auf der Hut sein – die ganze Zeit. Sie hat bewiesen, wie labil sie ist. Ich will dich nicht beunruhigen, aber sie gibt dir die Schuld an unserer Trennung, obwohl du gar nichts damit zu tun hast."

„Sorg dich nicht um mich. Wenn sie so dumm ist, mich anzugehen, werde ich auf sie vorbereitet sein."

„Das jagt mir eine Höllenangst ein. Du darfst nicht zulassen, dass dir etwas zustößt, jetzt, wo wir endlich alles haben, was wir immer wollten."

„Mir wird schon nichts geschehen. Ich will das hier mit dir um nichts in der Welt versäumen."

Cameron seufzte tief, die schlaflose Nacht holte ihn langsam ein. Er fuhr sich mit der Hand über die Bartstoppeln. „Ich rufe dich später wieder an."

„Ja, bitte, und versuch, dich wegen Jaycee nicht aufzuregen. Das hat nichts mit uns zu tun."

„Sag mir das immer wieder, okay?"

„Sooft du es hören willst. Ich liebe dich, Cam."

„Ja", erwiderte er, überrascht, wie sehr es ihn berührte, diese Worte wieder zu hören. „Ich dich auch."

Als er das Gespräch beendete, kam Sam ins Großraumbüro und zu ihm herüber. „Ich habe gehört, sie haben sie."

„Ja."

„Jaycee veranstaltet einen Riesenaufstand."

„Das überrascht mich nicht. Mich interessiert, wie lange es dauert, bis sie auf Kaution freikommt. Vor allem mache ich mir Sorgen um Gigi. Jaycee ist davon überzeugt, dass man ihr unrecht getan hat, und gibt jedem die Schuld, nur nicht sich selbst." Cameron blickte zu Sam. „Nach dem, was Gigi mit ihrem Ex erlebt hat, ist das das Letzte, womit sie sich beschäftigen müssen sollte. Wie schaffe ich es, dass das aufhört?"

„Ich wünschte, ich hätte darauf eine einfache Antwort, doch ich fürchte, ihr müsst es durchstehen, bis Jaycee begreift, dass das mit dir vorbei ist."

„Aber was soll ich tun, wenn sie auf Gigi losgeht?"

„Vielleicht musst du noch einmal mit Jaycee reden, wenn sie sie herbringen. Schau ihr in die Augen, und sag ihr klipp und klar, dass es aus ist und nichts daran etwas ändern wird, schon gar nicht, wenn sie deine Reifen aufschlitzt oder einen Ziegelstein durch dein Fenster wirft."

„Ich nehme an, dass es nicht schaden kann, wenn ich das noch einmal versuche." Allerdings behagte ihm die Vorstellung, sie nach dem, was sie getan hatte, sehen zu müssen, nicht im Geringsten.

„Tut mir leid, dass du das durchmachen musst."

Cameron setzte sich ein wenig aufrechter hin, entschlossen, das Drama hinter sich zu lassen. „Mir tut es leid, dass ich diesen Mist mit zur Arbeit bringe."

„Wohin solltest du ihn sonst mitbringen?"

„Ich habe gehört, du hast grünes Licht für das FDS bekommen."

„Ja, ich hoffe nur, dass uns das weiterbringt."

„Ich auch."

❀

Als Freddie und Jeannie eine halbe Stunde später mit Jaycee in Gewahrsam zurückkehrten, hörte Sam sie, ehe sie sie sah.

Sam trat aus ihrem Büro. „Halten Sie die Klappe, Jaycee."

Die blonde Frau zuckte zurück, als hätte noch nie jemand so mit ihr geredet.

„Ich dachte, wir hätten uns verstanden, als Sie das letzte Mal bei uns hier in der Arrestzelle zu Gast waren."

„Lieutenant, ich habe nichts getan! Sie sollten diese Beamten dafür verhaften, wie sie mich – und meine Großmutter – behandelt haben."

„Jaycee, Sie haben gestern Abend einen Ziegelstein durch Detective Greens Fenster geworfen, und das können wir beweisen. Er ist voll mit Ihren Fingerabdrücken. Also Schluss mit dem Gejammer."

„Sie können mir nichts nachweisen."

Sam warf einen Blick zu Freddie, der ebenso verärgert schien wie sie selbst. „Wir können beweisen, dass Sie es waren, und werden Sie wegen mutwilliger Sachbeschädigung und Verstoßes gegen das Kontaktverbot anklagen. Wenn Sie so weitermachen, werden wir die Anklage um versuchten Mord an zwei Polizisten erweitern, was eine viel größere Sache ist. Es ginge dann nicht mehr nur um Vergehen, sondern um echte Straftaten. Begreifen Sie den Unterschied?" Sam sprach absichtlich langsam, damit Jaycee ihr auf jeden Fall folgen konnte.

„Ja", antwortete die mit zusammengebissenen Zähnen.

„Sie stehen ganz kurz vor einer Anklage wegen zwei Delikten." Sam hielt ihre Fingerspitzen dicht zusammen. „Wissen Sie, wie lange Sie sitzen werden, wenn man Sie wegen versuchter Körperverletzung an einem Polizeibeamten verurteilt? Es könnten mehrere Jahre sein, und ich bezweifle, dass man Sie wegen guter Führung vorzeitig entlässt. Ich schlage also vor, Sie halten die Klappe, bevor wir die Anklage aufstocken. Verstanden?"

„Wie gesagt, ich habe nichts getan."

„Das behaupten Sie. Cruz, bringen Sie sie in Befragungsraum eins."

Freddie warf ihr einen überraschten Blick zu.

Sam forderte ihn mit einem Nicken auf, es zu tun.

„Cameron, tu, was du kannst. Freddie wird mit dir reingehen."

„Danke."

Sam begab sich in den Beobachtungsraum, gespannt, wie Cameron sich schlagen würde. Eigentlich tat er ihr leid. Er war einer der professionellsten Beamten, mit denen sie je zusammengearbeitet hatte, und sie wusste, wie sauer er darüber sein musste, dass seine Ex-Freundin allen Ärger bereitete.

Malone folgte ihr und schloss die Tür. „Wie lautet der Plan, Sam?"

„Cameron wird versuchen, sie davon zu überzeugen, endlich mit diesem ganzen Mist aufzuhören. Wenn mir nicht gefällt, was sie sagt, werde ich den Staatsanwalt bitten, die Anklage auf Angriff auf Polizeibeamte zu erhöhen."

Als Cameron den Verhörraum betrat, hellte sich Jaycees Miene sichtlich auf, sie richtete sich auf und verschlang ihn so gierig mit Blicken, dass Sam befürchtete, dass nichts, was er vorbringen könnte, sie dazu bringen würde, endlich zur Vernunft zu kommen.

„Was muss ich tun, damit du mich in Ruhe lässt?", fragte Cameron Jaycee ärgerlich, die Hände in den Hüften.

„Das kann nicht dein Ernst sein! Du hast gesagt, du liebst mich, und ich habe dir geglaubt, Cam!"

„Ich habe dich ja auch geliebt. Aber das ist vorbei, und wenn du denkst, dass mich das Aufschlitzen meiner Reifen, das Beleidigen meiner neuen Freundin oder das Werfen eines Ziegelsteins durch mein Fenster umstimmen wird, dann bist du nicht ganz bei Sinnen."

Ihre Augen blitzten vor Wut. „Ich bin nicht verrückt. Du hast mir Dinge versprochen, Cam."

„Nein, hab ich nicht. Ich habe dir nie etwas anderes versprochen als eine schöne Zeit, und das weißt du. Wir haben nie über Heirat oder so geredet."

„Hast du sie gevögelt, während du mit mir zusammen warst?"

„Was? Nein, ich habe keine andere neben dir gehabt, und das weißt du auch."

„In der einen Minute waren wir ein Paar, und in der nächsten warst du weg. Es ist ihretwegen, richtig? Wegen dieser ..."

„Kein weiteres Wort über sie", warnte Cameron. „Das hat nichts mit ihr zu tun und alles mit uns und dem, was für mich nicht mehr gepasst hat."

„Was hat denn für dich nicht gepasst? Was hatte sich geändert, Cam?"

„Es war die Erkenntnis, dass das mit uns keine Zukunft hat."

„Weil du jemanden gefunden hast, den du mehr liebst als mich."

„Das ist erst geschehen, nachdem wir uns getrennt hatten. Ich war ehrlich zu dir, als ich dir gesagt habe, dass ich Schluss machen will. Jaycee, ich werde meine Meinung nicht ändern, und deine Schikanen führen nur dazu, dass ich mich frage, was ich je in dir gesehen habe."

„Sag das nicht", flehte Jaycee, und Tränen schossen ihr in die Augen. „Das meinst du nicht ernst!"

„Doch. Das muss sofort aufhören. Wir haben das letzte Mal beide Augen zugedrückt, und du hast trotzdem nachgelegt. Meine Chefin erwägt eine Strafanzeige, weil du einen Ziegelstein durch die Scheibe geworfen hast, obwohl du wusstest, dass wir in dem Raum dahinter waren. Wenn sie diese Anzeige erstattet, wirst du für Jahre ins Gefängnis wandern. Willst du das?"

„Ich will dich und das, was du mir versprochen hast."

Cameron hielt für einige Sekunden die Luft an, bevor er langsam ausatmete. „Dann kann ich dir nicht helfen. Detective Cruz wird deinen Anwalt anrufen, wenn du ihm sagst, wer dich vertritt."

„Ich brauche keinen Anwalt!"

„Doch." Cameron verließ den Raum und ignorierte ihre lauten Rufe, er solle zurückkommen.

Sam verließ den Beobachtungsraum und ging Cam auf dem Flur entgegen. „Du hast alles getan, was du konntest – mehr, als sie verdient hat."

Er senkte niedergeschlagen den Blick. „Was nun?"

„Da sie nicht in der Lage ist, Vernunft anzunehmen, und es unwahrscheinlich ist, dass sie aufhört, schlage ich vor, dass wir den Staatsanwalt bitten, Anklage zu erheben. Allerdings nur, wenn du einverstanden bist."

„Ich hasse das. Vor allem hasse ich, dass ich euch alle da mit reinziehe."

„Das ist nicht deine Schuld."

„Trotzdem fühlt es sich so an."

„Cam, du kannst nichts dafür. Du warst immer ehrlich zu ihr. Es hat ihr nicht gepasst. Das ist ihr Problem, nicht deins."

„Ohne Gigi würde ich eine Anzeige nie in Erwägung ziehen."

„Wenn du mich fragst, machst du dir zu Recht Sorgen um sie."

„Wenn ihr meinetwegen etwas zustoßen würde …"

„Es wäre nicht deinetwegen, Cam. Sag mir, dass du das weißt."

„Ja, aber …"

„Ich werde mit der Staatsanwaltschaft reden und sehen, ob sie Anklage erheben wollen. In der Zwischenzeit fährst du nach Hause und ruhst dich etwas aus."

„Nein, es geht schon."

„Das war keine Bitte. Fahr nach Hause. Ab hier übernehmen wir."

Cameron hob den Blick wieder. „Das alles tut mir furchtbar leid."

„Du musst dich nicht entschuldigen. Pass auf dich auf, ruh dich aus, und komm morgen früh wieder."

„Danke."

Sam nickte und schaute Cameron nach, wobei sie seine hängenden Schultern bemerkte.

„Gut gemacht, Lieutenant", lobte Malone, als er zu ihr auf den Flur trat.

„Haben Sie uns belauscht?"

„Das habe ich."

Sam lächelte. „Der Arme. Er ist immer so professionell. Dass das auf seinen Arbeitsplatz übergegriffen hat, bringt ihn schier um."

„Green wird schon wieder."

„Wenn sie auf Kaution freikommt, würde ich ihn und Detective Dominguez gerne Personenschutz geben. Nur sicherheitshalber."

„Ich werde das mit unseren Vorgesetzten abklären und Ihnen Bescheid geben. Haben Sie von Greens Beziehung zu Detective Dominguez gewusst?"

„Ich wusste es nicht nur, ich war diejenige, die ihn überhaupt auf Gigis Zuneigung aufmerksam gemacht hat."

Malone legte verwirrt die Stirn in Falten. „Wie das?“

„Ich habe gespürt, dass da etwas war, und ihm einen subtilen Schubs gegeben.“

„Mir war gar nicht klar, dass Sie zu Subtilität fähig sind.“

Grinsend erklärte Sam: „Ich habe eben viele verborgene Talente.“

„Dazu sage ich mal nichts. Wir haben keine Bedenken wegen einer Beziehung am Arbeitsplatz?“

„Sie arbeiten in verschiedenen Schichten, keiner ist dem anderen unterstellt, und beide sind ausnehmend professionell. Ich habe kein Problem damit.“

„Hätten Sie einen Moment Zeit, Lieutenant?“

KAPITEL 25

Sam drehte sich um und sah Jesse Best auf dem Flur stehen. „Hey, Jesse. Was kann ich für Sie tun?"

„Ich wollte fragen, ob ich mit Ihnen und Detective McBride sprechen kann. Sie können sich gerne zu uns gesellen, Captain."

„Klar", antwortete Sam. „Ich hole Jeannie, und wir treffen uns dann im Besprechungsraum."

„Gehen Sie ruhig schon rüber", erwiderte Malone. „Ich erspare Ihnen ein paar Schritte und hole sie."

„Danke sehr."

„Wie geht es Ihnen?", fragte Best.

„Schon viel besser. Ich würde gern langsam den Stock loswerden, mit dem ich mich wie neunzig fühle."

„Überstürzen Sie nichts. Mein Vater hatte sich auch die Hüfte gebrochen, hat sich nicht ordentlich Zeit für die Reha genommen und musste schließlich ein zweites Mal operiert werden."

Sam verzog das Gesicht. „Das wäre ätzend."

„Das war es bei ihm auch, und er war danach nicht mehr derselbe. Tun Sie, was man Ihnen sagt."

„Dieses eine Mal in meinem Leben?"

Er lachte. „Ihre Worte, nicht meine."

Sam setzte sich Best gegenüber an den Tisch. „Und wie ist es mit Ihnen? Sie sehen erschöpft aus."

„Ich habe seit drei Tagen nicht mehr geschlafen, aber das ist nicht außergewöhnlich."

Bevor Sam ihren Schock darüber ausdrücken konnte, kamen

McBride und Malone herein und schlossen die Tür.

„Detective McBride, ich wollte Sie über den neuesten Stand im Fall Carisma Deasly informieren, den wir jetzt als Fall Daniella Brown und Xavier Iker führen. Wir haben sie mit mindestens zweihundert vermissten Kindern und jungen Erwachsenen in Verbindung gebracht, befürchten jedoch, dass es noch mehr werden, bis wir fertig sind."

„Mein Gott", flüsterte Sam.

„Carisma wird morgen aus dem Krankenhaus entlassen werden und mit ihrer Mutter nach Hause gehen. Sie würde Sie gerne treffen."

„Ich rufe LaToya an und mache was aus", versprach Jeannie.

„Für den morgigen Tag haben wir in unserer Dienststelle eine Pressekonferenz anberaumt und hätten Sie gerne dabei, da es technisch gesehen Ihr Fall, Ihre Verhaftung ist", fuhr Best fort.

Jeannie schaute Sam fragend an, die nickte. „Du solltest auf jeden Fall dabei sein."

„Danke, dass Sie mich miteinbeziehen", sagte Jeannie.

„Ohne Ihre gute Arbeit wären wir jetzt nicht da, wo wir sind. Ich schicke Ihnen die Details zur Pressekonferenz, sobald ich sie habe." Best stand auf. „Bis morgen." Er verließ den Raum.

„Er hält sich nicht lange mit Small Talk auf, oder?", meinte Sam.

„Das hat er noch nie gemacht", bestätigte Malone. „Aber er ist gut in dem, was er tut."

„Was weiß man eigentlich über ihn?", erkundigte sich Sam. „Ich arbeite schon seit Jahren mit ihm zusammen, trotzdem kenne ich den Mann kaum."

„Seine jüngere Schwester ist entführt worden, als sie noch Kinder waren. Man hat sie nie gefunden, und er hat nicht aufgehört, nach ihr zu suchen. Sein ganzes Berufsleben ist von der manchmal nahezu besessenen Suche nach Vermissten geprägt, insbesondere nach seiner Schwester."

„Wow", seufzte Sam. „Ich weiß nicht, wie man es überlebt, nicht zu wissen, wo seine Lieben sind. Ich würde verrückt werden."

„Ja, ich auch", stimmte ihr Jeannie zu.

„Wo du gerade da bist", wandte sich Sam an sie. „Wir hatten heute Vormittag ein interessantes Gespräch mit der Bürgermeisterin. Dein Name ist gefallen."

„Warum?", wollte Jeannie wissen und runzelte die Stirn.

„Zunächst einmal war sie – wie wir alle – von deiner Arbeit im Fall Deasly beeindruckt, aber sie hat auch eine offene Stelle erwähnt, die dich interessieren könnte."

Jeannie warf ihr einen verwirrten Blick zu. „Welche Stelle?"

„Die der stellvertretenden Polizeichefin."

Sam genoss es, zu sehen, wie Jeannie vor Überraschung die Gesichtszüge entgleisten.

„Was?"

„Du hast schon richtig gehört. Sie möchte unbedingt eine Frau auf dem Posten haben, und da ist dein Name gefallen."

„Und was ist mit dir?"

„Kannst du dir mich als stellvertretende Polizeichefin vorstellen?", fragte Sam mit einem Schnauben. „Ich wäre furchtbar in dem Job, *du* hingegen wärst meiner Meinung nach hervorragend dafür geeignet."

„Hat sie dich wenigstens zuerst gefragt?"

„Hat sie, nur wissen wir ja alle, dass ich dafür die ultimative Fehlbesetzung wäre."

„Ist das dein Ernst?", vergewisserte sich Jeannie mit verschränkten Armen.

„Ernster wird's nicht", sagte Malone.

„Wären die Captains und die anderen vorgesetzten Beamten damit einverstanden, dass ein Detective an ihnen vorbei befördert wird? Geht das überhaupt?"

„Normal ist es nicht", räumte Malone ein. „Aber die Bürgermeisterin ist die Chefin. Sie will eine Frau, und wir haben kaum Frauen im Rang eines Captains."

„Es gibt weibliche Lieutenants."

„Keine, die kürzlich einen riesigen Menschenhändlerring zerschlagen haben", gab Sam zu bedenken. „Oder einen brutalen Angriff überlebt, der zu anderen hochkarätigen Verhaftungen geführt hat. Sie möchte dich."

„Weil ich schwarz bin."

„Das schadet zumindest nicht", gestand Malone ein. „Doch ohne Ihre Leistungen wäre Ihr Name nicht im Spiel."

„Es ist tatsächlich wahr", begriff Jeannie und klang ungläubig. „Sie will wirklich mich?"

„Ja." Sam reichte ihr die Visitenkarte der Bürgermeisterin. „Du sollst sie anrufen."

Jeannie starrte die Karte lange an, bevor sie sie von Sam entgegennahm. „Ich, äh … ihr … Ehrlich?"

Sam lächelte. „Jap, und du solltest es dir wirklich überlegen, Jeannie. Du wirst in absehbarer Zeit Mutter. Das würde dich von der Straße holen und dir einen Job mit – mehr oder weniger – geregelten Arbeitszeiten garantieren."

„Gratuliere", warf Malone ein. „Das mit dem Baby wusste ich noch gar nicht."

„Oh, tut mir leid", ächzte Sam. „Ich wollte das nicht ausplaudern."

„Schon gut", entgegnete Jeannie. „Die Leute werden es ohnehin bald erfahren, und danke, Captain. Wir freuen uns." Sie atmete tief ein und aus, während sie ihn ansah. „Sagen Sie mir die Wahrheit ... Würden die Leute mich als stellvertretende Polizeichefin akzeptieren? Die Sergeants, Lieutenants und Captains?"

„Am Anfang könnte es hart werden", gab Malone zu. „Ich will Sie nicht belügen, aber ich glaube, Sie können es schaffen. Wenn Sie Ihre Arbeit machen und sich die Beförderung nicht zu Kopf steigen lassen – was Sie nicht tun werden –, werden sich die Leute irgendwann nicht mehr daran erinnern, dass man Sie ranghöheren Beamten vorgezogen hat. Das Entscheidende ist, dass die Bürgermeisterin von Ihnen beeindruckt ist und Sie auf diesem Posten haben möchte."

„Danke für Ihre Offenheit. Ich muss erst mit Michael darüber sprechen, bevor ich die Bürgermeisterin anrufe."

„Lass uns wissen, wie du dich entscheidest", bat Sam. „Und herzlichen Glückwunsch. Ich könnte mich nicht mehr für dich freuen und nicht stolzer auf dich sein – und das nicht nur jetzt, sondern immer."

Jeannie blinzelte hektisch, als versuche sie, Tränen zurückzuhalten. „Gottverdammte Schwangerschaftshormone."

Sam lächelte. „Ruf deinen Mann an, und erzähl ihm die Neuigkeit."

„Er wird es nicht glauben. Ich glaube es ja selbst kaum. Damit habe ich echt nicht gerechnet. Noch mal vielen Dank für die Unterstützung."

„Keine Ursache", erwiderte Sam. Nachdem Jeannie den Raum verlassen hatte, sah sie den Captain an. „Ich liebe es, wenn guten Leuten gute Dinge passieren."

„Das macht Sie zu einer hervorragenden Chefin und Freundin, denn die meisten Menschen wären neidisch, wenn eine Kollegin vor ihnen befördert würde."

„Ich bin auf niemanden neidisch, der diesen Posten übernimmt. Vergessen Sie nicht, dass ich hautnah mitbekommen habe, wie es ist, von der Straße in die Verwaltung zu wechseln. Mein Vater hat den Job in den ersten zwei Jahren gehasst. Er hat sich zu Tode gelangweilt."

„Daran erinnere ich mich", sagte Malone lachend. „Ich musste ihn an den meisten Tagen erst mal davon überzeugen, überhaupt zur Arbeit zu erscheinen."

„Er war unglücklich und hat immerfort davon gesprochen, in Rente zu gehen. Mein Vater hat den Chief sogar gebeten, ihn wieder zum Detective zu degradieren, aber Onkel Joe hat ihm das damals ausgeredet."

„Joe wollte seinen besten Freund als Stellvertreter haben. Er hat immer zugegeben, dass er in dieser Hinsicht eigennützig war, und mit der Zeit ist Skip dann ja in den Job hineingewachsen."

„Das hätte ich nie geschafft. Das wissen Sie, oder?"

„Ja, das wissen wir alle. Sie sind genau da, wo Sie hingehören."

„Ich bin sehr zufrieden damit, den Rest meiner Karriere in diesem Büro zu verbringen. Nichts täte ich lieber als das hier, und in diesem Sinne – können Sie nachschauen, wie weit wir mit der FDS-Anfrage sind?"

„Das wird Monate dauern, zumindest die nationale Suche. Die lokale ist vielleicht schon früher durch."

Sam stöhnte. „Warum dauert das denn so lang?"

„Wir bitten mehrere Behörden, unsere Probe durch ihre Datenbanken laufen zu lassen. Zwar haben wir ihnen erklärt, dass es sich um einen Notfall handelt, aber ich bin sicher, dass das jeder behauptet, der darum bittet. Wir müssen uns gedulden."

„Ja, und während wir uns gedulden, müssen wir hoffen, dass dieser Kerl nicht wieder zuschlägt."

Jeannie nahm ihr Handy vom Schreibtisch und sagte Matt, dass sie gleich wieder zurück sein würde. Noch immer leicht fassungslos ging sie zu ihrem Auto, stieg ein und ließ den Motor an, um sich aufzuwärmen. Dann holte sie ein paarmal tief Luft, ehe sie ihren Mann anrief.

„Hey, was für eine schöne Überraschung."

Normalerweise telefonierten sie tagsüber nicht miteinander, weil sie beide viel zu tun hatten.

„Jeannie? Hallo?"

„Tut mir leid, ich musste bloß sofort mit dir reden."

„Ist alles okay? Geht es dir gut?"

„Ja, es ist nur gerade etwas passiert …"

„Du machst mir Angst, Schatz. Was ist los?"

„Es ist etwas Gutes, zumindest glaube ich das. Ich weiß es nicht so recht."

„Hör auf, in Rätseln zu sprechen, und erzähl mir endlich, was los ist."

„Die Bürgermeisterin hat mich gebeten, den Posten der stellvertretenden Polizeichefin zu übernehmen."

„Wow! Das ist ja unglaublich, aber ich habe dir ja gesagt, dass sich die Verhaftung von Daniella Brown als gut für dich erweisen würde."

„Sie will eine Frau. Dass ich schwarz bin, ist für sie ein zusätzlicher Pluspunkt."

„Baby, du würdest diesen Job rocken, genau wie jeden anderen. Sie weiß, wie toll du bist, sonst würde sie nie mit dir darüber reden wollen."

„Meinst du nicht, du bist vielleicht ein bisschen voreingenommen?", fragte sie, amüsiert von seiner Begeisterung.

„Nein. Ich weiß, wie hart du arbeitest und wie sehr du dich für den Job einsetzt. Andere sehen das auch."

„Ich bin mir nicht sicher, ob ich es machen soll."

„Warum denn nicht? Was sollte dagegensprechen?"

„Ich würde drei Dienstgrade überspringen und hätte plötzlich einen höheren Rang als Leute, die schon länger dabei sind als ich. Die würden sich beschweren, was mir wahrscheinlich die meisten Schwierigkeiten bereiten würde. Der große Vorteil wäre allerdings, dass ich von der Straße wegkäme und einen normalen Job mit normalen Arbeitszeiten hätte."

„Das ist ein großer Vorteil, vor allem wenn das Baby da ist."

„Ist mir klar."

„Willst du den Job denn?"

„Ich weiß es nicht. Bis heute habe ich nicht eine Sekunde darüber nachgedacht, weil ich nie auf die Idee gekommen bin, dass sie ihn mir anbieten könnte."

„Nun, jetzt hast du das Angebot, also musst du darüber nachdenken. Was würde der Job denn mit sich bringen?"

„Viel Verwaltungskram, Budgetierung, Interaktion mit dem Rathaus, dem Stadtrat und so weiter. Ich würde viel weniger echte Polizeiarbeit machen."

„Würdest du das vermissen? Die Polizeiarbeit?"

„Ja, aber man würde mich immer noch bei Bedarf zu Fällen hinzuziehen, sodass ich nicht völlig davon abgeschnitten wäre, und nach dem Fall Deasly ... Der hat mich wirklich mitgenommen. Als stellvertretende Polizeichefin könnte ich darum bitten, dass ich die Überprüfung von Stahls alten Fällen beaufsichtigen darf, um nicht völlig außen vor zu sein."

„Das hört sich für mich schon so an, als wärst du daran interessiert."

„Glaubst du wirklich, dass ich das könnte? Könnte ich die Missgunst der anderen aushalten, die mich ihren Unmut darüber spüren lassen würden, dass ich befördert worden bin und nicht sie?"

„Ich denke, du wirst mit allem fertigwerden, was auf dich zukommt. Das hast du schon unzählige Male unter Beweis gestellt."

„Es ist irgendwie total unwirklich, dass wir überhaupt darüber reden. Als ich heute Morgen zur Arbeit aufgebrochen bin, habe ich damit nun wirklich nicht gerechnet."

„Ich glaube, du würdest in dem weißen Hemd supersexy aussehen, Baby. Würdest du von mir verlangen, dass ich dich jedes Mal erst um Erlaubnis bitte, wenn ich mit dir ins Bett will?"

Jeannie lächelte. „Darauf kannst du wetten – und ich würde von dir verlangen, vor mir zu salutieren."

„Gerne. Das sind tolle Neuigkeiten. Ich könnte mich nicht mehr für dich freuen – oder für mich. Denn die Sorge, dass meine schwangere Frau Mörder jagt, ist der Stoff, aus dem meine Albträume sind."

„Soll ich die Bürgermeisterin anrufen und ihr sagen, dass ich interessiert bin?"

„Nur wenn du das wirklich bist, aber ich stimme mit einem begeisterten Ja. Die brauchen dich in einer Führungsposition in dieser Abteilung. Du könntest unter anderem helfen, die im FBI-Bericht aufgezeigten Probleme zu beheben und Stahls Schlamassel aufzuräumen. Baby, du hättest die echte Möglichkeit, Veränderungen zu bewirken."

„Das gefällt mir auf jeden Fall sehr gut." Jeannie stieß ein nervöses Lachen aus. „Ich denke, ich werde es tun."

„Herzlichen Glückwunsch, Süße. Ich bin so stolz auf dich."

„Gratuliere mir nicht zu früh."

„Ich gratuliere dir zu der Anfrage, und außerdem wird es geschehen. Wenn du die Bürgermeisterin anrufst, solltest du darauf vorbereitet sein."

„Mein Gott, werde ich es wirklich tun?"

„Ja. Und zwar genau jetzt. Lass mich auf jeden Fall wissen, wie es gelaufen ist. Ich werde auf glühenden Kohlen sitzen, bis ich von dir höre."

„Verbrenn dir nicht den Hintern. Ich brauche dich noch."

„Dann ruf mich schnell zurück. Ich liebe dich so sehr, und ich könnte nicht stolzer auf dich sein."

„Danke für die Unterstützung, Michael. Ich liebe dich auch. Wird schon schiefgehen."

„Ruf mich hinterher gleich wieder an."

„Okay."

Jeannie beendete die Verbindung und starrte auf die Visitenkarte, auf der mit Tinte der direkte Draht zur Bürgermeisterin geschrieben stand. Sie horchte tief in sich hinein und suchte nach der inneren Ruhe, für die sie nach ihrer Entführung und dem Überfall so hart gearbeitet hatte. Doch leider war da in diesem Moment keine innere Ruhe. Ehe sie es sich selbst ausreden konnte, wählte sie die Nummer und lauschte auf den Rufton.

„Brewster."

Einen Augenblick lang war Jeannie so überrascht, dass die Bürgermeisterin selbst abgenommen hatte, dass sie vergaß, was sie sagen wollte.

„Hallo, wer ist da?"

„Detective Jeannie McBride."

„Ah, Detective McBride! Freut mich, dass Sie sich bei mir melden."

„Danke, dass Sie an mich gedacht haben. Ehrlich gesagt bin ich noch ein bisschen in Schockstarre."

Das Lachen der Bürgermeisterin half Jeannie, sich ein wenig zu entspannen. „Ich weiß nicht, warum Sie in Schockstarre sein sollten, nachdem einige der wichtigsten Verhaftungen der letzten Zeit auf Ihr Konto gehen. Alle reden über Sie, Detective, und zwar auf die bestmögliche Weise."

„Danke, Ma'am."

„Ich habe Ihre Karriere seit dem unschönen Vorfall verfolgt, den wir jetzt nicht noch mal aufwärmen müssen. Aber lassen Sie mich sagen, dass ich bewundere, wie Sie sich danach verhalten haben, und dass Ihre Vorgesetzten voll des Lobes für Sie und Ihre Arbeit sind. Es ist mir eine Ehre, Ihnen den Posten der stellvertretenden Polizeichefin anzubieten, wenn Sie daran interessiert sind."

Es war heraus. „Ich bin interessiert – und nervös. Es passiert nicht jeden Tag, dass ein Detective um drei Ränge auf einmal befördert wird. Ich rechne mit einem gewissen Widerstand seitens meiner Kolleginnen und Kollegen."

„Den werden Sie mit der gleichen Souveränität und Professionalität meistern, die Sie bisher an den Tag gelegt haben. Ich habe von Anfang an, seit ich Conklin von seinem Amt entbunden habe, deutlich gemacht, dass ich eine Frau in diesem Job haben möchte. Ihre Chefin hat mich zweimal abblitzen lassen und mir mit der vollen Unterstützung von Captain Malone und Chief Farnsworth stattdessen Sie empfohlen."

Das trieb Jeannie Tränen in die Augen. Sie schätzte Sam Holland als Chefin und Freundin sehr und hatte großen Respekt vor dem Captain und dem Chief. „Es freut mich, das zu hören."

„Also, habe ich meine neue stellvertretende Polizeichefin gefunden?"

„Ich sollte noch erwähnen, dass ich diesen Sommer mein erstes Kind erwarte."

„Das wird kein Problem sein, aber danke, dass Sie mir Bescheid gesagt haben – und herzlichen Glückwunsch."

„Danke. Wir wünschen uns das schon lange, und jetzt ist es so weit."

„Heißt das, Sie nehmen mein Angebot an?"

„Ich glaube schon."

„Hervorragend! Wir werden in ein oder zwei Tagen eine Pressekonferenz im Rathaus abhalten, um die Neuigkeit zu verkünden. In der Zwischenzeit erzählen Sie es den Leuten, die es von Ihnen persönlich hören sollen. Die stellvertretende Polizeichefin arbeitet eng mit mir und meinem Büro zusammen, und nach dem FBI-Bericht können wir mit Sicherheit sagen, dass wir einiges vor uns haben. Ich freue mich darauf, das mit Ihnen zu erledigen, Deputy Chief McBride."

Diesen Titel zum ersten Mal mit ihrem Namen verbunden zu hören würde als einer der denkwürdigsten – und surrealsten – Momente in Jeannies Leben in die Geschichte eingehen. „Danke für Ihr Vertrauen. Ich freue mich auf die Zusammenarbeit."

„Gleichfalls, und bitte nennen Sie mich Monique. Ich melde mich wieder, um Sie zu vereidigen, und in der Zwischenzeit ... sollten Sie sich vielleicht nach neuen Uniformen umsehen."

„Das werde ich. Danke nochmals."

„Es war mir ein Vergnügen."

Jeannie beendete das Telefonat, saß eine ganze Weile in ihrem Auto und versuchte zu verarbeiten, dass dies wirklich geschah, bis ihr einfiel, dass Michael darauf wartete, von ihr zu hören. Sie tippte seinen Namen an, der in ihrer Favoritenliste ganz oben stand.

Er nahm nach dem ersten Klingeln ab. „Wie lief's?"

„Wie klingt ‚Deputy Chief McBride'?"

„Wunderbar. Baby, ich platze gleich vor Stolz."

„In den nächsten ein, zwei Tagen findet im Rathaus meine Vereidigungszeremonie statt. Kannst du dabei sein?"

„Das würde ich um nichts in der Welt versäumen."

Sam rief Freddie in ihr Büro. „Ich möchte mit den Ermittlungen noch mal ganz von vorne anfangen, und ich möchte, dass du mir dabei hilfst."

Er musterte sie skeptisch. „Und wie genau?"

„Wir gehen zurück auf die Straße, Vernon und Jimmy sollen uns fahren. Die Ergebnisse der FDS-Anfrage werden noch Monate auf sich warten lassen, also lass uns einfach tun, was wir sonst auch tun. Wir können nicht einfach dasitzen und warten, während dieser Kerl direkt vor unserer Nase Frauen vergewaltigt und tötet. Der Täter ist dreist. Er schlägt in einem öffentlichen Park zu, wo jeder sie um Hilfe schreien hören könnte. Das sagt mir, dass wir jemanden suchen, der sich für unbesiegbar und unantastbar hält. Lass uns ihn finden."

„Ich erinnere dich nur ungern daran, dass du Innendienst hast."

„Du musst mich an nichts erinnern, Freddie. Wir werden hier jetzt rausmarschieren, genau wie wir es immer tun, und du wirst nichts sagen oder tun, was die Aufmerksamkeit auf uns lenkt. Klar?"

„Ich spiele mal den Advokaten des Teufels. Was ist, wenn uns jemand attackiert und meine Partnerin nicht in der Lage ist, sich oder mich zu verteidigen? Hm?"

„Wir werden mit den Familien und Freunden der Opfer reden. Wer soll uns da attackieren?"

„Irgendjemand tut das immer."

„Hol deine Sachen, und bleib cool. Das ist mein Ernst. Verrat es niemandem, oder ich werde mich für diese Mission mit jemand anderem zusammentun."

Er verdrehte nur die Augen und folgte ihr wortlos.

Sie verließen gerade das Großraumbüro, als Jeannie mit bestürztem Blick hereinkam.

„Ich habe mit ihr gesprochen", verkündete sie. „Und ich habe Ja gesagt."

„Juhu!"

„Was ist los?", fragte Freddie und schaute zwischen ihnen hin und her.

„Du kannst es genauso gut allen gleichzeitig mitteilen." Sam drehte sich um und kehrte ins Großraumbüro zurück. „Alle mal herhören, Leute! Jeannie hat was bekannt zu geben."

Gonzo, Cruz und O'Brien schenkten ihr sofort ihre volle Aufmerksamkeit. Green, Dominguez und Carlucci würden es noch früh genug erfahren.

„Bürgermeisterin Brewster hat mich gebeten, den Posten der stellvertretenden Polizeichefin zu übernehmen, und ich habe ihr Angebot angenommen. Und ja, ich kann das genauso wenig glauben wie ihr."

„Heilige Scheiße", fluchte Gonzo. „Das ist fantastisch. Gratuliere."

„Ich freue mich so für dich, Jeannie", erwiderte Freddie. „Und ich bin furchtbar stolz auf dich."

Sie umarmten und feierten sie, bis Jeannie wieder die Tränen kamen. „Danke, Leute. Ich werde eure Unterstützung brauchen, wenn alle anderen es herausfinden und sich darüber aufregen, dass man mich an Sergeants, Lieutenants und Captains vorbei befördert hat."

„Sollen sie doch", meinte Gonzo. „Wir wissen aus erster Hand, dass du es verdient hast."

„Ihr seid spitze. Bitte sagt mir, dass ihr auch weiter meine besten Freunde sein werdet."

„Immer", bekräftigte Freddie und sprach damit für alle.

Ein paar Minuten später verließen er und Sam das Hauptquartier durch die Tür bei der Gerichtsmedizin und stiegen in den SUV. Sam gab Wes Hamblys Adresse an Jimmy weiter, der sie ins Navi eintippte.

„Danke."

„Kein Problem, Ma'am", antwortete Vernon.

„Der ist ziemlich cool", lobte Freddie den Secret-Service-SUV.

„Gewöhn dich nicht daran. Bald fahre ich dich wieder selbst."

„Ich habe vor, diesen Service zu genießen, solange es geht. Vernon wird sicher mehr Verständnis für mein Bedürfnis nach regelmäßiger Nahrungsaufnahme haben als du."

„Dieses Bedürfnis nach Nahrung tritt stündlich auf, Vernon, also seien Sie nicht zu verständnisvoll.“

Vernon lachte.

„Verdirb mir nicht alles“, bat Freddie. „Also, was ist der Plan mit Wes?“

„Wir stellen die gleichen Fragen noch mal, und danach sprechen wir mit Woos Freunden. Ich habe sie beim ersten Mal nicht befragen können, also fange ich von vorne an.“

„Wenn wir den ganzen Tag mit trauernden Freunden und Familienangehörigen zu tun haben, brauche ich Essen. Und zwar jede Menge.“

„Sehen Sie, womit ich mich herumschlagen muss, Vernon?“

„Allerdings, und ich fühle mit Ihnen. Jimmy hier ist genauso gefräßig.“

„Isst er auch nichts als Mist und nimmt kein Gramm zu, so wie mein Partner?“

„Genau. Das Leben ist nicht fair.“

„Das sage ich auch jeden Tag.“

„Wir können euch hören“, informierte Freddie sie, während Jimmy auf dem Beifahrersitz lachte.

„Gut, dann hört mal zu: Eines Tages wird sich eure ekelhafte Ernährungsweise rächen, und darauf freue ich mich jetzt schon.“

„Sei nicht so missgünstig, Sam. Ich habe dir schon mal erklärt, dass dir das nicht gut zu Gesicht steht.“

Vernon und Jimmy brachen in Gelächter aus.

Sam grinste Freddie an und freute sich, nach Wochen der Abwesenheit wieder mit ihm gemeinsam zu arbeiten. Genau das hatte sie gebraucht, um ihre Welt wieder ins Lot zu bringen – einen Fall, an dem sie sich die Zähne ausbeißen konnte, und ein bisschen freundschaftliches Geplänkel mit ihrem Partner. „Was sagst du zu unserer Jeannie, hm?“

„Ich freue mich sehr für sie. Doch ich kann nicht umhin, mich zu wundern, dass Brewster dich nicht gefragt hat.“

„Hat sie. Zweimal sogar. Ich habe sie beide Male abblitzen lassen. Kannst du dir mich in diesem Job vorstellen? Ich würde wahnsinnig werden. Drei Wochen Rekonvaleszenzurlaub haben mich schon fast in den Wahnsinn getrieben. Ich bin beinahe durchgedreht, weil ich so dringend wieder mitspielen wollte. Hinter einem Schreibtisch zu sitzen ist für mich die pure Hölle.“

„Ginge mir genauso. Glaubst du, Jeannie wird damit klarkommen?“

„Vor ein paar Monaten vielleicht noch nicht, aber die Dinge haben sich geändert. Verrat nicht, dass ich es dir erzählt habe – sie erwartet ihr erstes Kind, und das Angebot kommt damit zu einem guten Zeitpunkt. Dann ist sie von der Straße weg und hat einen Job mit geregelten Arbeitszeiten."

„Das ist eine sehr gute Nachricht. Und niemand hat es mehr verdient als sie."

„Ja, das stimmt. Nachdem Sanborn sie vergewaltigt hat, hatte ich Angst, dass sie sich nie wieder erholen würde. Doch sie hat sich nicht nur erholt, sondern ist stärker denn je. Die Verhaftung von Daniella Brown ist eine verdammt große Sache, und selbst die, die dagegen sind, dass die Bürgermeisterin sie ranghöheren Offizieren vorzieht, müssen zugeben, dass so eine Verhaftung eine einmalige Sache ist und eben zu genau solchen Gelegenheiten wie dieser führt."

„Sie wird in ihrem neuen Job gut sein."

„Das glaube ich auch. Ich wünschte, mein Vater wäre hier, um zu sehen, wie einer meiner Detectives sein altes Büro bezieht."

„Er ist hier, und er kriegt das mit. Ich würde ihm glatt zutrauen, dass er die ganze Sache eingefädelt hat."

„Stimmt", sagte Sam und wurde plötzlich emotional. Die Trauer überfiel sie zu den seltsamsten Zeiten, zum Beispiel, wenn sie sich über die Beförderung einer lieben Freundin und Kollegin freute. Dafür hatte sie jetzt keine Zeit, denn ihr Telefon klingelte. Roni Connolly rief an.

„Hallo."

„Wie geht es dir?", fragte Roni.

„Gut, und dir?"

„Auch. Ich lebe mich allmählich im neuen Job ein und finde mich im Weißen Haus zurecht."

„Freut mich. Ich werde mich in der nächsten Zeit im East Wing ein wenig rarmachen. Im Job ist mal wieder die Hölle los."

„Keine Sorge, Sam. Ich wollte dir nur sagen, dass ich mich auf deine Bitte hin nach der Schule mit Scotty treffe, um über Skippys Instagram-Account zu sprechen und darüber, wie wir ihm helfen können, das zu verwalten."

„Ich kann nicht glauben, wie beliebt dieser Hund ist", antwortete Sam. „Nick meint, sie sei das beliebteste Mitglied der Familie."

„Die Leute lieben sie, und sie lieben Scottys Geschichte. Aber wir müssen ihm helfen, mit dem massiven Ansturm fertigzuwerden, der damit einhergeht."

„Danke, dass du das übernimmst. Den Instagram-Account eines Hundes zu betreuen steht nicht in deiner Stellenbeschreibung."

„Das fällt vermutlich unter ‚andere zugewiesene Aufgaben‘.“

Sam lächelte. „Ich schätze, du hast recht. Wie sieht es sonst bei dir aus?“ Roni war Witwe, seit ihr Mann Patrick im Oktober von einer verirrten Kugel getroffen worden war.

„Ganz gut. Ich habe mich einer Gruppe namens Wild Widows angeschlossen, die aus jungen Witwen besteht, die sich gegenseitig unterstützen. Sie haben mich über eine Freundin meiner Schwester kontaktiert, und bis jetzt waren sie großartig. Es hilft, wenn man sich mit Leuten trifft, die einen verstehen.“

„Das kann ich mir vorstellen. Was hat es mit dem Namen auf sich? Die Wilden Witwen?“

„Das ist eine Anlehnung an das Zitat von Mary Oliver: ‚Sag mir, was willst du anfangen mit deinem einen wilden und kostbaren Leben?‘“

„Ah, großartig.“

„Finde ich auch. Wo ich dich gerade am Telefon habe, wollte ich dir noch eine andere Neuigkeit mitteilen.“

„Ja?“

„Nun, es scheint, als hätte Patrick mir bei seinem Tod ein ganz besonderes Geschenk in Form eines Babys hinterlassen, das ich im Juni erwarte.“

„Oh, Roni … Das ist ja wunderbar. Es ist doch wunderbar, oder?“

„Ja, auch wenn ich eine Minute gebraucht habe, um auf ‚wunderbar‘ zu kommen. Die Vorstellung, alleinerziehende Mutter zu sein, ist herausfordernd, aber ich bin aufgeregt und nervös und all das.“

„Wir werden natürlich für dich da sein. Alle Menschen in deinem Leben werden das.“

„Du hast schon genug um die Ohren, ohne dich um mich zu sorgen.“

„Ich werde mich um dich sorgen, und das wirst du auch nicht verhindern können.“

„Wenn du darauf bestehst“, erwiderte Roni lachend. „Ich halte dich natürlich über Scotty und Skippy auf dem Laufenden.“

„Unbedingt! Danke, dass du das übernimmst, Roni. Du bist die Beste.“

„Gern geschehen. Ich glaube, das wird lustig. Ich melde mich wieder.“

„Skippys Instagram-Account ist das Highlight meines Tages“, meinte Freddie, nachdem Sam ihr Mobiltelefon zugeklappt hatte.

„Ich habe bisher nur mitbekommen, dass er wahnwitzig beliebt ist, ich habe ihn allerdings noch nie angeschaut. Zeig mal her.“

„Wirklich, Sam?" Er rief den Account auf seinem Handy auf und reichte es ihr. „Soll ich dir zeigen, wie man das benutzt?"

„Ich glaube, das schaffe ich gerade noch." Sie scrollte durch die Fotos und Videos von dem süßen Hund, der ihrer aller Herzen gestohlen hatte. „Steht da wirklich, dass Skippy zwei Komma zwei Millionen Follower hat?"

„Ja, das steht da, und deshalb musstest du deine Mitarbeiter einschalten."

„Ich habe gehört, wie Scotty gesagt hat, dass der Account sich großer Beliebtheit erfreut, aber Herrgott noch mal …"

„Sam, bitte!"

„Was denn? Das war ein *Stoßgebet*, Freddie. Mensch."

„Ja, klar."

„Jetzt mal im Ernst … Zwei Komma zwei Millionen Follower für einen Hund?"

„Skippy ist nicht irgendein Hund, sondern der Hund des Präsidenten."

„Die Leute sind verrückt."

„Ja. Sie sind verrückt nach dir, deinem Mann, deinen Kindern und eurem Hund. Hast du gesehen, dass der *SNL*-Sketch auf YouTube über zweiunddreißig Millionen Views hat?"

„Himmel. Das war so unfassbar peinlich."

„Und unfassbar lustig. Ich habe noch nie im Leben so gelacht."

„Es war *nicht* lustig."

„Doch. Frag Vernon und Jimmy. War es lustig?"

„Dazu dürfen wir uns nicht äußern", antwortete Vernon diplomatisch. „Aber wenn wir es dürften, müsste ich zugeben, dass es sehr unterhaltsam war."

„Sie sollten auf meiner Seite stehen, Vernon."

„Immer, Ma'am, aber der Sketch war wirklich amüsant."

„Ha!", rief Freddie. „Sag ich doch."

„Ich hasse alle Menschen."

„Auch Nick?"

„Besonders Nick. Das alles wäre nicht passiert, wenn er nicht der verdammte Präsident wäre." Während sie das aussprach, wurde ihr klar, dass sie Vernon und Jimmy genug vertraute, um vor ihnen frei zu sprechen. „Aber ich kann ihn nicht hassen, weil ich ihn dazu zu sehr liebe."

„Das ist ein echtes Problem", räumte Freddie ein.

„Leider."

Kurz darauf hielten sie vor Wes' Haus, und Sams Magen krampfte sich bei dem Gedanken an das zusammen, was sie dort zu tun hatten. „Wir sind sofort zurück", versprach sie Vernon.

„Lassen Sie sich Zeit. Jimmy, bleib im Auto."

„Ja, Sir."

Vernon half Sam aus dem Wagen.

„Ich habe ja früher immer behauptet, ich bräuchte keinen Personenschutz, doch inzwischen bin ich jeden Tag dankbar für Sie. Ich hoffe, Sie wissen das."

„Es ist mir eine Ehre, für Sie zu arbeiten, Ma'am."

„Sam. Ich heiße Sam."

Lächelnd sagte Vernon: „Jawohl, Ma'am."

„Argh." Sam stieg mit Freddie und Vernon die Treppe zu dem Haus hinauf, in dem Audrey mit Wes gelebt hatte. „Ich bin so schrecklich langsam."

„Du bist schon wieder viel beweglicher."

„Aber immer noch zu langsam."

„Langsam und gleichmäßig – so gewinnt man Rennen."

„Wenn du meinst."

Es dauerte eine gefühlte Ewigkeit, die Treppe zu Wes' Wohnung zu erklimmen.

Sam hob einen Finger, um Freddie zu bitten, ihr eine Minute Zeit zu lassen, damit sie wieder zu Atem kommen konnte, ehe er klopfte. Am Ende brauchte sie zwei Minuten, während derer sie im Stillen darüber fluchte, wie beschissen es war, verletzt zu sein. „Okay, leg los."

Freddie klopfte.

Der Mann, der die Tür öffnete, hatte kaum noch Ähnlichkeit mit dem, den sie Wochen zuvor kennengelernt hatten. Sein Haar war lang und ungekämmt, er hatte fast einen Vollbart, und seine Augen wirkten tot. Als er sah, dass sie es waren, hellte sich seine Miene ein wenig auf. „Haben Sie den Kerl erwischt, der Audrey getötet hat?"

„Bisher leider nicht", erwiderte Sam, woraufhin sein Blick vor Enttäuschung wieder stumpf wurde. „Wir wollten fragen, ob wir noch einmal mit Ihnen reden können."

„Äh, klar. Meine Wohnung ist leider ein einziges Chaos. Ich, äh, habe nicht viel aufgeräumt."

„Das ist schon in Ordnung."

Sie folgten ihm in einen regelrechten Schweinestall. Das war das einzige Wort, das den Zustand der Wohnung angemessen beschrieb. Sie hatte keine Ähnlichkeit mehr mit dem Zuhause, das er mit Audrey geteilt hatte. Sam hatte Mitleid mit ihm, sein sinnloser Verlust schmerzte sie.

Er machte einen Platz auf einem Sessel gegenüber der Couch für sie frei, auf der er offensichtlich die meiste Zeit verbrachte.

„Wenn wir uns in einer solchen Situation wiederfinden, ohne Anhaltspunkte, fangen wir von vorne an", erklärte Sam. „Wir gehen alles ein weiteres Mal durch. Es tut mir leid, dass ich Ihnen das zumuten muss, doch wir möchten Sie noch einmal befragen, damit wir uns sicher sein können, dass wir nichts übersehen haben."

„Sie haben keinerlei Hinweise?"

„Leider nein. Wir haben seine DNA, aber sie ist nirgendwo registriert. Wir haben von der Bürgermeisterin eine Sondergenehmigung dafür erhalten, eine Familien-DNA-Suche durchzuführen, in der Hoffnung, einen Verwandten zu finden, der schon mal mit dem Gesetz in Konflikt gekommen ist und dessen DNA wir im System haben. Das ist allerdings eine langwierige Angelegenheit, und wir haben nicht monatelang Zeit, wenn wir diesen Kerl finden wollen, ehe er wieder tötet. Also fangen wir von vorne an."

„Was immer erforderlich ist", sagte Wes.

Sie gingen noch einmal jede Einzelheit durch, bohrten sich in jedes noch so kleine Detail, erfuhren jedoch nichts Neues.

„Ich denke ständig darüber nach, über ihr Leben, ihre Freunde und die Menschen, mit denen sie jeden Tag zu tun hatte, und mir fällt nichts ein, was zu so etwas geführt haben könnte. Jeder mochte sie. Sie war freundlich und nett und … ich weiß nicht, wie ich ohne sie weiterleben soll."

Diese Bemerkung brachte Sam auf eine Idee. „Ich habe eine Freundin, die seit Kurzem Witwe ist. Sie hat sich einer Gruppe junger Witwen angeschlossen und mir gerade erzählt, dass ihr das sehr gutgetan hat. Ich kann den Kontakt zu ihr herstellen, wenn Sie glauben, dass Ihnen das helfen könnte."

„Ich bin aber nicht verwitwet."

„Sie wollten Ihr Leben mit Audrey verbringen, und jetzt können Sie das nicht mehr. Ich würde sagen, Sie sind qualifiziert. Hätten Sie etwas dagegen, wenn ich meiner Freundin Ihre Nummer gebe?"

Er zuckte die Achseln, als wäre es ihm völlig egal. „Von mir aus."

„Danke, dass Sie sich Zeit für uns genommen haben. Tut mir leid, dass wir Ihnen das noch einmal zumuten mussten."

„Was auch immer nötig ist, um diesen Kerl zu schnappen. Davon wird sie zwar nicht wieder lebendig, doch es wird uns etwas Trost spenden, zu wissen, dass er nicht da draußen rumläuft und sein Leben genießt, während sie tot ist. Außerdem möchte ich nicht, dass noch jemand durch diese Hölle geht, die wir durchmachen müssen."

Freddie reichte Sam einen Arm, um ihr aufzuhelfen.

Wes begleitete sie zur Tür.

„Bitte kommen Sie weiter zu den Treffen der Trauer-Selbsthilfegruppe. Es hilft, sich mit anderen Angehörigen auszutauschen, die von einem Gewaltverbrechen betroffen sind. Mir zumindest hat es geholfen.“

Er sah sie einen Moment lang verwirrt an. „Ach so, ja. Ihr Vater.“

„Genau. Wir werden Sie über alle Entwicklungen informieren, Wes. Halten Sie durch.“

„Ich werde es versuchen.“

Nachdem sich die Tür hinter ihnen geschlossen hatte, meinte Sam: „Das hat nur seine Wunden wieder aufgerissen.“

„Es war eine gute Idee, ihn mit Roni in Kontakt zu bringen. Allein dafür könnte es sich gelohnt haben, dass wir hergekommen sind.“

„Das hoffe ich. Wir hatten schon einige frustrierende Fälle, aber dieser ist der schlimmste.“

„Er steht zumindest ganz weit oben auf der Liste.“

Sie fuhren zu dem Apartment, das sich Ling Woo mit drei anderen Studentinnen der Georgetown geteilt hatte. Nur ihre Mitbewohnerin Lily war zu Hause, als sie nach einem weiteren langsamen und für Sam schmerzhaften Aufstieg die dritte Etage erreichten.

„Gibt es etwas Neues?“, fragte Lily.

„Leider nein.“ Sam erklärte, dass sie neu anfangen mussten, weil die Spuren erkaltet waren. „Hätten Sie etwas dagegen, wenn wir Sie ein weiteres Mal befragen, bloß um sicherzugehen, dass wir alles haben?“

„Natürlich nicht. Ich werde tun, was immer ich kann. Wir stehen alle immer noch unter Schock. Ling war so ein liebes Mädchen. Sie hat alles für jeden getan. Wir haben sie die Hausmutter genannt. Sie hat für uns gekocht, hinter uns hergeräumt und sich um uns gekümmert.“ Ihre Stimme brach, als sie sich auf eine rote Couch setzte. „Wir hatten keine Ahnung, wie viel sie getan hat, bis sie nicht mehr hier war.“

„Wir bedauern Ihren Verlust sehr.“

Lily wischte sich mit einem Taschentuch die Tränen weg. „Danke. Es ist so sinnlos, wissen Sie?“

„Ja.“

„Wie kann ich helfen?“

„Wir wissen, dass Sie und Ihre anderen Mitbewohnerinnen alles schon mit der Polizei durchgesprochen haben. Macht es Ihnen etwas aus, wenn wir das heute noch einmal tun?“

„Nein, gar nicht.“

Sie verbrachten die nächste Stunde damit, anhand der Notizen der ersten Befragung alles erneut durchzusprechen, Lings Tagesablauf zu erörtern, die Leute, die sie häufig sah, ihren Wochenendjob in einem nahe gelegenen Café. Die Ermittler hatten sich mit Freunden, Schulkameraden, Laborpartnern und Kollegen unterhalten, die alle das Gleiche ausgesagt hatten: Ling war eine brillante Studentin gewesen, die eine glänzende Zukunft vor sich hatte, und ein netter Mensch, der mit jedem in seinem Umfeld auskam.

„Es gibt eine Sache, die mir nicht aus dem Kopf will", bemerkte Lily dann fast beiläufig.

Sam setzte sich aufrechter hin. „Was denn?"

„Etwa anderthalb Wochen vor ihrem Tod sind wir eines Abends in einer Bar gewesen. Sie ist nur selten mit uns ausgegangen, aber wir haben den Geburtstag unserer Mitbewohnerin Cassie gefeiert, also war Ling diesmal dabei. Wir waren in dieser Bar, nicht weit vom Campus entfernt, und haben uns mit ein paar Jungs getroffen, die Cassie von der Highschool kennt. Sie ist hier in D. C. aufgewachsen. Einer von ihnen, er heißt Shane, hat sich an Ling herangemacht. Sie war nicht interessiert, doch das hat ihn nicht davon abgehalten, sie den ganzen Abend zu bedrängen."

„Auf welche Weise hat er sie ‚bedrängt'? Was hat er getan?"

„Er hat sie aufgefordert, mit ihm zu tanzen, kein Nein akzeptiert, ihr Getränke spendiert, die sie nicht wollte. So in der Art. Cassie hat den anderen Jungs gesagt, sie sollten etwas dagegen unternehmen, aber die waren alle am Trinken und Feiern, und es war ihnen egal, dass ihr Freund sich wie ein Vollidiot benommen hat. Ling und ich sind schließlich gegangen, damit sie von ihm wegkommen konnte."

„Wie hat er reagiert, als er gemerkt hat, dass Sie gehen wollten?"

„Er ist uns aus der Bar gefolgt und hat geschrien, dass es ihr noch leidtun würde, wenn sie die Chance verpasst, mit ihm zusammen zu sein."

„Das haben Sie ihn sagen hören? Es würde ihr noch leidtun?", fragte Sam, der der Schauer über den Rücken lief, den sie immer verspürte, wenn sie endlich einen Durchbruch hatte.

„Ja."

„Warum haben Sie das nicht schon früher erwähnt?"

„Es ist mir eben erst wieder eingefallen. Tut mir leid. Seit Lings Ermordung ist alles so schrecklich. Ich bin mit meinen Gedanken immer ganz woanders."

„Wo können wir diesen Kerl finden?"

„Cassie müsste das wissen."

„Wo ist sie jetzt?"

„Sie arbeitet in Tucker's Steak House am Feds-Stadion. Sie darf während ihrer Schicht nicht aufs Handy schauen, sonst würde ich ihr eine SMS schicken. Ich kann Ihnen die Adresse geben.“

„Ich weiß, wo das ist“, warf Freddie ein. „Wie heißt Cassie mit Nachnamen?“

„Richardson.“

„Das war hilfreich“, erwiderte Sam. „Vielen Dank, Lily.“

„Ich wünschte, ich könnte mehr tun.“

„Sie haben uns sehr weitergeholfen. Wenn sich herausstellt, dass Shane in den Mord verwickelt war, brauchen wir Sie als Zeugin.“

„Ich werde tun, was immer ich kann, um den Drecksack dranzukriegen, der sie uns genommen hat.“

KAPITEL 27

Sie verließen Lily mit dem Versprechen, sie über die Ermittlungen auf dem Laufenden zu halten. Im SUV gab Freddie Vernon die Adresse des Restaurants.

Sam legte den Kopf in den Nacken und schloss kurz die Augen, als Schmerz von ihrer Hüfte ausstrahlte. Sie hatte es übertrieben und würde später dafür bezahlen, aber endlich hatten sie etwas, wo sie ansetzen konnten, also war aufzuhören keine Option.

„Ich könnte mit Cassie reden, wenn du nach Hause willst", erbot sich Freddie.

„Nein, auf keinen Fall." Sie kramte die Schmerztabletten aus der Manteltasche, die sie extra eingesteckt hatte, und schluckte sie mit Wasser aus einer der Flaschen, die Vernon und Jimmy praktischerweise im Kofferraum des SUV mitführten. Sam hatte schon lange keine Tabletten mehr gebraucht, also fühlte es sich wie ein Rückschlag an, eine zu nehmen. Doch sie hatte gelernt, dass es besser war, dem Schmerz immer einen Schritt voraus zu sein.

Als sie im Restaurant ankamen, sorgte das Eintreffen der First Lady für allgemeine Verblüffung.

Sam und Freddie zeigten der Restaurantleiterin ihre Ausweise. „Lieutenant Holland, Detective Cruz, MPD. Wir sind auf der Suche nach einer Ihrer Mitarbeiterinnen, Cassie Richardson."

„Steckt sie in Schwierigkeiten?", fragte die Frau.

„Nein. Könnten Sie sie bitte für uns holen?"

„Natürlich."

Die Restaurantleiterin stöckelte auf ihren absurd hohen Absätzen, auf denen sie kaum laufen konnte, davon.

„Ich verstehe nicht, was an solchen Absätzen so toll sein soll", sagte Sam. „Die müssen zwölf oder fünfzehn Zentimeter hoch sein. Restlos sinnbefreit."

„Absätze ergeben für mich generell keinen Sinn, aber ich finde es schon toll, was sie mit den spektakulären Beinen meiner Frau anstellen."

„Na vielen Dank."

„Was denn? Die Beine meiner Frau sind tatsächlich spektakulär."

„Hör auf, Freddie."

„Du hast angefangen."

„Kommt es mir nur so vor, oder starren mich hier alle an?"

„Das kommt dir nicht nur so vor."

„Na super. Wieso dauert das so lange?"

Sam trat um das Pult herum, an dem die Gäste üblicherweise in Empfang genommen wurden, und machte sich auf den Weg in den hinteren Teil des Raumes, wo die Restaurantleiterin sich mit einer dunkelhaarigen jungen Frau unterhielt. „Sind Sie Cassie?", fragte Sam Letztere.

„Ja."

„Bitte lassen Sie uns allein", wandte sich Sam an die Restaurantleiterin, die ihr einen gereizten Blick zuwarf.

„Leisten Sie am besten keinerlei Widerstand", riet Freddie. „Sie wollen sie nicht gegen sich aufbringen, vertrauen Sie mir."

Während der Wochen auf der Ersatzbank hatte Sam vergessen, wie viel Spaß ihr dieser Job mit ihm als Sidekick bereitete.

Sam stellte Cassie sich und Freddie vor. „Können wir uns irgendwo in Ruhe unterhalten?"

„Geht es um Ling?"

„Ja."

„Würdest du vielleicht ein Auge auf meine Tische haben?", bat Cassie eine andere Kellnerin.

„Sicher", antwortete diese und musterte Sam.

Cassie führte Sam und Freddie in einen Pausenraum und schloss die Tür.

„Wir haben bei Ihnen zu Hause mit Lily gesprochen, und sie erwähnte einen Kneipenbesuch anlässlich Ihres Geburtstags, bei dem ein Typ namens Shane Ling belästigt hat. Wissen Sie, wo wir den finden können?"

„Ich kenne ihn eigentlich gar nicht richtig."

„Lily erwähnte, er sei in Begleitung von Bekannten von Ihnen gekommen."

Cassie nickte. „Das stimmt."

„Könnten Sie die fragen, wo wir ihn finden? Und sagen Sie ihnen bitte nicht, wer es wissen will."

„Klar." Sie ging zu einem Spind und holte ihr Handy heraus.

Eine ältere Frau betrat den Pausenraum. „Was ist hier los? Hat Cassie Ärger?"

„Nein. Wie Sie sicher wissen, wurde ihre Mitbewohnerin vergewaltigt und ermordet. Sie ist uns bei der Lösung des Falls behilflich, also verlassen Sie bitte den Raum."

„Aber machen Sie schnell", erwiderte die Frau.

„Angenehm", bemerkte Sam, nachdem die Frau den Pausenraum mit einem lauten Türknallen verlassen hatte.

„Es ist eine wahre Freude, für sie zu arbeiten", pflichtete ihr Cassie trocken bei. Sie scrollte in ihrem Handy und versandte eine SMS. Ein paar Sekunden später summte das Mobiltelefon wegen der Antwort.

„Er heißt Shane Ramsey und wohnt bei seinen Eltern in Columbia Heights."

Der Name Ramsey jagte einen Stromstoß durch Sams Wirbelsäule. Ganz zu schweigen davon, dass Columbia Heights nicht weit vom Rock Creek Park entfernt war.

„Das ist hilfreich", bedankte sie sich, als sie sich vom ersten Schock wegen des Namens erholt hatte. Wie groß waren die Chancen, dass Shane mit Sergeant Ramsey verwandt war? *Bitte, Gott, lass es keine Verbindung zwischen den beiden geben.* „Fragen Sie, wo wir ihn außer zu Hause noch finden könnten."

Cassie schickte eine weitere SMS ab und wartete. „Er arbeitet in einer Autowerkstatt."

Sam notierte sich die Adresse, die ebenfalls in der Nähe des Parks lag.

„Oft hängt er in der Nähe der Werkstatt in einer Bar namens Woodrefsens ab."

„Danke. Wenn Ihre Bekannten fragen, warum Sie das interessiert, verraten Sie es ihnen bitte nicht."

„In Ordnung. Glauben Sie, er hat etwas mit dem Mord an Ling zu tun?"

„Das wissen wir noch nicht, aber es ist die erste handfeste Spur."

Cassies Augen füllten sich mit Tränen. „Wenn Lings Tod etwas mit mir zu tun hatte, werde ich mir das nie verzeihen."

„Das hatte nichts mit Ihnen zu tun. Wenn dieser Kerl tatsächlich in irgendeiner Weise darin verwickelt ist, ist allein er für seine Taten verantwortlich zu machen."

„Trotzdem ... Er hat sie durch mich kennengelernt."

„Das ist nicht Ihre Schuld."

„Wir alle haben sie so sehr geliebt", flüsterte Cassie. „Ich kann nicht glauben, dass ich weiterleben, studieren und arbeiten und für Prüfungen lernen muss, als wäre nichts geschehen, obwohl das Schlimmste überhaupt passiert ist."

Sam gab ihr eine Karte, die Dr. Trulo hatte drucken lassen, um sie Opfern von Gewaltverbrechen zu überreichen, die von ihrer Trauergruppe profitieren könnten. „Unser nächstes Treffen findet in zwei Wochen statt. Bitte kommen Sie, wenn Sie glauben, dass es Ihnen helfen könnte."

„Das werde ich. Vielen Dank."

Sam verließ sie mit dem Versprechen, sie und ihre Mitbewohner über die Ermittlungen auf dem Laufenden zu halten. Die Frau, die sie unterbrochen hatte, wartete am Empfang. Als sie sich näherten, hob sie eine Hand, um sie aufzuhalten.

„Es ist mir egal, wer Sie sind, Sie können nicht in mein Restaurant marschieren und eine meiner Kellnerinnen auf diese Weise an der Arbeit hindern."

„Detective Cruz, darf ich hierherkommen, um eine wichtige Zeugin bei einer Mordermittlung zu befragen?"

„Ja, Lieutenant."

„Werde ich jeden verhaften, der sich mir in den Weg stellt?"

„Das tun Sie häufig, Ma'am."

Die Frau starrte sie an. „Sie finden sich wohl besonders cool."

„Das finde ich nicht nur, ich *weiß*, dass ich es bin. Jetzt gehen Sie mir aus dem Weg, bevor ich keine andere Wahl habe, als Sie festzunehmen. Und wenn Sie die junge Frau schikanieren, deren Mitbewohnerin so brutal ermordet wurde, werde ich Sie persönlich zur Rechenschaft ziehen."

Sam schob sich an ihr vorbei zur Tür, wobei sie sich zum ersten Mal, seit sie sich die Hüfte gebrochen hatte, wieder ziemlich gut fühlte.

„Das war großartig", meinte auch Freddie, als sie in die Kälte getreten waren.

„Falls ich vergesse, es dir zu sagen: Ich finde es toll, dass du den Text immer auswendig draufhast."

„Man tut, was man kann."

Sie warf ihm über die Schulter einen Blick zu. „Deinen Text. Nicht meinen."

Als sie im Auto saßen, drehte sie sich zu ihm um. „Sag mir bitte, dass Ramsey keinen Sohn namens Shane hat."

Er stöberte ein wenig in seinem Handy und schaute sie dann an. „Ich wünschte, ich könnte das behaupten."

„Dieser Hurensohn."

„Sohn eines Dreckskerls, meinst du wohl."

„O Gott, kleiner Freddie, du hast gerade geflucht!"

„In diesem Fall ist es ja auch angebracht. Wie lautet dein Plan?"

Sam zückte ihr Handy, um Malone anzurufen. „Das liegt jenseits meiner Gehaltsstufe", sagte sie, während sie wählte.

„Was ist los?", fragte Malone.

„Die Tatsache, dass meine Ermittlung mich zu Ramseys Sohn Shane geführt hat."

„Ist das Ihr Ernst?"

„Mein voller Ernst."

„Erzählen Sie mir alles haarklein."

Sam berichtete ihm, was sie von Ling Woos Mitbewohnerinnen erfahren hatten.

„Sind Sie sicher, dass der Typ Shane Ramsey heißt?"

„Ja. Sie haben erwähnt, dass er bei seinen Eltern in Columbia Heights wohnt. Lebt Ramsey noch dort?"

„Moment."

Sam hörte ihn auf seinem Rechner herumklicken. „Ja", seufzte er dann.

„Wie gehen wir vor?"

„Ich will Sie nirgendwo auch nur in der Nähe von Ramseys Haus oder der seines Sohnes. Kommen Sie her, und wir überlegen uns die nächsten Schritte. Übrigens, was machen Sie überhaupt im Außeneinsatz?"

„Detective Cruz hat meine Hilfe gebraucht."

Freddie funkelte sie entnervt an.

Sie zuckte grinsend die Achseln. „Wir sind gleich wieder im Hauptquartier." Nachdem sie das Handy zugeklappt hatte, starrte sie aus dem Fenster und überlegte, wie sie auf diese unwahrscheinliche Wendung in den Ermittlungen reagieren sollten.

„Danke, dass du mich als Vorwand genommen hast."

„Gern geschehen."

„Glaub mir, das weiß ich. So nervtötend du auch bist, es ist schön, dass hier langsam wieder Normalität einkehrt."

„Stimmt. Auf der Ersatzbank zu hocken ist nichts für mich. Genauso wenig wie Physiotherapie, die jetzt mit Fliegen, Nadeln und Glatteis das Quartett meiner verhasstesten Dinge bildet."

„Aber sie hat dich wieder auf die Beine gebracht."

„Auf die schmerzhafteste Art und Weise."

Vernon setzte sie am Eingang zur Gerichtsmedizin ab.

„Danke für die Hilfe", sagte Sam zu ihm und Jimmy.

„Immer gern."

„Die beiden sind im Grunde ganz in Ordnung", meinte Sam zu Freddie, als sie das Hauptquartier betraten.

„Auf jeden Fall, und Vernon liebt dich wie eine eigene Tochter."

„Meinst du?"

„Definitiv."

„Wie süß. Ich vermisse meinen Vater so."

„Geht mir genauso. Ich kann mir gar nicht vorstellen, wie das für dich und deine Familie sein muss."

„Du warst auch Teil seiner Familie, Freddie. Das weißt du."

„Ich würde ihn gerne fragen, wie wir diese neueste Entwicklung handhaben sollen."

„Ja, er hätte bestimmt eine klare Meinung dazu."

Als sie das Großraumbüro erreichten, befahl Sam: „Alle in den Konferenzraum. Freddie, ruf den Captain – und den Chief."

„Ja hallo", entgegnete Gonzo. „Was liegt denn an?"

„Du wirst es nicht glauben."

„Haben wir eine Spur?"

„Ja, und was für eine."

Sie warteten eine Viertelstunde, bis der Chief eintraf. „Tut mir leid, ich habe mit der Bürgermeisterin telefoniert, die ganz aus dem Häuschen ist. Detective McBride, wir sind unfassbar stolz auf Sie."

„Auf jeden Fall", bekräftigte Sam. „Mein Vater wäre sehr glücklich, dich in seinem alten Büro zu sehen."

„Danke. Eure Unterstützung bedeutet mir viel. Und ich werde sie brauchen, wenn sich herumspricht, dass ein Detective um drei Ränge befördert wird."

„Wir stärken dir den Rücken", versprach O'Brien. „Ich könnte mich nicht mehr für dich freuen, McBride."

„Zurück zum Tagesgeschäft." Malone deutete mit dem Kinn auf den Chief. „Berichten Sie ihm, was Sie mir erzählt haben."

„Unsere Ermittlungen haben zu Ramseys Sohn Shane geführt."

Gonzo keuchte auf. „Ist nicht dein Ernst."

„Wir sagen nicht, dass er der Täter ist. Aber Fakt ist, dass er eins unserer Opfer etwa zehn Tage vor ihrer Vergewaltigung und Ermordung in einer Bar belästigt hat. In der Nacht, in der sie sich getroffen haben, drohte er ihr, es würde ihr noch leidtun, wenn sie nicht auf seine Annäherungsversuche einginge."

„Das macht ihn zu unserem ersten Verdächtigen", stellte Jeannie fest.

„Stimmt, und da Ramsey vor Wut schon einen Ständer bekommt, wenn er mich nur sieht ..."

„Ekelhaft", brummte Freddie.

„... möchte ich, dass du, Gonzo, zusammen mit Jeannie Shane Ramsey aufspürst und herbringst. Captain, Sie müssen mit dem, was wir haben, direkt zu einem Richter, um einen Beschluss zu besorgen, damit wir seine DNA kriegen. Er hat das Opfer bedroht, und kurze Zeit später war sie tot. Das sollte reichen, um einen Haftbefehl zu bekommen, aber ich will nicht, dass neugierige Gerichtsmitarbeiter oder die Justizvollzugsmitarbeiter darüber reden, ehe wir es unter Dach und Fach haben."

„Ich kümmere mich darum", versprach Malone. „Stellen Sie ihn an einem anderen Ort als dem Haus, in dem er mit seinen Eltern lebt, und sorgen Sie dafür, dass er keine Zeit hat, irgendjemandem mitzuteilen, dass Sie ihn herbringen. Wir müssen die Sache geheim halten, bis wir ohne jeden Zweifel wissen, ob er wirklich darin verwickelt ist."

Sam nannte Gonzo und Jeannie die Adresse der Autowerkstatt, in der Shane arbeitete, sowie den Namen der Bar, in der er Stammgast war.

„Wir sind dran", versicherte Gonzo.

Nachdem er und Jeannie gegangen waren, kehrte O'Brien ins Großraumbüro zurück und ließ Sam und Freddie mit dem Captain und dem Chief allein.

„Sehen Sie nach, ob er irgendwelche Vorstrafen hat", wies Malone Freddie an.

Er stand auf, um den Rechner im Konferenzraum zu benutzen. „Versiegelte Jugendstrafakte."

Farnsworth seufzte tief. „Wenn er unser Mann ist, wird es schwierig werden."

„Sie wissen doch, dass wir unsere DNA abgeben, damit wir sie bei den Beweismitteln vom Tatort ausschließen können", meinte Sam.

„Ja, und?", fragte Malone.

„Wir haben das FDS in der lokalen Datenbank bereits angefordert", berichtete Sam. „Dazu gehört jeder, der mit der Abteilung in

Verbindung steht, also wenn es einen Treffer gibt, werden wir es schon bald wissen."

„Stimmt. Ich weiß nicht, ob ich auf einen Treffer hoffen soll oder nicht", gestand Malone, während die anderen Grimassen schnitten.

Geduld war noch nie Sams Stärke gewesen, aber sie befürchtete, dass sie sie bei der Warterei auf die Ergebnisse der DNA-Anfrage gänzlich verlieren würde. Warum musste alles so lange dauern, wo es da draußen jemanden gab, der unschuldige Frauen vergewaltigte und tötete?

„Es versteht sich von selbst, dass ein Gespräch mit Ramseys Sohn die Sache hochbrisant machen wird", sagte Farnsworth. „Lassen Sie uns deshalb mit äußerster Vorsicht vorgehen."

„Einverstanden." Beim Gedanken daran, wie Ramsey wohl reagieren würde, wenn sie seinen Sohn in einem Vergewaltigungs- und Mordfall zur Befragung vorluden, fühlte Sam, wie sich ihr Magen zusammenzog. „Hochbrisant" reichte wahrscheinlich nicht aus, um die Situation angemessen zu beschreiben.

„Ran an den Computer", wandte sie sich an Freddie. „Ich will alles, was du über diesen Kerl findest. Welche Highschool er besucht hat und wann, was er in den sozialen Medien treibt, alles, und zwar schnell."

„Bin schon dran."

Da sie Zeit für eine Pause hatte, verschwand sie in ihr Büro, schloss die Tür und setzte sich hinter ihren Schreibtisch. Ihre Hüfte tat weh. Sie holte ihren BlackBerry aus der Tasche und schickte Nick eine SMS. *Ruf mich an, wenn du kurz Zeit hast. Es ist nicht dringend.*

Eine Minute später klingelte das Telefon, und sie lächelte unwillkürlich, weil sie gleich mit ihm reden würde. „Hey."

„Selber hey. Was ist los?"

„Du wirst es nicht glauben."

„Spuck's schon aus."

Also erzählte sie ihm von der möglichen Spur zu Ramseys Sohn.

„Das darf doch nicht wahr sein."

„Das habe ich auch gesagt."

„Verfluchter Mist. Was habt ihr jetzt vor?"

„Gonzo und Jeannie schnappen sich den Sohn und bringen ihn zum Verhör."

„Wird sein Vater da nicht abgehen wie eine Rakete?"

„Wir bemühen uns, es geheim zu halten, bis wir wissen, ob Shane unser Mann ist."

„Wie wollt ihr das denn herausfinden?"

„Wir brauchen einen richterlichen Beschluss, um eine DNA-Probe von ihm zu bekommen, was bereits in Arbeit ist. Er wird sie uns nicht freiwillig geben, und der richterliche Beschluss ist nicht sicher, also denken wir über den Tellerrand hinaus. Wir könnten unsere DNA-Probe mit der seines Vaters abgleichen, um zu sehen, ob es eine familiäre Übereinstimmung gibt."

„Mein Gott. Was, wenn er es war? Sein Vater wird behaupten, ihr hättet die Beweise manipuliert."

„Deshalb gehen wir so regelkonform wie möglich vor."

„Seid bloß vorsichtig. Der Kerl hat dich schon auf dem Kieker, auch wenn du seinen Sohn nicht als Serienvergewaltiger und -mörder bezichtigst."

„Ist mir klar. Außerdem bin ich den Job der stellvertretenden Polizeichefin los, weil die Bürgermeisterin ihn Jeannie angeboten hat."

„Wirklich? Das ist ja toll. Wird sie es übernehmen?"

„Ja. Wir freuen uns alle sehr für sie."

„Das kann ich mir denken. Richte ihr meine Glückwünsche aus."

„Na klar. Was läuft bei dir?"

„Abgesehen davon, dass der Senat meine Vizepräsidentschaftskandidatin in der Luft zerreißt?"

„Wirklich?"

„Es ist ziemlich schlimm. Sie geht so gut damit um, wie sie kann, doch die sezieren sie regelrecht, durchleuchten jeden Aspekt ihres Lebens, ihre Eheprobleme, alles."

„Ich hasse so was. Was zum Teufel haben ihre Eheprobleme damit zu tun, wie gut sie als Vizepräsidentin sein wird?"

„Gar nichts. Sie wühlen in diesem Zeug, weil der einzige andere Grund, gegen sie zu sein, der ist, dass sie noch unerfahrener ist als ich."

„Unerfahrenheit ist aber kein Ausschlusskriterium, oder?"

„Nein. Sie tun allerdings ihr Bestes, um sie auf jede nur erdenkliche Weise zu diskreditieren."

„Es ist wahrscheinlich nicht hilfreich, dass sie eine Frau ist."

„Nein, kein Stück."

„Obwohl ich an ihr gezweifelt habe, drücke ich ihr die Daumen, denn wenn es etwas gibt, das ich mehr hasse als Frauenfeindlichkeit …"

„Dann sind das Flugzeuge und Nadeln."

„Genau, und neuerdings noch Glatteis und Physiotherapie."

Von seinem Lachen wurde ihr ganz warm. „Ich schätze, du schaffst es nicht, zum Essen hier zu sein, was?"

„Sieht so aus, aber sag den Kindern, ich decke sie zu, wenn ich nach Hause komme.“
„Deckst du mich auch zu?“
„Auf jeden Fall. Ich kann's kaum erwarten.“
„Ich liebe dich, Babe. Pass mit diesem Vollidioten Ramsey auf.“
„Werde ich. Keine Sorge. Ich liebe dich auch. Bis bald.“

KAPITEL 28

Nick beendete das Telefongespräch und lehnte sich in seinem Stuhl hinter dem Resolute Desk zurück, während er über die anhaltende Bedrohung für Sam durch diesen Mistkerl Ramsey nachdachte. Gerade als sie geglaubt hatten, ihn ein für alle Mal los zu sein …

Es klopfte, und Terry betrat das Oval Office.

„Was hast du Gutes zu berichten, Terry?", fragte Nick, der dringend an etwas anderes denken wollte als daran, dass Sam bei der Arbeit Gefahr drohen könnte.

„Ich wünschte, es gäbe gute Neuigkeiten, Mr President. Wir haben einen Anruf von Gretchen Hendersons Team erhalten, dass sie erwägt, sich aus dem Verfahren zurückzuziehen."

„Nein. Nein, nein, nein. Das darf sie nicht. Kannst du sie mir bitte sofort ans Telefon holen?" Gretchens Nominierung war Nicks erste große Entscheidung als Präsident gewesen, und er war entschlossen, sie bestätigt zu sehen.

„Ich schau mal, was ich tun kann." Terry verließ das Büro, ging zum Empfang, um mit einer der Assistentinnen zu sprechen, und kehrte zehn Minuten später zurück. „Gretchen ist jetzt in der Leitung."

„Danke dir." Nick nahm den Hörer des Apparats auf seinem Schreibtisch ab. „Gretchen, danke, dass Sie meinen Anruf entgegennehmen."

„Das ist doch selbstverständlich, Mr President."

In ihrer Stimme hörte er die müde Resignation, die sich einstellte, wenn man vom Senat Prügel bezog. „Ich verstehe, dass Sie schwanken."

„Mir war klar, dass es hart werden würde, aber das ist einfach zu viel. Nach all den Fortschritten, die mein Ex-Mann und ich uns so hart erarbeitet haben, um unsere Beziehung so weit zu kitten, dass wir gemeinsam als Eltern funktionieren können ... Das hat er nicht verdient."

„Nein, und genau das sollten Sie auch öffentlich zum Ausdruck bringen." Er warf einen Blick zu Terry, der nickte und einen Stift zückte, um sich Notizen zu machen. „Erzählen Sie die Wahrheit aus Ihrer Sicht. Sagen Sie so etwas wie: ‚Ich verstehe, dass der Senat die Aufgabe hat, sich zu vergewissern, dass ich für das Amt der Vizepräsidentin qualifiziert bin, doch ich glaube, meine Familie sollte in diesem Prozess tabu sein. Ja, mein Ex-Mann und ich haben eine schwierige Scheidung hinter uns. Das liegt allerdings schon lange zurück, und wir haben unsere Beziehung so weit repariert, dass wir unseren geliebten Kindern gute Eltern sein können.' Oder etwas in der Art. Wie finden Sie das?"

„Ja, das ginge vermutlich, Mr President."

„Terry hat mitgeschrieben. Ich werde ihn bitten, einen Entwurf an Ihr Team weiterzuleiten, und wir werden zur Unterstützung parallel eine eigene Erklärung veröffentlichen. Bitte geben Sie nicht auf. Wir wissen beide, dass Sie mehr als qualifiziert für dieses Amt sind, und Schlammschlachten sind für Politiker ja leider nichts Neues. Sie gehören für uns beide zum Job."

„Ja, aber ich war nicht darauf vorbereitet, dass sie meinen Mann zerfleischen würden. Er ist noch dabei, sich wieder zu fangen. Ich fürchte, all das könnte zu einem Rückfall führen."

„Wenn Sie sich für ihn einsetzen, wird das sicher helfen. Er macht sich vermutlich mehr Sorgen um Ihre Meinung über ihn als um die der anderen. Zumindest würde ich das an seiner Stelle tun."

„Da haben Sie recht. Wir geben die Erklärung raus. Hoffentlich hilft das."

„Bitte werfen Sie nicht das Handtuch. Wir freuen uns sehr, dass Sie die erste Vizepräsidentin des Landes werden."

„Danke für Ihre Unterstützung. Ich werde nichts tun, ohne mich zuerst mit Ihnen abzustimmen."

„Unbedingt. Wir sprechen uns bald, doch hoffentlich sehe ich Sie schon vorher bei der Vereidigung."

„Ihr Wort in Gottes Ohr, Sir."

Nick legte auf.

„Gut eingefangen", bemerkte Terry.

„Manchmal hasse ich diese Stadt."

„Nur manchmal?“

Nick lachte auf. „Okay, meistens.“

⸺ ❧ ⸺

Gonzo und Jeannie näherten sich der Werkstatt, in der Shane Ramsey arbeitete, und zeigten ihre Ausweise der ersten Person, die sie antrafen, einem kleinen Mann mit brauner Haut und dem Namen Jesus auf dem Hemd. „Sergeant Gonzales, Detective McBride, MPD. Wir sind auf der Suche nach Shane Ramsey.“

„Er arbeitet an der dritten Hebebühne“, sagte der Mann mit starkem Akzent und gestikulierte zur linken Seite der Werkstatt hin. „Was hat er angestellt?“

Gonzo ignorierte seine Frage. *„Muchas gracias.“*

Als sie sich der dritten Hebebühne näherten, erkannte er, welcher der drei dort tätigen Männer Ramsey war, weil die Ähnlichkeit mit seinem Vater nicht zu übersehen war: das gleiche dünne braune Haar, die gleichen verschlagenen Augen. Gonzo würde versuchen, ihm daraus keinen Strick zu drehen. Sie zeigten wieder ihre Dienstmarken.

„Sind Sie Shane Ramsey?“

„Ja. Ist irgendwas mit meinem Vater?“

„Nein, bei dem ist alles in Ordnung. Können wir Sie kurz draußen sprechen?“

Shane schaute seine beiden Kollegen an. „Klar.“ Nachdem er sich die öligen Finger an einem roten Lappen abgewischt hatte, folgte er ihnen nach draußen. „Worum geht es denn?“ Sein Atem kondensierte in der Kälte.

„Wir haben einige Fragen, die wir Ihnen stellen möchten. Wenn Sie freiwillig ins Hauptquartier mitkommen, werden wir Ihnen aus kollegialer Höflichkeit gegenüber Ihrem Vater keine Handschellen anlegen.“ Bei dem Gedanken, Ramsey Höflichkeit zu erweisen, drehte sich Gonzo fast der Magen um, aber er tat es trotzdem, um das Ziel dieser Mission zu erreichen.

„Was für Fragen?“, wollte Shane wissen, während er zwischen Gonzo und Jeannie hin und her blickte.

„Welche, die wir im Hauptquartier stellen wollen.“ Gonzo starrte dem jüngeren Mann in die Augen, entschlossen, nicht zu blinzeln oder wegzusehen.

Shane blinzelte zuerst. „Weiß mein Vater über diese Aktion Bescheid?“

„Nein.“

„Er wird nicht erfreut sein, zu hören, dass Sie mich mitgenommen haben."

„Mag sein." Nach einer kurzen Pause fügte Gonzo hinzu: „Ich bin ganz kurz davor, Ihnen Handschellen anzulegen und eine große Szene zu veranstalten."

„Lassen Sie mich eben Bescheid sagen."

„Darum wird sich Detective McBride kümmern."

Während Jeannie nach drinnen ging, begleitete Gonzo Shane zum Auto und streckte die Hand aus. „Ich möchte Ihr Handy, bis wir im Hauptquartier sind."

„Brauchen Sie nicht einen Durchsuchungsbeschluss, um mir mein Handy abzunehmen?"

„Geben Sie es her, sonst lege ich Ihnen Handschellen an."

„Nein, ich gebe Ihnen mein Handy nicht."

Ehe Shane wusste, wie ihm geschah, hatte Gonzo ihn in Handschellen und ohne Handy auf dem Rücksitz des Wagens.

„Mein Vater wird dafür sorgen, dass Ihnen das leidtut."

Gonzo schlug ihm die Autotür vor der Nase zu.

„Alles geklärt", teilte ihm Jeannie mit, als sie wieder zu ihm stieß.

„Du weißt, was man über den Apfel und den Baum sagt? Dieser hier ist jedenfalls nicht weit vom Stamm gefallen. Am Ende musste ich ihm Handschellen anlegen, weil er sein Handy nicht rausrücken wollte. Er darf seinem Vater nicht verraten, dass wir ihn verhaften wollen."

„Denkst du, wir können das verhindern?"

„Wir können es zumindest versuchen." Sobald sie im Auto saßen und auf dem Rückweg zum Hauptquartier waren, rief Gonzo Sam an, um sie zu informieren.

„Wie ist es gelaufen?"

„Wie erwartet."

„Hat der Typ den Namen seines Vaters fallen gelassen?"

„Mehrfach."

„O'Brien ist dabei, herauszufinden, wo Ramsey ist, damit ihr ihm auf dem Weg hierher nicht begegnet. Ich gebe euch die Info in ein paar Minuten durch. Wenn wir uns dafür entscheiden, ihn zu verhaften, werden wir einen der uniformierten Beamten vom Empfang bitten, die Formalitäten bei uns im Verhörraum zu erledigen."

„Alles klar."

⁓ ⁓

Candace hatte zwei Tage gebraucht, um ihr Leben in Kalifornien für den Umzug nach New Jersey in drei Koffer zu packen.

Eli hatte gefürchtet, er würde noch den Verstand verlieren, während er darauf wartete, dass die Sekunden, Minuten und Stunden bis zu ihrem Wiedersehen verstrichen. In seinen Kursen war er völlig weggetreten gewesen und unfähig, an etwas anderes zu denken als daran, dass Candace auf unbestimmte Zeit bei ihm bleiben würde.

Sie hatte ihn am Vorabend nach einem weiteren heftigen Streit mit ihren Eltern unter Tränen angerufen. Jetzt war sie allerdings achtzehn, und sie konnten sie nicht daran hindern, zu gehen, oder ihr vorschreiben, wen sie mögen durfte.

Der Streit war so schlimm gewesen, dass Eli sie für ihre letzte Nacht in Kalifornien in einem Hotel in der Nähe des Flughafens untergebracht hatte, damit ihre Eltern nichts Drastisches tun konnten, wie sie einzusperren, um sie von ihm fernzuhalten. Bis er die Nachricht erhielt, dass sie an Bord des Fliegers war, konnte er nicht essen, schlafen, lernen oder auch nur tief durchatmen.

Er hatte eine Vorlesung geschwänzt, um sie in Newark abholen zu können, und war zwei Stunden vor der Landung dort angekommen. Zum ersten Mal, seit Nicks Aufstieg zum Präsidenten ihn zur Person des öffentlichen Interesses gemacht hatte, erkannte jemand Eli am Flughafen.

„O mein Gott", rief eine Dame. „Sie sind Elijah … Der Präsident ist … Betty, schau! Da ist Elijah!"

Er lächelte den beiden Frauen zu, unsicher, was er sagen sollte. Wie stand er überhaupt zum Präsidenten? Nick und Sam bezeichneten ihn als ihren Bonus-Sohn, was ihm gefiel. Offenbar hatte ihn seine Beziehung zu den beiden berühmt gemacht.

Die Secret-Service-Beamten, die ihn begleiteten, hielten die Frauen davon ab, ihm zu nahe zu kommen.

„Das war das erste Mal", meinte er zu Nate. Eli mochte den jüngeren Agenten, seit er ihn zum ersten Mal getroffen hatte, und hatte darum gebeten, dass Nate seine Eskorte leitete, wenn er Begleitschutz brauchte.

„Es wird nicht das letzte Mal bleiben", antwortete der andere, als sie in einem Wartebereich Platz nahmen. „Sie haben mir gar nicht verraten, warum Sie eine Vorlesung sausen lassen, um herzufahren."

„Dies ist das erste Mal, dass ich je was geschwänzt habe", gestand Eli. „Als ich nach Princeton ging, habe ich meinem Vater versprochen, nie etwas ausfallen zu lassen, es sei denn, ich wäre wirklich krank – und ein Kater zähle nicht, hat er nachgeschoben."

Nate lächelte. „Klare Ansage."

„Er hat mir erklärt, ich erhielte das unbezahlbare Geschenk einer erstklassigen Ausbildung und er erwarte von mir, dass ich sie so ernst nehme, wie ich nur kann."

„Es ist beeindruckend, dass ein Mann mit seinen Mitteln solche Überzeugungen hatte", entgegnete Nate.

„Er hat nie vergessen, woher er kam und wie er sich eine neue Existenz aufbauen musste, nachdem das Unternehmen, das ihn reich gemacht hatte, ruiniert worden war. Ihm war es wichtig, dass ich eine Ausbildung habe, auf die ich zurückgreifen kann, wenn alles andere scheitert, und so werde ich es auch mit den Zwillingen halten. Das hätte er so gewollt."

„Ihr Vater wäre stolz darauf, wie Sie sich um sie kümmern", erwiderte Nate.

„Danke. Die beiden bedeuten mir sehr viel. Der Grund, warum wir hier sind, ist, dass meine Freundin, die ich seit Jahren nicht mehr gesehen habe, vor zwei Tagen achtzehn geworden ist, weswegen sie jetzt selbst entscheiden kann, mit wem sie zusammen sein will."

„Wow. Wann war denn das letzte Mal?"

„Vor ziemlich genau drei Jahren."

„O Mann …"

„Ja, das war unschön." Unschöner, als er es dem Bodyguard gegenüber, der ihm inzwischen wie ein Freund vorkam, jemals zugeben würde. „Ich kann es echt nicht erwarten, sie wiederzutreffen."

„Haben Sie die ganze Zeit eine Fernbeziehung geführt?"

Eli schüttelte den Kopf. „Sie durfte nicht mit mir reden – und umgekehrt. Vor zwei Tagen habe ich zum ersten Mal seit Jahren wieder mit ihr gesprochen."

„Oh. Okay."

„Wir haben genau da weitergemacht, wo wir aufgehört haben – zumindest hat es sich in den letzten Tagen am Telefon so angefühlt. Ich bin etwas besorgt darüber, wie es sein wird, wenn wir einander persönlich gegenüberstehen."

„Ich bin überzeugt, es wird großartig."

„Danke fürs Zuhören. Die letzten paar Stunden waren eine Tortur."

„Ich habe gemerkt, dass Sie mit etwas zu kämpfen hatten." Nate bot Eli Sonnenblumenkerne an. Er aß ständig irgendwas Gesundes.

„Nein, danke. Ja, die letzten paar Tage waren hart. Ich konnte es zuerst gar nicht glauben, als sie mich am Montag angerufen hat, denn ich war mir nicht sicher, ob ich nach ihrem achtzehnten Geburtstag etwas von ihr hören würde. Wie sich herausstellte, hat sie genau wie ich die Tage gezählt."

„Ich komme mir vor wie in einem Liebesfilm."

„Hören Sie auf", antwortete Eli und lachte.

„Nein, wirklich, nur hat das hier mein volles Interesse."

„Ich hoffe, wir enttäuschen Sie nicht."

„Ganz bestimmt nicht. Apropos Liebesfilm: Darf ich Sie etwas ganz und gar Unangemessenes fragen?"

Eli warf dem stets superprofessionellen Agenten einen überraschten Blick zu. „Äh, klar …"

Lächelnd erklärte Nate: „Es ist in dem Sinne unangebracht, dass ich nicht mit Ihnen darüber reden sollte."

„Ich betrachte Sie sozusagen als einen Freund, da wir jeden Tag zusammen sind."

„Das ist auch der Grund, warum ich Sie gerne fragen möchte, was Sie von Brooke, der Nichte der First Lady, halten."

„Oh, äh, ich kenne sie nicht so gut, sie scheint allerdings nett zu sein. Warum?"

„Na ja, es ist so: Vor einer Weile war sie als Babysitterin im Haus in der Ninth Street. Wir sind ins Gespräch gekommen, und seitdem stehen wir irgendwie miteinander in Kontakt."

„Interessant. Aber dann hat man Sie meinetwegen nach New Jersey versetzt, also sehen Sie sie wahrscheinlich nicht sehr oft."

„Wir haben uns getroffen, als wir über die Feiertage in D. C. waren, und im Übrigen haben Sie mir karrieremäßig einen großen Gefallen getan, als Sie darum gebeten haben, dass ich Ihre Personenschutzeinheit leite, also danke dafür."

„Werden Sie Brooke wiedersehen?"

„Ich habe das Gefühl, dass ich mich vorher noch mit der First Lady unterhalten muss, aber der Gedanke daran lässt mich erschaudern."

„Sam ist total cool. Das wissen Sie doch."

„Das ist sie, trotzdem ist die ganze Situation unbestreitbar sehr speziell."

„Ja, das kann ich mir vorstellen. Soll ich mal mit Sam darüber reden?"

„O Gott, nein. Das würde ich nie von Ihnen verlangen."

„Sie haben es nicht verlangt. Ich habe es angeboten."

„Es ist furchtbar unprofessionell, dass ich überhaupt dieses Gespräch mit Ihnen führe oder mich für ein Date mit der Nichte der First Lady interessiere. Ich hätte den Kontakt abbrechen sollen, gleich nachdem ich sie kennengelernt hatte."

„Wenn etwas geschehen soll, dann wird es auch geschehen. Ich weiß noch, wie mein Vater das gesagt hat, nachdem er Cleo getroffen hatte. Die beiden haben viel durchgemacht, um zusammen zu sein, und waren so glücklich. So wie Sam und Nick … Sie sind auf eine ähnliche Weise glücklich. So wie ich das einschätze, bin ich mir sicher, dass sie kein Problem damit hätten, wenn Sie mal mit Brooke ausgehen würden."

„Meinen Sie?"

„Ja, und ich bin gerne bereit, es Sam gegenüber zu erwähnen, wenn Sie möchten."

„Ich fühle mich wieder wie ein Fünfzehnjähriger, der wegen eines Mädchens ganz hibbelig ist."

„Also hört das nie auf?"

„Offenbar nicht. Wenn Sie es ihr gegenüber wirklich erwähnen könnten, und zwar auf die coolstmögliche Art und Weise, hätte ich nichts dagegen."

„Ich kümmere mich darum. Es wird schon klappen. Ganz bestimmt."

Als die Durchsage kam, dass Candace' Flug gelandet war, sprang Eli von seinem Platz auf und erschreckte Nate damit.

„Ganz ruhig. Was habe ich über plötzliche Bewegungen gesagt?"

„Dass sie Sie stressen."

„Genau, also tun Sie so etwas nicht."

„Tut mir leid. Ich kann es nur nicht erwarten, Candace zu sehen."

„Schon klar, es dauert heutzutage nur leider ewig, bis die Leute aus dem Flugzeug steigen, weil sie alles mit sich herumschleppen, was sie besitzen. Rechnen Sie mit zwanzig bis dreißig Minuten."

Ächzend setzte sich Eli wieder und wartete. Vierzehn Minuten später schrieb Candace eine SMS, dass sie auf dem Weg zur Gepäckausgabe sei, wo er sie abholen wollte. „Sie ist gleich da. Ich werde jetzt aufstehen, wenn das für Sie in Ordnung ist."

Nate lächelte. „Okay. Sie haben lange genug darauf gewartet."

Eli war überrascht, dass er in den Minuten, die es dauerte, bis Candace am oberen Ende der Rolltreppe erschien, nicht hyperventilierte. *O Gott*, dachte er. *Sie ist noch schöner, als ich sie in Erinnerung hatte.* In drei Jahren hatte sie sich von einem hübschen Mädchen zu einer umwerfenden Frau entwickelt. Langes dunkles Haar fiel ihr in glänzenden Wellen um die Schultern, ihre großen braunen Augen leuchteten bei seinem Anblick auf, und ihr Lächeln … Davon bekam er immer noch weiche Knie, so wie damals, als sie es zum ersten Mal an ihn gerichtet hatte.

Als sie auf ihn zuging, wurde er ganz still, hatte einen gigantischen Kloß im Hals und Tränen in den Augen – und dann lag sie in seinen Armen und hüllte ihn in den Duft ein, von dem er in den langen Jahren der Trennung geträumt hatte.

In diesem riesengroßen, geschäftigen Flughafen gab es nur noch sie beide. Sie standen eine Ewigkeit da und hielten einander fest, während die Leute sich um sie herumbewegten und darüber schimpften, dass sie den Durchgang blockierten. Es war ihm egal, ob sie andere störten.

Schließlich ließ Eli sie los, um sie anzuschauen, und war gerührt von den Tränen in ihrem Gesicht, die er wegwischte. „Du bist so groß!"

Lächelnd erklärte sie: „Ich hatte einen Wachstumsschub."

„Du bist außerdem wunderschön."

„Danke gleichfalls. Du siehst noch besser aus als früher."

„Ich kann kaum glauben, dass du wirklich hier bist. Sag mir, dass ich nicht träume."

„Wenn das ein Traum ist, werde ich richtig sauer sein, wenn ich aufwache."

Eli lachte und umschloss ihr Gesicht mit den Händen. Er starrte sie einen atemlosen Moment lang an, bevor er sie küsste. Mit Rücksicht auf ihre Umgebung war es ein zärtlicher, keuscher Kuss, aber es war ihr erster seit über drei Jahren und vielleicht der beste seines gesamten Lebens. „Ich liebe dich immer noch", flüsterte er, als er sich von ihr löste.

„Ich dich auch."

Er umarmte sie erneut, fester als beim ersten Mal, und wäre beinahe in Tränen ausgebrochen vor Erleichterung, weil er sie wieder in seinen Armen und in seinem Leben hatte. „Fahren wir heim."

KAPITEL 29

In Vorbereitung auf Gonzos und Jeannies Verhör von Shane Ramsey druckte Sam Fotos von Ling Woo aus, lebend und als Leiche. Ihr Blick blieb an dem Autopsiebild hängen, und sie empfand ein weiteres Mal brennende Wut über das, was jemand einer so vielversprechenden jungen Frau angetan hatte. Vielleicht hätte sie irgendwann ein Heilmittel für Krebs, Alzheimer oder Parkinson gefunden. Und nun hatte jemand ihr Leben einfach ausgelöscht. Weil Shane Ramsey ihre Zurückweisung nicht hatte akzeptieren können?

Sam wünschte, es wäre so einfach, doch sie beschäftigten noch einige Fragen. In welcher Verbindung stand er zu Kaitlyn, Audrey und Moira?

Sie rief Kaitlyn an. „Lieutenant Holland hier."

„Oh. Hi. Gibt es Neuigkeiten in meinem Fall?"

„Möglicherweise. Kennen Sie zufällig einen gewissen Shane Ramsey?"

Nach einer kurzen Pause antwortete Kaitlyn: „Ich glaube nicht."

„Darf ich Ihnen ein Foto von ihm schicken?"

„Klar."

„Geben Sie mir Ihre Mailadresse."

Sam sandte ihr das Foto, das sie mit Archies Hilfe aus Shanes Instagram-Account gezogen hatte. Ja, sie wusste, dass so etwas einfach war und dass sie es eigentlich selbst können sollte, aber egal.

Kaitlyn keuchte auf „Ich kenne seinen Nachnamen nicht, doch er arbeitet in der Werkstatt, in der ich meine Ölwechsel machen lasse. Er hat mit mir geflirtet, wobei ich ihn allerdings nicht ermutigt habe."

Sam lief ein Schauer über den Rücken. „Wenn wir den Fall aufklären sollen, müssen Sie dazu möglicherweise noch mal eine offizielle Aussage abgeben."

„Wenn das bedeutet, dass er für immer weggesperrt wird, jederzeit."

„Wir bleiben in Kontakt." Sam beendete das Telefonat und wählte Wes' Nummer. „Hat Audrey einen Mann namens Shane Ramsey gekannt?"

„Nicht dass ich wüsste."

„Wo hat sie ihr Auto reparieren lassen, wenn das erforderlich war?"

„In einer Werkstatt in Columbia Heights."

Ein weiterer Schauer lief Sam über den Rücken. Nachdem sie sich vergewissert hatte, dass es sich bei der Werkstatt um die handelte, in der Ramsey arbeitete, fragte sie: „Hat Audrey jemals etwas im Zusammenhang mit dieser Werkstatt erwähnt, das ihr Unbehagen bereitet hat?"

„Ich glaube nicht ... Augenblick. Als sie das letzte Mal dort war, hat sie gesagt, dass sie nicht mehr hinwollte, weil einer der Angestellten sie derart komisch angestarrt hat, dass sie davon eine Gänsehaut bekommen hat."

„Sind Sie sicher?"

„Ja."

„Aber sie hat keinen Namen erwähnt?"

„Ich glaube nicht, dass sie den überhaupt kannte."

Wieder der Schauer, bloß heftiger. „Das ist sehr hilfreich. Ich danke Ihnen."

„Haben Sie ihn?"

„Wir sind eventuell immerhin näher an ihm dran."

Sam bedankte sich, versprach, sich zu melden, und rief dann über das Haustelefon Captain Malone an. „Ich habe noch mehr belastende Indizien gefunden. Sowohl Audrey als auch Kaitlyn hatten Begegnungen mit Shane."

„Was für welche?"

„Ich habe Kaitlyn sein Foto gezeigt, und sie kannte ihn aus der Werkstatt, in der er arbeitet. Sie sagte, er habe mit ihr flirten wollen, doch sie habe ihn abblitzen lassen. Audreys Freund Wes hat mir erzählt, dass das früher auch ihre Werkstatt war, bis einer der Männer, die dort arbeiten, sie irgendwie so komisch angestarrt hat, dass es ihr unbehaglich war und sie da nicht mehr hinwollte. Wes konnte nicht mit Sicherheit bestätigen, dass es sich um Shane gehandelt hat, aber wer sollte es sonst gewesen sein?"

„Irgendeiner der anderen Typen, die dort arbeiten, Sam. Der Richter hat unseren Antrag auf eine DNA-Untersuchung abgelehnt. Er war der Meinung, wir hätten nicht genug, und das wird ihn nicht umstimmen."

„Zwei der Frauen haben von Begegnungen mit Shane berichtet, die wir mit Zeugenaussagen stützen können. Warum bitte reicht das nicht?"

„Ein Strafverteidiger würde so fadenscheinige Indizien in der Luft zerreißen, wie Sie genau wissen. Wir müssen Shane festnageln, und so weit sind wir noch nicht. Immerhin sind wir nun ein gutes Stück weiter. Das muss ich Ihnen lassen."

„Wir haben nur ein paar Minuten, bis Ramsey erfährt, dass Shane unter Verdacht steht. Wenn er sich einmischt, ist unsere Chance dahin. Shane wird auf freien Fuß kommen und wieder vergewaltigen und töten."

„Wenn wir ihn gehen lassen müssen, werden wir ihn rund um die Uhr observieren. Doch vielleicht sind wir voreilig. Fragen Sie ihn erst mal, ob er uns freiwillig eine DNA-Probe gibt, damit wir ihn entlasten können. Wenn er sich weigert, wirkt sich das vielleicht zu unseren Gunsten aus."

„Dass Shane uns freiwillig seine DNA gibt, ist ungefähr so wahrscheinlich wie ein Millionengewinn im Lotto."

„Ich dachte, Sie spielen kein Lotto."

„Tu ich auch nicht! Das meine ich ja! Wir müssen einen Weg finden, ihn festzuhalten, während wir weiter ermitteln."

„Bleiben Sie weiter dran, und machen Sie Ihren Job. Das hat Sie überhaupt erst zu diesem Kerl geführt. In der Zwischenzeit bearbeite ich den Fall von meiner Seite aus und werde noch mal mit dem Richter sprechen."

„Einverstanden." Sam legte auf und fragte sich, was Malone vorhatte. Ehe sie auch nur einen Moment darüber nachdenken konnte, hörte sie Schreie vor ihrem Büro und stand auf, um zu sehen, was los war.

Jeannie und Gonzo hielten einen Mann an den Armen fest, der lauthals verlangte, jemand solle Sergeant Ramsey holen.

So viel zum Thema Geheimhaltung.

Als er Sam in der Tür zu ihrem Büro entdeckte, rief er: „Sie sind die Schlampe, die alles daransetzt, meinen Vater zu ruinieren!" Er versuchte, sich aus Gonzos und Jeannies Griff zu befreien. „Wollen Sie sich so an ihm rächen? Indem Sie seinen Sohn verhaften?"

Sam ließ ihn einfach reden. Ihre einzige mögliche Erwiderung wäre gewesen, dass sie kein Interesse an seinem Vater, aber ein großes Interesse an Vergewaltigern und Mördern hatte.

Sie brachten ihn in Verhörraum eins.

„Matt, behalt ihn im Auge", befahl Sam.

O'Brien erhob sich. „Jawohl, Ma'am."

Sam informierte Gonzo, Jeannie und Freddie über das, was sie von Kaitlyn und Wes erfahren hatte.

„Er ist unser Mann", sagte Gonzo.

„Der Richter hat unseren Antrag auf eine DNA-Probe abgelehnt, und Malone meinte, selbst diese neuen Informationen reichten nicht aus, um sich erneut an ihn zu wenden. Wir brauchen also mehr."

„Dann besorgen wir mehr", erklärte Gonzo entschlossen.

„Ruf die Streife, und bitte um ein paar Beamte vor dem Verhörraum. Ich möchte nicht, dass uns jemand stört. Wir müssen außerdem einen Staatsanwalt als Zeugen herholen. Ich habe in deren Büro schon Bescheid gegeben. Wir dürfen nichts überstürzen, und uns dürfen unter keinen Umständen Fehler unterlaufen."

Kaum hatte sie diese Worte ausgesprochen, kam Sergeant Ramsey mit funkelnden Augen ins Großraumbüro gestürzt.

„Was haben Sie mit meinem Sohn gemacht, Sie gottverdammtes Miststück?"

Ehe Sam eine schneidende Antwort formulieren konnte, stellte sich Captain Malone zwischen sie. „Verlassen Sie dieses Büro, Sergeant. Gewerkschaft hin oder her, ich schmeiße Sie so schnell hier raus, dass Sie nicht wissen, wie Ihnen geschieht."

„Wo ist mein Sohn?", zischte Ramsey und musste sich sichtlich beherrschen, um Malone nicht den Kopf abzureißen.

„Sergeant, Sie haben fünf Sekunden Zeit, um von hier zu verschwinden, oder ich lasse Sie verhaften", drohte Malone.

Sam stand in der Tür zu ihrem Büro, die Arme verschränkt, während Ramsey sie mit ungezügeltem Hass anstarrte.

„Drei, zwei, eins", zählte Malone herunter. „Detective Cruz, bitte nehmen Sie Sergeant Ramsey in Gewahrsam."

„Ich geh ja schon", knurrte Ramsey. „Aber wenn ihm etwas zustößt, bleibt hier kein Stein mehr auf dem anderen."

Nachdem er davongestürmt war, sagte Sam: „Ich hatte mich wirklich darauf gefreut, Cruz bei seiner Verhaftung zuzusehen."

„Okay, wieder an die Arbeit", forderte Malone das Team auf. „Wenn Shane Ramsey nicht unser Mann ist, will ich ihn so schnell wie möglich hier raushaben."

„Er ist unser Mann", beharrte Sam. „Da bin ich mir sicher."

„Dann müssen Sie es nur noch beweisen."

♡

Roni Connollys Lieblingstermin des Tages war der um vier Uhr, zu dem Scotty Cappuano und seine Hündin Skippy in ihr Büro kamen, um, wie er es ausdrückte, „ein Meeting abzuhalten".

Scotty war ein attraktiver Vierzehnjähriger und Skippy ein süßer, energiegeladener gelber Labrador-Mix-Welpe.

„Ladys, ich entschuldige mich im Voraus für alles, was sie anstellt, während sie hier ist", verkündete Scotty, als er das Büro der First Lady im East Wing betrat. „Skippy ist unbelehrbar." Er hielt inne, sah Roni an und fragte: „Habe ich das Wort richtig benutzt? Das hatten wir letztes Jahr in der Schule, doch das ist ewig her."

„Wenn du meinst, dass sie unverbesserlich ist, dann hast du es richtig benutzt."

„Ausgezeichnet." Er grinste erfreut. Er hatte dunkles Haar und dunkle Augen und ähnelte seinem Vater, obwohl er adoptiert war. Als Roni ihn zum ersten Mal getroffen hatte, war ihr aufgefallen, wie sehr er Mimik und Gestik seines Vaters kopierte, was sie extrem liebenswert fand. „Meine Mutter hat gesagt, Sie könnten mir helfen, mit Skippys explodierenden Social-Media-Accounts umzugehen. Dad befürchtet, ich könnte einen internationalen Zwischenfall auslösen, wenn ich dort eine falsche Bemerkung mache, also brauche ich jede Hilfe, die ich kriegen kann. Ganz zu schweigen von den Zuschriften. Sie bekommt mehr als mein Vater!"

„Das haben wir gehört", antwortete Lilia. „Mal sehen, was wir tun können, um dir zu helfen."

Roni und Lilia verbrachten eine unterhaltsame Stunde mit Scotty und Skippy, die zwar tatsächlich unbelehrbar, aber auch unfassbar süß war. Bis sie einen Plan dafür hatten, wie sie mit Skippys Ruhm am besten umgehen sollten, waren beide mit blonden Hundehaaren bedeckt. Scotty würde die Fotos und Videos von dem Hund liefern, während sie sich um die Texte dazu kümmern würden. Dann erklärte Scotty, er müsse nach oben in den Wohnbereich, um sich seinen verhassten Algebra-Hausaufgaben zu widmen.

Ehe er ging, schüttelte er den beiden ernst die Hand. „Vielen Dank, dass Sie bereit sind, uns zu helfen."

„Es ist mir ein Vergnügen", sagte Roni aufrichtig. Den Instagram-Account für den Hund des Präsidenten zu führen klang nach dem größten Spaß, den man bei einem Job haben konnte. „Ich werde mich bei dir melden und mir vorher ein paar Gedanken darüber machen, wie wir euch beide zukünftig zusammen und auch mit den Zwillingen zeigen können. Die Menschen lieben die Geschichte von einem Jungen und seinem ersten Hund, zumal wenn der aus dem Tierheim stammt."

„Und besonders wenn der Junge selbst adoptiert ist", ergänzte Scotty.

„Absolut richtig."

„Prima. Sie wissen, wo Sie mich finden, wenn Sie mich oder den Superstar brauchen."

„Viel Glück mit Algebra", wünschte ihm Roni.

Er schaute finster drein, während er sich zur Tür wandte. „Ich zähle darauf, dass mein Vater dieses Fach in naher Zukunft verbietet."

„Was für ein toller Junge", bemerkte Roni zu Lilia, nachdem er verschwunden war.

„Das ist er, und Skippy ist mehr als süß. Ich finde es schön, dass er sie nach Sams verstorbenem Vater benannt hat."

„Ja, das ist *alles* so süß. Ich freue mich riesig darauf, diesen Account zu betreuen."

„Ich auch", erwiderte Lilia lächelnd. „Allerdings sollten wir uns dringend um eine Fusselbürste für das Büro kümmern."

～

Während Sam, Malone, Farnsworth und die stellvertretende Staatsanwältin Hope Miller als Beobachter im Nebenzimmer positioniert waren, betraten Gonzo und Jeannie den Verhörraum, in dem Ramsey junior wie ein Tiger im Käfig umherlief.

„Was zum Teufel wollen Sie von mir?", fragte er, sobald sich die Tür hinter Jeannie geschlossen hatte.

„Setzen Sie sich", befahl Jeannie.

„Ich will aber nicht!"

„Das war keine Bitte."

Shane zog einen Stuhl unter dem Tisch hervor, nahm schwungvoll Platz und verschränkte die Arme, während er Jeannie anfunkelte. „Jetzt sagen Sie mir, warum zum Teufel Sie mich hier festhalten."

Gonzo legte ihm das Foto von Ling Woo hin, auf dem sie noch am Leben war. „Erinnern Sie sich an diese Frau?"

Shane betrachtete das Foto. „Nein. Sollte ich?"

Sam konnte nicht umhin zu bemerken, dass er vom Anblick dieses Fotos irgendwie getroffen wirkte. „Warum verlangt er keinen Rechtsanwalt?", meinte sie verwundert.

„Das habe ich mich auch gerade gefragt", erwiderte Malone.

„Ist er wirklich zu dumm, um zu wissen, dass er das dringend tun sollte?", fügte Sam hinzu.

Gonzo wies auf das Foto. „Sie haben sie im Rialtos kennengelernt, als Sie mit Ihren Freunden dort waren und sie mit ihren Freundinnen auf Cassie Richardsons Geburtstagsparty. Klingelt da was?"

Shane schüttelte den Kopf. „Ich erinnere mich nicht."

„Lassen Sie mich ein paar Lücken für Sie füllen", sagte Gonzo. „Ihren Freunden zufolge haben Sie sie ziemlich hartnäckig angemacht. Ihr Getränke spendiert, die sie nicht wollte. Haben sie zum Tanzen aufgefordert. Kein Nein als Antwort akzeptiert. Sie waren so aufdringlich, dass sie lieber gegangen ist, als sich weiter mit Ihnen abzugeben."

Shane wandte den Blick nicht von dem Bild.

„Da haben Sie ihr nachgerufen, dass es ihr noch leidtun würde, wenn sie Ihnen keine Chance gäbe. Erinnern Sie sich?"

„Nein. Ich treffe viele Leute."

„Und belästigen Sie auch viele Frauen so, wie Sie es mit ihr getan haben?", fragte Jeannie.

„Manche Frauen kapieren nicht, was es heißt, Spaß zu haben. Sie sind so gehemmt, dass sie sich selbst im Weg stehen."

„Sehen Sie es als Ihre Aufgabe an, sie dazu zu bringen, sich zu entspannen?"

Er zuckte die Achseln. „Seit wann ist es ein Verbrechen, einer Frau einen Drink zu spendieren?"

„Stört es Sie, wenn Sie einer Frau einen Drink spendieren und sie es nicht zu schätzen weiß?"

„Der Mangel an Höflichkeit ist generell ein Problem unserer Gesellschaft."

„Das klingt wie etwas, das sein Vater sagen würde", bemerkte Sam.

„Ich habe gerade dasselbe gedacht", antwortete Malone.

„Wenn Frauen Ihnen nicht die Höflichkeit entgegenbringen, die Sie Ihrer Meinung nach verdienen, wie fühlen Sie sich dann?", hakte Gonzo nach.

„Nicht respektiert eben."

„Was tun Sie, wenn Sie sich nicht respektiert fühlen?"

„Was kann man da schon tun? Menschen sind eben scheiße. Das wird sich nie ändern."

„Wären Sie damit einverstanden, uns eine DNA-Probe zu geben, damit wir Sie als Verdächtigen im Mordfall Ling Woo ausschließen können?“, erkundigte sich Gonzo, während er ein Autopsiefoto von Ling auf den Tisch legte.

Shane zuckte vor dem Anblick zurück. „Was zum Teufel …? Mordfall? Ich habe niemanden ermordet!“

„Dann macht es Ihnen sicher nichts aus, eine DNA-Probe abzugeben, oder?“

Er starrte lange auf das Foto, ohne zu blinzeln. „Ich will einen Anwalt.“

„Verdammt“, flüsterte Sam.

„Wen sollen wir anrufen?“, fragte Gonzo.

„Roland Dunning. Er ist ein Freund unserer Familie.“

„Das ist Conklins Anwalt“, knurrte Sam angewidert. „Klar, dass der ein Freund der Familie Ramsey ist.“

„Wir werden ihn für Sie kontaktieren“, sagte Gonzo.

Er und Jeannie erhoben sich und verließen den Raum.

„Und damit heißt es dann jetzt warten“, erklärte Sam mit einem frustrierten Seufzer.

KAPITEL 30

Cameron Green hatte den unerwarteten freien Tag eher zum Nachdenken als zum Schlafen genutzt. Obwohl er seit Jahren nicht mehr so erschöpft gewesen war, hatte es ihm das Adrenalin, das durch seinen Körper pulsierte, unmöglich gemacht, Ruhe zu finden. Während des langen Tages der Innenschau war er zu einem schwierigen und schmerzhaften Schluss gelangt.

Er musste die Sache mit Gigi beenden.

Obwohl ihn der Gedanke daran unglücklicher stimmte, als er je zuvor gewesen war, hatte der letzte Vorfall mit Jaycee bewiesen, dass sie noch nicht mit ihm fertig war. Er hatte glauben wollen, dass sie nach der ersten Nacht in einer Arrestzelle so viel Angst vor einer zweiten Verhaftung und einer Anklage hatte, dass sie ihn in Ruhe lassen würde. Dass sie einen Backstein durch sein Fenster geworfen hatte, obwohl sie wusste, dass er und Gigi im Haus waren, bewies, dass sie ernsthaft gestört war.

Er hatte keine Möglichkeit, sie zu zwingen, sich die Hilfe zu holen, die sie dringend benötigte, und konnte nicht riskieren, dass sie Gigi verletzte.

Sein ganzer Körper schmerzte bei dem Gedanken, nicht mit Gigi zusammen zu sein. Er war noch nie so verliebt gewesen. Wenn er sich die anderen Frauen vergegenwärtigte, die er „geliebt" zu haben glaubte … Was auch immer das gewesen war, Liebe war es jedenfalls nicht gewesen. Dies mit Gigi – das war Liebe. Er musste sie vor allem beschützen, was Jaycee vorhatte.

Dieser Backstein war ihm verdammt nahe gekommen. Ihm wurde

schlecht, als er an das Geräusch des zerbrechenden Fensters dachte, an das Wurfgeschoss, das nur wenige Meter von ihnen entfernt gelandet war, und an die vielen scharfen Scherben überall auf ihnen. Was, wenn Gigi getroffen worden wäre? Die Möglichkeit, dass Jaycee sie seinetwegen verletzen könnte, war unerträglich, besonders nach dem, was ihr Ex ihr angetan hatte. Sie war gerade dabei, sich davon wieder zu erholen. Er durfte nicht zulassen, dass ihr noch etwas zustieß.

Er kraulte Jeffrey geistesabwesend hinter den Ohren, während er den Erinnerungen an den unterbrochenen Sex mit ihr nachhing. Nie war es so wie mit ihr gewesen. Es hatte sich fast schon spirituell angefühlt, eine Art Heimkehr, eine Gewissheit, dass er genau dort war, wo er hingehörte, bei der Person, für die er geboren war.

Als die Erkenntnis, dass er sich zu ihrem eigenen Schutz von ihr trennen musste, sich auf ihn legte wie die schwerste Last, die er je getragen hatte, schürte sich ihm die Kehle zusammen.

Das Klingeln an der Tür schreckte ihn auf.

Jeffrey sprang von der Couch und bellte.

Cameron erhob sich, ging zur Tür, schaute durch den Türspion und erblickte Gigi auf der Veranda. Das reichte aus, um seine Laune deutlich zu heben, bis ihm wieder seine Entscheidung einfiel, Schluss zu machen. Es brach ihm das Herz, aber es musste sein.

Nachdem er den Riegel zurückgeschoben und die Tür geöffnet hatte, trat Cameron zur Seite, um sie einzulassen. Er sah sich auf dem Parkplatz um, ehe er die Tür wieder schloss und verriegelte. Als Zwischenlösung, bis er das zerbrochene Fenster ersetzen konnte, hatte er eine Sperrholzplatte davorgenagelt.

„Ich habe gehört, Sam hat dich nach Hause geschickt", sagte Gigi.

„Ja."

„Alles klar bei dir?"

„Ja, super. Und bei dir?"

„Es hat mir Sorgen bereitet, dass du auf meine SMS und Anrufe nicht geantwortet hast."

Er hatte das Handy gehört, war jedoch zu sehr in seine deprimierenden Gedanken vertieft gewesen, um sich darum zu kümmern, was nicht zu ihm passte. Mordermittler waren nie außer Dienst. „Tut mir leid."

„Was ist los, Cam?"

Der Gedanke, Gigi gehen zu lassen, war ihm viel besser vorgekommen, als sie noch nicht direkt vor ihm gestanden hatte, frisch und schön und erschöpft, wahrscheinlich von der Sorge um ihn. „Gar nichts. Ich denke nur, du weißt schon … Die Dinge sind seltsam, und es wäre vielleicht besser, wenn wir …" Er zuckte die Achseln. Es hatte restlos Sinn ergeben, bis er es ihr erklären musste.

Sie trat näher zu ihm und legte ihm die Hände auf die Brust. „Tu das nicht. Mach nicht Schluss, nur um mich zu beschützen."

Cameron hätte wissen müssen, dass sie seinen fadenscheinigen Versuch durchschauen würde. „Das tue ich nicht."

„Nein? Die Sache mit Ezra ist passiert, weil ich nie geglaubt hätte, dass er mich verletzen könnte. Ich habe ihn falsch eingeschätzt, und er hat mich überrascht. Jaycee schätze ich nicht falsch ein. Ich weiß, wie sie ist und womit ich es zu tun habe."

Cameron spürte, wie seine Entschlossenheit bröckelte.

Gigi streichelte sein Gesicht. „Vergiss nicht, dass ich ebenfalls Cop bin. Ich kann auf mich aufpassen, auch wenn die jüngsten Ereignisse das Gegenteil zu beweisen scheinen."

„Ich weiß."

„Dann hab bitte Vertrauen in mich und uns, und trenn dich nicht, nur weil du denkst, du beschützt mich, indem du mich verlässt. Das Einzige, was das bewirkt, ist, dass du mir das Herz brichst, obwohl du mir versprochen hast, genau das nicht zu tun."

Er ließ den Kopf auf ihre Schulter fallen. „Wenn du verletzt würdest … schon wieder …"

„Das wird nicht passieren. Ich weiß, wie Jaycee aussieht und was sie will. Mir ist klar, dass ich mich vor ihr in Acht nehmen und vorsichtig sein muss. Die einzige Gefahr, verletzt zu werden, besteht für mich im Augenblick darin, dass du mir sagst, dass ich dich nicht mehr haben kann. Also tu das bitte nicht."

„Ich will nicht, dass du in diese ganze Angelegenheit hineingezogen wirst."

„Zu spät, Cam. Ich will da sein, wo du bist, nirgendwo sonst. Wenn wir zulassen, dass sie uns auseinandertreibt, dann gewinnt sie, und das darf sie nicht. Verstanden?"

Cameron hätte es nicht für möglich gehalten, in dieser Situation zu lachen, aber Gigi bewies ihm das Gegenteil. Er hob den Kopf und schaute in ihre wunderschönen braunen Augen, die vor Entschlossenheit nur so sprühten. „Verstanden."

„Ich habe gehört, dass Sam ihr zwei Anzeigen wegen Angriffs auf Polizeibeamte aufbrummt", erzählte Gigi. „Obwohl die Anklage wahrscheinlich geringer ausfallen wird, sollte der Gedanke an zehn Jahre Gefängnis ihr einen gehörigen Schrecken einjagen."

„Wollen wir's hoffen."

„Ich liebe dich, Cam, und ich will mehr von dem, was wir angefangen haben. Mit dir will ich alles erleben."

Er legte die Arme um sie und drückte sie fest an sich. „Das ist auch das, was ich will."

„Dann los! Lass es uns einfach wagen und alles haben, was wir verdienen, und zum Teufel mit jedem, der sich uns in den Weg stellt."

„Eigentlich sollte es mir Sorgen bereiten, dass du es so schnell geschafft hast, mir einen Plan auszureden, von dem ich ziemlich überzeugt war."

„Der Plan war dumm, und das war dir tief innerlich selbst klar, deshalb habe ich ihn dir auch so leicht ausreden können."

Lächelnd hob er die Hände und umschloss ihr Gesicht. „Ich liebe dich auch, Gigi. Vermutlich schon, seit ich dich das erste Mal gesehen habe." Damals hatte er diese Möglichkeit gar nicht in Betracht gezogen, weil sie beide in anderen Beziehungen gewesen waren. Aber jetzt stand ihnen nichts mehr im Weg, außer einer irren Ex, die sie nicht in Ruhe lassen wollte.

„Schön, wie das passt, oder?"

„Das Schönste überhaupt", sagte er und küsste sie.

„Lass es uns dieses Mal richtig machen." Gigi nahm seine Hand und führte ihn die Treppe hoch. „Wo lang?"

„Nach links. Am Ende des Flurs."

„Ich finde es toll, wie du dein Bett machst. Die meisten Typen können das nicht."

„Natürlich mache ich mein Bett. Ich bin doch kein Barbar."

Gigi lachte auf. „Nein, du bist ordentlich, geschniegelt und perfekt. Wirst du für mich bügeln, wenn wir zusammenwohnen? Ich hasse Bügeln."

Bei dem Wort „zusammenwohnen" blieb ihm fast das Herz stehen. „Wann werden wir denn zusammenwohnen?"

„Sobald ich meinen Kram zusammenpacken und meine Wohnung untervermieten kann. Deine ist schöner, und ich nehme an, sie gehört dir?"

„Ja."

„Ich wohne zur Miete, aber ich übernehme die Hälfte deiner Hypothekenraten. Keine Sorge."

„Ich bin also innerhalb von zehn Minuten von dem Wunsch, mich zu trennen, zu dem Wunsch übergegangen, mit dir zusammenzuziehen?"

Sie streifte ihm das T-Shirt über den Kopf und strich ihm mit den

Händen über Brust und Bauch. „Weiter so. Die Dinge entwickeln sich schnell."

Lachend lehnte er sich zurück und sah zu, wie sie sich bis auf ihre sexy Spitzenunterwäsche entkleidete, was ihn fast um den Verstand brachte. Der Anblick der frischen Narbe auf ihrem Bauch weckte seinen Zorn, weil er automatisch daran dachte, wo sie sie herhatte. „Du bist so verdammt heiß. Ich schaue dich an und kann nicht glauben, dass du mich liebst."

„Glaub es ruhig." Gigi half ihm aus seinen Jogginghosen und Boxershorts, setzte sich aufs Bett und zog ihn zu sich heran, sodass er direkt vor ihr stand. Er war schon voll erregt, und sie streichelte ihn und fuhr mit ihrer Zunge von oben nach unten an ihm entlang. „Stoß mich nicht weg, Cameron."

Er vergrub die Finger in ihrem seidigen dunklen Haar. „Das ist das Letzte, was ich will, vor allem, wenn du das tust."

„Wie ist das?" Sie umschloss ihn mit den Lippen und saugte.

Sein Kopf fiel in den Nacken. „Sehr, sehr gut."

Sie nahm ihn so weit in den Mund, wie sie konnte, bis die Spitze gegen ihren Rachen stieß.

„Gigi", keuchte er. „Warte, ich will das gemeinsam mit dir erleben."

Langsam zog sie sich zurück, bis er aus ihrem Mund glitt. Sie fielen aufs Bett, und er war innerhalb einer Sekunde in ihr.

Er hielt inne, als ihm klar wurde, was er da tat. „Verdammt. Tut mir leid. Kein Vorspiel."

Sie umklammerte seinen Hintern, um ihn in sich zu halten. „Das ist alles, was ich brauche."

Er schaute sie an, und sie erwiderte seinen Blick liebevoll. „Womit habe ich es nur verdient, dich zu finden?"

„Wir hatten beide Glück, und das wird auch so bleiben."

Während er sich in ihr bewegte, hielt er den Blickkontakt und fühlte sich, als würde es zum ersten Mal in seinem Leben wirklich etwas bedeuten. Das andere Mal zählte nicht, weil Jaycee sie unterbrochen hatte. Dies war eine ganz neue Erfahrung, und er war entschlossen, dafür zu sorgen, dass keiner von ihnen sie je vergessen würde.

Er hielt sich so lange wie möglich zurück, dann griff er zwischen sie, um ihr über die Ziellinie zu helfen. Das Gefühl, wie sich ihre inneren Muskeln um ihn zusammenzogen, war alles, was er brauchte, um in einen Orgasmus für die Ewigkeit zu taumeln. Er kam so heftig, dass er beinahe vergaß zu atmen.

Dann hatte er eine erschütternde Erkenntnis. „Wir haben kein Kondom benutzt.“

„Das ist kein Problem. Ich verhüte.“

Diese Worte halfen ihm, sich ein wenig zu entspannen. „Du hast mich so heißgemacht, dass ich gar nicht daran gedacht habe, und das ist mir definitiv zum ersten Mal passiert.“

„Du bist nicht dafür zuständig, mich zu beschützen, Cam, schon vergessen?“

„Doch.“

„Nein. Das ist erst mal meine Aufgabe, und wenn wir ein Kondom gebraucht hätten, hätte ich es gesagt. Jetzt hör auf mit dem Alphamännchen-Mist, und kuschle mit mir.“

Da es nichts gab, was er in diesem Augenblick lieber getan hätte, sagte er: „Ja, Schatz.“

Gigi tätschelte seine Hinterseite. „Schon besser.“

C◦◦)

Der Anwalt, nach dem Shane Ramsey verlangt hatte, hatte erst am nächsten Morgen Zeit, also würde Shane über Nacht ihr Gast in einer Arrestzelle sein. Während Freddie ihn nach unten brachte, machte sich Sam auf den Heimweg, denn sie war zuversichtlich, dass sie ihren Mörder hatten. Für diese Nacht jedenfalls war er von der Straße.

Sie nahm die Hand, die Vernon ihr anbot, um ihr in den SUV zu helfen. „Danke sehr.“

„Gerne, Ma’am.“

„Sam.“

„Jawohl, Ma’am.“

„Im Ernst. Wir sind doch unter uns. Nennen Sie mich Sam.“

„Wir sind nicht unter uns, Ma’am. Jimmy beobachtet uns, um etwas zu lernen.“

„Vernon würde mich bei lebendigem Leibe häuten, wenn ich eine andere Anrede wagen würde als ‚Ma’am‘, Ma’am“, meinte Jimmy grinsend.

„Jetzt haben Sie mich Ma’am-Ma’am genannt.“

Die beiden Personenschützer lachten.

„Wie war Ihr Tag, Ma’am?“, fragte Vernon und sah sie im Rückspiegel an.

„Ich glaube, wir haben unseren Täter. Stellen Sie sich vor – er ist der Sohn eines Sergeants, der mich aus Gründen, die nur er kennt, abgrundtief hasst.“

„Wow", antwortete Vernon. „Klingt kompliziert."

„Aber wenn er diese Frauen vergewaltigt und getötet hat, dann werde ich ihn an die Wand nageln."

„Sie haben doch die Täter-DNA, richtig?"

„Ja, trotzdem brauchen wir noch eine Probe von ihm, die wir nicht bekommen haben, ehe er nach seinem Anwalt gefragt hat, und das wird jetzt, wo der Anwalt an Bord ist, sicher nicht mehr freiwillig geschehen."

„Was ich nicht verstehe", erklärte Jimmy, „ist, warum er Ihnen keine DNA-Probe geben sollte, wenn er unschuldig ist, um genau das zu beweisen."

„Angst, reingelegt zu werden, nehme ich an", erwiderte Sam. „Aber das ist eine gute Frage. Wenn mich jemand mit Vergewaltigung und Mord in Verbindung bringen würde, die ich nicht begangen habe, würde ich meine DNA herausgeben, um zu beweisen, dass ich nichts damit zu tun habe. Doch die Menschen vertrauen nicht darauf, dass wir immer das Richtige tun, und das wohl leider aus durchaus nachvollziehbaren Gründen. Das ist ein weiterer Bereich, wo die vereinzelten faulen Äpfel dem Rest von uns das Leben schwer machen."

„Ich habe gehört, dass Ihre Freundin Detective McBride kurz vor einer großen Beförderung steht", wechselte Vernon das Thema und schaute sie wieder im Spiegel an.

„Ja. Ich freue mich sehr für sie. Sie ist eine der besten Polizistinnen, mit denen ich je zusammengearbeitet habe. Die Washingtoner Polizei braucht jemanden wie sie in einer hochrangigen Position. Sie wird uns alle gut aussehen lassen."

„Hat man Sie ebenfalls gefragt?", erkundigte sich Jimmy.

„Zweimal, und ich habe beide Male dankend abgelehnt. Der Job würde mich in den Wahnsinn treiben. Mein Vater hat ihn am Anfang gehasst. Er hat sich mit der Zeit daran gewöhnt, aber der Wechsel vom Straßenpolizisten zum Schreibtischhengst war hart für ihn. Daran würde *ich* mich nie gewöhnen."

Vernon nickte verständnisvoll. „Das kann ich mir auch nicht vorstellen, wenn ich das so sagen darf, Ma'am."

„Natürlich, weil es die Wahrheit ist. Ich hab genau den Job, für den ich geboren bin, und ich weiß, das klingt selbstgefällig, doch es stimmt."

„Das ist für jeden ersichtlich, Ma'am", pflichtete ihr Vernon bei. „Sie sind sehr gut in dem, was Sie tun."

„Danke sehr." Der Nachteil an der Sache war, dass sie Jeannie ersetzen musste, kurz nachdem sie gerade erst die durch Arnolds Tod und Tyrones Kündigung frei gewordenen Stellen neu besetzt hatte. Der Gedanke, diesen Prozess erneut zu durchlaufen, bedrückte Sam zutiefst. Nichts blieb, wie es war, sosehr sie sich das auch wünschte. Veränderungen machten sie nervös, und in letzter Zeit gab es viele davon, mehr als je zuvor in ihrem Leben. Von Arnolds Tod und dem ihres Vaters über den Familienzuwachs durch die Zwillinge und Eli bis hin zu Nicks neuem Job und dem darauffolgenden Umzug ins Weiße Haus … Es war viel auf einmal.

Am nächsten Abend würden sie zum Jahrestag von Detective Arnolds Ermordung eine Gedenkfeier abhalten. Mit diesem Gedanken im Hinterkopf rief sie Gideon an.

„Hi, Sam", meldete er sich. „Ich wollte Ihnen gerade eine SMS schicken."

Sie war dankbar, dass wenigstens der Leiter des Hauspersonals im Weißen Haus bereit war, sie mit ihrem Vornamen anzusprechen, solange sie unter sich waren, auch wenn er bisher der Einzige war. „Hallo. Ich wollte mich noch mal wegen morgen Abend melden."

„Ich bin gerade die letzten Pläne mit der Küche durchgegangen, und es wird alle Lieblingsgerichte von Detective Arnold geben – Pizza, Hotdogs, Chickenwings und Schokoladenkuchen."

„Klingt perfekt."

„Außerdem habe ich Salat für diejenigen bestellt, die sich Sorgen um ihre Arterien machen."

„Gute Idee", sagte sie und lachte. „Ich weiß es zu schätzen, dass Sie die Planungen für die Gedenkfeier im Auge behalten."

„Es ist mir ein Vergnügen. Um neunzehn Uhr wird alles fertig sein, und ich habe die Gästeliste mit dem Secret Service abgestimmt. Sie werden sie am Tor vorfinden."

„Danke."

„Gern. Bis spätestens morgen."

„Schönen Abend."

„Ihnen auch, Sam."

Zehn Minuten später lenkte Vernon den SUV auf das Gelände des Weißen Hauses und musste am Tor anhalten, um seinen Ausweis zu zeigen und seinen Beifahrer zu identifizieren, ehe man sie durchwinkte.

„Warum machen die das nicht jedes Mal?", fragte Sam.

„Sie wollen nicht berechenbar sein."

„Hm. Interessant."

Ehe Vernon ihr behilflich sein konnte, war Sam aus dem SUV

gestiegen und stand auf ihren eigenen Füßen, den Stock unter den Arm geklemmt, obwohl ihre Hüfte höllisch schmerzte.

„Na so was, Ma'am." Vernon lächelte wie ein stolzer Vater. „Sie werden uns nicht mehr lange als Chauffeure brauchen."

„Nichts für ungut, aber Gott sei Dank."

„Schon klar", lachte er. „Ich wünsche Ihnen einen schönen Abend."

„Den wünsche ich Ihnen auch. Danke für alles, was Sie für meine Sicherheit tun."

„Es ist uns eine Ehre, Ma'am."

„Mein Name ist Sam!", rief sie über die Schulter, während sie mit dem Stock unter dem Arm davonging. Drinnen begrüßte sie Dustin, einer der jüngeren Usher. Als sie die Treppe zur Residenz betrachtete, beschloss sie, dass sie sich dafür nicht mutig genug fühlte, und wandte sich zum Fahrstuhl.

„Darf ich Ihnen etwas abnehmen, Ma'am?", fragte Dustin.

„Nicht nötig. Danke, Dustin."

„Wie Sie wünschen, Ma'am."

Als Sam im zweiten Stock aus dem Lift trat, war es ganz still, was bedeutete, dass wahrscheinlich alle im Wintergarten waren, ihrem Lieblingsraum. Sie setzte sich aufs Bett und schickte Nick eine SMS. *Bin zu Hause. Ich ziehe mich um und suche mir etwas zu essen.*

Das Abendessen steht im Backofen. Ich komme runter und hole dich ab.

Wie lange würde es wohl dauern, fragte sie sich, bis ein einfacher Satz von ihm, wie „Ich komme runter und hole dich ab", ihr Herz nicht mehr höherschlagen lassen würde? Hoffentlich ewig. Da er schon unterwegs war, blieb sie sitzen und wartete auf ihn.

Zwei Minuten später öffnete er die Tür. In einer Jogginghose und seinem abgetragenen Lieblings-Harvard-T-Shirt sah er aus wie ihr Mann und nicht wie der Präsident der Vereinigten Staaten. Als er sie anlächelte, vergaß sie, dass er dem ganzen Land gehörte. In diesem Augenblick gehörte er nur ihr.

Sie streckte die Arme nach ihm aus, und er kam zu ihr und hüllte sie in seine besondere Art von Liebe ein.

„Harter Tag?", erkundigte er sich.

„Ach, sind sie das nicht alle?"

„Aber es geht dir gut?"

„Jetzt schon." Früher, als er noch nicht zu Hause auf sie gewartet hatte, wäre es undenkbar gewesen, sich derart an einen Mann zu hängen. Jetzt war die Anhänglichkeit so notwendig wie das Atmen. „Was gibt es zum Abendessen?"

„Rinderfilet und Kartoffeln."

„Mir läuft das Wasser im Mund zusammen."

„Ich hol es für dich. Du kannst oben essen, während die Kinder ihr Eis genießen."

„Das klingt perfekt."

Sie stand auf, vergewisserte sich kurz, dass ihre Beine sie trugen, und ging dann ihre Waffe wegschließen. „Nach dir."

Sie machten kurz in der kleinen Küche Station, um ihren Teller aus dem Backofen mitzunehmen, und fuhren dann mit dem Fahrstuhl in den dritten Stock, wo in einer weiteren kleinen Küche das Eis im Kühlschrank wartete.

„Irgendwas Neues von Eli?", fragte Sam.

„Nur dass Candace heute in New Jersey landen sollte."

„Ich schätze, dann werden wir eine Weile nichts mehr von ihm hören."

Nick schmunzelte. „Wahrscheinlich nicht."

„Haben wir uns eine Meinung darüber gebildet, dass sie bei ihm einziehen will?"

„Ich glaube nicht, dass wir da etwas mitzureden haben", sagte Nick. „Er ist zwanzig, und wir bezahlen ihm weder das Apartment noch seine Studiengebühren. Selbst wenn es anders wäre, würde es mir schwerfallen, dagegen Einwände zu erheben, nach allem, was sie durchgemacht haben. Ich denke allerdings, wir sollten ein Vater-Sohn-Gespräch darüber führen, dass er die Uni und all das nicht aus den Augen verlieren darf."

„Einverstanden."

„Ich werde mich in den nächsten Tagen darum kümmern."

„Stell dir vor, wie aufgeregt sie sein müssen", meinte Sam.

„Ich kann es kaum erwarten, Candace kennenzulernen."

KAPITEL 31

Elijah hatte seine Wohnung geputzt, bis sie blitzsauber war, und sich dabei an die Ereignisse erinnert, die dazu geführt hatten, dass er hier allein lebte. Seit er Personenschutz hatte, bestand der Secret Service darauf, dass seine Wohnung möglichst sicher sein sollte, was bedeutete, dass er aus der WG, in der er seit dem ersten Semester gewohnt hatte, hatte ausziehen müssen. Er war nicht glücklich darüber gewesen, hatte sich jedoch gefügt, weil er Nick und Sam keine Scherereien machen wollte.

Jetzt war er dankbar, dass er ein eigenes Apartment hatte, weil er dort mit Candace leben konnte, ohne dass ihnen drei andere Jungs zwischen den Füßen herumliefen.

„Es ist so schön", sagte sie, als er ihr alles zeigte, was etwa fünf Minuten dauerte.

„Es ist nichts Besonderes, aber es ist mein Zuhause. Zumindest im Augenblick."

„Ich liebe es. Es ist sehr gemütlich."

„Kann ich dir etwas zu essen oder zu trinken anbieten? Ich habe das schwarze Lakritz besorgt, das du so gerne magst, und deinen Lieblings-Eistee, obwohl es aus irgendeinem Grund schwer ist, hier die ungesüßte Variante zu finden." Er hatte das Gefühl, zu viel zu reden.

Sie trat direkt vor ihn. „Ich kann nicht glauben, dass du dir das gemerkt hast."

„Ich erinnere mich an alles, Candace. Ich habe jede Sekunde, die wir zusammen verbracht haben, mindestens eine Million Mal durchlebt, seit wir uns das letzte Mal gesehen haben."

„Geht mir genauso. Wobei ich versucht habe, mich auf das Gute zu konzentrieren und den Rest zu verdrängen."

„Ich auch. Eigentlich denke ich selten an die schlimmen Dinge, weil es mich so aufregt."

„Eli, ich habe das Gefühl, dass ich das noch einmal sagen muss, zumindest ein letztes Mal, bevor wir es hinter uns lassen: Es tut mir so unendlich leid, was meine Eltern getan haben. Ich verabscheue sie dafür, und das wissen sie auch. Unsere Beziehung wird sich nie wieder davon erholen."

„Es gibt nichts, was dir leidtun müsste, und irgendwann solltest du ihnen vergeben."

„Ich werde ihnen nie vergeben, dass sie dich wegen Vergewaltigung angezeigt haben, obwohl unsere Beziehung einvernehmlich war und auf wahrer Liebe beruht hat."

Als Eli sie von wahrer Liebe sprechen hörte, begann sein Herz schneller zu klopfen. „Ehe ich meinen Vater und Cleo verloren habe, hätte ich dir recht gegeben: Vergiss die beiden. Doch jetzt … jetzt denke ich, du solltest einen Weg finden, dich mit ihnen auszusöhnen."

„Ich weiß nicht, ob ich das kann. Im Moment bin ich jedenfalls noch zu wütend auf sie. Die letzten drei Jahre waren die Hölle. Seit dem Tag der Anzeige gegen dich habe ich nicht mehr als ‚Ja‘, ‚Nein‘ oder ‚Vielleicht‘ zu ihnen gesagt. Als sie erfahren haben, dass ich hierherfliege, sind sie schier ausgerastet. Ich bin nicht sicher, ob das wieder in Ordnung zu bringen ist, aber ich werde darüber nachdenken. Es tut mir außerdem sehr leid, dass ich nicht für dich da sein konnte, als du deinen Vater und Cleo verloren hast."

„Es war brutal. Den Anruf des FBI werde ich nie vergessen."

„Ich habe tagelang geweint, als ich es von Dalton gehört habe. Er hat mich angerufen, um es mir zu erzählen."

Dalton war in den Sommern, die Elijah bei seiner Mutter in Kalifornien verbracht hatte, sein bester Freund gewesen.

„Es war hart. Dann hab ich erfahren, dass sie mich als Vormund für Alden und Aubrey bestimmt hatten, und wir haben die Bekanntschaft der Cappuanos gemacht."

Sie nahm ihn an der Hand und führte ihn zur Couch. „Wie kam das?"

In den letzten Tagen hatten sie so viel damit zu tun gehabt, ihren Flug nach New Jersey zu buchen und die praktische Umsetzung zu planen, dass sie keine Gelegenheit gehabt hatten, über viel anderes zu reden. „Wie du wahrscheinlich weißt, arbeitet Sam bei der Mordkommission des Metro Police Department von D. C., und als sie die Kinder nach dem Brand im Krankenhaus gesehen hat, hat sie angeboten, sie mit nach Hause zu nehmen. Sie und Nick waren bereits staatlich anerkannte Pflegeeltern, seit sie ihren Sohn Scotty bei sich aufgenommen hatten."

„Es ist lustig, zu hören, dass du den Präsidenten und seine Frau Nick und Sam nennst."

„Das sind die beiden ja für mich."

„Ist es cool, im Weißen Haus zu wohnen?"

„Definitiv. Es ist seltsam, sich das als Zuhause vorzustellen, doch da meine Geschwister dort leben, ist es für mich genau das."

„Ich habe gelesen, dass Cleos Eltern und ihre Schwestern versucht haben, das Sorgerecht für die Zwillinge zu erstreiten."

„Das war fast so schlimm wie der Verlust meines Vaters und Cleos selbst. Ich hatte solche Angst, auch noch die Zwillinge zu verlieren. Gott sei Dank hatte mein Vater die besten Rechtsanwälte, die man für Geld kaufen kann, und ihr Testament war hieb- und stichfest. Sie wollten, dass ich – und *nur* ich – die Verantwortung für die Zwillinge trage. Es gab nicht den geringsten Spielraum bei der Formulierung des Testaments. Als hätten sie gewusst, dass Cleos geldgierige Familie es anfechten würde, und dafür gesorgt, dass sie keine Chance haben. Nicks Freund, der Anwalt Andy, hat das Testament und die Sorgerechtsvereinbarung unglaublich hartnäckig verteidigt."

„Deine Eltern müssen sehr viel Vertrauen in dich gehabt haben."

„Sie haben gewusst, dass ich die Zwillinge genauso sehr liebe wie sie selbst. Ich kann es kaum erwarten, dass du sie kennenlernst. Sie sind so niedlich, und Scotty ist wie ein weiterer Bruder für uns. All das ist erst ein paar Monate her, aber wir sechs sind schon eine Familie. Es ist merkwürdig, wenn ich daran denke, wie sich das alles entwickelt hat."

„Euer Weihnachtsfoto war so süß. Ich konnte gar nicht aufhören, dich anzustarren. Unglaublich, wie sehr du dich verändert hast, seit ich dich das letzte Mal gesehen habe."

„Na, so sehr auch wieder nicht."

„Doch. Du hast dich von einem attraktiven Jungen in einen umwerfenden Mann verwandelt."

„Candace … Ich wünschte, du wüsstest, wie sehr ich dich vermisst habe und dich wollte und dich liebe und die ganze Zeit an dich gedacht habe."

„Das weiß ich, denn mir ist es genauso gegangen. Ich bin dir in den sozialen Medien gefolgt."

„O Mann, ich dir auch! Das war wie eine Rettungsleine."

„Ja, oder?"

„Ich habe immer befürchtet, dass da ein Foto von dir mit einem Neuen auftaucht. Keine Ahnung, wie ich das verkraftet hätte."

„Es konnte keinen anderen geben, solange du noch irgendwo da draußen warst."

Sie warf sich ihm in die ausgestreckten Arme.

Er fing sie auf und drückte sie an sich, so fest er konnte, ohne ihr wehzutun. Jetzt, wo sie wieder in seinem Leben war, hatte er das Gefühl, zum ersten Mal wieder richtig atmen zu können, seit er sie das letzte Mal gesehen hatte.

„Eli?"

„Ja, Süße?"

„Würdest du bitte mit mir ins Bett gehen? Ich will mit dir zusammen sein, so wie früher – dieses Mal allerdings ohne die Sorge, erwischt zu werden."

„Nichts lieber als das." Er erhob sich und half ihr auf. „Hoffentlich wache ich nicht gleich auf und stelle fest, dass ich wieder bloß geträumt habe."

„Du hast von mir geträumt?"

„Ständig. Es war eine Qual. Ich bin steinhart aufgewacht und dachte, du wärst hier, und es war niederschmetternd, zu erkennen, dass es immer nur ein Traum war."

Sie legte die Hände an sein Gesicht und zog ihn in einen Kuss, der ihn fast um den Verstand brachte. „Fühlt sich das real an?"

„So real wie nichts zuvor." Er hob sie hoch und trug sie ins Schlafzimmer, wo er sie am Bett absetzte. Als sie einander küssten und lachend an ihren Kleidern zerrten, merkte Eli, dass er zum ersten Mal, seit er sie das letzte Mal gesehen hatte, wirklich glücklich war. Ja, er hatte immer noch mit Kummer und Trauer über die sinnlosen Morde an seinem Vater und seiner Stiefmutter zu kämpfen, aber mit Candace in seinem Leben wurde selbst das leichter zu bewältigen.

Sie machte alles besser, so wie sie es vom ersten Tag an getan hatte. Sie war genau so, wie er sie in Erinnerung hatte, nur kurviger. Ihre Brüste waren voller, ihr Körper war jetzt der einer erwachsenen Frau, und wie schon zuvor war er restlos von ihr fasziniert.

Sie landeten in einem Wirrwarr von Armen und Beinen auf seinem Bett, die sich schnell in die perfekte Position für das brachten, worauf sie beide brannten.

„Verdammt, ich brauche ein Kondom.“

Candace hielt ihn vom Aufstehen ab. „Ich nehme die Pille. Seit zwei Wochen. Es kann nichts passieren.“

„Wie hast du das hingekriegt, obwohl du noch keine achtzehn warst?“

„Ich hab gelogen.“

Er grinste und küsste sie mit all der Sehnsucht und dem Verlangen von drei Jahren. „Das könnte jetzt sehr schnell gehen.“

„Na und? Wir können es ja jederzeit wieder tun, wenn wir wollen.“

Sie übersprangen das Vorspiel und kamen gleich zur Sache, und als sich sein Körper mit ihrem vereinte, fühlte sich Eli, als sei er gestorben und direkt in das Paradies zurückgekehrt, das er mit ihr gefunden hatte, lange bevor einer von ihnen dafür bereit gewesen war. „O mein Gott, Candace … Genau so hatte ich es in Erinnerung, nur ist es noch besser.“

„Ja.“

Er schloss die Augen und gab sich ganz dem Glück hin, in der Hoffnung, dass es diesmal für immer anhalten würde.

Am nächsten Morgen wachte Sam früh auf und fand Nick an sie geschmiegt, den Arm um ihre Taille gelegt. Er hatte in der Nacht zuvor wieder aufstehen müssen, um sich um ein weiteres Problem mit den Nordkoreanern und ihren Raketen zu kümmern.

Sie bedeckte seine Hand mit der ihren und döste noch ein wenig in der Morgendämmerung, bevor ein weiterer hektischer Tag begann. Er würde mit dem Gedenken an Detective Arnold enden, der bereits seit einem Jahr tot war. Wie war das bloß möglich? Obwohl die Zeit förmlich verflogen war, kam es ihr wie eine Ewigkeit vor, seit sie den liebenswürdigen jungen Detective zum letzten Mal gesehen hatte.

„Worüber denkst du nach?“, fragte Nick mit seiner rauen Frühmorgenstimme, die nur sie zu hören bekam. Sie liebte diese Stimme.

„Über Arnold. Heute ist es ein Jahr her.“

„Gott, ja, stimmt. Kaum zu glauben, dass das schon so lange zurückliegt.“

„Ich habe gerade gedacht, dass ich das Gefühl habe, als wäre es sogar schon viel länger her.“

„Es war ein hartes Jahr für uns alle.“

„Stimmt, aber wir haben es überstanden.“

„Weil wir das hier haben“, sagte er und zog sie enger an sich, sodass sich seine Erektion gegen ihren Rücken presste.

Sam drückte seinen Arm. „Ich weiß nicht, was ich ohne das täte.“

„Ich auch nicht.“

„Meiner Hüfte geht es schon viel besser, falls du Lust auf etwas morgendlichen Spaß der alten Schule hast.“

„Oh, alte Schule?“

„Ein dreifaches Hoch auf die gute alte Missionarsstellung.“

„Hipp, hipp, hurra.“

„Irgendwie dachte ich mir, dass dich das freut.“

Lächelnd legte er sich auf sie und schaute sie mit seinen haselnussbraunen Augen an, die wie Fenster zu seiner Seele waren. Sie las darin nur Liebe, Zärtlichkeit und Hingabe. „Wenn das Telefon jetzt wieder klingelt …“

„Pssst, beschrei es nicht.“

„Sag es, wenn dir etwas wehtut.“

„Du wirst es als Erster erfahren.“

Er küsste sie auf den Hals und hatte sie in Sekundenschnelle in Wallung gebracht. Das konnte er zur Liste seiner Superkräfte hinzufügen: die Fähigkeit, sie mit einem Minimum an Aufwand zu entflammen.

Er glitt mit der Leichtigkeit in sie, die so sehr Teil ihrer Beziehung war.

„Ich habe es vermisst, dich betrachten zu können, während wir das tun“, murmelte er.

Sam blickte ihn an, wild und schön im frühen Morgenlicht. „Mhm, ich auch.“ Sein Haar stand in alle Richtungen ab, sein Gesicht war unrasiert, und wenn sie je einen schöneren Mann gesehen hatte, konnte sie sich nicht daran erinnern. Sie mochte ihn so noch mehr als geschniegelt und gestriegelt und bereit für die Weltherrschaft. Diese Version ihres Mannes gehörte nur ihr, und sie liebte ihn mehr als ihr Leben.

„Samantha“, flüsterte er in ihr Ohr. „Meine Liebe. Mein Leben. Mein Ein und Alles.“

Sie drückte ihn fest an sich, während sie im selben Rhythmus einem explosiven Höhepunkt entgegenjagten, der sie atemlos keuchend zurückließ.

„Wow“, sagte er nach einer langen Stille.

„Das können wir gut, sogar mit einer kaputten Hüfte.“

„Ein früher Glanzpunkt meines ansonsten vermutlich beschissenen Tages.“

„Dito."

„Was macht die Hüfte?"

„Welche Hüfte?"

Nick grinste sie an, strich mit den Lippen über ihre und brummte: „Steh auf, Faulpelz. Die Weltherrschaft wartet."

Sam schloss die Augen. „Nur noch fünf Minuten."

Im gefühlt nächsten Moment küsste er sie wach und brachte den Duft seines Parfums und seiner minzfrischen Zahnpasta mit.

Ohne die Augen zu öffnen, schlang sie ihm die Arme um den Hals und rieb ihr Gesicht an seiner frisch rasierten Wange. „Wie wär's, wenn wir uns krankmelden?"

Lachend entgegnete er: „Ich wünschte, das ginge, aber wir müssen die Kinder wecken und jede Menge Kram erledigen. Ehe wir's uns versehen, haben wir Urlaub, und wir werden eine ganze Woche im Bett verbringen."

„Versprochen?"

„Das ist ein Versprechen, das zu halten ich kaum erwarten kann."

„Ich zähle die Tage."

„Ja, ich auch. Jetzt steh auf, bevor wir alle zu spät kommen."

„Sie haben heute Morgen einen ganz schönen Kommandoton am Leib, Mr President."

„Jemand muss das Schiff ja auf Kurs halten, und das wirst nicht du sein."

Da sie dagegen nichts sagen konnte, schleppte sie sich unter die Dusche.

❧

Nachdem sie mit den Kindern gefrühstückt und sie auf den Weg zur Schule gebracht hatte, gab Sam Nick einen Abschiedskuss und fuhr mit Vernon und Jimmy zum Hauptquartier. Sie hatte geschätzt noch zwei Wochen vor sich, ehe sie sich dazu in der Lage fühlen würde, selbst zu fahren, was ihr etwas gab, worauf sie sich freuen konnte.

Sie hielten gerade vor dem Eingang der Gerichtsmedizin, als Sams Handy klingelte. Der Anruf kam von Jeannie.

„Was kann ich für Sie tun, Deputy Chief?"

„Noch nicht ganz", sagte Jeannie mit einem nervösen Lachen. „Aber deshalb rufe ich an. Die Vereidigung ist heute um vier im Rathaus. Schaffst du das?"

„Das möchte ich um nichts in der Welt verpassen."

„Ich habe gerade das weiße Hemd gekauft", erzählte Jeannie mit einem weiteren Lachen. „Es kommt mir weiter völlig unglaublich vor, dass das wirklich passiert."

„Glaub es ruhig. Du hast es dir redlich verdient. Was hält denn eigentlich deine Familie davon?"

„Sie dreht hohl! Meine Mutter hört nicht mehr auf zu weinen, seit ich es ihr erzählt habe."

„Großartig", erwiderte Sam lachend. „Ich bin gerade im Hauptquartier eingetroffen. Wir sehen uns um vier. Und Jeannie?"

„Ja?"

„Ich bin verdammt stolz auf dich."

„Das bedeutet mir viel, wie du weißt." Jeannie seufzte. „Ohne dich wäre das alles nie passiert."

„Doch."

„Nein, Sam. Du hast mich, nachdem ich in die Hände dieses sadistischen Widerlings gefallen war, wieder aufgebaut. Ohne dich und die Unterstützung unseres Teams hätte ich mich auf keinen Fall so schnell davon erholt."

„Wir lieben dich eben alle."

„Ich euch auch. Sehr sogar."

„Bis um vier. Wir werden heute und immer da sein, um dich anzufeuern."

„Danke für alles."

„Nichts zu danken." Sam klappte ihr Handy zu und fühlte sich wie eine stolze Mutter. „Deputy Chief McBride. Wow. Wie das klingt."

„Ganz wunderbar", meinte Vernon. „Die Art, wie Sie Ihre Beamten unterstützen, ist wunderbar."

„Es sind meine Leute."

„Sie können sich glücklich schätzen, Sie zu haben, Ma'am."

„Das gilt umgekehrt genauso. Bis nachher."

„Ich freue mich auf die Vereidigung."

„Ja, ich auch."

„Schönen Tag im Büro."

„Danke sehr." Sie fragte sich, wie die beiden Agenten es schafften, bei der Arbeit nicht vor Langeweile verrückt zu werden. Drinnen begab sie sich in die Gerichtsmedizin, um nach Lindsey zu schauen. „Wie läuft's?", fragte sie.

„Alles gut. Du kommst schon besser zurecht, scheint mir."

Sam führte ein kleines Tänzchen auf, was sie auf der Stelle bereute. „Ich habe heute Morgen endlich mal wieder die Missionarsstellung geschafft."

Lindsey grinste. „Halleluja. Das ist doch mal ein echter Fortschritt."

„Das kannst du laut sagen. Man weiß nicht, was man hat, bis man es mal eine Weile nicht mehr hat, weißt du?"

„Verstehe, aber ich bin sicher, ihr habt andere Wege gefunden."

„Mein Mann ist sehr kreativ."

Lindsey fächelte sich Luft zu. „Wird es hier drin gerade warm?"

„Wird es in diesem Gefrierschrank je warm? Übrigens, was hast du über McBrides Beförderung gehört?"

„Viel Genörgel. *Sehr* viel Genörgel."

„Ich habe mich schon gefragt, wie schlimm es wohl werden würde."

„Dein alter Freund Offenbach hat gesagt, das hätte uns gerade noch gefehlt – dass du eine weitere Verbündete in der Chefetage hast."

„Er ist einfach sauer, weil ich ihn bei einer Affäre erwischt habe, während seine Frau mit ihrem fünften – oder war es das sechste? – Kind schwanger war."

Lindsey lachte. „Zweifellos."

„Denkst du, es wird sich irgendwann legen?"

„Irgendwann schon, aber Jeannie muss hart bleiben und sich da durchbeißen. In den Medien heißt es, sie habe den Job nur bekommen, weil der FBI-Bericht rassistische Tendenzen aufgezeigt hat."

„Das ist doch Blödsinn! Brewster wollte eine Frau für den Job – und hat sogar erwähnt, dass sie eine schwarze Frau will –, lange bevor der FBI-Bericht erschienen ist."

„*Mir* ist das durchaus bewusst, meine Liebe."

„Nachdem Jeannie überlebt hat, was Sanborn ihr angetan hat, ist das hier im Vergleich dazu ein Kinderspiel."

„Das stimmt. Unser Mädchen ist aus hartem Holz geschnitzt. Sie wird das schon durchstehen."

„Lass uns in der Zwischenzeit ein Auge auf sie halten."

„Okay. Weitere Nachrichten zum Thema Frauenfeindlichkeit: Henderson hat eine unschöne Zeit hinter sich, was?"

„Das habe ich auch gehört. Ich hatte kein gutes Gefühl bei ihr, aber ich hasse es, was die ihr – und ihrer Familie – antun."

„Terry meinte, die Erklärung, die sie abgegeben hat, sowie Nicks Unterstützung für sie hätten etwas geholfen."

„Glaubt er, dass die sie bestätigen?"

„Ja. Sie hat die erforderlichen Stimmen, also muss sie nur noch den Rest der Anhörung überstehen."

„Würden sie das mit einem Mann auch machen?", fragte Sam. „Seine Ex-Frau im ‚Interesse des Landes' derart vorführen?"

„Wahrscheinlich nicht, und es ist höchste Zeit, dass wir eine Frau in einem der Spitzenjobs haben. Ich rechne es Nick hoch an, dass er das erreicht hat."

„Ich hoffe nur, er wird es nicht irgendwann bereuen."

„Wie meinst du das?"

„Ich weiß nicht. Sie hat etwas Merkwürdiges an sich. Nick sagt, ich solle ihr eine Chance geben, denn zehn Sekunden in ihrer Gegenwart reichten nicht aus, um mir eine Meinung zu bilden."

„Das mag sein, doch dein Bauchgefühl ist legendär."

„Deswegen mache ich mir ja auch Sorgen." Sam zuckte die Achseln. „Aber ich habe heute Wichtigeres zu tun, wie zum Beispiel einen Vergewaltiger und Mörder festzunageln, und damit muss ich mich jetzt befassen. Dir einen schönen Tag."

„Wünsche ich dir auch. Nimm ihn gehörig in die Mangel."

„Das habe ich vor."

Als Sam das Großraumbüro betrat, herrschte dort ungewöhnliche Stille. „Was ist denn hier los?"

Gonzo drehte sich mit grimmiger Miene zu ihr um. „Wir mussten Ramsey auf freien Fuß setzen."

„Wie bitte? Warum das denn?"

„Die Anweisung kam direkt von Forrester. Wir hätten nicht genug, um ihn festzuhalten, und er wolle ein mögliches Verfahren nicht gefährden. Bla, bla, bla."

„Das ist kompletter Blödsinn!"

„Uns beiden ist das klar ..."

Sam schäumte vor Wut.

„Was nun, Boss?", fragte Cruz und trat zu ihnen.

„Da er uns nicht freiwillig eine DNA-Probe gegeben hat und der Richter mehr will, bevor er uns eine entsprechende Anordnung erteilt, werden wir ihn verfolgen, bis wir eine haben. Alles, was er wegwirft, ist zugelassen, ein Durchsuchungsbeschluss ist nicht erforderlich."

„Glaubst du nicht, dass sein Vater ihm beigebracht hat, wie er das vermeiden kann?", fragte Gonzo.

„Vermutlich, aber selbst Leute, die es besser wissen, machen Fehler. Dann sind wir zur Stelle und schnappen ihn."

KAPITEL 32

Nachdem der Chief die Überstunden genehmigt hatte, teilte Sam ihre Einheit und ein Team von zehn Streifenbeamten in Schichten ein, um Shane Ramsey rund um die Uhr im Auge zu behalten. Da sie weiter nur eingeschränkt im Dienst war, durfte sie an der Beschattung eigentlich nicht selbst teilnehmen, doch das hielt sie nicht davon ab, sich Gonzo und Freddie anzuschließen, die tagsüber die Werkstatt beobachteten, in der Shane arbeitete. Freddie fuhr an diesem Tag den SUV seines Vaters, was es Sam ermöglichte, mit ihnen zu kommen. Gonzos Charger war für ihre noch nicht vollends verheilte Hüfte immer noch tabu.

„Das wird todlangweilig", beschwerte sich Freddie, während er durch ein Fernglas schaute.

„Langweilig, aber nötig", beschied ihm Sam.

„Erinnert mich an das, was ich heute vor einem Jahr getan habe", meinte Gonzo vom Beifahrersitz aus.

Die Bemerkung traf Sam wie ein Hieb in die Magengrube. „Gonzo … Entschuldige bitte. So weit habe ich nicht gedacht. Wenn du zurück ins Hauptquartier willst …"

„Vergiss es, Sam. Es ist alles gut. Ich sage nur, es erinnert mich einfach an das, was wir getan haben."

„Unglaublich, dass das schon ein Jahr her ist", stellte Freddie fest. „Ich bin heute mit dem Gedanken an damals aufgewacht."

„So geht es mir jeden Tag", entgegnete Gonzo. „Doch bevor ihr euch jetzt Sorgen macht: Es ist nicht mehr so schlimm, wie es mal war.

Meist versuche ich, mich an die guten Dinge zu erinnern und nicht daran, wie es geendet hat.“

Sam hatte keine Ahnung, was sie darauf erwidern sollte.

Offenbar wusste Freddie es auch nicht.

„Mit mir ist alles in Ordnung, Leute“, beteuerte Gonzo. „Ich schwöre es euch.“

„Würdest du es uns sagen, wenn es nicht so wäre?“, fragte Freddie.

„Ja. Versprochen. Wenn ich in diesem Jahr etwas gelernt habe, dann ist es, um Hilfe zu bitten, wenn ich welche brauche. Das war eine bittere Lektion, die ich nicht vergessen werde.“

„Ich bin froh, das zu hören“, erklärte Sam. „Wir alle sind versessen darauf, der Welt zu beweisen, wie gut wir mit allem fertigwerden, sodass wir manchmal aus den Augen verlieren, dass wir auch nur Menschen sind.“

„Stimmt, und wir alle wissen, wie es mir ergangen ist, als ich versucht habe, das zu ignorieren“, pflichtete ihr Gonzo bei. „Ich kann mich glücklich schätzen, dass ich jetzt, wo sich der Staub gelegt hat, noch einen Job und eine Familie habe.“

„Das liegt daran, dass wir dich alle lieben“, antwortete Sam, „und alles für dich tun würden.“

„Genau das hat mir geholfen.“

„Wir werden in den nächsten Monaten voll hinter Jeannie stehen müssen“, wechselte Freddie das Thema. „Die öffentliche Meinung ist ziemlich gegen sie eingenommen.“

„Das habe ich auch schon gehört“, entgegnete Sam. „Aber was soll’s? Die sollen sich um ihren eigenen Mist kümmern und sich damit abfinden. Es gibt eine neue stellvertretende Polizeichefin in der Stadt, und sie wird der Hammer sein.“

◌ ◌

Um halb vier am Nachmittag übergaben sie die Überwachung an Sams Freundin Officer Charles und ihren Partner Officer Dickinson, mit genauen Anweisungen, was zu tun sei, wenn sie Shane etwas wegwerfen sähen.

„Haben Sie Handschuhe und Beweismitteltüten?“, vergewisserte sich Sam.

„Ja, Ma’am“, erwiderte Officer Charles. Nach der guten Arbeit, die sie bei der Planung von Skip Hollands Beerdigung geleistet hatte, hatte sie in Sam eine Freundin fürs Leben gefunden.

„Wenn Sie an die nächste Schicht übergeben, fragen Sie sie bitte dasselbe."

„Das werden wir", versprach Officer Charles. „Gratulieren Sie Deputy Chief McBride von mir. Sie ist eine solche Inspiration für mich und andere junge schwarze Polizeibeamtinnen."

„Ich richte es ihr aus. Das wird ihr viel bedeuten." Sam warf einen Blick in Richtung der Werkstatt, in der Shane den ganzen Tag gearbeitet hatte. „Der Kerl weiß, dass wir ihn beobachten. Seien Sie vorsichtig hier draußen, und vergessen Sie nicht, was er vermutlich getan hat."

„Natürlich."

Während Gonzo und Freddie zum SUV gingen, hielt Sam inne, weil ihr etwas einfiel. „Haben Sie schon die Prüfung zum Detective abgelegt, Officer Charles?"

„Ja, und mit Bravour bestanden. Ich warte nur noch auf eine freie Stelle."

„Ich habe ab heute eine Vakanz in der Mordkommission. Wir sollten uns mal unterhalten."

Die ausdrucksvollen Augen der jungen Frau wurden groß. „Echt jetzt?"

„Aber ja. Kommen Sie doch nächste Woche bei mir vorbei."

„In Ordnung. Danke."

„Gern." Im Vertrauen darauf, dass sie die Observation in fähige Hände gelegt hatte, fuhr Sam mit Freddie und Gonzo zum Rathaus.

„Man muss den Kreislauf des Lebens einfach lieben", sagte Freddie. „Jeannie wird am Jahrestag von Arnolds Tod als stellvertretende Polizeichefin vereidigt."

„Er wäre so stolz auf sie", meinte Gonzo.

„Er wäre auch stolz auf dich und darauf, wie du für ihn gekämpft und ihm Gerechtigkeit verschafft hast", lobte Freddie.

Sams Gefühle waren völlig durcheinander, während sie den beiden zuhörte und die Erinnerungen an das letzte brutale Jahr sie überwältigten. Sie hatten viel verloren, aber auch viel gewonnen, darunter eine neue Hochachtung füreinander und für die Gemeinschaft der Polizistinnen und Polizisten, der sie angehörte. Sie waren mehr als nur ihre Kollegen. Diese Leute waren ebenso sehr ihre Familie wie ihre Blutsverwandten, und sie liebte sie.

Eine Vorgesetzte sollte wahrscheinlich nicht so viel für die Menschen empfinden, die für sie arbeiteten. Vielleicht war das ein Fehler, doch damit konnte sie leben.

Im Rathaus passierten sie die Security, sicherten ihre Waffen und machten sich auf den Weg in die Haupthalle, wo die Zeremonie stattfinden sollte. Als sie Jeannie zum ersten Mal in der Uniform der stellvertretenden Polizeichefin sah, während sie sich mit dem Rest ihrer Truppe unterhielt, stiegen Sam die Tränen in die Augen, und sie musste für einen Moment beiseitetreten, um sich zu sammeln, bevor sie sich blamierte.

Es war keine Überraschung, dass Freddie ihr gefolgt war.

„Alles klar bei dir?", fragte er.

„Ja, es ist nur, du weißt schon … Diese Uniform …"

„Die Uniform deines Vaters."

„Ja, genau." Sie atmete tief durch und seufzte. „Er hätte sie gern an Jeannie gesehen."

„Ganz bestimmt. Er ist bei uns. Da bin ich mir sicher, Sam."

Sie drückte seinen Arm. „Danke dir."

Freddie nickte. „Mir ist aufgefallen, dass nicht gerade viele Leute aus dem Hauptquartier hier sind."

„Es wird eine Weile dauern, bis die Leute sie in dieser Rolle akzeptieren, aber irgendwann werden sie das tun." Zumindest hoffte Sam das.

„Bist du bereit?", fragte Freddie.

„So bereit, wie ich je sein werde."

Sie kehrten in die Haupthalle zurück und verfolgten voller Stolz, wie die Bürgermeisterin ihre Freundin als neue stellvertretende Polizeichefin von Washington vereidigte. Jeannies strahlender Ehemann steckte ihr die Abzeichen auf die Schultern, umarmte sie fest und flüsterte ihr etwas zu, das sie unter Tränen lachen ließ.

Stürmischer Applaus ertönte, als sie vor dem Podium stand und irgendwie schockiert und erstaunt über die Ereignisse zu sein schien, die sie zu diesem Moment geführt hatten.

„Heute vor einem Jahr", sagte sie, als der Beifall endlich abebbte, „haben wir einen wunderbaren Freund und Kollegen verloren. Würden Sie sich bitte zu einer Schweigeminute für Detective A. J. Arnold erheben?"

Sam senkte den Kopf und sprach ein stilles Gebet für Arnold, ihren Vater, seinen ersten Partner Steven Coyne und alle Gesetzeshüter, die im Dienst ums Leben gekommen waren.

„Wir wissen, dass unser Freund Arnold im Himmel schlechte Witze erzählt und jeden, der ihm begegnet, allein durch seine Anwesenheit ein bisschen glücklicher macht", fuhr Jeannie fort. „Im Laufe des letzten Jahres haben wir gelernt, dass das Leben auch in Zeiten größter Trauer weitergeht. Wir haben Skip Holland verloren, der einst den Titel trug, der jetzt mir verliehen wurde. Ich werde mich jeden Tag bemühen, ihn in meinem Dienst als Ihre neue stellvertretende Polizeichefin stolz zu machen. Bürgermeisterin Brewster, ich danke Ihnen für das Vertrauen, das Sie in mich gesetzt haben, und ich gelobe, alles in meiner Macht Stehende zu tun, um mich dieser großen Ehre als würdig zu erweisen. Chief Farnsworth, Captain Malone, Lieutenant Holland, Sergeant Gonzales, den Detectives Cruz, Green, O'Brien, Carlucci und Dominguez sowie meinem ehemaligen Partner Detective Tyrone danke ich für die unermüdliche Unterstützung und Ermutigung. Meine Jahre bei der Mordkommission gehören zu den besten und herausforderndsten meines Lebens, und mein ganz besonderer Dank gilt unserer unerschrockenen Chefin Lieutenant Holland für ihr stetiges Engagement für die Menschen, die für sie arbeiten. Ohne ihre Freundschaft und Führung würde ich niemals hier stehen."

Wieder musste Sam die Tränen wegblinzeln, als Jeannie sie direkt anschaute. Sie nickte ihr zu.

„Meiner Mutter, meinen Schwestern, Brüdern, Nichten, Neffen und meinem verstorbenen Vater, der immer bei uns ist, danke ich für ihre Liebe und ihren Beistand. Meinem geliebten Ehemann Michael, der das alles überhaupt erst ermöglicht: Du bist die Liebe meines Lebens. Ich danke Ihnen allen für diese unvergleichliche Ehre. Ich verspreche Ihnen, Sie stolz zu machen."

Sam klatschte, jubelte und pfiff, um ihre Freundin zu unterstützen. Dass etwas so Großartiges am selben Tag geschehen konnte, an dem sie des Schlimmsten gedachten, was ihnen beruflich je passiert war, war beinahe zu viel, um es zu verarbeiten.

Jeannie posierte für Fotos mit der Bürgermeisterin, der gesamten Mordkommission, Chief Farnsworth, Captain Malone, ihrer Familie und anderen Freunden, die gekommen waren, um ihre Beförderung zu feiern.

„Sehen wir uns nachher alle bei uns daheim?", fragte Sam.

„Ich liebe es, wie du das sagst", bemerkte Freddie mit einem Lachen. „Bei uns daheim.'"

„Na, ich wohne da wirklich."

„Wir werden da sein", bestätigte Malone stellvertretend für alle.

Jeannies Vereidigung hatte der Gedenkfeier etwas von ihrer Tristesse genommen.

„Es ist so schön, dass du da bist", sagte Sam und umarmte Will.

„Das kann ich nur zurückgeben, Lieutenant."

„Will, du bist kein Polizist mehr. Nenn mich bitte Sam."

Er lachte. „Alte Gewohnheiten legt man nur schwer wieder ab."

„Wie läuft's denn in der Sicherheitsbranche?"

„Nicht halb so spannend wie bei der Mordkommission, aber das wäre wohl auch zu viel verlangt."

„Bei der Mordkommission war es in letzter Zeit wirklich supertoll", antwortete Sam sarkastisch. „Der Spaß hört einfach nie auf."

„Ich habe gehört, ihr habt Ramseys Sohn wegen der Vergewaltigungen und Morde im Park im Visier."

„Wir sind davon überzeugt, dass er es war. Uns fehlen nur leider die Beweise."

„Die werdet ihr schon finden."

Sam hatte auf dem Heimweg mit Officer Charles telefoniert und erfahren, dass Shane sich in einer Bar in Columbia Heights aufhielt. Die Beamten waren ihm nach drinnen gefolgt und hatten ihn beobachtet, hatten gehofft, er würde eine Bierflasche oder ein Glas stehen lassen, das sie als Beweismittel beschlagnahmen könnten.

Natürlich wusste er, worauf sie aus waren, und hatte Blickkontakt mit Officer Charles gehalten, während er seine Bierflasche abgewischt und dem Barkeeper gereicht hatte.

Er war ein ebensolcher Drecksack wie sein Vater, nur noch schlimmer. Soweit sie wusste, hatte sein Vater, so verachtenswert er auch war, immerhin niemanden vergewaltigt oder getötet.

Nachdem alle von dem Junkfood gegessen hatten, das Arnold so geliebt hatte, ergriff Sam das Mikrofon, das Gideon auf dem großen quadratischen Tisch, den das Personal im eleganten Speisesaal gedeckt hatte, bereitgelegt hatte. Sie räusperte sich, um die Aufmerksamkeit der Anwesenden zu erregen.

„Ich möchte Ihnen allen danken, dass Sie heute zu dieser zweiteiligen Veranstaltung gekommen sind. Der erste Teil dient dem feierlichen Gedenken an unseren Freund und Kollegen Detective A. J. Arnold, der heute vor einem Jahr viel zu früh brutal aus dem Leben gerissen wurde. Wie jeden Tag im letzten Jahr erinnern wir uns an A. J.s Humor, an die Freundschaft, die er jedem von uns angeboten hat, und an seine fast kindliche Begeisterung für die Arbeit. Wir haben ihn geliebt. Er fehlt uns. Wir werden uns seiner immer erinnern. Ich möchte auch A. J.s treuen Partner Sergeant Tommy Gonzales erwähnen, der maßgeblich dazu beigetragen hat, dass der Mann, der uns A. J. genommen hat, seine gerechte Strafe erhalten hat."

Alle fielen in Sams Applaus für Gonzo ein, der den Kopf schüttelte, als wolle er das Lob abwehren, das er seiner Meinung nach nicht verdiente.

„Tommy, was Arnold und dir passiert ist, ist das, was wir alle jedes Mal fürchten, wenn wir unsere Dienstmarke einstecken und auf die Straße gehen. Du hast dich unermüdlich dafür eingesetzt, dass deinem Partner Gerechtigkeit widerfährt, und wir sind unglaublich stolz auf dich."

Seine Frau Christina legte den Arm um ihn, und er lehnte sich an sie, während er sich mit dem Handrücken Tränen abwischte.

„A. J.s Vater John würde gerne etwas sagen, also übergebe ich jetzt an ihn."

Sam reichte das Mikrofon an John Arnold weiter, der neben ihr saß.

Er erhob sich und räusperte sich. „Präsident Cappuano und Lieutenant Holland, ich danke Ihnen für diesen wundervollen Abend zu Ehren unseres Sohnes. Er wäre erstaunt, wenn er sehen könnte, dass wir ihn ausgerechnet im Weißen Haus feiern. Danke an Gonzo, Jeannie, Will, Freddie, Dani, Gigi, Cameron, Captain Malone, Chief Farnsworth und das gesamte MPD für die Art und Weise, wie Sie A. J. in diesem letzten schwierigen Jahr geehrt haben. Nichts kann einen Vater, eine Mutter, Schwestern oder eine treue Freundin auf einen so plötzlichen und schockierenden Verlust vorbereiten. Aber die Liebe und Unterstützung, die wir von A. J.s Kolleginnen und Kollegen erfahren haben, hat uns geholfen, das alles durchzustehen. Er hat Sie alle sehr geliebt, und im Namen unserer Familie danken wir Ihnen für die vielen Arten, auf die Sie sein Andenken bewahren."

Als er ihr das Mikrofon zurückgab, hatte Sam einen Kloß im Hals und Tränen in den Augen. Sie würde nie über den sinnlosen Verlust eines so verheißungsvollen jungen Beamten hinwegkommen.

Nick drückte ihr die Hand, als sie aufstand, um ihre Ansprache zu beenden. „Als wir diese Veranstaltung geplant haben, hatten wir keine Ahnung, dass wir heute Abend auch etwas zu feiern haben würden, nämlich die Beförderung unserer wunderbaren Freundin und Kollegin Deputy Chief Jeannie McBride."

Sam stimmte einen Applaus für Jeannie an, die so breit lächelte, wie Sam es seit ihrer Hochzeit nicht mehr erlebt hatte.

„Jeannie, wir sind unglaublich stolz darauf, dich unsere Freundin, unsere Kollegin und unsere stellvertretende Chefin nennen zu dürfen. Ich möchte noch hinzufügen … Skip Holland würde vor Stolz platzen, wenn er dich hier mit seinem früheren Rang sehen würde."

„Ich danke dir, Sam, und allen anderen für die Unterstützung. Ich weiß das sehr zu schätzen – und ich werde sie auch in Zukunft brauchen.“

„Du hast sie“, versicherte ihr Sam.

Danach brachten die Butler Schokoladenkuchen und servierten die Digestifs. Sie aßen, schwelgten in Erinnerungen, lachten und dachten an Arnold, auch wenn sie Deputy Chief McBride feierten.

„Wie fühlst du dich, Babe?“, fragte Nick Sam.

„Unbeschreiblich emotional. Freddie hat es vorhin am besten zum Ausdruck gebracht. Das ist der Kreislauf des Lebens, und ich glaube nicht, dass es Zufall ist, dass Jeannies Vereidigung ausgerechnet heute stattgefunden hat.“

„Das glaube ich auch nicht. Skip hockt da oben und reibt sich die Hände, nachdem er das alles so geschickt eingefädelt hat.“

Sam legte den Kopf an die Schulter ihres Mannes. „Zuzutrauen wäre es ihm.“

„Das denke ich auch.“

Am nächsten Tag lag Sam wieder mit Freddie und Gonzo auf der Lauer, beobachtete, wartete und hoffte, dass Shane Ramsey einen Fehler machen würde.

„Was ist, wenn wir einfach kein Glück haben?“, fragte Freddie.

„Keine Sorge, das werden wir“, sagte Sam mit mehr Zuversicht, als sie empfunden hatte, als sie sich zum ersten Mal für diesen Überwachungsplan entschieden hatte.

Ihr Handy klingelte. Der Anruf kam von Elijah, was sie seltsam fand. Er rief sie selten an, erst recht bei der Arbeit. „Hey, was ist los? Alles klar bei dir?“

„Alles bestens.“

„Läuft es gut mit Candace?“

„Könnte nicht besser sein.“

„Das freut mich für dich, Eli. Ehrlich.“

„Vielen Dank. Es ist so schön, wieder mit ihr zusammen zu sein und festzustellen, dass sich für keinen von uns etwas geändert hat.“

„Hat Nick mit dir darüber gesprochen, dass du trotzdem die Uni nicht vernachlässigen darfst?“

Lachend erwiderte Eli: „Hat er, und das tue ich auch nicht. Mein Anruf ist ein Gefallen für einen Freund.“

„Soll heißen?“

„Du kennst doch Nate, den leitenden Beamten meines Teams, oder?"

„Klar." Er war einer ihrer Lieblingspersonenschützer gewesen, als er im Haus in der Ninth Street gearbeitet hatte. „Was ist mit ihm?"

„Wir haben uns neulich unterhalten, und er hat erwähnt, dass er eine Art Freundschaft mit Brooke geschlossen hat."

„*Meiner* Brooke?"

„Ja."

„Ach was."

„Ich glaube, sie war als Babysitterin bei euch, und sie haben sich unterhalten. Er sagte, sie stünden seither in Kontakt."

Diese Neuigkeit schockierte Sam. Sie hatte weder von Brooke noch von ihrer Mutter Tracy ein Wort darüber gehört.

„Nate hat gemeint, er mag sie sehr, aber er hat das Gefühl, dass er erst mal ein Gespräch mit dir führen muss, bevor es weitergehen kann."

„Wie alt ist Nate?"

„Siebenundzwanzig, glaube ich."

„Sieben Jahre älter als sie."

„Hättest du etwas dagegen?"

Sam dachte darüber nach. Früher hätte sie vielleicht Einwände gehabt, doch seit Brooke einen gewalttätigen Angriff auf einer Party überstanden hatte, bei dem mehrere Jugendliche den Tod gefunden hatten, war ihre Nichte keine durchschnittliche Zwanzigjährige mehr. „Das ist nicht meine Entscheidung. Sosehr ich sie auch immer noch als Kind betrachte, Brooke ist eine erwachsene Frau. Es geht mich nichts an, mit wem sie sich trifft."

„Ich glaube, Nate möchte vor allem nichts falsch machen, weil er sie bei euch kennengelernt hat."

„Verstehe. Du kannst ihm versichern, dass er von mir und Nick keinen Widerstand zu erwarten hat. Wir halten große Stücke auf ihn und möchten nur, dass er nett zu unserer Nichte ist."

„Das wird ihm sehr viel bedeuten. Danke. Ich sollte vermutlich auch noch erwähnen: Die Vorstellung, dass ich das mit dir bespreche, war ihm extrem peinlich, weil es so unprofessionell ist."

Sam lächelte. „Das kann ich mir denken, aber es war sehr höflich von ihm, sich Gedanken darüber zu machen, was ich davon halte." Sie konnte es kaum erwarten, Tracy anzurufen und diese Bombe platzen zu lassen. „Wann lernen wir eigentlich Candace kennen?"

„Wir werden bald mal vorbeikommen."

„Wir freuen uns schon."

Sie verabschiedeten sich, und Sam rief sofort Tracy an.

„Hey, was gibt's?"

„Das wollte ich dich fragen, Trace. Gibt es bei euch etwas Neues, Spannendes?"

„Nicht, dass ich wüsste."

„Interessant."

„Was ist los, Sam? Du klingst, als wüsstest du mehr, als du sagst."

„Ich bin über eine Sensation gestolpert und weiß nicht, ob ich es dir erzählen oder warten soll, bis die betroffene Person es dir selbst mitteilt."

„Wovon zum Teufel redest du?"

„Ich glaube, Brooke hat einen Freund."

„Was? Nein, hat sie nicht."

„Du solltest sie vielleicht mal darauf ansprechen."

„Was weißt du?"

„Versprichst du, dass du nicht ausflippst und wartest, bis sie es dir sagt?"

„Versprochen."

„Ich meine es ernst. Ich hab da so ein Gefühl … Es könnte eine große Sache für sie sein."

„Sam, ich hab's kapiert. Ich werde cool bleiben, ich schwöre es."

„Erinnerst du dich an Nate, den Secret-Service-Beamten, der in der Ninth Street gearbeitet hat und jetzt Elis Personenschutz leitet?"

„Ich weiß, wen du meinst. Warte, du glaubst, er ist es?"

„Ich weiß es ganz sicher."

„Wie alt ist er?"

Sam musste lachen, weil die erste Frage ihrer Schwester die gleiche war wie ihre. „Siebenundzwanzig, glaubt Eli."

„Dann wäre er sieben Jahre älter als sie."

„Das konnte ich mir selbst ausrechnen."

„Hast du das von Eli?"

„Er hat für Nate vorgefühlt, um herauszufinden, ob wir Einwände haben könnten, weil sie sich bei uns kennengelernt haben."

„Was hast du gesagt?"

„Dass Brooke eine erwachsene Frau ist, die selbst entscheiden kann, mit wem sie ihre Zeit verbringt."

„Ich hasse es, dass dem so ist, aber es stimmt", seufzte Tracy.

„Wenigstens wissen wir, dass sie bei ihm so sicher wie nur möglich ist."

„Das ist doch immerhin etwas."

„Das ist total wichtig. Ich habe ihn gut kennengelernt, als er bei uns im Haus gearbeitet hat, und er scheint ein wunderbarer junger Mann zu sein."

„Außerdem verdammt gut aussehend, wenn ich mich nicht täusche."

„Das auch."

„Ich frage mich, warum sie nichts gesagt hat", überlegte Tracy. „Sie telefoniert viel, wenn sie von der Uni nach Hause kommt, aber ich hab gedacht, das tun junge Leute in ihrem Alter eben."

„Bald wird er ihr erzählen, dass die Nachricht raus ist. Vermutlich wirst du es dann von ihr hören."

„Meinst du, es ist was Ernstes?"

„Da Nate Eli gebeten hat, es mir gegenüber zu erwähnen, würde ich sagen, ja. Eli meinte, dass Nate sich Sorgen macht, weil es so unprofessionell ist. Trace? Bist du noch dran?"

„Ja. Das alles berührt mich einfach sehr. Ich habe mich immer gefragt, ob sie je in der Lage sein wird, das, was passiert ist, hinter sich zu lassen und eine Beziehung zu einem Mann aufzubauen, und zu wissen, dass das vielleicht gerade geschieht …"

„Da bin ich ganz deiner Ansicht, Schwester."

KAPITEL 33

Brooke hatte ihre letzte Vorlesung des Tages an der University of Virginia hinter sich und war auf dem Weg zurück in ihr Wohnheim, als ihr Handy klingelte. Der Klingelton verriet ihr, dass es Nate war, der da anrief. Während sie das Telefon aus ihrer Tasche kramte, fragte sie sich, warum er sich mitten am Tag bei ihr meldete. Normalerweise unterhielten sie sich abends per FaceTime, manchmal stundenlang. Irgendwann in den letzten Monaten waren seine Anrufe zu den wichtigsten Dingen in ihrem Leben geworden.

„Hey", meldete sie sich atemlos, nachdem sie das Telefon schließlich ganz unten in ihrer Tasche gefunden hatte.

„Wie geht's?"

„Gut, und dir?"

„Sehr gut."

„Äh, warum rufst du an?"

„Weil ich Neuigkeiten habe."

„Was für Neuigkeiten?"

„Dass ich möglicherweise deine Tante habe wissen lassen, dass wir Freunde sind, und sie nichts dagegen hat."

„Warte. Du hast es meiner Tante gesagt?"

„Indirekt. Elijah hat mit ihr geredet."

„Ohne vorher mit mir darüber zu sprechen?"

„Ich, äh … Es hat mich sehr belastet, Brooke. Ich habe so hart gearbeitet, um diesen Job zu kriegen, und ich hatte Angst, es zu vermasseln."

„Wir haben stundenlang telefoniert, und du hast nie erwähnt, dass dich das belastet."

„Ich wollte nicht, dass du dich deswegen aufregst."

„So funktioniert das nicht. Ich weiß, du erinnerst mich gerne daran, dass du älter und erfahrener bist und alles besser weißt, aber ich finde es nicht gut, dass du ihr so was erzählst, ohne das vorher mit mir abzustimmen. Ist dir klar, dass diese Nachricht nun in meiner Familie Kreise zieht?"

„Verdammt. Es tut mir leid. Ich hätte etwas sagen sollen. Das Gespräch mit Eli hat sich einfach so ergeben, und ich habe nicht wirklich nachgedacht."

„Ich bekomme parallel einen Anruf von meiner Mutter. Worum es da wohl geht?"

„Tut mir wirklich leid. Wirst du mir verzeihen?"

„Ich bin mir noch nicht sicher."

„Brooke … Vergiss die gute Nachricht nicht: Deine Tante findet nichts dabei, wenn wir uns sehen, und ich werde dafür nicht gefeuert."

„Du hast nichts getan, wofür man dich feuern könnte."

„Aber ich möchte etwas tun, wofür man das könnte. Unbedingt."

Bei seiner Antwort wurde ihr ganz heiß. „Ich weiß nicht, ob ich das kann."

„Brooke, ich habe dir doch erklärt, dass alles, was zwischen uns passiert, nur passieren wird, wenn du es willst und wann du willst."

„Was, wenn es nie passiert?"

„Das wird es. Früher oder später."

„Was ist, wenn du es leid wirst, darauf zu warten, dass ich über meinen Mist hinwegkomme?"

„Das wird nicht passieren."

„Das sagst du jetzt."

„Ich werde das immer sagen."

„Bitte lass das."

„Was?"

„So zu tun, als wäre das eine Sache für immer."

„Für mich fühlt es sich aber so an. Ich habe noch nie mit einem Menschen so viel gesprochen wie mit dir, und es gibt trotzdem noch jede Menge mehr, worüber ich mit dir reden möchte."

Brooke seufzte. „Nate …"

„Ja, Brooke?"

„So etwas solltest du nicht sagen."

„Warum nicht?"

„Darum!"

Sein Lachen gehörte zu den Dingen, die sie am liebsten an ihm mochte. Sie freute sich mit einer fieberhaften Erwartung auf seine Anrufe, die dazu angetan war, sie um Kopf und Kragen zu bringen.

„Ich habe das übernächste Wochenende frei. Kann ich dich besuchen kommen?"

„Da fährt meine Familie nach Camp David."

„Musst du mit?"

„Nein, aber ich hatte es vor."

„Könnte ich dich überzeugen, stattdessen Zeit mit mir zu verbringen?"

Der größte Teil ihrer „Beziehung", wenn man es denn so nennen konnte, spielte sich am Telefon ab, über häufige FaceTime-Anrufe, die ihn davon abhielten, ihr zu nahe zu kommen, obwohl sie ihm näherstand als irgendjemand sonst auf der Welt. Ja, ihr war klar, wie seltsam das war, doch sie mochte es so. „Was willst du denn machen?"

„Ich könnte mir ein Zimmer in der Nähe der Uni nehmen, und wir könnten … ein bisschen wandern, essen gehen, ins Kino. Ich wäre sogar bereit, Antiquitätenläden zu besuchen, weil ich weiß, dass du solchen Kram liebst. Was auch immer du willst."

„Du solltest …"

„Was?"

Der Schmerz in ihrer Brust war beängstigend stark. „Mit jemand anderem zusammen sein, der dir geben kann, was du brauchst."

„Ich bin mit jemandem zusammen, der mir gibt, was ich brauche, Brooke, und was ich brauche, ist mehr Zeit mit dir, nicht nur am Telefon." Sein Ton wurde sanfter. „Ich verstehe, dass du besorgt bist, aber es wäre ein Wochenende ohne Druck. Einfach bloß abhängen und Spaß haben, so wie wir es in D. C. gemacht haben." Sie waren im Air and Space Museum des Smithsonian gewesen und hatten danach Pizza gegessen. Er hatte nicht mal versucht, ihre Hand zu halten, was schon irgendwie enttäuschend gewesen war.

Wie viele Wochenenden ohne Sex würde er akzeptieren, bevor er sich jemandem zuwandte, der kein traumatisiertes Vergewaltigungsopfer war?

„Du weißt, dass du bei mir sicher bist."

„Woher soll ich das bitte wissen?"

Er lachte. „Ich bin beim Secret Service. Unser Motto lautet ‚Vertrauenswürdigkeit und Zuverlässigkeit'."

„Ich fürchte eher um meine emotionale als um meine körperliche Sicherheit."

„Auch das ist unnötig."

Sie wollte ihm so gerne glauben, doch die Gefühle, die sie für ihn hegte, jagten ihr ein bisschen Angst ein.

„Also? Wollen wir das Wochenende zusammen verbringen? Ich kann am Freitagnachmittag in Charlottesville sein und müsste am Montag um Mitternacht wieder in Princeton sein."

Das wären drei Nächte und drei Tage, denn montags hatte sie keinen Unterricht … „Vermutlich müsste ich ein paar Hausaufgaben erledigen."

„Kein Problem. Was immer du zu tun hast, ist mir recht, und ich will nicht, dass du dich die ganze Woche über stresst. Wir sind einfach zwei Freunde, die Zeit miteinander verbringen und Spaß haben. Nicht mehr und nicht weniger, ganz einfach."

Der letzte Teil überzeugte sie … Er wusste, was sie hören musste. Nate verstand sie. „Ich würde dich sehr gerne sehen."

„Super!", erwiderte er erfreut. „Ich werde die Details planen. Versprich mir, dass du dir keine Sorgen machst."

„Ich geb mir Mühe."

„Vertrau mir bitte. Was mich betrifft, sind Sorgen völlig überflüssig."

„Ich weiß, Nate."

„Das ist mein Ernst. Keine Sorgen!"

„Okay."

„Gut. Ich ruf dich später an."

„Bis dann."

„Und nicht vergessen: Sorgen verboten!"

Das Handy summte, als er das Gespräch beendete.

Ihr fiel ein, dass sie einen Anruf ihrer Mutter verpasst hatte, während sie mit ihm gesprochen hatte. Weil Tracy erst Ruhe geben würde, wenn Brooke sich bei ihr meldete, tat sie es sofort.

„Hallo, Schatz. Wie geht's denn so?"

„Gut, ich habe gerade Pause."

„Und sonst?"

„Ich weiß, dass du das mit Nate weißt, also hör auf, Unschuld zu heucheln."

„Warum hast du mir nichts von ihm erzählt?"

„Weil es nichts zu erzählen gab."

„Brooke … Komm schon. Es muss etwas zu erzählen geben, wenn er das Bedürfnis hatte, Sam davon zu unterrichten."

„Das hätte er nicht tun sollen. Wir sind noch nicht so weit." Waren sie das nicht? Sie hasste diese Achterbahn der Gefühle, die alles begleitete, was mit ihm zu tun hatte. „Außerdem hab ich befürchtet, du würdest es nicht gutheißen."

„Warum denn das?"

„Zum einen ist er älter als ich."

„Dad ist auch älter als ich."

„Drei Jahre, und du warst fünfundzwanzig, als du ihn kennengelernt hast. Nate ist sieben Jahre älter als ich."

„Weißt du, was daran gut ist?"

„Was?", fragte Brooke, schockiert darüber, dass ihre Mutter etwas Gutes an dem Altersunterschied fand, der ein wesentlicher Grund dafür gewesen war, dass sie Nate vor ihrer Familie geheim gehalten hatte.

„Er ist ein erwachsener Mann und kein Junge, der so tut, als wäre er einer."

„Genau davor habe ich Angst."

Tracy lächelte. „Ich beziehe mich auf seine seelische Reife."

„Die ein Grund zur Besorgnis ist."

„Süße …"

„Ich weiß, was du sagen willst, und es ist nichts, was ich mir nicht auch schon gesagt habe. Irgendwann wird es ja ohnehin geschehen, und da ist es mir lieber, wenn es mit jemandem passiert, dem ich wirklich etwas bedeute."

„Bedeutest du ihm denn wirklich etwas?"

„Ja, ich glaube schon. Er ist wirklich … unglaublich lieb."

„Das ist das Wichtigste. Wenn ich mich recht entsinne, ist er auch sehr attraktiv."

„Ja." Ihre Mitbewohnerinnen nannten ihn McDreamy, seit sie ihn bei FaceTime-Anrufen gesehen hatten. „Weinst du?"

„Nein, natürlich nicht."

„Doch. Was ist denn los?"

„Nichts. Ich bin einfach so glücklich, dass du einen lieben, freundlichen, attraktiven Mann gefunden hast, der dich zum Lächeln bringt."

„Fang bitte nicht an, die Hochzeit zu planen. Bis jetzt haben wir uns nur eine Menge Textnachrichten geschrieben und uns über FaceTime unterhalten, und einmal waren wir im Air and Space und haben Pizza gegessen. Es ist keine große Sache." Noch während sie das sagte, gestand Brooke sich ein, dass es gelogen war. Es war eine sehr große Sache, was ihr auch durchaus klar war.

„Aber es könnte eine werden?"

„Möglich. Ich weiß es nicht. So weit sind wir noch nicht."

„Wir können uns ja in Camp David eingehender unterhalten.“

„Apropos … Ich glaube, ich fahre nicht mit.“

„Warum? Was ist denn los?“

„Es sieht so aus, als würde Nate übers Wochenende herkommen, um mit mir ‚abzuhängen‘.“

„Ah, verstehe. Wird er bei dir übernachten?“

Es amüsierte Brooke, dass ihre Mutter das so beiläufig fragte. „Nein, er nimmt sich ein Hotelzimmer.“

„Flippst du deswegen aus?“

„Ich versuche nach Kräften, es nicht zu tun … Ich musste ihm versprechen, dass ich es nicht tue.“

„Der junge Mann gefällt mir.“

„Mir auch.“

„Das ist okay. Dass er dir gefällt, meine ich.“

„Ich versuche nur, ganz normal damit umzugehen.“

„Solltest du vielleicht mal mit Savannah reden?“, fragte Tracy. Sie meinte die Psychotherapeutin, die Brooke nach der Vergewaltigung betreut hatte.

„Ja, vielleicht. Ich versuche, nicht mehr aus dem Ganzen zu machen, als es ist. Ich hätte nie erwartet, dass sich lockere Unterhaltungen über eine Messenger-App in etwas verwandeln könnten, was so …“

„Wichtig für dich ist?“

„Genau.“

„Ich freue mich für dich, Süße.“

„Danke.“

„Versuch, dich zu entspannen und das Ganze einfach zu genießen. Sich zu verlieben ist das Schönste überhaupt, und ich möchte unbedingt, dass du das auch erlebst.“

Brooke vermutete, dass sie sich schon vor einiger Zeit verliebt hatte. Jetzt musste sie nur noch herausfinden, wie sie damit umgehen sollte.

KAPITEL 34

Am Montagmorgen traf sich Sam mit Tracy vor dem Gerichtsgebäude
an der Constitution Avenue zur ersten Anhörung im Mordfall ihres
Vaters. Das Gericht hatte die Anklage auf Mord hochgestuft, nachdem
er seinen Verletzungen erlegen war, vier Jahre nachdem man ihn bei
der Arbeit an einem Fall niedergeschossen hatte, der bis nach seinem
Tod ungelöst geblieben war.

Celia und Angela hatten beschlossen, Sam und Tracy die
Vertretung der Familie zu überlassen.

Sam umarmte ihre Schwester. „Wie geht's dir?"

„Besser, wenn das hier vorbei ist."

„Die Anhörung ist nur eine Formalität. Der Staatsanwalt legt die
Beweise vor, stellt fest, dass ein hinreichender Verdacht besteht, um
die Angeklagten vor Gericht zu bringen, und dann beginnt die
Verhandlung."

„Es ist ausgeschlossen, dass es nicht zur Verhandlung kommt,
oder?"

„Außer sie bekennen sich schuldig."

„Was soll das heißen?"

„Dass sie einen Deal akzeptieren, bei dem sie sich schuldig
bekennen und im Gegenzug eine mildere Strafe erhalten, als sie bei
einer Verurteilung vor Gericht bekämen. Dem müssten wir
zustimmen, aber ich habe nichts davon gehört, dass das überhaupt zur
Debatte steht. Die Verteidigung könnte sich allerdings auch noch an
die Staatsanwaltschaft wenden, um einen Deal auszuhandeln,
nachdem sie alle Beweise gehört hat."

In Begleitung von Vernon und Jimmy machten sie sich auf den Weg zur Treppe, als jemand nach Sam rief.

Sie drehte sich um und sah, wie Alice Coyne Fitzgerald ihr zuwinkte.

Sam wartete, bis Alice sie eingeholt hatte, und umarmte sie. „Ich war mir nicht sicher, ob du kommen würdest."

„Ich werde keine Sekunde des Prozesses verpassen, bei dem die Männer, die meinen Steven – und Skip – ermordet haben, vor Gericht stehen." Skips erster Partner und enger Freund war Jahrzehnte zuvor im Dienst erschossen worden, und sein Mörder war auf freiem Fuß geblieben, bis Sam und ihr Team die Schießerei mit der in Verbindung gebracht hatten, der Skip seine Querschnittslähmung zu verdanken gehabt hatte.

„Das ist meine Schwester Tracy."

„Ich kenne dich noch als kleines Mädchen", meinte Alice und lächelte Tracy an.

Tracy schüttelte der Frau die Hand. „Ich erinnere mich auch an Sie. Es ist schön, Sie zu sehen, selbst wenn die Umstände denkbar unerfreulich sind."

„Das sind sie wirklich, doch ich habe lange auf Gerechtigkeit für Steven gewartet. Ich bin bereit für diesen Prozess."

Sam war selbst unsicher, ob sie bereit war, die drei Männer anzuschauen, die des Mordes an ihrem Vater angeklagt waren.

„Es ist komplett surreal", flüsterte sie Tracy zu, während die Journalisten, die sich vor dem Gerichtsgebäude versammelt hatten, sie um einen Kommentar baten.

„Was?"

„Dass tatsächlich die Männer vor Gericht stehen, die Dad erschossen haben. Ich habe lange geglaubt, das würde nie passieren."

„Das ist dein Verdienst."

„Meins und das von vielen anderen."

„Aber vor allem deines."

„Konntest du schon mit Brooke über Nate sprechen?"

„Ja, und ich glaube, das mit ihm könnte etwas Großes sein."

„Erstaunlich. Wir haben ihn alle sehr gemocht, als er bei uns gearbeitet hat."

„Das ist mir wichtig – und ich bin sicher, ihr auch. Ich soll dir für die Einladung nach Camp David danken, doch sie wird übers Wochenende in Charlottesville bleiben."

„Gibt es einen bestimmten Grund dafür?"

„Nate kommt zu Besuch."

„Oooh. Dann kann ich es ihr nicht verübeln, dass sie uns absagt."

„Ich versuche, die Sache ganz entspannt zu nehmen. Aber … ich bin so erleichtert, dass sie ihm eine Chance gibt, nach allem, was passiert ist …"

„Das verstehe ich", sagte Sam. „Geht mir genauso. Und er ist wirklich ein *guter* Kerl."

„Das ist alles, was ich mir je für sie gewünscht habe – jemand, der sieht, wie toll sie ist, und Geduld mit ihr hat."

Sam hängte sich bei ihrer Schwester ein. „Ich kann es kaum erwarten, mitzuerleben, wohin das führt."

„Ja, ich auch. Trotzdem müssen wir cool bleiben, sonst wird sie uns nichts mehr erzählen."

„Cool sein kann ich. Du auch?"

„Hm … Ich arbeite daran."

Im Gerichtssaal saßen sie mit Alice Coyne Fitzgerald in der ersten Reihe. Sam wappnete sich dafür, sich die belastenden Beweise anzuhören, die sie und ihr Team zusammengetragen hatten, um den ehemaligen Stadtrat Roy Gallagher, seinen Mitarbeiter Mick Santoro und Dermott Ryan, den Besitzer des O'Leary's, Skips Lieblingsbar, mit den Schüssen auf zwei Polizisten in Verbindung zu bringen. Ryans Beteiligung schmerzte sie am meisten. Skip hatte ihn als Freund betrachtet und das O'Leary's zum bevorzugten Treffpunkt für die meisten Polizisten gemacht.

Kurz bevor der Gerichtsdiener sie aufforderte, sich zu erheben, weil der Richter eintrat, rutschte Freddie auf den Platz neben ihr.

Sam drückte ihm den Arm, um ihm für sein Kommen zu danken. Nick hatte ebenfalls dabei sein wollen, doch sie hatte ihm das ausgeredet und gesagt, es werde noch viele andere Anhörungen geben, an denen er teilnehmen könne, und diese hier sei nur eine Formsache.

Unmittelbar danach betraten Farnsworth und Malone den Saal und nahmen auf der anderen Seite des Ganges Platz. Sam war nicht überrascht, die beiden engsten Freunde ihres Vaters zu sehen, und schenkte ihnen ein dankbares Lächeln.

Während Sam Staatsanwalt Tom Forrester bei der Präsentation der Beweise zuhörte, die detailliert aufzeigten, wie weit die Angeklagten gegangen waren, um ihren höchst profitablen Glücksspielring zu schützen, flutete alles in einem Tsunami von Gefühlen wieder zurück. Der frostige Sonntagmorgen im Oktober, Celias verzweifelter Anruf, mit dem sie Sam mitgeteilt hatte, dass ihr Vater nicht mehr reagierte, Sam, die die Rettungssanitäter davon hatte abhalten müssen, lebensrettende Maßnahmen einzuleiten, was dem Wunsch ihres Vaters widersprochen hätte, die anschließenden Spannungen zwischen ihr und Celia, das Bedürfnis, es den Leuten zu sagen … Nick war auf dem Rückflug von Paris gewesen …

„Sam", flüsterte Tracy.

„Ja?"

„Warum zitterst du denn so?"

„Ich zittere?"

„Ja."

„Ich habe an diesen Tag letzten Oktober gedacht."

„Tu das besser nicht."

Aber das war leichter gesagt als getan.

Es war keine Überraschung, dass die Verhandlung für September angesetzt wurde.

Sie sah zu, wie Justizvollzugsbeamte die drei Männer in den orangefarbenen Overalls und mit Fußketten wieder ins Gefängnis abführten, wo sie hingehörten.

„Das war nicht so befriedigend, wie ich gehofft hatte", stellte Alice fest. „Auch wenn wir das gewünschte Ergebnis erhalten haben."

„Es wird nie wirklich befriedigend sein, weil Dad und Steven immer noch tot sein werden", antwortete Sam.

„Genau."

Sie verließen gemeinsam das Gerichtsgebäude und ignorierten die Rufe der Reporter, als sie einander am Fuß der Treppe umarmten.

„Bis bald", verabschiedete sich Sam von Alice.

„Du kannst mich jederzeit besuchen kommen. Ich freue mich immer, dich zu sehen."

„Das werde ich tun."

„Bring deinen attraktiven Partner mit", bat Alice mit einem Lächeln für Freddie.

„Wir versuchen, ihm nicht zu sagen, dass er attraktiv ist", erklärte ihr Sam. „Er ist ohnehin schon viel zu eingebildet."

Während Freddie seiner Empörung über ihre Bemerkung Luft machte, lachten die anderen.

„Seid vorsichtig da draußen, Leute", warnte Alice, ehe sie ging. „Ich bete jeden Tag für euch."

„Danke, Alice", sagte Sam und umarmte sie ein letztes Mal. „Pass auf dich auf."

„Sie ist wirklich nett", schwärmte Tracy. „Ich weiß noch, wie Dad sich um sie gekümmert hat. Zu sehr, wie sich herausstellte."

„Er hat sich für sie verantwortlich gefühlt, nachdem Steven vor seinen Augen gestorben war. Das hat seine Ehe mit Mom sehr belastet.“ Das war eine weitere Sache, die Sam während der Ermittlungen gelernt hatte: dass das Zerbrechen der Ehe ihrer Eltern ebenso sehr auf ihren Vater zurückzuführen war wie auf ihre Mutter, der Sam viele Jahre lang zu Unrecht die ganze Schuld gegeben hatte.

Das Leben war so verflucht kompliziert.

„Wir müssen an die Arbeit“, mahnte Sam. „Wir sehen uns spätestens in Camp David.“

„Wir werden da sein. Mike freut sich extrem darauf.“

„Hoffentlich spielt das Wetter diesmal mit.“

„Er checkt bereits täglich die Wettervorhersage und teilt mir dann mit, dass alles klar ist.“

Sam lächelte. „Wie lustig. Ich wünsche dir einen schönen Tag. Halt mich auf dem Laufenden, wenn du etwas von Brooke hörst.“

„Werd ich, und danke für die Info.“

„Das konnte ich unmöglich für mich behalten.“

Nachdem sie sich von Tracy verabschiedet hatten, fragte Freddie: „Darf ich bei dir mitfahren?“

„Klar.“ Sie warf ihrem Partner einen Blick zu. „Danke, dass du heute Morgen da warst. Das bedeutet mir viel.“

„Ich hätte es um keinen Preis verpassen wollen.“

Sam stieg auf den Rücksitz des SUV und stellte fest, dass sie das ohne jegliche Schmerzen oder Schwierigkeiten getan hatte, was eine große Verbesserung war.

„Was war das mit der Info?“

„Ich habe herausgefunden, dass Brooke sich mit Nate vom Secret Service trifft.“

„Wow, echt? Woher weißt du das?“

Sam erzählte es ihm.

„Das gefällt mir“, erklärte Freddie. „Nate scheint ein netter Typ zu sein.“

„Ja, finde ich auch. Tracy und ich versuchen, cool zu bleiben, damit wir Brooke nicht verschrecken und sie uns die Details vorenthält.“

Freddie grinste. „Schafft ihr das?“

„Ja, klar.“

Vernon und Jimmy brachten sie nach Columbia Heights, wo Gonzo vor der Werkstatt, in der Shane arbeitete, im Auto saß.

Freddie stieg hinten in den Charger ein, während Sam auf dem Beifahrersitz Platz nahm, wobei sie nur ein leichtes Stechen in der Hüfte spürte, als sie sich auf den tief liegenden Sitz sinken ließ.

„Ein weiterer Tag im Paradies“, sagte Gonzo und schaute durch sein Fernglas.

„Was gibt's Neues?", fragte Sam.

„Unser Freund hat zu rauchen angefangen", berichtete Gonzo.

„Ach, echt?"

„Ja, ganz im Ernst. Da ist er, pünktlich wie die Maurer, immer zur vollen Stunde."

Sie beobachteten, wie Shane aus der Werkstatt trat und sich eine Zigarette anzündete. Sein Blick huschte nervös umher, zweifellos auf der Suche nach den Polizisten, die ihn seit Tagen unablässig beobachteten.

Sam benutzte das Fernglas, um ihn besser sehen zu können. „Wir brauchen nur einen Zigarettenstummel, um den Fall zu lösen."

„Er achtet sorgfältig darauf, keine zurückzulassen."

„Wie lange können wir diese Rund-um-die Uhr-Überwachung aufrechterhalten?", erkundigte sich Freddie vom Rücksitz aus.

„So lange wie nötig."

⁓ ⊙ ⁓

Eine Woche später, als Sam sich gerade auf einen weiteren todlangweiligen Tag bei der Überwachung von Shane Ramsey vorbereitete, stand Nick hinter ihr im Badezimmer, die Hände auf ihren Schultern, und betrachtete sie im Spiegel. „Du hast doch heute Abend nicht vergessen, oder?"

Sam starrte ihn im Spiegel an und versuchte verzweifelt, sich daran zu erinnern, was anstand.

„Sam! Heute Abend halte ich die Rede zur Lage der Nation, und ich brauche dich dort. Es kommen wichtige Gäste, darunter Cath Powell, die Mutter aus Des Moines."

„Richtig. Das wusste ich. Ich dachte, du beziehst dich auf etwas anderes."

„Schwindel mich nicht an. Du hattest keine Ahnung, wovon ich geredet habe."

„Tut mir leid. Ich bin besessen von diesem Fall. Langsam mache ich mir Sorgen, dass Shane Ramsey einfach kein Fehler unterlaufen wird." Sie hatten sich tief in sein Leben gewühlt, auf der Suche nach irgendetwas, das einen Richter dazu bringen könnte, eine Anordnung zur Abgabe einer DNA-Probe zu erlassen, aber bislang waren ihnen das nicht gelungen. Die IT-Detectives hatten sich stundenlang Videomaterial angesehen und versucht, ihn mit dem Rock Creek Park zur Zeit der Anschläge in Verbindung zu bringen, doch auch das hatte nichts gebracht. Die Frustration stieg ins Unermessliche, denn sie waren überzeugt davon, dass er der Täter war, konnten es nur eben einfach nicht beweisen.

„Keine Sorge, ihm wird einer unterlaufen, und dann werdet ihr ihn schnappen."

„In der Zwischenzeit droht sein Vater, die Polizei wegen Belästigung zu verklagen. Er sagt, wir hätten nicht versucht, jemand anderen zu finden, seit wir seinen Sohn ins Visier genommen haben. Das liegt daran, dass wir wissen, dass er es war. Wir sind uns sicher."

„Ihr werdet ihn kriegen. Daran hege ich keinen Zweifel. Weitere Neuigkeiten: Der Senat wird heute über Gretchens Bestätigung abstimmen, und wir haben die erforderlichen Stimmen, also ist es beschlossene Sache, und wir sollten es schaffen, sie noch vor der Rede zur Lage der Nation zu vereidigen."

„Glückwunsch. Ich hoffe, ihr werdet glücklich miteinander."

„Das war ziemlich böse, Babe." Er lächelte und beugte sich vor, um sie auf den Hals zu küssen. „Hat Marcus dir für heute Abend etwas geschickt?"

„Ja."

„In welcher Farbe?"

„Rot, glaube ich."

„Ich liebe dich in Rot, aber andererseits liebe ich dich in allem – und in nichts. Vor allem in nichts. Nimm das Kleid mit zur Arbeit, falls du spät dran bist."

„Wie bitte? Ich und spät dran sein?"

Er verdrehte die Augen und musterte sie im Spiegel. „Das ist einer der wenigen Auftritte, bei denen die First Lady nicht fehlen darf. Um halb acht findet im Kapitol ein Empfang statt, da musst du die Gäste begrüßen."

„Ich werde da sein." Sie drehte sich so, dass sie die Arme um seinen Hals legen konnte. „Bist du nervös?"

„Nicht wirklich, wobei ich das eigentlich sein sollte. Seltsam, dass ich es nicht bin."

„Das liegt daran, dass du Vertrauen in die Rede hast, die du geschrieben hast, und ich kann es kaum erwarten, sie zu hören."

Als er ihr angeboten hatte, sie ihr zu zeigen, hatte sie erklärt, sie wolle sie das erste Mal lieber live hören.

„Ich kann es kaum erwarten, dass es vorbei ist und wir das Wochenende mit der Familie in Camp David verbringen können."

„Geht mir genauso. Es wird dich freuen, zu hören, dass ich beschlossen habe, mich diesmal voll und ganz auf das Camp einzulassen und in Gedanken nicht bei der Arbeit zu sein, auch wenn wir Ramsey noch nicht festgenagelt haben."

„Das glaube ich erst, wenn ich es sehe."

„Ich weiß, wie sehr du hier mal rausmusst, und will, dass du dich entspannst und es genießt. Dazu muss auch ich mich entspannen und es genießen, also werde ich das tun."

„Dann kann ich mich ja noch mehr darauf freuen. Und jetzt mach den Kerl dingfest."

„Das habe ich vor." Sie stellte sich auf die Zehenspitzen, um Nick zu küssen. „Ich liebe dich."

„Ich dich auch. Lass mich heute Abend nicht hängen."

„Das käme mir nie in den Sinn."

„Pass auf meine kostbare Polizistin auf. Sie ist der Mittelpunkt meiner Welt."

„Na klar."

Er umarmte sie fest, küsste sie noch mal, bevor er zum West Wing aufbrach.

Sam nahm den Kleidersack, den Marcus geschickt hatte, packte die benötigte Unterwäsche und passende Schuhe sowie Make-up ein, für den Fall, dass sie es tatsächlich nicht zum Team des Weißen Hauses schaffen würde, um sich professionell aufhübschen zu lassen, und stieg die Treppe hinunter zu Vernon und Jimmy. Sie war dankbar, dass die beiden sie umherchauffierten, denn sie würden wissen, wo sie später hinmusste.

Scotty würde mit Nick zum Kapitol fahren, und Celia hatte bereits seine Kleidung für den großen Abend herausgesucht. Die Zwillinge hatten auch mitgewollt, doch es würde zu spät für sie werden, also würden sie mit Celia zu Hause bleiben und sich die Rede im Fernsehen anschauen. Wieder einmal war Sam ihrer Stiefmutter dankbar, die alles so viel einfacher machte, einfach indem sie da war.

Apropos Menschen, die ihr das Leben leichter machten: Sam rief Shelby an.

„Hallo", meldete die sich. „Gerade habe ich an dich gedacht. Bist du bereit für die große Nacht?"

„Das werde ich sein, sobald ich den langen Arbeitstag hinter mir habe."

„Immer noch nichts über diesen Ramsey?", fragte Shelby.

„Nein, bisher nicht."

„Das muss so was von frustrierend sein."

„Frustrierend war es vor einer Woche, jetzt ist es einfach nur noch zum Durchdrehen. Aber egal, ich wollte mich bloß vergewissern, dass du heute Abend kommst."

„Das möchte ich keinesfalls verpassen. Danke, dass du mich eingeladen hast."

„Das ist doch selbstverständlich. Ich brauche dafür all meine Leute um mich."

„Man munkelt, die Rede sei großartig."

„Ich freue mich schon darauf. Ihr seid immer noch bereit für Camp David dieses Wochenende?"

„Avery ist so was von aufgeregt. Lass dir aber nicht anmerken, dass ich es dir verraten habe. Er war am Boden zerstört, als der Blizzard beim letzten Mal alles durcheinandergebracht hat."

„Irgendwie schaffen wir ihn schon hin. So oder so. Wenn ich mich verspäte, kannst du mich dann mit Davida und Ginger im Kapitol treffen?" Wenn ihr genug Zeit blieb, würde sie lieber doch auf das Friseur-und-Make-up-Team des Weißen Hauses zurückgreifen.

„Klar. Was immer du brauchst."

„Ich halte dich auf dem Laufenden."

„Das klingt gut. Bis heute Abend."

Sam klappte ihr Handy zu. „Sie wissen, wo Sie mich später abliefern müssen, Vernon?"

„Wir haben alles im Griff, Ma'am."

„Gut. Ich darf auf keinen Fall zu spät kommen."

„Wir werden Sie da hinbringen. Keine Sorge."

„Gut, danke."

Ihr Handy klingelte. Es war Gonzo. „Hey, was gibt's?"

„Wir hatten gerade Glück."

Sam setzte sich aufrechter hin. „Inwiefern?"

„Er hat sich vergessen und eine Kippe einfach weggeworfen. Freddie ist hingerannt und wäre beinahe mit ihm zusammengestoßen, als er wieder herauskam, um sie zu holen, aber er war nicht schnell genug. Freddie hat sie eingesackt, und wir sind jetzt damit auf dem Weg ins Labor."

„Wer ist an Shane dran?"

Nach einer kurzen Pause sagte Gonzo: „Ach Mist, wir waren so glücklich, den Zigarettenstummel ins Labor bringen zu können, dass wir niemanden für die Überwachung eingeteilt haben."

„Lass uns die Streife auf ihn ansetzen. Er weiß genauso gut wie wir, was wir an diesem Zigarettenstummel finden werden. Wir wollen nicht, dass er einfach untertaucht."

„Drecksmist", stöhnte Gonzo. „Daran hätte ich wirklich denken sollen. Wir haben uns so darauf gefreut, ihn endlich dranzukriegen."

„Ich hätte mich auch gefreut."

„Ich rufe die Streife an."

„Wir sehen uns dann im Hauptquartier."

Sam klappte ihr Handy zu und öffnete es dann noch einmal, um Lindsey zu kontaktieren. „Gonzales und Cruz sind mit einem Zigarettenstummel, den Ramsey weggeworfen hat, auf dem Weg ins Hauptquartier. Du musst ihn so schnell wie möglich auf DNA untersuchen."

„Ich erledige das. Gib mir ein paar Stunden."

Diese Stunden, während sie auf die Bestätigung dessen warteten, was sie bereits wussten, würden ihr endlos vorkommen. „Danke dir."

Alles, woran Sam denken konnte, als sie sich auf dem Weg zum Hauptquartier durch den Verkehr schlängelten, war: Was, wenn sie sich irrten? Wenn Shane Ramsey gar nicht der Täter war?

Was dann?

KAPITEL 35

Die zehn Minuten, die zwischen Gonzos und Freddies Aufbruch bei der Werkstatt und dem Eintreffen der Streife lagen, reichten Shane Ramsey, um die Flucht zu ergreifen.

„Verdammt", fluchte Gonzo. „Ich kann nicht glauben, dass wir einfach weggefahren sind. Wir haben nicht nachgedacht."

„Ihr wolltet eben die Beweise, die wir brauchen, so schnell wie möglich herbringen, nachdem ihr so viele Tage darauf verwendet hattet, auf einen Durchbruch zu warten", sagte Sam. „Ich hätte dasselbe getan."

„Aber du hättest vermutlich daran gedacht, Verstärkung zu rufen, bevor du losfährst."

„Vielleicht. Egal, wir werden ihn finden. Archie versucht gerade, sein Handy zu orten."

„Sie werden ihn nicht finden", erklärte Sergeant Ramsey, der in diesem Moment das Großraumbüro betrat, selbstgefällig. „Niemals."

„Wissen Sie, was der Vater eines Polizisten tut, wenn sein Sohn wegen Vergewaltigung und Mord gesucht wird?", fragte ihn Malone.

„Ich kann es kaum erwarten, es zu hören", entgegnete Ramsey.

„Er rät seinem Sohn eindringlich, sich zu stellen und sich für seine Taten zu verantworten, oder er wird nicht mehr lange Polizist sein."

„Sie versuchen immer wieder, mich loszuwerden, doch bisher ist es Ihnen nicht gelungen."

„Wenn Sie wissen, wo er ist, und es uns nicht sagen, werden wir Anzeige erstatten."

„Dazu müssten Sie erst mal beweisen, dass ich das tatsächlich weiß." Ramsey zuckte die Achseln. „Ich habe aber keine Ahnung."

Malone beugte sich so weit vor, dass sein Gesicht nur wenige Zentimeter von Ramseys entfernt war. „Ich glaube Ihnen kein Wort."

„Nicht mein Problem."

„Wissen Sie, was daran lustig ist?", fragte Sam.

Ramsey funkelte sie wütend an.

„Wir müssen nicht auf seine DNA warten, um zu beweisen, was wir längst wissen. Unschuldige fliehen nicht. Sie erlauben uns, ihre DNA zu testen, damit wir ihre Unschuld beweisen können. Shane hat uns einen Gefallen getan, indem er die Dinge auf diese Weise vorangetrieben hat."

„Die Leute wissen, dass sie dieser korrupten Behörde ihre DNA nicht anvertrauen können. Schönen Tag noch." Ramsey schlenderte lässig aus dem Großraumbüro und pfiff dabei vor sich hin, als hätte er keine Sorgen.

„Lassen wir ihn, seine Frau und seine anderen Kinder beobachten", schlug Sam vor. „Da sie genau wissen, wo Shane ist, wird uns vielleicht einer von ihnen zu ihm führen."

Das Team teilte sich die Observation auf, die einzelnen Detectives übernahmen jeweils eins der Familienmitglieder.

„Niemand verfolgt Shane allein", ordnete Sam an. „Ruft Verstärkung, bevor ihr etwas unternehmt."

„Verstanden", erwiderte Cameron Green, während er Matt O'Brien aus dem Großraumbüro folgte. Freddie und Gonzo waren direkt hinter ihnen.

Sie hatten Gonzo auf Sergeant Ramsey angesetzt, da sie den gleichen Rang hatten.

„Ich will auch da draußen sein und nach ihm suchen", meinte Sam zu Malone, als sie schließlich allein im Großraumbüro waren.

„Dann lassen Sie uns das tun", antwortete Malone zu ihrer Überraschung. „Das ist besser, als hier herumzusitzen und zu warten."

Mit dem Captain am Steuer seines SUV schauten sie sich überall um, wo sie Shane in den letzten zehn Tagen gesehen hatten – im Lebensmittelladen, im Café, in der Bank, in der Bar, im Restaurant, bei Freunden und bei seinen Eltern, wobei sie im Laufe der frustrierenden Tour mindestens zehnmal an der Werkstatt vorbeifuhren.

Um zwei Uhr meldete sich Lindsey.

Sam stellte den Anruf auf Lautsprecher, damit der Captain mithören konnte.

„Die DNA stimmt überein", berichtete die Gerichtsmedizinerin. „Aber das wussten wir ja."

„Jap", bestätigte Sam.

„Wir haben außerdem den FDS-Bericht der lokalen Datenbank erhalten, der die DNA-Probe des Täters mit Sergeant Ramsey in Verbindung bringt."

„Leider zu spät. Wenn diese Technologie in Fällen wie diesem von Nutzen sein soll, muss es viel schneller gehen."

„Ich bin sicher, das wird es, wenn sie sie weiter optimieren."

„Danke für die Info."

„Schon irgendeine Spur von ihm?"

„Niemand hat ihn gesehen oder von ihm gehört, und niemand hat eine Ahnung, wo er sich verstecken könnte, wenn die Polizei nach ihm sucht", antwortete Malone.

„Viel Glück", sagte Lindsey. „Ich hoffe, es dauert nicht mehr lange."

„Danke, Doc."

Sie fuhren noch einmal die komplette Runde. Sam musterte das Gesicht jedes Passanten, suchte die Nadel im Heuhaufen. Sie befragten erneut Ramseys Freunde und Kollegen, ob sie sich dafür entschieden hatten, das Richtige zu tun. Hatten sie nicht.

„Sie mauern", bemerkte Sam, als der Nachmittag dem Abend wich und die anderen berichteten, dass sie auch mit Ramseys Familie kein Glück gehabt hatten. „Er hat den Menschen in seinem Leben weisgemacht, dass wir ihn belästigen. Sie werden uns nicht helfen."

„Ja, ich kann mir gut vorstellen, dass er so einiges über uns zu sagen hatte."

Sam warf einen Blick auf die Digitaluhr an Malones Armaturenbrett. 17.49 Uhr. Noch eine Stunde, bis sie zum Kapitol aufbrechen musste. Sie legte den Kopf in den Nacken und zermarterte sich das Hirn, wo Ramsey sein könnte, ging jedes Detail immer wieder durch, bis ihr die Fakten des Falls wie ein Horrorfilm durch den Kopf liefen. Dann wurde es ihr plötzlich klar. Sie setzte sich jäh auf, als hätte sie einen Stromschlag bekommen. „Natürlich. Der Park."

„Was?"

„Vielleicht ist er an den Tatort zurückgekehrt, um sich dort zu verstecken."

Malone griff zum Funkgerät und gab Anweisung, dass so viele Beamte wie möglich den Park nach Shane Ramsey absuchen sollten.

Es dauerte dreißig kostbare Minuten, die Suche zu organisieren und die Beamten mit Taschenlampen, Suchhunden und Nachtsichtgeräten auszurüsten.

Sam saß mit Malone im Auto und hatte ein schlechtes Gewissen, weil sie im Warmen warten konnten, während ihre Kollegen in der Kälte unterwegs waren. Rang, so pflegte ihr Vater zu sagen, hatte auch seine Vorzüge. Sie tröstete sich mit dem Gedanken, dass sie ohne ihre immer noch nicht ganz ausgeheilte Verletzung mit da draußen gewesen wäre, Rang hin oder her.

Weitere vierzig Minuten verstrichen, sodass Sam offiziell zu spät zum Empfang im Kapitol kommen würde, ehe sich einer der Beamten meldete. „Ich habe ihn gefunden. Er hat eine Frau bei sich. Sie ist nackt, und er hält ihr eine Waffe an den Kopf." Der Beamte gab die Koordinaten durch, und die Spezialeinheit rückte an, um Unterstützung zu leisten.

Sam betrat mit Malone den Park und folgte dem Weg, den die Spezialeinheit genommen hatte. Sie wünschte, sie wäre besser zu Fuß, aber die Angst vor einem erneuten Sturz ließ sie vorsichtig sein. „Wie spät ist es?"

„Kurz vor sieben."

Sie hatte höchstens noch eine halbe Stunde Zeit, bevor sie mit Vernon und Jimmy ins Auto steigen und zum Kapitol fahren musste, und selbst dann würde sie zu spät kommen. Sie hoffte, Nick würde verstehen, dass sie nicht wegkonnte, wenn sie so kurz davor standen, den Täter zu fassen.

Als sie sich weiter näherten, hörten sie die panischen Schreie der Frau.

„Shane, Sie sind umzingelt", rief der Kommandant der Spezialeinheit. „Eine Flucht ist unmöglich. Lassen Sie die Frau gehen."

„Wenn Sie wollen, dass sie überlebt, lassen Sie mich hier weg. Sie hat noch fünf Minuten, bis ich sie umbringe."

Sam erspähte die beiden jetzt durch die Vegetation.

Shane hatte die nackte Frau im Würgegriff und drückte ihr eine Pistole an den Kopf.

„O bitte." Die Frau wimmerte und zitterte unkontrolliert. „Helfen Sie mir doch."

„Geben Sie sie frei, Shane", wiederholte der Kommandant. „Wir wollen Sie lebend, aber wenn Sie ihr etwas antun, haben wir keine andere Wahl, als Gewalt anzuwenden."

„Wo ist mein Vater? Ich will mit ihm reden."

„Wir holen ihn her, doch das dauert. Sie friert. Lassen Sie sie gehen, und wir sorgen dafür, dass Ihr Vater kommt, damit Sie mit ihm sprechen können."

„Holen Sie ihn ans Handy", forderte Shane. „Sofort."

„Ich erledige das", sagte Malone, wählte Ramseys Nummer und schaltete sein Handy laut.

„Was gibt's?"

„Ihr Sohn möchte mit Ihnen sprechen."

Eine Sekunde lang schwieg Sergeant Ramsey.

„Sergeant Ramsey! Ihr Sohn hat im Rock Creek Park eine Frau als Geisel genommen und will mit Ihnen reden. Machen Sie Ihren Job."

„Shane."

„Dad … Die versuchen, mir das anzuhängen. Du musst was tun."

„DNA lügt nicht, Shane", warf Malone ein. „Niemand will Ihnen etwas anhängen."

„Warum?", fragte Sergeant Ramsey bedrückter, als Sam ihn je gehört hatte. „Warum tust du das, Shane?"

„Um mich an dir zu rächen, dem großen Detective der Sondereinheit für Sexualdelikte, der seinen Schwanz nicht in der Hose behalten kann. Wie der Vater, so der Sohn."

„Was?"

„Du hast mich gehört. Ich weiß, was du Mom angetan hast. Du hast sie betrogen, während du mir gepredigt hast, wie man eine Frau richtig behandelt. Das habe ich alles von dir gelernt, Pops."

„Nein", flüsterte Ramsey entsetzt. „Ich habe dir nie beigebracht, wie man vergewaltigt und tötet."

Shane lachte nur. „Du konntest den Täter nicht finden. Die ganze Angeberei und das Gerede von Macht. Ich habe direkt vor deiner Nase Frauen vergewaltigt, Daddy, und du hattest keine Chance, mich aufzuhalten. Wer ist hier jetzt mächtig?"

„Lass die Frau gehen, Shane", bat Ramsey. „Lass sie gehen und stell dich."

„Du hast versprochen, du würdest mir immer den Rücken freihalten. War das wieder nur eine Lüge?"

„Lass sie gehen."

„Ich habe freies Schussfeld", meldete Officer Offenbach, der Scharfschütze, über die Ohrhörer, die sie alle trugen.

Sam warf einen Blick zu Malone. Als ranghöchster Beamter am Tatort traf er die Entscheidung.

Malone beendete das Gespräch mit Sergeant Ramsey, da dessen Appelle an seinen Sohn die Situation nur zu verschlimmern schienen.

„Feuer", befahl Malone.

Ein Schuss zerriss die Stille.

Die Kugel traf Shane mitten in die Stirn.

Die gellenden Schreie der Frau, die er mit sich zu Boden riss, hallten durch den Park. Beamte eilten herbei, und einer wickelte die hysterische Frau in seine Jacke.

Sam hastete, so schnell sie konnte, zu der Frau, half ihr auf und führte sie Richtung Weg. „Alles gut. Es ist vorbei."

Shane Ramseys Hirnmasse war überall auf ihr verteilt, was Sam daran erinnerte, wie sie ausgesehen hatte, als sich Clarence Reese wenige Zentimeter von ihr entfernt erschossen hatte.

Die Frau zitterte so sehr, dass sie kaum laufen konnte.

„Lassen Sie sich von uns helfen", sagte Malone zu ihr. „Wäre es in Ordnung, wenn ich Sie zum Krankenwagen trage?"

Sie nickte.

Malone brachte sie zum wartenden Rettungswagen. Als er zurückkehrte, bemerkte Sam, dass er leichenblass war.

„Geht es Ihnen gut?", fragte sie.

Die Hände in die Hüften gestemmt, senkte er den Kopf und schüttelte ihn. „Ich habe gerade die Tötung des Sohnes eines meiner Beamten angeordnet. Es geht mir definitiv nicht gut."

„Er war drauf und dran, seine Geisel zu ermorden. Sie haben das einzig Richtige getan."

„Ramsey wird mir das Leben zur Hölle machen."

„Er hat das Geständnis doch auch gehört, so wie wir alle."

„Glauben Sie, das ändert etwas?"

„Ma'am."

Sam wandte sich zu Vernon um, der auf seine Armbanduhr deutete.

„Ich muss los", sagte Sam zu Malone. „Heute Abend braucht mich Nick."

„Dann nichts wie weg mit Ihnen. Ich komme schon klar."

„Ich melde mich nachher noch mal." Sam drückte Malones Arm. „Sie haben das Richtige getan und der Frau das Leben gerettet. Es war die einzige Entscheidung, die Sie treffen konnten, und sie wird auch bei einer Überprüfung Bestand haben."

Er nickte, aber sie konnte erkennen, dass er immer noch aufgewühlt war – und das aus gutem Grund. Er hatte gerade den Sohn eines seiner Beamten erschießen lassen. Ganz zu schweigen davon, dass sie besser als jeder andere wusste, was für ein schrecklicher Feind Ramsey sein konnte.

KAPITEL 36

„Mrs Nelson ist eingetroffen, Mr President", meldete Terry.

„Irgendein Lebenszeichen von Sam?", fragte Nick. Es war fast halb neun. Der Empfang für die geladenen Gäste lief bereits eine Stunde, doch von der First Lady war nichts zu sehen.

„Bisher nicht, aber Lindsey hat eine SMS geschickt, dass sie ihren Täter haben."

„Das ist gut." Ehe er Mrs Nelson begrüßte, warf Nick einen Blick auf seinen BlackBerry und hoffte auf eine Nachricht von Sam.

Noch immer nichts.

Verdammt.

„Was ist denn, Dad?" Scotty gesellte sich zu ihm. „Warum verziehst du so das Gesicht?"

„Ich frage mich, ob Mom es rechtzeitig schafft."

„Hat sie dir doch versprochen."

„Eigentlich hätte sie schon vor einer Stunde hier sein sollen."

„Ich habe auf Twitter gelesen, dass die Polizei den Mann erschossen hat, der Frauen im Park vergewaltigt und ermordet hat. Das ist vermutlich der Grund, warum sie zu spät kommt."

„Hoffentlich hat nicht *sie* ihn erschossen", erwiderte Nick und dachte an das Trauma, das der Tod des jungen Mannes sicher mit sich bringen würde, und daran, wie sehr Ramsey sie bereits hasste.

„Da stand, es sei ein Scharfschütze gewesen."

„Gott sei Dank."

„Außerdem müsste sie immer noch Innendienst haben."

Nick sah seinen Sohn an. „Wollen wir wetten, dass sie bei der Festnahme dabei war?"

„Ich wette nur, wenn ich zumindest eine Chance habe, zu gewinnen."

„Sehr schlau, mein Junge."

„Ach ja, Gratulation zu deiner neuen Vizepräsidentin."

„Danke. Wir haben sie vor der Rede zur Lage der Nation vereidigt, wie geplant. Was sagt Twitter zu ihr?"

„Die Leute sind begeistert davon, eine Vizepräsidentin zu haben, auch wenn im Zusammenhang mit euch oft das Wort ‚unerfahren' fällt."

„Ich schätze, wir müssen uns auf die altmodische Art beweisen, indem wir einfach gute Arbeit leisten." Nick legte Scotty einen Arm um die Schultern. „Komm, wir begrüßen Mrs Nelson."

Die Menge teilte sich, um sie zu Gloria Nelson und deren Tochter Camille durchzulassen.

Gloria umarmte Nick. „Es ist so schön, Sie wiederzusehen, Mr President."

„Ich freue mich auch, und bitte nennen Sie mich Nick."

„Vielen Dank, Nick, für die freundliche Einladung."

„Wir sind sehr froh, Sie hierzuhaben. Scotty, du erinnerst dich an Mrs Nelson und ihre Tochter Mrs Rothschild."

Scotty schüttelte beiden die Hand. „Guten Abend. Ich hoffe, Ihnen und Ihrer Familie geht es gut."

„Danke, Scotty", antwortete Gloria. „Schön, dass du hier bist, und uns geht es so gut, wie man es erwarten kann. Es gibt gute und schlechte Tage."

„Ich weiß, wie schwer das ist. Ich habe kürzlich meinen Großvater verloren." Er fügte schnell hinzu: „Nicht, dass das das Gleiche wäre wie der Verlust Ihres Mannes."

„Trauer ist Trauer, mein Junge, und sie tut nun mal weh, egal, wen sie betrifft."

Scotty lächelte sie an. „Ja, das stimmt."

„Es ist sehr nett, dass du an uns denkst."

„Na ja, es ist schwer, nicht jeden Tag an Sie zu denken, solange wir dort leben, wo wir jetzt zu Hause sind."

Gloria warf den Kopf zurück und lachte. „Ach du meine Güte. Wie süß bist du denn?"

„Ich wollte nicht respektlos sein."

„Schon gut. Die Fakten sind, wie sie sind, und du bist ein sehr netter junger Mann." Zu Nick sagte sie: „Dieser Junge wird es mal weit bringen."

„Das hoffen wir doch", pflichtete ihr Nick bei und schenkte seinem Sohn ein herzliches Lächeln.

„Wenn ich nicht wegen Algebra an der achten Klasse scheitere."

„Ich habe Algebra und alles, was mit Mathe zu tun hat, gehasst", gestand Camille. „Was soll das eigentlich alles?"

„Danke", sagte Scotty und bot ihr einen solidarischen Fauststoß an, den sie ohne Zögern erwiderte.

„Hast du denn die Geheimgänge in der Residenz schon gefunden?", fragte Camille.

Scottys Augen leuchteten auf. „Es gibt dort Geheimgänge?"

„Besorg mir einen Drink, und ich erzähle dir davon."

„Bis später, Dad."

„Was für ein beeindruckender junger Mann", stellte Gloria fest, nachdem die beiden in Richtung Bar verschwunden waren. „So sehr habe ich seit Davids Tod nicht mehr gelacht."

„Wir lieben Scotty. Er ist unser Ein und Alles und bringt uns jeden Tag zum Lachen."

„Ich kann verstehen, warum Sie ihn so vergöttern. Was macht Sam? Ich konnte es kaum glauben, als ich von ihrer gebrochenen Hüfte gehört habe."

„Es war eine schwierige Zeit, aber inzwischen ist sie fast so gut wie neu. Von Rechts wegen müsste sie jeden Moment hier eintreffen. Sie haben vorhin einen Täter erwischt, hinter dem sie schon seit Wochen her sind."

„Was für eine beeindruckende Familie Sie haben, Mr President."

„Danke sehr. Sie werden heute Abend hören, dass ich jetzt, wo ich sie endlich habe, wunschlos glücklich bin."

„Ich freue mich schon darauf."

Als Nick den Blick durch den überfüllten Raum voller vertrauter Gesichter schweifen ließ, fehlte weiter jede Spur von dem einen Menschen, den er unbedingt sehen wollte, dabei waren es nur noch dreißig Minuten, bis er in den Plenarsaal musste. Würde Sam es rechtzeitig schaffen?

⟨ ﻬ ﻬ ⟩

Sam stand in kalten Schweiß gebadet eingepfercht in einem winzigen Bad im Keller des Kapitols, von dem Vernon gewusst hatte, und versuchte, sich rechtzeitig für den Auftritt als First Lady zurechtmachen zu lassen. Shelby war bei ihr und hatte das Haar-und-Make-up-Team aus dem Weißen Haus mitgebracht.

„Uhrzeit?", fragte Sam.

„Zwanzig Uhr fünfunddreißig", antwortete Shelby.

„Nick wird sauer sein, dass ich so spät dran bin."

„Er wird es verstehen", versicherte ihr Shelby. „Du hast schließlich deinen Täter erwischt."

Würde er das tatsächlich? Er hatte deutlich zum Ausdruck gebracht, dass dies einer der wenigen Pflichtauftritte der First Lady war, und sie durfte nicht aussehen, als wäre sie gerade durch Pferdemist gewatet. Nachdem sie sich das rote Kleid übergestreift hatte, das Marcus ihr geschickt hatte, schlüpfte sie mit den Füßen in ihr eines Paar Louboutins und machte ein paar vorsichtige Schritte, um zu testen, ob die Absätze ihrer Hüfte Probleme bereiten würden.

„Ich glaube, ich schaffe das", sagte sie zu Shelby, als sie aus der WC-Kabine trat, ihre eigene Arbeitskleidung in einem Bündel unter dem Arm.

„Was?"

„Die Stöckelschuhe. Das erste Mal seit dem Hüftbruch."

„Hältst du das wirklich für eine gute Idee?"

„Nein, aber ich tu es trotzdem."

Shelby nahm Sam ihre Arbeitskleidung ab und verstaute sie in ihrer großen Tasche.

Davida und Ginger, die Friseurin und die Make-up-Königin des Weißen Hauses, erschienen mit einem Stuhl und der Ausrüstung, die sie brauchten, um sie vorzeigbar herzurichten. Normalerweise bearbeiteten sie sie einzeln, doch da dafür keine Zeit blieb, griffen sie von vorn und hinten an und widmeten sich ihr konzentriert und schnell.

Sam wusste, dass es lächerlich war, sich in einem Kellerbad im Kapitol für ein so wichtiges Ereignis fertig zu machen. Traditionelle Präsidentengattinnen verbrachten wahrscheinlich den ganzen Tag damit, sich auf diese wichtige Rede vorzubereiten. Sie spürte einen weiteren Anflug von Angst, denn sie wusste, dass sie nie eine traditionelle Präsidentengattin sein würde.

Sie wollte einfach nur für Nick da sein.

„Shelby."

„Ja?"

„Kannst du den BlackBerry aus meiner Jackentasche holen und mir geben?"

Shelby fand das Handy und reichte es Sam, die sich nicht genug bewegen konnte, um den Anruf zu tätigen.

„Äh, könntest du bitte Stern-6-9 wählen?"

Alle drei Frauen lachten.

„Das ist Nicks Humor. Bitte nicht weitersagen."

„Würden wir niemals, Ma'am", versicherte ihr Ginger. „Ich finde das so was von süß."

„Ja, so sind wir nun mal", erwiderte Sam. „Einfach total süß."

Shelby wählte und reichte Sam das Handy zurück.

Sie fragte sich, ob Nick sein Telefon überhaupt hören würde, wenn so viele Leute um ihn herum waren.

„Hey." Er klang erleichtert, vermutlich weil sie sich meldete.

„Tut mir leid, dass ich den Empfang verpasst habe, aber ich bin im Keller des Kapitols, um mich fertig zu machen, und werde zur Rede da sein."

„Du bist im *Keller*?"

„Vernon wusste, dass es hier unten eine Toilette gibt, wo ich mich ohne Publikum umziehen und aufhübschen kann."

„So etwas schaffst nur du, Samantha."

„Das stimmt wohl. Ich habe gerade darüber nachgedacht, dass herkömmliche Präsidentengattinnen vermutlich den ganzen Tag damit verbringen, sich auf dieses Ereignis vorzubereiten."

„Zumindest wette ich, es hat noch nie eine am Tag der Rede zur Lage der Nation einen Mörder gefangen."

„Ja, da bin ich wahrscheinlich die erste."

„Gratuliere. Ich bin sehr froh, dass du ihn erwischt hast."

„Danke dir. Trotz allem."

„Ich hörte, es ist noch kompliziert geworden."

„Das ist gar kein Ausdruck. Ich erzähle dir später davon. Heute Abend dreht sich alles um dich und deine große Rede. Ich kann's kaum erwarten, sie zu hören. Geht es dir gut?"

„Jetzt schon. Meine Frau ist im Keller. Alles ist gut."

„Tut mir leid, dass du dir Sorgen gemacht hast, ob ich es rechtzeitig schaffe."

„Hab ich gar nicht. Ich wusste, du würdest mich nicht hängen lassen."

„Davida und Ginger tun, was sie können, um mich präsentabel zu kriegen."

„Sein leises Lachen brachte sie zum Lächeln. „Wir sehen uns dann gleich."

„Ja. Ich liebe dich so sehr, und ich bin unheimlich stolz auf dich, Mr

President. Ich kann es kaum erwarten, dass der Rest der Welt erkennt, was ich sehe, wenn ich dich anschaue."

„Danke. Bis gleich. Ich liebe dich auch."

Sam beendete das Gespräch und reichte Shelby das Handy.

„Ich sage es immer wieder, ihr seid einfach zu süß", stellte Shelby mit einem Seufzen fest.

„Sind wir nicht", widersprach Sam mit finsterer Miene.

„O doch", pflichtete Davida Shelby bei. „Extrem süß sogar."

„Wenn ihr meint."

Als sie einigermaßen vorzeigbar war, bedankte sie sich bei Davida und Ginger für den Einsatz auf fremdem Terrain und folgte Vernon zum Aufzug. Nach zehn Schritten bedauerte sie die hohen Absätze zutiefst.

„Was ist los?", fragte Shelby, als sie im Aufzug waren.

„Das mit den Absätzen könnte ein Fehler gewesen sein."

„Ach was?"

Sam verzog das Gesicht. „Du hältst ja alle Absätze, die nicht pink sind, für einen Fehler."

„Stimmt, aber es ist noch zu früh für dich, um solche hohen Pumps zu tragen." Sie griff in die riesige pinkfarbene Handtasche, ohne die sie nie das Haus verließ, und zog ein Paar flache schwarze Schuhe heraus. „Tauschen wir?"

„Gott segne dich."

„Man tut, was man kann", antwortete Shelby mit einem Grinsen.

Sam lachte, als sie die Schuhe wechselte und ihre geliebten hochhackigen an Shelby weiterreichte, die sie in ihrer Tasche verstaute. „Der Spruch ist urheberrechtlich geschützt. In diesem speziellen Fall gestatte ich dir allerdings die Nutzung."

„Danke."

Ihre Freunde, wie Shelby, und ihre Familie würden nie verstehen, wie wichtig es für sie und Nick war, dass sie inmitten des Sturms, der sie umtoste, seit Nick Präsident geworden war – und sogar schon vorher, wenn Sam ehrlich sein sollte –, sie selbst sein konnten. „Danke für alles, Shelby. Ich weiß das so zu schätzen."

„Ich liebe dich – und deine Familie. Alles, was ich für euch tue, ist mir eine Freude."

Ehe sie den Fahrstuhl verließ, um die Weltbühne zu betreten, umarmte Sam ihre Freundin und nahm sie dann bei der Hand, um sich für die nächste Phase des Abends festzuhalten.

„FLOTUS im Anmarsch", meldete Vernon per Funk.

Zum Glück wusste er genau, wo sie hinmusste.

Sam war nicht überrascht, als sie Lilia vor einer geschlossenen Tür warten sah.

„Das ist Ihr Eingang zur Galerie, Ihr Platz ist in der ersten Reihe“, sagte Vernon.

„Du wirst mit Scotty bei Mrs Nelson und einigen anderen geladenen Gästen sitzen“, fügte Lilia hinzu. „Ich begleite dich und mache dich mit allen bekannt.“

„Bleibt in der Nähe“, bat Sam Shelby und Lilia.

„Wir geben dir Rückendeckung“, versprach Lilia.

„Seh ich okay aus?“, fragte Sam sie.

„Wunderschön wie immer.“

„Dafür war ein ganzes Dorf von Unterstützern notwendig.“

Und mit der Unterstützung ihres Dorfes fühlte sich Sam auch bereit, sich der Welt als First Lady der Vereinigten Staaten zu stellen.

KAPITEL 37

Nick war nach Sams Anruf viel ruhiger. Kein anderer Präsident konnte von sich behaupten, dass seine Frau sich für die Rede zur Lage der Nation in einer Kellertoilette im Kapitol umgezogen hatte, nachdem sie einen Mörder gefasst hatte. So sahen die Tage seiner Samantha aus, die das Jonglieren mit drei Jobs irgendwie mühelos erscheinen ließ, obwohl es alles andere als das war.

„Sam sitzt auf der Galerie, zusammen mit Scotty und Mrs Nelson", meldete Terry fünf Minuten vor Beginn der Rede.

Nick atmete auf. Jetzt, wo sie eingetroffen war, fühlte er sich bereit für diesen wichtigen Augenblick seiner Karriere.

Als alle anderen geladenen Gäste den Raum betreten hatten, begleiteten Brant und der Rest von Nicks Gefolge ihn zur Tür des Plenarsaals.

„Guten Abend, Mr President", begrüßte ihn der Sergeant-at-Arms.

Nick schüttelte dem Mann die Hand und lächelte für den Fotografen des Weißen Hauses, der alles festhielt. „Guten Abend, und ich freue mich, dass ich heute hier sein darf."

„Ist mir ein Vergnügen, Sir. Einen Moment bitte." Der Mann betrat den Plenarsaal, um Nick anzukündigen. „Madam Speaker, der Präsident der Vereinigten Staaten." Auf diese Worte folgte begeisterter Applaus, was Nick überraschte. Er hatte bestenfalls einen lauen Empfang erwartet.

Jetzt geht's los, dachte er, als er den Gang entlangschritt und Senatoren und Abgeordneten die Hand schüttelte, Leuten, die er gut kannte, und anderen, die er nicht erkannte. Er machte sich auf den

Weg in den vorderen Bereich des großen Saals. Dort begrüßte er sein Kabinett sowie die neun Richter des Obersten Gerichtshofs, bevor er die Treppe zum Podium hinaufstieg, um Vizepräsidentin Henderson und Antonia Carlin, der Sprecherin des Repräsentantenhauses, die Hand zu geben. Während er darauf wartete, dass der Applaus abebbte, schaute er zur Galerie hinauf und entdeckte Sam, die in ihrem roten Kleid umwerfend aussah und mit strahlendem Lächeln Beifall klatschte.

Er lächelte ihr zu.

Sie hob beide Daumen.

Wie oft hatte er so eine Rede im Fernsehen verfolgt, ohne zu ahnen, dass er eines Tages selbst hier stehen und sie halten würde?

„Hochverehrte Sprecherin des Repräsentantenhauses, Frau Vizepräsidentin, verehrte First Lady, verehrte Mitglieder des US-Kongresses und des Kabinetts, Richter des Obersten Gerichtshofs, meine amerikanischen Mitbürgerinnen und Mitbürger. Ich stehe hier vor Ihnen und fühle mich geehrt, heute Abend als Ihr siebenundvierzigster Präsident zu Ihnen sprechen zu dürfen, um mich Ihnen erneut vorzustellen und den Kurs für das erste Jahr meiner Amtszeit festzulegen. Es ist mir wichtig, dass Sie wissen, diese Rede habe ich selbst geschrieben. Jedes Wort kommt direkt aus meinem Herzen. Hinter mir stehen zum ersten Mal in der Geschichte der Rede zur Lage der Nation zwei Frauen, unsere erste Vizepräsidentin Gretchen Henderson und unsere neue Sprecherin des Repräsentantenhauses, Antonia Carlin."

Er applaudierte den beiden mächtigsten Frauen des Landes und empfand einen Moment reiner Genugtuung darüber, dass er die erste Vizepräsidentin ernannt hatte.

„Ehe wir in die Zukunft schauen, sollten wir uns einen Moment Zeit nehmen, um meines Vorgängers Präsident David Nelson zu gedenken, der sein ganzes Erwachsenenleben im Dienst des Volkes verbracht hat, zunächst als Senator für South Dakota und dann als Präsident, den das Volk zweimal gewählt hat, damit er dieser großartigen Nation vorsteht. Gloria Nelson ist heute Abend hier bei uns, und ich bitte Sie, sie und ihre Tochter Camille Rothschild herzlich willkommen zu heißen."

Nick applaudierte Gloria, und alle fielen ein. Sie nahm den Beifall neben Sam stehend entgegen.

„Gloria, Samantha und ich danken Ihnen für Ihre Jahre als First Lady sowie für Ihre Güte und Großzügigkeit uns gegenüber in dieser für Sie und Ihre Familie schwierigen Zeit. Wir sind stolz darauf, Sie als Freundin betrachten zu dürfen."

Gloria umarmte Sam, warf ihm eine Kusshand zu und winkte dem Publikum, das ihr erneut Beifall spendete.

„Es wäre unverzeihlich, nicht auch meine eigene wunderbare Gattin zu erwähnen, Samantha Holland Cappuano, die erste First Lady der Geschichte, die außerhalb des Weißen Hauses arbeitet, und zwar als Leiterin der Mordkommission des Metropolitan Police Department von D. C. Sam, ich könnte nicht stolzer auf die wichtige Arbeit sein, die du als Polizeibeamtin, als First Lady und als Mutter unserer wunderbaren Kinder Scotty, Aubrey und Alden sowie unseres Bonus-Sohnes Elijah leistest. Ich liebe euch sehr, Sam, Scotty, Alden, Aubrey und Eli. Danke, dass ihr euch mit mir auf dieses Abenteuer eingelassen habt und dass ihr mir die Familie gebt, die ich vor euch nie hatte."

Sam erhob sich und erhielt reichlich Beifall. Sie winkte der Menge zu und warf ihm mit beiden Händen eine Kusshand zu. Als sie Scotty dazu aufforderte, sich ebenfalls zu erheben, wurde der Applaus noch lauter.

Scotty winkte in die Runde, niedlich in seiner Verlegenheit und zugleich plötzlich viel zu erwachsen.

„Meine amerikanischen Mitbürgerinnen und Mitbürger, in den letzten beiden Monaten habe ich gehört, wie Sie mich gleichzeitig als Ihren Präsidenten begrüßt haben, die Art und Weise, wie ich ins Amt kam, abgelehnt und meine Qualifikation sowie meine Absichten als nicht gewählter Präsident infrage gestellt haben. Lassen Sie mich eines deutlich sagen: Meine einzige Absicht ist es, die nächsten drei Jahre damit zu verbringen, für alle Amerikaner zu arbeiten, damit Sie sicher sind, Ihr Wohlstand bewahrt wird und Sie sich auf unsere gemeinsamen Ziele konzentrieren können: Gesundheit, Glück und das Streben nach den Freiheiten, auf denen unser großartiges Land begründet ist. Ich habe keine andere Agenda, kein anderes Ziel und keinen anderen Plan, als jeden Tag, an dem ich das Glück habe, dieses Amt zu bekleiden, daran zu arbeiten, diese Ziele auf jede erdenkliche Weise zu erreichen. Wir wissen, dass die Probleme in unserem Land alles andere als einfach zu bewältigen sind. Dieses Land ist so gespalten wie noch nie zuvor in seiner Geschichte, außer vielleicht während des Bürgerkriegs. Heute toben Bürgerkriege online, in den sozialen Medien, in Chatrooms und im Darknet. Diese Bürgerkriege mögen weniger blutig sein, doch sie sind genauso destruktiv, wie es einst Kanonen und Artillerie auf den Schlachtfeldern waren. Ich habe gehört, dass manche unter Ihnen an der Legitimität meiner Präsidentschaft zweifeln. Ja, ich gebe zu, dass auch ich mich als Durchschnittsbürger fragen würde, wie ich in dieses Amt gelangt bin, dass ich Fragen und Bedenken hätte. Ich bin der jüngste Mann, der dieses Amt je innehatte, und deshalb glauben einige von Ihnen, dass es mir an Erfahrung und Ernsthaftigkeit fehlt. Ich nehme diese Bedenken zur Kenntnis, kann Sie aber beruhigen, indem ich Ihnen verspreche, dass ich an jedem einzelnen Tag, an dem ich im Amt bin, mein Bestes geben werde. Mein Stab besteht aus Kabinettsmitgliedern, militärischen Führungskräften, Beratern und Mitarbeitern, die in ihren jeweiligen Fachgebieten mehr wissen, als ich je wissen werde. Ihr Rat ist in meinem Büro nicht nur willkommen, sondern ich nehme ihn auch an und befolge ihn. Als ich das erste Mal als Ihr Präsident das Oval Office betreten habe, habe ich geschworen, mein Ego an der Garderobe abzugeben. Es geht nicht um mich, sondern um Sie alle und darum, wie ich die mir als Präsident anvertraute Macht nutzen kann, um die wichtige Arbeit fortzusetzen, die mein Vorgänger in den Bereichen Bildung, Wohnungsbau, Kinderbetreuung, Gesundheitsversorgung, Arzneimittelpreise, Verkehr, Klimawandel und nationale Sicherheit begonnen hat, um nur einige wichtige Themen zu nennen. Nach dem tragischen Amoklauf an einer Schule in Des Moines bin ich entschlossen, mich für eine vernünftige Lösung für das leidige Problem der Waffengewalt in unserem Land einzusetzen. Noch einmal: Ich will verantwortungsbewussten Menschen nicht ihre Waffen wegnehmen, doch wir können und müssen besser dafür sorgen, dass Waffen nicht in die Hände von Personen gelangen, die sie nicht haben sollten, und zwar durch ein Mehr an Überprüfungen des Strafregisters, Gesetzen mit Ausschlusskriterien, Wartezeiten und durch eine Anhebung des Alters für den Erwerb von Waffen. Wenn ein junger Mensch kein Bier kaufen kann, bevor er einundzwanzig ist, sollte er wahrscheinlich auch keine Schusswaffe erwerben dürfen."

Diese Aussage löste begeisterten Beifall aus.

„Ich verstehe, dass dieses Thema mit vielen Emotionen behaftet ist, aber ich hoffe, wir können uns darauf einigen, dass unsere Kinder, Lehrer und Angestellten sich in ihren Schulen sicher fühlen sollen und dass der Rest von uns in der Lage sein muss, gefahrlos seinen Alltag zu bewältigen."

Auch diese Äußerung löste anhaltenden Beifall aus.

„Heute Abend ist Cath Powell mein Gast, die ihre Kinder Mason und Julia bei der Schießerei in Des Moines verloren hat."

Cath erhielt den bisher größten Beifall. Tränen liefen ihr über die Wangen, als sie den Applaus entgegennahm und sich beim Publikum bedankte.

„Mason war vier und ging in den Kindergarten. Er wollte Profi-Baseballspieler werden, wenn er groß wäre, und war der Pokémon-Karten-Champion in seinem großen Freundeskreis. Julia, eine sechsjährige Erstklässlerin, wollte Primaballerina werden und buk die besten Schokoladenplätzchen, die ihre Familie je probiert hatte. Was Mason, Julia und den anderen Kindern und Erwachsenen, die den Weihnachtsmann sehen wollten, widerfuhr, war ein herzzerreißendes Beispiel dafür, was passieren kann, wenn eine psychisch instabile Person eine Waffe in die Hand bekommen kann. Für mich sind tragische Katastrophen etwas, worauf wir keinen Einfluss haben – Wirbelstürme, Tornados, Brände, Überschwemmungen. Eine Schießerei in einer Grundschule aber ist etwas, worauf wir Einfluss haben können und sollten. In diesem Sinne habe ich Dr. Anthony Trulo, Psychiater des Metropolitan Police Department und ein enger Freund meiner Frau, gebeten, meine Taskforce gegen Waffengewalt zu leiten, die sich auch intensiv mit psychischen Problemen befassen wird. Dr. Trulo ist heute Abend ebenfalls hier unter uns."

Nick applaudierte dem Arzt, der sich erhob, um den Beifall entgegenzunehmen, als alle Anwesenden einfielen.

„Die Taskforce soll ein parteiübergreifendes Bündnis zusammenbringen, das mit gesundem Menschenverstand an Lösungen arbeitet, die unser Land zu einem sichereren Ort für alle machen können, insbesondere für Kinder wie Mason und Julia. Ich bitte Sie um Geduld und Nachsicht, während wir dieses wesentliche Unterfangen in Angriff nehmen."

In den nächsten zwanzig Minuten ging Nick auf die einzelnen Kabinettsbereiche ein, stellte geladene Gäste vor und erzählte ihre Geschichten im Zusammenhang mit seiner ambitionierten innenpolitischen Agenda. Danach folgten zehn Minuten, in denen er auf die zentralen außenpolitischen Themen zu sprechen kam, darunter die jüngsten Raketentests in Nordkorea. „In dieser zunehmend vernetzten Welt sind die größten Bedrohungen, mit denen wir konfrontiert sind, manchmal unsichtbar, in Form von Cyberangriffen, deren Abwehr inzwischen einen wichtigen Bereich der nationalen Sicherheit bildet. Der Schutz unserer lebenswichtigen digitalen Systeme, unserer Stromversorgung, unserer Wasser-, Kraftstoff- und Verkehrsnetze ist genauso wichtig wie die Abwehr traditioneller Angriffe auf unser Land. Hinter jeder dieser Initiativen steht der engagierte, hart arbeitende Beamtenapparat, der sich aus mehr als drei Millionen Amerikanern zusammensetzt, von der Lebensmittelkontrollbehörde über die Flugsicherung, die Sozialversicherung und die Finanzämter bis hin zur Terrorabwehr in all ihren Formen. Jeden Tag leisten unsere Beamtinnen und Beamten diese wichtige Arbeit im Namen ihrer Mitbürgerinnen und Mitbürger, und wir sind ihnen zu großem Dank verpflichtet."

Diesmal klatschte der ganze Saal ohne Ausnahme.

„Vielleicht fragen Sie sich nach alldem immer noch: Wer ist dieser Typ? Was weiß er über mein Leben, meine Probleme und meine Bedürfnisse? Ich will diese Fragen beantworten, indem ich Ihnen mehr über mein eigenes Leben erzähle, als Sie je zuvor gehört haben, in der Hoffnung, dass Sie vielleicht etwas von Ihrer Geschichte in meiner wiedererkennen. Mein Vater Leo Cappuano ist heute Abend hier."

Leo erhob sich und nahm den herzlichen Applaus entgegen, auch wenn er unter der ihm zuteilwerdenden Aufmerksamkeit rot wurde. Nick hatte im Voraus mit seinem Vater abgesprochen, was er sagen wollte, und sein Go erhalten.

„Bei meiner Geburt war er nicht viel älter als mein Sohn Scotty jetzt. Es erübrigt sich, zu erwähnen, dass er mit fünfzehn keineswegs dafür bereit war, Vater zu sein, und so kam es, dass mich seine Mutter, deren Kinder bereits mehr oder weniger erwachsen waren und die eigentlich nicht noch einmal die Verantwortung für ein Kind übernehmen wollte, in einer Einzimmerwohnung in Lowell, Massachusetts, großgezogen hat. Sie hat dafür gesorgt, dass ich etwas zum Anziehen und zum Essen hatte, dabei aber keine Gelegenheit ausgelassen, mir zu verstehen zu geben, dass ich sie daran hinderte, ihren Ruhestand zu genießen, für den sie so hart gearbeitet hatte. Als Kind sah ich meine Eltern nur selten, obwohl mein Vater das in den darauffolgenden Jahren mehr als wettgemacht hat. Das Einzige, was er für mich in meiner Kindheit getan hat und wofür ich ihm ewig dankbar sein werde, war, einen Nebenjob anzunehmen, damit ich Eishockey spielen konnte. Das war meine größte Freude in einer Kindheit, in der es nicht viele Freuden gab. Mein erstes eigenes Zimmer war das im Wohnheim im ersten Jahr am College. Mein erstes Halloween-Kostüm trug ich ebenfalls in diesem Jahr, als ich an einer College-Party teilnahm. Meine erste Geburtstagsparty feierte ich, als ich neunzehn wurde, bei Familie O'Connor auf ihrer Farm in Virginia. Senator und Mrs O'Connor sind heute Abend unter uns."

Nick applaudierte seinen Adoptiveltern, und wieder klatschten alle mit. „Alles, was ich darüber weiß, was es bedeutet, Teil einer Familie zu sein, habe ich von Graham und Laine O'Connor, ihren Söhnen, dem verstorbenen Senator John O'Connor und meinem treuen Stabschef Terry O'Connor sowie von ihrer Schwester Lizbeth O'Connor Hamilton gelernt. Ich liebe euch alle sehr und danke euch für alles, was ihr für mich getan habt."

Nach weiterem Beifall für die O'Connors fuhr Nick fort: „Wenn Sie Probleme haben, über die Runden zu kommen, wenn Sie das Gefühl haben, dass der amerikanische Traum Sie im Stich gelassen hat, wenn der Berg vor Ihnen zu steil erscheint, um je den Gipfel zu erreichen, dann möchte ich Ihnen sagen, dass ich das verstehe. Ich war in derselben Situation. Mir ist bewusst, wie anstrengend es sein kann, sich Tag für Tag demselben Berg zu stellen und zu denken, dass es nie einfacher wird, ihn zu erklimmen. Ich bin entschlossen, alles in meiner Macht Stehende zu tun, um diesen Berg für alle, die sich dem täglichen Aufstieg stellen müssen, leichter bewältigbar zu machen. Lassen Sie mich wissen, was Sie beschäftigt, was Ihnen Sorgen bereitet, was Sie nachts wach hält. Ich verspreche, ich werde Ihre Nachrichten lesen. Vermutlich kann ich nicht jedes Problem lösen, doch ich kann nichts tun, wenn ich nichts davon weiß."

Nach einer weiteren Runde Applaus nahm er für den nächsten Teil, in dem er die Argumente für seine Legitimität darlegen wollte, Tempo aus seiner Rede.

„Ich möchte, dass Sie sich vorstellen, wie es ist, ein Verkehrsflugzeug zu besteigen. Sie warten, bis man beim Boarding Ihre Sitzreihen aufruft. Sie begeben sich an Bord eines Flugzeugs, das die Landebahn entlangrauschen und Sie durch die Luft tragen wird, mit einer Geschwindigkeit von achthundert Stundenkilometern und auf einer Höhe von neuntausend Metern, wie lange es auch immer dauert, bis Sie Ihr Ziel erreicht haben. Sie begrüßen auf dem Weg zu Ihrem Platz die Flugbegleiterinnen, setzen sich und legen den Gurt an. Normalerweise hören Sie vor dem Abflug von den Leuten im Cockpit, deren Aufgabe es ist, Sie sicher ans Ziel zu bringen. In den meisten Fällen erblicken Sie ihre Gesichter erst beim Aussteigen, wenn die Piloten am Kopfende des Ganges stehen, um sich dafür zu bedanken, dass Sie mit ihrer Fluggesellschaft geflogen sind. Sie haben gerade Ihr Leben in die Hände zweier Menschen gelegt, die Sie wahrscheinlich nie wiedersehen werden, ohne ihre Gesichter vorher gekannt zu haben oder etwas über ihre Qualifikationen zu wissen. Viele von uns sind vermutlich schon einmal mit einem Berufspiloten an seinem ersten Tag am Steuerknüppel geflogen, ohne dass wir uns jemals gefragt hätten, ob er da überhaupt hingehört. Ich bitte Sie, meine amerikanischen Mitbürgerinnen und Mitbürger, mir das gleiche Vertrauen entgegenzubringen, das Sie regelmäßig in die Hände dieser namenlosen, gesichtslosen Piloten legen. Ich bitte Sie, daran zu glauben, dass wir den amerikanischen Traum für alle erreichbarer machen können, wenn wir uns gemeinsam auf die Dinge konzentrieren, die uns einen, statt auf die, die uns trennen. Ich bitte Sie, Ihren Mitbürgerinnen und Mitbürgern mit Empathie statt mit Angst zu begegnen, mit Verständnis statt mit Hass, mit Freude über die vielen Dinge, die jeden von uns einzigartig und besonders machen. Wir sind alle Amerikanerinnen und Amerikaner, mit Vorfahren aus anderen Ländern, Nachfahren ehemaliger Einwanderer. Wir sind alle Amerikanerinnen und Amerikaner, ungeachtet unserer Hautfarbe, unserer sexuellen Orientierung, unserer religiösen Überzeugungen, unserer politischen Zugehörigkeit, und wir sitzen alle im selben Boot. Wenn wir fliegen, tun wir das gemeinsam. Wenn wir fallen, sind wir gemeinsam verloren. Kein Staatsoberhaupt kann sein Amt allein ausüben. Ich jedenfalls kann es nicht. Ich möchte, dass jeder, der mir heute Abend zuhört, Teil dieses Moments ist, in dem wir entscheiden können, was für ein Land und was für ein Volk wir sein wollen. In der Woche vor Präsident Nelsons Tod habe ich angekündigt, dass ich bei der nächsten Wahl nicht für dieses Amt kandidieren werde. Ich habe meine Meinung nicht geändert."

Ein Aufkeuchen ging durch den Raum.

„Sollte meine Partei mich aber nominieren und Sie, meine amerikanischen Mitbürger, mich für eine volle Amtszeit wählen, werde ich diese Ehre gerne annehmen und vier weitere Jahre Ihr Präsident sein. Ich werde jedoch keinen Wahlkampf führen. Ich werde keine Spenden sammeln. Ich werde nicht durchs Land reisen und Sie bitten, mich für eine volle Amtszeit zu wählen. Das, meine Freunde, wird allein von Ihnen abhängen. Wenn mir nur die nächsten drei Jahre dafür bleiben, meinem Land und seinen Bürgerinnen und Bürgern zu dienen, werde ich das als die Ehre meines Lebens betrachten. Ich danke Ihnen für Ihre Aufmerksamkeit heute Abend und für Ihre Unterstützung und Ermutigung, während meine Familie und ich uns auf dieses unglaubliche Abenteuer einlassen. Ich freue mich darauf, Ihnen mit Ergebenheit, Demut und einem optimistischen Blick in die Zukunft zu dienen. Möge Gott unsere Truppen, die auf der ganzen Welt stationiert sind, weiterhin segnen, ebenso wie Sie alle, meine Mitbürgerinnen und Mitbürger, und die Vereinigten Staaten von Amerika."

Nick war überrascht, als nahezu alle Zuschauer sich zu stehenden Ovationen erhoben.

Als er zu Sam hinaufsah, wischte sie sich gerade die Tränen aus dem Gesicht, wobei sie lächelte und die Glückwünsche Glorias und der anderen, die bei ihr saßen, entgegennahm.

Wenn sie stolz auf ihn war, hatte er mehr erreicht, als er sich in seinen kühnsten Träumen ausgemalt hatte.

EPILOG

Wenn man sehnlich auf etwas wartete, verstrich die Zeit im Schneckentempo. Zumindest schien es Brooke so, während sie die Tage bis zu ihrem Wochenende mit Nate zählte. Mit jedem Tag, der verging, war sie weniger nervös und freute sich mehr auf die Zeit mit ihm allein. Er hatte ihr geschworen, dass er zufrieden sein würde, wenn sie nur Händchen hielten, weil er mit ihr zusammen sein konnte.

Wie glücklich sie war, einen Mann gefunden zu haben, der verstand, dass ein Trauma nichts war, was man auf einer vorgegebenen Zeitachse einfach „überwinden" konnte. Ihr Trauma war genauso ein Teil von ihr wie das Blut, das durch ihre Adern floss. Es würde kein „Überwinden" geben. Nicht jetzt, nicht in zehn Jahren, nie.

Es hatte nach dem sexuellen Missbrauch einer Menge Therapie bedurft, um diese neue Realität zu verstehen, aber weil sie es durchgezogen hatte (na ja, ihre Eltern hatten sie dazu gezwungen), hatte sie das Gefühl, nun vielleicht bereit für eine echte Beziehung zu sein. Doch das war nur möglich, weil die andere Person in dieser Beziehung Nate sein würde, dem sie inzwischen bedingungslos vertraute.

Er war geduldig, freundlich, verständnisvoll, nachsichtig und süß – immer. Er hatte ihre Bedenken über Monate hinweg durch SMS, Anrufe, FaceTime-Gespräche und ein paar rein platonische persönliche Treffen ausgeräumt, als hätte er gewusst, dass sie sich von ihm abwenden würde, wenn er sie zu früh zu sehr bedrängte.

Nate verstand sie, und das war ein unbezahlbares Geschenk.

Als sie vor ihrem Wohnheim auf seine Ankunft wartete, fühlte sie nur Vorfreude auf die Zeit mit ihm und nichts von der Nervosität, die sie empfunden hatte, als er ihr die Idee zum ersten Mal unterbreitet hatte. Er hatte sie per SMS wissen lassen, dass er in der Nähe war und sie nach einem schwarzen Auto Ausschau halten sollte, und als sie einen glänzenden schwarzen Mustang erblickte, ging sie davon aus, dass er das war.

Der Wagen fuhr auf die halbkreisförmige Einfahrt vor dem Wohnheim und hielt vor ihr an.

Nate sprang heraus, nahm ihr die Tasche ab und öffnete die Beifahrertür. „Hi", sagte er.

Sein sexy Lächeln und die Bewunderung in seinen Augen nahmen ihr auch den letzten Rest Nervosität. „Hi."

Er hatte dunkles, lockiges Haar, veilchenblaue Augen und Grübchen. McDreamy in der Tat, in Person sogar noch mehr. „Steigst du ein?", fragte er und schien sich darüber zu amüsieren, wie sie ihn ansah.

„Ja, aber zuerst möchte ich das hier tun." Sie trat auf ihn zu, legte die Arme um ihn und lehnte den Kopf an seine Brust. „Hi."

Nate erwiderte ihre Umarmung und drückte sie fest an sich. „Wie geht's dir?" Er hatte verstanden, wie nervös sie wegen ihrer Pläne war, und sie immer wieder beruhigt, je näher ihr gemeinsames Wochenende gerückt war.

„Viel besser, jetzt, wo du da bist."

„Ich dachte, der heutige Tag würde nie kommen", meinte er und gab damit ihre eigenen Gedanken wieder. „Jede Minute hat sich wie eine Woche angefühlt."

„Für mich auch."

„Hast du viele Hausaufgaben?"

„Hab ich alle schon erledigt."

Er wich ein Stück zurück und sah zu ihr herunter. „Komplett?"

„Komplett. Ich wollte dieses Wochenende Zeit für dich haben."

„Brooke", flüsterte er. „Wie schaffst du es eigentlich, dass du jedes Mal, wenn ich dich sehe, ein bisschen hübscher bist?"

„Bin ich das?" War es gesund, wenn das Herz so hämmerte?

„Ja." Er strich ihr eine Strähne ihres dunklen Haars hinters Ohr. „Lass uns hier verschwinden."

Sie stieg ein.

Er verstaute ihre Tasche im Kofferraum, ehe er sich auf die Fahrerseite setzte und losfuhr. Nachdem er nach ihrer Hand gegriffen hatte, sagte er auf der kurzen Fahrt zu seinem Hotel nichts mehr. „Kleinen Augenblick. Ich bin gleich wieder da."

Nachdem er wieder eingestiegen war, fuhr er zur Rückseite des Hotels, holte ihre beiden Taschen aus dem Kofferraum und hielt ihr die Tür auf, während sie ihm nach drinnen folgte. Ihr Zimmer befand sich auf halber Strecke den Flur entlang und war im Grunde genommen eine Suite mit Küche und Wohnbereich.

„Die Couch lässt sich zu einem zweiten Bett ausziehen. Das nehme ich."

Brooke wagte sich ins Schlafzimmer, das mit einem Kingsize-Bett ausgestattet war. Sie setzte sich auf die Bettkante. „Du kannst hier schlafen. Mit mir zusammen."

Nate kam ins Schlafzimmer und stellte sich vor sie, die Hände in die Hüften gestemmt, und sah sie an. „Ich will dich zu nichts drängen."

„Tust du nicht." Sie klopfte aufs Bett und lud ihn ein, neben ihr Platz zu nehmen. „Du warst immer geduldig, freundlich und lieb zu mir."

Er setzte sich neben sie, legte den Arm um sie und küsste sie auf den Scheitel. „Du bist mir sehr wichtig."

„Du mir auch." Sie lehnte den Kopf an seine Schulter und fühlte sich wohl, jetzt, wo er endlich da war. „Ich will dich nicht anlügen – ich habe Angst davor, Sex zu haben. Tatsächlich weiß ich gar nicht, ob ich es überhaupt kann, denn jedes Mal, wenn ich daran denke, fluten Bilder mein Gehirn, die ich mir ausgemalt habe, von einer Vergewaltigung, an die ich mich gar nicht richtig erinnern kann. Ich weiß, wie bizarr das klingt, doch ich kann nicht anders."

„Wir müssen keinen Sex haben, Brooke. Es war mein Ernst, als ich gesagt habe, dass es darum nicht geht."

„Das weiß ich, aber ich habe nachgedacht ... Vielleicht muss ich diese Bilder durch andere ersetzen, schönere, sodass ich beim Sex nur noch daran denke und nicht mehr an die schrecklichen Dinge."

„Bist du sicher?"

Brooke schüttelte den Kopf. „Ich bin mir bei nichts sicher, außer dass ich es probieren möchte."

Nate beugte sich langsam vor, presste seine Lippen auf ihre und gab sich alle Mühe, dafür zu sorgen, dass ihr erster Kuss unvergesslich sein würde. Der Funke, der seit der Nacht, in der sie sich kennengelernt hatten, zwischen ihnen schwelte, entzündete sich so schnell, dass sie kaum Zeit hatte, zu reagieren, ehe sie auf dem Bett lagen, Arme und Beine ineinander verschlungen, und aus einem Kuss zwei und dann ein Dutzend wurden.

„Ich wusste, genau so würde es mit dir sein", flüsterte er.

„Wie ist es denn?"

„Unbeschreiblich."

Sie küssten einander so lange, dass Brooke jegliches Zeitgefühl verlor, als sie sich zum ersten Mal der Lust und dem Verlangen hingab. Die Vergewaltiger hatten ihr so viel genommen, doch sie weigerte sich, an diese furchtbare Nacht zu denken, während sie in den Armen des Mannes lag, den sie liebte.

Seine Hand glitt unter ihren Pulli und ließ sie erschauern, als sie seine Haut auf ihrer spürte. „Geht es dir gut?"

„Ja. Dir auch?"

„Es geht mir viel besser als gut, weil ich hier bei dir bin."

Sie zupfte an seinem hellbeigen Thermoshirt. „Zieh das aus."

Er setzte sich auf, um sich das Shirt über den Kopf zu streifen, und enthüllte dabei definierte Muskeln, die in ihr den Wunsch weckten, ihn am ganzen Körper zu berühren. „Was ist?", fragte er, als er merkte, dass sie ihn anstarrte.

„Du bist heiß."

Er lachte. „Ach, sei still."

„Selber." Brooke kniete sich hin. „Darf ich dich anfassen?"

Er rückte näher zu ihr. „Nichts wünsche ich mir sehnlicher."

Brooke ließ die Hände über seine Brust zu seinen Armen und wieder zurück gleiten, ehe sie sich nach unten wagte, um die straffen Bauchmuskeln zu streicheln.

Er hielt so still, dass sie befürchtete, er würde nicht mehr atmen.

Als sie den Blick hob, sah sie, dass er sie mit blauen Augen betrachtete, die vor Verlangen glühten. „Fühlt sich gut an", sagte er erstickt.

Brooke setzte sich auf die Fersen und zog sich den Pulli aus. Sie war mit dem Gedanken an diesen Moment einkaufen gegangen und liebte es, wie er beim Anblick ihres durchsichtigen schwarzen BHs scharf einatmete. Als sie nach hinten griff, war sie sich nicht sicher, woher sie den Mut nahm, aber sie hatte nicht vor, Fragen zu stellen. Nicht jetzt. Sie öffnete den BH und entblößte sich zum ersten Mal vor ihm.

„Du bist wunderschön." Er zog sie an sich, ihre Brüste pressten sich gegen seinen Oberkörper. „Schön, süß, stark, tapfer, sexy."

Er legte sie auf den Rücken und schob sich über sie, flüsterte weiter süße, beschwichtigende Worte, während er ihren Hals, ihre Brust und dann die Spitzen küsste.

Brooke hatte noch nie so etwas wie den Stromstoß gespürt, der sie durchzuckte, als er daran saugte.

Es kam ihr vor wie Stunden, in denen er sie nur dort küsste, leckte und an ihr saugte, bis sie fast den Verstand verlor.

Sie war so versunken in sein Tun, dass sie fast nicht bemerkte, wie er ihre Jeans aufknöpfte und ihr die Hose und das zum BH passende Höschen auszog.

Er küsste sich an ihrem Körper hinunter. Sie konnte nur daliegen und in dem Wunder schwelgen, das sie erlebte. Dann spürte sie seine Lippen auf der Innenseite ihres Oberschenkels, von wo aus sie sich auf ihre empfindsamste Stelle zubewegten.

Ihre Beine öffneten sich, als würde jemand anders die Bewegung steuern, und als er mit seiner Zunge über sie strich, kam sie. Der Orgasmus riss sie mit sich, saugte ihr die Luft aus der Lunge und jeden Gedanken aus ihrem Kopf, der sich nicht auf den einen Ort konzentrierte, an dem er sie mit seiner Zunge berührte, und die Bewegungen seiner Finger in ihr.

„Sprich mit mir, Süße", murmelte er. „Sag mir, wie es sich anfühlt."

„Unglaublich", antwortete sie, überrascht, dass sie überhaupt noch Worte formen konnte.

Er senkte den Kopf und fuhr noch einmal mit der Zunge über sie, sodass sie ein zweites Mal kam, bevor er die Finger aus ihr zurückzog. „Bleib so."

Sie hätte sich nicht rühren können, selbst wenn das Hotel gebrannt hätte.

Nate kehrte eine Sekunde später zurück, hatte sich seiner Jeans und Unterhose entledigt und ein Kondom übergestreift.

Als sie ihn voll erigiert sah, schluckte Brooke den Kloß hinunter, der plötzlich in ihrer Kehle saß, als sie sich fragte, wie das wohl in sie hineinpassen würde.

„Bist du dir sicher, Süße?"

„Ja", sagte sie, überzeugt, dass sie diesen Schritt mit diesem Mann nie bereuen würde. Sie streckte die Arme nach ihm aus, und er legte sich auf sie und bedeckte sie mit innigen, heißen Küssen, die sie schnell nach mehr verlangen ließen. „Nate ... *bitte*."

Als er vorsichtig sie eindrang, schnappte sie nach Luft, überrascht von dem Schmerz, der die Lust begleitete.

„Entspann dich." Nate strich ihr das Haar aus dem Gesicht, während er sie zärtlich anschaute. „Wir haben alle Zeit der Welt. Es besteht kein Grund zur Eile."

Das waren genau die Worte, die sie hatte hören müssen, während sie sich darauf konzentrierte, ihn in sich aufzunehmen, sich genug zu entspannen und nicht den Dämonen die Oberhand zu überlassen.

Er war von Anfang an geduldig mit ihr gewesen und war es auch jetzt, bewegte sich langsam und vorsichtig, bis er ganz in ihr war.

Dann überrollte sie ein Orgasmus nach dem anderen, während er sie berührte und liebkoste, bis sie zu keinem klaren Gedanken mehr fähig war. In Zukunft würde sie ganz bestimmt nicht mehr mit Schrecken an Sex denken.

„Brooke." Seine Lippen streiften ihre, während er in ihr pulsierte.

Sie zwang sich, die Augen zu öffnen, und blinzelte, bis sie ihn scharf sah. „Hmm?"

„Ich möchte, dass du weißt …"

„Was?"

„Ich liebe dich. Wirklich und von ganzem Herzen."

„Ich dich auch."

Er zog sie an sich und begann, sich zu bewegen, brachte ihr Stück für Stück bei, wie herrlich körperliche Liebe sein konnte.

In Camp David hatte das Wochenende mit einer Überraschung begonnen. Eli war mit Candace und einer Ankündigung eingetroffen.

„Wir haben vor zwei Tagen standesamtlich geheiratet", gab er bekannt und wirkte glücklicher als je zuvor.

„Ihr habt *was*?", fragte Nick.

„Wir wollen für immer zusammen sein, und so kann uns nichts im Wege stehen."

Nick blickte Sam an und fragte sich im Stillen, wie sie auf diese unerwartete Nachricht reagieren sollten.

„Ich gratuliere." Sam umarmte die beiden. „Wir hoffen, ihr werdet sehr glücklich."

„Danke", sagte Elijah. „Wir sind schrecklich aufgeregt, überglücklich und alles."

Dank des Vermögens, das sein Vater ihm hinterlassen hatte, konnte Eli es sich problemlos leisten, mit zwanzig zu heiraten, aber Sam konnte nur hoffen, dass sie nicht überstürzt gehandelt hatten.

Später, als sie und Nick im Bett lagen, fragte er sie, was sie wirklich von Elis Heirat hielt.

„Sie sind durch die Hölle gegangen", antwortete Sam. „Wenn sie ihren Frieden gefunden haben, dann soll es so sein. Wenn es nicht klappt, werden sie es überleben, obwohl ich das Gefühl habe, dass es funktionieren wird. Sie sind augenscheinlich sehr verliebt."

„Ich mach mir Sorgen, dass Eli die Zwillinge zu sich holen will, jetzt, wo er und Candace verheiratet sind."

Bei dem Gedanken daran blieb Sam fast das Herz stehen. „Er hat gesagt, dass er nicht vorhat, sie zu entwurzeln, und darauf müssen wir vertrauen."

„Das war, bevor Candace wieder auf der Bildfläche erschienen ist. Jetzt hat er eine Partnerin, die ihm helfen kann, sie großzuziehen."

„Elijah hat von Anfang an im Interesse der Zwillinge gehandelt", wandte Sam ein. „Er weiß, dass es nicht in ihrem Sinne wäre, sie aus unserem Zuhause und unserer Familie zu entfernen. Sie fühlen sich wohl, sind gesund und gedeihen trotz des schrecklichen Todes ihrer Eltern. Er weiß, wo die beiden hingehören. Anstatt uns wegen Dingen zu sorgen, die nicht eintreten werden, sollten wir uns lieber über eine Bonus-Tochter freuen."

„Eine Bonus-Tochter. Schöner Gedanke."

„Sie liegt mit ihren Eltern über Kreuz, also werden wir ihre Eltern sein müssen."

„Unsere Familie wird ständig interessanter."

„Stimmt."

„Ich wollte dir schon die ganze Zeit mitteilen, dass man uns seit meiner Ansprache mit Interviewanfragen überhäuft. Alle reden darüber, was ich am Ende erklärt habe – dass ich keinen Wahlkampf machen will." Die Reaktionen auf seine Rede waren anders als erwartet. Man lobte ihn für seine Aufrichtigkeit und war erstaunt über sein Versprechen, sich nicht aktiv um eine weitere volle Amtszeit zu bemühen, sondern zu dienen, wenn das Volk das wollte.

„Weil niemand je so etwas gesagt oder getan hat."

„Vielleicht war es dann höchste Zeit. Wir verschwenden so viel Geld für einen Wahlkampf, der sich ewig hinzieht. Wenn ich daran denke, wie viele Menschen man mit diesem Geld ernähren und mit einem Dach über dem Kopf versorgen könnte, wird mir schlecht. Es ist eine schreckliche Verschwendung."

„Ich bin stolz auf meinen ,Rebellen'", sagte sie und grinste, als sie den Spitznamen benutzte, den die Medien ihm nach der Rede gegeben hatten.

„So wenig begeistert ich von diesem Spitznamen bin, er ist besser als ,der nicht gewählte Präsident'."

„Den Mist hast du mit deiner Flugzeugmetapher beendet, die so verdammt perfekt war."

„Genug davon. Wie geht es Malone?"

„Gut, glaube ich."

Man hatte ihn und Offenbach beurlaubt, solange die Erschießung von Shane Ramsey untersucht wurde. „Es war ein sauberer Schuss, und ich bin sicher, dass man sie beide von jeglichem Fehlverhalten freisprechen wird. Ramsey senior hingegen macht uns allen so viel Ärger, wie er nur kann. Bei ihm geht alles seinen gewohnten Gang, auch wenn er selbst gehört hat, wie sein Sohn die Verbrechen gestanden hat, bevor Offenbach ihn erschossen hat."

„Ach, das tut mir leid für euch."

„Egal. Sein Sohn war ein Serienvergewaltiger und Killer, der eine Frau als Geisel genommen hat. Indem wir ihm das Leben genommen haben, haben wir ihres gerettet. Diese Tatsachen sind unwiderlegbar."

„Ihr habt die Wahrheit auf eurer Seite, obgleich mich dieser Fall ein wenig an John und Thomas erinnert." John O'Connors Sohn hatte ihn und die Frauen, mit denen sein Vater geschlafen hatte, in einem fehlgeleiteten Versuch getötet, Gerechtigkeit für seine Mutter zu erlangen.

„Das habe ich auch schon gedacht. Aber ja, die Wahrheit ist auf unserer Seite", sagte Sam. „Malone nutzt die Suspendierung, um den Captain zu finden, der Stahl dabei geholfen hat, die Tatsache zu verbergen, dass er bei der Arbeit nichts getan hat. Captain Rosa scheint verschwunden zu sein, also werden wir uns das nächste Woche mal genauer anschauen."

„Glaubst du, Rosa war Stahls Komplize?"

„Alle anderen, die zu dieser Zeit im Rang eines Captains oder höher standen, sind sauber. Das Ausschlussverfahren hat uns zu Rosa geführt, doch nun müssen wir ihn ausfindig machen." Sam fuhr ihm mit der Hand abwesend über die Brust, während sie sich unterhielten. „Was ich noch fragen wollte: Ist dir bei der Arbeit etwas zwischen Roni und Derek aufgefallen?"

„Was denn?"

„Nur so ein Gefühl, das ich hatte."

„Ich habe mich bisher nicht auf irgendwelche Gefühle zwischen den beiden konzentriert, doch dann werde ich das mal tun."

„Ich mag die Vorstellung, dass aus ihnen ein Paar werden könnte."

„Und das ist ja die Hauptsache."

Sam lachte über seine wahren Worte.

Der Samstag stand ganz im Zeichen von Spiel und Spaß – Schlittenfahren, Reiten für die Kinder, Wandern und Spiele bis weit über die übliche Schlafenszeit der Zwillinge hinaus. Sam fühlte sich diesmal nicht eingeengt oder abgeschnitten, sondern ließ sich von der entspannten Atmosphäre des Camps einhüllen und war entschlossen, jede Sekunde mit ihrer Familie und ihren Freunden zu genießen.

An diesem Nachmittag trugen sie und Scotty ihren lange verschobenen Ringkampf in der Turnhalle von Camp David aus, wobei Elijah als Schiedsrichter fungierte. Sam musste zugeben, dass Scotty sich mehr als tapfer schlug, aber letzten Endes war er ihr nicht gewachsen.

„Ich gebe auf", rief Scotty, während Sam ihn mit dem Gesicht auf die Matte drückte und ihm die Arme hinter dem Rücken festhielt.

„Wir haben eine Siegerin", verkündete Eli. „Gut gekämpft, Sam, und gut mitgehalten, Scotty."

„Gib mir ein Jahr", erwiderte Scotty und klopfte sich den Staub ab. „Dann wird es für dich ganz anders laufen, Mom."

„Ich freue mich schon auf die Revanche."

„Mütter sollten ihre Kinder gewinnen lassen", brummte er.

„O bitte", spottete Sam. „So willst du nicht gewinnen, wo du doch immer behauptest, ich würde bei Candy Land schummeln. Glaubst du wirklich, ich lasse dich freiwillig irgendetwas gewinnen?"

„Offensichtlich nicht", antwortete Scotty und grinste gutmütig.

„Sie bildet deinen Charakter, mein Sohn", mischte sich Nick ein. „Mit jeder demütigenden Niederlage."

„Wenn sie mit mir fertig ist, werde ich nett und bescheiden sein", entgegnete Scotty.

„Das ist mein Ziel." Sam nahm ihn in den Arm und küsste ihn auf den Scheitel. „Auch wenn du ein Weichei bist, ich liebe dich."

„He!", rief Scotty. „Das war eine Provokation!"

„Genug gestritten", schaltete sich Nick schlichtend ein. „Es ist Essenszeit."

Am Sonntagmorgen frühstückten Sam und Nick mit Mike, Tracy, Terry, Lindsey, Harry, Lilia, Shelby und Avery in der Cedar-Hütte.

Die Kinder schauten einen Film, während die Erwachsenen am Tisch die zweite Tasse Kaffee und den Kuchen genossen, den Sam und Aubrey am Vortag gebacken hatten.

„Danke noch mal für die Einladung", erklärte Avery. „Camp David ist echt eine Bombe."

„Du weißt doch, dass du dieses Wort nicht sagen darfst, wenn der Secret Service in der Nähe ist", meinte Nick zu dem Mann, auf den er früher eifersüchtig gewesen war, den er inzwischen aber als Freund betrachtete.

„Ups!" Avery grinste verlegen.

„Ein FBI-Agent sollte das von Rechts wegen wissen", zog Sam ihn auf und grinste.

„Ich bin so was von außer Dienst, dass es nicht mal lustig ist", erwiderte Avery und kuschelte mit seinem und Shelbys Sohn Noah, der ein spätes Vormittagsschläfchen hielt.

„Wo sind eigentlich Angela und Spence heute Morgen?", fragte Nick, nachdem er auf seinem iPad die Schlagzeilen überflogen hatte.

„Keine Ahnung." Sam griff nach ihrem Handy, um ihrer Schwester eine SMS zu schreiben. „Die beiden hatten an und für sich vor, auch zum Frühstück zu kommen. Vielleicht wollten sie lieber ausschlafen."

Kaum hatte sie das gesagt, stürzte Angela zur Tür herein, panisch und mit weißem Gesicht. „Spencer wacht nicht auf."

DANKSAGUNGEN

Nicht verzweifeln! Sie können schon bald herausfinden, wie es weitergeht! „State of Shock – Meine Liebe, mein Leben", das vierte Buch der First-Family-Reihe, wird genau da anknüpfen, wo dieses Buch aufgehört hat, und erscheint schon in wenigen Monaten!

Ein großes Dankeschön an meinen guten Freund, den pensionierten Captain Russell Hayes von der Polizei in Newport, RI, der mir während des Schreibens dieses Buches eine große Hilfe war und eine Million Fragen beantwortet hat – so schien es mir zumindest. Russ ist immer für mich da, wenn ich ihn brauche, und hat mich auf meinem Weg mit Sam und dem fiktiven MPD von Anfang an begleitet. Ohne seine Hilfe und Unterstützung könnte ich diese Serie nicht schreiben.

Mein Dank gilt wie immer meinem Team, das hinter den Kulissen für mich tätig ist: Julie Cupp, Lisa Cafferty, Jean Mello, Nikki Haley und Ashley Lopez. Kristina Brinton ist die wunderbare Coverdesignerin für diese Reihe, und ich schätze ihre großartige Art, Sams und Nicks Geschichten auf den Covern zum Leben zu erwecken.

Vielen Dank an mein wunderbares Lektoratsteam, Joyce Lamb und Linda Ingmanson, sowie an meine Testleserinnen Anne Woodall, Kara Conrad und Tracey Suppo. Gwen Neff, meine Redaktionsassistentin, hilft mir bei Fragen der Kontinuität und beim Faktencheck in früheren Büchern, und ihre Hilfe war von unschätzbarem Wert, da sie dieses Buch vier Mal gelesen und alles überprüft hat. Danke, Gwen! Ein großes Lob auch an die Testleserinnen der Fatal- und der First-

Family-Reihe: Kelly, Irene, Jennifer, Karina, Jenny, Mona, Marti, Ellen, Maricar, Viki, Kelley, Juliane, Gina, Elizabeth und Sarah.

Zu guter Letzt kann ich den Fans dieser Serie nicht genug danken. Sie alle sind toll. Ihre Liebe zu Sam und Nick trägt mich voran, während wir uns auf das zwanzigste Buch ihrer Geschichte zubewegen, ohne dass ein Ende in Sicht wäre. Danke für Ihre unglaubliche Unterstützung in den letzten zwölf Jahren. Ich liebe Sie alle sehr!

XOXO

Marie

WEITERE TITEL VON MARIE FORCE

Die Fatal Serie

One Night With You – Wie alles begann (Fatal Serie Novelle)

Fatal Affair – Nur mit dir (Fatal Serie 1)

Fatal Justice – Wenn du mich liebst (Fatal Serie 2)

Fatal Consequences – Halt mich fest (Fatal Serie 3)

Fatal Destiny – Die Liebe in uns (Fatal Serie 3.5)

Fatal Flaw – Für immer die Deine (Fatal Serie 4)

Fatal Deception – Verlasse mich nicht (Fatal Serie 5)

Fatal Mistake – Dein und mein Herz (Fatal Serie 6)

Fatal Jeopardy – Lass mich nicht los (Fatal Serie 7)

Fatal Scandal – Du an meiner Seite (Fatal Serie 8)

Fatal Frenzy – Liebe mich jetzt (Fatal Serie 9)

Fatal Identity – Nichts kann uns trennen (Fatal Serie 10)

Fatal Threat – Ich glaub an dich (Fatal Serie 11)

Fatal Chaos – Allein unsere Liebe (Fatal Series 12)

Fatal Invasion – Wir gehören zusammen (Fatal Serie 13)

Fatal Reckoning – Solange wir uns lieben (Fatal Serie 14)

Fatal Accusation – Mein Glück bist du (Fatal Serie 15)

Fatal Fraud – Nur in deinen Armen (Fatal Serie 16)

Fatal Serie Bände 1-6

Fatal Serie Bände 7-11

First Family

State of Affairs – Liebe in Gefahr, Band 1

State of Grace – Für alle Ewigkeit, Band 2

State of the Union – Du und ich gemeinsam, Band 3

Miami Nights

Bis du mich küsst

Bis du mich berührst

Bis du mich liebst

Bis du mich verzauberst

Die McCarthys

Liebe auf Gansett Island (Die McCarthys 1)

Mac & Maddie

Sehnsucht auf Gansett Island (Die McCarthys 2)

Joe & Janey

Hoffnung auf Gansett Island (Die McCarthys 3)

Luke & Sydney

Glück auf Gansett Island (Die McCarthys 4)

Grant & Stephanie

Träume auf Gansett Island (Die McCarthys 5)

Evan & Grace

Küsse auf Gansett Island (Die McCarthys 6)

Owen & Laura

Herzklopfen auf Gansett Island (Die McCarthys 7)

Blaine & Tiffany

Rückkehr nach Gansett Island (Die McCarthys 8)

Adam & Abby

Zärtlichkeit auf Gansett Island (Die McCarthys 9)

David & Daisy

Verliebt auf Gansett Island (Die McCarthys 10)

Jenny & Alex

Hochzeitsglocken auf Gansett Island (Die McCarthys 11)

Owen & Laura

Gansett Island im Mondschein (Die McCarthys 12)

Shane & Katie

Sternenhimmel über Gansett Island (Die McCarthys 13)

Paul & Hope

Festtage auf Gansett Island (Die McCarthys 14)

Big Mac & Linda

Im siebten Himmel auf Gansett Island (Die McCarthys 15)

Slim & Erin

Verzaubert von Gansett Island (Die McCarthys 16)

Mallory & Quinn

Traumhaftes Gansett Island (Die McCarthys 17)

Victoria & Shannon

Schneeflocken auf Gansett Island

Geliebtes Gansett Island (Die McCarthys 18)

Kevin & Chelsea

Blütenzauber auf Gansett Island (Die McCarthys 19)

Riley & Nikki

Sommernächte auf Gansett Island (Die McCarthys 20)

Finn & Chloe

Verführung auf Gansett Island (Die McCarthys 21)

Deacon & Julia

Magie auf Gansett Island (Die McCarthys 22)

Jordan & Mason

Sonnige Tage auf Gansett Island (Die McCarthys 23)

Versuchung auf Gansett Island (Die McCarthys 24)

Cooper & Gigi

Neubeginn auf Gansett Island (Die McCarthys 25)

Jace & Cindy

Die Green Mountain Serie

Alles was du suchst (Green Mountain Serie 1)

Endlich zu dir (Green Mountain Serie 1/Story *1)*

Kein Tag ohne dich (Green Mountain Serie 2)

Ein Picknick zu zweit (Green-Mountain-Serie/Story 2)

Mein Herz gehört dir (Green Mountain Serie 3)

Ein Ausflug ins Glück (Green-Mountain-Serie/Story 3)

Schenk mir deine Träume (Green-Mountain Serie 4)

Der Takt unserer Herzen (Green-Mountain-Serie/Story 4)

Sehnsucht nach dir (Green-Mountain Serie 5)

Ein Fest für alle (Green-Mountain-Serie 5/Story 5)

Öffne mir dein Herz (Green-Mountain-Serie 6/Story 6)

Jede Minute mit dir (Green-Mountain-Serie 7)

Ein Traum für Uns, (Green-Mountain-Serie 8)

Meine Hand in Deiner, (Green-Mountain-Serie 9)

Mein Glück mit dir, (Green-Mountain-Serie 10)

Nur Augen für dich, (Green-Mountain-Serie 11)

Jeder Schritt zu dir, (Green-Mountain-Serie 12)

Ganz nah bei dir, (Green-Mountain-Serie 13)

Meine Liebe für dich, (Green-Mountain-Serie 14)

Die Neuengland-Reihe

Vergiss die Liebe nicht (Neuengland-Reihe 1)

Wohin das Herz mich führt (Neuengland-Reihe 2)

Wenn das Glück uns findet (Neuengland-Reihe 3)

Und wenn es Liebe ist (Neuengland-Reihe 4)

Für immer und ewig du (Neuengland-Reihe 5)

Die Quantum Serie

Tugendhaft (Quantum-Serie 1)

Furchtlos (Quantum-Serie 2)

Vereint (Quantum-Serie 3)

Befreit (Quantum-Serie 4)

Verlockend (Quantum-Serie 5)

Überwältigend (Quantum-Serie 6)

Unfassbar (Quantum-Serie 7)

Berühmt (Quantum-Serie 8)

Andere Bücher

Sex Machine – Blake und Honey

Sex God – Garrett und Lauren

Five Years Gone – Ein Traum von Liebe

One Year Home – Ein Traum von Glück

Mein Herz für dich

Nicht nur für eine Nacht

Take-off ins Glück

The Fall – Du und keine andere

Dieses Mal für immer

Helden küsst man nicht
Küsse für den Quarterback

Gilded Serie
Die getäuschte Herzogin
Eine betörende Braut

ÜBER DIE AUTORIN

Marie Force ist New-York-Times-Bestseller-Autorin von zeitgenössischen Liebesromanen und Romantic Suspense. Zu ihren Büchern gehören unter anderem die beliebten Reihen „Fatal", „First Family", „Gansett Island", „Butler Vermont", „Neuengland", „Miami Nights" und „Wild Widows" sowie die erotische „Quantum"-Serie. Ihre Bücher haben sich weltweit bislang mehr als zehn Millionen Mal verkauft, wurden in ein Dutzend Sprachen übersetzt und standen  über dreißigmal auf der New-York-Times-Bestseller-Liste. Außerdem ist sie USA-Today- und #1-Wall-Street-Journal-Bestseller-Autorin und in Deutschland Spiegel-Bestseller-Autorin.

Ihre Ziele im Leben sind einfach: Bücher zu schreiben, solange sie kann, ihre beiden Kinder weiter dabei zu unterstützen, glückliche, gesunde und produktive junge Erwachsene zu werden, und niemals in einem Flugzeug zu sitzen, das Schlagzeilen macht.

Tragen Sie sich in Maries Mailingliste ein, um alles Wichtige über neue Bücher und Veranstaltungen zu erfahren. Folgen Sie ihr auf Facebook und auf Instagram.

* 9 7 8 1 9 5 8 0 3 5 2 3 8 *